译文纪实

BARBARIAN DAYS
A Surfing Life

William Finnegan

[美] 威廉 · 芬尼根 著　　易思婷 译

疯浪人生

上海译文出版社

他已经变得沉迷于遣词造句，以至于几乎忘记了那些恣意妄为的日子，那时的思维就像泼洒在一页纸上的色彩。

——爱德华·圣·奥宾，《母乳》

目 录

一　钻石头

火奴鲁鲁：1966—1967

我从不觉得自己是个要人保护的孩子，尽管如此，凯慕奇中学（Kaimuki Intermediate School）还是把我吓坏了。八年级时，我家搬到了火奴鲁鲁，我的大多数新同学都是些“嗑药的、吸胶的、戴兜帽的”，至少在写信给洛杉矶的友人时我是这么描述的。但那并不是真的。实情是像我这样的白人，当地称为 haole，在凯慕奇是不受欢迎的少数族群。那些我称为“土著”的人，似乎特别不喜欢我们。当地中学生的块头很大，听说特别喜欢打架，这更让我不安。东方人（Orientals），好吧，这也是我想出的叫法，是学校里最大的族群。头几个星期里，我根本无法分辨日本孩子、中国孩子和韩国孩子，对我而言，他们都是东方人。自然，我也没注意到其他重要族群的存在，比如说菲律宾人、萨摩亚人或是葡萄牙人（不被视为夏威夷白人），更别说所有的混血孩子了。我甚至还以为木工教室里那个以虐我为乐的大块头是夏威夷土著。

他穿着锃亮的黑色尖头皮鞋、紧身长裤，以及鲜艳的花衬衫。他卷曲的乱发剪成了蓬巴杜式，看上去比实际年龄大很多。他很少说话，就算说也是我听不懂的洋泾浜。他可能是个帮派小弟，年龄明显比他就读的年级大上好几岁，好像只是在等着被退学。他姓弗雷塔斯（Freitas），我从没听人喊过他的名字，但他似乎与弗雷塔斯家族没什么关系，那一大家子人里至少有 5 个无法无天的男孩在凯穆奇中学上学。穿尖头鞋的弗雷塔斯大剌剌地研究了我好几天，弄得我越来越紧张，然后他开始试探我的恐惧线，比如说，当我在木工教室里专心地锯我做了一半的擦鞋箱时，他故意轻轻撞我的胳膊肘。

我害怕得说不出话来，而他也从来没对我说过一个字，这似乎就是这个乐子的一部分。然后，他决定用一种残忍而巧妙的消遣方式来度过那些我们不得不坐在商店的教学区椅子上的时间。他总是刻意坐在我后面，每当老师背过身去，他就会用一根 2×4 英寸的木条打我的头。梆……梆……梆，一种非常均匀的节奏，两次敲击之间总是有足够的停顿让我误以为不会再有下一击。我不明白，为什么老师没有听到这些未经许可就回荡在教室里的杂音。那动静全班同学都注意到了，他们似乎觉得弗雷塔斯这个小仪式一样的行为很有趣。当然，这些敲击让我觉得自己脑袋好像要被打爆了。弗雷塔斯用的是一块相当长的木条，有五六英尺，他从不太过用力，这使他可以在不留痕迹的情况下沉浸于自己内心的满足感，并且能以某种稀疏甚至是冥想的间隔来完成敲打，我想，这让表演更加引人入胜。

我不知道如果别的孩子被欺凌，我会不会像我的同学那样毫无反应。可能会吧。老师沉浸在他自己的世界，只担心他的台锯。我没有采取任何自卫行动。虽然后来我发现弗雷塔斯并不是夏威夷人，但当时我只能咬牙忍着。毕竟我骨瘦如柴，是个白人，还没有朋友。

父母送我进凯慕奇中学是基于一个错误的概念，这是我后来得出的结论。那是 1966 年，加州的公立学校系统，尤其是在我们居住过的中产阶级郊区，是全国数一数二的。我们认识的人家从没有家考虑过送他们的孩子去私立学校。但夏威夷的公立学校不是这么一回事，学校的资金困窘，深陷在殖民地、种植园、事工传统里，教学水平比起美国本土的平均水平差好几条街。

不过，你可能不知道我的弟弟妹妹们是从小学开始上起的。（凯文 9 岁，科琳 7 岁，迈克尔 3 岁，在那个有学前教育的时代，他们此时还没有开始接受正规教育。）我们家在一个名叫卡哈拉的富裕社区的边上租了一所房子，卡哈拉小学是一个资金充足、提供进步教育的小天堂。学校允许孩子们光着脚去上学，在我们看来，这是热带地区令人吃惊的自由散漫之举；若抛开这一事实不论，卡哈拉小学足以媲美圣莫尼卡的高端人士聚居区的学校。不过，有必要说明的是，卡哈拉没有中学部。这是因为该地区的每个家庭都想尽办法把孩子送到私立中学，已经有好几代火奴鲁鲁（和夏威夷其他地方）的中产阶级以及富裕民众在那里接受教育了。

我的父母对这一切一无所知，就把我送到了最近的一所初中就读，位于钻石头火山背面的凯穆奇属于劳工阶级社区，他们以为我在那里只是继续做八年级该做的事，殊不知从小成长在加州郊区白人世界的我，突然被丢进了一个种族壁垒分明的世界，几乎整天都忙着应付被人欺负、形单影只、打架、寻找自己的出路之类的严酷现实。这里就连分班也似乎是按种族来分的。在学科上至少是按成绩分的，学生据此从一个老师转到另一个老师手里。我被分进了一个前段班，班里同学几乎都是日本女孩。没有夏威夷人，没有萨摩亚人，没有菲律宾人，课程简单，要求也不高，这让我感到了从未在学校感到过的无聊。偏偏对我的同学来说，班上似乎没我这个人，这让上学更像是件苦差事。于是，课上我总是百无聊赖地窝在后排，盯着外面的树，寻找风向和风力的迹象，在课本上一页接一页地画着冲浪板和海浪。

* * *

当我父亲因为工作关系带我们搬到夏威夷时，我已经冲浪三年了。他本来是电视连续剧《基戴尔医生：秘密特工》（*Dr. Kildale, The Man from U. N. C. L. E.*）的助理导演，如今是一个新的系列节目的制片经理，那是根据当地电台节目《夏威夷之声》改编的、半小时长的音乐综艺节目，其构思是拍摄唐何（Don Ho）在一艘玻璃底的船上唱歌，卡利普索民歌乐队在瀑布旁演奏，女孩们伴着火山喷发跳草裙舞。“就算不是《夏威夷达人秀》（*Amateur Hour*），也很接近了。”我父亲说。

“如果真的很糟的话，我们就假装不认识你，”我妈妈说，然后问道，“那个人叫比尔什么来着？”

我们租的木屋很小（凯文和我得轮流睡沙发），买的福特车很破，由此看来，我们全家搬到火奴鲁鲁来时手头很紧。但是，我们位于库拉马努街（Kulamanu）的房子离海滩很近，跟其他小木屋在一条车道旁一字排开；而天气即使在我们到达的一月里也是暖和的，那感觉相当奢侈。

光是能住到夏威夷来就让我喜出望外了。所有冲浪者，所有冲浪杂志的读者，不管喜欢与否，都用大把的时光幻想自己身在夏威夷，我更是几乎记住了我所有冲浪杂志上的每一行、每一个图片标题。而现在我就在这里，走在货真价实的夏威夷沙滩上（颗粒粗，闻起来怪怪的），尝着夏威夷海水（温暖，味道也怪怪的），划向夏威夷的海浪（小，浪壁颜色暗，是被风吹成这样的）。

这一切都和我期待的不一样。在杂志上，夏威夷的海浪总是很大，彩色照片上的浪更是从深邃的海蓝色到浅浅的不可思议的绿松石色，什么都有。风总是在海上吹（从陆地吹到海上则适宜冲浪），而那些浪点（break）本身就是众神的奥林匹亚运动场：日落海滩（Sunset Beach）、万岁管道（Banzai Pipeline）、玛卡哈海滩（Makaha）、阿拉莫阿那（Ala Moana）、威美亚湾（Waimea Bay）。

但它们跟我们房子前面的海似乎隔了好几个世界。就连以拥有适合初学者的浪点和游客如织而闻名的威基基岛，也远在钻石头的另一边，在迷人的、标志性的西面，其他任何人都听说过的火奴鲁鲁也在那边。我们家则在山的东南面，在一处有点马鞍形状的斜坡下方，黑岬角（Black Point）以西倾斜幽暗的凹陷海滨。海滩只是一片潮湿的沙地，又窄又空。

我们到的第一天下午，我就对当地水域来了一次急不可耐的调查，却发现这儿的冲浪环境令人困惑。裸露的礁石长满苔藓，海浪沿着礁石外缘四处奔袭。所有的珊瑚都锋利得吓人，让人担心。然后我注意到西面离岸很远很远的海上，有棍状物以一种我熟悉的韵律起伏不定，下午的太阳在其身后打着背光。有人冲浪！我跑回了小巷。家里每个人都在忙着收拾行李，争夺床位。而我匆匆穿上一条泳裤，抓起我的冲浪板，一句话也没说就出门去了。

我下了水，沿着一个浅浅的潟湖向西划了半英里。海滩边房屋已经到头了，取而代之的是钻石头那陡峭而长满灌木的底座。然后，我左边的礁石沉入了水下，现出了一条宽阔的通道——深水，没有破开的浪——而在水道之外，有 10 或 12 个冲浪者骑在平缓的向岸风掀起的浪峰上，海浪漆黑，大约齐胸高。我慢慢地划向这组人——就是等浪区（lineup，准备上浪的区域）所在的地方——还特意走了一条迂回的路线，以便观察浪程。这些冲浪者很不错。他们的动作都是那么流畅、不花哨。没有人掉下来。似乎也没人注意到我。

我又绕了一阵子，然后插进了等浪区一块人比较稀松的地方。这儿的浪好多啊，上浪时虽然摇摇晃晃，但很容易。接下来就交给肌肉的记忆吧，我瞅准机会冲上了几个小小的、不成形的右手浪。感觉这里的浪和我在加州见识过的不一样，但也没有太过不同。它们很狡猾，但并不吓人。我可以看到海底的珊瑚，但是除了极内侧（近岸）的地方有几个从水下探出来，其他的都不怎么浅。

冲浪者之中传来了阵阵谈笑。飘进了我耳朵，可我一个字都听不懂。他们可能在说洋泾浜英语（pidgin）。我在詹姆斯・米切纳的小说《夏威夷》中读到过，但是由于隔天我才去凯慕奇中学报到，所以我还没有真正听到过。可能还说着一些外语。我是水里唯一的白人（haole 这个词也是从米切纳那里学来的）。有一次，一个老家伙从我身边划过，向外海打了个手势说："那边是等浪区。"这是那天那群人对我说的唯一一个词。他是对的：一组倒扣的浪正在接近，是那天下午最大的一波，感激他的提醒。

太阳西沉，人们渐渐散去。我试着观察他们的去向。大多数人似乎沿着陡峭的山路去了钻石头路（Diamond Head Road），他们头上顶着浅色的冲浪板，板艉朝前，稳稳地走在之字形的山道上。我赶上了当天最后一个浪，乘着它来到浅滩，再沿着潟湖长途划回家。这时候屋里的灯已经亮了。空气凉爽了不少，岸边椰子树撒下一片蓝黑色的树影。我为自己有这样的好运而开心。我真希望能告诉某个人：我在夏威夷，我在夏威夷冲浪。然后，我突然想到，我连我冲浪的地方叫什么名字都不知道。

* * *

那个地方叫悬崖。它是由礁石拼凑而成的一道弧形，从我第一次划出的海峡向南向西延伸了半英里。要了解新的冲浪点，首先要与你下过功夫研究并且掌握的其他浪点的知识进行比较。但在那个阶段，我的全部所知就只有加州的 10 到 15 个冲浪点，而我真正了解的只有文图拉县的某个鹅卵石岬角浪点。这些经验对我了解悬崖没有什么特别的帮助，那天初次练习之后，我设法每天去冲两次浪。

这是一个状态非常稳定的冲浪点，因为几乎总是有浪可冲，即使在我才开始了解的欧胡岛南岸的淡季亦是如此。钻石头外的礁石位于该岛的极南端，因此会捕捉到经过的每一处涌浪，但也能撞上大量的风，包括从火山口猛烈地往海的方向吹下来的威利瓦飑（williwaw），风与大片参差交错的礁石以及从四面八方涌来的浪结合起来，产生了不断变化莫测的浪况。当时的我很矛盾地并不欣赏这种情况，说浪点稳定吧，浪况却每个小时都闹哄哄地反驳我一次。悬崖有一种我所不了解的喜怒无常的复杂性。

早晨总是特别忙乱。为了赶在上学前冲浪，我必须天没亮就赶到那里。以我有限的经验，大海在黎明前应该是如镜子一般。在加州沿海地区，这意味着，清晨通常无风。显然，在热带地区并非如此。悬崖当然不是这样。日出时，信风往往刮得很猛，在去海边的路上，我总能借由顶在头上的打过蜡的冲浪板感受到棕榈叶在我头顶上方互相拍打。从海边可以看到礁石外宝蓝色的海面上，白浪头从东向西溢涌。这些信风据说是东北风，理论上讲，对于朝南的海岸来说不太坏，但不知何故，偏偏到了悬崖都是与海岸平行横刮的风，风势大到足以毁掉大部分浪头。

然而，这个地方始终都有咆哮的浪头，即使在那些恶劣的天气条件下，至少就我的意图而言，也是有浪可冲的。几乎没有人在清晨冲浪，这使得它成了一个探索主上浪区的好时机。我开始学着了解技巧性的、快速而浅显的部分，以及一些需要快速回切以保持骑行的软浪点。即使在一个有齐腰高的大风浪的日子里，也有可能凑巧形成一些浪头让我长时间地、即兴地、心满意足地冲一把。礁石千奇百怪、难以捉摸，会随潮水快速变化。当近岸的水道开始变成泛白的绿松石色时，看起来跟杂志上某些梦幻般的夏威夷海浪没什么两样，这意味着，当然我也明白，太阳已经升到我该去吃早餐的高度了。如果潮水特别低，使得潟湖浅得没法划水，我学会了留出更多时间踩着柔软而粗糙的沙滩高一脚低一脚地走回家，并努力让我的冲浪板的板尖对着风。

下午又是另一番景象。风通常比较轻，海面也没那么令人眩晕，还有其他人在冲浪。悬崖有一群常客。去过几次之后，我能认出其中一些。在我知道的美国本土冲浪点，海浪通常有限，很多人争抢有利位置，而且严格按江湖地位来。一个年轻人，尤其是一个缺乏盟友的人，比如老大哥，就要小心点，不要越过任何当地的风头人物，哪怕是不小心也不行。但是，悬崖那儿有太多的空间可以散开，主上浪区的西边总会出现太多的空峰——或者如果你留心观察，也许在某个内侧平台上会发现正悄然开始形成的波浪——这使我觉得我可以自在地在各边缘处探索。没人打扰我。没人挑衅我。这与我在学校的日子正好相反。

* * *

学校里等着我的迎新项目包括一连串要打的架，其中一些还是正式安排的。校园旁边有一处墓地，它的角落里有块隐蔽的草地，那是孩子们解决纠纷的地方。我正和几个姓弗雷塔斯的男孩对峙着，他们显然与木工教室里那个折磨我的多毛的家伙并不沾亲带故。我的第一个对手年纪小个子也小，以至于我怀疑他是否真在我们这所学校上学。弗雷塔斯家族训练其成员的办法，似乎是找一些没有盟友或没脑子避开挑战的傻瓜当对手，然后派他们当中最小最没有胜算的成员出场。如果他输了，就派个块头大一号的来接手。这种架会打到非他们亲属的一方败了为止。一切都进行得冷冰冰的，每轮对决都由大一点的弗雷斯塔男孩来安排并担任裁判，而且或多或少还算公平。

我的第一场比赛没几个观众——真的没有任何人感兴趣——但我还是害怕得要命，没时间容我缩在角落里，我也不知道规则是什么。果然，我的对手壮得惊人，块头大，而且凶猛，但他的手臂太短，没法砸到我身上，最终我制服了他，而且没让我俩受太大的伤。他的堂兄马上站了起来，他比我块头大，我们的拳头你来我往也更具威胁。我坚持着没倒下，直到我俩的眼睛都肿了，一位较年长的弗雷塔斯才插进来宣布双方打成平手。他说，要再复赛一场，如果我赢了，会有一个叫蒂诺的人来收拾我，踢我屁股。他说完，这一队弗雷塔斯就离开了。我记得自己看着他们撒欢地笑闹着，好像一队快乐的家族打手，欢天喜地地跑上了墓地的斜坡，显然要去赶下一场架。我的脸生疼，指关节也伤了，但在头晕目眩之余，我的心情放松多了。然后，我注意到有几个和我年龄相仿的白人站在空地边缘的灌木丛里，神情古怪。我半认半猜发现他们是学校的人，但他们一句话也没说就走了。

复赛，我想是我赢了。然后，蒂诺二话不说揍了我。

之后还有更多的架要打，包括与我的农艺课上的一个中国同学的多日缠斗，哪怕我把他的脸深深地摁进了生菜地的红泥里，他也拒不认输。这类苦斗持续了一周，每天下午都要上演，没有人是胜利者。班上的其他男孩都爱看这场好戏，他们的存在确保了万一老师经过的话不会发现有人在打架。

我不知道我父母是怎么想的。我总能为我身上的割伤、瘀青，甚至黑眼圈找出理由，比如说，是打橄榄球或者冲浪时不小心弄的。现在回想起来，我那时的直觉似乎是正确的，那就是反正父母也帮不上忙，所以干脆什么都别告诉他们。

某个带有种族主义性质的帮派救了我，他们自称“酷孩”（In Crowd），是一群白人。尽管这个帮派的名字很可笑，其帮众的表现却是坏到骨子里了。他们的老大名叫麦克，是个乐呵呵的、肆无忌惮的孩子，他的声音沙哑，牙齿坏了几颗，体格并不算壮，但是天不怕地不怕，老是在学校里横冲直撞，除了块头最大的萨摩亚人，似乎每个人看到他都会停下避让。大家慢慢才知道，麦克真正的家是某个青少年拘留中心，上学不过是他的休闲活动，但他打算充分利用这一点。他有个妹妹名叫艾狄，一头金发，身材瘦削，个性无法无天，而他们在凯慕奇的容身地是“酷孩”的大本营。在学校时，他们会聚在红土坡上的一棵高大的猴荚树下，就在我学打字的那间没粉刷的小平房后头。麦克和他的手下并未正式邀请我加入，他们只是简单让我知道，欢迎我去他们在猴荚树下的集会。“酷孩”的女性成员似乎比男性多，我就是从他们身上学到当地的族群是如何划分的，先了解了大致轮廓，然后是细节，这才逐渐搞清楚我们主要的敌人是“黑驴”——基本上指的是任何肤色较深的强悍的人。

“你早就和黑驴杠上了。”麦克对我说。

我意识到这话一点没错。

我的打架斗殴生涯很快就结束了，人们似乎知道我现在是白人帮派的一员，便转而找其他孩子的麻烦。就连木工教室的弗雷塔斯都收敛了些。但他真的再也不会拿长木条打我了吗？很难想象他会怕“酷孩”。

*　　*　　*

我偷偷地琢磨了一下在悬崖冲浪的一些常客，他们很了解浪，找得出浪上的强速区（speed pocket），并且转弯时冲浪板很利索。这证明我对他们的第一印象十分正确：他们是我见过的动作最平顺流畅的冲浪者。他们手脚动作惊人地协调，与我熟悉的冲浪方式相比，他们的膝盖弯得更深，臀部更放松。他们很少走板（nose-riding），走板当时在美国本土很流行，指的是在板上快速走动，机会一来便立刻走到板头，将单脚的五个脚趾或是双脚的十个脚趾挂在板头，这完全违反了浮力与滑翔的物理规律。我当时并不知道自己看到的是经典的岛屿风格，我只是在水道上观察他们，暗自记在心里，然后不知不觉也就很少站到板头了。

这群常客中有几位年纪比较轻，其中一个瘦而结实、腰背挺得笔直的男孩看起来和我年纪差不多。他离主浪峰很远，冲着外围的浪。我伸长脖子想看清他的动作，尽管他选择了不怎么样的小浪，但还是看得出他惊人的敏捷性和平衡感。他是我见过的这个年纪里最好的冲浪者。他的冲浪板超乎寻常的短，而且很轻，有着尖板头——是骨白色的 Wardy 牌鱼形板。他发现我盯着他看，似乎和我一样不好意思，接着带着被羞辱的表情，怒气冲冲地从我身旁划过。在那之后，我就尽可能地避开他。但是隔天，他扬起下巴和我打了招呼。我希望他没看出我的喜出望外。几天之后，他跟我搭讪了。

“嘿，那边比较好。”当我们一起过了一群小浪时，他一边说，一边用眼神示意我向西边看。很明显，他是在邀我一起去那边默默无名、人烟稀少的浪峰，自然我也不需要他再问一次。

他的名字是罗迪·卡路库克里，和我一样，也是 13 岁。“他晒得好黑，像个黑人。”我在写给朋友的信里这样描述。罗迪和我交换着浪冲，一开始小心翼翼，后来就放开了。我能跟他一样瞅准时机上浪，这点相当重要，我正在学习，而这里似乎变成了我们共享的地点。作为悬崖冲浪者中年纪最小的两人，我和罗迪不知不觉就走到了一起。不过，罗迪并不是一个人出来的，他有两个兄弟，而他的好朋友——日本人福特·塔卡拉就像他的第三个兄弟。罗迪的哥哥格伦是等浪区的中坚分子，他和福特每天都会来，虽然他俩只大我们一岁，但两人的技术都不输其他冲浪者，格伦尤其出色，冲浪风格已经达到流畅优美的境界。他们的父亲老格伦和弟弟约翰也冲浪，只是约翰年纪还太小，不适合来悬崖。

罗迪会告诉我其他人是谁，比如，浪大时出现的那个胖子是本·艾帕，他总是从很外侧的地方上浪，非常厉害，以至于其他人经常不由自主停下来看他（几年后，杂志上都是他的照片和故事）。中国人莱斯利·王的冲浪风格像丝一样柔滑，只有在浪况特别好的时候才会屈尊出现。某个无风多云的下午，一股强劲的反季节的南涌浪为悬崖带来极高的巨浪，他上去了并且拉进了当天最好的浪，他微微拱起背，舒展手臂，让这次的高难度（哦，不，该说排山倒海）在他身上看起来那么轻松随意。等我长大，也要成为莱斯利·王。我渐渐知道悬崖这群常客里，谁会浪费一次浪涌，要么上不了浪，要么从浪上掉下来，然后我怎样在不冒犯他们的情况下悄悄地上浪。就算是在性子温和的冲浪人之间，也得注意别让人难堪，男人的自尊心在水上总是比较微妙或者莫名其妙（我从来没在悬崖见过女性）。

日子一天天过去，格伦·卡路库克里成了我最喜欢的冲浪者。从他抓到浪，用像猫一般的步法站起来的那一刻起，我就会目不转睛地看着他冲出、控制速度，看着他想出的即兴表演。他的脑袋很大，似乎老是微微往后仰，被太阳晒得发红的长发蓬松地向后扬着，他长着厚厚的嘴唇，黑色肩膀，一副非洲人的模样，动作却异常地优雅。但是，伴随他身体上的自信和优美的，还有某种不知该叫做风趣还是讽刺的东西，这种苦乐参半的东西使得他在除了浪况异常苛刻的情况下，总能一边专注于表演，一边暗暗嘲笑自己。

他也嘲笑我，尽管并无恶意。比如说，当我转出时用力过猛，收尾时想玩个花样，导致笨拙地切过浪肩，还晃进了水道与他的冲浪板平行时，格伦会说："哎哟，比尔，别放弃，要尽全力啊。"就连我都听得出来，那是一句洋泾浜的陈词滥调——烂大街的劝告的话，还有极重的讽刺意味。他嘲笑我，也鼓励我。我们一起划水，快到外头时，看到福特从一个很深的位置上浪，挑了一条聪明的路线通过两块困难的区域。"好样的，福特，"格伦喃喃地赞道，"看到了！"然后，他撇下我急急往等浪区划去。

一天下午，罗迪问我住在哪里。我朝东边黑岬角内阴暗的海湾指了指。他告诉了格伦与福特，然后有点不好意思地问我，能否把冲浪板放在我家？我很开心以后有人陪我划遥远的水路回家了。我家有个小小的后院，又高又密的竹子正好把它和路人的视线隔开。我们把冲浪板叠放在竹林里，趁着天黑用花园里的水管冲洗身体，然后他们三人就穿着湿漉漉的沙滩裤步行回家，但显然很高兴不用再扛着沉重的冲浪板走回遥远的凯慕奇。

* * *

"酷孩"的种族歧视视情况而定，并非订死的条条框框，而且似乎也没有历史渊源可以追溯，不像后来的光头党宣称自己是纳粹和三K党的后裔。夏威夷充斥着太多的白人至上主义，精英分子中更是如此，但"酷孩"可不是什么精英。大部分的"酷孩"成员都很穷，居住条件不佳，有些是被私立学校开除的，自觉很没面子。凯慕奇中学的白人学生并不多，大部分被"酷孩"排斥，认为他们不够酷。这些无帮无派的白人要么是军人子弟，要么是外地来的呆瓜，都看起来胆小而又迷茫，看着我和弗雷塔斯打架却不出手相助的两人就是这类人，那个长得很高、寡言少语、没有朋友的"老屈"也是。

我后来才明白，还有一类白人，他们太聪明了不愿意毫无意义地拉帮结派。他们大多数是住在钻石头的威基基那一侧的冲浪者，知道作为少数群体如何保持低调，也知道怎么辨识窝囊废，而在紧要关头，他们有自己的互助组织可用。但在头几个月我根本摸不清状况，不知道他们的存在。

青少年时期的酷，大多是个谜，但跟体力（也就是青春期早期）、自信（违拗大人的要加分）、音乐品味和穿衣打扮都有关系。以上我全都不合格，个子不高（真的，青春期好像跳过了我一样），对穿着时尚和音乐都不感冒。我当然不坏，甚至都从没坐过牢。我羡慕“酷孩”们的胆量，不会质疑任何罩我的人。

我原以为“酷孩”的主要活动是搞帮派斗争，而且也的确不断听人谈论即将和各种敌对的“黑驴”帮派干架的事。但麦克似乎总是带着一个和平代表团前往某个地方，不厌其烦地用大家都能保全脸面的外交手段来避免流血事件。休战将在神圣的未成年人饮酒仪式中正式敲定。“酷孩”的大部分精力实际上都用在了八卦、派对、小偷小摸、故意破坏物品的事情上，要么就是放学后的公车上做出些惹人嫌的行为。“酷孩”中有不少漂亮女孩，每个我都偷偷迷恋过。“酷孩”里没人冲浪。

* * *

罗迪、格伦和福特居然都是凯慕奇中学的学生，但我们在学校没有来往，这可是件了不得的事，因为我们四个人几乎每天下午和周末都一起冲浪，而且罗迪还很快成了我新交的好友。卡路库克里一家住在钻石头火山坑北坡的卢格堡（Fort Ruger），离学校旁的公墓很近。老格伦曾是个军人，他们的公寓在一个旧军营里，被钻石头路下方的一片美洲牧豆树遮住了。罗迪和格伦曾住在大家称为“大岛”的夏威夷岛上，在那儿还有一些亲戚。他们有位继母，她和罗迪处得不是很好，她是韩国人，那时我对韩国人的印象都来自罗迪。

和继母大闹一场而被禁足的罗迪，会在与格伦和约翰合住的小房间里伤心地低声吐着苦水。

我想我能理解他的苦闷，那天下午，我很义气地没去冲浪，在那个连本冲浪杂志都没得翻的小房间，挤出同情的表情。“为什么他非得和她结婚?”罗迪愤愤地说。

老格伦偶尔会和我们一起冲浪，他很强壮，肌肉发达，性格严苛，经常凶巴巴地把儿子呼来唤去，他似乎在水里才能放松点，有时甚至会笑。他用的是巨大而且简单的老式冲浪板，以完美的平衡感在悬崖画出长长的浪墙。他的儿子们骄傲地告诉我，全盛时期的老爸曾在威美亚湾冲过浪。

威美亚湾在北岸，被认为有世界上力道最强的大浪，我只知道它是个神话般的存在，是为少数冲浪英雄而设的舞台，杂志从未停止过对它的疯狂吹捧。罗迪和格伦并没有谈论太多，但对他们而言，威美亚湾显然是个真实的地方，必须认真以对。等你准备好了，就可以去了。当然，大多数冲浪者可能一辈子都无法做好准备去威美亚湾冲浪，但对他们这些夏威夷孩子来说，威美亚湾和北岸其他的绝佳冲浪点就在前方，每个点都代表一道关卡，就像期末考试一样。

我原本以为只有成名的冲浪者才会在威美亚湾冲浪，但现在发现，当地的老爹们也在那儿冲过浪，或许，他们的儿子将来也会去。这些人从未上过美国本上的冲浪杂志，夏威夷还有许多像卡路库克里这样才华横溢、传统深厚、几代人都酷爱冲浪的大家庭，只有当地人才知晓。

第一次见到老格伦就觉得他很像利洛亚，他是我钟爱的一本书《乌米：成为国王的夏威夷男孩》（*Umi: The Hawaiian Boy Who Became a King*）中的老国王。这是本童书，从扉页上的褪色字迹来看，是爸爸的两位婶婶 1939 年在火奴鲁鲁买下送给他的。作者罗伯特·李·埃斯克里奇（Robert Lee Eskridge）还画了插图。那些插图很棒，简单却气势十足，像要跃出纸面的彩色木刻。插图画了乌米和他的弟弟们在老夏威夷的冒险经历：他们骑着牵牛花藤蔓沿着山坡滑行（“男孩像闪电一样从这条藤蔓荡到另一条藤蔓”），跳进熔岩管形成的水池，乘着独木舟横渡大海（“奴隶们将陪着乌米前往他父亲在怀皮奥的宫殿”）。有些插图画的是成年男人，比如卫兵、战士、大臣，他们的面容让我很害怕，代表着无情世界里的残忍，主人有无上权力，老百姓只能战战兢兢。幸好智慧和为人父的自豪，偶尔会让乌米的秘密父亲利洛亚的表情柔和。

罗迪相信佩蕾（Pele），她是夏威夷的火山女神。人们说，她住在大岛上，不开心时就会使得火山爆发。她嫉妒心很强，又凶暴，夏威夷人会供奉猪肉、鱼、酒来安抚她。她非常有名，游客都知道。罗迪明白告诉我，这是他的信仰，他说的可不是什么媚俗的人物。他指的是一个完整的早在白人到来之前就存在的信仰体系，一个有复杂的规则、禁忌和秘密，以及经过一番努力才对陆地、海洋、鸟类、鱼类、兽类和神明有着来之不易的认知的夏威夷世界。我知道他是认真的，我已经大概了解了夏威夷人的遭遇，知道了美国传教者以及其他白人是如何征服当地人，偷走他们的土地，带来疾病造成他们大量死亡，然后强迫幸存者皈依基督教。我不觉得自己对这段残酷的剥夺历史负有责任，也没有宽容大度升起的愧疚感，但懂得闭上我这个小无神论者的嘴巴。

我们开始一起到新地点冲浪，罗迪不像我那么害怕珊瑚。他指给我看了我家与悬崖间的珊瑚礁中散落着哪些不错的地点，大部分只有在涨潮时才能冲浪，但有些小孔藏在干礁间，好浪就这么隐在光天化日下，还不受风的侵扰。罗迪告诉我，这些浪点习惯上会以其前方的住户或是过去住户的姓氏命名，例如帕特森或马奥尼。帕特森外还有个叫炸弹（Bomb）的大浪点，格伦和福特在那里冲过一两次，罗迪还没有试过。我曾经在低潮的大日子里看到过波浪在那里散成羽毛状（波峰随着涌浪变陡时浪脊喷出水雾），但还没看过大到会破的波浪。谈到炸弹时，罗迪的声音既低沉又紧张，显然，那是他努力的目标。

“这个夏天，”他说，“是第一个大日子。”

这段期间，我们在凯库（Kaikoo）冲浪。它是黑岬角外的一个深水浪点，从我家门前车道后面能远远瞧见。这里的浪很难等，总是比看起来还要大，让我心惊胆颤。第一次是罗迪带我去的，划过一条深深的水流交叉而过的水道，罗迪说，这水道最初是烟草公司女继承人多丽丝・杜克为私人游艇的码头所开的，接着回头指了指水道旁悬崖上她的豪宅。但我太担心前头的浪了，根本无心欣赏杜克的宅子。

密实的暗蓝色浪峰似乎是从深海里跃出来的，其中有些大得吓人。左手浪短而简单，不过只是落差大，罗迪说右手浪更好，他一直往东划去，进入了更深的浪点。我的莽撞在我看来简直无语，右手浪看起来都是闭合的（没有上浪的地方），而且力量很大，就算能站上去，浪也会直接把人甩到黑岬角外缘看起来饥饿的巨石上。万一你在那里冲浪板离身，这辈子就别想再看到它了。从哪里游进去呢？我绕来绕去，躲着一个又一个浪峰，停在远远的外侧，半歇斯底里地留意着罗迪。他好像真的抓到了一些浪，但我无法百分之百确定。最后，他划回我身边，看起来很兴奋，嘲笑我的紧张兮兮。虽然他什么都没有说，但我知道他在可怜我。

后来，我学着喜欢上了（不过没有爱上）凯库的右手浪，那个冲浪点通常没人，只有极少数人知道如何在那里冲浪，好日子里，我会在黑岬角的岩石上观察他们，也开始琢磨礁石的形状，以及但凡有些许好运的话，如何避免大灾难。尽管如此，以我的标准看，凯库还是个棘手的浪点，当我写信给洛杉矶的朋友，吹嘘自己如何骑上吓人的深水浪时，我不吝言辞地描述了罗迪和我是如何被汹涌的波涛带到了东边数英里外的科科头①的。此外，我还详细描述了在凯库疾行穿过一个管浪（由硬断开的浪形成的空洞）的事，此事有些许真实性。至今我还依稀记得那个浪。

* * *

冲浪总有它的极限，一条恐惧线，让它与众不同，至少和我了解

① Koko Head，夏威夷的四大高山之一，美军二战期间在其顶上造了碉堡做监视之用。——编者

的其他运动不同。你当然可以和同伴一起冲浪，但当浪变大了，或是遇到麻烦时，你周围似乎就不会有人了。

那里的所有事物都令人不安地与其他事物交缠在一起，波浪是游戏场，是目标，是冲浪者最渴望和倾慕的对象。而波浪是对手、强敌，甚至是你的死敌。冲浪则是你的避难所，是快乐的藏身之地，但也是一片充满敌意的荒野——一个时刻变化的无情世界。13 岁的我几乎不再相信上帝，但这是一个成长，并且在我的世界留下了一个洞，让我感觉自己被遗弃了。海洋就像一个漠不关心的上帝，有着无法估量的力量和无尽的危险。

然而，即使你只是个孩子，人们也期望你每天自己想办法应对。你被要求——这关乎生存，至关重要——了解自己生理上和情绪上的极限。但是，如果不经测试，你怎么知道自己的极限？万一没通过测试呢？你还被要求在情况危急时保持冷静。每个人都会说，恐慌是溺水的第一步。当你还是个孩子的时候，你的各项能力是被假定不断增长的，这一年你无法想象的事，也许隔年就可以一想了。我 1966 年从火奴鲁鲁寄出的信，最近被好心地还到了我手里，信里头几乎都是自以为是的胡说八道，而不是对恐惧的坦率讨论。“别认为我突然变勇敢了，我没有。”但那些可以一想的事却在悄悄地、断断续续地向我涌来。

这情况在我于悬崖见到的第一个大日子里变得显而易见。一个长周期的巨浪一夜之间袭来，成群而来的大浪比人还高，像光滑的灰色镜面，组成了长长的浪墙，多处积蓄着强大的能量。我非常兴奋，没想到居然能在我后院的浪点看到这么棒的浪，我一改平日的羞怯，起身和人群一起在主浪峰区冲浪。但我与他们实力悬殊，我很害怕，而且我还被最大的浪群打伤了。当我被 6 英尺高的浪卷进去时，尽管我来了个“乌龟翻身”（把冲浪板翻过来，从水面下把板头拉低，双腿缠在板上，死死抓住板的边缘），但我还没有壮到足以抓稳我的冲浪板。白浪从我手中夺走了冲浪板，然后抽打我，浪头按住我，按了很久，结结实实地揍了我一顿。那天下午我几乎都在游泳，尽管如此，我还是一直待到黄昏，甚至抓到几个圆润的浪。那天我还在人群中看到了莱斯利·王，看得我胸口如受重击，他在巨浪上待了那么久，动作是那么优雅，我的身心都在嘶喊：那是世界上我最想要的东西。当天晚上，家人都沉睡了，我躺在竹编的躺椅上，无法入眠，肾上腺素的余波让心脏还在怦怦跳，烦躁地听着外头的雨。

*　　*　　*

我家在库拉马努的小房子里的生活感觉像是个权宜之计，一点都不像典型的美国家庭。墙上有壁虎，地下有蔗鼠，浴室有巨大的水臭虫。我妈学会了判断那些奇奇怪怪的水果（芒果、木瓜、荔枝、杨桃）成熟与否，然后骄傲地去皮切片。我不记得家里有没有电视。本土黄金时段播放的热门情景喜剧，例如《我的三个儿子》（*My Three Sons*）、《太空仙女恋》（*I Dream of Jeannie*），以及我最爱的《糊涂侦探》（*Get Smart*），现在似乎像是被留在了另一个世界的黑白梦境里。房东沃兹沃斯太太老是用多疑的眼光看着我们，尽管如此，我发现了一个好处。她有个园丁，这让我的生活轻松多了，以前在加州时整理院子花了我很多时间。

我们这种异国情调的新生活还有一个好处：大家拌嘴的时间少了，也许是因为我们每个人都在忙着惊叹我们的新环境。就算有争执，也不会升级到在洛杉矶时常有的高分贝尖叫，轮不到皮带上场或者打屁股。当我妈大喊“等你爸爸回来找你算账”时，现在似乎也不是太认真了，这就好像她只是在狡黠地模仿过去的自己或是电视上的某个妈妈，连我的弟弟妹妹都察觉得出来。

我父亲每周至少工作六天，若遇到他不用工作的单周周日，我们就会全家出动在岛上漫步，也许穿过陡峭的、淌着水的、风大的帕里（这个山口就像浮在火奴鲁鲁的一堵绿墙），也许到比科科头还远的哈纳乌玛湾（Hanauma Bay）野餐，在那里的珊瑚礁间浮潜棒透了。

父亲几乎每天都是傍晚回家，在特殊的日子里，我们会去卡哈拉一家购物中心的海盗主题连锁餐厅吃饭，那家店叫海盗旗（Jolly Roger），菜单上的汉堡都用罗伯特·路易斯·史蒂文森笔下的人物命名的。某个晚上，我们全家六人挤进老福特，开到莉留卡拉尼公路（Liliuokalani）上的汽车电影院看迪士尼的《白雪公主》。我还记得这个，是因为我全写进了给洛杉矶的朋友的信中，我形容那部影片像“迷幻药”。

夏威夷对我父亲而言是个又大又有趣的地方，他经常在外岛，带着电影摄制组和牛人进入雨林、偏远村庄，或在摇摇晃晃的独木舟上拍摄具有挑战性的镜头，甚至还在大岛的一个熔岩场拍摄佩蕾的故事。尽管他本人还不知道，但他的这些经历正在为他成为夏威夷专家打下基础，此后十年里，他几乎都在夏威夷群岛上拍摄电影与电视。他的工作与当地工会有过数不清的冲突，尤其是控制卡车司机和码头工人的工会，这实在很讽刺，因为我父亲也曾是个说话有分量的工会成员，来自密歇根的一个（铁路工人）工会人的家庭。的确，家族里这么传说，在我出生的纽约市，父亲在他担任新闻撰稿人的哥伦比亚广播公司演播室外被纠察队抓走了，当时他正与朋友组织罢工，那晚他是在牢里过的，错过了亲眼见证我来到这个世上。虽然父亲从没和我说过此事，但我们家之所以在我襁褓时期搬到加州，就是因为父亲是个工会活动的活跃分子，这也让他在纽约难以找到工作。那是参议员约瑟夫·麦卡锡当道的时期。

大约在同一时期，夏威夷工会也在创造战后奇迹。在西海岸码头工人一个偏远社区的领导下，并联合当地日裔美国左翼分子，他们甚至将种植园工人组织了起来，改变了当时的封建经济。战前，在那个地方，管理阶层和警察就算是骚扰或谋杀了罢工者与活动组织者，也通常可以逍遥法外。然而，到了 60 年代中期，夏威夷的劳工运动也如同美国本土的一般，变得自鸣得意、将多兵少、腐败，尽管父亲个人挺欣赏几个天天找他闹的工会头子，但似乎根本不吃他们这一套。

父亲的工作为我们带来了奇特的生活经验，例如，一个亢奋的餐厅老板切斯特·刘牢牢抓着与《夏威夷之声》的关系，数年来我家参加了无数次他主办的夏威夷烤野猪宴、烤乳猪大会、市民活动等，大部分都是在他的某家门店里。

父亲对当地工人阶级的文化有了足够的了解，知道火奴鲁鲁的街道（也许还包括学校）对一个还是孩子的白人而言极具挑战，先别提别的，光看有个恶名昭著的非正式节日叫做“杀死白人日”就知道了。关于这个节日的讨论很多，包括当地报纸的社论（持反对立场），不过我从来没搞清楚到底是哪天。“黑驴说哪天就是哪天。”我们“酷孩”的老大麦克说。也从没听说这个日子里真的杀过人。人们说，“杀死白人日”的主要目标，实际上是歇了班在威基基和市中心的红灯区成群游荡的军人。看到我最好的朋友是当地人，他们又把冲浪板寄放在我家，我想这让我父亲放心多了。他们看起来都是知道分寸的孩子。

父亲总担心有人仗势欺人，他告诉我，如果遇到大块头，寡不敌众，我得“抓根树枝，拿块石头，反正任何能用来自卫的东西”，讲这话时他情绪异常激动。是想到了很久以前在他家乡密歇根州埃斯卡纳巴（Escanaba）遭人殴打、羞辱的事吗？还是想到了他的孩子，他的小比利落单后被歹徒欺负，让他坐立不安呢？不管怎样，我从来没照他的话做。在加州郊区伍德兰山（Woodland Hills），也就是我们的旧家那儿，我的确打了不少架，有几次还真的用上了棍棒和石头，但情况很少像我父亲想得那么严重。确实有一次，有个我不认识的墨西哥孩子在放学后将我摁在胡椒树下，压住我的胳膊，把柠檬汁挤到我的眼睛里。那种情况下我应该捡根棍子的，但在那之前我实在很难相信会发生那种事。柠檬汁？挤到我眼睛里？还是某个不认识的孩子？我的眼睛痛了好几天。我从来没有把这事告诉父母。这违反了“男孩守则”（Code of Boys）。我也从来没让父母（或是其他任何人）知道弗雷塔斯和他用那可恶的木条打我的事。

我父亲怕得像个孩子，这事儿我想象不来。他可是当爹的人啊，大比尔·芬尼根，壮得像头灰熊。他的肱二头肌让我们惊羡不已，像打磨过的橡树瘤，而遗传了母亲那种四季豆身材的我，永远不会有那样的手臂。父亲似乎谁都不怕，的确，他脾气暴不饶人的个性挺令人尴尬，也不怕在公共场合提高嗓门。他的好斗让我极不自在，有时他会问商店或餐厅的老板，告示上写的有权拒绝为某类人提供服务的那句话，究竟是什么意思？如果对方的回答不为他所喜，他就会愤怒地掉头去别家买东西吃饭。他在夏威夷倒是没这样做过，但在美国大陆发生过多次。我不知道，在种族隔离仍合法的当时，那类告示通常暗示“只向白人提供服务”。我只知道当父亲的声音拔高时，我只能害怕又绝望地盯着地面。

* * *

母亲叫派特，娘家姓奎恩，她的纤细身材会让人误解。可是她在丈夫几乎缺席且没有其他亲人帮助的情况下，似乎毫不费力地带大了四个孩子。她在洛杉矶一个社区长大，那里住的是白人天主教工人阶级罗斯福自由主义者，现在这个社区已不复存在。她那一代人，在战后步入成年人阶段，大体上无忧无虑地向上流动。她们个性开明，喜欢去海滩玩，几乎都搭上娱乐圈的便车：丈夫在圈里工作，妻子则在郊区照顾家庭。母亲为人随和优雅，很懂得精打细算。小时候，我以为一周七天每晚都吃胡萝卜、苹果、葡萄干沙拉，是因为它提供必要的营养，但其实那是当时加州最便宜的健康食物。我母亲的娘家是爱尔兰移民，在西弗吉尼亚州的山区耕种维生，孩提时代的她受大萧条的影响比我父亲大。外公是冰箱维修工，酗酒，很早就过世了，母亲从未提起过他。独自养大了三个女儿的外婆，重回学校念书，成了一名护士。据说，外婆第一次见到比我母亲矮一英寸的父亲时叹了一口气说：“好吧，所有的高个子男人都死在战场上了。”

母亲什么活动都参加。她不喜欢帆船运动，但大多数周末都在我父亲心爱的小帆船上到处晃，那是我们家境稍微好转后买下的。她不喜欢露营，但还是毫无怨言地去了。她甚至不喜欢夏威夷，尽管我当时并不知道。对她而言，火奴鲁鲁的闭塞令人窒息。在洛杉矶长大，曾住在纽约的她显然难以忍受夏威夷的报纸。母亲的社交能力很强，一点也不自命不凡，在夏威夷却没交到几个朋友。父亲从来不在乎结交朋友，业余时间宁愿与家人呆在一起，母亲却怀念我们在洛杉矶的朋友圈，大部分是在娱乐圈认识的，当然还有她的童年挚友。

她在我们面前将这一切藏起，全身心地把自己投入到一个保守孤立的岛屿城市的生活。她喜欢水，这很幸运（对于她苍白的爱尔兰皮肤而言就不怎么幸运了），母亲会在我们前往海边的小路尽头那片湿润的沙滩上铺上毛巾，带上浮潜面罩和网领着弟弟妹妹到潟湖玩。她让我的妹妹科琳在威基基的一个教堂进行了领第一次圣餐的练习，如果可能的话，她甚至会抱着三岁的迈克尔，和我父亲一起跳上飞机到附近的小岛，并在她醒来后匆忙地为其他孩子找保姆。我认为母亲在外岛找到了一个她更喜欢的夏威夷，那儿不像火奴鲁鲁有装模作样的中产阶级和乡村俱乐部那种种族主义者。母亲在外岛短途旅行期间拍的快照看起来都像个陌生人：不是我妈妈，而是一个穿着蓝绿色无袖洋装、沉着时尚的女士，她独自一人，在不远的地方思考——现在想看，活脱脱一个琼·狄迪恩，提着凉鞋赤脚走过海边的松林。我后来才知道，狄迪恩是她最喜欢的作家。

* * *

我很庆幸自己不用当园丁了，可惜的是，却又当起了保姆。我的父母对我在凯慕奇中学刚刚起步的帮派活动一无所知，认定我是“负责任先生”，自从弟弟妹妹一个接一个诞生，这角色就跟定了我。我和我的弟妹之间的年龄差距颇大，凯文小我四岁多，迈克尔则差我十岁，我能确保他们不溺水、不触电、好好吃饭和喝水，并为他们换上干净的尿布。但要在傍晚和周末正儿八经地当保姆对我来说是另一回事，而且是个可怕的负担，特别是在有浪可冲、有机会对市公交车扔青芒果、凯慕奇有女生无成人陪伴的派对时。我把气出在可怜的凯文和科琳身上，酸溜溜地对他们念叨他们出生前的美好时光。多么美好的日子啊，只有妈妈、爸爸和我，爱做什么就做什么，每天晚上都去海盗旗餐厅吃芝士汉堡和巧克力麦芽奶昔，没有哭哭啼啼的婴孩。唉，时光一去不返。

某个阳光热辣的周六，我想利用科琳甩掉保姆工作。照安排，她第二天得去教堂领第一次圣餐。周六是大仪式的彩排日。父母都不在家，大概又去切斯特・刘办的某个聚会了。科琳从头到脚都是白蕾丝的礼服和饰物，当天她要在教堂进行第一次告解，虽然很难想象，一个七岁的女孩究竟有什么大罪要忏悔？无论如何，周六的排练是不能缺席的，那个时代的罗马天主教非常严格，如果错过了排练，就不准领第一次圣餐。罪人，明年再来吧，愿上帝在此期间拯救你的灵魂。我是在教堂冷冰冰的氛围里长大的，很清楚那些修女的严厉程度。因此，排练那天，当我故意错过每小时一班去威基基的公交车时，我清楚地知道其中的利害关系。然而，我骨子里依然是个“负责任先生”，所以我开始紧张，我把我穿着引人注目的小妹妹领到钻石头路的中央，拦下了第一辆去威基基方向的车，准时把她送到了教堂。

* * *

我开始认识火奴鲁鲁的方位。从悬崖的等浪区，你可以看到欧胡岛的整个南岸，从西边的怀尔奈山脉（Waianae Mountains）开始，越过火奴鲁鲁和珍珠港，到科科头，后者像是东边的一个略逊色一点的钻石头，从水面上看有点像烤干的火山口。城市分布在海岸线与库劳山脉（Ko'olau Range）间的平原上，耀眼翻腾的雷雨云和薄雾经常笼罩着陡峭的绿色山头。山里飘来的雨云浇灌了城市，尽管大部分的雨云在抵达海岸前就寿终正寝了，彩虹挂满空中。山脉外是迎风面，那儿的某处是传说中的北岸。

火奴鲁鲁不说东西南北，而用当地的地标来指示方向的，比如说，去茂卡（mauka，就是去山区）、玛凯（makai，就是去海边）、伊娃（ewa，就是去伊娃海滩，要过了机场和珍珠港）或钻石头。（我们这些住在钻石头的另一边的人则会说科科头，对面的人反过来叫。）这样风景如画的描述方向可不是当地俚语，也不是装腔作势，官方地图和街道路牌上全都是这样。这些带给我全新的强烈感受，让我觉得它们也是一个更加统一的世界中的重要部分，尽管桀骜不驯，但这个在太平洋中部孤立的世界比我以前知道的任何一个世界都更具有连贯性。我想念我在洛杉矶的朋友。但南加州的广阔无边实在平淡无味，因此我不再以加州为基准来衡量其他事物。“酷孩”中有个叫史蒂夫的男孩，总是不停地抱怨欧胡岛只是块大石头，像恶魔岛（Alcatraz），他急切地想离开这块大石头，逃到他最爱的 The Kinks 乐队所在的英国。总之，任何“大陆”，只要不是夏威夷，他都能接受，而我则不介意在这里待上一辈子。

* * *

在欧洲人没来之前的老夏威夷，冲浪具有宗教意义。在祈祷和献祭之后，工匠师傅们会用神圣的夏威夷相思木或刺桐制作冲浪板，祭师为波涛送上祝福，用藤蔓鞭打水面以激起涌浪，有些浪点旁的海滩还有神殿供人在那里祈祷有浪。尽管冲浪与信仰有关，却显然没有阻止喧嚣激烈的竞争，甚至大规模的赌博。根据历史学家彼得·韦斯特维克（Peter Westwick）和彼得·纽舍（Peter Neushul）的研究，“毛伊岛与欧胡岛的冠军对决，最高赌注为 4000 头猪和 16 艘打仗用的独木舟”。无论男女老幼、皇室还是平民，每个人都冲浪。浪好的时候，“人人都无心工作只想去运动”，19 世纪的夏威夷学者克佩利欧·克阿欧卡兰尼（Kepelino Keauokalani）写道，“整天除了冲浪，什么都不做，很多人凌晨 4 点钟就开始冲浪了。”老夏威夷人太爱冲浪了，为之疯狂。他们也有大把的休闲时间。岛上物产丰富，岛民善于捕鱼、种植、打猎，还建造了复杂的鱼塘系统，并管理得很好。冬季的收获节庆持续三个月之久，那段期间冲浪活动热火朝天，工作是被正式禁止的。

1820 年，加尔文派传教士开始抵达夏威夷，他们不认同岛民的生活方式。带领第一批传教士而来的海拉姆·宾厄姆还未上岸就发现自己被一大群冲浪者包围了，他写道："这群喋喋不休、几乎赤身裸体的野蛮人，头和脚与大部分晒得黝黑的皮肤都是裸露的，其贫穷、退化和野蛮的行径，令人震惊。我们中的一些人涌出了泪水，转头离去不忍再看。"27 年后，宾汉写道："随着文明的进步，冲浪板的衰落和难以为继，可能是因为谦逊、勤劳和宗教的增进。"冲浪运动衰落的事他没说错。夏威夷文化遭到破坏，原住民被欧洲疾病夺去了生命；1778 年至 1893 年间，夏威夷人口从估计的 80 万人减少到 4 万人，到 19 世纪末，冲浪已经消失殆尽了。不过，韦斯特维克和纽舍认为，夏威夷冲浪运动的遭遇与其说是因为热血的传教事业，不如说是因为极端的人口崩溃、剥夺，以及一系列开采业（伐檀香木、捕鲸、制糖）迫使幸存的岛民进入现金经济并被剥夺了空闲时间。

现代冲浪运动就是从这段可怕的历史中传承下来的，这要归功于少数夏威夷人，特别是卡哈纳莫库公爵（Duke Kahanamoku），是他保住了古老的冲浪习俗。卡哈纳莫库在 1912 年奥运会上赢得了游泳金牌，成为国际名人，并开始巡回世界各地举办冲浪展览。在可以乘风破浪的海岸，在人们有时间逐浪的海岸，冲浪运动渐渐流行开来。战后，南加州成为新兴的冲浪业之都，主要是因为当地航空业的蓬勃发展提供了制作冲浪板的新型轻质材料，且提供了大量像我一样有时间也愿意学冲浪的一代大孩子。地方当局其实并不鼓励冲浪，认为冲浪者都是逃学的孩子或者故意搞破坏者，某些海滩小镇还明令禁止冲浪。但"冲浪浪人"（surf bum）这个词，和滑雪浪人、帆船浪人、攀岩浪人一样从未过时，自然有其原因。电影《开放的美国学府》（*Fast Times at Ridgemont High*）中的杰夫·斯皮科利，就是西恩·潘饰演的那个整日嗑药浑浑噩噩的冲浪者，时至今日依然理直气壮地在世界各地的冲浪地点混。不过，夏威夷不一样，至少对我而言不一样，冲浪不是亚文化，不是舶来品，也没有反主流的意涵，尽管冲浪活动的延续代表了与海拉姆·宾厄姆的加尔文价值观的持久对抗。冲浪深深地融入了夏威夷这个地方的机理之中。

* * *

格伦和罗迪邀请我参加他们的冲浪俱乐部南方分部的一次会议。我对该俱乐部的唯一印象就是成员都穿着带绿色和白色的印花沙滩裤，而我在水里、主要是在悬崖的好日子里见过的每一个分部成员，大部分都很会冲浪。会议在威基基钻石头那侧的小型公众广场帕基公园（Paki Park）举行。那是个晚上，人头攒动，我远远躲在阴影里。主持人程先生是个身材矮小、嗓门洪亮的中年男人，他滔滔不绝地讲述着分部的旧事、新事务、比赛结果，以及即将到来的比赛，同时还与人群辩几句，观众应声而笑，然而对话的速度对我而言实在太快了。

一个男孩悄悄来到程先生身后，“嘿，老实一点。”程先生一边推他一边大喊道。

罗迪告诉我，那是他的儿子程邦（音），年纪和我们一样，冲浪冲得像格伦一样好。只有几个白人在场，我认出其中一个是詹姆士·布莱尔斯爵士。他身材魁梧，长着金毛，曾经是摔跤手，现在是当地电视台主持人，操一口像是受过戏剧训练的纯正的英国口音。布莱尔斯爵士冲浪时很具仪式感，和他做其他事一样。罗迪把他十来岁的女儿萝拉指给我看，我迷上了她，难以自拔，她的弟弟吉米后来成了著名的冲大浪高手。

在那次会议上，还有另外几位后来成了更广阔的大海上的冲浪明星，包括雷诺·阿贝利拉，那时候他还是个躲在人群里对程先生起哄的威基基顽童，后来借着低蹲姿风格与炫目的速度成为顶尖的国际选手。不过，满眼的夹克看得我眼花缭乱，有几个人穿着带绿色和白色的南方分部的风衣，这似乎比俱乐部的沙滩裤更令人向往。当罗迪敦促我自愿参加程先生大力推动的一个筹款计划时，我立刻信了，想也没想就去请他分派任务给我。

我从没参加过冲浪俱乐部。加州有个“风和海俱乐部”（Windansea），总部在拉荷亚（La Jolla），里头有一些大名鼎鼎的成员。还有一个希望牧场俱乐部（Hope Ranch），本部应该位于圣巴巴拉。不知道为什么，对我和朋友而言，它听起来像天堂般的存在。我们不认识那个俱乐部的成员，也不知道它的标志色，也许它根本就不存在。然而，希望牧场俱乐部仍然像个超酷的梦想，萦绕在我们痴迷过热的脑袋里。

但现在我的梦想是南方分部。怎样才能加入呢？必须赢得比赛吗？我从来没参加过冲浪比赛，只在加州和我的初中同学有过几次土里土气的“冲浪对决”。我并不反对更正式的比赛，但显然得先搞定募款活动。那天是个炎热的星期六早上，罗迪找了个借口没来，我老老实实地出现在了指定地点。程先生开车带了一群人，包括他儿子程邦，来到火奴鲁鲁外山上的一个高档小区。我们每个人都分到了一袋沉重的葡式香肠，并接受了上门推销的基本指导。我们在为冲浪俱乐部募款，这是一份高尚的事业，就像童子军。当程先生说出“南方分部”这几个字时，大家都笑了，因为他的发音是白人的标准英语，而不是一般常听到的洋泾浜口音。他帮众人分好了责任区，说好当天结束时要回到山脚下集合。

我壮着胆子投入了工作。我用力敲开家家户户的大门，被愤怒的狗追得到处跑，大声地对着没有丝毫会讲英文的迹象的日本老太太推销。一些白人妇女很同情我，但我还是没卖出什么东西。天气愈来愈热，我从别人院子里的水管喝水，但我没有带食物，最后我饿到吃起了我卖的香肠，虽然不好吃，但总比空腹好。十分钟后，我跪倒在地，对着雨水沟干呕起来，我不知道葡式香肠要煮熟才能吃。我一边吐，一边想着我究竟是离进入冲浪俱乐部的荣耀愈来愈近还是愈来愈远了？

* * *

不确定是什么原因，罗迪转到我的打字班。当他向老师报告时，我简直吓坏了，和程先生在其募款活动上演讲时一样，罗迪暂时放弃了他平常的洋泾浜英语，讲的是标准英语。他可不是为了搞笑，而是看场合说话。我后来发现格伦也有这种本事，卡路库克里家的男孩们都会说双语，懂得“切换代码”。事实上，只是在我们每天的行程中，几乎遇不到他们需要放弃洋泾浜口音的场合。

但是要把我的两个世界截然分开这事儿突然变得更加棘手，罗迪和我开始在学校一起出入，自然得远离“酷孩”的猴荚树。我们总是躲在餐厅的昏暗角落，一起吃日本细面和炒饭，但学校其实不大，无处可躲，总有一天得面对麦克的质问：嘿，这个黑驴是谁？

不过这事从未发生，而且格伦与福特当时也在附近，或许格伦和麦克早已一笑泯恩仇，和我毫无干系。我只知道，似乎在一夜之间，格伦、罗迪、福特不但出现在“酷孩”在学校猴荚树下的聚会点，周五晚上还会出现在麦克和艾狄在凯慕奇的住处，喝着麦克的叔叔提供的夏威夷当地的啤酒普丽莫（Primo），听史蒂大带来的 The Kinks 乐队的歌，两方似乎打成一片，没有闹出什么事来。

当时，当地数一数二的私人俱乐部太平洋俱乐部（Pacific Club）依然只接纳白人，夏威夷的大部分生意都是会员在鸡尾酒和板网球间谈成的。尽管夏威夷的首位美国众议员和最早的两位参议员之一是亚裔美国人（两人都是著名的二战退伍军人，其中丹尼尔·井上①还失

---

① Daniel Inouye，日军偷袭珍珠港时，他是夏威夷的一名高中生，帮助了遇袭受伤的平民和水手。战时，他先是因二战初期美国的排日政策不被允许参军，后在新法案的允许下加入美军并前往欧洲战场，在意大利的第 442 步兵团级战斗队（一个主要由第二代日裔美国人组成的独立部队）服役并升为上尉。战后，井上从政，成为美国参议院第一位及当时唯一的日裔参议员，后担任美国参议院临时议长，是美国历史上国会职位最高的亚裔政治家。美国海军最新锐的一条驱逐舰被命名为“丹尼尔·井上号”，这是美军首次以日裔命名军舰，该舰 2019 年 6 月下水。——编者

去了一条手臂），但太平洋俱乐部显然不为这一事实所动，始终不准亚裔美国人入会。这种赤裸裸的歧视并不能说是非美国式的——在美国本土的许多地方种族隔离依旧合法——但在夏威夷已经与时代严重脱轨了。即使是“酷孩”里社会地位比较低的白人孩子都比他们开明。他们觉得我的朋友们很酷，尤其是格伦，所以至少在帮派事务上，他们愿意抛开种族不论。何必自找麻烦呢，那些都不值当，大家一起开开心心才重要。

这可不是说格伦、福特或是罗迪真的那么想和“酷孩”一起混，我心中很清楚，他们根本不在乎，只有我在乎。事实上，我曾经告诉罗迪“酷孩”中有几个女孩让我心烦意乱，并且我们有过亲吻爱抚的行为，而当罗迪见过其中几个之后，我看得出他对她们印象平平。如果那时就有“贱货”（skank）这个词，他大概就会说出口吧。罗迪自己也一直为情所困，我听说了不少，但他爱慕的对象是个端庄、老派、娴静的漂亮女孩，如果罗迪没有指给我看的话，我永远不会注意到她。她说自己还太年轻，不想与人稳定地交往。罗迪可怜兮兮地说，如果需要，他可以等，无论几年都会等。透过罗迪的眼睛看我的旧日女友，我对她们的喜欢并没有减少，却开始看出她们的迷茫，喜欢恶作剧，有着被人忽略的孩童魅力，在性方面早熟。事实上，在性事上，她们远比我开放，这显得我很怯懦，让我很不开心。

所以，我无可救药地爱上了格伦的女友丽莎。她年纪比我大，14岁，上九年级，是个沉着、风趣、善良的中国女孩。在我眼里，虽然她在凯慕奇中学就读，却不属于凯慕奇。她和格伦之所以是一对，纯粹是因为他是天生的英雄，而她是天生的巾帼不让须眉。他是一个狂放不羁的男人，无法无天，一个爱笑的逃学者，而她是个好女孩、好学生。他们之间怎么可能有共同话题呢？我并不真的想知道答案。“在他身上有一种生活的乐趣，一种没被彬彬有礼污染的温柔。”多年后，当我读到詹姆士·索特（James Salter）的这句话时，我想到了格伦。我认为丽莎也是这么想的。哦，不，我想我会等的，虽然等得焦心，也要等到她清醒，转而投向那个努力逗她开心并且倾慕她的白人男孩。我不知道格伦是否注意到我的难以自拔，但他很有风度，谈论丽莎时从未有露骨的描述。（没有说“看那儿”，男孩们总是盯着女孩的臀部和胸部互相提醒。）

因为丽莎，我才认识了福特，我知道他不是个典型的日本孩子。格伦有时会取笑他，说一些关于“忍者”的话，说除了冲浪之外什么都不关心的福特一定让家人很失望。但他很少被格伦的话惹毛，他的内心十分强大。福特与我的学术班上的日本同学截然不同，后者会极其直白和积极地从老师和其他人那里寻求认可。我和其中几个女孩交上了朋友，她们的确很风趣，但我们之间的社会隔阂仍然牢不可破，而她们在班上拍老师马屁的行为有违我对师生关系的理解。福特则更像是跟我来自同一个世界。

他的皮肤苍白，身材魁梧，肌肉线条明显，一副硬实合度的冲浪身形，能快速地沿着浪程而行（指横越波浪的水平方向）。福特和格伦的友谊似乎围绕着冲浪而建立，在这上面他们难分高下，但寡言少语的福特会对格伦的笑话浅浅地干笑，他们似乎在其他方面也有怪异的默契。此外，丽莎告诉我，卡路库克里家是福特逃离家庭压力的避难所。她认识福特的家人，包括他那望子成龙的父母、上大学的兄弟姐妹。日本人最初被带到岛上工作时跟中国人、菲律宾人和其他族群一样，都是在糖料种植园打工，但在战后的夏威夷，日本人的政治地位迅速上升，很快就脱离了种植园。他们的经济地位也迅速上升。他们普遍对自己的闭锁隔绝感到不满，与中国人不同，他们并不急于与其他族群通婚。但我几乎可以肯定地说，日本人的集体意识，特别在老一辈人中，认为他们不可能通过和夏威夷当地人的交往在美国社会中往上走。丽莎说，这就是福特每天都要反抗的压力。难怪，他的下巴总是那么紧绷。

* * *

我看到了钻石头悬崖即将举办冲浪比赛的传单，组织者似乎是凯慕奇中学的一个孩子，他叫罗伯特，九年级，个头很小，能言善道，压根不冲浪。但罗迪和格伦说罗伯特是来真的，他的家族操办过许多运动比赛。这场比赛的规模小得不能再小了，当地的冲浪俱乐部都没有参与，唯一的参赛级别似乎是 14 岁以下的男孩，我符合，所以就去了。

比赛当天阳光灿烂，上涨的涌浪被风吹得乱七八糟。比赛的选手没有一个是悬崖的常客，除了几个跟我同校的，其他人我都没见过。但他们似乎很熟悉复杂的比赛章程，知道冲浪的顺序，该穿的服装。有些人还有父母陪伴，他们雄赳赳地从钻石头路走下来。我则因为不好意思，完全没告诉父母有这场比赛。罗迪居然没来，让我很不开心。格伦来了，他是评委之一，他告诉我罗迪当天早上被迫跟着父亲去威基基的德鲁西堡工作。我原本指望看到罗迪赢得这场比赛。

罗伯特宣读了参赛者冲浪的时段。没到我们上场的时候，我们就挤在山坡上多刺灌木丛下的阴凉处。评委则坐在山坡高处。有些冲浪者在我看来还不错，但没人比得上罗迪。有个孩子穿着南方分部的沙滩裤，却不太会选浪，表现很差。

我冲了两三回合，心情紧张，划得很用力，无心观察别人的动作。浪来得缓和，状况很好，但小罗伯特没有能力辟出参赛区域，所以参赛者必须和周六通常来此冲浪的人们一起冲浪。当时，我对悬崖的礁石地形已经很熟悉，所以就移到了伊娃海滩的方向，那边外侧的海洋有片珊瑚礁，倾斜的角度很适合目前涌浪的状况。在那里，我找到了与主波峰相连的干净波浪。照规矩冲浪时段接近尾声时，罗伯特会用旗语告诉参赛者，但决赛结束时他忘了换旗子，我就一直冲浪，直到格伦划水过来接我。他说，比赛结束了，我得了第二名，一个名叫托米·温克勒的白人得了冠军。格伦笑着说："你那个压低膝盖回切的动作，你每做一次，哗啦，我都会给你一个高分。"

这场比赛有三点吓到了我。首先，几周后，罗伯特真的给我们发了奖杯，我父母发现时很惊讶，更因为我没有邀请他们观赛感到很伤心。其次，托米·温克勒是谁？原来是凯慕奇中学低调的白人之一，他很可爱，个性开朗，冲浪也冲得比我还好。最后，格伦喜欢我压低膝盖回切，那是冷水冲浪的一个动作，夏威夷几乎没人知道。如果我打算系统地摆脱我在本土的冲浪风格，这该是我第一个要甩掉的动作。但显然我还在用。我的偶像格伦竟然从中看到了一些优雅，或者至少看到了一些新奇之处，那好吧，压低膝盖回切这个动作就留着吧。

真要谈起来，本土风格与夏威夷风格的差异十分复杂，在冲浪世界如此，在每个时代如此，在我的小小世界也是如此。我经常听到格伦取笑罗迪的冲浪风格“太岛屿风”，格伦模仿弟弟蹲下，翘着屁股，双臂以夸张的速度沿弧线伸展，像个愤怒的日本武士一样眯着眼睛。这么做对罗迪不公平，也学得不像，但非常好笑。格伦有时甚至会在冲浪时做出这些动作，嘴里却总是大叫着“艾考！”。艾考[①]是当地一个以传统风格闻名的冲浪家族，也如同本·艾帕和雷诺·阿贝利拉一般后来享誉国际冲浪界，被视为大浪上的纯正夏威夷风格的代表。我从来没听说过艾考，福特和罗迪则对格伦的表演捧腹不已，“等你见到艾考家的人，”福特告诉我，“就知道我们在笑什么了。”

*　　*　　*

我第一次去北岸是和家人一起去的，时值春天，从阿留申群岛过来的大潮将巨浪推到北岸的场景今年已经结束了，再看要下一年了。我们在传说中的大浪点威美亚湾稍作停留，海面平静无波，就和照片中一样。我们到海滩后方的峡谷徒步，在水潭里游泳。父亲、凯文和我从悬崖边跳入冰冷的棕色水中，互相挑衅着看谁敢从更高的地方跳

---

① 这家最著名的是埃迪·艾考（Eddie Aikau），是夏威夷一位出色的冲浪运动员，也是一名救生员，1978 年被选中加入夏威夷和塔希提岛之间的文化探险队，在 30 天、2500 英里的航程中，双壳独木舟发生漏水，并在莫洛凯岛以南约 12 英里处倾覆。为帮助船员，他凭借冲浪板前往拉奈岛。船员最终被美国海岸警卫队救出，但是他再也没能出现。——编者

下来。我意识到，我比我父亲更敢于挑战这类愚蠢的行径，虽然父亲的体能好、胆子不小、还不到 40 岁。我想，我的家人对我的了解越来越少，尤其是来到夏威夷之后，我一直过着偷偷摸摸的日子，大部分和冲浪有关，一个我早在加州时就开始的运动。

我是怎么开始冲浪的呢？若用画面来说故事的话，那是从我 10 岁时，在文图拉县的某个阳光明媚的午后开始的。文图拉位于洛杉矶北边的海岸，港口有家餐厅，我们家周末常去那儿吃饭，从靠窗的座位可以看到在加州街（California Street）浪点玩的冲浪者，在逐渐西沉的阳光下，他们如同剪影般的身形在强光中静静地翻飞起舞，冲浪板像一柄柄黑色的大刀，在他们脚下快速地左切右划。加州街是个长形的鹅卵石岬角，对 10 岁的我而言，沿着它的陆架拍打的海浪仿佛从天而降，亮闪闪的浪钩和逐渐变窄的波形似乎是海神妙手雕刻而成的。我想去那里，去学习如何在水上跳舞。家庭聚餐时家人亲密的对话成为遥远的背景，就连我爱吃的辣汉堡，一种特别的美食，都失去了吸引力。

事实上，当时有太多的声音在我脑海里召唤我去冲浪。我的父母和福特·塔卡拉的父母不一样，他们很愿意支持我，他们在我 11 岁生日时，送了我一个二手冲浪板，还载我和我的朋友们去海边。

如今，我似乎能自己拿主意了。没人问我提着冲浪板是去哪儿，我也从不谈论悬崖的那些有好浪的日子，或是在凯库冲浪终于战胜恐惧的自豪感。当我年纪还小的时候，我喜欢带伤回家，喜欢让母亲看到血从我腿上滴下来，听她倒吸一口气。你在紧张什么？哦，那个啊。我喜欢看他们大惊小怪，我则刻意装作不在乎。我记得，有一次，我乘船时不小心被另一位母亲的香烟烫着了，我甚至从他们的反应中得到了反常的快乐。我喜欢他们的关注和痛惜，这值得我用身体上的痛苦去交换。这种带着内疚的快感是从哪里来的呢？毫无疑问，它仍在我身体里。但一进入青春期，我突然在精神上离开了我的家人，不再想要他们的关注。我穿着泳衣走在威美亚湾的小径，我知道我们这血脉相连的六人看起来就是一家人，但我觉得自己和他们格格不入，一股阴冷的青春期叛逆劲儿似乎来得太早了。当然，第二年夏天，当我在威基基正面朝下栽进珊瑚礁间时，依旧是我母亲带我到医院缝合了伤口。

*　　*　　*

我说过我父亲还不到 40 岁，当然，对孩子而言，成年人的年龄是荒谬的，这个数字太大，几乎没有意义。但我父亲的岁数似乎是恒定的，就连我自己都知道这件事很怪，翻看家庭相册时会发现，这一刻他是个满头黑发、神情警惕的男孩，滑冰、拉雪橇，在舞蹈队里吹小号。然后，20 岁从海军退伍时，突然变成了中年模样，抽烟斗，戴软呢帽，在打字机旁神情专注，在西洋棋盘前心满意足。他 23 岁结婚，24 岁当了父亲。这件事在我父母的世界里并不奇怪，父亲似乎对成为大人有着不同寻常的兴趣，他希望自己变成 40 岁。父亲并不是个谨慎、有分寸的人，真要说的话，他做事情绪化，鲁莽不计后果。他似乎只是想把青年时代抛在身后。

我知道他讨厌海军，讨厌船上生活的幽闭恐惧症（战争结束了，父亲刚好错过战争，但仍在太平洋的一艘航空母舰上待了一阵），尤其讨厌普通海员的无奈。他说："他们不会无缘无故被称为海军小士官。"当时，我并不知道他有个噩梦般的童年。他的父母都是四处奔波找工作的酒鬼，他们的两个儿子最后都由年长的姑姑们扶养，我的父亲还算幸运，在密歇根小镇跟玛莎·芬尼根一起生活，她是个脾气温和的老师，她的丈夫威尔是个铁路工程师。但是，被双亲抛弃前那段混乱而又恐惧的日子困扰了父亲一辈子。

难怪，我的父母饮酒都很节制，就算在马提尼超级流行的时候，我也没看过他们其中一个喝醉。有好长一段时间，父母总担心我们会酗酒。

他们想要个大家庭，很快就生了我，当时我们住在曼哈顿的第二大道，一个没电梯的公寓四楼，父母每月支付一美元把我的婴儿车寄放在楼下的理发店里。他们想要搬到长岛的莱维顿（Levittown），一个典型的郊区，还是全新的——现在回头想想，那主意真是糟透了，幸好后来搬到了洛杉矶。之后，我母亲连续小产三次，其中一个也许是胎死腹中。某个教堂的分部派了怀孕的单身女天主教徒来照顾我。母亲怀凯文的时候，乖乖在床上躺了六个月。这一切都发生在所谓的黄金时代。

那段时间，父亲似乎有一千份工要打。在直播现场或录制现场或舞台表演团队里，一下是电工，一下是木匠，一下是管人的，一下又要跑腿打杂。在他所有的工作里，我最喜欢的是加油站服务员，当时我们住在莱希达（Reseda），他在离家不远的凡奈斯（Van Nuys）的雪佛龙加油站工作，我们还可以送午饭给他。所有的服务员都穿着白色制服帮人加油，父亲也是，绣着雪佛龙字样的制服浆得很挺括，醒目到让我觉得相当夸张。他还做过儿童电视节目《平克·李综艺秀》（*The Pinky Lee Show*）的舞台经理，母亲和我也看那个节目，但主要是想看到父亲戴着耳机在舞台边的身影。就连我也隐约明白父亲是为了养家忙得团团转，所以才老是不在家。在某种程度上，我也明白，虽然他是我们家的英雄，但在外头的世界里他要戴着耳机、穿着雪佛龙制服，他和我一样依赖母亲，只是他是在以自己的方式。

我们是循规蹈矩的天主教徒，也许不算特别热情，也是虔诚的。我们每周日做弥撒，周六学教理，周五吃炸鱼条。然后，在我快满13岁的时候，我接受了坚振圣事[1]，成了教会眼中的成年人，父母却在此时告诉我，以后他们不再要求我一定要去做弥撒了，这吓了我好大一跳。以后由我自行决定了。难道他们不担心我的灵魂状态了？他们含糊其辞的回答再次令我震惊。我父母是教皇约翰二十三世的超级

① sacrament of confirmation，亦称“坚信礼”、“坚振礼”，天主教和东正教“圣事”的一种。入教者在领受过洗礼一定阶段后，再接受主教所行按手礼和敷油礼，以坚定信仰，振奋人心。——编者

粉丝，但我意识到，他们实际上并不真的相信所有的教义和祷告，包括所有那些祭献、谕令、吓人的忏悔祈祷文、隐晦艰涩的忏悔书，都是我从小就在背诵和吃力地理解的。有可能他们甚至不相信上帝。我立即停止了弥撒，上帝并没有明显的不安。父母则继续带着弟妹去教堂。真是虚伪！在我们搬到夏威夷前不久，我愉快地抛弃了自己的宗教义务。

* * *

因此，一个春天的周日早晨，我自己正从悬崖慢慢划过潟湖回家，而我的家人还在维艾勒伊（Waialae）的海洋之星教堂汗流浃背。潮水退去，我的冲浪板的尾鳍撞在大岩石上。长满苔藓的珊瑚礁露出海面，戴着斗笠的中国女人或是菲律宾女人，提着篓子弯腰捡拾鳗鱼和章鱼。海水沿着珊瑚礁的外缘起伏，但都太小了，无法冲浪。

我觉得自己漂浮在两个世界之间。一个世界是海洋，无边无际，永远消失在地平线那一头。今天早晨，它平静无波，懒洋洋地放松对我的掌握，但现在的我被海洋的情绪牵绊着，这种依恋是无尽的，无法抗拒。我越来越脚踏实地了，我再也不会想象波浪是精心雕琢后从天而降的，现在我知道波浪源于遥远的风暴，是深不可测的海水表面活动造成的。但我对冲浪的死心塌地毫无理智成分可言，它就是那么吸引我，仿佛里头有一个美丽而神奇的深渊。除此之外，我无法解释我为什么冲浪，我隐约觉得冲浪填补了我心底深处的空洞，也许与离开了教堂有关，更可能与慢慢游离在家人之外有关——冲浪取代了之前的许多事情。我现在是个晒得发黑的异教徒，我觉得自己对神秘事物了如指掌。

另一个世界则是陆地，是所有和冲浪无关的东西。书籍，女孩，学校，家人，不冲浪的朋友。它是“社会”——我正在学着这么称呼它——以及“负责任先生”该做的事。我双手交叠在下巴下，人漂浮在水面上。一片红蓝色的云彩挂在科科头的天上，夏威夷的一户人家在沙滩上野餐，海堤上的一台晶体管收音机正在发出嗡嗡声。被阳光晒暖的浅水有股奇怪的蔬菜煮熟的味道，这一刻是如此巨大、静止、闪亮、平凡，我好想把它的每一部分都印在记忆里。除了冲浪，我没有考虑过其他选择，就这么跟着我着的魔走 。

* * *

浪是这样来的。遥远的风暴扰动了海平面，像切菜一样先造成了小波，接着是大一点乱纷纷的波，这些小波借着足够的风聚合成波涛汹涌的大海。我们在遥远的海岸线等待的是从风暴中逃逸的能量，它以波列的形式向外辐射到更平静的水域，一组组浪波越来越有条理地一起奔涌而行。每一浪都是振动的能量，大部分在海平面之下，风暴产生的所有波列，构成了冲浪者所说的“涌浪”。涌浪可奔行数千英里，风暴愈猛，涌浪走得愈远。随着浪的奔涌，它会变得更有条理，一个波列中的每个波的距离或者说间隔也会拉长。在一个长间隔的能量波中，每个波的振幅可能会延伸到海平面下超过 1000 英尺。这样的波列能轻易地越过奔行途上的表面阻力，也可以吸收或超越途中碎浪或其他较小较浅的涌浪。

当涌浪奔行接近海岸线时，其下端开始接触海底，波列转变为一组组波浪，这些波浪比本地生成的同类波浪群还要大，间隔更长。海底的形状掰出了波涛的形状，可见的波浪部分变大，推出海面的振幅更高。当海水变浅时，海底来的阻力会增大，从而减缓波浪最低部分的前进速度，海平面上的波形变陡了。最后，它逐渐变得不稳定，准备往前扑去，也就是所谓的破浪。根据经验，当波高抵达水深的 80% 时，就会开始破浪——8 英尺高的波涛会在 10 英尺深的水中破浪。但许多因素皆会决定每个破浪的确切位置和破的方式，比如说无休止的微风、海底的轮廓，涌浪的角度以及洋流。作为冲浪者，我们只是希望浪破时有一个可以捕捉的机会（上浪点）和一个能冲的浪壁，波浪不会一次全部破碎（浪崩），而是顺着某个方向（左往右或右往左）逐渐破碎（剥落），如此便可使冲浪者能够以大约与海岸线平行的方向，在浪破前顺着浪壁享受一段骑浪的时光。

*　*　*

随着春天脚步的接近，冲浪条件也跟着转变，南方过来更多的涌浪，这意味着悬崖有更多的好日子。我家前面的帕特森浪点，位于暴露在外的珊瑚礁间的宽敞空间，波浪轻柔，当这个浪点开始有稳定的破浪，便吸引了一群新的冲浪者——有老人、女孩、初学者。罗迪的弟弟约翰也来了，他才 9 岁或 10 岁，动作非常敏捷。我弟弟凯文开始对冲浪表现出一些兴趣，也许是受约翰的影响，约翰的年纪和我弟弟差不多，他也把冲浪板寄放在我家，这让我很惊讶。凯文很擅长游泳，从十八个月大时起他就一直潜入游泳池的最深处。凯文双足内八字，在水中如鱼得水，9 岁时就是人体冲浪①的行家了，但他一直对我的冲浪热情漠不关心，似乎那只是我的爱好，不会是他的。如今，他用借来的板子划出帕特森浪点，不出几天就开始上浪、站立、转弯，似乎天生就会冲浪。我们花了 10 美金给他买了一块二手的“夏威夷邮轮”冲浪板，我既骄傲又兴奋，未来突然有了不同的色调。

随着本季首个巨大的南方涌浪到来，炸弹浪点有了破浪。我和罗迪一起站在海堤上观看，主浪峰离岸非常远，我们只能看到每群破浪的第一个浪波，在那之后一切就只是白水花和水雾形成的闪亮高墙。浪很高，大概至少 10 英尺吧，是我见过最高的浪。罗迪沉默着，茫然地盯着海面。显然这浪超过了罗迪的能力。有两个人正在冲浪，他认识他们吗？

他认识。

他们是谁？

他叹了口气，告诉我他们是韦恩·桑托斯和莱斯利·王。

---

① bodysurfer，指不用冲浪板而将胸腹贴于水面，在较浅的海面以游泳的方式随波浪起伏而推进。——编者

冲浪者的身影只是偶尔可见，我们目睹着他们落入庞然大浪中。他们专心地冲浪，动作时髦，没有人掉下来，在帕特森浪点外的礁石上高速前进。王和桑托斯是令人惊羡的冲浪者，他们都是成年人。格伦和福特则在悬崖冲浪。今天确实不是罗迪在炸弹浪点首次亮相的好日子，罗迪深深叹了一口气，表示自己明白这一点。我们把冲浪板丢进水里，划向远处的悬崖，受到这波涌浪的影响，悬崖会有对两人而言够大的浪。

凯文受伤了，在帕特森浪点被冲浪板打中了背。我听到有人在喊我的名字。是你弟弟。我发疯似的划了过去，看见凯文倒在沙滩上，被人们围着。他看起来很糟，脸色苍白，惊魂未定，显然完全呼吸不畅，他差点淹死，是小约翰·卡路库克里救了他。凯文依然喘着粗气，咳嗽，哭泣，我们把他抬回家，他说他浑身上下都疼，每动一下都疼。母亲把他清理干净，抚平了他的情绪，让他上床休息。我则又回海边冲浪去了。我原本以为凯文几天后就会回到海里，但他自此再也不曾冲浪。他重新开始玩人体冲浪，十几岁时，成了欧胡岛东端两个著名的人体冲浪点马卡普（Makapu'u）和桑迪海滩（Sandy Beach）的高手之一。成年后，他的背部老是出问题，最近，一位骨科医生在看脊椎 X 光片时问他小时候发生过什么事。看起来，当年的意外似乎造成了严重的骨折。

* * *

每间学校里都有一头公牛，也就是所谓的硬汉。来自不同学校的孩子会互相问对方，你们学校的公牛是谁？当我进入凯慕奇中学时，这间学校的公牛是个名叫大熊的家伙，真是难以置信，听上去好像华尔街的冷笑话——大熊是大公牛——只不过没人听说过华尔街。大熊，自然身材高大，像是个 35 岁的成年人。看起来是个良善之辈，甚至还有些糊涂，我猜他是萨摩亚人。他周围总是有一个恭敬的跟班，像黑社会头目一样。但大熊那帮人穿着邋遢，也许就是因为他们，我才会对“土生土长的当地人”有了贫穷和衣衫褴褛的第一印象。真的，他们看起来就像刚下班的环卫工人，等不及要喝当天的第一杯啤酒。他们都远大于初中生该有的年纪，样子看起来很吓人，但总是跟大家保持着安全距离，似乎从来没有变过。

然后发生了一件事，和大熊毫无关系，却导致他失去了在这帮人中的地位。对我而言，这件事则改变了一切。虽然当时我在现场，但没见到事情究竟是怎么发生的。那是午餐时间，“酷孩”聚集在他们的老地方，我正在和丽莎聊天，眼中一如既往地闪着光彩。落单的白人，身形高大的老屈从旁边经过，有人说了句什么话，老屈做了答复，声音低沉腼腆，确实很像电视《亚当斯一家》（*The Addams Family*）里那个忧伤的管家，老屈的名字也正是这么来的，是个残忍的绰号。他有一双忧伤的眼睛，前额很宽，一小撮胡子，走路常常弯腰驼背，希望掩饰自己的身高。通常情况下，他听到侮辱的话只会默默地走开，但这次不同，他停了下来。格伦当时站在旁边，他叫老屈走开，到别处去，但老屈没动，格伦于是走上前去。两人先是互相推搡，接着拳打脚踢起来。

这场面真是奇怪，看着觉得滑稽，不搭调。格伦并不矮，但老屈高了他整整 1 英尺，除非靠得足够近，否则格伦根本摸不到对手的下巴。老屈动作很笨拙，拳头落不到格伦身上，但一逮到机会就给格伦来一个熊抱，使他双脚悬空。老屈一个急转把格伦抱在胸前，用一只粗壮的胳膊箍住他的脖子。现在围过来的众人可以看到格伦的脸了，老屈勒紧了他的喉咙，真的勒得很紧。格伦的双眼都凸了出来，很明显无法呼吸了，他在激烈地扭动挣扎，但老屈的手臂死不松开。丽莎尖叫，格伦挣扎，好长一段时间，其他人像是被钉在了地上。

福特·塔卡拉出现了，他走向了老屈，迅速出拳重重地打在了老屈的下巴底下。老屈的头往上一抬，放开了格伦，直直地倒在了地上，福特这时又照着他的太阳穴来了第二拳。然后，真正的怪事发生了，福特带走了受了伤疼得直抽气的格伦，“酷孩”则围住倒地的老屈，对着他又踢又打又抓。也许是因为绝望而不是丧失了行动能力，老屈几乎没做任何抵抗。我记得麦克的妹妹艾狄用指甲耙老屈的手臂，然后得意洋洋地举起双手，就像童话故事中的哈比①举起沾血的双手表示胜利一样。其他女孩捶他的脸，拉扯他的头发。这一血腥的场面持续了好一阵子，直到某人大叫“乔克！”我们才散开。乔克先生是学校管纪律的副校长，正急忙赶来现场。

什么时候我才意识到自己参与了一起令人作呕的罪行呢？还要好一阵子以后。事件刚发生后，我还兴高采烈，以为我们打败了邪恶的巨人，或是类似的怪物。回想起来，或许是我终于摆脱了我对自己没有帮派可依靠的恐惧，那是我在被人用长木条打的时候产生的念头。当然，福特是那天的英雄，他的举动是那么戏剧化，那么果断，以至于人们已经开始称呼他为凯慕奇的新公牛。我很疑惑，难道他不需要挑战大熊就能得到公牛的称号？显然不需要。这是由众人的感情决定的，不需要正式的比赛。但福特真的想当公牛吗？我对此表示怀疑，我比那些刚知道福特的名字的孩子更了解福特。不过，也许福特还有我不认识的一面，那是一个渴望权力的杀手。显然，也有一个我都没认出的自己——某种丧心病狂的啮齿动物。

官方对此事的处理结果并不公平，福特没受惩罚，老屈更少在学校露面了，格伦被通缉。我们其他人都没有受罚，尽管乔克先生似乎巡视得更频繁了，老是用“鄙视的眼光”盯着我们。格伦离家出走了，擅长在法律边缘冒险的麦克成了格伦的帮凶，帮助他东躲西藏。他们俩会在午餐时间明目张胆地出现在校园，以示自己的存在，乔克先生会开车赶过来，追着他们穿越墓地，把两人逼到卡路库克里家所住的美洲牧豆树林中。警察偶尔会加入乔克先生的追捕，这种猫和老鼠的游戏虽然才短短几天，但感觉像是已经上演了有好几个礼拜。

---

① 鸟身女妖，是古希腊和罗马神话中的怪物；也形容恶毒凶残的女子。——编者

*　*　*

喜欢 The Kinks 乐队的史蒂夫来我家找我。他的冲浪技巧还不错，我们换上沙滩裤，一起去帕特森。撇开他对欧胡岛的强烈鄙视不说，史蒂夫的个性很可爱，他棕色皮肤，有点鸡胸，小小的身材，大大的方脑袋，一双大眼睛，一口中产阶级腔调的英语。他的父亲是个有钱但脾气暴躁的白人，而他深色皮肤的生母很早就过世了。和罗迪一样，史蒂夫很讨厌自己的继母，她也是亚洲人。他们住在卡哈拉。史蒂夫的世界观很符合他的白人身份，当然他也确实不是其他族群，他颇有模仿的天分，会说很多种洋泾浜英语。

“我喜欢看。”他说，声音里部分是艺妓的腔调，部分是岛上居民那种纯真的口音。说完，他掀起我的 T 恤，研究起我的男性特征。我震惊到不知该怎么反应，“很好。”他轻轻地说，然后放下了我的衣服。

我正处于对自己的青春期停滞不前感到极度羞愧的阶段，无法坦然接受别人的恭维。史蒂夫对性征的平常心，像来自某个无边的未知世界。

我甚至还没有搞清楚生殖器的基础知识，我的父母在这个问题上也太害羞，无法提供任何帮助。在一个亢奋的夜晚，我发现了自己射精的奇迹，那很有帮助，并且很快变成了习惯。毫无疑问，我和大多数同龄男孩没什么不同，尽管我认识的男孩中没有人讨论过这档事。不断的勃起使我经常感到尴尬、困惑，而且非常喜欢锁门。我开辟了一条在浪小的日子，从悬崖回到我家附近黑岬角的独行路线，不走潟湖，改道绕珊瑚礁而行。在那里，我隐在一片蓝色的深处，没人能从沙滩上或者沙滩后头的房子里看到我。我从冲浪板上滚入蔚蓝的水中，在漫长地划水后休息片刻，意乱情迷地撸了一把“锤子皮”，有些说洋泾浜英语的人这么称呼那话儿，简直太煞风景了。

某天晚上，下了一场大暴雨，是那种似乎热带地区才会有的暴雨。我躺在床上，嘈杂的雨声里似乎有某种空洞但熟悉的撞击声，啊，居然是冲浪板互相碰撞的声音。我一跃而起，急急往外跑去，看到我家通往沙滩的小道已经变成了一条河，五六块冲浪板正从院子里顺着水流往外漂。我家所在的库拉马努街和我家的车道似乎变成了这场暴雨的主要泄洪管道。我在黑暗中朝山下跑去追漂走的冲浪板，将它们从树篱中拉出来，或是从哪个暂时挡住它们去路的地方拖出来放到邻居院子里的安全地带。里面有罗迪的骨白色 Wardy 板，我的石板蓝色拉里·菲尔克（Larry Felker）板，福特的淡蓝色 T&C 板，还有约翰的板，以及凯文那块二手的“夏威夷邮轮”。格伦的冲浪板去哪里了？啊，板尖卡在了房东太太的楼梯下。没有一块板子溜进海里，待雨势暂歇，仍能听到水流沿着小路溪行，留下巨大的空响。我的小腿擦伤了，脚趾踢到了什么，伤了。冲浪板大概都有点小损伤，不过尾鳍完好。我调匀呼吸，慢慢地把冲浪板搬回院子，尽管雨停了，我还是将它们紧紧地卡在竹子围栏里。街上到处散落着垃圾桶。这是一场破纪录的倾盆大雨，为什么我好像是火奴鲁鲁上唯一醒着的人？

* * *

他们逮到了格伦。他被送到大岛。罗迪说，相较于麦克被送到“感化中心”，格伦的下场好多了。老格伦向当局保证大岛上的他家那些老派阿姨会牢牢盯着他，罗迪说这是真的。她们可能不会让格伦冲浪，换做我，这真是要命的残忍。没有了格伦，一切都让人心神不宁。罗迪和约翰被严加管束，丽莎看上去也病了。罗迪不像从前那么自由地到悬崖冲浪，他父亲老是把他带去德鲁西堡工作，嘴上说需要他的帮忙，但我认为他只是想盯紧罗迪。也许格伦的疯狂行径和结局让他深感自责。现在，再也没有什么让我觉得像老夏威夷的彩色木刻了。

有时候罗迪会邀请我去德鲁西堡，他父亲经常要求我们清扫人行道上的沙，以免我们太闲。德鲁西堡还算是个有趣的地方，位于威基基海滨的黄金地段，两侧都是高耸的酒店，每周都有数千从越南前线回来休假的士兵（我们叫他们“锅盖头”）出现在那里。老格伦在这里担任救生员，罗迪和我会偷偷溜进周围酒店的花园或大厅，一个把风，另一个跳进喷水池或许愿井里捞硬币，然后我们就到街上买炒饭、葡式甜甜圈或切片卖的菠萝。

当然，德鲁西堡最有趣的地方还是冲浪。随着夏日来临，威基基的珊瑚礁也活跃了起来。罗迪向我介绍了三号（Number Threes）、凯撒碗（Kaiser’s Bowl）和阿拉莫阿那，这几个浪点我在搬到夏威夷前就听说过了。这些地方非常拥挤，阿拉莫阿那还浅得吓人，但它们都有漂亮的浪，而且信风是从这一侧吹向了离岸。就像洋泾浜谚语所说的那样，骑上这些浪让我觉得“很开心”，至少在我冲浪冲得很像样子的时候是这样。

我也开始在汤格斯（Tonggs）冲浪，涵盖威基基岛的城市海岸线很长，汤格斯在钻石头那一端。赢得钻石头冲浪比赛的托米·温克勒和他母亲就住在那儿。汤格斯的浪似乎没什么特别的——又短又挤的左手浪有着无法驾驭的规模，拍在一排高楼和海堤前，浪花四溅。但是当地许多优秀的冲浪者，包括托米和他的伙伴们，告诉我状况好时附近会出现许多好浪点，他们要我耐心等待，尤其是一个叫做饭碗（Rice Bowl）的骇人的右浪峰。他们说，饭碗是这个小镇能媲美北岸的绝佳浪点日落海滩的地方。我想知道饭碗和炸弹相比如何，但感觉这不是个该问的问题。我在汤格斯看到的冲浪者都是白人，而我在悬崖和凯库认识的每个人都被汤格斯那边的人称为黑驴。也许这些白人从没听过炸弹。（他们听过，不过称之为布朗。）也许饭碗是白人的浪点。（其实不是。）我想，如果南方分部能给我一条沙滩裤，而我只和罗迪与福特一起冲浪，事情也许就会变得简单些。不过，我从没得到过俱乐部的沙滩裤。

没有格伦，福特似乎迷失了方向，他还是每天去悬崖冲浪，但情况就是不一样了。他来我家院子拿冲浪板时，甚至不会看看我是否在家。在学校里，福特似乎对行使随着公牛称号而来的特权毫无兴趣，至于大熊，据说带着一脸疲倦的笑放弃了公牛的称号。福特太害羞了，竟然没有趁机交个女友，这在我看来简直脑子坏了，尤其是学年就快结束了。

*　　*　　*

下一波南方来的涌浪，也是目前为止最大的涌浪抵达时，我到了饭碗那里。浪破在汤格斯的伊娃海滩那一侧，过了个水道之后奔涌得更远，我站在海堤上看，的确像人们描述的那样，像是个小规模的日落海滩。并不是说我冲过这种大小的浪，但看着几个在饭碗冲浪的人，我觉得自己应该可以应付。风速轻柔，水道看起来很安全，浪很大，速度快又强劲，甚至还很有规律。浪况看起来没有炸弹的浪那么野，我趴在冲浪板上往外划去，不记得身边有任何同伴。

有那么一会儿，似乎一切进展顺利，其他冲浪者带着好奇认可了我的加入。他们的年纪都比我大得多。我抓到了两个干净的浪，每个浪的力量和速度都让我大吃一惊。我没尝试什么花哨的技巧，只是停在我的板上，谨慎地从浪壁渡到浪肩。然后划水出来，看着其他的浪——看它们窥视着这个被冲浪者称为“冲击区”（impact zone）或“能量坑”的地方——我看得出，饭碗的破浪的确很猛，惊涛拍岸，那动静是我的双耳从未听到过的。

然后，一个大的浪群来了，这是远超我能力的一个级别的浪。我想我们已经在离岸边很远的地方冲浪了，但我还是从我认为是主等浪区的地方开始往海的方向划去。显然，我错估了自己在珊瑚礁上的位置。饭碗还有我不知道的一面，现在它展现出来了——巨大的遮天蔽日的力量，似乎整片海洋都要汇集到外侧的珊瑚礁上。这样的浪群从哪来的？其他人到哪去了？他们已经消失了，好像预先得到了警告。我身量轻，手臂长，划水很快，由于紧张，我动身很早。我跪在冲浪板上，双臂使劲地划水，朝着水道的方向，试图保持呼吸的平稳与深沉。当第一波浪开始散出水花，它们还在极外头的位置，我感觉力量在消逝。方向是不是错了？我是不是早该在这些银色的死亡之山首度在远方出现时，就开始往岸边划？我是不是一直朝最不该去的地方划去，而浪实际上破在了外侧珊瑚礁？现在改变方向已经太迟了，我继续划水，嘴里尝到了反胃的酸水，慌乱让喉咙发干，呼吸急促。

我掠过有四五个波浪的浪群，它离我如此近，我从至少一个浪头的上方凌空飞过，被所有波浪的水雾浇了个透，身后几码处传来如雷般的浪击声，震得我浑身发抖。我确信如果我陷在浪里，绝对死路一条。这是我第一次有这样的感觉。这就是让冲浪与众不同的恐惧线，在此淋漓尽致地表现了出来。我觉得自己像《白鲸记》里的皮普，虽然落水后获救，却失去了心智，被大海无边的恶意和残忍摧毁了打击。我继续在汤格斯这一侧划了很远很远，绕过饭碗的珊瑚礁，头昏目眩狼狈不堪地回到了岸边。

隔周，我带着这段久久难忘的记忆回到了大陆，此时《夏威夷之声》第一季即将结束，我们突然打包搬家了。我跟朋友说，我会回来的，要写信给我。罗迪答应了，却从未写信。史蒂夫写了，丽莎也写了。丽莎进了高中，我试着接受事实：她永远不会属于我。最多是我多了个大姐姐。我回到之前在洛杉矶就读的地方上九年级，我继续冲浪，去文图拉、马里布（Malibu）甚至圣奥尼卡，反正任何我和我朋友可以找到人开车送我们去的地方。我得意地说着在夏威夷冲浪的故事，但从来没提起饭碗，反正也没人对我的故事感兴趣。

*　　*　　*

就在搬走一年后，我们又搬回了夏威夷。我父亲在电影《科纳海岸》（*Kona Coast*）里得到一份工作，主角是理查德·布恩，讲的是脾气暴躁的老白人渔夫遭波利尼西亚人算计的故事。我们没能住回到库拉马努的旧房子，而是住到了卡哈拉人道下另一个狭窄的社区，附近没有任何好冲浪点。

抵达那天，我坐公交车去找罗迪。卡路库克里一家搬走了，新租户不知道他们去了哪里。

隔天，我让妈妈开车载我和冲浪板到钻石头路，我沿着步道前往悬崖，惊喜地看到福特在那儿冲浪，用的还是同一个淡蓝色的冲浪板。看到我，他显得很开心，话也比记忆中的他多了起来。他说，整个春天悬崖的浪况都很好。是的，卡路库克里一家搬家了，去了阿拉斯加。

阿拉斯加？

是的，部队把老格伦调到那儿了。这似乎太疯狂、太残忍了，不可能是真的。福特也这么认为，但事情已经发生。从大岛回来的格伦没有跟着搬去，而是逃跑了。但罗迪和约翰都闷闷不乐地跟着父亲和继母走了。他们住在雪地上的某个军事基地。我实在很难想象那幅画面。那么，格伦在哪里呢？福特的脸色变得很奇怪，“他在威基基，你会看到他的。”他说。

我的确看到他了，但不是马上。

威基基成为我的基地，部分是因为季节，部分是因为组织工作。夏季的浪况一路从汤格斯到阿拉莫阿那都很好，而位于卡鲁卡阿大道（Kalukaua）中心位置的独木舟浪点设有储物柜，我买了号码锁可以将冲浪板存在那里。于是，我将冲浪板锁在独木舟的户外储物柜，然后搭公交车回家，如果我的零用钱花完了，凌晨时分我就悄悄地在钻石头附近搭便车。我花了大把时间研究人潮汹涌、酒店林立的海滩外的各个浪点。

每个浪点都有当地人，我也交了些朋友。威基基是各种兜售摊贩、游客的聚集地，还充斥着犯罪活动，想想就令人兴奋。就连冲浪者似乎都掺和其中，有些人在海滩上有合法的工作，比如说用有舷外支架的独木舟带游客出海，或是在巨大的粉红色桨板上教冲浪“课”。有些人则干着见不得光的勾当，通常会涉及容易轻信人的女游客或是在旅馆打工能随时拿到房间钥匙的朋友。我在水中交的朋友大都住在一个叫“威基基丛林”贫民区。有的是白人，通常与做服务员的母亲同住；大部分是当地人，而且是那种庞大的多种族家庭。每个浪点都有冲浪高手会引得人们去研究和模仿。我到处打听格伦·卡路库克里的消息，每个人都说认识他，都说他就在附近，昨晚还看见过他，但问题是，没有人知道他到底住在哪里。

终于，某天下午在独木舟浪点，我听到一声“操，比尔”，那是格伦的声音，他在我身后划水，大笑着抓住我的板沿。他看起来老了些，有点憔悴，但还是一副天不怕地不怕的神情，还是那个格伦。他看着我的冲浪板，问：“这是什么？”

那是走浪板（nose-rider）——一种被称为“港口骗子”（Harbour Cheater）的新款式，板上有“台阶”，据说会使冲浪者站在板头上时板子更稳定。这块冲浪板是我最珍贵的财产，放学后我不知拔了多少杂草才赚到足够的钱买下它。这块板是浅黄色的，用的是染料而非颜料，这种透明的染色方式是那年的流行风格。我也喜欢上面那张低调的黑色三角形的港口商标贴纸。格伦打量着我的冲浪板时，我屏住了呼吸，最后他说“很好”，表情似乎很认真，我长出了一口气。我对自己居然感到大大的解脱有点不安。

他没有正面回答自己住在哪里，他只说住在丛林里，目前在餐厅当服务员，没去上学。他说他会带我去他工作的餐馆，偷偷塞一块照烧牛排给我。罗迪在阿拉斯加过得还好，就是冷。他们都会回来说“再见”——格伦用洋泾浜英语说这个的时候，比这首歌通常的处理方式要阴暗。他其实是在嗤笑，毫不掩饰他对军方的愤怒。

我们一起冲浪。格伦的进步极其显著，让我大吃一惊。他不再是个优秀的年轻冲浪者了，动作如往日那样流畅的他现在是个大明星了。

我从来没看过他工作的餐厅，事实上，我很少在陆上看到他。我们在独木舟、皇后（Queens）、杨树（Poplars）和三号浪点一起冲浪，他在浪上的某些动作，已经超出我的理解范围。他的速度极快，转弯转得很急，过渡时天衣无缝，尤其是从顶峰下来的时候。爬升，下落，在管浪中停留，以稳定的蹲姿高速上到浪唇。冲浪界出现了一些崭新的东西，而格伦似乎一马当先。

我怀疑走板并不是这些新东西中的一部分。我已经能娴熟地挂五趾、挂十趾，并在浪况允许的情况下，也能交叉走到板头再返回。我的体型和体重很适合走板。世界上最棒的走板者，也是我心中的英雄之一大卫·努西瓦（David Nuuhiwa），就是又高又瘦。但是，比起1967年夏天走板者用的最炫酷的特殊走浪板，我的“港口骗子”远远不及。有许多板，比如说“丑八怪”（Con Ugly）牺牲了所有其他的性能，以便人在板头达到最长的停顿时间。

尽管走板的动作飘逸灵动、很难完成、技术难度相当大，但我还是开始对它失去兴趣了。夹杂在威基基缓慢、温和、塞满带舷外支架的独木舟和游客人头攒动的软滩间，在凯撒、三号甚至独木舟浪点有较浅的珊瑚礁，特别在潮水低的时候，会形成空心浪，当浪破的时候，会产生只有上帝知道有多难的浪管。那年夏天，我开始寻找进入波浪内旋转的蓝色腹部的办法，甚至偶尔站在板上出来。每个人都在谈论“被关在里面”的感觉，但是这些冲这些浪管本身就有启示的特质。它们的出现很短，但有股深邃的神秘，令人欲罢不能。你会觉得自己在那短暂的时光里穿过了镜子，总想回去。冲浪的未来在浪管，而不是走板。

人们说格伦嗑药，很有可能。大麻、LSD等毒品无处不在，特别是在威基基，尤其是在丛林。当时，兴起了“爱之夏运动”①，震中位置在旧金山，我们似乎从那里得到了源源不断的灵感，它们为夏威夷带来了新的音乐、术语和毒品。我知道和我同龄的孩子有人吸食大麻，但我太胆小，不敢尝试。我曾和几个年轻朋友到丛林中摇摇欲坠

① Summer of Love，这一年夏天约10万嬉皮士聚集在此，后来被称为“嬉皮士革命”，但更多是称为“爱之夏”。那是一场代表着嬉皮士文化巅峰的盛会，也是一次关于自由、理想和解放的实践。——编者

的冲浪者小屋中参加过一两次派对，迪斯科舞厅的那种闪光灯旋转着，杰斐逊飞船①乐队的音乐震天响，大男孩在后头的屋子跟女孩偷尝禁果，我们偷了啤酒逃跑了。我们的经验不过如此。我想知道格伦到底住在哪里。

我的父母和凯慕奇中学似乎对我在威基基的荒唐行径一无所知，但在道奇·亚马西塔偷了我的冲浪板之后，我差点就惊动了他们。我因愤怒、恐惧、沮丧而心烦意乱。亚马西塔是独木舟的常客，是个比我大一点的街头混混，要求借用我的冲浪板几分钟，然后再也没有还回来。在威基基混得极好的一些人说服我别把大人扯进来，所以，我雇用了一个名叫西皮·西皮里阿诺的宽肩膀孩子去找道奇，把我的冲浪板拿回来。西皮是个打手，你只要出 5 块钱，他就会不问缘由地把你希望揍的孩子揍一顿。令我惊讶的是，他这次决定免费帮我。听说他和道奇本就有过节。不管如何，我心爱的黄色“港口骗子”迅速回到了我身边，只多了一两道浅浅的刮痕。有人说，道奇是因为吸毒太嗨了才偷走板子，并不是有意的，所以不需要为此负责。我才不信呢，我还是很生气，但后来再次见到他时，我发现自己没胆子质问他。这里可不是学校，我背后没有“酷孩”撑腰。道奇背后是一个大家庭，全是壮汉，会很开心地收拾白人小孩。他当作没看到我，我也当作没看到他。

我几乎没再见到“酷孩”成员，还困在岛上的史蒂夫说这帮人已经解散了，他说，没有人可以接替麦克的位置。不知道为什么，两人只要想到麦克就会止不住笑，他身上似乎有某种小丑般的特质。我经常打电话给丽莎，但一听到她的声音，就会又羞又窘地挂断。

我还在凯慕奇中学时，当地大游行时总是选用爱尔兰摇滚乐队

① Jefferson Airplane，在 1960 年代中期，LSD 等致幻剂在加州是合法的，在旧金山湾区，许多民谣、爵士和蓝调的音乐人聚在一起，在 LSD 的影响下成立了乐团，1965 年正式组建的杰斐逊飞船就是其中之一，它也是湾区第一支在国际舞台上获得成功的乐队。——编者

“他们”（Them）的《格洛瑞亚》（*Gloria*）。我们都会跟着唱：“格—洛—瑞—亚，格洛—哦—哦—瑞—亚。”1967 年，火奴鲁鲁电台播放的是“他们”乐队的主唱兼词曲作者范·莫里森的《棕色眼睛女孩》（*Brown-Eyed Girl*）。这首歌并没有大红，但歌词中有一种盖尔语诗歌的风格，在那些日子里，它让我心碎，而且急急上扬的曲调，几乎就是海岛风格。这是一首献给逝去青春的挽歌，多年来，它总让我想起格伦，它有着格伦那种转瞬即逝的和嬉笑的美好。我想象着格伦想起了丽莎，她是个棕色眼睛的女孩。我真的不知道他们之间发生了什么，但他们俩都是我的偶像，我喜欢想象他们曾经很快乐地“站在阳光下笑着/躲在彩虹墙的背后”。某种程度上，我就是这样的人，我把我所有这些都放在其他人身上，把他们的故事浪漫化。而流行文化也是这样的反常之处，几十年后，《棕色眼睛女孩》被翻出来，在电梯、超市里播个不停，直到我再也受不了为止。每个乐队都唱过这首歌，乔治·W. 布什当总统时，他的 iPod 里就有这首歌。

我的父母必须做出选择，《科纳海岸》的工作尚未结束，但新学年要开始了。那时，他们已经对夏威夷有了足够的了解，明白公立学校并非好的选择，尤其是对于我正在上的高中而言。之后数年，父亲在夏威夷还有其他临时工作，我所有的弟弟妹妹都会上火奴鲁鲁的私立学校，但这一年，我们必须赶回本土让我入学。

好像算好了似的，我的冲浪板又被偷了。我的号码锁被钢锯锯断，丢在了储物柜旁的沙滩上。显然，小偷知道我们即将离开。这次我告诉了父母，但时间紧迫，没有人有任何线索。很抱歉，道奇和西皮都不在，他们的家人也不知道他们的去向。所以我们飞回本土时，少了一件重要的行李。

父母借给我钱，让我去付新的“港口骗子”的头期款，这个板和被偷的旧板一样，都染成了黄色。放学后，我替邻居除草，一小时一美元。冲浪板加上税是 135 美元，我想，11 月前我应该能存够这笔钱了。

二　海洋的气息

加州：1956—1965

几年前，我开着租来的车，在加州的拉古纳海滩（Laguna Beach）顺着太平洋海岸公路的主路往南开。雾很浓，空气潮湿，大海在我右手边，散发着午夜的气息，路旁打烊的商店灯光昏暗。我很累，但神志清醒，经过一家老旧破败的汽车旅馆时，我听到一声可怕的惊叫。我知道那是什么：是一段记忆，不是正在发生的犯罪或心痛之事。而且我忆起的惊叫是如此生猛，让我的头皮发麻。那是我的父亲。当年他还年轻，在那家汽车旅馆的室内泳池和我玩耍时，肩膀脱臼了。那是我见过的第一个室内泳池，也是我第一次听到父亲痛苦地惊叫。过去不管是割伤、擦伤还是瘀伤，他从未骂过脏话也不会抱怨，事实上，他常常脸上带笑。所以这次铁定很糟，我吓坏了。父亲当时绝望无助，通知了我母亲，叫来了救护车。为什么我们会在拉古纳的一家汽车旅馆呢？我不知道。我们家有朋友住在北边的纽波特海滩，而不是拉古纳。当时，我顶多四岁，还处在没有弟妹、可称为伊甸园的时代。

每隔几年，父亲的肩膀就会脱臼一次。上一次发生是在炸弹浪点外。他并不冲浪，为什么会出现在炸弹，还在冲浪板上？显然，他划板出海，只是想近距离地看看大浪。一组浪群阻绝了水道，他失去了冲浪板，肩膀脱臼，一次又一次地往下沉，始终浮不起来。某个夏威夷冲浪者救了他，而我不在那里。我当时被放逐在国外，是个大学辍学生。到了医院后，医生打开了父亲的肩膀，切掉了肌腱，重新接上。肩膀不会再脱臼了，但也无法再将手臂举高过头。几十年后，我驱车往南经过拉古纳时，我的心绪飘向了我时年 4 岁的女儿，希望她不会听到我无助的呐喊。

*　　*　　*

小时候，我家离海岸很远，我并不是在海滩长大的男孩。那么，冲浪是怎么成为青涩岁月的重心的呢？且让我带你穿过一些回忆的巷弄，告诉你湿润有力的冲浪音律第一次是在哪里找到我的。

这里住着贝克特一家，他们是海的儿女，是我们家住在纽波特海滩时的朋友。纽波特海滩在洛杉矶以南 50 英里处，是一个老渔村、游艇小镇。贝克特家有六个孩子，最大的比尔和我同年。家庭相簿里，有我俩婴儿时趴在沙滩上、对沙子大为着迷的照片。我妈妈说，所有刚刚为人父母的大人，给我俩下命令："玩啊!"我们身后是彼此的父母，年轻得不可思议，穿着当时流行的泳衣，头往后仰，开心地大笑。我似乎仍能听见蔻克·贝克特嘹亮的连绵不绝的笑声，她和我母亲婚前常在一起混，在约塞米蒂国家公园当过女佣，还在俄勒冈州的塞勒姆当过秘书，至于为什么会一起去那里，两人都记不清了。

大比尔·贝克特是个消防员。他在他们家后院放了数百个捕虾器，海面平静的时候，他会把它们放到奥兰治县海岸线外的某些礁石上。小比尔很快就有了四个妹妹和一个弟弟。贝克特一家是比我家更虔诚的天主教徒。他们在大海和纽波特湾之间的巴尔博亚半岛（Balboa Peninsula）买了幢两层的斜顶小盐屋，就位于通往大海的 34 街，有三个街区长。半岛是细狭形，满是密实的沙。每年夏天，我们会在较便宜的海湾那头租间小屋，度一个星期的假。

我小时候就常到贝克特家，和小比尔一起用手钓线钓胡瓜鱼，把桶里装满螃蟹和蛤蜊，还从他父亲那儿借了一块很有年头的冲浪板，去探索迷宫般的海湾水道，一路划水越过李多岛（Lido Island）进入纽波特湾的开阔水域。我们弄到了一艘小帆船，将它停靠在高速公路附近的贫瘠沙滩上，声称此处为我们所有，还打退了其他试图到那里的孩子。接近傍晚时，我们被海风吹到了公路桥边，桥比我们的桅杆还低，我们疯狂地转着帆，直到几乎错过最后一个私人码头，才终于把船拴好。

我们主要还是在 34 街附近的波浪里玩人体冲浪，那儿是我们的基地，一个完整的小宇宙：冰冷的蓝色海洋，炽热的白色沙滩，轰然作响的南方涌浪。

小比尔的房间小得像储藏室一样，几乎连张单人床都放不下，我们抵足而眠，互相踢对方的脸。我们一起洗澡，甚至一起撒尿，带着坏笑像比赛的剑客般把尿射向对方。他是道地的海滩小孩，理着小平头，头发被太阳晒得褪色，脚底硬得像木头，背部在夏天晒成柏油般的黑色。不管身在何处，他都知道潮水的随时动态，好像能从空气中嗅出线索。他知道小银鱼什么时候抢滩，小银鱼是神秘的鱼种，会被冲上海岸线产卵，但只在晚上，涨潮后的一小时内，而且只发生在某几个月里的某几天。我们会拿着手电筒去找，只要花一小小时便能装满一麻袋，裹上面粉炸来吃，真是人间美味。走在纽波特码头，比尔经常未经允许就在渔夫的鱼篓里乱摸，但只要他用码头人的语气大赞一声“不错的石首鱼”，就能让这些渔夫放松神经。

比尔像他父亲一样，为自己的临危不乱感到自豪。他言谈带着讽刺，说起来又几乎极度放松——标准的加州式矛盾混合体。从很小的时候起，他就准备了一种“事情就是这么简单”的表情用于各种场合。比尔·贝克特绝非单纯地忙碌，而是“比一个单臂的裱糊工人”或是“坏浣熊”还要忙。他可能飞扬跋扈，总爱指挥妹妹们做这做那，结果成败参半。妹妹们以讥讽来对付他的专横，她们有四个人，各有引以为傲的尖刻的俏皮话。贝克特家住满了全职的人，却还有办法兼作社区中心，总有邻居进进出出，厨房里送出一盘盘墨西哥玉米饼，后院有人烤着刚钓到的鱼，锅里煮着活蹦乱跳的龙虾。大人则端着葡萄酒、啤酒或烈酒推杯换盏。

蔻克·贝克特演奏手风琴，这家人有多得惊人的合唱歌曲。就连小孩子都能大声唱出《记得我》（*Remember Me*）、《多怜悯她》（*Shes More to Be Pitied*）、《感伤之旅》（*Sentimental Journey*）和《别再卖酒给我爸爸》（*Please Don't Sell My Daddy No More Wine*），全家人似乎都传承着演艺才能。蔻克的母亲阿迪住在山那头，她某天下午出现在34街，但她不像我祖母开车来，而是把卡车和拖车先在别处停妥，再穿着有珠子的鹿皮紧身衣，戴着羽毛头饰，骑马而来。她在街道上巡游，平静地向从房子里蹦出来的人们挥手致意。贝克特家的孩子很高兴看到她，对于外婆这种马戏团似的出场并不讶异，他们已经看过太多次了。

大比尔来自洛杉矶市中心，战后一群自由散漫的年轻人从城市往南边海岸迁移，他是其中之一。他爱挖苦人、紧绷着、讲话慢、长相英俊，长着一双巴塞特猎犬般的眼睛，皮肤晒成了深棕色。他的手很巧，会用原木造船。他冲浪，会弹奏尤克里里。事实上，他与蔻克是在夏威夷结婚的。大比尔有个旧的红木冲浪板，泪珠形状，重得像铅一样，被他雕刻成了咖啡桌，放在楼上的小客厅里。他是消防队队长，小比尔和我喜欢到消防队去看他。他似乎总在消防队后头，在大太阳底下帮一艘船上漆。

除了家务以外，小比尔还有真正的工作。黎明时分，他在码头边帮出海渔夫的鱼钩挂饵。这工作脏兮兮的，总长1800英尺的鱼线上，每隔几英尺就会有一个生锈的倒钩，必须把臭烘烘的鳀鱼压在钩子上，挂完600个钩子可以拿到两块五毛钱。如果有人帮忙，小比尔早上10点前就可以完成，所以我常跟着去，然后两个人的手都会臭上一整天。某年夏天，他在码头边的“亨利的店”找到了一份工作，出租硬橡皮艇给游客。那些橡皮艇真的很不错，我和他的其他朋友都愿意冒着让比尔失去工作的风险，擅自拖橡皮艇去玩。橡皮艇用的帆布很重，外围一圈是黄色橡胶，非常硬，人几乎可以站着漂流。聚苯乙烯泡沫塑料浮板①当时已经很流行了，但“亨利的店”橡皮艇更快，操纵起来更灵活。

当时也有冲浪板，但在纽波特，至少在夏天，只能在指定区域和清晨使用。更重要的是，用冲浪板冲浪很可怕，我们相信，冲浪板是给大块头用的，我们不行。我们在镇上看到过冲浪者，头发被太阳晒得褪色，开着老旧的旅行车，穿着彭德尔顿（Pendleton）格子衫、白色牛仔裤和墨西哥凉鞋，鞋底是旧车胎做的。我们听说，周末晚上，他们在半岛另一端的“约会舞厅”纵情狂欢，迪克·戴尔与他的戴尔乐队在那儿演奏诱惑人的危险音乐。

贝克特丢了在“亨利的店”的工作，不过不是因为我们未经许可使用了橡皮艇，而是因为某天下午，有一名小游客躺在沙滩上，迟迟不归还橡皮艇，比尔等得厌烦了，而那是唯一一个还没有收回的橡皮艇。他想打烊，我们都在一旁等他。那个苍白的胖嘟嘟的小孩好像睡着了。最后，贝克特拿起一颗小石子，用好友做的弹弓射向了这位熟睡的游客袒露在橡皮艇上的肚子。那男孩发出吓人的尖叫声，我们四散而逃。没想到男孩的母亲居然报警了，我们躲在一旁，眼睁睁看着贝克特网球般的脑袋在一辆警车的后座就这么驶远了。亨利解雇了他，贝克特的朋友给他取了个新绰号叫 JB，意思是“囚犯”（Jailbird），不过身为受欢迎的消防队长的儿子，他连一分钟牢都没坐。

贝克特的朋友都是天主教徒，甚至上天主教学校。年纪较大的男孩即将成为辅祭男童。他们骑着脚踏车去参加周日的弥撒，昂首阔步，四处转悠，把教堂当自己家一样。想起在家乡时我总是怯生生地在周日与父母一起去圣米尔教堂，我既佩服他们，又有点惭愧。纽波特男孩教我如何潜入教堂后面的阳台，从那里往下看为大弥撒演唱的

① 浮板，bellyboards，冲浪运动中用的一种腹部贴卧的板。——编者

唱诗班。我们得藏好，这样祭台上的牧师在转向会众时才不会发现我们，但吊诡的是，我的同伴又希望被担任辅祭男童的朋友看见，以便逗他们发笑。我对这一套恶作剧翘首以待，但随即感到难为情，因为当牧师吟诵着“愿主与你们同在”时，我条件反射性地低语“也和你的心灵同在”，一个名叫麦基的红发男孩发出嘘声叫我闭嘴。因为待得越来越无聊，几个男孩开始悄悄地朝我们下方的教区居民吐口水，在每次吐出一大团浓痰后，就跳到后头躲起来。此时我真的对此感到愤慨，这些人不相信有地狱吗？弥撒之后，他们聚集在海边嘲弄一切，很明显，他们并不相信。但我还是相信的，目睹他们早上的行为，我吓到了，感受到一种宗教带给我的恐惧。看来天主教学校把年幼的孩子变成了无所畏惧、硬心肠的叛教者，我是个上公立学校的胆小鬼，仍对修女充满畏惧。

*　　*　　*

我爱纽波特，但更爱圣奥诺弗（San Onofre）。那是再往南 40 英里，被一个大型海军基地包围的一小片未开发的海滨。周末，贝克特夫妇会开着塞满孩子和装备的大众巴士去那里。圣奥诺弗是加州冲浪运动的早期冲浪点之一，成天在那儿露营以便冲浪、钓鱼、猎鲍鱼的海滩游民，以某种方式说服了军方在海军基地建成后让他们继续在那儿活动。有一条通往海滨的土路上设了个哨站，但是圣奥诺弗冲浪俱乐部的会员是可以通过的，大比尔即是俱乐部的创始会员。海滩并没有什么特别之处，狭窄，没有树木，水之外就是岩石，但一起在那个地方露营的家庭都拥有一种显而易见的低调快乐。大部分人似乎都是高段位的享乐人士。冲浪板、钓鱼竿、浮潜装备、旧单人皮划艇——全都是为了这片水域准备的。有褪色遮阳篷的厢式货车和浮木搭成的小凉棚提供了遮荫之处。大家打桥牌，玩排球，太阳下山后生起篝火，唱歌跳舞，马提尼是这时候的标配。

然后是海浪。我到这儿时是 1960 年代，圣奥诺弗的浪已经过时了，它太慢、太绵软了。不过，在冲浪的早现代时代，当冲浪板还非常巨大、沉重，通常没有尾鳍时，冲浪者直直地往岸边骑行过去，尽量少转弯，是首选的冲浪技巧（事实上，也是唯一可行的技巧），在这段时期，圣奥诺弗也许可以说拥有加州最棒的浪来展现这种技巧。驾浪过程既漫长又平稳，沿途有足够多品种各异的礁石，绝不会让人感到乏味。许多在二战后继续对冲浪板的设计进行现代化改造的冲浪者，都是在圣奥诺弗开始冲浪的，这儿是西海岸的威基基，却没有威基基的旅馆和喧闹。直到现在，它依然是学习冲浪的好地方。

10 岁那年的夏天，我站上借来的绿色冲浪板，第一次学着冲浪。我不记得有谁教过我，虽然四周有许多冲浪者，但圣奥诺弗很宽敞。我独自划水往外走，低着头，让自己停留在由白浪花组成的柔软的银色水线上。我看着其他人驾着浪从我身边经过，我模仿着他们，把冲浪板转向海岸。这儿的浪和我多年来一直在玩人体冲浪的那些颠簸的海滩浪点完全不一样，但潮水很低，风势轻柔，让涌过来的海浪容易辨认。我发现了一堵浪墙，宽大、摇摇欲坠、浪脊落差不大，然后像个疯子般划进低洼处，当冲浪板浮起来抓到浪，感受到的加速度没有在人体冲浪或在橡皮艇上抓到浪时那么猛烈。然而，一种速度和在波浪面前跳过水面的感觉，却如潮水般源源不绝，这是崭新的经验。我摇摇晃晃地站起来，往旁边看了一眼，注意到浪并未减弱，前方的路显然还很长，下方岩石嶙峋的海底让我目瞪口呆。海水清澈，略带蓝绿色，也很浅。但我有足够的空间安全渡过。那天，我一次又一次这么冲浪。

* * *

但是，住在内陆这事一直煎熬着我。我们住的伍德兰山位于洛杉矶县西北部，属于圣莫尼卡山脉的干燥丘陵地带，位于雾气弥漫、米灰色的圣费尔南多谷地西端。那儿跟我年纪差不多的朋友对海洋一无所知，他们都是从内陆地区，比如宾夕法尼亚、俄克拉何马、犹他迁到西边来的。他们的父亲在办公室工作，只有里奇·汤森的父亲恰克在圣保拉方向的山里从事钻油工作。里奇和我会去他父亲工作的地方。他戴着安全帽、穿着脏兮兮的工作服，戴着非常大的工作手套，他的钻机没日没夜地开动，泵不停地抽，砰砰作响，他总是在修理东西。我想这工作的目的是造出喷油井，找到突然冒出的黑金。我和里奇无事可做，工地有个塔，大梁上有个用胶合板铺成的小驾驶室，汤森先生允许我们爬上塔，在这小小的空间里趴在晶体管收音机旁边听文·史考利播报道奇队的比赛直到深夜。那是考法克斯（Koufax）和德莱斯代尔（Drysdale）的黄金时代，我们理所当然地认为，世界上没人打得到他们的球。

我们住在一座山丘上，我们的邻里、我的小学，都好像与世隔绝，固步自封到仿佛时光倒流，而这里的地形强化了这份狭隘。这里感觉像个小镇，像个空洞，被顽固的仇外分子掌控着。约翰·柏奇社[1]的势力非常强大，我的父母和他们那些自由派、信奉世界主义的朋友都是少数派，住在山姆·尤提（洛杉矶市长，来自内布拉斯加州，强硬、咧着嘴笑、无知无畏、会给人扣赤色帽子的迫害者）的镇上喜欢的却是阿德莱·史蒂文森。我爸妈订阅了*I. F. Stone*周刊[2]，热情地支持民权运动，反对当地一项允许房主进行种族歧视的投票措施，还在院子里竖起了一块“对二十二号法案说不”的牌子。然而他们失败了，伍德兰山小学依旧百分之百都是白人。

这地方最棒的就是这些山丘，到处是响尾蛇、流浪汉蜘蛛和土狼。我们这群男孩当年从这里长途跋涉穿过还是泥泞的土路的穆赫兰道（Mulholland Drive），前往射击场和马场。我们用树木和石块做堡垒，声称这山丘和峡谷为我们所有，然后与在无主的土地遇到的其他男孩大打出手。我们会把陡坡直接当作滑道，用脚踏车、破纸板、装

---

① John Birch Society，美国反共的极右组织。——编者

② 斯通（I. F. Stone）作为《国家》杂志的华盛顿编辑以及这份传奇的周刊的创始人，擅长发布主流媒体忽略的消息。——编者

着橡皮轮胎的雪橇（Flexible Flyers），还有后来才出现的滑板，一路直冲而下（“男孩像闪电一样从这条藤蔓荡到另一条藤蔓”）。就算是铺好了沥青的道路也异常陡峭，例如伊芭拉路，不知情的司机看到那条路就会停下，掉头，另寻他路。

* * *

一个叫史蒂夫·潘特的帅气小子进入了这个狭小而界限分明的世界。我第一次注意到他，是他站在一旁看着我揍我的一个同学。当年，我总是邀请同学回家，给他们戴上拳击手套，和他们打上几场。决斗场就是街道及人行道旁的一片草地，从现今的角度来看，很不可思议。今日，那块草坪绝对不可能变成我的拳击台，但当时没有人管，没有人干涉。男孩都爱以拳击一决高下。看到我击倒同学之后，潘特要求与我对打一场。我看他并不比我高大，就自信满满地同意了。结果，他把我打得跪在地上。原来他比我大三岁。

他来自弗吉尼亚州，称呼我母亲为“女士”，称成年男人为“先生”。一头浓密的黑色鬈发，橄榄色皮肤，一只眼睛的下方有道深紫色的伤疤，他说是打冰球留下的。他的确打过冰球，但我总想象他脸上的伤口是美国内战造成的。潘特读七年级，天生的发号施令者，毛发浓密，脚趾像蹼一样连着（不知道为什么，我对这个特征惊叹不已），而且他还有许多让我们感到新奇的想法和脏话。令人羡慕的是，他似乎对痛毫不在意，加上力气大，马上就成为我们各项活动的主宰者，尤其是主流活动橄榄球。他迅速取代了来自匹兹堡的一个阴沉、皮肤蜡黄的叫格雷格的孩子，成为我们当中的孩子王。

因为我在这群人中年纪最小，潘特特别喜欢找我的茬，甚至下手折磨我，但他也会罩着我。他参加了在泰山溜冰场集训的一支冰球队，泰山是往东的下一个郊区，该地的一个居民出演了早期的电影《泰山》，于是这里改名为泰山。潘特一加入冰球队，也说服我尝试一下。当时，冰球在洛杉矶并非热门运动，我们联盟各大球队的队员大多是刚从加拿大或威斯康星州搬过来的孩子，是可以围着本地球员滑冰的斯堪的纳维亚人。潘特在他家车库教我练习发球，尽其所能提高我的水平。但我知道我在曲棍球上没有未来可言，我仍然觉得自己最终至多成为公羊队的传接手，尽管我也不排除担任道奇的投手的可能性。我只在冰上待了一个赛季。

不过在那段时间，我发现我父亲很会溜冰。他有空时会开车来看我们周六清早的练习，并且有一两次留到了当天开放给公众溜冰的时段。我记得我在车库里看过父亲生锈的溜冰鞋，似乎被遗忘了很久。那是一双老式的速滑鞋，冰刃非常长，是汉斯·布林克牌的。当然，泰山溜冰场上没有这种溜冰鞋。父亲从车库取出溜冰鞋，磨得亮晶晶，在我的练习结束后，和我一起在打理好的冰上溜冰。他弯腰向前滑，双手交叠在身后，毫不费劲地推着冰刀，脸上挂着微笑。慢慢地，他加快了步伐，溜冰场似乎变小了，他推了几道就从这头到了那头。溜冰场会在对公众开放时段播放不同音乐来改变情绪和规则，比如说，情侣们只会在放超感性的嘟喔普①音乐时上场，放《大女孩不哭》（*Big Girls Don't Cry*）等歌曲时女孩们去滑，不知道为什么，男人和男孩会在快节奏的《见异思迁》（*Runaround Sue*）响起时上场，我很喜欢迪昂·狄慕希的这首歌，于是催父亲去滑那三分钟。他一开始有些迟疑，最终开始大幅摆动手臂，在转弯时交叉踩步，我从没看过有人滑得这么快。回家路上，我央求父亲告诉我他幼时在密歇根州赢得滑冰比赛的故事。之后，我深信，若不是二战导致了奥运会取消，父亲一定会是奥运选手，就算不是溜冰，也会是跑步或是跳台滑雪。

*　　*　　*

史蒂夫·潘特也是我开始冲浪的推手。潘特对冲浪的兴趣，和老

① doo-wop，一种音乐类型，1940 年代发源于纽约、费城、芝加哥、巴尔的摩等美国大城市的非裔美国人社区，1950 年代和 1960 年代初期成为主流风格。其和声结构主要以适合人声演唱的密集和声为主。——编者

派的贝克特家不一样，不是从与海洋的关联而来，也和卡路库克里家不一样。它源于数年前席卷美国的一时风潮，即《怀春玉女》（*Gidget*）系列电影和随之而来的衍生产品——冲浪音乐以及冲浪时尚。东、西海岸都有大群孩子购买冲浪板，投入这项运动。冲浪杂志，尤其是《冲浪者》成为冲浪亚文化自己为自己摇旗呐喊的主要渠道，潘特和他的初中同学都热衷于阅读这些杂志，并以愈来愈权威的语气使用杂志上的新语言。每件事都“棒透了”（bitchen）或是“顶级的”（boss），任何他们看不上眼的人都是“库克”（kook，对能力差的冲浪者的羞辱之词，从夏威夷语的“大便”［kuk］衍生而来）。

当时我并没有注意到，我从来没有在贝克特家中看到过任何一本《冲浪者》。他们应该会喜欢它的，创刊者可是他们在圣奥诺弗的朋友，但显然他们有更好的地方花那 75 美分。

对于大多数住在内陆的人，去冲浪的路上交通工具通常是滑板，至少在伍德兰山确实是如此。我们都有滑板，把一些陡峭的街道变成了滑板公园，运动的重点不在跳跃，而是速度、疾转、踢腿转身、尾转。虽然对指关节不太好，但倒立被认为是一种很棒的招式。我学校的操场有一个长长的碗状沥青堤岸，简直是一个巨大的海浪模型。从手球场后头的顶峰下来，是一条又大又快、相对短暂的右浪，若走另一个方向，则是一条又长又陡、呈完美锥形的百米左浪。周末在学校的堤岸玩滑板非常刺激，好像在从事非法活动——我们必须爬过护栏翻进去，的确违法。在学校玩滑板，尤其是在我们称为阿拉莫阿那的左浪，得到的乐趣与在圣奥诺弗冲浪相比，不遑多让。

从伍德兰山到海边有 20 英里，还得翻过山区，不是很容易到达。潘特和他的朋友年纪够大，可以搭便车了，但我还太小。母亲本着对海滩的热情，有了自己的车子后就开始载我们到威尔罗杰斯海滩州立公园，那时我大概七八岁了。那是辆上了年纪的天蓝色雪佛兰，我们路上常常会经过托潘加峡谷（Topanga Canyon），每次接近时总会撞上像墙一般的海雾。一旦上了太平洋海岸公路往南拐去时，我母亲会说："海的味道很棒吧？"我会嘟囔一下，或者默不作声。我从来没喜欢过海洋的味道。显然我有些不太对劲。一股鱼腥味笼罩着海岸，似乎是从靠海的公路旁挤在一起的平房下面的木桩散发出来的。我皱起鼻子表达抗议。

海洋本身则是另一回事了。我涉水进入威尔罗杰斯的海浪中，潜入滚滚的泡沫之下，往中心沙洲猛冲过去，那儿的巨浪竖起了棕色的水墙，然后破浪。我如饥似渴地看着那么有节奏感的暴力，它们像饥饿的巨人般把你拉向它们。它们把水从沙洲上拉起来，拉到可怕的高度，然后往前一掷，爆裂开来。我在水底下所感受到的震荡带给我深层的满足感，比任何书本、电影甚至迪士尼主题乐园都还要棒，因为它的危险是如此真实，并非模拟出来的。而你可以学习怎么在外围绕过它、该在水底等多久，以及如何在浪点外侧游泳，远离破浪，然后，最终学习人体冲浪。在纽波特，我观察并模仿贝克特和他的朋友，学到了真正的人体冲浪技巧，但直到置身于威尔罗杰斯的海浪中，我才感受到自在。

尽管如此，这里并不是个合适的冲浪地点，跟着母亲郊游，大概也不太可能抵达哪个真浪点。但后来，我父亲开始对文图拉产生了兴趣，那是个位于伍德兰山以北 40 英里的老的石油小镇。具体来说，父亲注意到距离海滩几个街区的地方，可以用 1.1 万美元买到复式公寓，他就下手买了。之后，我的大部分周末都在冷冷的海风中，帮我们在阿亚拉街的房子除草和种花。父亲接下来又做了几笔小规模的投资，然后升级到盖新房子：一模一样的两层楼复式公寓，配有车棚和新式的粗木外墙。当时的海滩小镇文图拉没有什么吸引人的地方，天气很冷，风又大，到哪里都远。但父亲看到了未来的公路、游艇码头和人口过剩，并说服朋友投资，让他继续盖新房子。而与此同时，我在长堤边吃辣味汉堡时，注意到文图拉的浪非常棒。

我 11 岁生日那天，父亲带我到圣莫尼卡奥林匹克大道上的戴夫斯维特冲浪板店，我从摆放二手冲浪板的架子上，挑了一个 9 英尺长的棕色结实的冲浪板，蓝绿色的镶板板沿，尾鳍用了至少八种不同的木头。它的价格是 70 美元。我当时身高大约 5 英尺，体重 80 磅，胳膊还无法环住冲浪板，只能顶在头上，我一路都醒着神，担心它会摔在地上。虽然看起来很别扭，但我其实高兴极了。

开始学习冲浪的那个冬天并不容易，虽然收音机里不断播放“海滩男孩”乐队演唱的《美国冲浪》（歌里唱道“现在就去冲浪吧，每个人都在学呢”），我却是这座死气沉沉的学校里唯一有冲浪板的孩子。我们大部分周末都在文图拉度过，所以我经常下水，但加州街浪点岩石嶙峋，水温也极低。我有一身冲浪服，但是短裤管短袖的，氯丁橡胶防寒技术也才刚起步，这件小小的冲浪服顶多只能让下午的寒风中那股刺骨的寒意稍显缓和。父亲老爱复述某天我冲浪到气馁的故事。他坐在温暖的车里，就这么一直看着我挣扎——我想象他抽着烟斗，穿的是一件宽大蓬松的渔夫毛衣。我跌跌撞撞地走上岸，双脚和膝盖都在流血，我穿过岩石，丢下我的冲浪板，精疲力尽，沮丧不已。他要我回到海里再上三个浪。我一开始拒绝了，但他很坚持，告诉我如果需要可以跪着冲浪。我很生气，但还是回了海里。在我父亲那个版本的故事中，那是我成为冲浪者的时刻，如果那天他没有坚持要我回去继续，我一定会放弃冲浪的。这点他很确定。

七年级时，我终于从山丘环绕的小学，进入山谷里一所没什么名气但很大的中学。在那里，我交到了对冲浪同样感兴趣的朋友。第一个朋友是利奇·伍德，他个头小，性格冷淡，有点胖，爱挖苦人，大我一岁。他的冲浪风格干净优雅，很适合加州街浪点绵长、光滑、带着轻柔皱褶的波浪。他很快就轻松地融入了我家，最初我有点惊讶，因为他的个性保守，不太会介绍自己。等到我认识他的家人后，才明白为什么。他的父母都是矮小精干，皮肤被太阳晒得像老树皮的高尔夫球手，平时很少在家。利奇有个比他大很多的哥哥，看起来利奇的父母似乎已经放弃了抚养孩子，搬到了佛罗里达州的内陆地区。利奇的大哥克雷格充满活力，肌肉发达，很自大，嗓门也大。他宣称要去冲浪，我却从来没在水里见过他。克雷格还给自己的阴茎取名为帕克，并津津乐道帕克与女人的冒险故事。

“帕克一直在干坏事，去他娘的!”

当利奇开始跟女孩约会时，克雷格会要求他约会回来后让其闻一下他的手指，以确认弟弟在性方面的进展。这对兄弟实在是太不像一家人了。

利奇和我一起领略了加州街浪点。奇怪的是，他不太愿意谈自己在哪学会的冲浪。他显然在某处学过，却总是含糊其辞。“山可斯（Secos）、县境（County Line）、马里布。你知道的。”我是真的不知道，只是在杂志上看过，或是听史蒂夫·潘特提过。无论如何，我们一起来到了加州街——等浪区、当地人、潮汐、暗黑色长满水草的水下看不见的肋骨般的岩石，所有这些都是一个既长又有点棘手的波浪的细节。没人和我们说话，我们找到间歇出现、被他人忽略但适合我们能力的上浪点，所以能在不打扰他人的情况下冲浪。我们也狂热地研究当地冲浪高手的一举一动，并且晚上在我家的海滩小屋的高低床上交换心得到深夜。我们知道其中某些人的名字：麦克·阿伦拜德，鲍比·卡尔森，泰利·琼斯。阿伦拜德是如何侧划过所有中间段落的？卡尔森在下落时做的第一个疯狂的快步转弯是什么？他真的改变了站姿吗（从右脚在前改为左脚在前）？利奇和我还在学习基本的技巧，包括如何干净利落地上浪、急转弯、走板，以及调整重心，利用倾斜的板子微微转弯（trimming），加州街没有几个与我们年龄相近的冲浪者，就算有，我也发现技术没有我们好，所以我们只能向大孩子学习。

事实上，我从看利奇冲浪中得到的乐趣和看其他人冲浪差不多。他的平衡感很好，有时候可以说是无懈可击，双手动作丰富，脚法精细。他骑着一块白色的大板，如果浪超过 4 英尺，他会变得不那么自信，也没那么势在必得，但他是冲小浪的行家，和他一起冲浪，我感到很骄傲。在文图拉，我们是外来者，但随着时间的推移，有时候在水里，冲浪常客也会礼貌性地和我们点头致意。

父母总在破晓时分将我们在海边放下，此时，经常漫着浓雾，海面总是如镜子一般，直到傍晚时分他们才来接我们。正如我们所得知的那样，C 街没有海滩，只有一些岩石和一面低矮的摇摇欲坠的悬崖，几个巨大的储油罐，脏兮兮的几块田地，远一点是荒废的游乐场，再远些的树林里，是流浪汉栖身之地，这意味着你必须注意从那个方向下来的衣衫褴褛的人，因为我们会在冲浪时把浴巾和午餐放在岩缝间。通常在午餐时间前，会突然吹起猛烈的海风，毁掉所有的浪。我们只得整个下午坐在峭壁下，蜷缩在用浮木点燃的火堆旁，等待父母来接我们。有一次，潮湿的海风实在太刺骨，我们拖来一堆旧轮胎生火。确实很暖和，但浓浓的臭气滚滚的黑烟引来了警车，我们抓着冲浪板，举步维艰地逃进了游乐场。每次冲浪结束，终于回到了海滩小屋后，我和利奇会穿着冲浪服一起在户外轮流用热水冲澡，一轮 30 秒，等在冷飕飕的外头的人会大声读秒，时间到了就把对方从热水柱下推出去，直到热水用尽。

* * *

对一小片海岸、每个漩涡和每个角度，甚至于每块岩石以及潮汐、风和涌浪的每一种组合进行仔细刻苦的研究，一季接着一季地纵向研究，这是冲浪者对当地浪点所做的基本工作。必须花上数年时间，才有可能真正了解一个浪点。若是浪况非常复杂的地方，则可能是一辈子都无法完成的功课。这些可能不是大多数人朝海瞥一眼，留意一下水里的冲浪者，就能想到的，但这是我们要努力解决的首要问题：这些浪目前到底在做什么，接下来可能会变成什么样？在驾驭它们之前，我们必须先读懂它们，或者至少在读懂的过程中能有一个可靠的、慢慢知情的开始。

所有在水中发生的事情，几乎都是难以言喻的，语言一点帮助都没有。判断浪况是基本的能力，但要怎么解读呢？当你处在浪与浪之间的凹槽里，看不到即将到来的涌浪，它们也不是你能抓住的。你开始沿海岸划往海的方向，为什么？如果那一刻的时间静止了，你可以解释说，照你的估算，从目前所在位置稍微划出 10 码之后，你会有 50%的可能性抵达一个好的上浪点。这个估计来自你最近两三次从上一个涌浪的顶部看出去的外部景况；在过去的一个半小时内，你看到了上百个浪破的情形；在这个浪点累积了三四百次的冲浪经验，包括十几二十次情况和今天差不多的日子，包括涌浪的大小和方向、风速、风向、潮汐、季节和沙洲位置情况都和今日相当；水在底部流动的方式；水平面的纹理和颜色；以及，在这些条件下，无数大脑皮下的组织做出的许多微妙而又转瞬即逝的观察，难以言表。最后这些因素很像古老的波利尼西亚航海家在公海时所依赖的因素，他们过去常常会跳进独木舟的两个舷外支架间的海水中，让睾丸判断自己在大洋中的位置。

当然，时光无法静止。究竟该凭直觉逆着水流的方向冲去，还是停下来顺水漂，赌下一波浪会不顾一切地朝你涌来，必须在一瞬间做出决定，有时候决定因素和海洋一点关系都没有，而是根据你当时的心境、手臂肌肉的状态、其他冲浪者的位置而定。事实上，其他人的角色往往是至关重要的。其他冲浪者会发出波浪来了的信号。当你看到某个往浪尖划去的冲浪者时，要在他的身影消失前评估他究竟看到了什么。如果你认识这位冲浪者就更好了，例如他是否看到大浪就反应过度，是否很熟悉这个冲浪点，知道这些会很有帮助。或者你也可以四下张望，看看哪个冲浪者的视野比你更好，然后从他的反应来评估他看到的浪况。他甚至有可能会试图发出信号，告诉你该往哪个方向走，让你及早准备。不过，大多数时候，其他人只是杂音和干扰，在你想要骑上属于自己的浪时，扰乱了你的判断。

利奇和我在加州街浪点只是年轻的学徒，但我们非常认真，这种态度被资深冲浪者注意到了，他们开始偶尔让些浪给我们。利奇和我分享笔记，互相研究，也默默地互相竞争，对我来说这些再基本不过了。冲浪是一个秘密花园，不容易进入。在我的记忆中，学习、认识、理解一个波浪的过程，通常和我与朋友一起尝试爬上浪墙是密不可分的。

*　　*　　*

我悉心照顾我那块二手的戴夫斯维特，每个小凹洞，每个撞击造成的表面破损或裂缝，我都会小心地在它会吸进海水前修补好。加州街，尤其在涨潮的时候，对冲浪板的打击可是毫不留情的。补洞的基本原料有聚酯树脂、硬化剂、玻璃纤维布以及一块聚氨酯泡沫，但我慢慢积累起了越来越多的材料和工具：锯子、锉刀、刷子、电动砂光机、各种粗细等级的干湿砂纸、遮盖胶带和丙酮。我会上涂料和打亮，一个晚上就能完成一次大活，也能细致地把板补到毫无痕迹。镶在我心爱的斯维特上的尾鳍老是撞上岩石，所以我花了无数个夜晚待在冷冰冰的车库里，用一英寸宽的玻璃纤维“珠子”绕在尾鳍的外缘当作保护层。我相信，没有人想要再做一次类似的工作，因此更加坚定了保护冲浪板的决心。尽管在海滩上其他人的眼中，丢了冲浪板后快速跑过尖锐的石头，脚底受伤也不管不顾的冲浪者实在很疯狂。

但是，最终还是到了要换一块比笨重的斯维特性能更好的板子的时候了。史蒂夫·潘特建议我买一块全新的拉里·菲尔克板。潘特和我从未曾一起冲过浪。我仍然听他讲他在马里布以南的托潘加岬角浪点划过10英尺高的大浪的故事，我从来没在那边冲过浪，主要是因为那儿的海岸不对公众开放。至少在史蒂夫口中，托潘加的浪又大又棒，而他和他的朋友俨然是那里的顶尖冲浪者中的主力军。对我而言，我和他不对等的友谊早在某个夏天的夜晚就结束了，那天我们一群人躺在朋友家后院的草地上时，他居然往我嘴里尿尿，让我的同伴们乐不可支。这实在太过分了，我就不再和他一起玩了。

但在关于冲浪的酷点子上，我还是听了他的意见，于是我去找菲尔克，伍德兰山唯一一家冲浪店就是他的。菲尔克并不是一个很有名的制板师，但他的板子的确很漂亮。我父母同意出一半的钱，当作我13 岁的生日礼物，所以我订了一块 9 英尺 3 英寸的石板蓝冲浪板，上面有白色的玻璃纤维尾鳍，一个镶嵌的木尾板。需要几个月才能制作完成，我便开始整理院子拔杂草攒钱了。

* * *

至于利奇·伍德，新门一开，旧门就关了——现在回头想想，我的漠不关心真的很怪。当时有间新学校刚盖好，根据住址，我被分到新学校就读，而他不是，自此我再也没见过他。我们家继续前往文图拉，难得北上的贝克特家会到文图拉拜访我们，一栋只有两间卧室的房子，挤进了 14 个人。我的新冲浪伙伴是多明尼克·马斯特里波利托，他就像他的名字一般令人敬畏，是我们这个年级最优秀的学生。他的哥哥比特一头黑发，个性急躁。多明尼克则是金发，个性沉稳。多明尼克之所以会注意到我，是因为比特和他粗野的九年级朋友喜欢让年轻孩子决斗，和斗鸡迷一样，听说甚至会对结果下注。我 12 岁时，他们强迫我和瘦巴巴的、缺了牙齿的小恶棍艾迪·特纳在校内三面是墙的手球场打一场，喜欢看这种残忍的热闹的观众围成了第四面墙。别想逃走，决斗似乎永远不会结束，每个人的嗜血天性都会得到满足。我是两人中的弱者，但坚持到最后居然赢了，于是之后在某些圈子里，我的名字一直与艾迪·特纳的名字相提并论，虽然他闹出了更大的动静，进了监狱，而我则回去过我默默无闻的日子。当多明尼克和我成为朋友后，他常拿这件事取笑我：比特因为我输了所有的钱，而可怜的特纳再也回不到从前了。

成为多明尼克的朋友是件奇怪的事。他是班上最厉害的运动员，速度快，胸膛宽阔，体格强壮。女孩们觉得他简直帅呆了。后来长大后，我听说在美术课上，他被比作米开朗琪罗的大卫。他的确有那种阳刚美，甚至有股英雄气质。在受欢迎程度上，我觉得我实在差太远了。多明尼克也冲浪。因为比特的关系，他认识有驾照的大孩子，这意味着他可以去海边。然而，很明显，比特那一群人对冲浪并不是很认真，带着多明尼克不过是当作短途旅行的吉祥物。所以当他开始跟着我们家到文图拉，在 C 街的等浪区找到自己的位置时，好像才真正开始冲浪一样。他对冲浪很热衷，不像利奇·伍德那样有国标舞者般的天分，也不像瘦小的我在板上具有灵活的优势，而是更像一个硬朗、肯冲的后卫。他取代了利奇和我一起围坐在浮木点燃的火堆旁，跟我抢 30 秒的热水浴。他有天然的魅力，而我化身喜剧演员，特别擅长自嘲，以此找到了我们关系的平衡。我拿自己开玩笑，他就用尖锐刺耳的笑声报答我。我们好几年都形影不离。

在我第一次搬到夏威夷后，我天天都写信给多明尼克。

* * *

回想起这一切，我惊讶地发现，我的童年居然存在这么多暴力。没有真的可怕、致命的暴力，但暴力就是家常便饭，虽然实施的方式现在看来已经过时。大个子欺负甚至折磨小个子。我从来没想过要抱怨。我们当街就开始拳击，大人连眼睛都不眨一下。其实我并不喜欢打架，尤其不想输，我想我 14 岁以后就没正儿八经地打过架。但当我还是个男孩时，这似乎是中层美国人（更不用说夏威夷人）的日常，我从未认真思考过这有什么不对。那时候，电视上并没有可怕的暴力，也没有任何类型的电子游戏，而且星期六早晨的卡通节目都是老式的，讲的是“这就是你应得的”，于是我们轻率地把这份滑稽的侵略性带到了真实世界。在我很小的时候，我有个朋友叫格伦，我可以在摔跤比赛撂倒他。沮丧的他要求母亲给他买罐头菠菜，他模仿大力水手需要力量时的做法，打开罐子直接吃下菠菜，之后马上与我扭打起来。我还是赢了，但我告诉格伦，感觉他确实强壮了一些，那当然不是真的。

并非所有的暴力都很滑稽，我曾目睹过一两次大孩子间血腥的殴斗，比我和艾迪·特纳的打斗更严重，甚至在视觉上有种看色情片的激动。那种打架是残酷的表演场，观众们毫无同情心——这是对某些孩子所遭受的无情排斥的一种提炼出来的、超级戏剧化的表现方式。帮派思想。老屈。我的价值观基本上来自我父亲，就是憎恨恃强凌弱，这源于青春期那些可怖的事，以及我对自己目光灼热的一瞥。

直截了当的大开杀戒有一种不同的魅力，更有感染力。里奇·汤森的父母有本书，我想是本艺术书，书里有幅画描绘的是二战时身体被炮弹炸毁的士兵。他还在奔跑，睁得大大的双眼满是痛苦，他的四肢和躯干上血流如注。我们一群人会偷偷溜进放那本书的房间。一个人在外头把风，其他人研究那幅禁画。我们感受到了强烈的情绪，满怀羞愧却又不忍放下。原来这就是死亡的那一刻啊。我们总喜欢拿着小的塑胶美国大兵玩打仗游戏，尽管我们中间有人的父亲曾经上过战场，却从来没有跟我们谈论过战争的现实。这是大人对我们隐瞒的一个秘密，而且还找了充分的理由。

有些人的父亲是畜生，随时准备用全力收拾自己的孩子。谢天谢地，我的父亲不是这种人。但体罚仍旧存在，不管是在家里、学校，还是在周六我必须参加的教理课上。教堂里的修女会拿一把木尺，用力打在颤抖着伸出来的指关节上。在学校里，副校长会“拍打”男孩的屁股——抓住我们的脚踝，你得尽力不让自己尿在裤子上或哭出来。我四年级的老师，正如她经常提醒我们的那样，在军队待过，她一生气就用力拉我的耳朵，让我觉得耳朵都要被拉坏了。但是，同样的，我从来没想过要抱怨。据我所知，没有人认为老师有错。

在家里，因为父亲长时间在外工作，体罚大都由我母亲执行。有时候她威胁要杀了我们，通常是在开车的时候，然后我们会闭嘴。不过，母亲的体罚并不怎么野蛮或暴力。随着我年纪增长，打在屁股上的痛楚愈来愈轻，于是她开始用细皮带，接着是厚皮带，然后铁丝衣架，的确比较痛。我很少反抗，这些是原始的权力斗争，我感觉到的是情绪上的痛楚，或许母亲也是。尽管如此，我依旧认为体罚很正常，跟爱尔兰天主教一样正常。后来某一天，大概在我 12 岁的时候，我第一次因为母亲没有体罚我而哭泣。她打得精疲力尽了，我也没有呜咽或畏缩。我记得她哭了。那是最后一次，她再也没有打过我。

不久之后，体罚不再被视为正常。印象中，凯文还是被体罚，但科琳很少，麦克则完全没有。在美国，体罚孩子的社会共识瓦解了。本杰明・斯波克博士 1946 年出版的革命性书籍《婴儿和儿童保育》（*Baby and Child Care*）是母亲的咨询手册。斯波克是我母亲的偶像之一，这本书极受欢迎，慢慢将公众舆论转变成反对打屁股。当 1960 年代的文化战争升温时，斯波克在反战左派中非常显眼，在某种程度上，在包括我父母的许多人眼中，打孩子是中世纪的做法。我喜欢告诉自己，当年我受到的老式体罚对我有好处，让我变得更坚强。我隐约是相信的。作为“负责任先生”，我总是以建设性的方式看事情。当然，我从来没有怪过我的父母。但从现在的眼光回头看，在世纪中叶时还是孩子的我所承受的轻度暴力，我父母其实贡献了不少。

冲浪运动曾经有现在也依然有一种暴力的铁线贯穿其中。我指的不是在水中或是偶尔在陆地上遇到，和你在珍贵的浪点争夺冲浪权利的凶神恶煞。对力量、技巧、好斗心、当地知识和尊重的表现，在等浪区建立起了一个等级，每个热门浪点都是如此，不需要通过暴力，自然就会分别成为主和从。不，我是指破浪的绝美暴力。那是常态。在小浪或是弱浪里，力量是和煦、良性、不具威胁、可以掌控的。是伟大的海洋引擎推动着我们，让我们尽情玩耍。随着浪变得更强而有力，大海的情绪也改变了。冲浪者称力量为“果汁”，在风高浪险时，“果汁”变成冲浪者在海里寻找的本质，也是测试自己的关卡，看看是要鲁莽地迎战还是怯懦地避开。我和这条暴力线的关系，随着时间的推移变得更加生动。

* * *

我们第二次住在火奴鲁鲁的时候，就是“来吧宝贝，点燃我的激情”[①] 的1967年夏天，多明尼克飞来夏威夷看我们，住在我家里。我们一起去威基基冲浪，我向他介绍各个浪点，甚至还带他去看饭碗。他听过南岸日落海滩的故事。某个阳光明媚的早晨，在汤格斯浪点，我们坐在冲浪板上，越过水道眺望海峡对岸。突然，一个干净的浪群站了起来，在饭碗破浪。看起来并不特别大，当天也没有什么涌浪。多明尼克建议我们划水去那里，我拒绝了。我太害怕那个地方了。于是他独自前往。又来了几群浪，考虑到多明尼克独自一人在新的浪点，而且以前从没来过，他上浪真是上得很好。他冲了数个浪，都没有掉下来。浪最多不过6英尺，我在悬崖冲过更大的浪，甚至在加州街也冲过更高的浪。多明尼克和我在未来数年都会冲更大的浪，其中包括在真正的日落海滩。尽管如此，我坐在那里，在汤格斯的水道，吓得动弹不得。我知道自己没通过这次最基本的神经测试。因怯懦的回避而产生的失败与羞辱的记忆，至少对我来说，都比它们的反面更深刻地烙印在记忆中。

① 大门乐队（The Doors）的歌曲*Light My Fire*里的歌词，同名专辑于1967年发行后，成为摇滚史上最有名和最优秀的处女作之一。7月底，专辑中的这首*Light My Fire*升至美国Billboard榜的第一名，在这首单曲的带动之下，专辑也迅速登上冠军宝座，销售超过100万张。——编者

三　新的冲击

加州：1968

在威基基，我曾以为在格伦·卡路库克里的身上看到了冲浪运动中的新事物，但事实证明，真正的下一步其实是短板革命。第二年冬季，就在这股风潮从地下浮出水面之前，我有幸见识到了其领军人物起的作用。他是个澳大利亚人，名叫鲍勃·麦克塔维什①。我在文图拉以北的岬角浪点里肯（Rincon）见过他，当时，只要有人愿意带我们一段，多明尼克和我就会到那里冲浪。里肯，如今俗称“海岸女王”，当年，因其长且空心的冬季右手浪之好而被誉为加州最好的浪。那天浪很大，潮水低，下午晚些时候，我们正在海湾的岩石上休息，有人指着第二岬角（Second Point）方向一个高耸入云的强大浪群大喊。浪那么大时，很少人会在第二岬角（又名指标浪点）冲浪。里肯的好浪通常在第一岬角（First Point），只有在浪小的日子里，为了避开第一岬角的人潮，才会有人去那儿冲浪。听说浪况完美的时候，能从第二岬角开始冲浪，经过第一岬角，一直到海湾，全程 800 码的高速浪程。但我是从来没见识过。

现在，这样的传说正在眼前上演。而且，这个人冲浪板两侧的板沿似乎安装了喷射引擎，它顺着弧度下落，底部转弯时那股爆发的速度，我的眼睛几乎跟不上。我以自己对物理学的理解来估计冲浪者的位置，他却提前了 10 码。在高处转弯时，他也保持了同样的加速度，就这样成功地通过了那片漫长且沉重的区域。感觉就像我每次一眨眼，脑中的影片就被跳过了，接着冲浪者就出现在了比预期更远的地方。如果你读过一些早期出版的关于冲浪的描述——最常被引用的是杰克·伦敦和马克·吐温的，每一个都是由夏威夷之旅引起的——一定会觉得文字间充满了笨拙的努力，他们笔下的动作太快又太复杂，而对观察者的眼睛来说是陌生的，完全无法用文字描述。这就是我在里肯看到麦克塔维什骑着 8 英尺高的大浪时的感想。他飙过第一岬角的上浪区，越过人群，继续前进，一个接着一个的完美转弯，直到抵达海湾，一切显得如此理所当然。

冲浪运动中难得有老套的斗兽场那种众人欢腾的时刻——它不是那种风格的运动，但我记得那天大家都在沙滩上奔跑，我也在其中，想赶在麦克塔维什上岸时和他打招呼。主要是想看看他的冲浪板，我从来没见过那种板。以当时的标准来看，它短得离奇，底部呈 V 形，愈往板尾折角愈深。我不知道该怎么描述，总不能简单说是“V 底”，我也不知道麦克塔维什是何方神圣。他矮小精悍，笑容满面，只说一句“你好”便小跑着穿过人群，胳膊下夹着自制的怪物，开始往远方的第二岬角跑去。

之后，冲浪世界大变样了。不出几个月，冲浪杂志里就满是 V 底板，以及其他更激进的新设计，全都比数十年来一直使用的冲浪板短得多，而且轻得多。澳洲和夏威夷是这场革命的发源地，先锋人物则是麦克塔维什和美国人乔治·格林诺、迪克·布鲁尔。测试这些板的皆是世界顶尖高手，其中最著名的是澳大利亚籍世界冠军纳特·杨。当时仍是冲浪运动之都的加州，积极地投入了这股新浪潮。新冲浪板带来的速度和超级可操作性，彻底改变了冲浪。一夜之间，走板无人问津。（压低膝盖回切的动作同时寿终正寝。）浪管冲浪，费力、流畅、短半径的转弯，从浪唇直切而下，尽可能接近浪破点的地方冲

① 著名的冲浪板设计师。——编者

浪，严格来说，这些不是新想法，但现在升级为冲浪者的目标，的确也出现了更高水准的演出。

那是 1968 年。在整个西方，年轻人骚动不安，性、社会、权威等许多事情都在被重新思考或尖锐地质疑。冲浪运动的小世界以其独特的方式上升到了反叛的时刻。短板革命与时代精神密不可分：嬉皮文化，迷幻摇滚乐，致幻剂，新东方神秘主义，迷幻美学。刚刚在全国范围内达到高峰的和平运动从未与冲浪者结合（环保运动则是另一个故事），而冲浪世界，尽管不相干，却跟随弗朗西斯·福特·科波拉①的脚步，在很大程度上是反战的。许多冲浪者逃避征兵，即使是那些不管在哪里划水入海都会被相机捕捉到，如今被当局通缉的著名冲浪者，也试图和政府玩捉迷藏。

春天来临前，我拥有了第一块短板，是威尼斯海滩一个叫杜威·韦伯的有名制板者的作品，和其他制板者一样，他也在没日没夜地赶工，以应付潮水般的新订单。我的短板叫迷你羽毛（Mini-Feather），很原始的设计，像个圆滚滚的球茎，在当时算是最先进的。我的板长 7 英尺，单手就能提起。至于辛苦工作赚来、没什么损伤的“港口骗子”，就这么被我挂在了车库的椽子上，再也没有用过。15 岁的我已掌握了扎实的基本功，正适合转换到短板。我的体重依然很轻，但力量足以将板子侧转，抵达浪唇而不至于失去控制，而且虽然小板浮力差、划水前进的速度较慢，我也可以根据小板所需延迟下浪壁的时间。（传统的冲浪板此时突然被称作长板，它的泡沫体积更大，浮力较佳，划水时能快速前进。）我现在认识了更多的冲浪者，他们都是大人了，拿到了驾照，所以我开始避开周末在文图拉的家庭聚会，文图拉那里的加州街浪点对短板来说太慢，浪也太软；我改去了离洛杉矶较近的南部涌浪点——塞科斯，康蒂莱恩，第一岬角马里布。

自从 1950 年代末的电影《怀春玉女》时代开始，第一岬角马里

① 美国著名导演，有《巴顿将军》《教父》《现代启示录》等作品。——编者

布就一直是冲浪表演的中心圈，就连浪况很糟的日子，也是满满的人。浪况好的时候，浪美极了，漫长精细的右岬角浪，顺着一个逐渐变窄的岩架，剥落到沙滩上。尽管许多人因为人山人海而离开了，但少数顶尖好手仍会在马里布冲浪。我第一次在那里冲浪时，遇到的最厉害的无疑是米奇·多拉，他黝黑英俊，忧郁，愤世嫉俗，拥有和这个浪点完美契合的微妙风格。他会碾过挡他道的人，也会在杂志里引用一些有说服力的话教训没有头脑的冲浪群众，同时在相邻的广告版里推销他的招牌冲浪板大猫（Da Cat）——但大猫是长板。随着短板时代的来临，许多传奇人物被无情地边缘化。第一岬角马里布变得比以往更加疯狂，从前大家用长板冲浪时，至少在理论上，一小群人可以共享一道浪。但短板需要快速转弯、风格狂野以及必须始终站在极靠近浪破点，这意味着一道浪现在只能供一位冲浪者使用。结果非常混乱。

奇怪的是，我并不介意。现在我的情况是我感觉自己比周围大多数人都更快，平衡感更好，更有能力，而且我也喜欢在他们之间穿梭，叫他们让开，或是来个急转弯把他们从浪上吓走，然后独占浪潮，我驾着我的迷你羽毛使劲地转过马里布美妙的弯道，好像驾着跑车在赛道上奔驰一般。

不过，若要在短板上得到更大的满足感，必须远离人群。首先也是最重要的是冲管浪，和长板比较起来，短板能在浪里进得更深、更紧密。真正的冲管浪——从空心浪中的内部空间成功通过——突然比以往任何时候都更容易实现。在祖马海滩（Zuma Beach）、石油码头（Oil Piers）、奥克斯纳德（Oxnard）的海上好莱坞，反正任何有中空且强大波浪的地方，都可以获得一种重新定义的风险和回报，我简直乐疯了，往好处想，现在这是一种真正的令人愉快的可能性。可以肯定的是，如果一个人不能安全地从浪管里出来，那么拉进（Pulling in）——在浪管破掉时尽力通过转板来接近浪壁，而不是朝向海岸的角度找到平坦的地方——并不是没有危险的。空心浪通常会在浅水的岩岸、礁石或是沙洲上破掉。从空洞的中心下落很容易撞到底部，冲浪板也会变成没头苍蝇般的炸弹。

不过，我记得最清楚的首个短板之夏的浪管意外，反而是另外一类。这次意外发生在墨西哥一个遥远的名叫 K－181 的礁岩浪点。那时贝克特家买了一辆旧校车，改装后增加了通铺和厨房，变成了露营巴士，可以载全家远游，我跟着他们一起去了。那里的浪大小适中，晶莹剔透，没什么人。比尔和我正在探索我们的迷你浪板的表现极限。我拉进了一个深而光滑的蓝绿色管浪，绷紧了每一根神经，使劲往前方打在圆斜浪肩的阳光行去。就在我以为自己能干净利落地冲出浪管时，却撞上一个可怕的大型物体，脚下的冲浪板骤然停下，我往板头飞了出去，似乎是撞上了贝克特。我在浪管里时，没见到他往我这边划过来，现在我被困在浪里，试图冲出去。他看到我没影了，知道我可能还在里头，于是悄悄地放掉了自己的冲浪板。所以我只撞上了他的板，没有撞上他的人。尽管如此，我的尾鳍还是深深地刺入了他的板沿，几乎切到了中柱。我们俩的板子卡在一起，变成一团玻璃纤维和泡沫，费了九牛二虎之力才把它们分开。他的板损毁严重，虽然很心痛，却很有风度地没说什么。毕竟，要不是他这样切过来我就要见上帝了。

* * *

店里堆满了卖不出去的长板，制板者们为此大伤脑筋。有些冲浪者在短板革命前买下了长板，现在不知道如何脱手。我有两个朋友就陷入了这个窘境，姑且称他们为克里和莫伊吧，他们把所有的积蓄都花在了一夕之间突然过时的长板上，那板子倒是极漂亮，却不尴不尬，在任何需要顾及自尊的冲浪点都再也拿不出手了。然后，我们听说了房主保险的事，据说，如果父母购买了这种保险，冲浪板被盗是可以索赔的，保险公司会照售价全额赔偿。克里和莫伊很确定他们家买了这种保险，问题是没有人会偷他们的长板，现在就算送人也没人要。我们想，干脆把那两块板丢掉，谎称被偷了，这样就有钱买短板了。这主意很值一试。于是，我们开车前往圣莫尼卡山脉，沿着一条消防道路开了很远，然后背着两块板沿小径深入树林，直达一座悬崖的顶上。当时或许还仪式性地咕哝了几句，我们都带着强烈的情绪，尤其是莫伊的板堪称完美无瑕，是史蒂夫·比勒签名的板，刷了淡蓝色，板沿箍着结实的铜，我知道拥有这样一块板并且驾着它乘风破浪是莫伊多年来的梦想。但他和克里走到了悬崖边，把他们不再时髦的板子丢向了空谷，感觉过了很久，板子撞到了下方远处的岩石，翻滚了数次，碎成了难看的废料，像是结满树瘤的灌木。

我不记得有没有成功骗到保险金，只知道那块板如果好好地在车库里待到今日，可值数千美金。然而，让我觉得有趣的是我脑子里的想法，我并不觉得骗保险公司有什么不对，就像我不觉得走私毒品有错，也不觉得任何没有受害者的犯罪有什么问题一样。我还不到入伍的年龄，还不需要逃避征兵，但征兵已经颠覆了我许多朋友的兄长的生活，我是强烈支持逃避征兵的。越战是个错误，简直是烂透了。而且在我眼里，军队、政府、警察、大企业凝结成了一个带有压迫性的群体——成了制度、统治者。当然，这种想法是当时青年政治的标准问题，很快，我也把学校视为敌对势力。我对法律的漫不经心甚至轻蔑态度大多是童年时期遗留下来的，那时候，大部分的荣耀来自拒绝服从和你可以逃脱的东西。

不过，在我十几岁时，一种更加自觉、分析性更强、松散的马克思主义式不满情绪开始在我的政治思想中生根发芽。（在智识和情感上将制度性力量进行拆解，搞清楚事情的实际运作方式，而非单看它们作为一个整体的感受，将成为持续多年的工作。）与此同时，冲浪成为避开冲突的绝佳庇护所，它是一个让人耗尽精力、身心疲惫又充满欢乐地活下去的好理由。冲浪的无用性有种模糊的叛逆，它与以生产为目的的劳动毫不沾边，能漂亮诠释个体对社会的不满。

我的社会责任感在哪里呢？好像找不出来。我参加过和平游行，仍然是个好学生，但除了喜欢阅读并且给自己留了退路之外，事实上我证明不了什么。我曾经在圣费尔南多谷东端的一个贫穷小镇帕科依玛（Pacoima）做过一段时间家教，教两位书呆子般的非裔美国女孩数学，她们在此过程中真的有收获吗？我表示怀疑。我知道自己看起来像是个冒名顶替的，明明和她们年龄相当却在扮演老师的角色。我的母亲在抚养四个孩子之余依旧保持着政治上的活跃，当汤姆·布拉德利竞选市长，挑战试图连任的山姆·尤提时，母亲拉着我挨家挨户地为布拉德利拉票。如果他获胜，就会是洛杉矶的首位黑人市长，这场选举就会充满了历史意义。他在我们选区的民调中领先，我们都很乐观。但尤提赢得了选举，而根据开票结果，那些在我们拉票时说会投给布拉德利的邻居显然在说谎。这类大反转，在白人选民间显然是个众所周知的现象。但我还是非常怒不可遏，我对有组织的政治，以及我正在学着了解的所谓资产阶级的广大群众的愤世嫉俗加深了。

1968 年加州初选的那晚，罗伯特·肯尼迪被暗杀了。当时，我正盘腿坐在女朋友的床尾，从一台小的黑白电视机上看新闻。她叫夏琳，和我同年，当时她已经睡着了，还以为我也在我们晚上那种惯常的热烈但没有下文的搂抱后离开了。然而，当我看到肯尼迪被枪杀的消息后，就停下来看电视。那时已经过了午夜，夏琳的父母和朋友出门去观看开票结果。他们是共和党的热情支持者。我听到他们在车道上停妥了车子，然后进了屋子。夏琳的父亲年纪比较大，我知道他总是会进来亲吻女儿并道晚安，嗯，我也知道如何从她的卧室窗户出去，蹑手蹑脚地回到街上。尽管如此，我还是不假思索地坐在那里，似乎下定了决心，直到卧室的门被打开。我很讶异她的父亲看到我仅穿着内裤平静地坐在那里看电视，居然没犯心脏病。我抓起衣服，在他开口说第一句话之前跳出了窗子。夏琳的母亲给我妈打了电话，我妈郑重地跟我谈论了社会上不同类型的女孩，强调了像夏琳那样的“好女孩”的神圣不可侵犯，她们是刚开始社交的年轻富家女。我很尴尬，但不觉得做错了什么，夏琳和我从来没有什么可谈的。

事实上，那些年我睡在多明尼克家比自己家还要多。就像贝克特家在纽波特常年举办的海滩派对一样，他家的气氛比我家随兴放松，我家总有种“快去写作业”的拘谨。他们家住在一栋光线暗、杂乱无章的两层楼大房子里，早在我家那个社区的房子出现之前，它就已经存在于圣费尔南多谷了，街对面还有橘子林呢。多明尼克的母亲克拉拉是电台右翼谈话节目早期的虔诚听众，总是和我就民权、越战、戈德华德①及共产主义等问题展开激烈的争论。她喜欢看威廉·F. 巴克利的电视节目《开火线》（*Firing Line*），而我只在我的男神、演员罗伯特·沃恩出现时才会看电视，他不但是《基戴尔医生：秘密特工》的主角，还是某种政治学家，拥有加州大学洛杉矶分校的博士学位。沃恩是个善于表达的自由主义者——他后来发表了学位论文，一部好莱坞反共产主义的批评史——在我看来，他卸下了在文字上装腔作势的巴克利的伪装。

多明尼克的父亲大多姆，除了运动之外，什么都不关心。我以为他是个公开的酒类批发商，但其实他经营的是赌博业。他在家工作，房间里总开着六七台电视机和收音机，播放着不同的比赛或特别感兴趣的比赛。他总是穿着浴袍，经常注意力被分散，老是在讲电话，不停在纸上涂涂写写，在烟雾弥漫的室内眯眼看东西。但他偶尔也会走到餐桌旁，加入吵吵闹闹的家庭游戏，一起玩金拉米扑克牌。有几天他会突然变得很有钱，必须赶快把钱花掉，不管是买新车还是其他什么。有时候情况很糟，他的手头很紧，尤其是在被抓到，带走一阵子的时候。但一般来说，这里的气氛，嗯，很轻松。许多游民都聚在这家，比如克拉拉无处可去的酒鬼朋友，比特无处可去的流氓朋友，还有我。在这里，我始终感到受欢迎，即便我假装自己同情共产主义

① 巴里·莫里斯·戈德华德，共和党人，亚利桑那州参议员，被视为1960年代开始的美国保守主义运动复苏的主要精神人物。他在1964年的总统选举中大票数败给林登·约翰逊，并被约翰逊及其阵营描绘成一个反动分子，但戈德华德的支持者大赞其对联邦政府权力、工会以及福利国家制度的反抗。1964年后一直是美国保守派的主要领导人之一。——编者

者。多明尼克家和我家是两个世界。在我家，《时代周刊》和《纽约客》总是堆放得整整齐齐，早餐不能吃第三片培根。

*　　*　　*

父亲希望我给杂志写文章投稿。他开始学习摄影，拍得出奇地好，不过他在电影界工作了那么久，对镜头和相机了如指掌，所以这没什么好惊讶的。他非常喜欢拍自己的孩子，我们的照片很快塞满了一本又一本相册。他也拍了我、多明尼克和贝克特在里肯、塞科斯和祖马冲浪的照片，因此有了要我写篇文章的念头。他看我沉迷于阅读冲浪杂志，也知道我喜欢写作。他说，如果我为冲浪杂志写文章，他可以提供照片。我尝试向父亲解释，冲浪杂志才不关心文字，他们要的是照片，而他这辈子都不可能拍出冲浪杂志愿意刊登的照片，除非他搬到北岸，花几个冬季紧跟着顶尖冲浪者到处跑，而且运气还要非常非常好。胡说八道，他回答，文章才是关键，而他有足够的照片可以搭配。

他的论调让我抓狂。其中一个原因是我父亲反应迟钝又听不进我的话，尽管我很确定自己是对的。还有就是，与父亲的讨论向我凸显了我们与顶尖冲浪者的距离，我和我的朋友们不过是普通的、勉强够格的冲浪者，而出现在杂志上的则是非同凡响、有新闻价值、英勇无比的人物。但这也不过是我和父亲之间一般争论的延伸罢了。父亲看到我总是在笔记本上涂画，写信，写学校的报告，他也知道我在九年级时是学校文学杂志的编辑（在加州公立学校的全盛时期，连初中都有文学杂志），上面发表过我的诗和文章。他认为我接下来应该为真正的出版物写作，不管是体育报道、广告文案还是讣告，关键是规范和截稿日期。我猜他想的是当地报纸，虽然我不知道伍德兰山是否有报纸。或许他真正想的是他自己的家乡埃斯卡纳巴，年轻时他就是在那里从记者起步的。

父亲的职业生涯突然转了个弯，从新闻界进入电视和电影制作业，但他仍然知道——或是相信自己知道，新闻业是怎么运作的。或许他真的知道，但我不想听。当时，我最喜欢的作家是小说家（斯坦贝克、辛克莱·刘易斯和诺曼·梅勒！）和诗人（威廉·卡洛斯·威廉姆斯与艾伦·金斯伯格），而不是记者。我对编辑室没兴趣，也怕别人批评我的文字不够好。所以我没替任何出版物写稿，连高中报纸都没有。

尽管父亲是个生于大萧条时代的工作狂，但也有海滩探险的梦。他喜欢待在港口附近，我对他最早的记忆都是船只、码头和海鸥。他认为玩船是一种幸福。结婚前，他住在停靠于纽波特湾的帆船上，那是一艘小巧、线条流畅的木质单桅帆船。我喜欢研究我父亲的黑白照片，当年他才22或23岁，站在舵杆旁，看着风向绳和三角帆的前缘，嘴角叼着烟斗，表情既满足又激动。听说我母亲答应结婚的第一个条件就是要父亲搬离帆船，早在我出生之前，那艘船就不知去向了。

我没遗传到父亲对航海的喜爱，但我确实爱水，甚至很小就视水为摆脱单调的努力和陆上苦差事的媒介。我记得在卡特琳娜岛的某个夏日，我们乘坐当时在加州能买到最廉价的玻璃纤维单桅帆船Cal-20，航行了26英里，停泊在阿瓦隆港（Avalon harbor）。这个港口的水很清澈。当一艘名叫“大白船”的客轮从本土驶来时，当地的孩子们会游过去，向甲板上的游客大叫着讨钱币。当年我八九岁，也加入了其中，追逐着落入蓝绿色水里的五角和一角硬币。我们把抢到手的钱币塞在两颊，一边继续叫喊，一边继续争夺更多的钱。然后，我游回我家的船上，在驾驶舱中把我的斩获吐出来，大概足够在岸上买个热狗，甚至也能帮凯文买一个。那件事实在没什么意义，但我隐约觉得，只要在水边，就算当个游手好闲的人或乞丐，我也会很开心。我不知道我父亲是否看到了这一幕或因此而担心，因为他也有过类似的念头。

事实上，他在一份有着无休止的高要求的工作与一项出了名的能让人倾家荡产的帆船运动爱好之间取得了很好的平衡，并且是在预算很紧的情况下，也没有牺牲与家人相处的时间。他确实有点暴君的味道，如果事情不对头，这种情况经常有，他就会变成周末掌舵的布莱①。有一次，他、凯文和我在通常平静的卡宾特里亚海滩（Carpinteria Beach）驾着莱曼10号（Lehman 10）下水，遇到了一场诡异的巨浪，船向后翻去，桅杆顶部刺穿了船的底部后折断，穿过了船体。我们三人像被抛下公牛背的骑手，掉进了缠绕的绳索中。当帆船的残骸冲过来时，年仅四五岁的凯文还穿着球鞋，他马上潜入水中，打捞出一些发光的物体，例如父亲的镀银打火机。每次他拿着落水的宝藏浮出水面时，脸上总带着胜利的喜悦。

父亲的确有理由担心我，因为冲浪是一种会造成偏执、反社交和身心不平衡的特殊运动，沉迷于冲浪后几乎总是会变成这样。冲浪仍是人们可以呼朋唤友一起做的事，我就是这样，但俱乐部的事，它作为有组织的运动的那部分，正在迅速消失。我不再梦想赢得比赛，当年我曾梦想成为道奇队的投手。我最新的理想是孤独、纯洁、远离文明的完美波浪，是《鲁滨孙漂流记》和《无尽之夏》（*The Endless Summer*）②。这是一条轨道，从此远离了古代意义上的公民身份，前往一个划出的边地，在那里过着现代野蛮人的生活。这不是乐呵呵的游手好闲之人的白日梦，它比这更深刻。全心全意地追波逐浪意味着极度的自我中心和无私，既精力充沛又清心寡欲，彻底摒弃了责任与传统成就的价值观。

我很小的时候就借由冲浪逃离家人，冲浪是我缺席家庭聚会的借口。我会告诉他们，有人愿意让我搭便车去浪况肯定会更好的马里布，所以我不去文图拉了。我会在多明尼克家过夜。我不能和他们一

① 布莱对手下水手残酷，水手反抗，酿成了1789年英国皇家军舰“邦蒂号”的哗变。——编者

② 一部关于冲浪的纪录片。1966年在美国上映，主角是两个来自加州的年轻人。——编者

起去航海了，因为我要搭便车去里肯、纽波特或塞科斯，那里浪很大。父母总是任由我去，很少有异议，现在回想起来很奇怪，但当时并不觉得。抚养孩子的方式已经进入了一个极端自由放任的时代，至少在我们居住的郊区是这样。某种程度上，我可以照顾自己了，而且我父母还有三个更小的小孩要操心。在我们这一辈中，我的妹妹科琳最终成了航海者。

* * *

回归自然、独自乘风破浪的梦想会带来一个显而易见的副产品：过度怀旧。我在日记里写下的故事，多半会回溯往日时光，大多数都是关于早年的加州。你就想象一下，如果你能带着一块现代的冲浪板，回到丘马什印第安人或西班牙传教士的时代。马里布像今天这样的破浪，已经无拘无束地拍岸几个世纪甚至万世了。如果当地人见到你冲浪，很可能会把你当神来崇拜，他们会供养你，而你可以在余生专心致志地乘风破浪——无须与人争夺地盘，慢慢积累控浪的技巧。我看着《南加州冲浪指南》里的两张照片，心想我们都错过了天堂。其中一张是1947年从里肯背后的山上拍的，海面如镜，浪有10英尺高，图说提醒读者这是个“可望不可即的无人之境”——真是多此一举。另一张是1950年的马里布，一位冲浪者横越8英尺高的浪墙，前景中在沙滩上玩耍的游客对这一幕毫不在意。此人是鲍勃·西蒙斯，一位才华横溢的遁世者，现代带尾鳍的冲浪板基本上是他发明的，1954年，他在独自冲浪时溺水而亡。

然而，《南加州冲浪指南》贩卖的并不是怀旧，相反，它非常乐观且讲求实际。这本书细致、彻底地分析了从概念岬角（Point Conception）到墨西哥边境之间的近300个冲浪点，有大量的海浪照片、海岸的鸟瞰图和地图，并详细说明了涌浪的方向、潮汐效应、水底风险和停车规定等具体信息。但阅读本书的最大乐趣，在于清楚、干净的文字，对不同浪点的质量的睿智评判，还掺杂了双关语及内行人才懂的笑话，严谨而又不失热情。像邓普西·霍尔德这样不为人知的当地英雄，几十年来一直独自在墨西哥边境附近一个可怕的深水大浪区蒂华纳·斯劳斯（Tijuana Sloughs）冲浪，他们悄然地在《南加州冲浪指南》的作者比尔·克莱里和大卫·斯特恩那里得到了应有的回报。克莱里和斯特恩也揶揄现代混乱的人潮，在一幅照片里，一大群“库克”挣扎着去冲一个6英寸高的浪，图说写道：“冲浪，一项个人运动，孤独的人用修炼多年的技巧对抗浩瀚海洋的狂野力量……马里布，西涌浪。”

*　　*　　*

多明尼克的祖父母曾用一个葡萄园的收获酿了满满一谷仓的葡萄酒，那个葡萄园已不复存在，而所有的葡萄酒都变成了他家房子后面谷仓里那些蓝色的普雷克斯塑料桶里的醋。周末的夜晚，我们会擅自拿个水壶去取酒，然后摸着黑坐在谷仓后面的涵洞上大口大口地喝。在和暖的山谷之夜，就这么喝得头昏脑涨，一片欢闹。我喜欢看多明尼奇模仿他那老糊涂、好心肠的爷爷，老人家不知为何，最喜欢感叹道：“墨菲，墨菲，墨菲！”有一次，我想为我们的聚会做点贡献，于是偷开父母的酒柜，从每瓶酒里倒出半英寸装进一个牛奶罐。不好意思，我把波旁酒、薄荷酒和杜松子酒都混在一起了，心想少了这么点儿永远不会被发现。父母的确没有发现，但多明尼克和我因为这种混合酒而醉得像狗一样。幸好他家对孩子的管束很宽松，才没有人注意到我们的宿醉。

喝酒在那里并不是什么大事，他家进餐时桌上总是有葡萄酒，欧洲人的做派。像往常一样，还是和我家形成鲜明对比。因为之前讲过的理由，我父母对酒都是浅尝辄止，很谨慎，为了应酬才喝点儿。对他们来说，那不过是朋友间的小酌，随时都能停下来。父母的酒柜总是满的，但不会让孩子尝一口。青少年时期的我只是将他们的节制视为他们“过度拘谨”的另一个表征。

真正在我们与父母之间划出界限，分成酷与不酷两代人的是大麻。我在夏威夷第一次遇到大麻时的胆怯，几个月后消失了，那时我上高一，大麻来到了伍德兰山。我们从比特的一个朋友那里拿到了第一支大麻叶烟，口感很差，被称为墨西哥破布，但是那个嗨劲太棒了，四肢百骸如此舒畅，比葡萄酒上头多了，以至于我们再也没有去偷谷仓里的葡萄酒。我们的笑声更响亮，而原本觉得还好的音乐，我们生活中的摇滚乐磁带，现在变成了狂喜，有了预言能力，吉米·亨德里克斯、鲍勃·迪伦，大门乐队、奶油乐团（Cream）、已解散的披头士、珍妮斯·乔普林、滚石乐队和保罗·巴特菲尔德（Paul Butterfield）的音乐，其影响力和美感被毒品放大了百倍，变成了一种神圣的仪式。局外人对此是难以理解的。

至于抽大麻的仪式性方面是这样的，你得从有百万人之众的小商贩网络中弄到货，把大麻一小包一小包分好，卷成大麻叶烟，与二三四位小伙伴组成紧密的非法小团体，偷偷溜到似乎能安全抽大麻的地方（山顶、海滩、空旷的田地），然后一起咯咯傻笑，手舞足蹈，所有这一切都呈现出了强烈的部落色彩。在更大范围的世界中存在着“反文化”，有着所有的亲和力和灵感，但更直接的是，也有着我们个人生活中的重新调整。包括女孩在内的异性恋孩子，变成了我们不愿来往的陌生人。所谓的初入社交场合的少女到底是什么意思？我们越来越不相信任何超过 30 岁的大人，尤其是那些雅皮士。父母、老师和教练怎么可能理解我们的感受？他们从来没有上过 61 号公路。

贝克特住在极端保守的奥兰治县，比我们住在洛杉矶郊区的人还晚得到消息。才一年他就长高了 8 英寸，突然变成了 6 英尺 5 英寸，是高中篮球队的一员。他的队友们都理小平头，看起来着实吓人，有一次在去纽波特的途中，我告诉他们新闻上铺天盖地报道的邪恶植物大麻，在他们住的高级海滨小城也有，可他们不相信。我说如果他们给我 10 美元，并且载我到码头，我可以在一小时内给他们一盎司。他们说我吹牛，结果我只花了半小时就办到了。我们在控球后卫的父母位于李多岛的房子里吸大麻，第二天早上我才回家。

两个月后，我在与凯文和麦克合住的小房间里睡觉，听到有人敲窗户。我向外看去，是贝克特。那是一个星期五的晚上，他和他的朋友周末有处房子可用，他低声说没有大人在，叫我跟他一起回纽波特。他的朋友们正在车里等着。这是从未有过的午夜邀约。但是贝克特的衬衫让我顿时醒了过来。它几乎是透明的，非常薄，在月光下闪闪发光。这衬衫看着完全不是他的，它让我明白了我需要知道的一切。显然，他在纽波特港高中篮球队度过了漫长的两个月。这群人沉迷于吸食大麻，一开始我觉得这种转变很有趣，但后来有些人离开了球队，甚至辍学。在纽波特的一些青少年与其家人以及 1968 年的全球社会震荡大潮之间的撞击中，我所扮演的角色尽管纯属偶然，但我并不感到自豪。

在我就读的威廉-霍华德-塔夫脱高中，情况并没有那么不同，校园已经被文化斗争（Kulturkampf）撕裂，主因是越南。反战的学生实际上是无法参加团队运动项目的，因为教练通常是死硬的保守派，而支持战争的教员或行政人员会毫不迟疑地把疑似有共产主义思想的孩子除名。我的两位英文老师杰伊先生和波尔太太，是他们让我接触到了梅尔维尔、莎士比亚、艾略特、海明威、索尔·贝娄、迪伦·托马斯，以及最具震撼性的詹姆斯·乔伊斯，改变我的人生轨迹。现在我在文图拉看到了青鼻涕一样、让人阴囊一紧①的海。C 街旧游乐场的游民现在都从《都柏林人》里跑了出来，而我则变成了斯蒂芬·迪达勒斯，暗地里发誓要保持沉默、流亡、狡猾 。（遗憾的是，我的英雄怕海。）洛杉矶是爱尔兰的苍白替身，但它有自己的文化沼泽和背信弃义。

奇怪的是，我加入了田径队，十年级时参加了撑杆跳比赛。撑杆

① 青鼻涕（snotgreen）和阴囊一紧（scrotumtightening）这两个字，都是乔伊斯自创的。——编者

跳选手在队中形成一个小团体，教练对这项运动所知甚少，更不愿意冒着折断脖子的风险来示范好的技巧，所以我们基本上都是自学。我们没有参加其他队员进行的艰苦的体能训练，而我们的训练，经常被说成是偷懒，只顾着聊天——可能是因为我们有大量时间窝在用作跳坑的蓝色泡沫垫上休息吧。那年头，撑杆跳是个很光彩的运动，选手被视为超级巨星。事实上，打扮浮夸且反权威的撑杆跳选手，往往被教练及其忠诚的运动员不无道理地怀疑是喜欢读梭罗、爱抽大麻、崇拜约翰·卡洛斯的人，认为他们爱嬉皮士。我喜欢撑杆跳——当你插好杆子（我不一定照做），你会平稳地向上一折然后扭转，当你在杆的顶点，双臂向后甩将杆子弹回你来的方向的时间不会太长。但我隔年就再也没有继续参加比赛了。

更重要的是，多明尼克去打橄榄球了，这在我看来也是件大事。十年级时，因为我们两家的地址分属不同的学区，他进了卡诺加公园高中就读，他哥哥比特是该校的橄榄球员，一直逢人就说自己速度快人又壮的小弟也进了这所高中。所以，多明尼克就进了橄榄球队，成为一名中卫。他喜欢这项运动，但训练时间很长，夏天又开始强化训练，留给冲浪的时间愈来愈少。

我们都很想念对方。当他告诉我他要转学到塔夫脱时，我非常开心。但是，当他说转学的主因是我时，我觉得坐立不安。我想，换了是我，也会做同样的决定吧。尽管如此，我还是担心自己会让他失望。他说，不管怎么样，他不想再打橄榄球了，人生苦短，不该再把时间用来为别人全速奔跑。

四　我偏要亲吻天空

毛伊岛：1971

“你知道你的问题是什么吗？你不喜欢自己的同类。”

1971年的某天，多明尼克对我做出了直言不讳的评价。那是春天，我们18岁，似乎在政治观点上产生了分歧。我们在毛伊岛西端的一个岬角露营，睡在青草如茵的洼地里，上方是凸出的熔岩石。一小丛露兜树遮蔽了视线，从山坡上的菠萝田里看不到这片营地。这里是私人产业，我们不想被农场工人发现。晚上，我们在田地里寻找他们漏摘的成熟水果。那时节，我们似乎总是在他人的地盘上露营。因为我们在等待一波浪。

冲浪季节已经接近尾声，但对火奴鲁阿湾（Honolua Bay）的浪而言还不算太晚，至少我们是这样巴望着。每天早晨，当第一丝曙光出现时，我们就会朝莫洛凯岛[①]的方向，盯着派洛洛水道（Pailolo Tunnel），期盼着北面出现涌浪，用它们暗沉的波线在温暖的灰色水域上画出痕迹。我们感觉水域中有搅动的迹象，也可能是想得产生幻觉了。日出之后，我们绕着岬角进入海湾，研究打在红崖上的海岸浪点。它看起来比昨天的强吗？

多明尼克和我的生活，在过去几年里就像一条逐渐松开的发辫。我们因为一个叫卡琳的女孩而直接闹掰了，她是我第一个认真交往的女友，我在高中的最后一年遇见了她，原本计划毕业后与多明尼克去欧洲流浪，后来改为与卡琳去欧洲流浪。虽然最后我们三个人都去了，但和多明尼克一起的时间没有预期的多。之后，我进入加州大学圣克鲁斯分校开始上大学，卡琳跟我一起。多明尼克则留在意大利亚平宁山脉东部他父亲出生的村子里，借住在亲戚家，学习意大利语。（多明尼克喜欢他的同类，真让我羡慕。）

后来，多明尼克搬进了改装的牛奶货车里（当时这样的选择无疑是有道理的），车经常停在欧胡岛的一个海滩公园，靠在天堂般的地方打零工维生。在我大学第一年的春假里，我们全家又搬回了火奴鲁鲁，所以我和多明尼克在那里重逢了。如同所有看冲浪杂志长大的人一样，我们俩从小就梦想在火奴鲁阿湾冲浪。但在某种层面上，他和我一起在这里等浪的感觉很怪，因为好几年前我们就放弃冲浪了。

这事发生在我进入16岁以后。这不是一次彻底地决裂，更不是一次认真考虑过后的决定，我只是让其他事情介入我的生活：买车，然后找工作赚钱来养车。多明尼克的情况也差不多。我在伍德兰山文图拉大道的一个海湾石油公司的加油站打工，老板是个脾气暴躁的伊朗人，名叫纳西尔。这是我第一次不是为了冲浪板而找的工作。多明尼克也为纳西尔工作。我们都买了二手的福特 Econoline 厢型车，这款车太适合作为冲浪露营车了，但我们都忙到没时间冲浪。接着，我们又都被杰克·凯鲁亚克笔下的世界迷住了，打算从美国这个海岸开到那个海岸，畅游一番。在圣费尔南多谷平原区的一个荒凉角落，有个又小又脏的24小时加油站，我在那儿找到一份夜班工作，工作时间越长，挣得越多。那些墨西哥裔美国人会开着小轮车子清晨5点来这里偷汽油，他们以为我们这种白人小年轻好欺负。我打的另一份工，是在餐厅代客停车，嗑“白药片”（强效提神，一块钱10粒）来保持清醒。这家餐厅的顾客是郊区的暴徒，小费给得很慷慨，但我

---

① Molokai，夏威夷第五大岛，行政上隶属于毛伊岛，曾用来隔离麻风病人。——编者

的老板是个中国人，认为没有顾客时也该保持警醒，他老是碎碎念，最后因为我看书和懒散而解雇了我。多明尼克也在存钱。学年结束时，我们拿出积蓄合在一起，辞掉了加油站的工作，向父母说再见（应该说了吧），然后开着多明尼克的厢型车往东岸驶去。那年我们16岁，居然没带冲浪板。

我们最南开到马萨特兰（Mazatlan），最东到科德角（Cape Cod）。我们在纽约嗑迷幻药，用科尔曼牌露营炉子煮麦片粥。那是1969年，伍德斯托克的夏天，但是格林威治村到处张贴的节日宣传单上提到了入场费。这在我们听来真是觉得很差劲，好像是针对老年人的那种花哨的艺术活动，所以我们就没去（我作为新闻记者的直觉从来不好，当年更是还不具备）。我一直写着无趣的日记，多明尼克则迷上了摄影，正热衷于沃克·埃文斯那样的作品①，拍摄费城南部街上的白人孩子和睡在密西西比河边的离家出走的女孩。多年后，多米尼克的第一任妻子，一个见过世面的法国女人，怎么也不肯相信我们整个夏天都安分守己地并肩睡在那辆厢型车里。然而，那是事实，每天站在同一阵线对抗新事物的冲击，让我们的友谊茁壮成长。我觉得没那么需要自嘲了，多明尼克似乎也因为不再需要维持学校里的人气而松了口气。我们相依为命，有福同享，有难同当。在芝加哥，我们遇到个可怕的家伙，后来我们认为那一定是查尔斯·曼森②。在新奥尔良，我第一次在酒吧点酒，我记得点了汤姆柯林斯③。开往北达科他州时，我把伊迪斯·汉米尔顿翻译的《奥德赛》摊在方向盘上阅读。在加拿大的落基山脉时，我们离灰熊太近了。那年夏季，我只冲了两次浪，一次是在墨西哥用借来的冲浪板冲的；另一次则是在佛罗里达州杰克逊维尔海滩的脏水里。

---

① 埃文斯是以一种非艺术的方式来摄影的。他以普通人的肖像、普通街头建筑与行人、日常生活中的平凡事物为主要拍摄内容，被认为是“日常生活摄影”的开创者。不过，埃文斯对20世纪摄影的贡献远非“纪实性”可以概括。——编者

② 邪教组织“曼森家族”的首领。——编者

③ 一款以金酒为基酒配以柠檬汁、糖等材料的经典鸡尾酒。——编者

我说的“放弃冲浪”就是这样。按我当时的理解，只有生活在浪中，时时呼吸着海浪，才叫冲浪。你总是知道波浪的一举一动。当浪况好的时候，你可以翘课，旷工，抛下女朋友不闻不问。多明尼克和我没忘记怎么冲浪，就像骑自行车一样，会了就是会了，至少在年轻时是这样。我们只是丰富了生活的内容，至于我，技术上停滞不前了。也就是说，自从开始冲浪，我的技巧一直在稳步进步，15 岁时，虽然不算首屈一指，也是个好手。当我开始对冲浪以外的世界产生兴趣时，在冲浪上的快速进步就停止了。我们没有在欧洲冲浪。圣克鲁斯是加州北部的一个海滩小镇，有很好的浪，所以我一直在冲浪，不过我是根据个人的时间安排，而非海洋的。昔日那种“其他事都不重要”的痴迷已被搁置。

* * *

火奴鲁阿湾即将改变这一切。那晚信风是在海上的，把海浪拍击岬角巨石的隆隆声吹回了大海，所以我们不知道涌浪出现了。但在第一丝曙光出现时，出外小解的多明尼克看到了浪。“威廉！浪来了。”他大喊道。他只有在发生大事或是开玩笑时，才会叫我威廉。现在当然是发生大事了。前一晚我们吃完了存粮，正计划到 15 英里外最近的拉海纳①镇弄点补给。计划于是被无限期搁置了，我们挖空心思给自己找吃的，啃老芒果皮，刮干净汤罐头的残渣，吞下之前因为发霉而不肯吃的面包。我们抓着冲浪板，绕着岬角跑，对着每一个经过岬角进到海湾后颜色更暗的灰色浪群紧张地大喊“操!”并发出猫头鹰般的怪叫。

我们判断不出浪有多大，甚至在抵达浪点之后还是毫无头绪。海湾本身的模样就是无法看懂的，至少对我们是如此，因为我们只见过平静的海湾。从岬角到海湾，这几百码的距离，处处有破浪，波浪美得让我惴惴不安，它们猛地打在近海时我也是这种感觉。但这里并不

① 毛伊岛西部历史悠久的捕鲸村。——编者

是一个像里肯那样经典的岬角浪点。有大片区域，尤其是外海那块，看起来无法上浪，还有一块高约 50 英尺的岩石峭壁伸进了冲浪线，峭壁底部的浪线边缘有片极窄的海滩。这里肯定没有明显能划水出海的地方。但我们实在没耐心步行到海湾底部的棕榈林并从那里划水出海，就挑了个岬角和峭壁间的陡峭小径走向那片狭窄海滩。浪看起来很结实，但不大。太阳也还没升起。我们等着波涛间有较平静的空当，海水滚进海岸浪点，在破碎的珊瑚礁岩上翻飞跳舞。然后，我们快速朝白水线划去，保持远离岬角的角度，并时时警惕下方的峭壁。

我们划到清水区，在突破浪群时，几次狠狠打在脸上的水让我们完全清醒过来，我们绕着圈，试图在微弱的光线中找出珊瑚礁的位置。哪里可以上浪呢？我们似乎和大峭壁形成了直线，但水深依旧难测。当小浪群从我们身边穿过，碰到悬崖碎开时，水面上出现微弱的水泡。接着，第一个真正的浪群来了，直冲我们而来。也就是说：从半英里外就可以看到的浪，先是站立起来在岬角附近破了浪，不规则地滚动着，然后形成了一道既长又无法攀上的浪墙，在这道浪墙的下岸端是个宽阔得令人心跳停止的突起，这个漂亮的波碗散了好久的羽毛状水雾才终于破浪。这就是我们等待的时刻，与峭壁连成直线，在大碗的中央，最好的上浪点。

我们俩双双在第一道浪群中抓到了一个浪，都瞪大眼睛盯着起伏的浪台。下落极具挑战性，加速感很强烈，还有一段避之不及的失重时刻，但浪壁非常平滑，而且我们其实有时间在一个拉出的过程中，在轻快地做出第一个底转时，好好看看接下来的浪程。波浪从上浪点清晰地逐渐变狭，像鹦鹉螺壳般毫无瑕疵。这正是下落后你想要看到的。我们俩都骑着浪长驱直入海湾。沿着礁石站起来的浪朝着悬崖急剧卷起，但似乎从来没有缩短两者的距离，波浪在浅滩上加速，在深水中减速，然后再次加速，一路上变得越来越亮，越来越小，尽管在朝海的那一侧始终有着淡淡的烟雾。多明尼克应该是又上了一个浪，因为我记得我在离岸很近的地方出了浪，看到他半蹲在一个剥落的蓝灰色浪钩里，一只手臂拖在浪壁上。

火奴鲁阿湾当然是一个相当有名的冲浪地点，这就是为什么我们会在这里，但是水里竟然没有其他人，当太阳升起时，还是只有我们两个人在冲浪。浪不是很大，浪群才6英尺高，而在冲浪者聚居的人口稠密的毛伊岛海岸，涌浪可能还没出现。当年不像现在这样流行用计算机建模来预测浪况，大部分人和我们一样，起床之后用肉眼琢磨浪况。尽管如此，在这样无可挑剔的一天，在浪况这么好的火奴鲁阿湾居然只有我们两人冲浪，还是件非常不寻常的事，让人很难放松。连续几个小时，我们像风车一样反复从海湾划水到上浪点，努力不错过任何一群浪，累到连话都没法讲了，只能大喊些莫名其妙的话，“他妈的上帝啊!”“墨菲，墨菲!”待我们抵达等浪区，若遇到一段平静时刻，我们也许会排练我们的冲浪时刻，或是把两人对珊瑚礁的探识汇集起来，礁岩上有几处可怕的地方，开始退潮的时候尤其如此。

多明尼克的蓝色双鳍小冲浪板似乎在浪里游刃有余，不过他对那块板不是很熟悉。结果当高速冲浪时，其中一个鳍会发出嗡嗡声。那是一块手工制作的板，当时双鳍还是个新概念，而那两个尾鳍似乎没有对齐，浪速慢下来时问题并不明显。嗡嗡声让他分心，声音大到当他从我身边掠过时我都能听见。他不像我那样觉得这事好笑，他是完美主义者，于是要求和我交换浪板。我才用那嗡嗡乱叫的可怕的板子冲了两波浪，就决定换回来。最后，就连多明尼克也笑了，还跟着这噪音唱歌。他总是对荒诞事物有敏锐的感觉，我甚至觉得，他自有一套哲学，它根植于一种不完美之感、一种传统意义上的可能，是为了回应上天对我们的捉弄。我从来不知道他是如何得到这种天分的。

为什么在火奴鲁阿露营时，他会说我不喜欢我的同类呢？他那时对我说过很多批评的和轻蔑的话。当然，我已经成了一个令人讨厌、自命不凡的大学生，就算在冲浪野营之旅中，背包里也塞满了 R. D. 莱恩、诺曼 · O. 布朗和其他当红作家的书。（我当时正在圣克鲁斯跟着布朗研究文学。）也许是我老把弗朗兹·法农挂在嘴上让他觉得烦人。（至少他没有管我叫自我嫌恶的白人男孩。）我无疑有了一个弱点，开始反资本主义，甚至倾向于第三世界的政治，在多明尼克眼中，这些使我变成了一个不切实际的书呆子，而且他老是不厌其烦地提醒我对机械的一窍不通（这是事实，但我并非特别差劲）。他对机械和其他设备都很在行，和我形成了鲜明的对比，这让他喜形于色。我猜他想和我较劲，没有安全感，因为我们各自都在一步步走着不同的路。也许他感觉受伤。不过，我和卡琳开始交往后，尽管我把我们俩的许多长期习惯和计划都丢进了垃圾桶，我觉得他一直表现得非常理解，从未抱怨。分道扬镳从来不是一件好过的事。但他和卡琳甚至成了朋友。

事实上，即将 19 岁而且没在学校念书的多明尼克面临着征兵问题，为了逃避，他决定尽快前往加拿大。卡琳当时也没上学，自愿陪他从加州搭便车到加拿大，而天真的我只认为卡琳太善良了。

到了中午时分，其他人终于开始出现在火奴鲁阿。汽车出现在悬崖顶上，小伙子们沿着陡峭的步道走下来，不过，还不至于到拥挤的程度，浪况则愈来愈好。我的冲浪板也是手工制作，超轻，只是布满大块凹痕，看起来模样有点怪。为求分量轻，圣克鲁斯的工匠只在板上铺了极薄的玻璃纤维，以至于我划水时胸膛和膝盖会压出痕迹，站起来时双脚也会留下难以消除的凹痕。但是板底，即水上滑行面，既光滑又坚硬，其弧度精巧而可靠，整体形状干净利落，没有弯度的板沿略往下收，板尾是轻度的圆尾。这块冲浪板转动迅速，能高速滑行，在浪管中尾鳍能稳住，这些对于冲浪板都是很要紧的。但用在火奴鲁阿，这块板其实太轻了，尤其是下午浪更大、风更强的时候。但驾着这块冲浪板奋力完成最后几个下落，在有轻微碎浪的地带沿弧度下切，然后把它放在高高的、快得吓人的背光弯钩浪下，我异乎寻常地清楚感受到了每个动作所涉及的技术难点。总的来说，我知道我从来没有用这么脆弱的装备冲过这么壮观的海浪，虽然我可能想用其他冲浪板，却无法想象会有比这更惊心动魄的浪。我想要更多，我全部都要。柏拉图可以等，我等不了。

*　　*　　*

三个月后，我辍学搬到了拉海纳。加州大学圣克鲁斯分校是个让人兴奋的地方，但也很容易离开。它是个新校区，学术实验的温床，没有分数，没有有组织的运动项目。教授不是权威，而是同谋。学校鼓励尽可能自学。以上种种都适合我，但这个地方就是缺乏作为机构的吸引力。

卡琳虽然不可信，但还是一起来了，她对冲浪毫无兴趣，但她很有冒险精神，而我确信要是没有她，我会活不下去。幸运的是，她并没有其他计划。我记得，火奴鲁鲁飞到毛伊岛的单程机票是 19 美元，抵达之后，两人口袋里连一张回程机票的钱都不够。那晚，我们裹着毛巾睡在海滩上，螃蟹在我们身上窜来窜去，虽然无害，却令人毛骨悚然。然后下雨了，我们打着寒战直到天亮。当我们经过火奴鲁鲁时，我父母对我离开学校的决定表示出了明显的不悦，而如今在拉海纳的曙光中，卡琳也清楚地表达了她对我的不满。在我们在一起的一年半里，我经常突发奇想拉着她东奔西跑。现在她该变成一个无家可归、饥肠辘辘的冲浪女孩吗？

我告诉她我认识一个家伙，这是实话，虽然我只是“知道”这个人，并不能算真的认识。三个月前，我在街上遇到了他，当时我正和多明尼克一起到镇上买补给，他指给我们看了他的住处。现在，通过反复摸索，我穿过拉海纳泥泞的后街，终于找到了他家。我进去了，而卡琳在巷口等着，当我拿着汽车钥匙出现时，我想她一定很惊讶，因为连我自己也觉得不可思议。车主是 22 岁的布莱恩·迪·萨尔瓦多，是个冲浪者、学者、善良的绅士，他像见到老友般欢迎我，听说我们窘迫的状况时，立即把一辆 1951 年的福特借给了我们。他说，目前的浪点离镇上都很近，他在镇上工作，所以不需要用车。我们找工作期间可以住在车里。他告诉我他的车子名叫犀牛追踪者，它像一只停在香蕉树下的蓝绿色怪兽。

如果卡琳心情好一点的话，就会调皮地笑道：“太神啦。”但她仍然觉得自己受骗了，而且满腹怀疑。我开车带她在这个由捕鲸小镇转变成的旅游小镇兜了一圈，去了包括给失业人口等发免费或低价食物券的办公室，拿到了可供两人生活一个月的紧急补给金，我记得是31美元，我们还去了许多在招人的旅馆和餐厅。卡琳很快就找到了一份服务员的工作，我则希望能在前街的一家书店工作。我还没有足够的钱买汽油开到火奴鲁鲁阿湾，但我向她保证，她一定会喜欢那里。

“为什么，因为它很漂亮？”

还有许多其他原因，我说。

这段期间，我们不得不把车开到镇外的农场路上过夜，那里很暗，卡琳睡在前座，我睡在后座，我的冲浪板摆在车子底下。（我睡觉时会开一扇车门，一只手抓着往上翘的尾鳍，希望小偷不敢上前。）我们使用公共场所的设施，卡琳在水槽里洗女招待的制服。我在镇上的浪点冲了两次浪；卡琳看书，看起来很放松。我仍然受着冷落，我可以从我们没有发生性行为这一点看得出。幸好，我得到了书店的工作。

这间书店叫非此即彼（Either/Or），店名的灵感来自克尔凯郭尔，这里怪怪的，尽管它是洛杉矶一家大型书店的分店。店主是一对紧张的夫妻，正在躲避法律的制裁，他们的一个雇员也是如此，他蓄着红胡子、老是换名字，在逃兵役。书店需要人手，但对我都非常警惕。我看起来像联邦探员吗？我18岁，瘦得像竹竿一样，乱发及肩，有个说话刻薄的女友，穿着磨损的人字拖、晒得发白的短裤、破破烂烂的T恤。他们决定冒这个险，从洛杉矶本店弄来了考新招员工的卷子，测试了我对图书的综合知识。所有未来的雇员都必须通过考试。（从那时起，图书零售业务有了改变。）考试是书面的，不能拿回家做。卡琳花了一整晚帮我复习书名和作者名，我突然想到，她通过笔试的机会比我大。（后来她在加州大学洛杉矶分校附近的一家法文书店工作。）事实上，她是我认识的青少年中书读得最多的，我在拉海纳港口的午后阳光下冲浪时，她总蜷在海堤边阅读普鲁斯特，法文原文。尽管如此，我还是参加了书店的考试并且通过了，得到了书店的工作。

工作第一天，布莱恩·迪·萨尔瓦多冲进了书店，跟我说他要离开镇上了。住在爱达荷州狭长地带一个农场的老朋友给他寄来一封信，让他意识到自己在毛伊岛的日子结束了。他在阿罗哈航空公司的机票夹上写下了地址，告诉我车是他前一年以 125 美元买下的，希望将来我有钱时，能买下这车并把钱款寄给他在洛杉矶的父母。说完这些，他就走了。

有了薪水，卡琳和我买得起汽油了，但还不够付房租。拉海纳的西面和北面是漫长而蜿蜒的海湾和岬角，我们开始在这两处露营。甘蔗田的边缘有一排排旧的棚屋——是甘蔗工人的住所，红色油漆都剥落了——沿着长长的露台一直延伸到陡峭的山上。此处的普库库伊（Puu Kukui）是西毛伊岛的最高峰，据说是世界上第二潮湿的地点。我们找到了几个可以生篝火的僻静小海湾，海水清澈如金酒。我教卡琳如何找到成熟的芒果、番石榴、木瓜和野生牛油果。我们从别人那里拿到浮潜面罩和通气管，可以去探索珊瑚礁，我仍然记得某些夏威夷鱼的名字。卡琳特别喜欢忽姆忽姆（humuhumunukunukuapua'a），但喜欢的不是鱼本身，它没什么肉（一种塌鼻子的扳机鱼），而是它的名字。每当她浮出水面，拨开通气管时，总爱问："忽姆忽姆呢？"这个词慢慢衍生出了其他含义，我可能会看着太阳的角度回答："哈那哈那。"那是夏威夷语"工作"的意思，我们得去上班了。卡琳确实喜欢火奴鲁阿，这让我松了口气。海湾离城镇太远了，不适合每晚去露营，但那里非常适合潜水，鱼也很漂亮。不可否认，这地方很美。秋天之前那里都不会有浪可冲了，但我们也没有别的地方可去。

卡琳可以过稳定的生活，当蚂蚁，而不是蚱蜢，或者套句乔伊斯的话，当美梦者。她的母亲和外祖父母是德国犹太人，大屠杀的幸存者。卡琳 13 岁时，她父母因为沉迷 LSD 而分道扬镳，让她的生活从此四分五裂。我们当时是学校里的朋友，而我脑子里想到的是蒂莫西·利里①主持的郊区换妻派对。卡琳走了，转到了托潘加自由学校就读，那是我们这边第一所非传统学校。当我再度遇到她时，她 16 岁，看起来有超过她这个年龄的忧郁和聪明。当时，所有关于性、消遣性毒品和革命性政治的令人晕眩的实验在反文化的美国仍处于鼎盛时期，但对卡琳而言，却是久远的不快乐的往事。事实上，她的母亲还沉浸其中，其当时的男友是一个逃亡的黑豹党成员，但对于 16 岁的卡琳而言，一切都结束了。她与母亲和妹妹住在西洛杉矶，生活条件凑合，她在上公立高中。她收集陶瓷猪，喜欢奔放的歌手兼词曲作者劳拉·尼罗（Laura Nyro），对文学和艺术很感兴趣，但对学校那些满纸胡话的考试不屑一顾。不像我，她没有在做两手准备，也没有保持成绩以备将来选大学可用。她是我所知道的最聪明的人，见识广博，风趣幽默，有着难以言喻的美丽。她似乎没有任何计划。所以，我拉上她，跟我一道任性地到处跑。

我早前无意中耳闻她在自由学校的朋友下了个评语。他们仍旧自认是洛杉矶最潇洒、最聪明的孩子，问题是提到狡黠、满嘴粗话的卡琳·戴夫森同志时，他们说，她跟“某个冲浪者”私奔了。在他们看来，这太不可能、太愚蠢了——除此之外没有什么可说了。

卡琳来毛伊岛确实有自己的动机，她听说她父亲当时在这里。在 LSD 进入山姆的生活之前，他是航空工程师。他宣称要追寻自我的灵魂，抛下了工作和家庭，切断了电话和通信联系——就这样，没有任何解释。从椰子树无线网络上传来的消息是，他要么在毛伊岛北岸的一所禅宗寺院，要么在附近一所州立精神病院。我带着私心跟卡琳说，如果我们搬到岛上，或许可以找到她父亲。

---

① 美国著名心理学家、作家，以其晚年对迷幻药的研究而闻名。——编者

*　*　*

我们在镇上租了个房间，房东哈里·科巴塔克是个疯老头。每月100美元的租金，我们得到了一个蟑螂出没的蒸箱，厕所在走廊尽头。我们用烤盘在地板上煮饭。拉海纳的住房短缺，所以租金高昂。不过，老头出租的屋子正对面就是港口的前街，那里有当地最好的两个浪点。布莱恩是对的，夏天的好浪都在镇上或是离镇上很近。有个叫断墙（Breakwall）的冲浪点需要真正的涌浪才能冲。高过4英尺的话，它能在与岸边平行的岩石防波堤外的锯齿状珊瑚礁上创造出棒透了的左手浪和右手浪。另一个地方叫港口嘴（Harbor Mouth），在海港入口的水道西侧，有着挺括的高度一致的浪尖，就算只有1英尺高，人多，也很棒，这里任何规模的南涌浪都会激起可冲的浪，变成我的家常冲浪点。冲浪的人很多，大部分是白人，而不是当地人。

我会在天还没亮时起床，拿着冲浪板，赤脚踮着脚尖下楼，慢跑穿过一个小的法院公园到达码头，希望成为第一个抵达的冲浪者。我经常都是。那一年，有很多冲浪者从本土来到拉海纳，但他们是彻夜狂欢的派对动物，很少人准备在黎明时分冲浪。相比之下，卡琳和我是清醒的一对，也不认识多少人。晚上9点钟，我会关上书店的门。卡琳则把客人没碰过的鲣鱼（bonito）和鲯鳅用铝箔纸包好带回来。我们的夜晚就是这样度过的，吃饭，看书，杀死无法无天的蟑螂，为在天花板上巡逻的壁虎取名字。我对于酒吧生活毫不关心，当一位游客问我夏威夷的合法饮酒年龄时，我不得不承认我不知道。

港口嘴有短且空心的右浪，如果激浪变大，它就会越来越长，越来越复杂，上浪点也会离岸边越来越远。不过，它从来没有真的变得过分复杂。如果认真在此花上一整个夏天，就能了解透彻这种浪。我喜欢这浪5英尺高的时候，若浪况比较干净，外侧浪墙就会出现一个均匀完美的浪壁，人们经常会被它的外表所骗，移到太深的位置或是站得太靠浪肩的外头，不确定该从哪里上浪。当浪有6英尺高的时候，若是早点上浪，动作也正确，几乎每次都能从一个极深的地点上浪，虽然看不大出来，但我几乎总是知道它在哪里。不过，港口嘴的标志性特点（它宣称这是它的名气所在）是右手浪的尾端浪区（那儿也有长些且形状不太匀称的左手浪，从水道往外而去）。那是个非常短、厚、浅，极其可靠的浪块，几乎总是保持着开放的状态。如果你追对时机，那便是我所见过最可靠的管浪了。就算只有 2 英尺高，你也可以挤过去，然后浑身干干的出来。在我的冲浪生涯里，这是我第一次变得安于从浪管往外看向银色水幕外的朝阳。有几天，我花了一半时间冲管浪，然后一路小跑回到科巴塔克的屋子，卡琳还在地板上我们的垫子上头睡着，我的大脑里腾起八到十道光，觉得这一瞬间就是永恒。

下班后，我会在漆黑的晚上去港口嘴冲浪。此时潮水一定够高、涌浪也够大，有点月光就太好了，即便如此，这么做也相当疯狂。基本上就像盲人冲浪，但我通常不是唯一一个这么做的。一段时间后，我自认对该浪点非常熟悉，可以从阴影和水流方向感觉出该去哪里、往什么方向，以及该怎么做。我经常判断错误，所以花了很多时间在浅水区寻找我丢失的冲浪板。这就是为什么得在潮水高的时候去。港口嘴内的潟湖十分广阔，水很浅，还有被带着可怕的刺的海胆覆盖的尖利珊瑚礁。白天的时候，我知道珊瑚礁里的小河，可以从那儿游过去，眼睛在水下睁着，胸腔里吸足气，以便最大程度的漂浮，就算潮水很低，也能避开紫色海胆的刺寻找丢失的冲浪板。然而，晚上在水底下什么也看不见。尖刺在海边路灯摇曳的眩光里跳舞，在潟湖里寻找微微发光的椭圆形板子，可以说是有别于从浪管里窥物的另一种永恒。无论如何，我不想放弃，我只有一块板子，我也总是会找到它。

* * *

书店位于海堤西端一个摇摇欲坠的旧码头上，有三个小房间那么大。隔壁是间酒吧。海水在地板下晃动。店主夫妇在培训完我之后，从当地政府那里感觉到了危险的信号，于是逃往加勒比海，留下我与那个逃兵役的家伙一起经营这书店，那家伙自称叫丹。以其规模而言，这家书店很棒，选品包括小说、诗歌、历史、哲学、政治、宗教、戏剧和科学，品味活泼多元，包罗万象，不过碍于空间，每种书都只陈列一册。那时我很喜欢新方向出版社和格罗夫出版社，它们出版的书，店内几乎都有。我们可以在几天内拿到几乎任何我们没有的书，通过特殊订单。所有书籍都是洛杉矶的大书店提供的。

然而，没有人想买我们店里这些好书。我们的主业是向游客出售可以放在咖啡桌上欣赏的大部头册子，一种价格高达50美元的怪物，里头尽是珊瑚礁和当地景点的亮丽照片，此外还有每两周要大量进货的《滚石》杂志与每月进货且量更大的《冲浪者》杂志，这些才是我们的利润所在。神秘学、占星术、自我帮助（虽然当时可能称为自我实现）和东方神秘主义类书也卖得不错。还有一些我们得大量订货的作者，有埃德加·凯西[1]这样的老派骗子；有新近冒出来的导师和权威，如艾伦·沃茨，还有反文化方面的畅销书，我们会成箱订购，总是很快就卖完了。其中一本，是拉姆·达斯（过去叫理查德·阿尔坡特博士）所写的《活在当下》（*Be Here Now*）[2]，皇冠出版社出的，我记得定价是神秘兮兮的3.33美元，内容是建议人们增强意识，书里包含许多图表。另一本畅销书是《在地球上生活》（*Living on the Earth*），艾利西亚·贝·罗伦的作品，书是大开本，手绘插图，为那些想要以极少的钱在没有电和抽水马桶的乡村过着慢悠悠的生活的人提供实用的指导。

当时的毛伊岛有很多这样的人，几乎都是刚从本土过来的。他们住在狭窄的山谷里，远离土路或丛林小径；或者住在哈莱亚卡拉

---

① 美国知名预言家，据说拥有超心理学的能力，能够在睡梦中回答治疗疾病的方法。——编者

② 这是一本关于冥想入门和作者在南亚遇到的玄学的书籍。乔布斯在大一时读了，对他影响很大。——编者

(Haleakala)宽阔的山坡上，哈莱亚卡拉这座面积巨大的休眠火山划定了毛伊岛的东半部；又或许住在干燥的东南海岸的偏远海滩上。有些人认真过着聚落生活，从事有机热带农业，有些人冲浪。也有许多新来的人在城镇和村庄过着贫穷的日子，如同在拉海纳的我们一样。或者像山姆一样住在寺院里，据说寺院位于哈莱亚卡拉山的北坡。

当地人呢？嗯，他们也不光顾我们书店，这是肯定的——当我跟哈里・科巴塔克说我在书店工作的时候，他表示从来没有听过那个地方，而他住在拉海纳这个非常小的镇上已经60年了。我们的顾客都是游客、嬉皮士、冲浪者和嬉皮士冲浪者。但不知道为什么，我开始讨厌上述那四类人。我发现自己在小书店的柜台后面循循善诱，试图让人们对文学和历史书感兴趣，或是对任何纪念品、脉轮①和茅坑之外的东西感兴趣。结果毫无成效，我那种大学生的傲慢转变成不满，我突然觉得自己老了，变成某种早熟的反嬉皮士。曾抱持那种意识形态几年的卡琳认为这事很有趣。

漂亮的人物也开始在当地露面，主要是乘坐游艇来的。先是彼得・方达②的双桅船，再是尼尔・扬的纵帆船，日落时分驶往拉奈岛(Lanai)时，甲板上的音响大声放着他那首《沙滩上的牛仔女郎》(*Cowgirl in the Sand*)。卡琳见到那些从豪华船只上扬长而去的长腿女追星族有点眼忧，直到她在科巴塔克的屋子对面一个港口公共厕所见识了一次，才安下心来。当时，卡琳发现某人正在女厕的其中一个隔间，那动静真是堪称有史以来最响亮、最滑稽的，于是卡琳试图加快速度洗漱，以免遇到那个女人觉得尴尬，可惜动作还是不够快，而那位露出真容的涨红了脸的小明星，当然，是直接从某个摇滚男神的小船上出来的。

---

① chakras(梵文)，此概念源于吠陀经典。它并非人身上可见的器官，而是指全身气场的能量汇集点，由下至上有七个脉轮，即七大能量中心，位于身体的中轴线上。据说脉轮的平衡对于人的身体、能量、情绪、智性有积极作用。——编者

② 美国著名演员，代表作《逍遥骑士》。其父、姐都是著名演员。——编者

在社会认可的角度讲，让我开心的摇滚明星是吉米·亨德里克斯，他在一部怪有意思的电影《彩虹桥》（*Rainbow Bridge*）里露了面，讲的是他一年前在毛伊岛开的一场演唱会。电影很粗糙，信风咆哮中，亨德里克斯和他的乐队在树丛繁盛的场地表演，导致收音很糟糕。片中为亨德里克斯与一位来自纽约的婀娜多姿的黑人女子之间安排了一段粗略的、有电影感的恋情。她与当时毛伊岛的嬉皮士社群保持着一定距离，而亨德里克斯更是对此敬而远之。他口齿不清地讲着无意义的台词，令我不禁发笑。某个名叫巴伦的消极好斗的社群领导人实在太烦人，亨德里克斯不得不在阳台上用来复枪干掉他。最后，电影用来自金星的“太空兄弟”在哈莱亚卡拉火山口的陨石坑着陆为结尾，看起来像是没预算了，我认为那是纯属恶搞。但是，当我在书店或其他地方听到关于“金星人”的对话越多，我就越来越意识到我对电影结局的解释与主流不符。

不过，在我和卡琳的临时小天地里并没有完全的意见分歧。我拖她去看了一部纯冲浪电影，对于不冲浪的人，这类电影基本上毫无意义。拉海纳那家破烂不堪的皇后剧院偶尔会放冲浪电影，观众总是一群穷得叮当响、嗑药嗑得神志不清的家伙。有一部我不记得电影的名字，但记得其中几个片段。其中一个场景是巨大的万岁管道（Banzai Pipeline），电影创作者没有配乐，就把密西西比四兄弟组（Chambers Brothers）慢悠悠的赞美歌《时机已到》（*The Time Has Come Today*）用全速播放。电影院里的每个人似乎都站了起来，对着银幕发出难以置信的尖叫。对于像我们这样的人来说，看着冲浪者骑上世界末日般的浪，有一种过电的感觉，但我很讶异卡琳也站了起来，眼珠子瞪得似乎要掉出来了。

然后，还有纳特·杨和大卫·努西瓦在当地的浪点断墙冲浪的画面，配上了较轻柔的音乐。几年前，努西瓦是世界上最好的走板手，而杨是第一个厉害的短板选手，令人感动到落泪的是，他们现在一起冲浪，而且都冲着短板，都依旧是绝对的大师——他们是旧风格最后的王者，高大魁梧且掀起革命的澳大利亚人，在我们都熟悉的海浪中表演着一种阳光普照般的二重唱。我怀疑卡琳是否理解了努西瓦和杨这个组合的所有含义，但她肯定懂了接下来的那一段落。电影创作者听从了拙劣的建议，设法在一部纯冲浪电影中加了一些陆地上的搞笑片段，这绝对是个坏主意。其中某个片段里有个头上戴着尼龙丝袜制成的面罩、面容扭曲的恶棍跑来跑去，群众哼哼叹气，有人大吼道："他妈的，霍普合！"霍普合是拉海纳的一个小店主，出了名的坏脾气和小气，和那个罩着尼龙丝袜的坏人还真有点像。卡琳和冲浪暴民一起大笑，而"他妈的，霍普合"成为我们俩之间复杂而甜蜜的暗语。

* * *

等我终于有了 125 美元时，我寄给了布莱恩·迪·萨尔瓦多，没有直接收到他的回复，但是一位经常来书店的名叫麦克斯的优雅女士偶尔会带来他的消息，告诉我他在爱达荷州，然后是在英国，接着是在摩洛哥。我不清楚麦克斯是什么样的人，她有点时尚模特儿般的男孩子气，声音低沉，目光玩味且直勾勾。她似乎与拉海纳格格不入，倒像是该在蒙特卡罗或是其他什么地方。她和布莱恩显然是一对，但是她对于布莱恩的缺席似乎很开心。我想知道当她看到他的旧车时是什么感觉。在我的怂恿下，卡琳在后备厢上画了一朵巨大的花。画得很好，只是那部车已经不再是一辆可以称为犀牛追踪者的车。我正在转变成反嬉皮士，但显然还保留了某些嬉皮倾向。

我很少听到我父母的消息，却时常想起他们对我离开学校的不赞同。父亲坚持认为，90%的大学辍学生最后都没有返校取得学位——"统计显示！"他们或许也在担心我的应征状态，这是可以理解的。他们不知道的是我从没有进行过兵役登记。我的公民义务感从来都不强，面对兵役更是如此。如果联邦政府找上门，我大概会跑去加勒比海找书店老板吧。不过那段时间，我其实从未认真想过这件事。在火奴鲁鲁时，我爸妈还坚持让我和卡琳分房睡，实在是莫大的侮辱。

我们的邻居是吵吵闹闹且嗑药的船员，他们喜欢在走廊玩滑板，放很吵的音乐，做爱时弄出大动静。他们似乎不间断地播放“斯莱和斯通一家”（Sly and the Family Stone）的音乐，我再也不可能喜欢这个乐队的专辑了。我经常拿着书走出我们的房间，怒视着这些闹腾的酒色之徒，这让卡琳很尴尬。事实上，我当时并不知道她觉得尴尬，几年后她才告诉我。她甚至让我看了她的日记，在她笔下，我是“我们热血的学者”，把我“充血的脑袋伸进走廊”，造成了她“无尽的懊恼”。我并不介意别人不喜欢我，但她介意——显然我怕麻烦而刻意忽视这一点。

科巴塔克的每个房客都领食物救济券。真的，似乎每个住过的房客都有。“在每月的这个时候，那个粉红色的东西来了。”卡琳那尖刻而又风趣的日记里这样写道。她指的是向现在的和搬走的居住者发放的几十张粉红色的政府支票。我想，这群松散的在毛伊岛靠食物券过活的人，并没有好好思考过福利国家的意义，领取食物券被视为过渡，奇怪地具有合法性并且简单，绝对不算什么大事。后来，我在英国和澳洲与身体健全却不工作，只领救济金的年轻人一起住过（当中有不少冲浪者），他们把政府的支票视为基本的生存方式和一种权利。

某天，我俩都不上班，于是卡琳和我去一个名叫欧罗瓦鲁（Olowalu）的地方冲小浪。那是拉海纳东南方的一个形状不规则的小礁石，那个地方很平坦，车子几乎可以开到海岸边。卡琳对学冲浪完全没兴趣，我认为这很合情合理，根据我的经验，长大（指 14 岁以上）才学冲浪的人，几乎不太可能变成行家，而且在放弃前通常会经历疼痛和悲伤。不过，浪况好的时候，有人指导的话，还是可以享受到冲浪的乐趣，今天我就说服她用我的冲浪板，尝试一下缓慢的小浪。我游泳推她出海，让她就位，并把她推到浪上。事实上，她的确体会到了乐趣，趴在板子上冲了长浪，兴奋地大叫个不停。我则尽量不让岩石划伤，那里的水很浅，看起来闻起来都不是特别干净。周围没有其他人，只听到汽车在通往基黑（Kihei）的路上呼啸而过。然后，当卡琳冲完了一道浪，从浪背滑入岸边的潟湖时，我看到她身后有四五条背鳍，那是鲨鱼，正平行于海岸巡游。

它们看起来似乎是黑鳍鲨（blacktip），不是当地最具侵略性的物种，但我还是非常不希望看见它们。它们体型看起来不是很大，不过从我的位置其实无法确定大小。它们就在岸边，我则在 30 码之外，而卡琳距离海滩只有几码远，她显然没有看到鲨鱼。她在蹚水而行，试图把冲浪板掉头转向海的方向。我低下头，努力保持平静地朝她的方向游去。卡琳在说着什么，但我充血的耳朵没听见半个字。当我到她身边时，看见鲨鱼已经转过身来，它们还是在离岸很近的地方巡游，但现在往我们的方向过来。我站在及腰深的水里，想要看清楚鲨鱼的身体，但水实在太混浊了。当鲨鱼从我身边经过时，我刻意转过脸去，因为我不想让卡琳看到我的表情——不管是什么表情。我想，当我把冲浪板转向岸边，并开始快速往海滩行进，不顾我之前小心翼翼不想碰上的岩石时，她一定很惊讶。不过，我不记得她说了什么。我调整了冲浪板的角度，以便挡住卡琳的视线，不让她看到鲨鱼。如果鲨鱼不那么快调头，那么我们就会到达它们身后的海滩。它们没有转身，至少在我们穿过潟湖踩上沙地前没有，我也没再回头看过。

卡琳和我处在一个奇怪的状态。我绝大部分时间都在冲浪，它就像我的老情人，我热切期待着火奴鲁阿湾在秋天开始破浪，我天天冲浪，不断调整自己的技术。卡琳从来没见过我这样，但似乎并不嫉妒。事实上，她开始谨慎地问我理想的火奴鲁阿冲浪板有哪些技术要求？这个问题很不寻常，所以她不得不坦承自己的计划：想送我一块新的冲浪板当生日礼物。考虑到我们俩的收入还够资格领取食物券，这可不是份小礼物。由此可知，她接受了我在等待火奴鲁阿冲浪季这件事。但是她在毛伊岛干什么呢？她辞掉了服务员的工作，现在在拉海纳外一个叫卡那帕里（Kaanapali）的糟透了的新度假村为客人舀冰淇淋。在寻找卡琳的父亲这件事上，我们做过一些努力，开车去了卡胡鲁伊（Kahului）和帕亚（Paia），在一座修道院和一家门诊中心到处打听，但没有继续追踪我们得到的蛛丝马迹。我开始怀疑她是否真心想找到他，见到他也许会是痛苦的事。拉海纳自有它的魅力，比起西毛伊岛的海岸和乡村，这份吸引力更加微妙，有古老的中国寺庙，一些怪人，有阳光炙烤下的珊瑚礁监狱遗迹，卡琳喜欢它们，觉得很有生命力。她甚至还跟几个因为冲浪移居此地的人交上了朋友，她称这些人为“金发的阳光生物团”。但是，我们之间的别扭始于我们的错处，正确来说是我的错，我没有认真地把她的想望和我的想望区分开来。

至少在我心里，我们已经融为一体了，没有心灵上的界限。从外形上看，我比卡琳高了一英尺多，不太像一对，卡琳的母亲英格总爱叫我们“马特和杰夫”①。但我感觉我们形如一人，光是想象我们的分道扬镳就让我心痛。当我们俩还在上高中时，英格的夜晚似乎是一场漫长的中年寻狂作乐，卡琳和我则是年轻的清教徒，遵守着老套的一对一的性关系，只跟对方有鱼水之欢。即使在当时，他们家也很不寻常，孩子们可以随心所欲地做爱，甚至会替没有冒险精神的孩子感到可惜。我青少年时期的恋爱经常是在躲避（或者没躲掉）充满警觉、有时甚至是愤怒的父亲，所以我花了一点时间才习惯这样的自由自在。我的父母从来没有习惯过，和卡琳在一起后我晚上经常一反常态地不回家，他们的愤怒让我惊讶。多年来，我觉得自己就像卡琳用讽刺的语气所说的“自由的化身”。现在，17 岁的我突然开始有宵禁时间了？我自己郁郁寡欢的诊断是：这是我父母的性恐慌。

接着，卡琳和我出了车祸。当时我们驾车前往海边露营，一个醉汉超速从后头撞上了我的厢型车，车子全毁，幸好我们俩毫发无伤，

---

① Mutt and Jeff，美国漫画史上的第一部日更连载漫画，两个主人公一高一矮。——编者

保险公司给了一小笔赔偿金，我们用那笔钱买了廉价机票，直接去了欧洲，连高中毕业典礼都不参加。我想这样突然的离开对父母而言太过分了。我从来没有想过，这对于一直盼望参加长子毕业典礼的我的父母是不是太残忍了？也许是的，但他们也从未提过。英格似乎直到我们要离开时才醒过来，紧张兮兮地要我答应好好照顾她的小女孩。

但我并没有真的做到。卡琳和我开始吵架，大吵。而且，在旅途中，我甚至变成了暴君，当我们在西欧游荡时要求她照我毫无怜悯之心的步调行动，只靠饼干和新鲜空气过活，老是睡在星空下。总有新的、更好的地方要去，而且一定得去。我拖着她踏上了累人的朝圣之旅：去巴斯（Bath）等地看摇滚音乐节，去比亚里茨（Biarritz）等冲浪小镇，以及去瞻仰我最喜爱的作家的流连之地（和坟墓）。卡琳并没有那么不谙世事，她不明白为什么一路都如此赶行程，她在日记里压制干花，参观博物馆，能说流利的法语和德语的她学起了我们遇到的每一种新语言。当我宣布迫不及待想要看到更多“土耳其的影响力”时，她终于坚决拒绝让步，而是要待在希腊西部的科孚岛（Corfu），她说，我可以自己去寻找奥斯曼帝国的宣礼塔。于是，我站起身来把她留在了我们露营的偏远的山后海滩上。我想，我们俩谁都没预料到我真会这样做，但是一路行来，我已经变得很擅长以低廉的成本快速穿越陌生的领土，不到一周，我就抵达了土耳其，开始打算由陆路前往印度。在那些日子里，移动、新同伴和陌生的地方就像是我的毒品，带给青春期的我神奇的快感。土耳其的影响力让我着迷了半个小时不能自拔，接下来只有泰米尔人的影响力让我有这个反应。

这一愚蠢行为终于在黑海南岸一个无人海滩可鄙地终止了。平庸的浪，呈现出棕色且水雾蒙蒙、风一吹就散，正从敖德萨方向滚滚而来。我跌跌撞撞地穿过长着毛刷一样的灌木的沙丘。我到底在干什么？我竟然把我的真爱独自丢在希腊的穷乡僻壤，抛弃在路旁，老天啊，她才 17 岁——我们都是。当我坐进土耳其的灌木丛里，我追求新景点、新冒险的欲望痛苦地破灭了，连扎营的力气都没有。狗一直吠，黑夜降临，我突然发现自己并不是我光芒万丈的公路电影里无畏的主角，而是一个倒霉蛋，无良男友，翅膀一硬就闹离家出走，一听说要洗澡就害怕的孩子。

第二天早上，我启程返回欧洲。事实证明，再进欧洲比离开欧洲困难。据闻，希腊和保加利亚的边界因为霍乱恐慌的出现而关闭。我在伊斯坦布尔附近徘徊，沿着博斯普鲁斯海峡步行，为了省钱睡在酒店的屋顶上。我试图去罗马尼亚，但是齐奥塞斯库①的哨兵认为我是个堕落的寄生虫，拒绝给我签证。然后，警方突击搜查了我住的廉价旅馆，逮捕了三名英国人，第二天以他们持有大麻将他们定罪，判他们每人要坐数年牢。我搬到了另一间旅馆的屋顶，在明信片上，我写道："嘿，什么照片也拍不出这座蓝色清真寺的美"，看起来既勇敢又得意。

但想到卡琳我心里其实惴惴不安。虽然她说过会想办法去德国，那里我们也有朋友，但我脑中一直出现最坏的情形。我在大巴扎买下一个便宜的钱包要送她，还和其他被困在那里的外国人交上了朋友，最终，我还是崩溃了，给家里打了电话。我在巨大的老邮局周围徘徊了一整天才打通这个电话，效果很差，我母亲的声音听起来虚弱得吓人，似乎老了50岁，我不断地问她发生了什么事。我告诉她我在伊斯坦布尔，但直到通话中断，我都没开口问她是否有卡琳的消息，也没提起我已经有数周没有见到卡琳了。邮局要关门了，我写了许多明信片和信，但整个夏天我就只打了那通电话回家。

最后，我与其他绝望的西方旅人一起贿赂了保加利亚的边防警卫，穿过巴尔干地区和阿尔卑斯山脉，并在慕尼黑的美国运通办公室留言板的帮助下，在城市南面的一个露营区找到了卡琳。她看起来很

① 在罗马尼亚执政达25年，他和他的妻子1989年12月5日被罗马尼亚特别军事法庭判处死刑并立即执行。——编者

好，有点做贼心虚的我，不太敢问她这些日子过得怎么样。是的，我说我已经看到了我想看的土耳其的影响力。她收下了我给她买的小包。我们继续漫游：瑞士，黑森林地区，还拜访了卡琳母亲在莱茵河畔的故乡。这次拜访超级诡异，那儿的老人一直把卡琳认作她母亲，还对我们低声告发邻居是前党卫军。在巴黎，第一晚我们睡在布洛涅森林（Bois de Bologne）的地上。在阿姆斯特丹，我们听说吉米·亨德里克斯将在鹿特丹表演，原本打算前往，后来演出却取消了，五天后，亨德里克斯死了（关于他的毛伊岛电影是在死前几周拍的）。我的另外两个偶像珍妮斯·乔普林和吉姆·莫里森也在那时死了。

我们飞回了加州，卡琳不符合规定，我偷偷让她与我同住在圣克鲁斯的小宿舍里。这样做其实不太好，而且我还在学校的自助餐厅偷食物给她吃，但我们并不是唯一违反规定的嬉皮士新生情侣。对我来说，至少有一段时间，这是很理想的情况，这里有丰富的书籍和优秀的老师，我赤脚在红杉树林中漫步，与人辩论亚里士多德，而我的爱人从来不会离我太远。卡琳会去旁听课程，搭便车到处逛（从洛杉矶流窜到了加拿大），开始思考自己的大学前景。然后，我突然想去毛伊岛，这念头让我眼前一亮、精神一振，我还把她也拖去了。

最初的几个月里，我们不可避免地相依为命。当科巴塔克试图涨我们租金，或诬赖我们偷了他的鸡要我们赔钱，或是觉得还有其他窝囊废愿意多付一些房租而想赶走我们时，我们都是一起反击。当我们认识的人一本正经地谈论金星人时，我们有彼此的支持。我们俩都是怀疑论者——理性主义者，在一个愚昧荒谬的神秘主义世界中阅读不辍。尽管如此，我们还是会争吵，很难说我们究竟在吵什么，但总是越吵越烈，变得难以控制，我们中的一个会在深夜怒气冲冲地摔门而去。为了和好而做的爱可能很棒，却开始变成我们仅有的性爱。

卡琳怀孕之后，这种奇怪的感觉加深了。我们从来没有讨论过要这个孩子，我们自己都还是孩子。私底下我还觉得我是不朽的，而且之后有的是时间，将来还可以有很多孩子。卡琳去堕胎了，她要在怀卢库（Wailuku）的医院住一两晚，手术后的她看起来糟透了，蜷缩在病床上，脸拉得老长，眼神看起来很受伤。开回拉海纳的途中，我们谁都没说话。现在的我知道——但当时不懂——我们差不多结束了。

*　　*　　*

就算在反乌托邦盛行的时代，我仍保留了一些不切实际的倾向，想要一个不为人知的小社群。我并不真的知道其定义，只知道我想在一个充满感情的地方，和一群朋友过着幸福快乐的日子。毛伊岛似乎一天比一天世俗，游客一天比一天多，并非我理想的地方，但我还是说服一些朋友来了拉海纳，包括多明尼克和贝克特。他们都来了，在我租的屋子的地板上挤了几个星期。我后来才明白，那时的我下意识地希望重建一个类似家庭的圈子。我在很小的时候就脱离了家庭，多年来，一直有股建立一个新的庇护所的莫名冲动——尽管我拒绝和卡琳共组一个生物学意义上的家庭，并似乎在相反的冲动驱使下漫游世界。尽管如此，在拉海纳，我并没有真正努力过去寻找更合适的住所供我们这群人住，可能是因为我知道这么多人住在一个屋檐下是行不通的。卡琳和我都太不牢靠了。而且，她是这里面唯一的姑娘。

多明尼克肯定知道这行不通。他跟我们一起住的时候，事情变得明显起来，卡琳那个春天陪他逃兵役到加拿大的旅途中发生了什么。这在我看来，已经是明摆的。他们也已经知道我知道了，但我从来没有问过细节。我很惊恐，又很愤怒，但还是试图往好的方向想。也许，我们可以组成一个三口之家。不是都看过电影《朱尔与吉姆》（*Jules and Jim*）吗？跟着感恩而死乐队（Grateful Dead）一起唱过“我们可以共享女人，我们可以共享葡萄酒”吗？多明尼克以他塞内加①式的对可能性的把握退出了，返回了欧胡岛，为我父亲工作，我父亲当时正在那里摄制电视剧《夏威夷特勤组》（*Hawaii Five－0*）。

---

① Seneca，古罗马政治活动家、悲剧作家，老塞内加的儿子，受过很好的修辞学教育，是晚期斯多葛派的著名人物之一。——编者

多明尼克是剧组在钻石头路外景地中的一名园丁，顶着大太阳，工作很辛苦，但他和我父亲之间似乎达成了某种谅解。我对影视业超级不感兴趣，多明尼克却不是。我父亲对多明尼克随时都能上工的态度非常欣赏，愿意帮助他打入对外密不透风的好莱坞同业公会。多明尼克高兴地接受了父亲的好意。他后来搬回了洛杉矶，成为一名电影剪辑师，后来又成了摄影师，最终当了导演。多年以后，他的父亲大多姆在他婚礼上某个类似电影《教父》桥段的时刻，含泪感谢了我父亲。我想，他很高兴儿子没有进入他所在的行业。年轻的多明尼克搬回欧胡岛时就看到职业机会吗？我不这么想。我很讶异他居然在火奴鲁阿开始破浪前离开毛伊岛，看着他离去的身影，我百感交集。

我该谈谈搬回洛杉矶的意义。在我们这群年轻的前居民心里，认为在洛杉矶活着几乎等于行尸走肉。如果爱尔兰是吃掉自己幼崽的母猪，那洛杉矶就是约翰·韦恩·盖西①之城，用被脏空气污染的有毒海滩巾、盲目的发展、糟糕的价值观扼杀孩子。我们相信，不管我们在寻找的是美丽、智慧还是清静的冲浪点，洛杉矶都没有。（后来当我得知，我大学时视为文学英雄的托马斯·品钦② 1960 年代晚期就住在可怕的南湾的曼哈顿海滩，而且他认为那里的肮脏和褪色的生命力具有启发性，我看洛杉矶的眼光马上就不一样了，并觉得是我的目光短浅且毫无创造性导致我这么想。然而，我依旧讨厌他那本有关南湾的小说。）这种南加州什么都不好的观点，影响了大多数冲浪者，甚至年轻人——觉得昨天总是比今天好，前天则比昨天好——这与南加州的反乌托邦观念有关，这个郊区组成的大都会毕竟是现代冲浪之都与新兴的冲浪业总部。但无论走到哪里，我们都带着这种怀旧。在

---

① 美国连环杀手、强奸犯。在 1972 年至 1978 年间，对至少 33 名年龄 14 岁至 21 岁的男孩及年轻男性实施了性侵和谋杀，1994 年 5 月 10 日被处决。由于他在筹款、游行和儿童派对等慈善活动中扮成一个他自己设计的“小丑坡格”，人称“杀手小丑”。——编者

② 美国后现代主义文学代表作家，以其晦涩复杂的后现代小说著称。1937 年出生于美国长岛，曾于美国海军服役两年。——编者

拉海纳，当我听说从前镇上有条大河，足以让捕鲸船一路扬帆而上进入内河，这立刻引起了我的想象。太有道理了。如果山脉那头的普库库伊山是世界上第二多雨的地方，那么现在水都到哪里去了呢？一定是种植甘蔗的公司拿去灌溉布满毛伊岛西部的甘蔗田了，所以如今的拉海纳才会异常炎热干燥，沙尘飞扬。

贝克特住进来时，卡琳和我已经吵得筋疲力尽，关系近乎终结。她在镇上北边一家旧的糖厂旁快要倒塌的工人宿舍里找了一间属于自己的房间。拉海纳的男女比例极不平均，至少在新来的年轻人当中，男性远比女性多，我确信镇上的年轻男人马上就会注意到冰淇淋摊那个可人的黑发白人女孩现在一个人住。就连书店里逃兵役的丹，都开始对她献殷勤。我本来一直在写一部史诗般的作品，叫《住在车里》，里头充斥着暴风雨之类的热带意象，现在我转而开始写短篇小说，写一个住在夏威夷的菲律宾来的砍甘蔗工人，他在男生宿舍里度过他最好的年华，然后爱上了一个充气的性爱娃娃。我的情况没有那么糟糕，但我并不快乐。

*　　*　　*

心肠软的卡琳仍旧打算送一块新冲浪板给我。所以，我选了莱斯利·波茨做的板，他是火奴鲁阿湾的王，是个皮肤坚韧粗糙、语气轻柔的巫师和蓝调摇滚吉他手。我试着告诉他我的板要轻、快速、敏捷，但说得张口结舌。反正他也没兴趣听，他曾经在港口嘴看过我冲浪，更重要的是，他了解火奴鲁阿所有的情绪、要求以及能出现的最佳浪况。他要帮我做个厚实、不花哨的 6 英尺 10 寸板，可以应付下落和短半径转弯，让我像风一般奔驰。我自己不会选择这样的长度和形状，但我信任波茨，在毛伊岛他是公认的最好的冲浪者，而且他做的板和他冲浪一样好——只要他愿意接单。令人惊讶的是，他很快就做好了，板底的弧度让单调的材料像是要活起来似的，看起来确实很神奇。

我在玻璃纤维上有了更大的控制力。波茨的玻璃纤维师叫麦克，戴着眼镜，很安静。我要求底部上一层每码 6 盎司的玻璃纤维，甲板上则使用 6 盎司的和 4 盎司的，在板沿重叠。在火奴鲁阿，光是考虑到丢失板子时悬崖会对板子造成的伤害，我要的轻对在火奴鲁阿冲浪而言就会被视为是个愚蠢的决定，但我希望借增大泡沫的体积来达到平衡。麦克照着我的要求做了。我为甲板和板沿选择了蜂蜜色的固体颜料，底部则是透明的，板上没有贴纸，波茨严格保持低调。

贝克特和我每天都去查看西北岸的浪况。现在是初秋，北太平洋开始骚动。有些人说，在座头鲸 11 月到达之前，从未见过涌浪抵达火奴鲁阿。我们祈祷他们是错的。贝克特出现在毛伊岛时脸色苍白，这大概是我看过他脸色最差的一次，过去几年他过得很不好，在墨西哥吃了有问题的刺山柑（caper），染上了阿米巴痢疾，被迫结束了他的高中生活和篮球生涯。最近的肾脏手术又让他卧床好几个月。现在他嘴里说自己可以上场了，但看起来很虚弱。我们在拉海纳附近冲浪，他似乎慢慢恢复了元气。他用的是一个只比他稍高几英寸的尖尾浪板，也发展出了一种身体前倾、双手下垂的冲浪风格，以前没看过他这样，但似乎很管用。我还不清楚他只是来夏威夷度假，还是打算留下。用他的话说，他自己有一点积蓄，还没开始找工作。显然，岛屿生活很适合他。他会沿着拉海纳的海岸漫步，看看渔夫们的水桶，如同他孩提时在纽波特码头一样。他最喜欢游艇和女追星族，镇上这两样都不少。夏威夷乡村烤猪、尤克里里与以海洋为中心的节奏更为普遍，自然而然地吸引了一个来自圣奥诺弗的孩子，他正在攻读博士学位寻找乐趣。和其他人一样，贝克特在精神上想要远离南加州——比起洛杉矶，奥兰治县的成长速度更快，恶心程度更甚。多明尼克曾说贝克特会像他老爸一样成为消防员，事实上，他继承了父亲的木工天赋，这最终将成为他的行当。

火奴鲁阿开始破浪了，但条件还不够好，贝克特和我愚蠢地在离悬崖太近的地方冲浪，感觉死神紧抓着冲浪板不放。我开始习惯波茨做的板，像有魔法般让我顺利地过了高难度的转弯。事实上，它从底部急剧转向尖，以至于在小浪中我经常没法足够快地改变轨道，也就是将我的重心从内侧（脚趾头那一侧）转到脚跟那一侧，所以会无意中从板上飞出去。这块冲浪板不是大板，形状太圆，太像鸡蛋，但它是为快捷、宽敞和有力的波浪而设计的。

某天，我在冲浪杂志上发现一件激动人心的事，有一张格伦·卡路库克里在万岁管道冲浪的照片。好几年都没听到他的消息了，现在他在这里，冲着闪闪发亮、极其标准的浪，即使背光只能看到他的剪影轮廓，我还是一看就认了出来。看不到他的表情，但我确信没有半点昔日的讥嘲，也没有嬉闹的矛盾心理。浪很大，极少冲浪者会骑这样的浪，没人敢掉以轻心。这张照片意味着格伦长大了，他活了下来，现在冲浪水平超高。他在管道怪兽紧闭的嘴巴里的姿态既时尚又骄傲，几乎是另一个埃迪·艾考。几年后，我又在另一本杂志上看到了他的照片，还是剪影，地点是南非的岬角浪点杰弗瑞湾（Jeffreys Bay）。那张照片很棒，构图经典，光线明快，猛烈的离岸风耙着一堵无尽的浪墙，它还有一个弦外之音——背光映衬下的格伦看起来像非洲人，而那时仍然是旧的糟糕的种族隔离时代。照片的说明提到，包括艾考在内的一支夏威夷队前往德班参加冲浪比赛，却被一家只招待白人的酒店拒于门外。我把那张在管道的照片拿给卡琳看，她在我的解说下仔细地端详了照片，“他很漂亮。”她最后说了这句。谢谢你。

* * *

10 月的某个时候，火奴鲁阿开始正儿八经地破浪了，看起来和春天时的一样，外侧浪墙很长，有起伏流畅明显的区段，接着是宽敞如保龄球道的主上浪区，然后是汹涌而来的一列蓝色浪沿着珊瑚礁深深注入海湾。这般辉煌的浪潮再度出现了，深沉的色调是如此动人，宛如初见，这是专门为此浪潮诞生的海洋颜色，就只出现在这一刻，也许以后再也看不到了。很明显，想要聪明地在此处冲浪需要长时间的学习，做好几年学徒。但火奴鲁阿当地的冲浪团体不再收新人了，这个地方已经有了一个庞大的冲浪信徒的圈子。他们来自毛伊岛各处，当涌浪更大时，还有来自欧胡岛的。和拉海纳的情况比较起来，火奴鲁阿的人群里有更多深肤色的人等着上浪，事实上，当冬季开始时，镇上浪点的常客就很少出现了。这儿的浪要求更高的水平，尤其是当涌浪形成浪尖时，水中的动作感觉完全是疯狂的，因为优秀的冲浪者一浪接一浪地突破自己的极限，并推搡着其他冲浪者。那群人不好惹，没人会让浪给新人。但我发现，想要成功地挑出好浪，就得抓到浪群的节奏，然后在人群中找到空隙，而非纯粹地近距离混战，好勇斗狠。整个场景有种热情的朝圣者占领宗教圣地的感觉。我暗地里有点希望人们会开始口吐恶言，互相啐唾沫，或者像寺庙的猴子那样拿起番石榴进行攻击。

顶尖人物是令人叹为观止的，有些是出现在杂志上的名人，有些则是当地的热门人物。那个秋天，我只在水里看过莱斯利·波茨一次。他骑着一块白色的宽板，形状和我的一样。那天的浪中等大小，风很轻柔，人非常多，波茨避开主上浪区的人群，在内侧潜伏，运用某种像先进的海洋雷达一般的灵敏性躲开涌浪，在不太可能的时刻溜过暗礁抓住别人都没有看到的大量干净快速的浪。他冲起浪来感觉既微妙又笃定，只有看到正确的时机才展现出一些激烈的动作——不是每个浪都有这样的时刻。他对珊瑚礁的了解是百科全书式的，并且集中心神把自己塞进最浅的内侧厚片的螺旋形浪管中。我移到海湾更深处去观察他。我发现通常在悬崖边观看冲浪的那群人甚至连波茨的身影都看不到。他一直在拐角处，独自一人冲浪。

我的新的冲浪板用起来不错。看着波茨，我可以看出他为何选择这种形状的冲浪板。我永远无法达到他的精准度，但我发现自己能在火奴鲁阿有如赛车道的浪上用这块板画出更圆的轨迹，转更曲的弯，在浪上站得更高离浪唇更近。我努力冲浪，把板放在浪缘上，也使得那些等浪的冲浪者注意到我不是来这里看他们冲浪的。提升我的等浪排名是很长的一段艰苦跋涉的路，我永远也拿不到头排的位置，但终于在第二排中占据一席之地。有些时候，我冲到的浪和其他人一样多，一些不认识的人甚至开始鼓励我下浪，挑战更高的难度。如果说我在 15 岁时遇到冲浪瓶颈，那么现在我又走上进步的轨道了。我现在在小马里布骑浪也许并不比年轻的初学者好，但火奴鲁阿波浪的大小、速度以及灵魂满足感比我所熟知的加州任何浪点，甚至里肯的，都要大几个数量级。这儿的浪更骇人，给人的成就感也更大。考虑到我在陆上的生活是如此糟糕，此时着迷于浪正是时候。

卡琳居然和玻璃纤维工麦克在一起了。我简直不敢相信。她对我说要称呼他为麦克尔，还说他比我所知的更好更聪明。他们甚至开着麦克那辆屎黄色的厢型车，一起出现在火奴鲁阿，当他划水出海时，她就坐在悬崖边。那天风很大，浪仿佛被巨大的力量撕扯一般，我本来心无旁骛地待在上浪的沟槽间，现在则酸溜溜看着“麦克尔”小心翼翼地沿着海湾划水。一群浪滚过，他往水平线前进。我看着他，意识到他是个库克。这让我心情好了些。我又回去冲浪，和主浪碗处的人群争抢，都想站在中心位置。如果卡琳看到我用她送我的冲浪板漂亮地冲浪，或只是得心应手地冲完，也许她会找回理性，让我回到她身边。在冲完西毛伊岛任何人都不会看不到、不发出惊叹的超级高浪后，我寻找卡琳在悬崖边的身影。但那辆屎黄色的厢型车不见了，麦克尔显然不知怎的活着回到了岸上。这似乎既不可能又不公平。

* * *

小镇死气沉沉的。整个岛已经死气沉沉一周了。那天我不用上班，贝克特有些迷幻药，天亮前我们吞下去（这是用来指服下 LSD 的一个奇怪、颓废、斩头去尾的用语），然后在科巴塔克的后院围着火堆站着，等待黎明到来。老科巴塔克似乎从不睡觉，他用根火棍拨着火，在深沉的黑暗中，他脸上有金色的椭圆形光影。当贝克特开玩笑说公鸡把他太太吵醒了时，他咯咯地笑了起来。也许我们这个诡计多端一脸胡子的房东并不是那么坏。我们跳上我那辆画着花的车，也就是前犀牛追击者，往北驶去。

我们打算离开疯狂的城镇，到乡间旅行，直到疯狂消退为止。经过卡纳帕里时，我们看到第一道曙光格外温柔地照上了穿过海峡的莫洛凯高地的锯齿状城垛。空气中弥漫着一层淡淡的红色薄雾，也许是焚烧甘蔗的火引起的，也可能是大岛飘过来的火山烟。毛伊岛人称之为火雾（vog），实在是造了个很烂的词，让我们笑到肚子疼。然后，贝克特注意到，纳普里（Napili）外的海面上有奇怪的灯芯绒图案。说奇怪，一来是说图案本身，就像那天早上看到的所有事物一样各有特色，但主要还是因为它太出乎意料了。事实上，那是巨大的北涌浪，全速通过毛伊岛西端，在拉海纳没有任何迹象。我发现自己快要喘不过气来，分不清是兴奋还是害怕。我把车挂到自动挡，车子带着我们沿着红土路快速前行，穿过菠萝田，抵达火奴鲁阿上方的悬崖。

如果涌浪移动的角度再偏东些，可能就会绕过海湾了。但现在涌浪在岬角处大幅度摆动，在我以前没见过波浪破掉的地方，浪群破了，整个海湾北侧，我们通常冲浪的整个竞技场，都被白水花填满了。周围没有人，我不记得有过多少讨论，我们的板子就在车上，我们俩都是天生喜欢冲浪，只要有浪就下水，我们为板子打好蜡，仔细研究上浪区。看起来毫无希望，一片混乱，看不出所以然，没有破绽可寻，我们现在又因为嗑药而磕磕绊绊，正如人们说的，我们正嗨着呢。最后在某个时刻，我们放弃研究，沿着小路往下走，只记得我们俩都紧张地咯咯笑。狭窄的海滩上不断传来咆哮声，有种不祥的感觉。我确信我以前从没听过类似的声音，我们残存的理性知道坏消息就是好消息。我们永远也不会冲这浪的，我们会被推回沙滩，很快就被层层叠叠堆在我们面前的几堵白水花墙击败。

我们从海滩的上端，在一些岩石的背风处下水，一般而言，那不是个下水的好地方，但我们想尽量远离另一端的峭壁，那儿在上行海岸的侧面有个洞穴，好日子的时候它会把人和冲浪板吞进去，现在正被不停撞击着。我们开始划水，在岩石旁边的漩涡中爬行，然后像是被排水孔吸进去的蚂蚁般被水流逆时针地扫到宽广的白水大墙里。努力抓着冲浪板的我已经跟丢了贝克特，我脑子里想的切换成了生存模式，我旋转着，试图抓住白水花形成的下一道墙，然后尝试回到峭壁上方的海滩。我要做的事情突然变得简单起来：远离洞穴，不要淹死。但没有白水花出现。我被横扫过海湾，越过岩壁，划过冒着白沫的大浪肩。这显然是浪群间的一段间歇，我不停地往大海方向划水，坏消息变成了好消息——但实际上是坏消息。我打算去。一心一意要去的贝克特去了。我们往外划到很远的地方，划到阳光下，从涌浪上轻轻划过，浪仍然不断涌进海湾，像是赶来参加世界末日的联欢会。

我们在大海中，坐在冲浪板上交换着残缺却精准的语言，要是有人听见我们的对话，一定摸不着头脑。对我们来说，这是一种七零八落的完美感觉，我用双手掬起海水，伸向天空，让水在晨光下泻下，说："水？水？"贝克特回道："我知道你的意思。"我之前大概吞过六到八次迷幻药，然后通常都感觉很糟。这种毒品往往会在一段时间后使我对分子着迷，这没有问题，只要它们站在日常感知的某个角度，揭示其令人捧腹的自命不凡、其任意性，这些都是可以接受的，毕竟，这是迷幻药做的一大承诺。但是，当它们介入个人的心理世界和真实感觉时，就不那么有趣了。多明尼克某次不得不带我去我们认识的护士那儿，给我灌了抗精神病药物氯丙嗪（Thorazine），那是因为我陷入对父母的深深内疚，自责高中时不该对父母隐瞒抽大麻的事。卡琳喜欢引用沃波尔①的话说：生活对思考的人而言是喜剧，对感觉的人而言则是悲剧。这话一针见血地描述了我与 LSD 的问题，

---

① 第一代奥福德伯爵，辉格党政治家，后人普遍认为他是英国历史上第一位首相，尽管"首相"一衔当时并没有在官方场合被使用，也没得到法律认可，但他事实上是内阁的掌权者。——编者

大脑部分非常棒，情感部分就不怎么样了。

这个巨大的涌浪，让毛伊岛冲浪的小道消息传得比我第一次在火奴鲁阿骑浪时快多了，那时候我和多明尼克在那儿露营，发现了新来的大小合适的涌浪，然而整个早上都没人出现。这次，在贝克特和我刚下车不久，就有车子来悬崖边了。不过，没有人加入我们的行列，我们看起来肯定很像两个犯了大错的傻瓜，在波浪里漂来漂去，吓得不敢进去。这浪实在太没章法了，冲不了。也许晚点会好些。然而，我的恐惧并不是平日那种经过疯狂计算后的恐惧，它来了又去，而我的思绪在对流层和电离层之间徘徊，偶尔还循着科氏力①迂回地俯冲到我们身下起伏的海面。我知道我想回到岸上，但这想法没有维持太久。我开始往岬角的边缘移动，含糊地想着也许可以搭上前往干燥之处的绿色快车。贝克特看着我远去，一脸不解的关切的表情。

我的波茨板不是冲大浪的那种，但可以快速地涉水。我很快就发现自己站在一堵扫过岬角的宽阔的绿色浪墙前，从火奴鲁阿上行海岸的悬崖处来的回涌造成了交错的浪。我那时直接从一个浪况好时很多人去冲浪的地方出来了，尽管我从未在那里冲过浪——那里并非经典的浪点，而是外角，是涌浪率先进入海湾的地方。一个回涌无声地穿过巨大的尚未破碎的绿色浪面，引起我的注意，那是我的门，是个黑水做成的印第安小帐篷，止住侧边移动穿过向岸边涌去的浪墙。它将形成一个险峻的小口袋，用小板能及早赶上大浪。我转过身去追，我们在我设想的地点相遇了。当大浪让我不安时，我便干净利落地抓住了小浪，跳起来站在板上，骑着浪过了岩石壁架，下了巨大的浪面，下得又好又早。但矛盾并未就此结束。虽然这可能是我冲过的最大的浪（受到 LSD 的影响，有点难以确定），但我像冲小浪般冲着浪，艰难地转着半径小的弯，视线始终没超过板头多少。我完全沉浸在转弯

① 也称科里奥利力，是对旋转体系中进行直线运动的质点由于惯性相对于旋转体系产生的直线运动的偏移的一种描述，这种力量来自物体运动所具有的惯性。——编者

的感觉中，说全神贯注也不过分。就好像我用的是异常高速的滑板，事实上，我正试图搭上岬角外侧和上浪区的浪碗，想要一路穿过这条我听说过但从来没看过别人冲过的浪程，现在的浪可能让我如愿。我抵达了浪碗，或者说抵达了平常上浪区外一个巨大的碗状水域，我仍然站着。不过，我完全没能沿着海岸线完成这次，也没能朝着底部挺进，后者可能会让我继续下去。恰恰相反，我切入了浪唇下的浪面，视线依旧没有超过板头太远。我飞了起来，当板子和我都在空中时，板子悲伤地离开了我的双脚。

我一定是吸了好大一口气，因为海浪虽然狠狠地打了我好一会儿，我的身体却没有因此恐慌，也没有吸入海水。又有好几个浪打在头上，我这才深潜入水，感觉自己被冲进了浅水域。很快，我就被扔到了悬崖下行海岸的石头上，我抓到一个扣手，爬出水面，但只爬了几英尺，就坐下来检查小腿和双脚，上头乱糟糟的都是伤痕，还在流血。一道浪把我扫到了高处。难以置信的是，几天后我又重蹈覆辙。我似乎没想到应该再往上走一些，到干燥的岩石上。我第三次爬出水面时，一个好心人爬下悬崖抓住了我的手臂，护送我到更高的地方。我人疲倦了，搞不清楚状况，说不出话来，只能用手势表示感谢。我还比划着问了冲浪板的下落，“掉进洞穴里了。”他说。

我决定打个盹，于是爬上悬崖，无视众人的目光，找到我的车子，钻进后座躺下，却怎么都睡不着。我下车去找贝克特，比刚才更搞不清方向。他还在那里，在往莫洛凯的半路上，还是独自一人。我决定前往海湾的最深处等他，那里的大海总是很平静。卡琳和我以前常在那儿野餐，你必须从马路沿着溪底穿过丛林走过去。但我决定开车去，不知怎的，那台旧车在从丛林开到海滩的路上撞坏了。但后来海滩也不安全了，那里有高大的椰子树，椰子掉下来是非常危险的。我涉水而行，直到水深齐胸，却还是感受到了椰子的威胁。我决定去卡纳帕里的冰淇淋店看卡琳。

她看到我似乎很惊讶，我打着手语，她跟店里打了招呼说休息一下，然后把我带到了外面的小圆桌旁，用装圣代的杯子装了杯水给我。早晨的阳光似乎把它所有的光芒都集中在圣代玻璃杯中的水里。盯着它，我可以看到浮在天空中上下颠倒的普库库伊。我在心里对卡琳说，火奴鲁阿湾的水已经不再像夏天在那儿浮潜时那么清澈了，现在一切被搅混了。她抓起我的手表示明白。我告诉她——依旧是在心里——我们会找到她父亲的。她捏了捏我的手。然后，我记起自己把贝克特留在了危险的地方，而且还没有找到我的冲浪板，我终于出声说我得走了。她说她也是，说着朝工作的地方点头示意："哈那哈那。"

"忽姆忽姆。"

我又开向火奴鲁阿。在卡纳帕里入口附近的路边，莱斯利·波茨正在拦便车。我停了下来。他有一块冲浪板和一把吉他。我从没想象过这个画面。他把冲浪板滑进车里，放到乘客座一侧，然后坐进我的正后方。我继续往前开。他开始在吉他上即兴拨弄出蓝调爵士乐曲。我们看到涌浪往南走的浪线。波茨小声吹着口哨，轻轻哼着几个段落，唱了几段小曲。他的声音带着哭音和呼吸声，很适合乡村蓝调。
"那块冲浪板怎么样？"

"进了洞穴。"

"哎哟。它出来了吗？"

"不知道。"

我们没有继续追究这个问题。

回到火奴鲁阿，现在有十几个人在水里，还有十几个人正在为冲浪板上蜡。浪看起来比之前更有条理，还是很大。我停妥车子，匆匆走下小径来到海边。贝克特坐在远处的岩石上，身旁摆着冲浪板。我走到他身边，他看到我松了一口气，而不是像我预料的那样因为被遗弃而生气。如果说有什么不同的话，那就是他的表情看起来很局促，若有所思。我顺着他的目光看向他身后的石头，上头摊着一块破损的板，当然，那是我的板。我走过去看了看，板尾碎了，尾鳍折断了，数不清的坑坑洼洼，板头下方挂着一片玻璃纤维。贝克特喃喃说，这些都可以修的。令人惊喜的是，板子居然没有断成两截。我一点也不觉得惊喜，在检查冲浪板的损伤时我觉得头晕目眩，各种不适。这块板再也无法恢复原样了。贝克特把我的注意力引向了等浪区，几个当地好手即将开始表演。涌浪在减弱，浪况好转了。贝克特带着他完好的板，划水退了出去。

我坐在狭窄的海滩上看着这场表演，这里是最差的观赏位置，但坐在水平面的高度，让海浪的咆哮灌满脑海，感觉却很对。更多的人划水离开了，浪况继续变好，贝克特回来了，气喘吁吁，那些浪太厉害了。我向他借冲浪板，他有点不情愿地答应了。我奋力穿过白水线，有事可做让我放松了些，只能在分子层面上感受水，似乎没有以前有趣。现在我只想有浪可冲，我往岬角上方划去，那里人少。那儿有轻微的水雾，是因为海水经受了撞击和粉碎后充满了空气，没有风，使得海平面看起来平滑晶亮。海的颜色是柔和的灰白色，直到波浪回返，似乎开启了绿松石色的泛光灯，从内部把波浪点亮。我在岬角的等浪区巡游，不停地划水，无法停下不动。终于有个浪向我袭来，我就上了。在我还没完成第一个转弯时，那些泛光灯亮了，我试图往前看，想知道这浪在这一路的尽头藏了些什么，以做好规划，但我被绿松石色的光包围着，感觉到了内心深处来的狂喜。我往上看，见有一个银色发亮的天花板。我似乎骑在软软的气垫上，然后灯熄灭了。

贝克特在他的冲浪板被悬崖毁掉前救了回来。当我挣扎着回到岸上时，他说，就这样，不能再冲了。他看到我冲那道浪了，他说看见我直直站着，消失在浪管里，双臂像钉在十字架上般伸展着，脸朝上扬起。我从没祈祷过成功，但我又出现了，他说，从浪帘穿过，无助地做了个空翻。他用“破布娃娃”来形容那一刻的我，我记不起那个惨败了，只记得当时的满心欢喜。我躺在岩石上发抖。他说，迷幻药里有兴奋剂，所以我才感觉冷。他又去冲浪了，这次在水里待了好几个小时。我慢慢蜷成球，双臂抱住膝盖。似乎有什么东西在压弯我的脊椎，迫使我把头靠向胸前。我想，许多事情这一下就结束了，终于，这次我是对的。

* * *

卡琳第二年在旧金山找到了她的父亲。我们俩都很快离开了毛伊岛，进入了大学的文明世界。我回到了圣克鲁斯，她就住在附近，我们不再是一对。我对我们分手感到无比悲伤，我并不总是理性占上风。尽管如此，卡琳找到山姆后给我打来电话，于是我们一起去看他。他住在第六街的史奇洛旅社（Skid Row）。我们边聊边上楼，走廊里闻起来有尿味、汗臭味、霉菌味和咖喱味。卡琳敲门，没人应答，她叫："爸？是我。卡琳。"经过了几分钟的寂静，山姆打开了门。他看起来很困惑，状况也不怎么好，是个矮小、头发散乱、眼神悲伤的男人。他没有微笑，也没有对女儿伸出手。床上放着一个画在杂货店纸袋上的国际象棋棋盘，用瓶盖和烟头当棋子，他似乎在和自己对弈。我留下他们自己相处，然后走过愁云惨雾的仓库街道，经过睡在小巷里的醉汉，还有琼斯酒店、橡树酒店以及玫瑰酒店。在待过毛伊岛的寺庙之后，这不可能是山姆的世界。我们后来一起去了一家又冷又潮湿的餐厅吃饭，山姆和我下了棋，卡琳在一旁看着，一脸悲伤。我试着思考怎么下，山姆则走得小心翼翼，说的话也都是考虑再三、字斟句酌后的。没有人哭，也没有人说任何带刺的话，我猜会有那样的场景的，只是我不会在场。尽管如此，我还是想知道有精神问题和其他问题的山姆可能会如何告诉我们成年是怎么回事，例如，为什么随着年纪渐长，成年却衰退成一个虚幻的概念？

* * *

在这个问题上，教授并不总是能帮上忙。我很仰慕诺曼·O. 布朗，他是位文质彬彬、极其博学的古典学者，后来成了社会哲学家，他选了弗洛伊德、马克思、耶稣、尼采、布雷克和乔伊斯等人，把他们的学说打翻在地，宣告“神圣的疯狂”和“多形态反常”① 的胜利，宣布爱神战胜了死神，其间他安静地与家人生活在校园附近的牧场式房子里。加州大学圣克鲁斯分校里的所有人都称他为诺比；我找到了哽在喉咙里的小刺。然而，布朗并不欢迎我回到学校。他带着一如往昔的礼貌，说看到我很失望。我辍学去夏威夷冲浪，对他而言，显然代表了与压制对抗的胜利，对狄俄尼索斯②和性爱的称许，对文明投下反对票，而文明终究是群体性神经症。我说了个关于被压抑者回归的笑话，然后各回各位了。但没有卡琳，一切都感觉不一样了：更严苛，更磕磕绊绊。她有充足的理由认为自己被父亲抛弃了，我呢，则因为尚未明朗的原因，认为自己被世界遗弃了。存在主义精神病学家 R. D. 莱恩是位激进的批评家，像布朗一样充满智慧，也同样倾向于视精神疾病为对疯狂世界的理智反应，甚至视为他所谓的“萨满”旅程，他在一本早期的著作中称之为“本体安全”（ontologically secure）的人。不过，我想那不是我。我手不释卷地阅读，迫不及待地写作。我的日记里充斥着痛苦、自责、抱负、偶然听到的让我心痒痒的话，以及对我最喜爱作家的作品摘录。冲浪是少数能抚平我心绪的事之一。

---

① polymorphous perversity，马尔库塞在著作中呼吁建立一个多形态反常的社会。——编者

② 希腊罗马宗教中丰产与植物之神，亦是酒与狂欢之神。——编者

五 寻浪

南太平洋：1978

称之为无尽的冬天吧。对冲浪的约定俗成的认知之一是夏天最风靡，但就像许多这类认知一样，它是错的。不管是在北半球，还是南半球，绝大多数地方的绝大多数冲浪者都是为冬天而活。那是在大风暴发生的时候，通常在高纬度地区，会送出最好的浪。当然也有例外，比如约定俗成以为的威基基和马里布，夏天对冲浪者而言往往是低谷，我一直很感兴趣的一个例外是澳大利亚东北部的夏季气旋季。不过，当我在 1978 年的早春带着冲浪板、帐篷和一堆仔细研读过的波利尼西亚环礁航海图离开洛杉矶时，我基本上就是在追逐冬天。

离开并不容易。我有一份我热爱的工作，在铁路上，还有个女朋友。自 1974 年以来，我一直是南太平洋铁路公司的刹车员，负责沃森维尔（Watsonville）和萨利纳斯（Salinas）间的货运以及旧金山和洛杉矶间的干线列车的工作。关于刹车的一切，包括我们在这个国家的所经之处、与我一起工作的人、我们所说的神秘而古老的语言、工作带来的身心测试、车闸那个大铁块本身以及薪水，都带给我不凡的乐趣。我感觉自己幸运地进入了一个绝对可靠的成年生活。为了被录用，我没提及我的英语文学学位。因为我们负责的海岸线（Coast Route）主要在运输萨利纳斯山谷的农产品，所以这份工作有季节性，尤其是对我这样资历较浅的铁路员工而言。我用没工作的冬天修了另一个学位，南太平洋铁路公司也不需要知道这件事。这个公司不信任大学毕业生能当铁路司机，因为培训新人得投入时间和精力，而资深员工常说，没有十年以上的经验，做不了他现在干的事，所以公司其实想找 40 岁左右的员工。刹车工作可能既脏又危险，大学毕业生也许会想换一份更干净更安全的工作。我讨厌自己的辞职会让他们更确信这个观点，我也相信自己再也找不到一份满意且酬劳优渥的工作了。

但我的银行账户有 5 000 美元，这是有史以来我存下的最大一笔钱了。我 25 岁，从未去过南太平洋，是时候来一次严肃的冲浪之旅了，尽情逐浪，不问终点。这样的旅行让人有种奇怪的势在必行之感。我打算像麦哲伦或弗朗西斯·德雷克那样一路往西。事实上，虽然旅途困难重重，从许多方面来说离开却比留下容易得多。它给了我一个很好的借口，让我暂时不必回答“该在哪里过着怎么的生活”这种世俗的且吓人的问题。我将从这个要考虑过多因素、被迪斯科弄得超级无趣，而且有能源危机的美国消失。也许我有机会在澳大利亚新西兰这种地方成为另一个人，一个我更喜欢的人。

我跟家人说会离开一段很长的时间，没有人提出任何反对意见。我有一张飞往关岛的单程票，中途会在夏威夷和加罗林群岛停留。我母亲到机场送行，以意想不到的热情送上祝福。“做一块不停滚动的石头吧。”她边说边捧着我的脸，仔细看我的双眼。她看到了什么呢？不是铁路公司员工，我很肯定，她一定松了一口气。虽然那份工作是我的保障，按季节把我带回西海岸，但我依旧是一个不消停的浪漫主义者。我已经写了大量的小说、诗歌和评论，但几乎没有发表。我四处游荡，在喜欢的地方短期居住：蒙大拿州，挪威，伦敦。所以，用我母亲的话说，我简直马不停蹄。我也曾经和几个女人同居过，但卡琳离开后，我再也没有发自内心地投入过感情。

一直要到很久以后，我才意识到，即便按我母亲的标准来看，我也“滚”得太久了。在我离开的第三年，她和我父亲不请自来地飞到了开普敦，当时南大洋正在涌出大量的冬季海浪，我则在当地高中找了一份教职。他们待了一个星期，从来没有要我考虑打包回美国，但在我出门在外的第四年，他们派了我弟弟凯文来接我。至少我看到凯文时是这样解读的。我和他一起往北穿越非洲——不过那是另一个故事了。

* * *

为了在南太平洋寻找可以冲的浪，我需要一个伙伴。布莱恩·迪·萨尔瓦多愿意同行。在我离开毛伊岛之后，一件偶然的事让我和他重新联系上了。我在圣克鲁斯准备搬到新宿舍时，发现了写着他父母家住址的阿罗哈航空公司机票夹，于是写信问他是否收到了车款。他从爱达荷州北部给我回了信：是的，钱拿到了。我们开始通信。他正在写小说，开长途货车维生。某次他回加州看望父母时，顺道来了圣克鲁斯，还带着麦克斯。她似乎住得很近，就在山另一头的圣何塞。据布莱恩说，她的同居男友是一位很成功的色情电影制作者。麦克斯证实了这个说法。她看起来比在毛伊岛时更有趣更迷人了。

我带他们去了圣洛伦佐河口，前一个冬天的暴雨在那里形成了罕见的沙洲，创造出了奇妙的波浪，那几个月我天天都过去。但当我试着对布莱恩描述波浪时，麦克斯开始粗鲁地打断我。她模仿冲浪者的能力着实惊人，比如说一个兴奋的冲浪者是如何拉长腔调说话的，而且用了我原本打算用的陈词滥调完成了整个表达。“浪面和车库门一样高！”“浪管塞得下那辆皮卡。”看样子，麦克斯在毛伊岛上花了不少时间和冲浪者一起混，她轻蔑地这样称他们“两分钟男人”，她相信我们应该有更好的对话。布莱恩和我同意晚点再谈冲浪。

我们聊了冲浪、书籍、写作。我也在写小说。我们开始交换手稿看。布莱恩的小说是关于洛杉矶内陆郊区蒙特罗斯高中的一个冲浪朋友圈的。有一段长达 30 页的文字，除了开车从蒙特罗斯到文图拉北边某海滩的途中冲浪者在车内的对话，什么都没有。没有叙述，没有舞台调度说明，没有对人物行为原因的推论过程。那段文字令人为之倾倒——支离破碎的俚俗的对话惊人地到位，充满了巧妙的诗意，而且非常好笑，故事的动向是无形的，但令人无法抗拒。我认为这会是一种新的美国文学。布莱恩来自蒙特罗斯，他父亲是机械师，参加过二战，在欧洲遇到了他母亲，她是英国人。布莱恩获得了耶鲁大学奖学金，主修英语语言文学，为几本校园杂志写稿。杰克·凯鲁亚克曾经题赠一本书给他，他也在 1969 年参加了凯鲁亚克的葬礼。这样的经历让我心生敬畏，布莱恩却表现得云淡风轻，不觉得自己有什么了不起。毕业后，他前往毛伊岛，和蒙特罗斯的老朋友一起生活和冲浪，在酒店餐厅当厨师。我几乎可以确定，拉海纳很少有人能理解他的品味。当人们用毗湿奴和画得不怎么样的海豚装饰冲浪板时，布莱恩贴了一张万宝路广告上男人的照片。他喜欢乡村/西部音乐、通俗的美国演说，以及梅尔维尔作品集。身为工人阶级子弟，他蔑视福利，甚至不愿意在找到工作前领失业救济。与此同时，女人似乎都喜欢与他亲近，他有一头卷曲的黑发，浓密的八字胡，一副轻松的老派男子气概。麦克斯说他是个最正宗的棕眼俊男。而且他还风趣、慷慨，有点独来独往。

他决定搬回海岸之后，我们在圣克鲁斯首次一起冲浪。他是右脚在前（goofyfoot）的冲浪者，也就是说左脚在后，在冲浪运动中相当于左撇子。冲右手浪，这种人就是反手，即背对波浪。冲左手浪，则是他的正手，即面向波浪。对我这样左脚在前（regularfoots）的冲浪者，右手浪是正手，左手浪则是反手。面向波浪冲浪要容易些。当我听说布莱恩从未在火奴鲁阿冲浪时，我相当惊讶。不是因为那儿的浪是右手浪——很多右脚在前的都在那儿冲浪——而是那里人太多让他不想凑上去。他与他的朋友一直在拉海纳以北几英里的一个名叫彩虹的浪点冲浪，很少有人会在涌浪来时去那里。我从未在彩虹冲过浪，而此刻谈及毛伊岛，我觉得自己像个没脑子的盲从之人，住在火奴鲁阿时只专注于最明显的浪况，并准备好了一旦有必要就和上浪区浪碗处的人群互相推搡，忘了在那样的环境中攫住波浪会弄巧成拙。就连昔日老将莱斯利·波茨似乎也放弃了这场战斗，以免掉价。在繁忙的冲浪小镇圣克鲁斯，布莱恩和我去北边海岸寻找人烟稀少的浪点，那时候还是能找到的。

我们会找各种理由开车长途旅行。在圣克鲁斯的某个学生聚会上，布莱恩突然宣布，是时候让我去见识一下他曾住过的爱达荷州狭长地带小镇拉斯德拉姆（Rathdrum）了，我们就直接离开聚会出发了，花十天时间绕了一个圆圈，拜访了他在蒙大拿州和科罗拉多州的大学朋友。“蒙大拿对自己很苛刻。”布莱恩语带轻蔑，他始终爱着脏乱的爱达荷。这是真的，但后来我们都留下了，在米苏拉读研，学滑雪，我还在那里学着喝酒。取得硕士学位之后，布莱恩去关岛大学教英语语言文学。关岛以其作为美国在西太平洋的军事前哨站而闻名，听说每年都饱受台风侵袭。作为一个落脚之地，我想它适合布莱恩——关岛有小地方的严酷，以及某种纯粹不可能的东西。很快，信件和照片都证实了有好浪的传闻，布莱恩不知道冲了多少浪。当我快完成在米苏拉的学业时，我向他提出来一场无尽的冬天之旅，那时是他在关岛的第二年。布莱恩也在存钱。他表示自己已经准备好了，我可以在前往关岛的途中看看加罗林群岛。然后我们可以往南走。

他说，应该复习一下西班牙语。

我不明白为什么。南太平洋没有说西班牙语的国家。

他说，就是这样才好。我们需要会一种其他人都听不懂的语言，一旦遇到危急时刻，就可以拿这当暗语。

我说他疯了。

但他没有疯。之后我们经常说西班牙语，我们的暗号，没有任何汤加人能破解。

* * *

我的女朋友叫莎伦，比我大 7 岁，当时在圣克鲁斯的学院教书。

我们俩分分合合在一起 4 年了，彼此比看上去更依恋对方。她是洛杉矶一家酒类商店老板的女儿，崇尚中世纪，热情如火，喜欢冒险。她的笑声会从高转低，让你不由得被她的自信、她那双快乐的眼睛所吸引，她那广博的知性魅力让包括我在内的人都为之惊叹。然而，在她那幽默风趣的谈吐下，她是个柔弱的容易受伤的人，用她的话说，她的每个分子都是不安分的。她阅历丰富，包括有一个才华横溢却无法就业的前夫。我们有过多次漫长的分离，又走到了一起，我们从未要求对方是唯一的性伴侣，她喜欢引用珍妮斯・乔普林的话：亲爱的，有花堪折直须折。我们有个大致的计划，在她拿到博士学位后相聚，不过那还有好一段时间。我想我对她的依恋有点矛盾，但对于离开的决定，我甚至没给她任何反对的机会。

我特地为此次旅行定制了一块冲浪板，7 英尺 6 英寸的单尾鳍板，比我常用的板子更长、更厚、更重，这是沿途要用的，需要浮力更大、划起来更快——我们会去陌生的地方，会遇见尖利礁岩旁的洋流——而且需要能在又大又猛的浪用的。更重要的是，它不会断开，我不可能在旅途中换新板。我装上了脚绳，这对我来说是个让步。脚绳已经出现好几年了，在圣克鲁斯，冲浪者鲜明地分为两派，不用脚绳的正统派认为脚绳会鼓励愚蠢、草率的冲浪，早期采用脚绳者则认为，任由丢失的冲浪板在巨轮航道[1]这类冲浪点的悬崖上砸烂是件彻头彻尾的蠢事。我是不使用脚绳的正统派，但也知道在斐济那个叫穿云破浪[2]的冲浪点丢了我用在南太平洋公司打工积蓄换来的冲浪板，并且可能再也找不回来，是我承受不起的。在我们出发前，我用新的冲浪板冲了几个月的浪，我喜欢它在巨轮航道驾驭大浪的方式。一次在旧金山的海洋海滩（Ocean Beach）冲着骇人的晚冬浪时，我的脚绳断了，以致我在冰冷的海水中游了很长时间，直到天黑。我后来买

① Steamer Lane，著名的冲浪比赛场地和训练场地。——编者
② cloudbreak，这是世界上最令人神往的冲浪点之一。——编者

了一条更粗的脚绳和两条备用脚绳。

火奴鲁鲁是我的第一站，在我兴奋过度的脑子里，欧胡岛代表了一切迹象和预兆。多明尼克刚好在那儿工作，现在他全职拍摄电视广告，专门拍摄有热带海洋的镜头。我和卡琳分手后，他们成了一对，我和多明尼克的友谊若有若无地维持着。他们并没有持续很久，但我发现整个过程是如此痛苦，以至于我用长达 1 000 页的小说来写了这件事，像启示录般的散文诗，写完时我 20 岁，是在伦敦用一台借来的打字机打完了最后一稿。（布莱恩大概是唯一一个读过这部早期杰作的人。）之后，我和多明尼克一起进行了两次冲浪旅行，一次在下加利福尼亚州中部，其间，他似乎总是在拍我，鼓励我对着摄像机镜头说出脑子里的任何东西。这大概是最后一次我们自认为会成为天才的时刻，他对于我在镜头前即兴表演的信心非常感人，但我做不到。最后，多明尼克为了能赚钱的工作，无限期搁置了这个计划。

如今，当我们再度在欧胡岛相遇，碰到了一个季末的涌浪，我们像是听到了浪群集体下意识发出的哨声，于是放下手边的一切，前往北岸。那时，我已经在有大浪的著名海岸冲过大多数的著名浪点，我第一次在万岁管道浪点冲浪是我 19 岁生日那天，就在我和贝克特在火奴鲁阿稀里糊涂去冲那个大浪后不久。在日落海滩我尤其有些难忘的回忆。日落海滩，真如我幼时听说的是放大的饭碗吗？不完全是。它是个巨大的浪场，西面有一个咆哮的裂口，各种各样的浪尖以不同的角度摇摆着，形成了厚重、漂亮的波浪，以及常态性的可怕情况。日落海滩是偶尔造访的游客不可能理解的。

与多明尼克一起度过的那个春日，日落海滩的浪既大又干净，我在那里冲浪感到了前所未有的自信。脚绳可能有用，又大又厚的冲浪板可能也有帮助。然后，我被 10 英尺高的西浪群困在了浪里，对我的脚绳和自信都是严峻的考验。我被困在冲击区，每个浪都打在头上，我离开冲浪板，深潜，听着可怕的隆隆声，试图保持冷静。脚绳紧紧拉着我的脚踝，几乎要断了。数个浪之后，我痛苦又高兴地看到冲浪板还浮在附近水面，尽管我没时间把它拉回手里。好不容易被冲进浅水域，我回到了板子上时，头晕目眩，呼吸急促。多明尼克看到我坐在沙滩上，累得说不出话。整个过程像是受洗。这是我 15 年冲浪生涯中受到的最惨痛的打击。但我没有惊慌。

下一个预兆是一个叫拉塞尔的孩子突然在火奴鲁鲁出现。他是多明尼克 1970 年代初期的室友，当时多明尼克和我家人在为电视剧《夏威夷特勤组》工作。拉塞尔在大岛一个小小的糖镇长大，当年是个大眼睛的乡下人，后来去了几年欧洲，大多是在剑桥，从那里学会了英国口音，得到了大量的世界观和广博的学问。但这种转变并没有带来什么傲慢之处，他还是那个大眼睛、轻声细语的人，只是多了博览群书和游历四方的经验。拉塞尔和我花了两个长夜谈论英国、诗歌和欧洲政治，最后我意识到了多明尼克的不满，他没机会插话。当我紧张地询问他想说什么时，他的反应有些粗鲁。“我想和拉塞尔叙叙旧，问问他现在的性取向。”他说。“也许下次吧。”拉塞尔答，的确，他的社交喜好也改变了，现在是活跃的双性恋。但我太过沉浸在关于萨特的颓废和情境主义的讨论，甚至从没想到要询问这个明显的个人话题。多明尼克对我卖弄早熟的耐心已经到达了极限，我想。是时候溜到萨摩亚去学着长大了。

还有另一个征兆。某个温暖的蓝色早晨，我划水出悬崖，竟然看到了格伦·卡路库克里，他似乎从来没有离开过。十年不见了，但他直奔过来，高兴地夹杂着粗话喊我的名字，伸手握住了我的手。他看起来老了些，肩膀更加厚实，黑发和八字胡都变短了，但漫着笑意的眼神没有变。他和罗迪、约翰现在都住在考艾岛，格伦说，“我们依旧把全副心力放在冲浪上”。尽管罗迪没有参加比赛（他在一家酒店餐厅工作），但从未停止进步，他现在是家里冲浪冲得最好的。如同我在冲浪杂志上看到的，格伦是一名职业冲浪者，忙着参加比赛，每个冬季都会在北岸冲浪，“我是竞赛选手。”他简单地说。我们开始在悬崖浪点冲着光滑、不拥挤的小浪，我很高兴地看着格伦在我冲的一个浪的浪肩停下来，仔细端详我，然后宣布：“嘿，你仍然会冲浪。”而他冲起浪来，就算在柔软的齐胸的浪上，动作依旧很美。他转弯的速度、力量以及干净利落，我几乎只在影片中看过。但他似乎也没使出全力，好像只是在玩耍，带着享受，恭敬、愉快地玩耍。看格伦冲浪，对我而言犹如醍醐灌顶，不仅是看见幼年的偶像成为男人，也是对冲浪有了顿悟——这项运动的深度，或者说它可能达到的深度，是终身地练习。我告诉他我要去南太平洋。他若有所思地看着我，接着祝我好运。我们再次紧握双手，这是我最后一次看见他。

* * *

我在加罗林群岛那个一片绿色的小地方波纳佩（Pohnpei）没有找到浪，当时那里受美国政府管辖，现在则属于独立的密克罗尼西亚联邦。我确实在炎热的日子里花了很久在丛林中穿梭，试图找到资料上那些看起来很不错的暗礁口，但它们都离海岸太远，风向总是错的，涌浪的状况也不对。我开始怀疑我是否在自欺欺人，以为自己能在热带地区随机找到可以骑的浪。（碰巧，后来在波纳佩的西北角发现了一个适合左脚在前者的漂亮浪点，而我当时在那里找不到是因为季节不对。）我一边进行徒劳的探勘，一边阅读列维·斯特劳斯的《忧郁的热带》，开场的第一句话非常好：“我讨厌旅行和探险家。”关于自己的工作，这位结构主义人类学的大家长接着描述道：“我们可以忍受为期六个月的旅行、一路艰辛和令人窒息的无聊，就为了（用几天甚或几小时）记录一个迄今从未听过的神话、一条新的婚姻规则或是一份完整的宗族名录。”对照我在密克罗尼西亚的小角落找不到浪的经历，这段文字有种熟悉的不祥之感。是否需要历经数月的艰辛去找一些不怎么样的浪呢，冲浪是不是就相当于新的婚姻规则？

*　*　*

说到人类学，在如何喝醉这件事上，我在波纳佩目睹了当地传统与现代的碰撞，这也将成为太平洋各地不可避免的主题。夜晚，男人们要么在一个慢悠悠的仪式性的公众聚会上用椰子壳当杯子，喝着温和的本土酒萨考（sakau）——在不同的岛屿它有不同的名字，最常见的名字是卡瓦（kava）——要么喝进口酒。进口酒，无论是烈酒或啤酒，都得花钱买，而且经常会扯上殖民主义、打架、酒吧、放荡、家庭暴力。我原则上和喝萨考酒的人交往，尽管我其实不太喜欢这种灰粉色的黏稠饮料，它有股药味，很恶心。不过，它会让嘴巴麻木，八到十杯后，它会使我的大脑倾斜到某个角度，会让我由此开始理解或自以为理解了一种当地人消磨时间的复杂跳棋游戏。他们拿烟头和圆柱状的小珊瑚石当作棋子，游戏进行得很快，夹杂着大量旁观者喃喃自语的评论，有些还是英文的。“这是什么，圣诞节？”“小子，你疯了！”我从来没有足够的自信下场玩，但变成了一个热情的观棋者。

我们在某人后院破旧的茅草亭下，借着柱子上挂的黄色灯泡发出的光喝酒。好多杯萨考下肚，我的同伴们开始喃喃自语，低下头让白色的液体缓缓流进了泥地里。在这样浪漫的环境下，我认识了罗西塔，一个来自莫基尔环礁（Mokil Atoll）的坚强又美丽的年轻女孩。她说自己刺伤了另一个女孩，所以被开除了。但她并非真的天不怕地不怕，至少她很担心是不是有人看见她偷溜进了我住的旅馆。关于这趟才刚开启的旅程，我其实还暗藏着一个企图，那就是跟有异域风情的女孩厮混，而年轻的罗西塔似乎是一个成功的开始。（这是什么，圣诞节？）她的大腿上有传统的塔帕[1]图样的纹身，肩胛骨上则刺着心形和卷轴图案，看起来像是二战前后美国海军陆战队员的纹身。我们之间的性滑稽得可怕，我竭力讨好她，却找不到方法，至少不是我

---

① 太平洋某些岛上居民用来做衣服的构树皮。——编者

所理解的愉悦的性。当我离开波纳佩时，穿着女学生那种绿色裙子和白色衬衫的她哭了。我知道我关于女孩的秘密心思实在很没创意，最后花了好长一段时间才意识到这可能也不有趣。

*　　*　　*

“关岛”是美国军队流行的暗语，听说是“放弃”和“手淫”的简称。词源是伪造的，但这地方的惨淡令人印象深刻。海洛因吸到上瘾似乎是主要的消遣形式，其次是购物、打架、抢劫（一种传统做法，以便弄到钱供自己吸食海洛因）、看电视、纵火和脱衣舞夜总会。在这个被温暖的绿松石色海洋环绕的岛屿，海滩上却似乎没人。岛上几乎没有树，对这个北纬13度的地方来说实在是后果极其严重的疏忽。人们说，岛上的树都被台风吹倒了，或是毁于二战。二战后，美国军方为防止水土流失，就用飞机在全岛播撒了蓖麻的种子。蓖麻是一种高大、稠密、色彩单调的灌木，虽然不是太平洋本土物种，却在关岛蓬勃生长，岛上的路几乎都要穿过灰棕色的蓖麻树墙。当地建筑多用混凝土建造，外形矮胖，以便抵御台风。当地经济主要仰赖日本人的低端旅游和美军部队的存在。当我告诉布莱恩，《世界年鉴》所列的关岛主要出口作物是椰子肉干（copra）时，他笑道：“大多数关岛人认为copra是一档电视节目。会问copra几点播，八点半还是九点？”

布莱恩在这里似乎很开心，他有个讨人喜欢、行事认真的女朋友叫黛安，是个老师，也是个单亲妈妈。还有一群快乐的朋友，大部分似乎都是从美国本土来的教师，大家一起冲浪，冲完一起喝啤酒。他的学生几乎都是岛上的孩子——土生土长的查莫罗人、菲律宾人和其他密克罗尼西亚人——他们必须想办法对付这个总是穿着宽松短裤和老式夏威夷花衬衫的老师，此人一整年都在叮嘱他们要看到语言和文学的魔力，然后在期末考试时出一道多项选择题，问大家老师最像哪位名人，而每个选项都是：克林特·伊斯特伍德。

我在关岛逗留期间的冲浪“擅离职守”（AWOL），用布莱恩的话说，就是：“像尿在板上一样平。”所有我听说过的和看过照片的绝佳浪点，包括船盆地（Boat Basin）和马里茨路（Meritzo），连续几个星期都没有出现半点波纹。更糟糕的是，布莱恩看到我似乎不怎么高兴。他是对我们的计划改变主意了吗？我在附近徘徊，等待他为关岛的生活画上休止符。我独自在他空荡荡的水泥墙公寓待了好长时间，他则和黛安母子外出了。我认定，黛安和我在进行一场无声的较量，争夺的是布莱恩的灵魂。她和儿子准备搬回俄勒冈，那布莱恩的打算呢？他没对我说，显然还在挣扎。他还承受着他住在洛杉矶的母亲的巨大压力，她一直不赞成他辞职。难道去耶鲁是为了成为某种游民吗？我不是很了解布莱恩的母亲，但她一向看起来很难对付、严厉，带着英格兰西北部的风格。她引以为荣的美国儿子高度发达的幽默感似乎从未感染过她。我想，她也在和我无声地争夺着布莱恩的灵魂。

我还认为，她那不赞成的基因已经微妙且成功地完整传到了布莱恩身上，而我现在感觉到了它的抽打。我的某些小事似乎会惹毛布莱恩，例如，当我离开加州后就再也没有刮过胡子，他明确表示不赞成我留着一脸蓬乱的胡子。然后，他要求我使用除臭剂，这个友善的建议让我很难接受。受到过去女友和水瓶座时代到来的鼓舞，我一直认为自己天生带有甜香。和莎伦通电话时，我提到了这个相当侮辱人的建议，期待她会温柔地安慰我，但电话那头却是长时间的沉默。嗯，她终于说，也许他是对的。好，我想，这是讲好的一场阴谋吗？我的冲浪伙伴和我的女朋友都决定，也许是一致决定，是时候来约束我、驯服我这个野孩子、粉碎他们曾经喜爱的带着清新气息的自由了。接下来他们就该要我穿外套打领带去写字楼工作了。

我显然得了“关岛病”——这是布莱恩的老师朋友们经常讨论的一种顽疾——尽管我有意识地只对我自己展现我那更可怕的偏执。事实上，莎伦对我这次漫无目的的旅行抱着非常开放的态度。然而，我不成熟、任性（莎伦年纪比我大，对我这种自我关注有太多的看法），这并不代表我在生理上还是个男孩。他们毫无疑问是对的，我肯定我身上散发着一股马夫的臭味。

在关岛的三伏天里，我马不停蹄地忙着写小说。里面所有主人公都在加州的铁路上上班，那是一个我熟悉的环境，但是情节偏离了轨道，写到摩洛哥海岸的某个地方就迷路了。（我和莎伦在英国待了一个漫长的冬天之后曾到摩洛哥旅行。）布莱恩读完后，说它杂乱无章。他是对的。关于哪里出了错，我们有过几次长时间的讨论，以至于我放弃了整部稿子。我还是想写铁路，但我需要新的人物。布莱恩依旧是读过我作品的人中我最信任的那个，至于我怀疑他对这个漫无目的的冬季旅行计划改变了主意，我意识到，至少有一半是出自我的恐惧和疑虑。

最终，我们离开了，或者尝试离开。我们买了瑙鲁航空公司飞往西萨摩亚的廉价机票，瑙鲁是个密克罗尼西亚岛国，飞不飞显然是由国王的心情决定的。就在我们等待登机时，国王征用了飞机，售票员叫我们一周后再回来。我抱怨到布莱恩都觉得尴尬，瑙鲁航空的客服人员很快开始向还没有离开机场的受影响旅客发放了住宿券和餐券。我们在关岛的希尔顿酒店住了一星期，其他在希尔顿免费住宿的被瑙鲁航空抛弃的人总试图请我喝东西，而布莱恩认为这件事说明了我们俩之间的根本差别，尽管每次他讲这个故事时，故事的寓意似乎都在改变。有时是因为他的被动，有时是因为我的可憎。为了家里人，我们拍了些照片，光用得很差，穿得像弗兰基·阿瓦隆，站在冲浪板上小心地维持平衡。看吧：我们的世界冲浪之旅第一站。布莱恩和黛安又在一起待了一周，然后，我们真的离开了。

* * *

才几个星期，我们竟觉得自己已经在南太平洋漂泊了大半生。我们乘坐当地的公共汽车、卡车、渡轮、独木舟、货轮、小船、小飞机、游艇、出租车或骑马旅行。我们也步行、搭便车、划水、游泳，我们多走了一点路 。我们低下头看地图和图表，费力地找出偏远的暗礁、水道、岬角和河口。为了走到可能的有利位置，我们爬上了杂草丛生的小径，走过外倾的峭壁和椰子林，却经常被丛林、糟糕的地图、更糟的道路、红树林沼泽、洋流和卡瓦打败。渔民帮助我们，村民收留我们。当我们胳膊下夹着奇怪的板子，艰难地穿过当地人在树林深处的芋头田时，人们瞪大眼睛，挥舞了一半的镰刀停在半空中。孩子似乎老跟着我们，尖叫着"帕拉吉，帕拉吉（白人）！"。隐私成了一种褪色的记忆，是我们抛下的美国奢侈品之一。我们是怪人、使者、人们的谈资。没有人知道我们到底追寻什么。

我们真希望当初带一本冲浪杂志上路，被雨水浸透的平装书在我们的袋子里滚来滚去，但并不能作为直观的教具。（托尔斯泰并不冲浪。）

在西萨摩亚，我们在主岛乌波卢（Upolu）的南岸发现了强大多变的浪，而且骑了上去。我想那个浪很有潜力，却很容易受到东南信风的影响，当时信风几乎天天在刮，破坏了海浪。布莱恩根据下落的速度，将该地命名为"2 马赫"。它有吓人的、无法预测、大幅摆动的浪群以及一个浅礁，浪破在离岸半英里的地方，我很庆幸自己带了一个划水速度快的冲浪板。我们决定不在那波巨浪上多做停留，继续往西面下一个岛萨瓦伊岛（Savai'i）挺进，在那里的一个吹着微风的海岸上，我们发现萨拉伊鲁阿（Sala'ilua）村落的正前方有左手浪。

在南方的冬季，挑战是很简单的。冬季的大涌浪来自南方，来自咆哮西风带①或是新西兰的南面纬度更高的地区，常年刮着的信风几乎来自同一个大方向，对冲浪而言这非常糟糕。海风会把浪吹得乱七八糟，把它们撕碎，让它们崩掉，在等浪区塞满了不规则的碎浪。所以，我们在寻找这样一些地方：南来的涌浪围绕礁石或海岸打弯、缠

① Roaring Forties，南纬 40 至 50 度之间盛行西风的海域，气候恶劣。——编者

绕，转向东或西（更有可能转向东，因为信风来自东南方），直到涌浪并入常年刮着的风向。就像我希望自己已经表达得很清楚的那样，陆风把浪装点得波光粼粼，它们会梳理波浪，托起波浪，防止波浪在不该破浪的时候拍岸，等真的破浪时会使得浪空心更大，并且很少或者根本不会造成碎浪。但当涌浪因地形转弯时，就会失去威力，规模不复之前。陡峭的海岸加上诡异的风，会改变涌浪的大体模式，但基本上我们是在寻找能将南来的涌浪改成契合信风角度的礁岩，不让信风毁了波浪。如果这样的珊瑚礁真的存在于梦想和理论之外，那么从我们的目的来考虑，还得有深水通道，角度也要合适，这样当涌浪在礁石上破开时，才会有可骑的浪肩，且有地方可以划水回去。这真是一个很苛刻的要求。

萨瓦伊的左手浪很稳定，但没有特色。我们称之为 Uo's，萨摩亚语中意思是“朋友”。即便在下午，信风也不会影响这个浪。不幸的是，南方涌浪的冲势也从我们冲浪的小海湾滚滚而过，每天都会给我们送来海浪，却没有一个有太多力道。最大的时候高度不过到我们的脑袋。Uo's 的浪整体架构看起来很有希望，有一个靠得住的上浪浪峰，一道很长的浪墙。然而，几乎每个浪都会被一个早于浪钩（浪最陡的地方）破开的一个快速的交叉区毁掉，让每次骑浪都在沮丧中结束。潮水低的时候，它的速度特别快，进水出水都变得异常困难，覆盖在熔岩架上的石头会暴露出来，这些火腿大小、光滑的圆形岩石经常造成了一幅滑稽的场景，人们在岸边滑倒、咒骂、脚踝磨破、做出体操般的动作平衡身体以免撞凹冲浪板。板子撞到岩石时，会发出巨大的空洞响声。更糟的是，在破浪点西边的潟湖上，有间摇摇晃晃的厕所，低潮时会更加臭气熏天，布莱恩认为它很适合作为预防伤寒运动的标识。我们柔软的白色脚丫上划伤和刮伤越来越多，感染开始蔓延。

我们是第一个在此冲浪的人吗？有可能。是第一个在这个大岛（长约 40 英里，宽约 30 英里）冲浪的人吗？可能不是。但我们没法知道答案，在没人冲过的海岸寻找好浪非常困难，这无疑就是为什么当我告诉格伦·卡路库克里我们的计划时，他会用探究的眼光看着我了。不过，现在我和布莱恩全神贯注于解开 Uo's 浪点的谜题和怪癖。在一个有详尽地图的已知浪点冲浪，有当地人说明或示范比如该从哪里上浪，该有怎样的期待，完全是另一码事。我们现在只能靠自己，先辨识，接着反复试验以找出新的浪点。当你眺望礁石的许多奇怪之处并仔细思考时，会觉得能在如此美妙的遗世独立的地方冲浪是个很棒的体验。

感谢主，我们有几次在涨潮时冲浪，当暴戾到了尾声放松下来时，Uo's 感受到了自己的潜力。其中一次是在一个雨天结束后随风而来的，托当地气象条件的福，它从山上绕了回来，开始向海水吹。云层又低又暗，水色灰沉沉的。布莱恩说，要不是黑夜中棕榈树摆动的影子以及当时的气温，感觉还真像是爱尔兰西北部。他身体探向前方——右脚在前向左转——完成了一连串又长又快的骑行，沿着一条高高的线干净利落地穿过了关闭区。海浪齐肩高，像脉搏般跳动。风为接近的浪群添加了戏剧性，浪破时浪面的高处出现了模糊的蓝光，我们一直冲浪到天黑，然后在温暖、绵密、轻柔的雨中走回了萨拉伊鲁阿。

村里没有旅馆。（据我们所知，整个萨瓦伊岛都没有旅馆。）我们住在一户叫萨瓦伊那伊的人家，他们有几座相邻的“法乐”①，即茅草屋顶的开放式传统房屋，跟一个家庭同住是一段很微妙的经验。某天下午，我们坐上卡车后头的载货区，开了好长一段路后抵达萨拉伊鲁阿。那辆卡车用回收的橡胶凉鞋当填充物，弄成个软垫，变身一辆露天公共汽车，我们的冲浪板就放在一篮篮芋头和渔获之间。卡车

① fale，萨摩亚语，是萨摩亚人传统建筑的统称。它是用木柱子围成，用棕榈叶扎成圆锥状的屋顶，并用被水浸过的珊瑚碎片铺地。村子四周充满椰子树、面包果树和芒果树。大的，通常是圆形，用于开会、家庭聚会、葬礼或酋长受职仪式等。小的，是主屋的附加建筑，位于主屋后方，通常是长形。它不需与主屋有关，可以是海边的茅草屋，供客人休息、居住。——编者

把我们放在了晒满绿色可可豆的板球场边，村里很整洁，全是茅草顶的小屋和间隔有致的面包果树，非常安静，看上去让人感觉它很害羞。我们还看不到浪。我们在萨摩亚首都阿皮亚遇到过萨瓦伊那伊家的一个亲戚，他为我们写了一封介绍信。我们能听到孩子们的大叫，然后看到他们聚集过来，站在距离我们的一个安全的距离外，最终，一个身穿黑色纱笼裙①的小伙走上前来。我们低声说明来意，他领着我们去找辛娜·萨瓦伊那伊。辛娜是三十多岁的俊俏女人，她不去理会围拢在我们周围屏气凝神的人们，自顾自地读着我们的信，接着看向我们胳膊下包着冲浪板的脏帆布包，神情平静。“欢迎你们。”她说，并给了我们一个灿烂的微笑。

辛娜和她的丈夫图布加及他们的三个女儿殷勤好客，让我们非常不好意思。大餐一顿接着一顿，茶似乎永远喝不完。我们被汗浸透的衣服会消失不见，隔天早晨洗净熨好后又重新出现。抽烟的布莱恩说，烟灰缸似乎每天都要倒十次。我们试着观察当地的基本礼仪，坐下时别让脚对着任何人，别拒绝别人提供的任何东西，与人握手并问候一声“塔卢法”②。但是，作为不懂事的客人，我们无法避开我们受到精心照料、特别优待的特权，我们甚至睡在自己带来的蚊帐内，就像背着背包的小酋长一样。所有的对话内容都具有惊人的世界性。萨拉伊鲁阿的每个成年男子似乎都因为旅行和工作走遍世界，比如新西兰、欧洲、美国。（相对于其面积而言，萨摩亚有大量的侨民，听说住在海外的萨摩亚人比住在国内的多。）有一位首领（matai），曾到过联合国。甚至有个家伙穿着背后有面巨大的美国国旗的牛仔夹克去过卢尔德朝圣。

然而，萨瓦伊岛让人感觉它自己就是一个世界，一个时间概念之

① lavalava，岛民不论男女都穿纱笼裙，不同的是，女款叫 Sulu，颜色鲜艳，在身侧打结；男款叫 lavalava，颜色暗沉，没有花色，看似西装裤，打结在正面一侧。——编者

② Talofa，萨摩亚语中的“你好”，相当于夏威夷人说的“阿罗哈”。——编者

外的完整的宇宙。这里没有电视。我从来没见过电话。（手机和网络时隔多年后才出现。）小小的临时商店里卖着舶来品，有铁锹、手电筒、金鹿牌香烟、长征牌晶体管收音机，大部分来自中国。而绝大部分的日常需求都得靠自己动手，人们耕种、捕鱼、打猎以获取食物，建造房子和船只，制作渔网、垫子、篮子和扇子，他们随时都会临时做出个什么。我被迷住了。我从美国出发，怀着一种无知的雄心壮志，想在世界变成洛杉矶之前到处走走看看。当然，这么做并无危险，但在波利尼西亚的农村地区生活，使我对工业文明的含含糊糊的不满突然变得明晰起来。

从某种角度看，萨摩亚的一切，包括海洋、森林、人民，都闪着高贵的光芒。这种光芒与照片上看起来完美的海滩或草棚，那些老掉牙的天堂概念无关，也和陈年故事书里的梦想无关——乌米和他的兄弟们的故事已经离我很远了。我甚至没有关于裸露胸部的少女的幻想，也没有任何值得写下来的东西。在研究了一番萨摩亚青少年后，我还怀疑是否有一个前精神官能层次（pre-neurotic）的青春期——在此要向玛格丽特·米德①说声抱歉了。（在这一点上，高更对大溪地感到失望，他估计自己晚去了一个世纪。）实际上，萨摩亚已经完全基督教化，人人识字，全球流行文化以其惯常的狠劲蓬勃发展。每个小孩心中的英雄似乎都是李小龙，到处都能听见波尼·M乐队②的《巴比伦河》。让我着迷的是，人们依然生活在离土地和海洋如此近的地方，实行集体所有制。在我这种西方人眼里，他们是优雅的才干和想象中的整体的典范。

辛娜的哥哥维提，三十好几，矮小精干，留着尖尖的发型和长长

---

① 美国人类学家，美国现代人类学成形过程中最重要的学者之一。1928年出版了《萨摩亚人的成年》。曾担任美国自然史博物馆馆长、美国人类学会主席。她先后提出了文化决定论、三喻文化理论和代沟理论，并被誉为人类学之母。——编者

② Boney M，20世纪七八十年代风靡一时的迪斯科乐队，更是整个迪斯科时代的一个传奇。乐队成员来自四面八方，有的来自西印度群岛，有的来自牙买加。——编者

的络腮胡，笑起来很腼腆，他谦逊的态度几乎掩盖了他敏捷的头脑和冷静的才智。他告诉我们，他曾在新西兰的哈尔比腌牛肉厂、拜克罗夫特饼干厂、新西兰牛奶和黄油厂工作过。他说他把工资寄回家了，还是在这里比较开心，“在那里，你必须穿开襟毛衣，等班车时，你可以看到你呼出的气”。每天早上我们还在家时，维提就划着单人独木舟出海了，辛娜说，那是他动手砍倒油桐树（fetau），用了不到一周的时间手工雕刻的。下午，维提带着一船一船的鲣鱼回到村里。晚上退潮时，他会提着灯笼前往暗礁处，用刀子叉鱼。如果需要现金，他就爬上萨拉伊鲁阿后头山上的家族椰子种植园，摘一卡车去市场卖。（萨摩亚和关岛不一样，真的出口椰肉。）如果有野猪来田里吃芋头，他就去打猎。

我曾向维提问起猎野猪的事。当时，维提、布莱恩和我坐在萨拉伊鲁阿附近丛林中一个开放式小屋里，用旧杜松子酒瓶喝着自酿的啤酒。“我带上火把、来复枪和几条狗，寻找野猪的足迹，然后在下风处等它。”维提说。

那时是黄昏。啤酒很甜，像苹果酒，但度数和苏格兰威士忌一样高。

“有时候我必须穿过灌木丛追它，在山上来回跑。”维提笑了起来，模仿着自己穿过丛林的动作。

“天黑了。杀了它之后，我不得不和它一起等了一整夜，我只穿了纱笼裙，就把它拉起来盖过头。但蚊子太多了。太糟了，开始下雨了，我冻感冒了。然后其它猪来了，都等在我身边，因为我杀了它们的兄弟。狗不停地叫。猪大概有200磅。我把它切成两半。天亮后，我找了根长棍来扛猪，一边挂一半。可是离公路很远，非常远。你想去猎猪吗？”

我想布莱恩会很有兴趣，我们又喝了一轮维提的自酿啤酒。

现在维提想来点音乐。“来首你们国家的歌吧。”布莱恩在无伴奏下唱了一轮汉克·威廉姆斯的歌。

我有一辆改装的福特和一张两美元的钞票
我知道一个地方，就在山的另一头

大伙——一群在屋子旁磨着自家种的可可的孩子——鼓噪起来。他们欢呼，鼓掌，哈哈傻笑。布莱恩的声音在丛林间欢快回响。维提咧嘴笑得东倒西歪。然后轮到我了。

但这时，漫长而悲伤的两道海螺声救了我。

“宵禁时间，”我说，“不许冲浪，不许唱歌。”

一天有两次宵禁，每次不到一小时，人们非常认真地遵守，没有人会继续走动或工作，直到第二道海螺声或是教堂的钟声响起。我听过几种不同的解释，也许是出于对酋长的尊重或是为了进行一段时间的祈祷，不管怎样，我们清楚地看到了传统的萨摩亚方式①的力量。周日要宵禁一整天，有两次周日的浪况非常好，让我百爪挠心，当然我们可以偷偷溜出去冲浪，远离海岸而不冒犯任何人。

“你认为你是个反传统者吗？”我想，布莱恩从我提出的这些不虔诚的建议中得到了某种奇怪的乐趣。

不，我不是，我只是想要更多的浪。

海螺声再度飘荡在树林间。轮到我唱歌了。我闭上眼睛，凭着深刻的记忆，不假思索地唱出了《第十二夜》结尾那首《愚人之歌》(Fool’s Song）的全部五节。这个选择很奇怪，毫无疑问我走音了，但我沉浸其中，沉浸在悲伤的哲学性重复（“因为雨每天都在下”），对婚姻带着悔意的反思（靠说大话我永远不会成功），而我得到的掌声似乎非常真诚。

* * *

① 被称为“Fa’a Samoa”的萨摩亚文化与传统生活方式已有3 000年历史，至今仍然在岛上兴盛不衰。Fa’a Samoa是萨摩亚独有的生活态度，特别重视大家族的家庭生活和传统价值观，随着现代社会的发展，这种生活方式有了一些转变，但传统的习俗仍被完好地保存着。——编者

萨拉伊鲁阿迎来了第二波浪，就破在一个半坍塌的滨水区水塘的东边。我们花了很多时间研究它。波浪是个像飞速离膛的子弹般的左手浪，很长，中空，值得注意的是，此时盛行陆风几乎是笔直的。村子后方的一道陡峭山脊似乎把信风拐向了西边，然后不知怎的，离岸峡谷和破碎的暗礁合力让涌浪迎向陆风。结果就是美丽但看起来要送命的波浪，几乎肯定会因为太快、太浅而无法驾驭。浪在海平面之下破开，进入了一个由波浪自己形成的短而深的槽，然后向上爆开越过裸露的珊瑚礁。不过，随着海浪越来越大，品质也越来越好——至少，人们可以在脑子里过过冲浪的瘾，不用真的在没有可遇不可求的加速度的情况下穿过速度快得离谱的区域。我在潮水低时顺着礁岩往外走，观察得也更仔细了，潟湖里满是海胆和人为的危害，例如捕鱼蟹的尼龙网，它们在杆子之间留下了清晰的线。绿松石色的风拂过的浪，一群接着一群呼啸而过，最大的浪破在了离岩石大约 5 英尺的地方。不，还是不行。我们将这个浪点命名为“差一点”（Almosts）。

相比之下，Uo’s 浪点既凌乱又无力——就像个新的婚姻规则。

在萨拉伊鲁阿的最后一晚，辛娜准备了丰盛的食物。这一周我们都吃得非常好，有新鲜的鱼、鸡肉、椰子蟹、蛤蜊、木瓜汤、地瓜和十几种芋头（配上菠菜、香蕉、椰子奶油）。现在还上了猪肉香肠和撒了糖霜的香蕉蛋糕，不知为何是在明火上烤的。还有一道来自海底的味道很冲、黑黑绿绿的美味，我不记得菜名了，只记得我下意识地捂住嘴才没吐出来，十分尴尬。布莱恩和我发表表示衷心感谢的讲话，并给大家分发了礼物，给辛娜的是玻璃盘子，给孩子们的是气球，给维提的是施利茨牌酒杯，给辛娜父亲的是香烟，给她母亲的是贝壳梳子。

一辆真正的巴士会在凌晨 4 点经过村子，辛娜叫醒了我们，替我们准备了咖啡和饼干，并和维提夫妇及一个孩子陪我们在路边等车。天空多云，群星闪烁。一只果蝠在我们的头顶上低飞，翅膀发出皮革般的拍打声。南十字星闪耀着。车辆到达，车门打开后涌出尖细的音乐，一个坐在车顶上的沉默的男孩接过了我们的冲浪板。

*　　*　　*

我们在萨摩亚遇到不少怪人。一个叫提亚的年轻人带我们去了某个偏远的海滩，那里却没有浪可以冲，我想，沿途他详细讲述的关于我们遇到的每个小海湾、石头和暗礁的故事，是对我们的安慰吧。他的故事里有手足相残的、弑父的、活灵活现的基督教恶魔，还有一场集体自杀，整个村子都在自我牺牲之类的，似乎海岸上的每块岩石都在神圣的文学作品中占有一席之地，让我印象深刻。然后提亚说："三年后你再来，这个海滩将变成非常好的地方，因为我在新西兰的银行存了很多钱，我要买炸药，把这海滩弄好。"

我们结识了长老会牧师李和他的妻子玛格丽特。他们来自新西兰，但刚刚在尼日利亚待了9年，现在他们住在阿皮亚的一个教堂后面，有三个小孩。李很热情，急于带我们到处看看，他穿着紧身的红色短裤，戴着灰色的大假牙和厚眼镜，下巴上有个深深的酒窝，体毛多得吓人。其实，他不太了解萨摩亚，对我们的兴趣也很快消退，倒是玛格丽特一直邀请我们去远足，或到他们家做客。李有个朋友叫瓦洛，年轻很有男性魅力，一侧肱二头肌上有"温柔地爱我"的纹身。李总是兴高采烈地看着瓦洛，一旦瓦洛不在身边，他就会谈论他。某次我们一起到沙滩，他惆怅地说："瓦洛和我可以来这里，找一个没有人认识我们的小角落。"我对玛格丽特感到抱歉，她矮矮胖胖，个性很甜，当李挖苦她时，她只是在眼镜片后面像少女般睁大眼睛，然后对我们微笑。瓦洛告诉布莱恩，乐富门是他最喜欢的香烟牌子，因为产品名称下藏着一个隐秘的信息："对，汤姆，抓住我的屁股，现在就射！"当他们邀请我们参加下一次的野餐时，布莱恩和我用西班牙语讨论要用什么借口婉拒。

我们住在阿皮亚的郊区一个叫娱乐天堂的地方，部分是汽车旅馆，有几间简陋的平房，但大部分是个社区夜总会，为势力强大的议员萨拉·苏伊凡所有并经营，有一个下沉式的室外舞台和一圈弧形的看台。有的晚上放电影，周末有舞蹈乐队表演，有一次他们设了个拳击台，观众们兴奋地看着当地的科学家在此打斗。没有人注意我们这两个脚上缠着绷带、在酒吧桌上摊开航海图来研究的白人。我们被忽略了，就像在城市里一样，对我们而言是个很好的改变。

* * *

用航海图找浪实在太强人所难。我们找的是没被任何堡礁或者更南一点的陆地“挡住”的朝南的岛屿海岸。我们找的是岬角和海湾及礁石间的通道，那里在一两英寻①后必须出现大的落差，才能让涌浪从深水域骤然进入破浪区，给波浪更大的力量和空洞。任何有可能性的珊瑚礁或海滩的角度都是非常重要的。那条可能造成浪破的线必须倾斜甚至弯曲，躲开南面的开放海域，使波浪有机会弯曲、剥落、迎着风向。我们找的是能聚集间隔时间长的涌浪的近海峡谷，以及会让波浪改变方向进入浅水域的峡谷壁。海岸的许多甚至是大多数延伸段可能出于这样或那样的原因而被我们排除在外，但这样就留下了不少具有抽象的冲浪潜力的地方，最终决定的值得一去的地点，只不过是让我们的猜测显得有价值。我们缺乏对本地的了解，图表也不完美，比例尺总是太大，无法看出最终会产生巨大影响的单个岩石或是大块礁石。最后剩下的地方不到十个，我们试图猜想图表上聚在一起的数字代表什么，因为在像浅蓝色缎带的近岸水域，在围绕着几堆黄色陆地的地方，数字降到了个位。看着你知道的一个地方的图表，尤其是当你知道那里有浪可冲，图表会突然变得非常简单。这就是为什么在合适的条件下这个浪点位置很好。二维图表变成了对可冲的浪的多维想象。光从图表你就可以看出半打因素，但是研究我们没见过实地的图表呢？我们就会变得毫无头绪。Google Earth 还要好几十年才会出现，我们不得不信任伟大的海洋学家威拉德·巴斯科姆，他在

① 测量水深单位，1 英寻约合 6 英尺或 1.8 米。——编者

《海浪和海滩》（*Waves and Beaches*）一书中写道："海浪让出自己的能量，系统性水流让位于剧烈湍流的区域，便是冲浪区，也是海洋中最令人兴奋的部分。"

*　　*　　*

下一站，我们计划去大溪地，或去美属萨摩亚，两地都有冲浪者和知名冲浪点。结果，我们去了自己一无所知的汤加。

这个决定做得很仓促，当时我们在海滨酒吧偶然遇到了一位澳籍乘务长，他的货船正要前往汤加首都努库阿洛法。午夜，我们酒还没醒就上了船，黎明时就离开了阿皮亚。

近中午时船长才知道我们在船上，据说他对乘务长大发雷霆。不过和我们一起时，他很愉快。船长名叫布雷特·希尔德，下巴上留着修剪整齐的短尖胡须，制服穿在他身上相当好看。他领着我们参观了驾驶区。船长舱房墙上的汤加国王画像（?）是希尔德船长亲手画的。国王很喜欢那幅画，还签了名。读过米切纳的《南太平洋的故事》（*Tales of the South Pacific*）吗？嗯，所有故事的原型都来自希尔德船长。这就是为什么这本书是献给他的。（书里确实这么写着。）但是，我们知道太平洋岛屿的某种鸟是如何以及为何进入希罗多德的作品和《圣经》中的《先知书》[①] 的吗？我们很快就会知道。顺便说一句，库克船长之所以称汤加为友谊群岛（Friendly Islands），只是因为他错过了准备出其不意地把他和他的船员做成主菜的鸿门宴。

布莱恩和我都发现汤加很友好，但在这里冲浪简直是拿人寻开心。我本来以为，在努库阿洛法东南约 20 英里处的一个坚固的倾斜的小小伊亚岛（Eua）上，会有真正的重大发现。伊亚的东岸全是高高的悬崖和海风，但席卷西南海岸的涌浪让人感觉很有希望，它的规模看起来相当大。在从汤加的主岛汤加塔普岛出发的渡轮上，光是看

① 是《圣经·旧约》的第四部分，由《以赛亚书》到《玛拉基书》，共 16 卷。之所以被称为《先知书》，是因为它们记载了先知们所传的信息。——编者

到海上的浪线就让我心跳加速。伊亚岛地形崎岖，几乎没有路。我们租了马，顺着难走的小径上上下下，穿过茂密的灌木丛，查看可能延伸的海岸线。但我们看到的每个地方都一团糟——岩石太多，被风吹得涨破的浪，全崩浪（closed-out），全都冲不了。我们一直往北走，西北海岸的部分地区有条土路，总算好走了一些，而且涌浪持续地打来。在土路的尽头，我们终于在一个有一排排棕榈的叫乌菲莱（Ufilei）的小海湾，找到了能冲的浪。

那是个野性十足的冲浪点。我们穿过礁石间一个大约4英尺宽的缝隙划水出海。在海湾的南端，一块暴露的熔岩板外，有个很短且强烈而有节奏地起伏的左手浪正在壮观地爆开。浪从深水区站起来的速度甚快，浪破时浪面仍然是开放海域的海军蓝颜色。我们挤进了等浪区，浪又快又厚，看起来像是海平面突然凹陷了好大一块，而不是正常涌浪的样子。我最后上了四五回浪，每次下落都很要命的感觉，我腾空而起，迫使我伸长手臂努力让自己站在板上。我没有摔倒，在下落以及一个吓人的浪底转弯后，波浪逐渐消失在深水中。上浪的冲刺很猛——较大的浪比人还高——但是距离暴露在外的熔岩板太近，就算高风险高回报，还是别在这里试了。几个月之后，我在澳大利亚的一个海滩上遇到了一个自称在乌菲莱冲过浪的家伙。他叫乔治·格林诺，来自加州，是个知名的制板人，也是水手和电影制片人，还是短板的发明者之一。他说，根据他的计算，乌菲莱的浪若有5英尺高，就有70英尺厚。这用的是偏心测量法（eccentric measurement）——我不知道怎么测定破浪的实际厚度——但这句话把那个浪点怪异的猛描述得很传神。一个小时左右，我们说，就冲到这里为止。

但我们无法沿原路划回去了，有太多的水顺着那条缝隙从潟湖涌过来，我们好像在激流中划桨一样。我只好放弃，往北边转过去几码，正赶上一条白水浪，于是一路颠簸着穿过1英寸深的礁石上了岸。布莱恩选择低头猛划，直到筋疲力尽却毫无进展。我在潟湖里的水塘大叫，给他建议，他都充耳不闻，忿忿地挣扎着。我就这么看着。太阳西沉，我不记得他最终选择了什么路线，却记得当他终于穿过礁石时看起来有多憔悴。他没有说一句话。我以为他爬上海滩时会一副沉船幸存者的模样，只想休息，但他从水里冲出来，一脸怒意，挟着冲浪板快速离开，回到5英里外我们住的小旅社后，他依旧怒目而视。

* * *

在旅社工作的女孩们正在算命，发牌的是个十几岁的姑娘，叫图波，她睡眼惺忪、缺了牙齿、穿着条纹衬衫。四张J摊开放在最上头。图波解释道，J代表丈夫的四种种族：白人，汤加人，日本人，萨摩亚人。图波每抽到一张牌，就根据花色与J配成对，然后重重地敲一下，说：“你知道的！”其他女孩挤在煤油灯周围，瞪大眼睛，屏着呼吸听她说话。她们都有黄油味和些微汗臭味。

图波对我解释道：“又胖又懒的女孩的归宿是汤加人，只被允许煮饭和浣洗。又瘦又漂亮又努力工作的女孩的归宿是白人，会戴上手表，坐汽车去看电影，看这看那看各种事物。和日本人结婚的女孩子会去日本，生活得很好，可以抽烟，只需要偶尔拖拖地，但她们的丈夫会因为她们的懒惰而生气，某天回家用刀子将她们大卸八块。与萨摩亚人结婚的女孩将前往萨摩亚，过得像汤加人一样，不过可能偶尔能看上电视。”

其中一个女孩叹了口气：“我在帕果帕果①看过电视。非常好看！”

图波预言我会在一个月内收到家人寄来的信和钱，我会和白人女孩结婚，但会让一个汤加女孩哭泣。

和旅社的女孩们混，开着玩笑度过点着煤油灯的夜晚，我不禁发现自己已经放弃，至少是暂时放弃了想和各国各地的女人睡觉的雄心。波利尼西亚乡村并不是一个能随便跟姑娘勾搭上的地方，也别再

① 美属萨摩亚的首府。——编者

想老水手口中那些水性杨花的大溪地女人，或者印象中在某部电影里，岛上的公主与马龙·白兰度饰演的弗莱彻·克里斯蒂安干柴烈火的画面。詹姆士·库克船长的水手真的找到了一个纵欲无度的汤加——这是我后来（从托尼·霍洛维茨的《蓝色纬度》［*Blue Latitudes*］中）得知的。库克的一名船员形容当地妇女“把助人为乐做到了极致”，愿意为了一枚铁钉而陪游客睡觉。17 世纪的一位荷兰外科医生在一次旅行报告说，在汤加，妇女“无耻地在水手的裤裆前摸着，明确表示她们想要性交”。唉，这种事与我们遇到的极端信奉基督教的女人相去甚远。她们大多会在身子中间部位穿一种称为“塔奥法拉”① 的编得很硬的垫子，紧紧地绑在已经很笨重的衣服上。这些都是我们这一趟古怪的寻浪之旅中走过的小而保守的社会。我们遇到的许多女人是很会调情，但是界限清楚，而尊重界限是基本的礼仪。我不想害谁哭，也不想被她的叔伯们胖揍。

*　*　*

“看起来不错，”布莱恩说，“你看起来真像个自由派牧师。”

他指的是我愈来愈杂乱的胡子，但我想，他说的可能不只是胡子。我们开始让彼此神经兮兮了。在陌生的世界旅行，我们带着一个我们自己创造的世界上路，其中充满了对彼此的理解，我们还可以撤退到这里面，把别的都关在外头。但这个世界对两个有超大自我的人来说非常拥挤。我们太依赖彼此，太经常在一起，以至于任何微小的差异都会造成摩擦和激化。我在日记中抄录了《安娜·卡列尼娜》里的一段话，描述的是奥布朗斯基和莱文以及他们之间紧张的友谊。布莱恩对我微笑是在讽刺我吗？我想是的。但我也对牧师那句话中的嘲弄太小题大做了。

那是因为我知道他正在盘算什么。布莱恩是个固执、世故的人，

① ta'ovala，汤加民族传统服装。奥运会开幕式上，汤加旗手皮塔·陶卡托富阿就是只穿了一件汤加特色的塔奥法拉，半裸出场。——编者

对所有新事物都抱持怀疑态度。上大学时，正值学生反战运动的高潮，他置身于同学的怒火之外，有一次他还在抗议游行中举着一块扫兴的标语："战争是个框——加油，大都会"。他仍然认为"世界和平"这句话非常无聊。我较之认真，高中时参加了反战游行，热切地相信必须叫停越战。我是在咖啡馆听着琼·贝兹和菲尔·奥克斯[①]的抗议音乐长大的，心中仍暗暗为此保留着一个角落。布莱恩讨厌这类东西及其代表的所有多愁善感的、郊区式的自嗨。我从来没有听他引用过汤姆·莱勒[②]，我在圣克鲁斯时对此人略知一二，但我确信他会喜欢莱勒的文字：

我们是唱民歌的军队
每个人我们都关心
我们都痛恨贫穷、战争和不公
和你们一般人不一样

我钦佩布莱恩对自由主义正统派的顽固不满。当我在铁路公司踩刹车的时候，我也从工人那儿学会了蔑视软趴趴的伪善。

但是在南太平洋游荡把我身上的某种特质发掘了出来，在布莱恩眼中，这特质比一脸乱毛更让人讨厌。我开始对自我改造越来越有兴趣，并努力去了解旅途中遇见并同住的岛民的世界观——而且在前往关岛前，我已经在这样做了，当时在波纳佩，我让自己喝下了一碗碗萨考酒，然后跟人下快节奏的珊瑚石做的跳棋。我想，我是来学习的，而不仅仅是想知道一些遥远的地方和人的一些事。我想学习新的生活方式，我想改变，想去除生存意义上的疏离感，像他们说的那

---

① 他和琼·贝兹都是与鲍勃·迪伦同时代甚至齐名的民谣歌手。——编者

② 才华卓越的讽刺幽默大师。18 岁毕业于哈佛大学数学系，19 岁拿到硕士，然后接着在哈佛大学读博士。他出生于犹太家庭，从小被迫学钢琴，颇有音乐造诣。他 17 岁时为哈佛大学球队写的歌至今仍是球赛中场休息时播放。唱片销售过百万，但他一直在哈佛大学等校教数学。——编者

样，帮助自己找到归属感，觉得自己属于这个世界。这是一个无望的新时代[1]愿望，我永远不会向布莱恩提及。但它表现在行为上就是我很快学起了当地的表达方式、获知了当地的传说，不管身在何处，我对自给自足的农民和渔民都由衷钦佩，我也很乐意与我遇到的当地人进入某种亲密的关系。我原本就很容易和陌生人打成一片，现在更是不在话下，我不知道布莱恩是不是有时候觉得被我抛弃了，还是觉得恶心。

然后，说到自我反感，我们每个人的应对方式也不同。身为富裕的美国白人，我们去的一个个极度贫穷的地方有许多人，尤其是年轻人，毫无掩饰地对我们一次次不以为然地抛开的生活、舒适和机会的孜孜以求——好吧，我们真是不应该。这事儿无法避免，我们很差劲，我们知道这一点，所以态度要谦卑。但我们的诠释方式不尽相同。我想，布莱恩的保守本能让他对萨摩亚酋长制深厚的男权统治激动不已，而我的浪漫主义让乡村的社会交往充满了人类堕落前的温情和心灵的健康。

在这种情况下，冲浪犹如天赐之物。它是我们的计划，也是每天起床的理由。在阿皮亚遇到一群西方背包客时，据布莱恩回忆，我嘟嘟囔囔地说他们“不过是该死的观光客”。我不记得自己这么说过，但我的确这么认为。我们也做了一大堆白人会做的事，就是到处看看看，其中有些也挺丢人，但至少我们有打算，有目标，不管别人觉得它多么短暂、无意义、无所事事或傻乎乎。

* * *

---

① New Age，1960 年代，欧美人在物质主义的熏陶下普遍心灵空虚。有些人以滥交来填补空虚，有些人选择学习东方（主要是印度）的神秘学说，希望借此提升自我的灵性。它继承了 1960 年代的反文化思潮，在 1970 年代至 1980 年代表现为西方的社会与宗教运动及灵性运动。该运动涉及面极广，涵盖了神秘学、替代疗法，并吸收世界各宗教元素以及环保主义。它对于培养精神层面的事物采取了较为折中且个人化的途径，拒斥主流的观念。——编者

我们在汤加塔普发现了一个叫布拉德的美国冲浪者。事实上，是他听说我们来了，住在努库阿洛法西北面的某海滩旅馆，于是有一天骑马过来了。他 23 岁，头发很短，很像是某种传教士。他表示自己住在附近的村子，正在帮忙盖一座五旬节教堂（Pentecoatal），并准备与某个当地女孩结婚。他来自加州的圣巴巴拉，经过考艾岛，已经在汤加待了八个月。他有一种我相当熟悉的奇怪而又刻意的举止。我猜他走的是许多冲浪者走的路线，从加州的海滨小镇到夏威夷外岛，沿途摄入了超量的致幻剂，然后疲累地抵达他们的主和救世主的脚下。人们称他们为耶稣怪胎。

但布拉德并没有宣扬自己，他只想谈冲浪。我们是他在汤加见到的首批冲浪者。

我们只有一个问题：有浪吗？

哦，有的，他说。哦，有的。

但不是在每年的这个时候。

他知道希西夫半岛（Hihifo peninsula）的北端有个北面涌浪点，叫哈塔夫（Ha'atafu）。从 11 月到 3 月或 4 月，会有北太平洋过来的长周期涌浪。几个右手浪，全都在暗礁通道上，布拉德认为它与考艾岛的几个最佳浪点相比毫不逊色。这的确是高标准了。他冲过那些通道，完全只有他一人。他说，每年的这个时候（6 月）有几个从南方绕过来的左手浪，但是很小，也非常浅。

我坚决要求马上就去哈塔夫。要走非常远的路，布拉德带我们到树林深处的一个小路口，指出了去那个浪点的方向。当我们抵达海岸时已经接近傍晚。礁石离海岸很远，中间有个宽阔的潟湖，阳光在看起来像是碎浪的背后燃烧着，但光线实在太刺眼，我们看不清究竟。我想划水出去看看，布莱恩表示反对。风正朝着陆地吹，太阳快要下山了，实在没有足够的时间好好讨论，我把人字拖放在小树丛下，开始划水。

后来证明布莱恩是对的，不值得这么做。海浪很糟，水也太浅。

最糟糕的还是水流，希西夫半岛有 8 英里长，当时我在尖端，像块沉船破片一样被扫向海外，一会儿左一会儿右。我不得不奋力返回潟湖，抓住突出的礁石来保持方位，被水拖拽着，不时被岩石划伤，尽管我没有时间思考，却很害怕。一旦逃出了冲浪区，若是抓不到任何波浪，我就没有机会在出发点附近的任何地方上岸。海岸的大部分地方都是又短又尖的珊瑚崖。我终于在黄昏时分到了遥远东面的一个小海湾，然后又摸黑赤脚穿过树林，好一段漫长而又不舒服的跋涉。布莱恩很生气，这可以理解。这是我们之间经常发生的摩擦。我认为他过度担心，他认为我冒了愚蠢的风险。我们俩都没有错。

* * *

有人说服汤加国王相信了他坐拥价值数十亿的石油和天然气，美国的帕克石油钻井公司（Parker Oil and Drilling）慷慨地同意帮他找到这些东西。于是，该公司的几个员工及其家属住进了我们住的那间才造了一半的海滩旅馆“好撒玛利亚人”。旅馆主人是法国人，名叫安德烈，旅馆只有六间“法乐”完工了，其他都还在施工。还有个时髦的小户外餐馆，菜色不多，但很美味（主要是鲜鱼），安德烈本人就是主厨。餐馆的座位有限，某次我与帕克公司的特卡拼桌，她来自得克萨斯州，19 岁，身材苗条，凹凸有致。她父亲正为国王办一些重要的事。特卡刚从亨茨维尔（Huntsville）的山姆休斯敦州立大学退学，接下来准备前往新加坡，她的家人住在那里，她也在那里当模特儿。

特卡对我和布莱恩产生了一点人类学的兴趣。现在我们每天都去哈塔夫冲浪，在风还很轻柔的清晨出发，通常在接近傍晚时回到“好撒玛利亚人”旅馆，一副被太阳烤焦、快饿死的模样。海浪小得令人沮丧，但是形状很好，也很狂暴。我的手脚都被珊瑚礁割伤了，布莱恩的背上则有个大的刮伤，我每天为他的伤口换两次纱布。我们冲浪的暗礁通道实在太浅了，我几乎把我的宝贝冲浪板尖砸到了海底。特卡看着我在面包树下临时拼凑的架子上，细心修补着板上的凹陷。

特卡称，布莱恩和我与加州、佛罗里达和夏威夷的其他“海滩游民”一样，没有目标，也不在乎明天。她说“在威基基海滩尤其”可以找到像我们这样的人，“要是发生地震，你们不会担心自己的房子或汽车，只会说‘哦，哇，这是个新体验’。你们唯一关心的就是找到一个完美的浪之类的。我的意思是，就算找到了，又怎样？冲个五六次，然后呢？”

这是个好问题，我们只能希望有一天我们会被迫回答。而此时，无可抵赖，我们是典型的游民，可我想知道，在特卡的心中，谁的目标比我们的更有价值？她回答，是她的母亲。她母亲切丽打算今年夏天“写一本书，哦，实际上是三本”。切丽当时也在这里，总是很晚才起床，中午不到就喝醉了，她的主要职业似乎是晒日光浴、化妆、和女儿一起嗑药，以及每天换好几身“行头”。某天晚上，她告诉我：“今天我把你写进书里了，写着‘我爱你’。”所以，她真的在写书，而布莱恩和我只是宣称在写。特卡还举了另一个例子：她的男朋友，他在亨茨维尔经营一家迪斯科舞厅，但决心某天要拥有一间男装店并且自己来打理。

帕克公司的油田经理名叫吉恩，是个身材高大、戴着厚厚的眼镜的得州人，他的脸皮皱得像火鸡，说话声音像个老烟枪，有个 17 岁的当地女友。吉恩快 60 岁了，女友是个绝代佳人但不快乐，我无意中听到她对帕克公司某个高管的妻子说自己有一半斐济血统，是个孤儿，在汤加这样人口单一的地方是个社会弃儿。她说自己只能转而卖淫了，她非常想离开吉恩，“帮帮我！帮帮我！”她恳求道。

高管的妻子看起来很震惊，我听不清她对女孩说了什么。但当她走近吉恩时，我刚好站在附近。她胆怯地试着和吉恩说话，提到她听说他的年轻朋友是半个斐济人。

吉恩咆哮道：“我不管她告诉你什么，亲爱的，她是个黑人。”

那天晚上，布拉德又骑马来了。我问他，帕克公司的员工若违法，警方是否会管。他意味深长地看着我，然后摇摇头，“他们和国王站在一边。”他说。如果指控成立，被拘捕的会是吉恩绝望的女朋友。

我问起布拉德在汤加的生活。他说自己很少离开这个地区，现在就连单调无趣的小镇努库阿洛法，看起来都像是明亮的灯光。他住在半岛外树林深处的村子里，是那儿唯一的白人，他说他的邻居和未来的姻亲都对冲浪无所适从。“他们看到我拿着这个薄薄的小船向大海走去，几个小时后空手回来，认为我是个非常糟糕的渔夫，觉得我只会在海上浮着。”

我想象着这个其貌不扬的温和的男孩，月复一月独自在哈塔夫冲浪，真是了不起。他告诉我，在西北气旋激起涌浪的时节，他曾冲过是他身高两倍的浪（double-overhead）。真是个激动人心的消息。在水超浅的哈塔夫，这也是个可怕的事。你有没有重重地触过底？我问。他斜了我一眼，一副“伙计，这是家常便饭好吗，你已经体验过了”的模样。我想，万一他受了重伤，得移动很长一段距离才能得到救助，必须经过海浪、珊瑚礁、咆哮的离岸流、宽阔的潟湖、悬崖，然后至少在丛林里走一英里才能到达最近的村庄，再搭一趟班次极少的公共汽车至少一个小时才能到镇上，而那儿的医疗设施可能也很简陋。不过讲这些也很多余。

当然，布拉德对汤加农村的融入远超我在南太平洋可能做的任何事，除非我加入和平队或是和当地女孩结婚，或是这两件事都做了。我不禁自嘲。布拉德是否因为自己的经历而不太有生存意义上的疏离感？我和他还没有熟到可以问这样的问题的地步。

我对汤加国王图普四世很好奇，他是个绝对有分量的君主，据报道，他的体重达440磅。但是当我问起他时，布拉德马上脸色发白，显然还不够了解和信任我，还不到能放心地讨论国王的程度。我问他，汤加的果蝠是否全是国王的财产，只有国王才能捕杀，所以树林里的蝙蝠才会那么多。这是伊亚岛的一位渔夫告诉我的。布拉德不置可否，他表示得去参加一个圣经研读会，便拉上马，在月光下骑马沿海滩而去。

我在努库阿洛法看到个涂鸦，写着“所有外在的进步都会造成犯罪”。我尝试在邮局给父亲发了一份电报，那天是他50岁生日，但我不确定电报是否真的发出去了，柜台后面的那个人看起来很像斯托克利·卡迈克尔①，脸上贴满了小小的彩色邮政贴纸。他很友善，但他摆弄老式打字机的懒散样子让人很难放心。关岛之后，我已经一个多月没收到家人或其他人的消息了。他们无法联系我们。有人知道我们现在在哪个国家吗？我写了很多信给父母和莎伦，但要好几个星期才能寄达。我从没想过要打电话，因为太贵了。

我沿着道路漫步，路旁尽是盖到一半的砖砌房屋，目前暂停施工，可能在等澳洲的家人汇钱过来。我经过一个墓地，看见一些细长的棕色啤酒瓶倒插在坟墓周围的沙子里，是新西兰的世好牌。萨摩亚和汤加到处都是世好啤酒瓶。当地人会把果汁饮料装进这些瓶子，然后重新贴上标签。它们也被用来标示花园和校园的边界。在汤加的墓园里，傍晚时分似乎总会看见老妇人照料父母的坟墓，将珊瑚沙垒成棺材顶的形状，扫去树叶，洗净褪色的塑料花圈，重新排列着泛白的沙子上令人过目难忘的橙色或绿色的热带胡椒的图案。

我感到一阵悲伤从我身上掠过，还有其他的痛苦，不完全是想家，比较像是我已经驶离了已知世界的边缘。其实对我来说这样很好。世界是以如此多的方式构成的。对于放眼世事的美国人而言，全世界都被《纽约时报》《华盛顿邮报》《华尔街日报》等报纸等外国分社以及当时的大型新闻周刊覆盖了。地球上的每一处都是某个人节奏的一部分。布莱恩曾在耶鲁读书，比我更早了解到这件事。当我在

---

① 黑人运动领袖，最早提出“黑人权力”概念的人。——编者

布雷特·希尔德船长的驾驶区找到一本旧的《新闻周刊》，试图阅读乔治·威尔的专栏时，我忍不住大笑，难以理解他那种显得和华盛顿政界很熟的口气以及狭隘陈腐的排外主义视角。事实上，我们正在漫游的世界，是一个永远不会成为任何记者的新闻片区的世界（更别提乔治·威尔了）。这里到处是新闻，但全都不是一目了然的，都充满了神秘，只有当你去听，去看，去感受它的重量，它才是重要的。

坐渡轮返回伊亚岛时，我和三个男孩同坐在顶层，他们说他们打算去努库阿洛法的三家电影院看每一部功夫片、牛仔片、警匪片，直到把钱花光。一个瘦小的爱笑的 14 岁男孩告诉我，他因为“懒”而辍学了，他带了一本日本漫画书让大家在船上传阅。这本漫画是一个奇怪的混搭：可爱的儿童画风，可怕的战争故事，护士和医生的肥皂剧，色情绘画。某位船员看到了色情画，皱起了眉头，一页一页地撕下来，揉成一团扔进海里。男孩们笑了起来。最后，船员厌恶地厉声质问，把整本书扔进了水里，男孩们笑得更厉害了。看着那些破烂的书页在如镜的潟湖里飘走，我闭上了眼睛，感受到未知世界的分量，无法用已有的任何语言描述。这正是我所追求的：不是异国风情，而是对事物本身的一种广泛理解。

想到无名的墓地以及沙堆下埋葬的被人遗忘的老人，一股悲伤让我的胸口绷紧。它似乎在嘲讽我们整个含糊的计划。尽管如此，有些事物在呼唤我，也许是斐济。

* * *

从很多方面来说，我们在斐济的首次探险搞砸了。首先，我们从首都苏瓦往东走，忽略了首都位于主岛维提岛潮湿的一侧，这意味着我们俩只会在泥地里越走越深。我们从图表上看到了某个主要的河口，它有一个弧度很好的海湾，并且在堡礁中有一个角度很好的缺口，理论上会挡住大部分前往维提岛东南部的涌浪。事实上，海湾就在那里，涌浪的确能从裂隙悄悄穿过，但只是以一个很长的泥乎乎的浪收场。然而，我们花了几天时间才弄明白这一点——部分是因为我们喝了不该喝的酒。

布莱恩和我学会的一件事是别空手造访偏远的村庄。不一定要带圆珠笔和气球给孩子，但要送点东西给酋长或沿海的地主。最好的礼物是依照传统，带一大包制作卡瓦酒的块根——斐济人叫它瓦卡（waka）。我们原本计划离开苏瓦时，在汽车站附近的一个农贸市场买一些，但我们的早班车突然要开走，匆忙之下我们只好赶紧走进一家商店，买了一瓶 750 毫升的弗利盖特（Frigate）高度朗姆酒，心想应该很受欢迎。我们是对的。问题是，在我们搭乘一艘有外挂引擎的独木舟，花了很长时间穿过茂密的迷宫般的红树林沼泽，终于到达了我们想要探查的那个海湾附近的努奎村（Nukui）之后，酋长提莫西热情地欢迎了我们，坚持要立刻打开朗姆酒，让在场的男人传着喝。不过 15 分钟就把酒喝完了，离天黑还早呢，但我们已经东倒西歪，无法走路。结果，那天我们没能去海边。

卡瓦是一种文明得多的饮料，需要捣碎和准备，通常在夜幕降临之后才会喝。一群人，通常只有男人，盘腿坐在垫子上，围着斐济人称为“塔诺阿”（tanoa）的大木碗。一只椰子杯会在人们手上传递着。这群人会拍手二次，喝酒的人拍一下手说布拉（bula），意思是你好，也指生命，然后拿起比洛（bilo），也就是杯子。喝干后，喝酒的人再拍一次手，说马萨（Maca），意思是干的或空的，然后所有人一起拍手三次。仪式可持续六七个小时，喝掉无数杯酒。人们弹吉他、讲故事、唱赞美诗，经常会有惊人的女高音和声。

努奎村的全崩浪至少能让我们把孩子们放在冲浪板上，推进白水浪中。有些人学得很快，一群男孩等得不耐烦了，把两根椰子树原木拖入水，还真让他们抓到了浪。更小的孩子们在沙滩上跑来跑去，把绳子穿过椰子壳，然后踩在脚下，发出像马蹄铁般的咔哒声。努奎的孩子们有很多自制玩具：圆圆的坚果，可以玩永无止境的像打弹珠的游戏；锡罐头上安根绳子，那么转啊转啊就可以发出哨声；一片椰子叶和一根棍子可以做成优雅的风车。身边尽是这类巧思，而我某天晚上喝了好多卡瓦后，盯着小屋的天花板，突然在横梁上看到一双小孩的橡胶靴，带着点牛仔风格，满是灰尘，这一幕毫无预警地刺痛了我。它如同一枚护身符，既来自制造业世界，也来自我迷恋独行侠的少年时代。

在穿过红树林返回公共汽车停靠站的独木舟上，我对面坐着一个胖乎乎的少女，她的T恤上印着一只醉醺醺地躺在电视机前的猫，写着“快乐就是阴道很紧”①。我不得不假设，从她的母亲开始，没人看懂了这个笑话。我们在努奎村一次也没见过太阳，现在三角洲低矮的灰色天空敞亮了，用冷雨把我们浇了个透，我们披上雨披，盖住背包。我们肯定在斐济选错了地方，毕竟这里有300个岛屿。

* * *

苏瓦是南太平洋最大的城市，繁华，到处都是雨水冲刷过的清新的绿色，它横跨一座丘陵半岛，位于广阔的蓝色港口之上。我们住在一个叫“港景”的亲切可人的低级夜总会，它一半是妓院，一半是宿舍。老板是一家印度人。斐济的一半人口（以及大部分的经商阶层）都是印度人。每个国籍明确的水手晚上都会进入港景夜总会的酒吧，打几场老式的架，并把女招待带到楼上。我们每晚付几块钱，在一个闷热的还放着许多上下铺的房间里睡觉和存放装备。苏瓦市中心都是游客、外籍人士和游轮的乘客。当澳洲女孩经过时，我们每个人都很幸运地跟她们短暂地打情骂俏一番。

现在是涌浪季节，我们计划往西走，也许向南回到几座看起来很可能有浪的岛屿。苏瓦对巡航的游艇来说是个热门的中途停留地，所以我们在皇家苏瓦游艇俱乐部的告示牌上搜索有没有船只招募船员。在等待的时间里，我在海边的苏瓦市图书馆打发时间，那是一栋精致的殖民地建筑，通风良好，我在宽大的桃花心木书桌上重新拿起笔以

---

① 此处用了双关，pussy明指那只猫，暗指阴道。——编者

全新的主人公写我的铁路小说。

几艘冲浪游艇停靠在了苏瓦。一艘属于一个美国人，他有个大溪地女友，他计划朝西走，但他的船“卡佩拉”非常小。另一艘是55英尺的澳大利亚双桅帆船，它叫艾利亚斯，船体有条状的锈斑，有股咸味，看起来经历过不少恶劣天气，船头绑着磨损了的老式配件以及自行车和冲浪板。我猜那船得有80岁了，结果才2岁，是某个冲浪小团体用偷来的木料、零件以及拼凑出来的工具，在西澳大利亚州的珀斯（Perth）附近建造的。这帮人之中的女人们去当餐馆服务生，养活造船的工人。船体是用钢丝网复合砂浆加固的。身材高大、晒得黑黢黢、一头鬈发的米克给我们讲了这艘船的故事。他说，艾利亚斯差点没能挺过处女航行，船员是生手，迫不及待地乘着风把船驶往遥远的南边，进入咆哮西风带，结果被大风刮倒了。“海浪和桅杆一样高，”米克说，“船被撞倒一次。我们都在祈祷。以为要死了。”当他们一瘸一拐地进入南澳大利亚州时，半数人下了船，发誓再也不航海了。四个人（两对）留下了。现在，米克的女朋友珍怀孕了，所以在她生产之前，艾利亚斯哪儿都不会去。

某天早上我去拜访，听说艾利亚斯上的海事广播传来一个激动人心的消息，我错过了，但米克没有。他大叫“格雷厄姆!”，听上去就像他中枪了似的。格雷厄姆是船上的另一位冲浪者，他站在通往舱房的楼梯上，一头狮子鬃毛般的金发，眯着明亮的眼睛。“有完美的300码长的左手浪，”米克说，“我刚刚听到的。我想是盖瑞在呼叫这里的同伴。”他后来向我解释说，第三艘冲浪游艇来了，就在斐济，驾驶者是一个名叫盖瑞的美国人。盖瑞本来在卡佩拉号上，但几周前一个人走了。他显然在西面某处有所发现，才以无线电呼叫。米克去找收听无线电的吉姆，打算问个仔细。吉姆是个胖胖的、非常机警的家伙，很不高兴被一个高大的语气坚决的澳大利亚人盘问，但最终还是承认盖瑞正在斐济西北部的亚沙瓦群岛（Yasawa）航行，显然在那里找到了浪。这不合理啊，亚沙瓦应该被玛玛努卡群岛

（Mamanucas）和维提岛以西一个名叫纳迪水域（Nadi Waters）的巨大的珊瑚礁环绕的区域阻挡，接收不到南方的涌浪啊。

* * *

出通知了：一艘游艇正在寻找船员。当我抄下细节时，一个也在看布告栏的年轻英国人告诉我，他才刚离开那艘游艇，“别去，朋友”，他说，那船长是个疯子。一个美国人。不过一次短程航行，他的船员就全部离开了，同样的事在这个船长身上发生过多次。“一旦到了海上，他就开始不停地吼叫、辱骂，”英国人说着还很有说服力地抖了一下，“不过是又一个想闯过天堂的纽约人。”

最后我们搭上了西行的公共汽车离开了苏瓦，维提岛的南岸遍布小镇和渔村。当我们离开潮湿地区时，眼前的景色从热带雨林变成了小甘蔗田。阳光明媚的海湾里有度假胜地的标志牌。我们伸长脖子，试图寻找海浪的影子，却没看到任何鼓舞人心的东西。有涌浪，但珊瑚礁大部分都在很远的海外，信风仍在陆地吹着。

寻找海浪，明显应该从维提岛的西南角开始。不幸的是，这个区域在我们的图表上是个空白。我们在加州的杂货店弄到这些图表时，店员说，很荒谬，自二战以来，此区图表便被列为机密，当时盟军担心日军发动袭击，而斐济确实是袭击新西兰和澳大利亚的很好的集结地，所以不想让绘有通往纳迪水域的航运入口的地图到处流传。因此，我们比平时做了更多的猜测。不过，从一般地图上依旧可以清楚地看到，我们应该检查一下把维提岛西面大部分水域排空的辛加托卡（Sigatoka）河口，然后从那里往西走。

没想到辛加托卡河口居然是个挺吓人的海岸。首先，那里有巨大的沙丘。我还从未在热带地区见过这样的景象，我们在附近遇到的村民异口同声地表示：沙丘并非天然的。的确，那里经常闹鬼。而海浪破在沙丘上，从我个人的经验来讲，也是在热带地区第一次见。那是一个又大又冷而且雾蒙蒙的沙滩浪点，应该出现在俄勒冈或北加州，而不是斐济。水之所以这么冷，是因为气势磅礴的辛加托卡河的出口在这个海滩的东端。这条大河不仅从山上带来了冷冽、棕色、不太新鲜的淡水，还源源不断地献上动物尸体、泥泞的芦苇垫、塑胶袋和其他垃圾，所有这些都在等浪区打着旋。然而，海浪很好，尤其在早上，是那种多变的很有力的A形浪。

抛开猪的尸体不谈，这是我们在南太平洋冲过的最棒的浪。浪点附近没有村庄，因为那里有闹鬼的沙丘，所以我们向西走，直到在一个高大的沙丘后方的溪谷中发现一小片树林。这是一个保护得很好的浪点，信风吹不进来，入侵者也找不到，因为只能从一个方向进来。我们选择在那里露营。

我们带的帐篷太小了，无法让两人都睡得舒服，但没关系，我更喜欢睡在帐篷外，只是我们露营的溪谷里有大量的夜行生物，比如老鼠、螃蟹、蛇、蜈蚣，还有些我不想知道是什么的东西。我挂起吊床，睡得更好了。为了弄到补给，我们徒步去了内陆一个叫亚杜瓦（Yadua）的村庄。我们用一罐蓝色丙烷点燃了小型炉架煮茶。如果要煮体积大一点的食物，像是燕麦片或罐头咸牛肉，我们就生火。某天晚上雨很大，我不得不进帐篷睡觉，我不喜欢和布莱恩挤在一起，我想他也不喜欢。天一亮，我就爬出了帐篷。大雨如注，使得海浪里的垃圾比以往任何时候都要厚，但涌浪很干净，一夜工夫就变成这样了。

沿河口而下有条可靠的水道直通大海，也是我们将要划水出海的路。但当浪大到超过6英尺时，外侧的沙洲也会开始破浪，沙丘上便会飘出一缕缕潮湿的雾，笼罩在淡褐色的水面上——这是辛加托卡怪异的小气候形成的黏糊糊的特产——让人觉得也许有什么巨大的东西潜伏在那里，比如会把我们锯成两半的浪。事实上，我还记得在水道之外冲了左手浪之后被浪打了几下的事。我一直提醒自己只冲右手浪，但是当又大又恰到好处的左手浪墙出现，我发现自己实在狠不下心视而不见。我有没有提过那地方让人感觉有鲨鱼出没？亚杜瓦村的渔民听说我们要进入那一带的海里时，一脸嫌恶和惊惧的表情，说我们铁定是疯了。那片海域就是个鲨鱼窟。看到水里的动物内脏，我们已经做出了同样的假设。但在辛加托卡冲浪所担忧的事项中，鲨鱼袭击只排第三，我们更担心在激浪中溺水，最最担心的则是在脏水里染上可怕的疾病。

在那里露营的那段时间，布莱恩迈入了30岁。但他在生日过了之后才告诉我，让我很惊讶，为这种事保守秘密似乎很怪，或者不该说“秘密”，应该说是“闭口不谈”，像是隐私，或是对一些习以为常的传统情感的拒绝，这种事，非常像布莱恩能做得出来的。尽管我们的友谊深厚，现在又经常在一起，互相陪伴，但在某些基本事情上，我总觉得自己被他拒之门外。他似乎习惯性地想要保持警戒，究竟是冲我，还是针对这个世界？包括我在内的许多人都觉得这种老派的男性气质很有吸引力，但也带有不小的孤寂之感。布莱恩接下来的话再次让我惊讶，他说他想不出任何比远离已知世界，在南太平洋某个地图上没有标示出来的浪点冲浪更好的方式来度过30岁生日。

他真的快乐吗？反正我没觉得特别快乐。我满心都是这趟寻浪之旅，也决心继续下去，美美地冲一次浪就能让我感到满足。我也对斐济很感兴趣，这里不仅有我想要融入的那种前工业化时代的丰富多彩的乡村生活，而且有着更复杂的社会，更活跃的政治，有意思的女人也比我们在汤加或西萨摩亚见到的多得多。（澳大利亚人也算在内。）然而，我还是经常感到焦虑，并习惯于自我怀疑。而且我明显对布莱恩的看法与他对自己的看法截然不同，这让我感到很迷惘。

在我看来，他似乎要精神错乱了。他说他很高兴在这里，但情况并非如此。任何小麻烦，或是我们在路上遇到的各种无害的人，都会让他恼火，我觉得这不是好事。他来回踱步的时候弓肩驼背，紧皱眉头，双手背在身后，还会长吁短叹，夸张地念叨各种人和事的愚蠢。那个告诉我们可以从辛加托卡镇步行到海岸的巴士司机？他不知道哪边是海，就像他不知道自己在路的哪一侧。那个经营港景夜总会的眼睛外斜视的女人？她不老实，是个坏人。我是真的觉得布莱恩变得越来越吓人，他让我紧张。

我们开始和亚杜瓦村的一些人一起喝卡瓦。他们在村庄边上有间小屋，靠近一条叫做皇后路的主干道，这让亚杜瓦看起来更像公路旁的小镇，而非传统的自给自足的村落。此地的卡瓦仪式和别处差不多，而且也是接近傍晚时开始。浪冲完之后我们会去那里，有时候直到午夜才跌跌撞撞走回营地。卡瓦小屋的常客是渔民，他们会把船停在沙丘西面的一个小海湾里，但亚杜瓦的其他男人也会来，附近唯一的女人是一个叫瓦卡的男人的妻子，她会帮忙准备和上酒。当然，斐济人称白人为凯瓦拉吉斯（kaivalagis），对我们露营很好奇，不过他们对我们很体谅，让我们自己决定要不要解释来意。

我喜欢看别人聊天，即使大多时候我什么都听不懂——他们通常说斐济语。他们似乎有大量温柔又复杂的社交表达方式，经常用嘴巴、双手和眼睛来交流，甚至还会用到下巴、眉毛和肩膀，基本上什么都用。观察他们如何聆听更是有趣，这里有一种我以前从没见过的可爱的大家都会用的举动：头微微地停顿分明地从一边移到另一边，像鸟一样一点一点地翘起脖子。我把这些举动视为极端宽容的姿态，听者不断从不同角度重新思考，以最大程度的平静聆听不同的发言者，接受不同的表达。我想，我们白人显然加速了他们对精神支柱的重新定位，但也有可能是我疑神疑鬼。

与此同时，布莱恩用他的烦躁打破了我的平静，以至于我再也无法忍受任何摇头晃脑了。某天晚上，我喝了点卡瓦壮胆，宣布我再也受不了在他身边小心翼翼地度日了。没想到，他说他也很厌倦在我身边谨小慎微地行事了。情况有点好笑，我们就着明亮的月光走回营地。我说希望他的帐篷里都是蝎子，他说希望我从吊床上掉下来。无论如何，其实我们的相处都没到我们说的那一步。

* * *

我们越是盯着地图上的亚沙瓦群岛（这些就是美国游艇宣称应该找到好浪的岛屿），就越觉得这个想法很愚蠢。它们被定期而来的南涌浪挡住了嘛。不过，我们还是去了维提岛西北方的港口劳托卡（Lautoka），这里有船开往亚沙瓦群岛。我们在码头上询问渡轮的票价，也问了许多问题，但还是拿不定主意。打听到的一切消息都没能让我们改变想法：带着冲浪板去那儿是个愚蠢的主意。我们倍感挫败地放弃了对整个西斐济的计划，预订了大清早的巴士票回苏瓦，结果我们止步于车站，布莱恩腹痛得越来越厉害，没办法坐长途车。我们回到了旅馆，布莱恩在床上休息，我在劳托卡附近闲逛。

那天下午，我在街上看到了稀奇的东西：金发。更稀奇的是，是个年轻的白人女子。我跟着她走进了咖啡馆，互相做了自我介绍。她来自新西兰，名叫琳恩，很乐意与我聊天，她说她坐游艇来的，和男友以及另外几个美国小伙、一个大溪地女人。

要去哪？我问。

在一个无人居住的小岛上停留了好几个星期，她说，“这样男孩们可以冲浪”。

哦。

她知道她在吐露私事，但似乎很开心这样。她说她男友在美属萨摩亚当老师，叫约翰·里特。

我认识他，我说。事实上，关岛的另一位冲浪者兼老师曾要我们一起去帕果帕果找里特，但我们一直没去。我说，太棒了，带我去找他。

她照做了。

我和琳恩一起出现时，里特吓了一跳，当我说出一串他认得的关岛冲浪者的名字，并坚持邀他去我们的旅馆见见布莱恩时，他一脸的警觉。里特二十多岁，语气温和，一头浓密的被阳光晒褪色的头发，戴着一副用胶带粘好的老奶奶眼镜。他没有试图掩饰自己对琳恩的不满，不过后来还是同意去旅馆喝杯啤酒。

他告诉我们，浪不在亚沙瓦群岛，那是个骗人的诡计，浪在玛玛努卡群岛。这地点比较合逻辑。确切位置其实在纳迪水域南缘，在保护着玛玛努卡的马洛罗（Malolo）堡礁，那是个叫塔瓦鲁阿（Tavarua）的小岛，在维提岛西面大约5英里。海浪一路打着卷围绕着岛的西侧，迎着那里的信风破浪。里特在餐巾纸上画了一张粗略的地图。他说，浪况可能变幻无常，需要合适的涌浪。他似乎不想多说。

第二天，正当我们俩准备去调查一下时，我发现了失踪的海图，古怪的放在旅游宣传册的架子上。这张图表居然被用作一个餐垫大小的广告的背景，宣传的是乘游艇去某度假村“神奇潟湖三日游”。广告印在了厚厚的棕色纸上，边缘参差不齐，还有点卷，看起来像是海盗时代的藏宝图。图表显然是从某人的战前收藏中扯下来的，货真价实，正是我们需要的。塔瓦鲁阿就在上头，岛的西北面延伸出长长的堡礁，汹涌的波浪上标着“长涌”（Blind Rollers）、“破浪凶猛”（Breaks Heavily）和“暗礁与水面齐平”（Awash）。维提岛上离塔瓦鲁阿最近的村子是纳比拉（Nabila）。

我们搭公车过去了。村子离一条铺好的路还有几英里远。一片焦色的棕色丘陵下有条细小的甘蔗铁路。沿着无波的海岸生长的红树林郁郁葱葱。车停在了面包树下，“纳比拉到了。”司机说。天气很热，村子很安静，蔫蔫的。周围似乎没有人。我们爬上村子后方的一座山，慢慢地蜿蜒走过铺着茅草顶的小泥屋，孩子们看到我们似乎很惊讶，纷纷跑回进去。他们没有见过多少游客造访。我们顺着尘土飞扬的小径爬了几百英尺，抵达了一个很好的瞭望点，转身用望远镜瞄准了水道另一侧的小岛。我们直视着海浪。它从西北方向而来，绕了几乎180度包围了岛屿。那是一个很长、逐渐变窄的左手浪，深灰色的浪壁映衬着浅灰色的海面。这就是了。等浪区非常对称，很不真实。破出来的浪如此均匀，像静止的照片。这就是了。我透过望远镜看着六道浪过去，几乎忘了呼吸——这就是了，上天的杰作。

*　*　*

把我们带到纳比拉对面的渔民从没见过冲浪板，甚至没见过冲浪板的照片或图画。他们不相信我们可以用这玩意乘风破浪，还认为板子是小飞机的翅膀，是用来钓鱼的吗？当我们快到塔瓦鲁阿时，他们把外挂引擎抬离水面，让船穿过东北岸一条珊瑚丛生的水道缓缓驶入，我们看得出涌浪与前日相比，明显小了许多。确切地说，实在太小了，几乎无法冲浪。但是，如果同行的渔民没有亲眼看到冲浪，就等于证实了他们的怀疑，所以我很快划水出去。礁石上的水浅得离谱，不到1英尺，海浪只有膝盖一般高，没什么力道，而且真的快得没法冲。但我还是设法抓到了一个浪，当我跳起来站在板上时，海滩上传来欢呼和口哨声。我骑了几码后，就趴在了冲浪板上。我们在山上看到的涌浪已经过去了。

即便只是短暂地示范了一下冲浪，我们的渔民朋友还是被退潮困住了。原本系在树旁的船转眼搁浅在沙滩上。他们有四个人，全是印度人。领头的鲍勃，是个矮而壮实且健谈的中年人，喜欢对29岁的侄子彼得人尸发号施令。还有一个8岁的男孩阿蒂尔扬，以及一个瘦小安静、留着白色八字胡的老者。鲍勃和彼得跟我们说了一大堆注意事项。首先是蛇，数百条剧毒的带状海蛇每晚会上岸寻找淡水，“逗蛇，你会吃苦头的。”彼得说。他走下海滩，很快抓到了一条，高举起来。它长约4英尺，黑白条纹，尾巴有点像桨。彼得轻轻地把它放回水里。我们听说过这种蓝灰扁尾海蛇（Laticauda colubrina），斐济人称它dadakulachi，昵称为三步蛇，也就是说如果被它咬了，只剩走三步的时间活了。据说在世界上最致命的蛇里，它排第六，它是用毒牙射出致命的神经毒素和肌毒素混合物，好消息是它的嘴很小。彼得向我们示范了如何抓蛇，并建议我们划水经过蛇时握拳，这样手指比较不容易被咬。

那脚趾呢？

彼得耸了耸肩。这种蛇通常不具攻击性。

鲍勃指给我们看东岸丛林边的三堆枯木，他说，这是用来生火发信号的，渔民们以此来向在维提岛的家人传信。一堆火意味着你很好，只是因为海水汹涌，必须待一晚。两堆火意味着你需要帮助，“也许引擎坏了”。三堆火代表情况紧急。假设我们中有人受重伤，应该在夜幕降临时生起三堆火。这样就会有人驾船赶来，“哪怕天气不好”。

他们告诉我们野木瓜树生长的地点，不需要往丛林里走太远，还有涨潮时好吃的鱼通常会跑到岸边哪里。现在潮水来了，我想很快就能涨得高高的，让他们可以穿过礁石回去，但鲍勃说风太大了，他们要在这里过夜，稍后他会生起一堆火，通知在纳比拉的家人。彼得拿出鱼线去钓鱼，很快就钓到一串灰鲻鱼。我们用树枝把鱼串起来烤，用手抓着吃，配上绿椰奶。鲍勃检查了我们的物品，对我们从没用过的钓具不以为然。他命令彼得给我们留下更结实的鱼线和更好的鱼钩。在我们头顶上，风猛吹椰子树，太阳在玛玛努卡的西面沉了下去。

我们的营地位于丛林边缘，面对大海，很好地避开了信风，而且还有一个据纳比拉人说是塔瓦鲁阿岛上唯一的人造物：晒鱼干的架子。它由六根插入沙中的短木棍和一个茅草编成的网子组成，距离地面约 2 英尺，大小和形状酷似单人床。我测试了茅草网绳的强度，似乎颇为坚固，鲍勃点头表示赞同。他说，这里是很好的过夜地点。那些在水中游得很快的蛇在陆上很笨拙，爬不上这些棍子。布莱恩打算睡在帐篷里，他拉紧固定的绳子，拉上拉链，用手势告诉我，一旦发现拉链被拉开，他就会用削尖的木桩、鲍勃的砍刀和我们带的开罐头器来对付我。脑叉——据称是食人族时代使用的，如今是斐济流行的旅游纪念品——也可能会上场。

月亮升起来了。彼得盯着火，告诉我们他把头发剪短，是因为最近刚失去父亲，听起来挺怪的。彼得的个性开朗、天真，很相信人。他身材高大，龅牙，满脸胡茬，私生活听起来很复杂，有个不知怎么办的女友，“如果我离开她，她必定结婚，”他说，“她不能待在家里。你知道那些人，没有性过不下去。”鲍勃命令他去检查船的锚。彼得跳起来，脱掉了衣服。“你这个混蛋，他不想看你那脏兮兮的东西！”鲍勃说。而彼得已经冲进了黑暗里。

鲍勃用我的冲浪板包把自己裹了起来，彼得则把布莱恩的冲浪板包当成睡袋，把包末端的盖子盖在头上，很像睡袋的帽兜。老人看顾着火，每次他扔一片干燥的棕榈叶进火堆，彼得都会醒来，拿出一本平装书，就着火光读几行。那是一本印地语的侦探小说，封面设计花哨，有些磨损。小阿蒂尔扬睡在他用绿叶堆成的窝里。老人没有睡觉，静静地祈祷和唱歌，声音在我的梦中穿行。他的脸很瘦削，颧骨高而尖。火焰燃烧时，我能看到他的眼睛穿过黑夜凝视着东边，望向对面的纳比拉。

*　　*　　*

在第五或许第六天，我们冲了浪。浪还是太小，但是我们俩已经饥渴到一见有涌浪的迹象就冲出去了。高及大腿的浪从礁石坠下，大部分快到无法上浪，不过，我们冲到的少数几个浪棒极了。有一面像弹弓，如果上浪早一点，在顶部转弯，速度快到不让浪钩从你身边过去，然后设置正确的路线，浪似乎会抬起冲浪板的尾部，用力推着冲浪板走，一下接一下，而浪唇就不断在你背后抛着——这是个关键时刻，通常只在一瞬间，但感觉好像难以置信地持续了半分钟或更长时间。海水越来越浅，即使在浪上冲得极好结束得也不会好。但速度快得像做梦一般，我从来没看过浪像这样机械地剥落。

当潮水达到最高点时，发生了一些怪事。风停了，原本就很清澈的水，现在更加清澈。当时是正午，阳光从头顶直射下来让人看不见水，我们好似悬在礁石上，漂浮在一个虚无的垫子上，除非恰好踢到一个突出的珊瑚礁，否则无法判断深度。靠近过来的波浪就像视觉上的幻觉，你可以透过它们看到天空和海洋，还有它们后面的海底。当我抓到一个浪，站起来时，它就消失了。我沿着这条轨迹飞行，只能看到脚下闪闪发光的暗礁，就好像在空中冲浪。波浪如此小而清澈，以至于我无法辨识出浪面。全都是清澈的水。我只能凭感觉冲浪，有如梦幻一般。当我感觉波浪加速时，就蹲了下来，突然我又看到了浪——因为从那个高度往下看，齐腰高的波脊居然高过了地平线。

信风急促地刮着，搅得水面起伏，不再那般清澈。

潮退了，我们回到海滩上。

我们的手、脚、膝盖、前臂，还有布莱恩的背，都被礁石划得满是鲜血。即使是中等程度的潮水似乎也冲不了了。

* * *

我的一个通用的小笔记本里手写了八页急救指南，包括感染、骨折、休克、烧伤、中毒、头部创伤、中暑，甚至枪伤，仔细列出了野外急救的要点，还在下面划了线。我没受过训练，就我所知，布莱恩也没有。但我把急救要点指给他看——就写在给努库阿洛法画的画和我的铁路小说的笔记之间——我有时会反复阅读，试图刻进记忆里，但不太成功。对我简单的脑袋瓜而言，若是把溺水、夹板、止血带、失去意识等记得太清楚，会觉得不是好兆头。布莱恩嘟囔道，阑尾炎这类常见疾病也可能很快就要了我们其中一人的命，我们甚至得等到夜幕降临，才能点火发信号。我知道这是真话，但我认为，去想象这个可能性可能也会招来厄运。

不赶时间的话，25 分钟就能绕全岛一圈。一天早晨，布莱恩数了一下蛇在海滩上新留下的轨迹：117 条。正如鲍勃所说，蛇在陆地上很笨拙，它们得花好几分钟才能穿过高潮线和丛林间的 10 码沙地。它们很容易被发现，也确实没有攻击性。晚上若要远离篝火，最好带上手电筒，以免踩到蛇。我与蓝灰扁尾海蛇的近距离接触大部分都在水中，无论是在水面还是水底，无论是礁石间还是潟湖里，数量都颇丰。

礁石上其他东西的数量也不少，比如海胆、鳗鱼、章鱼。我保守估计，有 800 万种鱼类。每天涨潮时，我都会游过去，戴着眼罩和呼吸管在水里漂，但不穿脚蹼不带矛，跟着一群美得不可思议的生物穿过浅浅的珊瑚礁峡谷，它们有的围着深绯红色的扇形物，有的长着木木的绿色脑袋，有的长着怪异的犄角。我认出几个熟悉的面孔：鹦嘴鱼，绯鲵鲣，扳机鱼（卡琳叫它忽姆忽姆!），石斑鱼。似乎有上百种濑鱼，还有神仙鱼、虾虎鱼、河豚。我想我还看到了胡椒鲷、瓦鱼、刺尾鲷、啮鱼、鲇鱼、珊瑚鲷、蝶鱼，也的确看到了梭鱼和一条小白鳍鲨。然而，大多数生活在塔瓦鲁阿的浅海的鱼我都叫不出名字，它们那么神秘，带着莫名的美，让戴着呼吸管的我不禁发出了低吟。

我们的钓鱼技术真是惨不忍睹。尽管那些家伙留下了鱼钩和鱼线，也告知了最佳的钓点和潮汐，我们仍旧没捕到任何东西。我从礁石上撬下了一只章鱼，捣碎后煮熟了，加了大量的淡水，但还是很难吃。（我后来才知道，应该加盐煮——如果我们有的话。）以我们的本事，实在很难依靠海洋和陆地生活。我们很快就吃光了所有能找到的熟木瓜，我爬上了最矮、最弯的树摘椰子，再高一点直一点的我就上不去了。有许多肉乎乎的脸上有黄色条纹的蝙蝠，它们白天像灰色的种子荚一样倒挂在枝头，晚上则从头顶呼啸而过，应该能做成很棒的水果蝙蝠汤，但我们不知道怎么捉。还有各种各样的螃蟹，不过当我们看到那些看似美味的螃蟹奋力挖掘和吞食人类的粪便时，就没了食欲。

好在，我们带了食物，包括罐头装的猪肉和豆子、炖牛肉、腌牛肉、方便装汤包、拉面、饼干、果酱，还有足够的水。岛上没有饮用水。蓝灰扁尾海蛇显然是喝露水和灌木丛中的泥水。我们真后悔没带甜点来，想念昔日最爱的炸鸡和美式汉堡，甚至连苏瓦的羊肉炒面想想都觉得美味。我们把我或者他去喝过酒的蒙大拿州米苏拉的所有酒吧列了张单子，有53家。我们知道自己正在成为一个荒岛漫画中的主角，“帮个忙，你能不能别再说‘只在我们俩之间’。”晚上，我们看着飞过头顶的飞机，看着通过纳迪水域驶向劳托卡的船只上灯火通明。我们就像船货崇拜者①一样，一想到电灯就兴奋不已。我特别怀念椅子。

鲍勃和他的同伴依约于一周后回来。我们将冲浪板和大部分装备留在了岛上，前往劳托卡南部的集镇纳迪购买物资，第二天下午回到了塔瓦鲁阿。

* * *

第二周，大约在8月1日，第一波强劲的涌浪来了。浪有几天是一人高，有几天比人还高，那段日子我们浑身充满了能量。根据我的日记，8月24日的浪达到身高的两倍。

波浪似有千百种心情，但整体来说，越大越好。6英尺高，无疑是我俩见过的最好的浪。与此相应，快速移动的浪钩的机械规律仿佛有了灵魂，它的咆哮，它闪闪发光的深度和拱形的天花板，像某种反复出现的奇迹，浪面上的花纹和浪墙上的力量，满是精致的清晰可见的细节，每个波浪都充满了独一无二的丰富性。有时候风向东吹进浪钩，把浪面刮得粉碎，特别是在离水道最后100码的地方。当南风或西南风吹来时，就来到了岛的西边，从礁石南缘沿半英里长的环带靠近我们时，把浪弄得一团糟。但当它们转了最后一个弯进入等浪区时，突然变得干干净净，风加强了波浪的弹弓特性，像在轻轻地说：

---

① cargo cultists，有不止一种说法，其中之一是说二战时，美军在南太平洋的一个小岛上修建了临时后勤基地，运输机运来大量战争物资。当地原住民注意到了晚上跑道两旁引导飞机降落的篝火，跑道尽头架子上坐的戴耳机的领航员，也顺带享用到了无数可口食物和便利的工具。战后，美军留下设施走了，当地原住民模仿美军的样子在跑道旁点起篝火，戴着木头刻的耳机坐在领航员的位置念念有词，希望飞机再次满载货物而来。结果可想而知。——编者

去吧。

我们慢慢琢磨出了上浪点。有一些特别高大的树，呈三角形排列，可以作为上浪区的标记，水也总是呈沸腾状漫过疑似为上浪区最上端的大珊瑚礁顶部。水流的力道从缓到猛，根据潮汐的流向沿着礁石上下流动。随着浪变大，在更深的水域爆发，被冲到礁石上会是个问题。但是，早点上浪还是很重要的。就算在最理想的位置，抓浪也像是跳上一辆没有减速的火车。较好的做法是划水划得深些，努力抵抗从礁石上退下的水，然后当波浪开始抬升你的冲浪板时往左倾斜，用力挖进浪面的底部，提早跳起来，快速压板，在浪腹找到速度感之后，再挑选浪程，也就是说在决定要怎么走之前，必须在波浪展开时进行复杂的调整。当浪变得更大更规律时，决定该上哪个浪才是个大挑战。我必须克服的是肾上腺素爆棚。划向第一群浪的第一道，看到后面堆积的浪线，下一道浪已经在远处的礁岩破裂下削，我发现自己几乎喘不过气来，心脏狂跳，思绪如潮。怎么办？迄今为止，我从未面对过这么丰富的浪。

我是左脚在前的冲浪者，讽刺的是，这是一道左手浪。比起条件相当的右手浪，我只能发挥平时的一半水平。不过，我的反手冲浪的能力倒是进步了。我从来没有考虑过的板沿失重的深奥问题，它却突然之间在不停惊呼的冲浪过程中变得清晰无比。我开始在浪底转时切换板沿，就算上到浪壁，还是会保持在外侧板沿，也就是脚趾位置的板沿压在水面上，那么我就能随时准备好顺势下落，不让风吹进冲浪板的下方，把我吹得比我想要的还要高。我的冲浪板远比我认为它可以达到的速度还要快。某种程度上，我学会了在我的直觉对我狂喊准备面对冲击的关键位置上放松。同样，在这波浪潮中，最后一刻似乎会持续很长很长时间。

对布莱恩则是正手浪，他可以在下落时站起来，看着整个过程在他眼前展开。他不必转身向后望，可以让左手在浪面上留下痕迹。他不肯加速，虽然我觉得他应该这么做。波浪的第一部分，你必须快速跟上，这样在刚上浪后做几个压板就能成功冲浪了，反之则会错失良机前功尽弃。但是他并不欣赏我的说法。他出击的风格无可挑剔：随意进入，任周围波涛汹涌，仍维持着斗牛士般的平静，然后再以船体速度（hull speed）大弧度地攀升和下降。我想，布莱恩像是仍在毛伊岛的彩虹浪点冲浪，远离喧闹的人群，画出自己独有的路线，而我仍然像是在火奴鲁阿冲浪，开足马力，因为我认为这里的情形要求我这样冲浪。

结束了一段长距离的冲浪后划水回去，是对神经的一次测试。我发现自己既兴奋又疲累，却无法冷静地看着下个浪潮经过而呆坐不动。我像是被设定成一定要上浪的模式，尽管只抓到了尾声。说什么还会有更多的浪，说什么可能十分钟后我们就会看到另一个同样好的浪群从一个更好的上浪点来，远离礁石，这些根本无法改变我的心态。当我犹豫、呻吟、上气不接下气时，布莱恩会毫无同情心地大笑起来。

我们的对话模式变了。即使是在塔瓦鲁阿等待海浪的漫长而懒散的日子里，我们的谈话也有种想要打听、必须说出一切的架势。但划水到等浪区，一旦海浪开始涌动，被一大群令人惊叹的浪潮围绕着，就会令我们心生敬畏，安静下来或者把谈话简化为代码和喃喃低语，仿佛我们在教堂一样。有太多的话可说，有太多的情绪，最后什么也说不出口。千言万语化作一句“看这个”，以代表“我的天，看这个”。但就算完整地说出来，也还是不够。并非波浪造成语言匮乏，而是打乱了语言。某个阴天的午后，一股西南风刮起小乱浪，迎面而来的浪面上好似布满卷轴，我发现自己仿像看到的是哥特体书写的长长的德语单词，工党（Arbeiterpartei）、统帅部（Oberkommando）、世界观（Weltanshauung）、诸神的黄昏（Götterdämmerung），它们在温暖的灰色墙壁上不协调地行进着。这一阵子我一直在吊床上阅读约翰·托兰写的希特勒传记，布莱恩在我之前就读过。我告诉他我看到了什么。“闪电战，”他喃喃道，“德苏互不侵犯。”

某天晚上，太阳已经下山很久，第一波星星都出来了，我乘着浪，站起身来，似乎要偏离礁石，往开阔的海域去，可这是不可能的。浪墙底部是一道深色的、绿玻璃瓶色的光，顶部则是羽状的白色。其他的部分——被风吹皱的浪面、前方的水道、天空——都是蓝黑色的暗影。当浪转弯，幅度越来越大，我发现自己好像正往维提岛的北方，往太阳升起处的山区踏浪而去。我心说，这不可能。我继续往前。这浪似乎是对信仰或理智的考验，或是一个巨大的、不该拥有的礼物。物理定律似乎不再管用了，一股中空的波浪往更深的水域咆哮而去。这不可能啊。它好像一列失控的火车，一次魔幻现实主义的喷发，衬着海底的光线和镶着白色蕾丝的华盖。我跟着浪走。最后，它弯了回来，当然，转回礁石，并逐渐进入水道。我没有跟布莱恩讲这件事，他不会相信的。那个浪属于另一个世界。

冲浪者崇尚完美，比如完美的浪之类的。哪有这回事，波浪可不比玫瑰或钻石这类大自然中的静止物体。它们是一系列暴风雨团和海洋反应结束时发生的快速而剧烈的事。就算是最对称的破浪，也有诡异之处，有一个完全特定的当地特色，随着潮汐、风和涌浪的变化而变化。在浪况最好的日子，最好的浪有柏拉图式的特点，开始体现出冲浪者希望波浪依循的模型。但是，那个开始即是终点。在我看来，布莱恩对完美没有兴趣，他所表现出来的冷漠，在我知道的冲浪者中，代表了对海浪的罕见的现实主义、成熟和哲学上的认知。虽然我自己对完美的幻想没有太多兴趣，不过仍旧比布莱恩多。

这一天的最后一道浪，是我们在塔瓦鲁阿冲浪最长的一天的尾声。浪很大，可能是 8 月 24 日晚上，我的日记上写着有达到身高两倍的浪的那天，我们已经放弃了只在涨潮时冲浪的准则。潮水略低也许甚至低潮时也有可冲的浪，只要浪够大，就像我现在看见的这样。我几乎一整天都在外面，先是差强人意的中等潮，只有最壮实的绿松石色尖锐刺耳的浪能与礁石保持合理的距离，到潮汐最高涌浪最大的时候，最大的浪群大幅度地摆动着，在极深极远的水里破浪，它们有时错过了礁石，拱起浪肩隆隆地直冲过来，5 秒，10 秒，只看到大而坚实的白沫浪墙却没有浪钩，直至再次触到礁石，浪墙才竖起来，继续它们的呼啸。有几个浪群让我害怕，并不是因为我受到了特别严重的拍击，也不是我被压在水下太久，纯粹是因为波浪此刻一层层逐渐变成可怕的规模，让我产生了一种短暂且不愉快的幻觉，即想从我已经在努力战胜的大浪背后的另一个世界找到一些东西。或许我们不了解这个地方有什么厉害之处，而所有这些欢乐和好运就快到该付出代价的时候了？这是我第一次害怕塔瓦鲁阿的浪。但其实我的担心是没必要的。没发生什么太大的事。相反，我在当天四五个不同的浪段抓住了好多好多的浪，并且真的上去了，以至于我觉得自己完全被好运罩着，比以往任何时候都更加贴合海浪的节奏。

然后，最后一道浪出现了。潮水正在退去。布莱恩已经进去了，涌浪也在减少。风不停地向东北的海岸吹，而且变得很轻，造成了浪况的杂乱和一个看起来很硬的迷彩服绿的海面，看起来更像是文图拉而不是热带地区会有的事。一个非常结实的浪群出现了，带着背光，在礁石上发出雷鸣般的声响。有了一定耐心的我划着水过了两道浪，然后上了第三道浪，浪不平，有点颠簸，但形状非常漂亮。我怕岸上的风会很快把它打散，所以有点匆忙，结果我的担忧成真了。这道波浪猛烈地摇摆，因而前方的长浪墙似乎一下子撞在了礁石上，浪剥落的速度甚至比平时更快。我开始希望自己没有选择这个浪，但是退出甚至潜入水下都已经来不及了——和冲前一个浪时比起来，潮水似乎下降了 2 英尺，珊瑚礁的头突然从各处冒出来。更糟糕的是，当这个浪冲下暗礁时似乎越来越大，此刻已经高过头顶好几英尺了，浪面也不干净。有奇怪的小块和吊灯状的东西乱飞乱掉。而且它们速度极快，我在浪面很低的位置，此刻浪正在把礁石上的水全部吸走。我再一次遇到了没有出口，别无选择，只能把油门一踩到底似的驾着冲浪板走。我漫无目的地冲着浪，在经过了一连串关键区域后，事情发生得太快了，我无法做出反应，只能靠本能行事，最后我一路乱窜进了水道。我躺在板子上，全身发抖，然后挣扎着逆流划水。上岸后我往营地走去，半途就体力不支，我跪倒在沙滩上，暮色中，惊讶地发现自己在抽泣。

*　　*　　*

我们并不总是独自冲浪。约翰·里特和他的朋友们回来了，在水道外下锚。不过，当时没有涌浪，所以他们没冲浪就离开了。艾利亚斯和卡佩拉也来了，上面的人们冲到了浪。布莱恩和我做过艾利亚斯的领航员。最后，我们搭巴士从劳托卡到了苏瓦，几个月来第一次在邮局的寄存处拿到了家乡来的邮件，亲友们似乎很好，在一个平行宇宙中过着自己的生活。然后，因为现在米克有浪点的基本正确的坐标，我们乘水泥双桅船返回西边。艾利亚斯停泊在塔瓦鲁阿，我们回到岛上露营。第二天涌浪来了，米克和格雷厄姆都是右脚在前的冲浪者，他俩简直乐坏了。他们傻傻地去冲浪了，格雷厄姆尤其可爱。当涌浪平息，他们驶去了纳迪。卡佩拉也开走了。然后，在游艇都离开之后，来了更多的浪，伴着轻轻的西南风，风儿从板下滑过，像是在低声地说：去吧。

我们去了。

那年我们离开塔瓦鲁阿时，我们估计有 9 个冲浪者知道那里有浪，其中包括几个澳大利亚籍船员，并且假设里特和盖瑞是最早在那里冲浪的人。在冲浪的小世界里，这个浪点是个重大发现，以冲浪世界的稀缺逻辑而论，保密至关重要。我们全都发誓缄口不言。

布莱恩和我养成了说“da kine”的习惯，在夏威夷的洋泾浜英语里就是“（想不起名字时说）叫什么来着”，当我们谈到塔瓦鲁阿时，就算没有第三人在场也这么说。我们最终乘着艾利亚斯跟米克、格雷厄姆一起离开了，他们俩称塔瓦鲁阿为“魔法岛”，我认为这是个没创意的名字（但之后发生了更糟糕的事）。

我从岛上的一棵藤蔓上摘了一把鲜亮的带点红带点黑的小种子。离开前的那晚，艾利亚斯停在纳迪附近的一个度假胜地，我们在船上喝得烂醉。醒来时，我的右耳多了个耳洞，挂着个鱼钩，上面穿了一颗明艳的小种子。不出几天，耳朵就严重感染了。我把剩下的种子寄给了莎伦，建议她串成项链。她照做了，但后来告诉我她从来没有戴过，因为那种子会让她起疹子。

六　幸运的国度

澳大利亚：1978—1979

有人给我们寄来一本《户外》（*Outside*）杂志，里面有篇我以前的教授写的文章，讲的是某个周末在蒙大拿滑雪、饮酒享乐的故事。我记得那个周末，但我的记忆和文章写的有出入。我很惊讶有人会对我们研究生的狂欢感兴趣，也许我因为离美国太远而了解不了美国人的娱乐品味。那篇文章提到，我目前“在澳洲过着浑浑噩噩的生活”。除了我在澳洲这一点，其他我倒是第一次听说。

布莱恩和我落脚在昆士兰靠近新南威尔士边界的一个叫基拉（Kirra）的海滨小镇，我们拥有了一辆1964年的猎鹰旅行车，是在布里斯班附近花300美元买的，然后得意地开着在从悉尼到努萨（Noosa）的东海岸露营冲浪。回到舒适便利的西方世界，在知名的地点冲浪，甚至还有路标，感觉心花怒放。有车真好，食物和汽油都很便宜，不过我们还是一贫如洗。于是，我们用仅剩的钱在邦尼观景旅馆（Bonnie View Flasts）租了一间长霉的平房，房子位于一幢综合楼的后面，简直名不副实。我们的邻居大多是失业的星期四岛岛民，是巴布亚新几内亚附近的托雷斯海峡的美拉尼西亚人。他们的房有几间也许真如其名有海景，但我们那间没有，不过马路对面就是海滩。我们之所以选择住在基拉，是因为这里有堪称传奇的浪。南半球的夏天即将开始，我们希望东北气旋涌浪也会随之开始。

往南走的第一个小镇是库伦加塔（Coolangatta），布莱恩在那儿的一家墨西哥餐厅找到了一份厨师的工作。他告诉老板他有一半的墨西哥血统，但在被问到姓名时慌了手脚。他本来打算说姓罗德里格斯，结果说成了麦克奈特。虽然不管用哪个名字，他都没有有效的工作签证，不过他还是被雇用了。我则找了几份可能会让背部受伤的体力活，比如挖沟，人们都说那是最下等的活，驴子才干，的确如此，但这些工作的薪水都是现金日结。接下来，我在新南威尔士边界附近的一家名叫双城服务俱乐部（Twin Towns Services Club）的大型赌场当了锅具清洗工，从我们的住处走过去只要 15 分钟。我说我叫菲茨帕特里克。经理要求我把胡子刮干净才肯雇我，我照办了。当晚布莱恩回到家时，看了我一眼便尖叫起来，一副受惊的模样。他说我看起来像是脸烧伤了一半，之前有胡子的地方一片苍白，其他地方则是黝黑的。

是啦，是啦，我说，还会长回来的。

我的第一份工资挥霍在了冲浪板上。基拉位于黄金海岸，是个冲浪中心，到处都是便宜的二手冲浪板。我买了两个，其中一个是 6 英尺 3 寸的 Hot Buttered 牌圆方尾型冲浪板，能在极窄的空间做出灵巧的动作，必要时速度也可以极快。它是冲浪板界的跑车，那个旅行用冲浪板我已经用了好几个月，也该换换了。布莱恩买了个较小的新板子。有个地方叫杜兰巴（Duranbah），常年有浪可冲，就在特威德河（Tweed River）河口以北，是个开阔的海滩浪点，离我工作的赌场很近。那儿似乎随时都有浪，虽然大部分时候浪况都不怎么样，但还是能遇到好的。在我 26 岁生日当天，我在一个闪闪发亮的右手浪中冲到了一回超棒的管浪，然后身上一点没湿地出来了。

据说，那些让黄金海岸被标在世界冲浪地图的岬角浪点，包括基拉、格林蒙特（Greenmount）、鲷鱼岩（Snapper Rocks）和伯利岬（Burleigh Heads），会在圣诞节后让人大出意料。某个不冲浪的邻居向我们保证，12 月 26 号节礼日（Boxing Day）一定会有浪。我们笑他，不相信预报能这么准，但其实满心期待。

与此同时，我迷上了澳大利亚。以前我对这个国家毫无兴趣，隔得老远看，它显得平淡无奇。然而，走近之后才发现，这个国家到处都是自作聪明的人，伶牙俐齿、无视权威的人。比如，赌场的清洁工同事老是叫我们反南方佬（dixie bashers），带着一份莫名其妙的自豪。在大餐厅的厨房里，我们是最底层的，地位还不如全是女人的洗碗工。我们削土豆皮（我们称之为 idahos），处理垃圾，做最脏的擦洗工作，打烊后还要用热水冲洗油腻的地面。然而，工资优渥（我可以存下一半以上的收入），还可以用员工身份进入赌场顶层的会员酒吧用餐。下班后，又累又臭烘烘的我们会成群结队地赶去酒吧，与黄金海岸的高收入赌客一起喝酒，有一两次甚至遇到了赌场老板。他们说他是个有钱的混蛋，他则表现出对有钱的懊恼，请大家喝一轮酒作为回应。

我从没见过如此坚定地维护尊严的劳动者，就连铁路工人都没有到这种程度。澳大利亚是我见识过的最民主的国家。人们称它为幸运的国度。这个词是社会评论家唐纳德·霍恩创造的，他在 1964 年出版的同名书中谴责了澳大利亚政治和商业文化的平庸，认为“澳大利亚是一个幸运的国家，主要由那些与之共命运的二流人士经营着”。但随着时间的推移，这句话失去了原本的意义，现在被广泛当成这个阳光灿烂的国家的座右铭。这在我看来很好，来自其他地方的寻常阶级标记在这里似乎被打乱了。和我一样是反南方佬的比利·麦卡锡，身强体健，讲话得体，40 岁，已婚，有几个孩子。某天晚上我们一起喝啤酒，我才知道他曾是悉尼的一名专业萨克斯管演奏家，白天则在一家香水厂做领班。他跟着父母来到黄金海岸，和朋友一起创业，修剪草坪、清洗窗户、种植盆栽拿到跳蚤市场卖、种植棕榈拿到商店里寄售。他仍然在打理植物，但是需要餐馆工作的稳定收入。他还打高尔夫球，经常是和从悉尼来赌场的夜总会或当地其他场馆演奏的音乐家一起打。我感觉不到比利对自己的厨房工作有一丝一毫的尴尬。他工作努力，性格开朗，政治保守，通常吹口哨也是吹一些老掉牙的曲子，还总带着诙谐。他毫不费力地让我感觉自己是受欢迎的，某次我去餐厅开工时，听到他大声说："看，那个打不死、铲不掉、电不死的人来了。"

主厨老叫我"菲茨"，但我总是疑心重重地不予回应。主厨是厨房的头。有一次，我对一盘装饰华丽的鱼完全不当回事，他生气地看着我说："朋友，别把我当傻瓜！"我不确定自己是不是过头了。但麦卡锡和其他反南方佬却得到了启发，开始叫我"生虾"①。

当地冲浪者就没那么友善了。这里的冲浪者成千上万，水平都很高，很会抢浪。就像其他地方一样，每个浪点都有它的班底、明星和老前辈。而且黄金海岸的每个滨海城镇，包括库兰加塔、基拉和伯利岬，都有成熟的俱乐部、派系和家族。这里也有大群游客和来一日游的人，我和布莱恩在打出自己的名声前，都会被认为是冲浪生活的底层。我们经常一起冲浪的人都是外地人，一位英国人，我们叫他波姆来的彼得，还有个巴厘岛来的孩子叫阿迪。彼得是赌场的厨师，一个死心塌地的冲浪者，娶了当地女孩，住在彩虹湾一个能俯瞰鲷鱼岩的海浪的公寓。阿迪也娶了当地女孩，他是个有天分的冲浪者，平时做服务员，薪水寄回家。有天晚上，我带着阿迪和他的堂兄恰克去汽车电影院看《洗车场》（*Car Wash*）。恰克长发及腰，是我见过最瘦的成年男子——恰克（chook）一词是澳大利亚俚语，指鸡肉。他和阿迪边喝起泡酒边看电影，笑得东倒西歪，非要把电影名字念成 Wash Car，他们认为非裔美国人，也就是他们口中的黑人，是地球上最有趣的人。

赌场在圣诞节前办了一场花哨的员工派对，让我有机会重温我痛心自己错过的高中生活，当年我是嬉皮冲浪者，宁愿进监狱也不愿意

① 主厨的话是 don't come the raw prawn with me，这是一个澳洲俚语，也可以说：别蒙我，别跟我装糊涂（你明白我在说什么），意思是表示不相信，希望对方不要像对傻子一样对他。raw prawn，是指耍诡计的人。——编者

去参加毕业舞会。厨房里所有的年轻女性员工，无论是服务员、洗碗工还是糕点师傅，都非常兴奋。我听到她们兴冲冲地讨论衣服、舞伴、发型、乐队以及派对结束后的节目。我发现自己也很想参加，甚至想牵着某个漂亮女服务员的手一起去，但我没有长袖衬衫，更别提正式的晚礼服了。更重要的是，在这些女孩眼中，我显然不存在。她们的男伴大概都是当地人，高中同学之类的。派对那晚，我在我那间简陋的小出租屋里努力写小说。我是多么痛恨身为外国人，老是在圈子外，我的羞耻感和自我厌恶强烈到令我不安。

莎伦和我通了许多信，收到她的信件往往是种安慰，但我无法把什么都告诉她，她似乎也和我一样谨慎。我的孤独严格来讲只能我自己处理。

* * *

布莱恩和我打算写一篇文章，投给悉尼的冲浪杂志《轨道》（*Tracks*）。《轨道》和美国光滑整洁的冲浪杂志不一样，看起来像是新闻小报，从编辑角度看，风格粗暴、诙谐，带有挑衅意味。它实际上是澳大利亚主流的青年杂志，就像美国全盛时期的《滚石》杂志一样，每两周就会成捆地出现在报摊上。我们想在文章里嘲讽一下澳大利亚冲浪的驯化现象。《轨道》和它的读者已经很讨厌美国人了。想显得有礼貌的时候，他们称美国人为 seppo（美国佬），化粪池的简称，是和洋基佬（Yanks）一词押韵的澳洲俚语。更常听到的称呼是蠢货。我们打算还以颜色，激怒他们，编辑也愿意让我们一试。

这事儿太简单了。冲浪在澳大利亚早已成为主流，有许多俱乐部、比赛、校队、标示清楚的海滩，还有停车场和热水淋浴设施。其实有一半的我还蛮喜欢这种充满朝气的热闹，要不是大众这么喜欢冲浪，《轨道》怎么可能又是冲浪杂志，又是发行全国的年轻人杂志，但从文化角度讲，它真是蹩脚得让人讨厌。布莱恩和我在南加州长大，那儿的大多数海滩城镇和沙滩警察都厌恶且会骚扰冲浪者，我就读的高中早先也会驱逐我们。冲浪者是坏男孩、不法分子、造反闹事的。这就是说，我们很酷。冲浪不是某种被驯化、被权威认可的“运动”，布莱恩和我打算在这点上好好发挥。

难就难在写作上。我们俩从没合写过东西，而且我们以为彼此深有同感事实证明是大错特错了。我们同意了文章的大方向，但布莱恩不喜欢我打的草稿，我也鄙视他的文字。为什么我的作品如此平凡，如此老套乏味？为什么他的文字这么华丽，这么言过其实？他什么时候才能长大？难道我渴望平庸？我才不想自己的名字出现在他那种孤芳自赏的青少年作品上。总之，全是问题。我气疯了，把我们争执不下的那几页纸揉成一团扔向他，他冲出门去。布莱恩后来告诉我，当时他差点给我一拳。

我们已经认识八年了，但在写这篇给《轨道》的小文章时，几乎每一行都有激烈的分歧，这使我不禁好奇我们俩的文学差异何时变得如此明显。当我们在拉海纳第一次见面时，发现彼此都喜欢同一本书而成为朋友。实际上，我对布莱恩说的第一句话是：“你拿着那本书做什么？”彼时，他手拿《尤利西斯》正穿过邮局的停车场，那本兰登书屋平装本的封面上硕大的字母 U 有两个常见的尖头，引起了我的注意。我们站在太阳底下谈论乔伊斯，然后是垮掉的一代，一聊就是一两个小时，多明尼克在阴凉的地方不耐烦地等待着，而我们似乎免不了还会再见面。当然，我们的口味从未完全相同。我是更忠诚的乔伊斯粉丝，后来我花了一年时间在诺曼·O. 布朗的指导下研究《芬尼根守灵夜》，这种像手淫般躲起来偷偷爽的行为，布莱恩是不会做的。他对包括西部小说在内的类型小说的眼光则是我缺乏的。我喜欢品钦，布莱恩则认为他的散文很糟糕。诸如此类。但是，我们总是介绍新作家给对方，而且往往在那些人的作品中找到同样的优点。布莱恩往往会比书评家更早几年注意到一些书，在大部分书评家听说过科马克·麦卡锡之前，布莱恩就盛赞过他的作品了，我很高兴能跟着他阅读。在澳洲时，我们研读了帕特里克·怀特、托马斯·肯尼利，并对考琳·麦卡洛嗤之以鼻。那么，为什么他写的每一句关于澳大利亚冲浪的话都让我恼火，并且反之亦然呢？

我们明显在走的是不同的路子。最初我是一个青少年抒情超现实主义者，沉醉于迪伦·托马斯的文字，一直在慢慢地努力清醒过来。现在我对清晰度和准确性更有兴趣，不那么迷恋花哨的创意。布莱恩仍然陶醉于语言的乐韵，曾称之为“一句妙语带来的令人难以置信的快乐”。他喜欢精准的方言，道地的土味幽默，形象生动和令人绝倒的譬喻，最讨厌怠惰的老生常谈。

我提出不写这篇文章，或者只署他的名，但布莱恩坚持要把我们俩的名字都放上去。于是，我们把他的文字修改成我可以接受的面貌，我才同意。我们用了真名，真是个幸运的决定，因为文章引起了意想不到的骚动。彼得只知道我们工作时用的假名，还问我是否读过那篇文章，他说不少当地人被这些美国混混的侮辱惹火了。布莱恩和我暗自决定，如果被人问起，就否认自己是作者。我们就想激怒读者，不想被赶出黄金海岸。传统上，《轨道》会刊登精彩的恶评，也登了给我们文章的，我喜欢那句“即使你们身上着火了，我也不会朝你们这些混蛋吐口水”，布莱恩则喜欢那句“愿你的耳垂变成屁眼，在你的肩膀上拉屎”。

*　　*　　*

我遇见一个女人，苏。她说我“极端疯狂”①，她拿这话来恭维我。我非常喜欢她。她是三个孩子的母亲，嘴大，胸部丰满，眼睛明亮。她的丈夫是当地的摇滚音乐人和海洛因成瘾者，正在坐牢。我们一直在担心她丈夫会获释。苏和她的孩子们住在一个满是高层大楼的海滩城镇——冲浪者天堂（冲浪在这儿真是主流）。苏是个爱享受的人，她喜欢前卫音乐、艺术、喜剧、澳大利亚历史以及有关原住民的一切。她知道很多关于黄金海岸的八卦，比如哪个可卡因上瘾的冲浪

① as mad as a two-bob watch，一句澳洲俚语。——编者

明星把同伴出卖给了警察，哪个可卡因上瘾的冲浪明星和他赞助人的妻子有染。她还知道在海岸后方有满是桉树的美丽高地，牛在吃草，袋鼠跳来跳去，邋遢的回归陆地居住者过着离不开大麻的生活，仿佛另一个版本的原住民的梦幻时代（Dreamtime）。风平浪静时，我们会在那里过上几天。她的孩子从 8 岁到 14 岁不等，他们为我制作了一幅有趣的大型拼贴画：可爱的考拉偷偷摸摸地打量着被画成卡通人物的黄金海岸游荡者（flaneurs）。然后，我接到一通午夜来电。苏的丈夫获释了。她接到了提前通知，把孩子们塞进了她的老爷车，匆忙离开，此时已经离开冲浪者天堂几百英里了。“咱俩这事儿就这样吧，我得赶紧跑路了。”她说。她的声音很轻快，看来已考虑周详。他们要前往一千多英里外的墨尔本，去苏的母亲那里。她向我道别，并叮嘱我小心她的丈夫。

苏不算是最典型的例子，但许多澳洲女人似乎厌恶澳洲男人，称澳洲男人为“奥克”（Ockers），这个叫法来自一个很受欢迎的电视节目，指的是那些喝了太多啤酒，把朋友和足球放在第一位，对女性弃之如敝屣的男人。我无法评判这类评论是不是真的或者是否公平，不过当我和布莱恩在基拉待了足够长的时间，让当地人觉得我们是这里的居民时，就开始感受到了这种大规模的性幻灭带来的意外好处。与典型的奥克相比，我们是敏感、现代的男人。黄金海岸的女性愿意花时间陪我们。即使当我们表现不好的时候，似乎还是比本土男人高上一等。我想念苏，同时也很高兴她丈夫到现在也没有找我麻烦。不过，感谢老天，让我伤心的壁花阶段过去了。

我找到了一份新工作，在库兰加塔的昆士兰酒店当吧台招待，平时这里是老式酒吧，周末晚上摇身一变成了名叫补丁（Patch）的摇滚俱乐部。（苏和我在那里见到了博·迪德利。）在酒保彼得的密切监督下，我学会了如何正好拉出一品脱一品脱的啤酒。彼得告诉我，如果我弄错了，顾客有权把啤酒（而不是玻璃杯）泼在我脸上，然后要求再来一杯，会受处罚的错误清单很长：泡沫太多或太少，味道平淡，啤酒太热，啤酒太少，杯子有洗洁精的味道。这个消息收到了预期的效果，我拉酒的时候又恐惧又小心翼翼。工作日晚上的节奏较慢，工作比较容易。星期五和星期六晚上，在老酒吧后面那个巨大的黑暗的谷仓般的建筑里的补丁酒吧一片疯狂，高分贝的朋克摇滚乐，顾客像见鬼了一般尖叫，喝掉上万杯朗姆酒和可乐。夏季旅游旺季即将开始。下班后，我会沿着沙滩路走回基拉，享受四下的寂静，我会在岬角最上头据说浪破得最好的地方停下，会凝视着坡堤外波涛乱卷的黑暗。到目前为止，我们在黄金海岸冲过的浪都很甜美、温暖、柔软，甚至有点随便。人们说，当基拉开始破浪的时候，它会变成一个像注入了燃料的火箭般的岬角浪点，拥有强大的力量。我很难想象。

* * *

首个气旋涌浪果然在节礼日抵达。基拉醒了。原本难以想象的画面让人目不转睛。而且浪潮看起来像奇怪、笨手笨脚的野兽，完全不像加州的岬角浪点。大量的含沙水流在坡堤尽头翻覆，形成了沿岸暴走的急流。第一天早上，乌云密布，海面灰蒙蒙的，一片暗沉的银白色。浪群看上去比实际的要小，几乎是漫无目的地往码头外的沙洲跑，然后像打嗝般陡然站起来，比该有的样子更高更厚，最后变成互相连接的凶猛段落，因为这股力量，有些浪偏向矩形波，破浪的时候，浪唇伸出好远。很难相信这是在沙底破的浪。我从来没有见过这样的事情。黎明时就来了非常多的人，而且又迅速涌入更多的人。就像澳洲人说的那样，我们也在其中。

那天我可能抓到了三个浪。没有人会让给我一丁点空间。下海岸流把这整个地方变成了一场划水比赛场。没人说话。划水是个费力的活，稍有停顿或是疏忽，就会落后好几码，我的状态很好，但是当地顶尖人物的更好，他们正是为这样的浪况而生的。靠近顶部、上浪区，潮流更强劲，当浪群接近时，你必须朝着一个不是那么明显的角度向上游冲刺，以某种方式将自己与胡乱摆动、低吼的人群拉开足够的距离，这样当水清干沙滩时，你才会是在坑里的那个人，然后转身，再用力最后划几次水，在波浪倾泻之前上浪。一旦抓到浪，你必须在世界上最快的海浪之一上疯狂地快速压板。这和工作很像。如果成功地冲到了浪，你就会觉得一切都值得。我想，这是一个我可以认真对付的浪。

和火奴鲁阿湾不一样，它没有开阔的海面，也没有美丽的宽阔浪面，而是更紧凑、结实的浪。最初的 100 码很像圆形剧场，围观的群众沿着岬角的码头站成排，海岸路有护栏，路的后方耸立着一个陡峭的绿色悬崖，基拉酒店前有停车场，悬崖底下有间不起眼的酒吧。再过去，就是开阔的海滩了，当涌浪规模很大且角度合适时，可以骑着浪再跑个 200 码，那里没有观众，是一条空荡荡的令人欣喜的赛道。那不是机械式的浪。它有缺陷，多变，有缓慢的区段，有排扣浪。从码头或沙滩内侧出来的震荡小波往往会返回大海，摧毁一组浪的第三或第四道浪。更干净的浪呈现出一种压缩感，有时非常惊人。最沉重的波浪似乎变短了，聚集了太多的力量，遇上主沙洲时，会沿着称为黄油箱（Butter Box）的浅滩一路爆卅。就算底下是沙，就算看起来是个能上的波浪，这也仍是个骇人的区段。你必须快速切入，但要保持在浪面低处，随时准备好在浪唇水平地投掷出去时低下身子，然后站在板上感受梦幻般的加速度。黄油箱赋予了冲浪的老咒语“Pull in!”（拉进）新含义。只有一种办法可以穿过浪管，拉进去。

我冲过不少正手的管浪，从拉海纳的港口嘴值得信赖的内侧区域，到圣克鲁斯那个叫斯托克顿大道的松散的突变波，在那里，我的板子在冲 3 英尺浪的日子里被劈成了两半，幸好我没在浅礁石上受伤。不过，斯托克顿大道的浪是短而怪异的那种，像个鬼把戏。基拉是个岬角浪点，它的浪和里肯及火奴鲁阿的浪一样长，却更空。而且，浪的底下是沙，而不是珊瑚或鹅卵石，我从未在其他很棒的岬角浪点遇到过这种情形。我发现沙子并不是特别软，有一次我重重撞在黄油箱的沙子上，差点脑震荡，连自己身在何处都说不出来。另一次，也是在黄油箱，还不是大浪，我的脚绳紧紧缠绕在了我腰间，让我无法呼吸。还有一次，在同一个地方，我的脚绳撕裂了我的板沿，把我最爱的冲浪板的尾部扯掉了一半。所以，沙子当然是一种护佑，不过浪的狂暴力量一如既往与它的强烈吸引力密不可分。仍是条钢丝线。

基拉的冲浪队伍长到令人不安，排在前面的往往是全国和世界冠军。称霸等浪区的是两届澳洲冠军迈克尔·彼得森，他黝黑、沉郁、健壮，一脸浓密的胡须，眼神疯狂。他想上哪个浪都能如愿，冲起浪来像个恶魔，站姿带着雄厚的力量，动作野蛮。某天早上，我注意到他在盯着我。我们在上浪区附近，我一如既往地使劲划水，试图在其他人之前赶上下一群浪。彼得森停止了划水，“鲍比！”他喊道。我摇摇头，继续前进。他一副见了鬼的模样，“你不是鲍比？你看起来和我的狱友一模一样！我以为他们会放了他。鲍比！”此事之后，我经常发现彼得森在水中盯着我。我们成了点头之交。当其他人注意到我会和传奇人物彼得森交换讯息时，周围的秩序就变得不那么紧张了。我很高兴得到了喘息空间，跟其他人一样，我也只是想要更多的浪。

布莱恩和我的优势在于住得离基拉非常近——除非你住在基拉饭店，但已经没有空房。每天晚上，我都会在下班途中去码头查看浪况，如果有任何涌浪会来的迹象，我们就会在第二天天亮前赶去。人们说，这个浪季非常好，是记忆中最好的之一，1月和2月的每个星期至少会有一次结实的涌浪。一个叫“克里”的气旋席卷了所罗门群岛，然后似乎在珊瑚海（Coral Sea）周围飘荡了数星期，送来了强而有力的东北涌浪。大早出门的我们通常很有收获，能冲到一至两小时的新浪，人相对来说也很少。黎明前固定会有一群人来，但都不是很厉害。其中有个别扭但友善、留着胡子的家伙，用的是大冲浪板，不太转弯，跳上板子时总会大喊：“我有个女医师，”我碰巧知道那首歌的下一句：“她免费治好了我的痛。”她的确是。

*　*　*

人头攒动的基拉有着声名远播的右手浪，不是布莱恩喜爱的那一型。他仍然虔诚地冲浪，想办法找到那帮凑热闹的人中的空当，例如不太拥挤的清晨，或是在沙洲间能抓上浪的曲折处，但他不像我那样奋力参与混战，也不像我那样追逐着在浪况绝佳的日子里黄油箱的漩涡中（我们简称为狂野地带）一次次冒出来的圣杯①。他似乎和我一样喜欢澳洲，喜欢澳洲人无可救药的厚脸皮，令人惊喜的工资，丰富的俚语，阳光，女孩。但他没有在写作，这点很令人担忧。他在关岛时完成了一本以爱达荷州狭长地带某小镇为背景的小说。我觉得这比他之前那本描写高中时冲浪伙伴的成长小说更好，他已经把书稿寄给了纽约的一位经纪人。他在这方面表现得像个成年人，不像我这般胆小。（我的抽屉里现在躺着两本小说，只有朋友读过。）手稿还没有找到出版商，但布莱恩说自己并未因此而气馁，只是似乎进入了休耕期。

他坐在我们平房前的旧藤椅上如饥似渴地读小说和传记。我在库兰加塔的一家旧货店里发现了一大堆《纽约客》，一本一毛钱，我买了几百本，当圣诞礼物送给他。他把那些杂志堆在椅子旁，有条不紊地阅读。杂志成了我们在基拉期间的沙漏，一百本、两百本地计算。与此同时，我在打字机上砰砰地敲出了几个章节，终于找到铁路小说的故事线。苏送我们一台老旧的打字机，布莱恩和我共用。布莱恩常常会打一封又长又逗趣的信给家乡的朋友，描述我们在澳洲的冒险故事，有些是真人真事。他偶尔会把他认为会让我发笑的段落读给我听，其中一个没让我发笑却刻在了我的记忆里，是说我俩从身材上讲不太可能成为一对旅行冲浪者。他写道，他太胖了，而我太瘦。我确实很瘦，而他胖嘟嘟，但这句有点夸大的自嘲却伤了我的虚荣心。我

---

① 据信为耶稣离世前所用；指渴望但永远得不到的东西，努力追求但永远不可能实现的目标（或理想）。——编者

的反应很奇怪，部分原因是我一直试图缓解与布莱恩之间的紧张关系，就像之前对多明尼克所做的，我强迫自己成为被笑话的对象，被人拿来说道。但我的身体是禁区，不容人嘲笑，尤其是任何暗示软弱的方面，我不允许自己不像个男人。布莱恩的态度比我好，他只给了他的学生克林特·伊斯特伍德这一个选项———即使他长得一点都不像。当然，这也是让他有女人缘的原因之一。

谈到身体，我能以黄金海岸为例，告诉你我是如何用冲浪损坏身体的。环顾四周的澳洲人，他们虽然总在热带阳光下活动，但大多数人是北欧血统，他们的基因还没有准备好，我也可以由此看到自己在医疗上的悲惨未来。其他冲浪者，甚至包括青少年，似乎都患有翼状胬肉（阳光引起的白内障），使他们的蓝眼睛蒙上了一层阴影。中年人有痂的耳朵、紫色的鼻子、疤痕斑驳的胳膊都是清楚的警告：基底细胞癌（若不是鳞状细胞癌或黑色素瘤的话）在等着你。我双眼都有翼状胬肉。不是说采取预防措施就行，或者在较冷的地方冲浪对身体的伤害就一定会小一些。我在圣克鲁斯冰冷的海水中度过的那几年，造成了外耳道骨瘤，也就是"冲浪耳"，它现在老是积水，引起疼痛难忍的感染，后来因此动了三次手术。此外还有较常见的冲浪伤害：擦伤，划伤，礁石皮疹，鼻梁骨折，踝关节软骨撕裂。当时我完全没兴趣研究这些，我对身体只有一个要求：划得更快，浪冲得更好。

* * *

在基拉，我成了一台划水机器。我的手臂不再疲累，了解下海岸流是有帮助的。水流是恒定的，但会出现莫测的变幻、弱浪点、涡流——在不同潮汐下有时甚至会有既深且慢的深谷稍微向外倾斜——其模式随着涌浪的大小、方向以及沙子的移动而改变。只有相对较少的人懂得利用这些变幻莫测的特点，我和他们逐渐认识了。我们互相较劲，尽力让划水的每一下动作都发挥最大价值，以至于我们很少交谈，但基于必要和尊重，分享波浪的粗略规则还是心照不宣地产生了。我开始有了越来越多的浪，也开始学习怎么处理这些浪。

这里与塔瓦鲁阿在许多方面都相反。那儿是空荡荡的干净无瑕的珊瑚礁左手浪，伊甸园般源源不绝的破浪。这里则是澳洲的迈阿密海滩，极度拥挤，破在沙洲上的右手浪。然而，这两者都有很长且要求很高的绝佳浪潮，需要快速、精细的切入技术，并且也会给投入心血的冲浪者以回报。在基拉冲浪的关键是要全速进入狂野地带，紧靠浪面，拉进，如果你进去了，在浪管里必须保持冷静，要相信它之后会把你吐出来。它通常不会，我曾经被波浪戏弄过两次，甚至三次，它那看到光亮的洞口在前头奔驰，总是超过我，接着停了下来，奇迹般倒回到我眼前，吐出的浪唇扭曲得像是相机镜头的光圈一样，我几乎就要冲出去了，它却恢复成之前的状况，重演一次，在美丽的无望与更美丽的希望间游走。这是我一生中冲过的最长的管浪。

还有宣示胜利的问题。到目前为止，如果从极深的浪管中飞出来，最好的办法是什么都别做，继续冲浪，就好像这种事经常发生在你身上。我知道，就算并非不可能，也是很困难的。来个小小的庆祝以宣泄情绪有身体上的必要性。也许不是令人作呕的碰拳，也不是手臂触地进球得分的风格，但仍需要一些动作来肯定刚刚发生过一些罕见的令人血脉偾张的事。某天，基拉的浪很大，浪群大幅度摆荡，浪破得比平日更深，海水也更蓝，我拉进了一个椭圆形而非洞穴状的浪管里，看到前方的天花板开始破碎成水晶吊灯的模样。我低下头，蹲低身子，等着斧头落下，但我保持自己的浪程，千钧一发的时刻从里面穿了出来。冲出来的时候，我惊讶地站起身，努力保持冷静，我注意到布莱恩在一群划水者中刚过浪肩，听到了几声欢呼，但没有布莱恩的声音。后来，我问他是否看到那浪了，他说看到了，并说我反应过度了，说我高举双手做祈祷状十分难看。那不是祷告，我说，只是小小的感谢。我的双手交握，并没有举起来。我既尴尬又生气。当然，在乎这种事很幼稚，但他藐视我的满心欢喜实在很刻薄。尽管如此，我发誓今后再也不会宣示了，不管浪有多棒。

当然，成功是相对的。在同一个大涌浪中，也许是在同一天下午，我在浪上骑了超长一段时间后正往回走，这段浪几乎把我带到了离下个北方村庄比灵加（Bilinga）还有一半路程的地方，跑了这么远，再划水回去感觉很愚蠢。于是我决定走到基拉，试着从靠近岬角的地方逆流而上。我独自走在沙滩上，涌浪正是最高的时候，海上的风很大，浪似乎永不停歇。远方有个穿着红色冲浪裤的小冲浪者，拉进了一个巨大的蓝色浪管，人出现了，消失了，再次出现。我以前没见过这家伙，也很少看到谁以这样惊人的速度冲浪。他不断地消失，冒出来，似乎站在板上的错误位置——太靠前了——但不知何故他从那里转弯，做了一些小的调整，这使得自己在浪管里待了极长的时间。他继续前进，等到他近了些，我看见他的站姿随意到近乎挑衅。他从来没对他穿过的任何浪管做出宣示动作。他的表现是我见过的很棒的之一，而他却好像这只是他应该做的。老实说，我看不懂他的技术，连一半都很困难。板尖在浪管里转弯？这让我想起了里肯的鲍勃·麦克塔维什，那是我第一次看人冲短板。我不知道的是，这个红裤子小孩是新加冕的世界冠军，韦恩·“兔子”·巴塞洛缪①。他是当地人，刚结束国际比赛回家。他体态轻盈，在大浪中无所畏惧，天资超群，是冲浪界的米克·贾格尔②，因为能在恶劣情况下摆出摇滚明星般引人注目的造型而在杂志上备受赞誉。他从小就在基拉冲浪，而那天我看到的是唯有世界顶尖冲浪者才能演示的大师级冲浪课。

* * *

补丁的夏季旅游旺季快要结束了。布莱恩和我存了足够的钱，准

① 澳大利亚冲浪界先驱之一。——编者

② 滚石乐队主唱。——编者

备继续前进。我们很想开车环游澳大利亚，但我们的车不想。水泵差不多要报废了，导致车子过热。布莱恩在垃圾场找到了一个水泵，我们换上它，辞掉工作，说了再见，半小时后搬出了邦尼观景旅馆。关上门的那一刻，布莱恩顿了一下，带着审视过后的漫不经心说："这一趟到此为止吧。"才走了 10 英里，猎鹰的温度计就重新指回了"热"，我在仪表板上贴了一条胶带，遮住这个坏消息，又在胶带上写道："她会好起来的"——这是澳大利亚的非官方格言。

我们在悉尼遇到了"艾利亚斯号"游艇，米克、珍和他们在斐济出生的男婴停在港口一个安静的角落里，靠近卡斯尔克拉格（Castlecrag）。格雷厄姆和女友外出工作了，我们吃虾喝啤酒，米克描述了他们炮制的一个赚钱计划。他说，悉尼有很多有钱的雅痞冲浪者，他想说服他们之中的一小部分人付几千美元乘坐"艾利亚斯号"去魔法岛冲浪旅行。他们不会被告知详细地点，只会知道那里有"世界上最完美的浪"。如果第一个团成功，客人会告诉自己的富人朋友，旅游业务便能借口碑起飞。当然，叫我们要保守秘密。诀窍是说服第一批人拿钱出来，坐上去纳迪的班机。照片会很有帮助。他和格雷厄姆在塔瓦鲁阿时只顾着冲浪，没拍什么像样的照片。我们碰巧有吗？

布莱恩和我嘀咕着，我们也一直忙着冲浪，难得照相，就算有，也没有好的。这是实话。我们其实也不希望这个计划成功。

我们往南走，在澳大利亚东南部到墨尔本的路上一边冲浪一边露营，我们在墨尔本找到了住在母亲家的苏和孩子们（她的丈夫似乎已经完全走出他们的生活了）。他们的屋子已经住满了，于是我们和苏的妹妹住在一起。她是个大学生，和一群玩朋克摇滚的人住在镇上不太好的区域一栋破破烂烂的违章建筑里。晚上，我们和这帮人一起喝酒跳舞，窝在他们捡来的一台破旧的黑白电视前看老电影《约克中士》（*Sergeant York*）。白天，我们和苏的妈妈去看澳大利亚对巴基斯坦的一场马拉松式的国际板球赛，吃黄瓜三明治，喝皮姆之杯鸡尾酒①。某个深夜，布莱恩抱着有何不可的态度，让朋克摇滚乐手给他剃了个光头。他们把布莱恩的黑色鬈发拿来当装饰品，挂在穿了许多耳洞的耳朵上，布莱恩酒醒后，带着幽默的口吻懊悔地宣布，他的新艺名为席德·坦普莱特（Sid Temperate）②。

我们向西，朝着拥有世界上最长海崖的大澳大利亚湾和世界上最大的石灰岩的纳拉伯平原（Nullarbor Plain）驶去。天气炎热，明朗，没有树，也没有人。我们开在土路上，穿越盐滩和沙丘，在偏僻又脏乱的仙人掌（Cactus）浪点露营，那里的水很冷，是南半球海洋的那种深蓝色。此地有两个极长的左手浪，一个叫仙人掌，另一个叫城堡（Castles），在突出的岩角上破浪，向西几百码的地方是个叫洞穴（Caves）的重量级右手浪。每天都有坚实的涌浪，有些日子里甚至更好。风很热，从中部大沙漠往海上吹，空气中满是沙尘。布莱恩冲着左手浪。我现在用的是新的冲浪板，是在维多利亚州的海滨小镇托尔坎（Torquay）买下的淡蓝色 6 英尺 9 寸圆形尖尾板，遗憾的是，我把那块南太平洋冲浪板留在买这块新板的店里寄售。这块新西兰制造的尖尾板既轻又快，浪大时，似乎能应付洞穴的剧烈下降而不会侧滑。我期待它成为全方位使用的新板。

仙人掌的其他冲浪者是一帮吃苦耐劳的家伙，有游客有移民。移民都是从澳大利亚其他人口较少的地区过来的——寻找品质高且不拥挤的浪，不介意住在偏远的地方。他们靠失业救济金过活，在此冲浪或是钓鱼，或是在沿着公路往内陆走 13 英里可到的卡车休息站皮农（Penong）打工。有些人住在沙漠中废弃的棚屋里。这些人很自然地占据着上浪区，但那儿并不拥挤，我们发现他们对浪非常大方，有些人甚至很唠叨。某人给我讲了个带有警示意味的故事，说他的朋友穆斯因为某个来访的露营者而从冲浪板掉了下来，穆斯微笑着爬上来，

---

① 英国非常流行的夏季饮品，以金酒为基底，加上许多香辛料与草药调配而成，也有加白兰地、伏特加、苏格兰威士忌的版本，有很久的历史。——编者

② Temperate 有自我克制、心平气和之意。——编者

接着划水回岸上，开着自己的卡车在冒犯他的那位游客的帐篷上来回碾了好几次，这才回到等浪区，依旧是满脸笑容。我提醒自己注意千万别插穆斯的队。

当地还有位叫狂人的冲浪者，理了个小平头，精力旺盛，在宽阔而汹涌翻滚的8英尺浪的洞穴里来回奔袭，寻找最狂放的上浪区。我的线人跟我说，狂人有一次在大浪里弄断了脚绳，浪况激烈，难以重新系上，他只好用牙咬着断绳来抓紧板子，继续冲浪，结果被浪拉掉了两颗门牙。后来，狂人无缘无故地对我咧嘴一笑，证实门牙确实没了。

仙人掌就像纳拉伯海岸的其他地方一样，也以白鲨出没闻名，人们叫它们白点鲨。我在水中遇到的某个人告诉我，五年前他在此处被攻击。鲨鱼其实只咬了他的冲浪板，但板子的玻璃纤维断裂处很锐利，他在挣扎时被板子所伤。那时是隆冬时分，他说，防寒衣救了他一命。即便如此，他还是缝了150针，18个月没再下水。那个人性格温和，不是狂人，也不是穆斯，我倾向于相信他的话。他认为闪电从来不会击中同一个地方两次，所以他现在毫无畏惧地在这里冲浪。听完他的故事后，我虽然很努力想接受他的逻辑，但还是很不安。

仙人掌还不到吸引我常驻的程度，但它让我想起了我在夏威夷、俄勒冈、大苏尔和维多利亚州西南部农村某些为冲浪而流浪的场景。人们为了海浪留下，学着了解当地，找到生存方式。随着时间的推移，一些人在当地社群中站稳脚跟，其他人则依旧是边缘人。有几个我曾经冲浪的地方，特别是火奴鲁阿湾，每次看到浪破，都觉得值得放弃所有的雄心壮志，永远留在那儿冲浪。还有其他美丽的地方，浪很好，也没有什么人，生活成本低，乍一看很容易过活。我猜自己最终可能会住在这样的地方。至于塔瓦鲁阿，布莱恩和我仍旧从没提及，它似乎只存在于那段日子里，我从未考虑过回斐济生活。

*　*　*

但我确实想知道我在做什么？我们已经走了这么久，以至于我对这趟旅行的所有可能的解释都感到无动于衷。这当然不再是一次假期。度假通常是指暂时离开某处，那么现在我要离开什么？我从铁路公司搞到了一年的休假，在基拉时已经用完了，我正式辞去了铁路上的工作，想到我宝贵的年资起计日期——1974年6月8日——出乎意料地让我伤感。我仍旧认为自己再也找不到另一份这么满意且收入丰厚的工作了，但都结束了。我有时候会感到恐慌，确信自己正在浪费青春，漫无目的地在月球的永暗面徘徊，而朋友、同学和同龄人都在美国打造自己的生活与事业，成为成年人。我一直想成为有用的人，想工作、写作、教学、完成伟大的事——现在呢？是的，我感到自己渴望并且几乎是必须走这趟冲浪之旅，但真的需要这么久吗？

我们接下来想去巴厘岛。浪很棒，消费便宜。莎伦在信中说可能会在几个月后到亚洲找我们。也许她可以给我答案。但她不冲浪，事实上，她害怕大海。“冲浪”是我正在做的事情吗？我本能地追逐海浪，在浪况好的时候获得适度的振奋，完全沉浸在思考接下来去哪里的谜题里。尽管如此，严格意义上讲，顶级时刻很少，而且离此标准很远，大部分的浪都不怎么样。唯一确定的是通过波浪严格考验之后的某种宁静，不仅是生理上的感觉，情感上也很明显。有时是轻度的兴高采烈，通常是愉悦的忧郁。在冲了特别激烈的管浪或失足掉下水几次后，我感受到一种强烈的想哭的冲动，这可能会持续数小时。很像经历一场极其愉悦的性事后那种全身心充斥的感觉。

好日子里，我仍然认为自己正在做正确的事。新地点的特别之处抓住了我，强烈地吸引着我，新的海岸线一望无际，寒冷而又可爱的黎明。世界之大，不可思议，我还有很多新东西想看。确实，我有时很厌倦当个外来者，总是对那里一无所知，但我还没有准备好面对家庭生活，每天面对同样的人，同样的地方、或多或少思索同样的事。

我喜欢在路上，突如其来、不确定性和偶然性让我心向往之。我通常喜欢当个陌生人、观察者，总是感到惊奇。从维多利亚州进入南澳大利亚的那天，云层很低，我们穿过一排排高大的墨绿色的诺福克松树，把车停在了乡村赛马场旁，从看台围栏边溜进去看了一场精彩的比赛，然后看着骑师们穿着鲜艳的丝绸衣服，把马鞍放到天平上。我们在赛马场的酒吧后面发现一颗橄榄球，便玩起以前学的传球招式来，投出时髦的螺旋形轨迹，并在一群赤脚孩子的欢呼呐喊声中全力接住。我们的澳大利亚签证即将到期，至少，我很遗憾自己必须离开。

当然，布莱恩和我过着我们俩的家庭生活，经常很紧张，只当笔友实在比一起生活简单太多了。我们不仅拌嘴，而且每隔几个月就会大吵一次。我厌恶那种认为任何越出常轨、不习以为常就会有危险的事。某天早晨，仙人掌起风了，浪况也不好，我起得很早，沿着吃水线往西散步，石灰石围起的潮池在晨曦中闪闪发光。原本无处不在的苍蝇不见了，或许是因为时间，或许是因为风。我走了很长一段路，没遇见半个人。我大概 10 点多回到营地时，布莱恩很不高兴。去哪里了？他煮了早餐，独自吃完，我的燕麦粥已经坨了结在了一起。我不觉得需要解释。我啃着苹果。他继续抱怨。我炸毛了。他有什么资格管我什么时候去哪里？不幸的是，我有点故意地朝我们的帐篷里吐了一口嚼到一半的苹果。布莱恩一脸厌恶地走开了。谢天谢地，他再也没有提起吐苹果渣这件事。这几乎和我们在西萨摩亚的那次一样糟糕，当时我对他大喊大叫，让他别再告诉我该怎么做。他后来告诉我，他曾认真考虑过终止我们刚刚开始两周的南太平洋之旅。

* * *

我们出发前往澳大利亚的北领地（Never Never）。自从我们在黄金海岸第一次开始念叨着要去时，澳大利亚人就一直警告我们别试图穿越森特（Center），尤其不该开一台不靠谱的车。丛林大盗会在途中埋伏，准备袭击粗心大意的游客。站与站之间相隔遥远，得开好几天车——我们看了地图，觉得这个说法太夸张了，但还是买了一个大铁桶装汽油，还买了水袋和软管。我们的车子无可否认是非常不可靠的，时常过热，无法发动。我们总是把车停在斜坡上，即使是很缓的坡，因为常常得靠跨接引线来发动。当我们把车开进加油站时，散热器发出嘶嘶声，冒着蒸汽，服务员通常从驾驶室的车窗探头进来，想要查看仪表板上的温度，一看到"她会好起来的"字条，总是笑出声。

我们从仙人掌出发，在一条土路上往东北方向开，一路都很荒凉，开了200英里只看到一辆运牛的卡车。土路很颠簸，后车窗吱嘎作响，最后直接掉到了门上，我们试着把窗户抬起来固定回原位，但不到10分钟它就又掉下来了。我们继续开，先是白色的盐沙从敞开的后窗跑进来，接着是红色的粗砂砾。我们用头巾蒙住嘴巴和鼻子，幸好我们在皮农时用皇冠啤酒塞满了那个便宜的esky——保丽龙冷却箱。内陆城镇间的距离有时以"罐"来衡量——从这点到那点需要多少罐啤酒？到北方的主干道至少要十来罐啤酒，也是土路，这是我们途中在金古尼亚（Kingoonya）遇到的事，那个村子的路旁有一座破旧的小客栈，澳洲最漂亮的女服务员会端出全世界最受欢迎的牛排汉堡。

就连穿过森特的主干道路况也很糟。我们看到有将近600英里的路面是没有铺过的。数量惊人的烧毁车辆倒在盐生灌木丛里，令人心惊肉跳。于是，我们决定遵守大家的忠告——他们说晚上开着没有袋鼠防撞器的车出行，简直是找死。我们白天看够了袋鼠，路上有，沙漠里也有，所以晚上还是露营吧。某天早上，当我们焦头烂额地想要跨接引线发动猎鹰时，头顶飞过一大群粉红和灰色相间的凤头鹦鹉。

我们让流浪汉乔搭了一段便车，遇到他时，他背着个背包在行进，距离最近的一栋建筑物已有50英里。乔的个子很小，仿佛被太阳晒干了，脸上满是皱纹，并不年轻，我也不会说他很快乐，但他整天喋喋不休地谈论着他曾经工作过的油井、水沼和牧羊站。他有条不紊地喝着我们的啤酒，我问他对那些疯狂的苍蝇怎么看，他说你们永远都不可能习惯的，就连黑人都没有习惯过。然后，在东面一条几乎看不出来的小径入口，他要求我们将他放下。我们把他的水瓶装满了，并给了他 5 块钱。

我们进入了北领地。在一个尘土飞扬叫做甘（Ghan）的小村子，我瞥见有辆车的车顶绑着个脏兮兮的冲浪板袋。我的新尖尾冲浪板就在里头，闪闪发亮，淡蓝色的，那块板代表了愿景，又酷，又光滑。它让人联想到另一个世界，一种难以想象的新鲜感。我们计划开车前往北海岸的小镇达尔文，把车子卖了，然后从那里想办法去印尼。

我们离开基拉时，布莱恩还没有读完那一堆《纽约客》，我们就把剩下大概 50 多本塞在了前排座位底下，有时拿出来大声朗读，读短篇小说、诗歌、评论、幽默小品、散文和长篇报道。其中许多故事我们俩或我们其中一人以前读过，但在这么荒凉的地方重听，感觉很不一样，这是个考验，这些东西在严酷的沙漠中还能挺住吗？有些文章表现得很好，依旧充满力量，故事仍然有趣。但在这种无情的扫描中，可以看出做作和浮华，某些作家突然之间像是活在温室里装腔作势，作品也显得非常可笑。

我们感觉自己很充实。这很像我们在家乡西部进行的长途旅行，只是道路更少，啤酒也更多。梅勒的《月球上的火》（*A Fire on the Moon*）没有通过内陆的考验，这让我很痛心，因为他是我心中的英雄之一。帕特里克·怀特的《探险家沃斯》（*Voss*）与它有得一拼，这部作品讲述了一位普鲁士博物学家在 19 世纪穿越澳大利亚中部的探险经历，十分令人信服。我们一边开玩笑，一边阅读，用廉价的绿色塑胶水枪对着路边的树袋熊一通乱射。我喜欢布莱恩开车的方式，他坐得很直，像个长途卡车司机。若道路笔直，他会把一只手放在腿上。他阅读时也很有着类似的轻松，并能长时间保持专注。我们几乎总有聊不完的话题。米克和珍曾经和我们一起开车从悉尼到伍伦贡

（Wollongong）找浪，到了之后，他们嘲笑我们说，过去一个小时我们俩都在一边说一边比画，尤其是我，完全没停过。那一路上，刚读完《风暴之眼》（*The Eye of the Storm*）的我正在酝酿对帕特里克·怀特的早期看法。他们说我们俩在“艾利亚斯号”上也一样，两人都滔滔不绝，把澳大利亚人听得乐不可支。

我们在爱丽斯泉（Alice Springs）的北边又捎上了两个人，泰丝和曼羽，她们自称是来自阿德莱德的研究生，要去达尔文参加一个女性会议。她们不介意满是沙尘的猎鹰，双双裹上头巾，和我们一起旅行了五天。泰丝的身材很像矮脚鸡，穿着一件男式格子衬衫，纤瘦，苍白，一头乌黑短发，有点男人婆，敏锐，有一种邪恶而干巴巴的才智，她以此征服了我们在加油站或偏僻的酒吧遇到的那些热心、毫无戒心的人，使得我们在那里躲过了正午的酷热，此时的猎鹰可受不住这个。泰丝对布莱恩和我以及我们的水枪没说什么，即便我们坚称自己是越战老兵，说我们虽然不后悔但心灵已受创之后。“可怜的孩子。”她咕哝道。我们指着身上的冲浪伤疤说是战争创伤。“天啊，一定很痛。再请我们喝一品脱酒吧。”

曼羽身材高挑，声音柔和，眼神温暖。所有该笑的时候她都会笑，或者至少是慷慨地微笑。她热衷政治，但是以一种澳大利亚人的内敛表达出来。她和我会在夜里偷偷溜走，找个安静的地方铺好睡袋。她告诉我她的童年故事，她是在墨累河（Murray）的农场长大的。她说，当地的猎人过去常常射杀袋鼠和沙袋鼠（wallabies），如果发现它们的育儿袋里还有幼崽，就会送给农家小孩当宠物。它们是很好的宠物——温柔，忠诚，聪明。她曾经给她的宠物小沙袋鼠戴上帽子穿上外套，手牵手边走边跳地进城。

*　*　*

我们的田园牧歌在达尔文到头了。泰丝和曼羽已有住处，那是属于某个女性主义社团的房子，不允许男人入住。泰丝很高兴地看到我离开，似乎是我打断了一首业已存在但曼羽刻意不提的田园牧歌。布莱恩和我住在城外的一个露营地。达尔文没有太多资源，几年前，气旋荡平了达尔文，重建工作进展缓慢。虽然该镇位于海边，但举目所及只有泥巴、灌木丛和看起来有毒的浅滩。这里炎热，单调，丑陋。不过，这里有机场，每周都有飞往登巴萨（Denpasar）的廉价航班。我们以200美元的价格把车卖给了一群南斯拉夫铝土矿矿工。他们来检查车子时，猎鹰居然奇迹似的发动了。我们换到了另一个营地，因为不太确定矿工是否完全理解“按现状出售”的含义。

我很想念曼羽。我们设法在一家熬过了飓风的旧旅馆聚首。我突然不想离开澳大利亚了，但她认为我还是离开比较好。

她是对的。那天晚上，我不请自来地到了那个女性社团的屋外，没有人应门，我就自己进去了。后院传来如节庆般的喧闹声，我朝后门走去。借着门廊明亮的灯光，我看到后门的水泥阳台上，泰丝正在高高兴兴地为曼羽理发，大部分的金色长发都已躺在了地上。曼羽的平头是淡棕色的，头很圆，看起来像脆弱的婴儿。四五个女人为她的变化鼓掌，她傻傻地咧嘴笑着，喝着一瓶啤酒——我注意到那是瓶子短粗的图黑斯（Toohey’s）啤酒，这时我的喉咙里涌起一阵绝望。想必是我发出了声音，曼羽尖叫起来，其他人怒吼着，接下来，一片扭打、推搡和叫喊。我以为曼羽会和我一起走，结果是警察带我离开了。

几周后，我在巴厘岛收到了曼羽的来信。她为报警而道歉。警察是法西斯分子，她希望我没有被虐待。

他们没有。事实上，这些澳洲奥克男的那一套男人就该团结一心的恶心誓言把我弄疯了。曼羽写道，她和我之间的不幸事件只会让她不想与男人有瓜葛的决心更加坚定。我没有尊重她的这份坚持，这是很典型的男性行为。我没法和她争辩这个。不过，我还是喜欢她。如果她要来印尼，我会去接机。

七　选择埃塞俄比亚

亚洲，非洲：1979—1981

布莱恩讨厌巴厘岛。他为《轨道》写了篇文章，照惯例还是用了我们俩的名字，尽管我只是做了轻微的编辑，文章嘲讽在澳大利亚冲浪者间流传的概念，认为巴厘岛仍是未受污染的天堂，波浪上没什么人，淳朴的本地印度教徒。事实上，他写道，这里早就被冲浪者和游客攻占了。这地方的人们可以“看到无上装和无下装的欧洲男女”，“听着来自世界各地冲浪者的谎言”，“雇一个扛板工，体验殖民主义带来的令人晕眩的快感”，并且可以对人们“谎称自己来自库鲁努拉（Cronulla），实际上来自帕拉马塔（Parramatta）”，两者都是悉尼郊区，不过后者比较没意思。

我同意巴厘岛过度商业化了，大规模发展的旅游业和印尼贫困的对比也很怪诞，但这个地方适合我。我们住在库塔海滩（Kuta Beach）一家便宜干净的旅馆，不用花什么钱就能吃得很好，每天都能冲浪。我在该省省会登巴萨的一所大学图书馆找到个很好的写作地点，每天早上都会搭公车去那儿。在炎热嘈杂的岛屿上，这里是一个凉爽、安静的避难所。我的小说写作进展顺利。中午，当图书馆外出现一辆绿松石色的小摊车时，就代表该休息了。小贩从学校办公室打开的窗户递进米饭、汤、沙嗲和甜点，我特别喜欢他的印尼炒饭（nasi goring）。下午，如果有涌浪，布莱恩和我会前往布科半岛

（Bukit Peninsula），那里有绝佳的左手浪会破在石灰石峭壁上。就算涌浪不大，库塔周围也有好浪，如果吹西南风，我们会去东海岸的度假胜地沙努尔（Sanur）。

最让我念念不忘的浪点是位于布科半岛西南端的乌鲁瓦图（Uluwatu），它的左手浪很有名，具有横扫千军的架势。那里有一座 11 世纪的印度教寺庙，由坚硬的灰色珊瑚建造而成，坐落于波浪东边绝高的悬崖上。涨潮时，你得通过潮声隆隆的海洞进入水中。乌鲁瓦图的浪可以很大，而在大日子里，吹着轻微的陆风时，会出现我在别处从未见过的蓝色长浪墙。沿着涌浪线，有几块散开的不连续的地方，浪会渐渐滚出羽状浪花，奔到冲浪点前方的遥远的地方，大概有几百码，距离海岸也是几百码。显然，暗礁内侧有一系列延伸到大海的窄岩脊，形成之物非常浅，足以让大浪飞出羽状浪花，但至少在我们冲的涌浪上，不足以使它破浪。起初这现象令人不安，但冲过几次令人惊叫的大浪而没有崩浪后，看着那些遥远的羽浪区，只会让在破浪区冲浪的欢乐增加不少，因为那些在海湾中怪异地喷溅的浪花，很快就会变成内侧平台可信的坚实浪区。

乌鲁瓦图的溃浪区被称为赛车场，不是很有创意的名字。它很浅，速度很快，锋利的珊瑚礁岩在脚上、手臂和背部留下了爪印。某天下午，它吓坏了我。即使在 1979 年，乌鲁瓦图的人已经相当多了，但那天人群已经散去了，这让我觉得奇怪，因为浪好极了。大概仅有五个人仍在冲浪，潮水很低，浪又大又快。我看见悬崖上有二三十个人都在眯着眼看落日，我本来应该会纳闷，为什么他们都在看而不冲浪？我又冲了几个很棒的浪，接着，下一个浪回答了那个我没问的问题。浪远远高过我的头顶，浪面暗沉，而且很厚，当时我体内的雄性激素飙了上去，我犯了个错误，很用力压低进入了“赛车场”。暗礁上的水全都流干了，潮水太低，没办法在这么点地方冲浪。这就是为什么大家都离开了。我无法主动退出这道浪，太迟了。我也无法跳下水，因为下面没有水。我迎来了自己这辈子冲得最深的反手浪管，里头非常暗，非常吵。我无法享受这一刻。事实上，即便我发现自己有可能毫发无伤地出来，却有股奇怪的苦涩之感，希望自己此时身在别处。那本该是个在长时间的耐心修炼后的开悟时刻，犹如雷击般的醍醐灌顶，我却因为恐惧而痛苦，这恐惧不仅完全说得通，而且充斥着我的内心和大脑。我冲到了那个浪，而且出来时所幸毫发无伤，纯粹是走了狗屎运。拉进那个浪管是在拿自己的小命开玩笑。是愚蠢让我冲了进去，如果能够重来一次，我不会进去了。

库塔有太多的冲浪者，就像是来开冲浪迷的全球大会。也许他们都在说谎，但海滩、街角、酒吧、餐馆和旅馆的院子里，24 小时都有人谈论冲浪。曾经嘲笑过我和布莱恩的麦克斯，大概很能和这群人相谈甚欢。但我发现这种事感人的点很奇怪，一群人可以谈论靠墙放的板子的各处线条，它的释放点和板底翘起的弧度，还有的冲浪者经常蹲在地上，在泥地里画出自己家乡的浪点给来自其他地方和国家的冲浪者看。他们觉得，如果他们的听众不能确切地了解珀斯的暗礁是如何引起西涌浪的，那他们自己的故事也会变得毫无意义。他们在任何人都会觉得太详细的那些图表间迷失了自己。这类奇怪的热情可以归结为思乡情绪，或是简单地说成是因为花了无数时间在冲浪和研究特定的礁石上，但我必须说，其中也有很大一部分是毒品所致。巴厘岛的冲浪者以及不冲浪的大批西方背包客抽了太多的哈希①和大麻。布莱恩和我是罕见的不嗑药者。大学时大麻就引起我的焦虑，大概五年没抽烟了，而布莱恩喜欢把除了酒以外的所有东西都称为“假药”。

我开始试探杂志对旅行类文章的兴趣，我的第一个约稿来自一份叫 *Off Duty* 的美国军方出版物的香港版。我从来没见过这本杂志（到

---

① hash，大麻的浓缩制品，由雌性大麻植物的树脂制成，被视为最为社会所接受的消遣性毒品。——编者

现在也没有)，但他们愿意付 150 美元，听起来很高。他们想要一个关于在巴厘岛做按摩的故事。库塔随处可见按摩女郎提着装有芳香油的粉红色塑胶篮子。海滩上一整天都有十几个苍白的身体被按摩师揉弄着，害羞的我不敢走近攀谈。不过，当我向旅馆表达出对按摩的兴趣时，他们马上帮我找来一个强壮的老妇人。她带着虐待狂般的眼光看着我，命令我趴在院子里的一张行军床上时，四周的孩子都笑了。当她用她有力的双手按进我的背部肌肉时，我真的很害怕。以前在铁路公司工作时，我在红木城（Redwood City）拉生锈的控制杆时伤了背部肌肉，从未真正康复。我想象着这位富有男子气概的女按摩师会撕开疼痛的地方，把情况弄得更糟。我不安地忖度这类情节是不是可以成为一篇好文章的桥段。这个伤说起来真是苦乐参半，意外发生时，我的同事劝我不要拿公司的钱，也不要签任何文件。他们说，我或许能以设备缺陷为由控告公司，拿到百万美元，提早退休。我认为这样的想法很可耻，所以几天后，当背部感觉好一些后我兑现了公司给的支票，签了免责声明，继续上工。当然，第二天我的背又开始痛了，之后一直没有好。结果，女按摩师并没有弄痛我，她的手指找到了那块受伤的肌肉，仔细地摸了摸，然后花了很长时间轻柔地按摩。那一天，肌肉不痛了，之后好几个星期，习惯的刺痛感都没有回来。

某天我生病了，发烧，头痛，头晕，发冷，干咳。虚弱到没办法冲浪，也无法去工作。一两天后，我挣扎着躺在一辆小巴士的后头到了沙努尔，在一家大酒店里找到一位德国医生。他说我得了副伤寒，没有伤寒那么严重，可能是吃了街上不干净的小吃。他给了我一些抗生素，说我不会死。我以前几乎没有生过病，这意味着我没有任何虚弱的经验可供借鉴。我陷入烦躁的错乱之中，一身身出汗，无精打采，自我憎恶，我开始更加绝望地认为自己一直在浪费生命。我真希望自己早点听从父母的话。（帕特里克・怀特说：“父母，生活的超级业余爱好者。”）我母亲一直希望我成为“纳德的战士”——为她的偶像拉尔夫·纳德[1]工作的理想主义年轻律师，揭露公司的不法行为。为什么我没有那样做呢？我的父亲希望我成为记者，向他的英雄爱德华·R. 默罗看齐。他年轻时曾经在纽约为默罗和默罗的同伴们跑腿。为什么我不听他的话呢？当布莱恩从屋子里走进走出时，自怜自艾的我认为他用怀疑的眼神看着我。不，他说，浪不是很好。巴厘岛仍然不怎么样。他在哪里过的夜？他遇上了一个女人。是个意大利人，我猜。

我们是从库塔海滩邮局的留局待领处拿信的。但我已经好几个星期没有收到莎伦的消息了，我觉得自己被遗忘了，很生气。一天早晨，我感觉自己稍微恢复了一点力气，于是慢慢走到邮局，有来自家人和朋友的卡片和信件，却仍旧没有莎伦的。我在考虑要不要发封电报给她，此时注意到一群游客聚集在一块写着“国际”的牌子下的一排老式电话旁。对哦，电话。我给她打了过去。这一年来，我们只交谈过两次或三次。她的声音听起来像是来自另一个世界的音乐，让我着迷。我们之间通过许多信件，但当我耳边传来她的低语时，我们俩之间遥远而微妙平衡的距离感就荡然无存了。她听说我生病十分紧张。你会好起来，她说，6 月底她将在新加坡跟我碰面。这是个大消息，当时已经是 5 月中了。

我痊愈了。

* * *

印尼很大，暴露在印度洋涌浪里的海岸线长达一千多英里，冲浪者广泛探索过的只有巴厘岛。布莱恩和我认为是时候去别处寻浪了。在爪哇岛的东南端，有一片传说中的荒野，叫做格拉贾甘

[1] 美国律师和政治活动家。1960 年代末 70 年代初，他将矛头指向环境污染、食品安全、肆无忌惮的大企业和不作为的政府部门，连续几年和他领导的消费者咨询团（主要由大学生和年轻律师组成）发表十几份报告，旨在促进以增进产品的安全性、广告、商标及信用为目的的消费者立法。——编者

（Grajagan）。美国人迈克·博伊姆[1] 1970年代中期曾在那里建了个营地，但最近没有人听过他的消息。逻辑上来说，从这里开始应该不错，我们卖掉了从澳大利亚带来的多余的冲浪板，从巴厘岛的人群中找了两个同伴：来自加州的印尼裔美国摄影师麦克，金发的厄瓜多尔（右脚在前的）冲浪者何塞。

那是一次艰难的旅程。我们在距离海岸很远的东爪哇小镇巴纽旺宜（Banyuwangi）购买物资，每笔交易似乎都得好一番讨价还价，或者至少他们在与白人交易时会这样。刚开始我们以为麦克的印尼话很好，没想到他的语言能力在压力下迅速瓦解。我变成了首席杀价者。（如果你不介意说得不好的话，印尼语是一种蛮容易学习的语言，动词没有时态，也几乎不是这个国家大部分地区人的母语，至少当时是这样，让外国人也能站在类似的起点上。）到了海边的格拉贾甘时，我们需要一艘船载我们穿过海湾到10英里外的浪那边。又是好几个小时更疯狂的让人汗流浃背的杀价过程。村民说他们曾经见过冲浪者，但最近一年都没有。我在日记本上草拟了一份合同，渔民科苏和我分别签了名。他们会带我们过去，费用是2万卢比（32美元），还会提供八罐淡水，一周后回来接我们，我们将在第二天早上5点出发。

我们坐的那艘船和乌鲁瓦图岛渔民外出打鱼时用的那种精致、五彩的浮架小船完全不同。那是一种宽梁、厚底的巨兽，驱动它的不是一张帆，而是一个巨大嘈杂的古老的舷外发动机，搭配怪异的长螺旋桨轴，可以坐十个人。我们航行五分钟后，船就在小镇前方的浪中翻了。没有人受伤，但每个人都不太高兴，物品都湿了。科苏想重新谈合同，他争辩此行比之前想象的危险。我认为这太过分了，每次船撞上沙洲，就得重新谈判才能继续上路，还真说得出口。所以，我们又

[1] 据说是个毒贩，由于在印尼被当地政府追捕，于是烧毁了自己在爪哇岛上的冲浪营，逃到了菲律宾南端的锡亚高。——编者

讨价还价了一天左右，直到浪变小了，才终于成行。

当地人称格拉贾甘浪点为普兰昆（Plengkung），在没有前路的岬角，那里的茂密丛林据说是爪哇虎最后的堡垒之一。海滩上有些破旧的建筑物，据说是博伊姆的营地，科苏在距离海滩大约半英里的海湾放我们下来。当时是退潮，在营地外宽阔的裸露的暗礁上，浪破得很漂亮。科苏发动马达离开了，我们在酷热的天气里开始搬运装备。水罐很重，我一次最多只能拖一个水罐，麦克连一个都拖不动，布莱恩却能一次带两个。我知道他很强壮，但也太离奇了吧。更令人印象深刻的是，到达营地后，我们全倒在阴凉处喘气，喘着气要喝水，布莱恩打开一个水罐，尝了一口，立刻吐了出来，平静地说："汽油。"他惊人的冷静，挨个检查过去，八罐中有六罐不能饮用。它们装过燃料，之后没有清洗干净。布莱恩把两罐饮用水拖到一棵树底下。"看起来需要严格配给，"他说，"要我来负责吗？"

麦克和何塞似乎很震惊，一句话都没说。"当然。"我回答。

整个格拉贾甘之行就是那样，搞砸了，出了意外，总是口渴，麦克和何塞像得了恐慌症。比较起来，布莱恩和我显得经验丰富，足智多谋。这种模式在巴纽旺宜就已经开始了，当他们气馁的时候，我们两人会分工，把事情料理好。布莱恩和我一起旅行了一年多，知道能依赖彼此的感觉相当好。例如在水的分配上，我知道布莱恩会很公平，每一滴水都公平。

博伊姆盖了几间竹屋，倒得还剩一栋了。我们小心翼翼地睡在没有倒塌的那间里头。没看到老虎，但夜晚听到过大型野兽的叫声，其中有爪哇野牛（banteng）和愤怒的野猪在刨我们周围的树干。最好别睡在地上。

厄运持续到我们第一次下水冲浪。当布莱恩从掀翻他的浪里出来时，他抱着头的一侧，脸色因为痛楚而苍白。我们猜是耳膜破了，那一周剩下的时间里他都没再下水。

我试着让他相信海浪并不如看起来那么好，事实上的确如此。它们看起来太不可思议了——很长很长，速度快，空阔的左手浪，浪小的时候也有6英尺，当涌浪脉动起来时可以超过8英尺。但我现在认为何塞和我冲浪的地点不对。我很自然地朝着浪尖顺着浪线往上走，找到第一块能上浪的区域。在格拉贾甘，上方很大，区隔分明，是糊状的，但那就是我要去的地方，何塞跟在我后面。我想我可以把波浪的一些更有生命力的部分连接到更远的地方，但我很少能做到。总是会有平坦处，然后是无法骑乘的区域。我完全没弄明白那里的礁石。很显然我从来没有想过要往里走，试着在那里找到一个角落，一个可以上浪的地方，带我到更干净削得更漂亮的浪上。在浪最大的那一天，何塞不愿意下水，很少离开自己的蚊帐的麦克说服我一路划水到一个大得吓人的地方。他甚至说服我穿上他带来的白色防寒小背心。他说，这颜色和绿松石色的海水以及我的棕色胳膊反差很大。我抓到了一个像怪兽般的浪，但没能做出更好的判断，虽然我用的是我信赖的新西兰尖尾板，还是差点没能成功下落。麦克表示他拍到了那个画面，可我从来没看到过。

事实上，直到一两年后，某人在美国一本冲浪杂志上看到麦克拍的我的整页照片，并寄给我，我才确定他那天相机里有胶卷。当时是低潮，格拉贾甘很空旷，我站在前景，胳膊下挟着尖尾板，波浪一如往常，非常壮观。

挫折是冲浪的一个重要组成部分，也是我们倾向于忘记的部分——愚蠢的过程，错过的浪头，搞砸的波浪，似乎永无止境的平静无波。但是，我在格拉贾甘的那一周，浪都是巨大、干净且人烟稀少，挫折居然成了我冲浪的一大主题，实在很难令其他冲浪者相信，包括布莱恩——因此对我来说十分难忘。

* * *

我的父母给我们寄来两顶棒球帽，是他们拍电视电影《在地狱里度假》（*Vacation in Hell*）时发的。人们问我这句话是什么意思？

我的印尼语不够好，没办法翻译到位，布莱恩便接过话来说：“朋友，就是你正在目睹的事。”

麦克和何塞直接回了巴厘岛，分手的时候，麦克郑重地警告我们：“印尼是个死亡陷阱。”这话有点耸人听闻，但旅行对于我们这种带着冲浪板，想用极少的钱穿过爪哇岛和苏门答腊的人来说，确实不是件易事。我们赶上的每辆巴士和面包车都非常不舒服，乘客们已经挤得谈不上任何尊严，因为运营商试图从乘客身上榨取更多利润——榨这个词真是实至名归。尽管如此，我还是不得不佩服售票男孩的英雄气概，他们惊人的平衡感、敏捷度和力量，能在让人毛发直竖的速度下抓紧门框，迅速议价，还能在某些情况下运用娴熟的公关手法使得客户至少有一半是满意的。这些赤脚、穿着破烂的聪明孩子，让总是要详细阅读说明书、小心翼翼地卸下车厢、穿着高级防护钢趾靴子的美国铁路工人看起来像个胆小鬼。

我们搭上火车穿过爪哇岛的一部分，探出窗外让轻风拂面的时候，我吓了一跳，对于乘火车游印尼的游客而言，这个国家的一件大事似乎是排便。铁轨穿过纵横交错的小溪、河流、灌溉沟渠和堰，似乎总能看到农民和村民静静地蹲着。这是世界上最大、风景最美的厕所之旅，它提醒在巴厘岛得过副伤寒的我，对放进嘴里的食物更加小心。尽管如此，我仍然在街边小摊吃东西，还整个人潜进水里。我在普兰昆染上了疟疾，但我当时并不知道。与此同时，雅加达的医生说布莱恩的耳膜确实裂了，他给了一些滴剂，说日后会愈合。

表面上，东南亚乡村的热带气候和波利尼西亚农村地区很相似，但两地的差异实际上非常明显。基于水稻的农业让此地有了发展文明的余裕，上亿人挤在这里生活，有着复杂到难以理解的种姓社会。我开始半正式地采访居民——说起来有点怪，因为我心中并没有特别的计划——经常出于好奇询问他们的家族历史、收入、前景和希望，他们似乎回答得很开心。日惹附近有位稻农，是个退伍军人，他向我细述了他的职业生涯、农场的经营成本以及长子的大学学业状况。然而，我听到的几乎每个故事都笼罩着一层厚厚的面纱，那是在1965至1966年间，当时有50多万印尼人在军队和伊斯兰神职人员领导的大屠杀中丧生。当年的主要目标是共产主义者及其支持者，但华人和基督徒也被大量杀害或被剥夺财产。其后，苏哈托独裁政权仍继续执政，这段历史被抹去，禁止公开谈论屠杀，学校教学中也不许有。苏门答腊西部港口城市巴东（Padang）的一名三轮车司机悄悄地告诉我，他曾作为左派分子嫌疑人蹲过几年监狱。大清洗之前，他是一名教授。他喜欢美国人，他说，但是美国政府援助了那场杀戮，并为之叫好。

从爪哇岛来到苏门答腊，让我们耳目一新。至少在我们经过的地区有更多的山，没那么拥挤，也更繁荣，没那么多窒息感。在南太平洋时，一个喜欢冒险的澳大利亚跪板冲浪者给了我们一张藏宝图，她说她在苏门答腊以西的尼亚斯岛（Pulau Nias）冲过浪。显然，那个地点不再是秘密，但它还没有迈过关键一关：没有照片公开发表。我们在巴东搭上了一艘小型的斯巴达式的柴油渡轮。这里距离尼亚斯大约200英里，第一天晚上我们遭受了暴风雨的袭击，四周一片黑暗，可怕的是，有时候我们似乎失去了方向感。海浪扫过甲板。唯一的舱房是一间供舵手用的窄小肮脏的胶合板小屋。大部分乘客都不舒服，但都相当坚强，没有人尖叫。大家都在祈祷。很幸运的是，我们没人掉进水里，这艘老旧的船也没有沉没。在一个闷热的灰色的早晨，我们驶入了尼亚斯南端的小港口达兰湾（Teluk Dalam）。我认为，在约瑟夫·康拉德①的小说中没有提到达兰湾是不合适的。尼亚斯有50万人口，没有电。

浪在西边大约10英里外，靠近一个叫拉贡德里（Lagundri）的

① 1857年生于波兰，自幼失去父母，17岁开始当水手，其航海生活达20余年。1886年入英国籍，1889年开始用英语写作。其作品中有一部分是航海小说，书中出色地描写了海上狂风暴雨的气氛，以及水手们艰苦的航海生活和深刻细微的心理活动。他被誉为海洋小说大师。——编者

村子。跪板冲浪者没的说错，确实是无懈可击的右手浪。它在岬角破浪，实际上却是礁石浪，因为波浪并没有沿着海岸线走。当它撞到礁石时，它像直尺一样立了起来，成为笔直的浪墙，随后朝着远离海岸的方向削过礁石，没有明显的区段，大概有 80 码，漂亮地在风中疾驰，最后汇进深水中。岬角上有一小群高高的椰子树朝着水面弯下腰，仿佛想要更进一步地观察波浪。这景象实在壮观。拉贡德里湾呈马蹄形，水很深。从岬角走下去一英里左右，有个小村庄，与海滩之间隔着棕榈树林，大部分是渔民的棚屋，只有一幢是气势恢宏、相当华丽的三层木屋，屋顶是精心设计的尖顶。那是间旅馆，有四五个澳大利亚冲浪者住在那里。就算那些冲浪者不太开心看到我们，也没有流露出来。我们把蚊帐挂在了二楼的阳台上。

就是在那个阳台上，布莱恩告诉我不想再继续了。我还记得他说这句话时，我手上拿着一本换着看的书，是贾斯汀·卡普兰写的马克·吐温传记。那是个炎热的下午，我们打算稍晚凉爽一点再外出。听到他的话我并没有真的很震惊，因为布莱恩一直在嘟囔着暑假时要和黛安在欧洲见面。

但我还是觉得很受伤，眼睛死死盯着书没把视线移开。

后来我问他，他说不是我的关系，他只是累了，想家，不想再旅行了。黛安给他下了最后通牒，不过他也真的想离开了。他打算在新加坡或曼谷找张便宜机票，大概 7 月下旬离开。那么还有六七个星期。

* * *

我们冲浪。大约在第一周，涌浪的规模惊人地一致。波浪的光彩似乎只是不断增加，不管潮汐如何，都可以冲浪。波浪似乎从来没被风吹坏过。海湾底部有一小股逆流往海的方向流去，这使得海面不管在任何情况下都是漂亮整洁的。划水简直容易得一塌糊涂，然后你先走到岬角的波浪之外，穿过暗礁上的小洞，毫发未湿地抵达上浪区。

这里有着和基拉一样的世界级的右手浪，除此之外，它似乎和基拉完全相反。这里没有争斗，就算方圆 500 英里内的冲浪者同时出场，仍旧一点都不拥挤。基拉的波浪本质是惊人的压缩，尼亚斯的海浪则感觉像是纯粹的扩张。它邀请你走得更远，进入得更早，走更高的线，拉进得更深。上浪很陡峭，但是直接干脆，你只需要翻过岩架在波浪发动时上去。在主要浪墙区是没有时间进行大转弯的，这是个要求速度和直觉的浪，如果你走高线并抓准浪打开的时机，就能得到一个极棒的浪管。这不是一个自上而下的浪管，而是一个杏仁状的，可是它有足够的力量折断浪板。波浪不像塔瓦鲁阿那么长，而且水也不会浅到危险。尼亚斯的浪潮有着非凡的优雅。主浪墙的最后 10 码，就在它汇入深水之前，会显得格外高大，没有什么特别的原因，那儿的浪面通常比波浪的其余部分高出几英尺。这个绿色的大斜坡，特别是它最上端的三分之一，邀人做出高速的大胆动作，一个会让人印在脑海的动作，展现出对浪的感激之情和驾驭能力。

从某些角度来看，我的冲浪水平在尼亚斯达到了顶峰，然而当时的我并不知道。那时我 26 岁，可能比以往任何时候都强壮，我也达到了我所能达到的最快速度。我站在合适的板子上，冲着恰到好处的浪。我已经持续冲浪一年多了。我自认可以应付任何海浪。那一周的后来几天，当海浪变得越来越大时，我更加投入，有更多用不完的能量。波浪最终区的超高地段，让我从以前未曾尝试过的高度下浪，而大部分时间，都还是站在板上干净地完成的。我感到了前所未有的放松，认为自己会不朽。

*　　*　　*

虽然现在是旱季，但两天的暴雨仍淹没了村庄，使得海湾里满是棕色的淡水，这似乎扼杀了海浪。

上床睡觉时我有种奇怪的感觉，隔天早上醒来就发起了高烧。我以为是副伤寒复发，更有可能是疟疾。我开始觉得自己没那么不朽了。也许印尼的确是个死亡陷阱。1975 年，三名澳大利亚冲浪者在拉贡德里发现了海浪，其中一人叫约翰·吉赛尔，他在多次疟疾发作后，于 9 个月后死于肺炎，终年 23 岁。第一次在格拉贾甘冲浪的两人之一——一个叫鲍勃·拉弗蒂的美国人（另一个是迈克·博伊姆的兄弟），在回到巴厘岛几天后，在乌鲁瓦图溺水身亡。迈克·博伊姆在印尼幸存下来，但干起了可卡因走私，在瓦努阿图（Vanuatu）入狱，后来被发现死于他在菲律宾发现的大浪中，当时用的是化名。

我也累了，想家，不想继续旅行。我并不想和布莱恩一起离开亚洲，却想不起自己为何会在这里。是的，这里可以冲浪，但不会比拉贡德里更好了。我简直无法想象回到美国的情景。我抄录了《吉姆老爷》[①] 中的一段话，“成千上万的我们在地球的表面漂泊，显赫的人和默默无闻的人，在大海之外赚取我们的声名、钱财，或者只是一片面包；但在我看来，我们每个人回家就像是交账一样”。我还没准备好当会计。一方面，我不能没完成这部小说就回美国。我不停地想着它，在日记上写满了情节、反思、自责和自我激励，但巴厘岛之后就没有进展。我可以在哪里躲起来重新开始工作呢？写作让我感觉我的存在——选择以这种极端默默无闻的方式活着——差不多是合理的。但我也开始担心钱了。我们当时每天靠几美元生活，但到了新加坡和曼谷这样的城市，就会是另外一回事了。布莱恩有足够的钱回家。若在东南亚手头缺钱会非常糟糕。我怀疑莎伦也没存多少钱，我们必须节省。

但我知道，对我而言在拉贡德里为钱烦恼是可笑的、恶心的，亚洲之路（Asia Trail）的氛围的讽刺之处从未远离。亚洲之路是从欧洲到巴厘岛的一条蜿蜒曲折的陆路，自 1960 年代以来有成千上万的西方背包客在这条路上跋涉。1979 年的伊朗革命把这条路断成好几截，苏联入侵阿富汗也把某个贫困、毒品泛滥的香格里拉从这条路上去掉

---

① Lord Jim，约瑟夫·康拉德的长篇小说之一。——编者

了。但这条路（包括了在苏门答腊北部的托巴湖［Lake Toba］的一个主要站点），还有一条通往尼亚斯的支线，它和冲浪几乎无关。它的存在，显然是因为当地文化，这种文化的发展相对孤立，包括巨石纪念碑、蔚为壮观的铁木建筑（当地称为 omo sebua）、战争舞蹈，以及房屋仿照奴隶交易时代的荷兰大帆船所建的山顶村庄。于是，一群奇怪的欧洲嬉皮士和游客沿着拉贡德里的海岸路线游荡。村民对他们，尤其是那些衣衫褴褛的背包客侧目而视。不难理解为什么。这里有不少难缠的全球统治精英分子，他们一天在机票上花的钱，可能比尼亚斯岛上任何人辛勤工作一年赚的都要多，他们之所以离开一个普通人难以想象的富足干净的地方，来到这片极度贫穷、不健康的地方，就是为了寻找生活乐趣。他们背着巨大的背包，盲目地跋涉而行，迷失了方向，对周遭一无所知，像驴子一般汗流浃背。他们希望站在亚洲的土地上看亚洲，而不是从有空调的希尔顿饭店顶上看，尽管任何有理智的人都会选择后者。贫穷的背包客们跋涉 7 000 英里，在赤道丛林中冒着患痢疾、中暑或更严重的疾病的风险，是想成为“旅行者”而非“游客”——他们的雄心壮志和厌恶之情也许永远也说不清道不明，但是众所周知，这种人带的钱太少，几乎不值得下手。

当然，布莱恩和我在经济上属于同一阶层。作为在一个贫穷的棕色人种的世界行走的富裕白人，实在是衰得不可救药。简单来说，我们糟透了。

在拉贡德里经营那家旅馆的是个穆斯林家庭，在以基督徒为主的尼亚斯，他们的存在极不寻常。在附近村庄里，热烈的圣歌让教堂不禁轻颤。丛林小路上，腰间插着开山刀不苟言笑的男人，扛着装满椰子的大粗布袋。我们旅馆的主人和蔼可亲，相对而言见过大世面——他们来自苏门答腊，警告我们别在晚上走出村庄。他们说，当地的基督教完全是有名无实的。第二次世界大战期间，当这个岛与外界的联系被切断时，会众迅速恢复殖民前的习俗，吃掉了荷兰和德国的传教士。我无法证实这个血腥的传闻。

我的高烧伴随着寒颤，头经常痛。我服用了氯喹，那是一种流行的疟疾预防药，但我没有意识到它对许多当地的疟疾毒株无效。印尼村民经常向我索要药片，却不说具体是要维生素、阿司匹林还是抗生素——人们似乎普遍对药片很有信心。刚开始我以为他们要药是因为朋友或亲戚生病了，或是囤着防患于未然，但是后来我看到那些看起来非常健康的人一拿到药片就二话不说往嘴里塞。如果不考虑这么做的坏处的话，会觉得这个举动很可笑。现在我病了，人们就不来打扰了。婴儿在哭嚎。我无精打采地读着唐纳德·巴塞尔姆的故事集。一些句子印在了我的脑海中。“给丛林男孩 Bomba 打电话？听听他的意见？”波尼·M 乐队那首烦人的阴魂不散的《巴比伦河》从一名农村少年的录音机上吭哧吭哧地传来。我听着布莱恩和一群澳大利亚人聊天，布莱恩说得高兴，那些人听得把刚喝下去的苏门答腊咖啡从鼻子里喷了出来。我听见他说：“哦，是的，如果某个浪点离美国的城镇太远了，我们就打电话给陆军工程兵团，他们就会移走它。大概要花两三天，好几台卡车，他们得关闭整条公路。有时他们搬运整个海湾，其他情况下都只是搬运暗礁和波浪。你该去路上看他们工作，冲浪者还在上头冲浪玩耍。他们必须把速度放得非常非常慢。一项相当大的工程。”

我会想念他，那种想念难以言表。他说他离开不是因为我，但我知道我至少是原因之一。现在我们几乎不用刻意费心就能好好相处，已经几个月不曾争吵，但我们的伙伴关系中的隐秘动力并没有改变。我在追求某些东西，虽然不确定是什么。而我的自以为是和布莱恩所说的被动之间的化学反应对他来说没有任何益处，这事从我们被瑙鲁航空抛弃被迫住进了关岛的希尔顿酒店开始，他就注意到了。他不想觉得自己只是个无足轻重的配角，他不得不离开。但是，这趟漫长而陌生的旅程如果少了他会变成什么样呢？他和我说的话是别人不会懂的。据我们在汤加遇到的特卡说，如果发生地震，或者如果有人偷了我们的车，我们会说："哦，哇，这是个新体验。"但我们是在经历了几次小挫败后这么说的，比如在进水的渡轮上度过的地狱似的夜晚，以及那些污染的水罐造成的口渴难耐的日子。帕蒂·史密斯的《埃塞俄比亚之声》① 真是听不下去，用的是某种二手的兰波式比喻，但它代表了所有仿异国情调的潮人姿态，里面的纽约地名没人去过，更别说在那儿生活过了。我们感觉比这一切优越，尽管也从中受到了模糊的威胁。这些是在艺术领域取得了成功的人，有着布莱恩有时所说的"差功"（Suckcess）。现在他要回美国了，我则打算留在埃塞俄比亚。我默默地羡慕着他。

我开始觉得好一点了，于是去小小地散个步。在一条丛林小路上，我遇到一位老人，伸出手默默地拍了拍我的肚子，这是他道早安的方式。

"几点了（Jam berapa）？"孩子们喜欢指着他们没戴手表的手腕问。

"橡皮时间（Jam karet）。"这是答案，也是个老掉牙的笑话，意味着时间在印尼是个灵活的概念。

我遇到的人经常会问："你要去哪里（Dimana）？"

"只是散个步，走走（Jalan，jalan，saja）。"我回答。

印尼的每个人都想知道我是否已婚，如果直接回答"没有"（Titak），那太粗鲁了。太直截了当了，对婚姻不尊重。要说"还没有"（Belum）。

我想知道莎伦若来到尼亚斯会怎么做。在摩洛哥时，她展现了无畏的精神，在北非任何城市都穿梭自如。我开始告诉拉贡德里的人们我要去新加坡，但几个月后就会回来。他们开了代购清单：银色精工全自动男表，Mikasa 牌排球，给旅馆住客用的留言簿。我也开始列我

---

① *Radio Ethiopia*，1976 年帕蒂·史密斯同名专辑的标题曲目，几乎以"10 分钟的噪音"而闻名。帕蒂·史密斯称这首歌表达了阿瑟·兰波的临终遗愿。评论家和歌迷争论的焦点是帕蒂·史密斯在突破界限还是仅仅是自我放纵。——编者

自己要采买的清单：蜂蜜，威士忌，强力胶带，果干，坚果，奶粉，燕麦片。我需要蛋白质，肉，甚至是鱼。奇怪的是，新鲜的鱼在拉贡德里很稀有，这里的三餐主要是米饭和羽衣甘蓝，还有用来对抗细菌的辣椒。我们像其他人一样用手吃饭。爪哇岛的一位渔民教了我用手指吃饭的诀窍，前三根手指作为槽，拇指作铲子。的确有用。但我需要更多的食物，更多的维生素。我的冲浪裤老是从腰上往下滑。

太阳回来了。海湾里的泥也消失了。

我请人用摩托车载我到达兰湾，听说镇上一家商店有发电机和冰箱。我找到了那家商店，请他们帮我冰两大瓶宾当啤酒（Bintang）——相当于喜力的印尼版。然后我在城里逛了逛，发了封电报给莎伦，确认见面的细节。等啤酒变冷后，我把它们埋在锯末里，并冲回了拉贡德里。我将啤酒递给二楼阳台的布莱恩时它们还是冰的，我觉得他几乎喜极而泣，我自己也差点落泪。在我的生活中，没有什么比这更美味了。我们俩激动得说不出话来。

每件事都带有临别的感觉。布莱恩请我帮他拍照，说要留给“孙辈们”。他拿着冲浪板站在海滩上，望着夕阳，假装是英雄，还穿着纱笼，这里每个人——无论是当地男人还是外国人——通常都会穿，但平日布莱恩绝对不会穿。

浪又好起来了。但它似乎总在接近黄昏的那个黄金时段。在我们俩此行的最后一晚，布莱恩和我不约而同地一起站上了同一个浪，这是我们从未做过的。冲了好一阵子，然后很干脆地下浪，趴在板上，并排在白浪花上，穿过暗礁，划进浅滩时还提起拳头互击了一下。

* * *

在印尼待了三个月后来到新加坡，眼前如此有序、富饶和干净，让人震撼。莎伦和我们在机场碰面时，被布莱恩和我对待出租车司机和街上搬运工如此咄咄逼人的态度吓到了。我试图解释这是后印尼应激综合征，不知道如何对待周遭那些跟我们讨价还价的人。这是实话，但她显然不相信。

我们的饭店房间有空调。莎伦带了件老式的睡衣，精致，雪白，面前有一排维多利亚式的小纽扣。衣服可以直接从头上掀掉，但纽扣的设计极有巧思。

布莱恩去香港看朋友，趁此机会我们去了泰国湾的一个小岛——苏梅岛，住在海滩上的一间小平房里。那是个安静、可爱、一派佛教气氛、价格便宜的地方。（我后来听说那儿盖了数百家酒店，不过当时只有渔民和椰农。）没有海浪，没有电，适合浮潜。刚从北加州来的莎伦，似乎被东南亚农村凶猛的热浪、无处不在的昆虫和物质享受的缺乏弄得有点手足无措。然而，她情绪高昂：终于拿到博士学位，正迈入学术界。我认识她的时候，她是个乔叟专家，但是最后博士论文写了近代美国小说中的武士形象。“宽容的纬度无边无际。”她喜欢引用菲利普·K. 迪克的话，以此形容她那几位能适应新情况的论文指导教授，或是神秘的性实践，最常用到的地方是使用一般哲学思维理解陌生事物。莎伦的适应力很强，对前工业化生活有种浪漫的兴趣，我很清楚，尽管我意识到，我的这种兴趣已经消失了。她来了，我很高兴，也非常感激。她宣布她想去泰国北部的山区，或是去缅甸的仰光和曼德勒，也同意去苏门答腊和尼亚斯。她的皮肤开始失去雾气养出的苍白。她那高低起伏带有喉音和戏剧化结尾的笑声回来了，非常吸引人。

老实说，我有点迷茫。印尼之后，我发现苏梅岛没有口角、没有被打扰的隐私，令我感到不安，我们有太多的时间和空间专注于彼此。我已经习惯，而且此时是深深习惯于一种不同类型的友谊。我也习惯了总是在追波逐浪，或至少奋力朝浪而去。这就是我全新的生活。我们俩都很小心，或许太客气了。但是在打开我们从新加坡带去的威士忌时，我们又变得鲁莽起来。我显然变了，不只是更瘦更黑这种身体上的转变，我变得更加谨慎，甚至有所保留，让莎伦觉得别扭。与此同时，她老是发表令我厌恶的言论。有一天，她看着一家人穿过一条泥泞的小路，说：“这些人对孩子有着特别的爱。”这也许是赞赏，至少是无伤大雅的话，却让我反胃。只看到三个人，却说出了涵盖 4 600 万泰国人的话。我告诉自己，这只是语言风格的问题。很长一段时间以来，我一直在使用另一种表达方式——更尖刻、更具讽刺性、更男性化，永远防止自己说出蠢话。我能流利地说带有好色的粗俗话的方言。现在我只是需要学习或者说重新学习一种新的共同语言。几杯酒下肚后，莎伦要我解释为什么对她如此挑剔，我想“苛刻”也许才是她想说的词。当布莱恩喝得醉醺醺的时候，我会对他很不宽容吗？答案是不会。所以，当我有刻薄的想法时，我就咬住舌头不说。我隐约感觉身体不舒服，对情况并没有帮助。我在新加坡时再度发烧，时间不长，医生说是疟疾。当症状消失时，我以为只是小病。莎伦劝我多吃米饭和面条，我瘦到只剩下麻绳般的肌肉，需要脂肪储备。我意识到，有人这样照顾我、看着我，真是太好了。

我们前往曼谷和布莱恩会面，住在一个状况不是很好的车站酒店。这是一座炎热、混乱，令人兴奋又令人疲惫不堪的城市，明亮的水上出租车在运河上飞驰，令人赞叹的佛寺，街头的美味沙嗲，还有一座看起来颇为欧式的宫殿。在我们住的地方，无论是西方人还是亚洲人，似乎都在大量消费毒品，或者小打小闹贩卖毒品。在曼谷的某些地区，显而易见存在多个地下犯罪组织。我手上还有《轨道》约的另外几个稿，需要讲讲巴厘岛以外的故事，而我已经在写了。布莱恩会稍微编辑一下我的稿子，然后共同署名，这是澳大利亚青年读者的期待。不过，就算稿费能抵达这里，也相当微薄，我越来越担心钱了。出乎意料的是，我收到了工人天堂——澳大利亚寄来的所得税退税，有 1 000 多美金。莎伦没有那么多钱。在苏门答腊的实武牙（Sibolga），一个长得天真烂漫的德国骗子提出以六折的价格收购我所有的旅行支票，他说我只要挂失，就能得到全额赔偿，现在我希望当时能认真考虑一下他的提议。车站酒店每个平方的地皮上打亚洲之路主意的骗子比我们去过的任何地方都多。也许我可以在这里卖掉旅行支票？布莱恩和莎伦都觉得不妥，不仅冒风险，更是个错误，说我不是那种人。当然，他们说的都对，但我们不是在澳大利亚非法打过工吗，而且还做得很好，不是吗？

新闻里都在讲泰柬边境的人道主义危机。年初，越南军队将红色高棉赶下台，大批难民被赶到边境。红色高棉退回丛林，与越南人交战，加重了百姓的苦难。我发现自己在仔细研究地图和新闻报道，思索如何到那里做救援机构的志愿者。从这里过去只有一天的车程。我在咖啡馆遇见的两个年轻的法国女人正要去，一个是摄影记者，另一个是护士。这件事赚不了钱，我也还没有和莎伦提过，但是她读过罗伯特·斯通的《狗士兵》（*Dog Soldiers*）——嘿，还写进了她的论文里。文字报道集中于越南，或者至少是集中于其无尽的后患。经过反复盘算和对战争的想象，我下定决心，前往当地的美国运通办公室，声称自己丢失了旅行支票。收下假报告的职员似乎抱着怀疑，吓得我口干舌燥。但那个德国骗子是对的，一两天内我就收到了全额退款。尽管如此，我不知道该如何处理原支票，因为它们现在是热门商品。欺骗美国运通在我看来，显然是一件无伤大雅的罗宾汉式行为，我只不过是对一家大公司做了件它们会对平常人做的事。事实上，与我的一些文学偶像的大胆之举相比似乎挺窝囊的。迪安·莫里亚提纯为开心偷车子。还有威廉·巴勒斯！当我把自己的不法行为告诉布莱恩和莎伦时，他们很不开心，建议我，如果不想进曼谷的监狱，最好把支票冲进马桶。

不管怎么说，这一切都在第二天晚上消失了，我最终进了曼谷的医院。那是一家有个很好的小花园的医院，是我朋友们所能找到的最好的医院。我对那个夜晚以及后来几天的记忆浑浑噩噩稀里糊涂。我知道自己发了高烧，胡言乱语，虚弱到无法穿过饭店房间，更别说拒绝住院了。当我知道我朋友居然要带我去显然是为外国外交官服务的诊所，便吓坏了，但他们语气坚决地叫我闭嘴。医生是德国人。她说我的血液“因疟疾而变黑了”，应该立即飞回美国。在这一点上，朋友们犹豫了，我能让朋友们理解我对这种小题大做的提议的坚决反对，他们不愿意违背我的意愿。他们讨论了我的存活概率，以及医生在亚洲 40 年来见过的所有疟疾病例。最后，他们没有送我上飞机。

黑暗的日子随之而来。浑身疼痛的高烧变成了北极般刺骨的寒冷。我的体重迅速下降，只剩下 135 磅。（我身高 6 英尺 2 寸。）埃廷格医生上了年纪，严厉又和善。她说我是个幸运的男孩，会活下来的。小护士用巨大的针筒在我的两边屁股上注射药物，我毫无力气，以至于一个星期都无法下床。偏执和抑郁占据了我的大脑。我连想都不敢想那张数字一直在飙高的账单，布莱恩和莎伦每天都来看我，给我讲安静的草坪和树篱之外的曼谷的故事。但是我笑不出来，连微笑都不行。我很失落，越来越觉得自己是在浪费生命的念头复仇般地回来了。我希望我父亲出现，给我一些具体而全面的建议，我会听他的。我并不是想让父母知道我病了。而且他们也不知道。

然后布莱恩不再来看我了。莎伦对原因含糊其词，说他去见一些人了。我认为他俩一定是睡在一起了，我脑子里一遍遍出现车站饭店可能发生的场景。布莱恩曾坐在我们的房间里，莎伦洗完澡，赤身裸体地走出浴室，布莱恩一边低吼，一边遮住眼睛。她笑了起来，说他还真嫩，而他遮着眼呻吟，恳求她穿上些东西。当时我觉得这样很有趣。莎伦知道自己的裸体很美，这样吓布莱恩她觉得很好玩。他们是好朋友，她知道在他的男性下流趣味下，有某种拘谨和严格的界限感，所以她喜欢逗他。仅此而已。他们之间没有男女那层意思，我想。

但也许我错了。或者，她是在报复我这个自私的混蛋，因为我总是在追逐波浪，让她空等。有一次，她受不了我和布莱恩一起旅行，竟然说：“你们俩干脆你干他他干你，不就好了？”这话实在太过了，完全不像她会说的话，我吓了一大跳。但我真的了解她吗？在这点上有多了解？我也真的了解布莱恩吗？我从来没有告诉布莱恩莎伦讲过这样的话，如果我说了，我猜他会回答：“对啊，汤姆。”当话题涉及男同志的时候，他总会这么打趣，只有我知道。但我误判了朋友，被人戴了绿帽子。

夜晚很难熬，我觉得自己好像在戈雅的“黑色绘画”[1] 中。食尸鬼似乎围绕在我的床边，他们的影子映在墙上。我头痛得像是塞进了全世界。我睡不着。理智上我知道，布莱恩和莎伦带我来这里是对的，可能救了我的性命。我得到了很好的照顾，但是账单已经远远超出了我的承受能力，如果接下来他们——医院或美国大使馆？——让我买张机票回美国，那就意味着我将带着耻辱的标签回家，一文不名，健康受损，一败涂地。

某天深夜，在探视时间过后很久，布莱恩出现在我的床边。他提着一个很大的购物袋，一个字都没说，就把袋子翻过来，将里头的东西全倒在了我腿上，那是一捆捆脏兮兮的泰铢，当地货币，一大笔钱。他说，就算不能全部付清，应该也足以付掉我账单的一大部分了。他看起来很疲惫，带点得意洋洋和愤怒，还有疯狂。

我从不知道那是怎样一个故事，只从莎伦那里得知一二。布莱恩看到我的处境很糟，就翻看了我的行李，搜出了我挂失的旅行支票。（因为高烧而昏昏沉沉的我，早已忘记了它们的存在。）然后他以面值的六折价格把支票卖给了中国帮会。这不是一桩一手交钱一手交货的交易，他坚持要收到全额货款后才交付货物，花了好几天讨价还价，事情才结束。整件事从头到尾都完全不像是布莱恩会干的，但他大获全胜。我和布莱恩的角色完全颠倒了。他冒着巨大的风险，将我从医院里救了出来，在此过程中也跟我两清了。

* * *

莎伦和我最终成功抵达了尼亚斯，不过已经是季风季节，降雨破

---

① Pinturas negras，是西班牙画家戈雅晚年于“聋人屋”（Quinta del Sordo）的墙壁上绘制的14或15幅壁画，这组画得名于其阴郁的主题和黑色的大量运用，展现了对疯癫的恐惧与人性阴暗面的一角。——编者

坏了海浪。在拉贡德里居然有 15 名冲浪者，有人递给我一本美国冲浪杂志，上面登了一幅令人目眩神迷的照片，主角是令人目眩神迷的浪。这就是他们出现在这里的理由。不怎么为人所知的时代结束了，15 个人很快就会变成 50 个人。村子里似乎有许多人生病，包括孩子。旅馆的老板说，是地方性疟疾。随意讨要药物的行为现在就更不好笑了。我当时正在服用一种新的预防疟疾的药物——事实上是两种——而且，几个月前曼谷的小护士多次用大针管给我打针，以至于我现在仍然蹒跚而行。有几天浪很好。我发现自己已经恢复了足够的体力去冲浪了。人们开心地收下了排球、留言簿和手表，但现在在我看来，这些小小的物品交换让我们之间的关系变味了。

我们继续前进，一路往西。赶上了一艘从马来西亚开往印度的船，睡在甲板上。我们在斯里兰卡西南部的丛林里租了间小房子，每月 29 美元。莎伦表面上看像是在改写博士论文，我则继续写小说。我们买了中国产的自行车，每天早上我都胳膊下挟着冲浪板，骑车从一条小路前往海滩，那里大部分日子里都有像样的浪。我们没有电，从井里打水。猴子偷走了无人看管的水果。莎伦向我们的房东昌蒂玛学会了煮可口的咖喱菜。一个疯女人住在对面，日夜咆哮嚎叫。蚊子，蚂蚁，蜈蚣，苍蝇，所有的虫子都很烦人。山下的一座佛寺里，年轻的僧侣们举行了喧闹的派对，大声地播放音乐，敲打牛铃直到天亮。当时内战还未开始，我们住在僧伽罗人的地盘，听到了很多反泰米尔人的言论。

我现在想知道莎伦是否对我的旅行大计划感兴趣，或者她是否知道我的计划？我的理想是环游地球，尽可能不走捷径，听起来很俗气，所以我从来不提。我记得，在离开米苏拉的那天早上，我告诉了这里的一位朋友。我们站在她工作的咖啡馆外的人行道上，四周是隐约可见的雪山。那天，我说我要往西，去海边，然后有一天我回来时——我停顿了一下，以制造某种感性效果——可能将从东面来。她歪着头笑了起来，要我说到做到。

莎伦对非洲很感兴趣，所以我们的方向还算一致。我们一直往西走，寻找去肯尼亚或坦桑尼亚的船，可是这两国的签证都无法在斯里兰卡办理。最后我们飞往南非，在约翰内斯堡买了辆二手旅行车，前往德班海岸。我们一路露营，经过纳塔尔（Natal）、特兰斯凯（Transkei）抵达开普敦。我一路都冲到了浪。那是1980年，种族隔离仍然盛行。我继续对随机遇到的当地人进行了非正式的采访，得知了许多怪诞的现象：彬彬有礼的黑人工人和乡村民众以各种难以捉摸的原因回避；和我们一样的白人露营客则以轻松随便的态度表现出深度的种族歧视。莎伦和我有太多东西要学，要阅读戈迪默、库切、富加德、布雷滕巴赫、布林克①等人还没被禁的作品。冲浪者都是白人，这并不让人意外。我们接下来想走陆路从“开普敦到开罗”，这是大胆的计划，可是，我们的钱用完了。

我们听说在开普敦的黑人学校长期师资短缺，学年才刚开始，有人给了我一份乡镇学校的名单。在我拜访的第二所学校——格拉斯公园高中（Grassy Park Senior Secondary），雷厉风行的乔治·范登·赫弗校长当场就雇用我。我教英文、地理和一个叫“宗教教育”的课，并且立刻开始上班。学生们穿着校服，年龄从12岁到23岁不等，看到一个摸不着头绪的美国白人站在教室里，穿着在斯里兰卡买的棕色塑胶便鞋，打着当天早上才在伍尔沃斯商店里花三块钱买的条纹领带时，似乎都很惊讶。但他们还是忍下了内心的怀疑，称呼我“先生”，大体而言他们都乐于助人，非常友善。

我和莎伦在可以俯瞰福尔斯湾（False Bay）的一座潮湿的绿松石

① 他们都是以英语写作的南非作家。纳丁·戈迪默是1991年诺贝尔文学奖的获得者，也是第一位获得此奖的南非作家，她的长篇小说和短篇小说描述了南非的防备性社会准则对每个人和他们彼此间的关系所造成的影响。约翰·马克斯韦尔·库切是2003年诺贝尔文学奖获得者，其作品大量地反映了南非人民的生活。阿索尔·富加德是南非剧作家、演员及导演。1948—1991年的种族隔离政策是他自传体戏剧的主题。布雷滕·布雷滕巴赫，南非作家和画家，反种族隔离运动的中坚分子。安德烈·布林克，南非著名作家，作品生动再现了南非奴隶制时期伦理错乱、道德失衡的社会图景。——编者

色老房子里租了一个房间，福尔斯湾位于好望角的印度洋那一侧。开普半岛像一根细长的手指，朝南指向南极。半岛的底部——它的北端——坐落着一个壮观的高山群，开普敦市环绕着它。它的北面是桌山（Table Mountain），俯瞰开普敦市中心。开普敦的黑人被集体逐出城市，赶到东部一片被称为开普平原区（Cape Flats）的贫瘠的荒地，这是典型的种族隔离行为，一种狂热无情的社会工程。格拉斯公园是开普平原区上的一个“有色”乡镇，贫穷，犯罪猖獗，但情况远不如它四周的贫民窟悲惨。根据法律规定，我们住在“白人地带”。因为格拉斯公园距离福尔斯湾只有几英里，所以我的通勤情况实际上并不坏。在我们住的潮湿的大房子前方，有个宽阔而不成形的海滩浪点，如果我没有忙着改作业或备课，就会去那里冲浪。

我的工作变得非常耗时。莎伦也考虑过教书，却因为官僚主义问题而卡在了文件上。接着传来她母亲病重的消息，于是她把所有东西扔进一个袋子里，飞往洛杉矶。虽然我嘀咕着要和她一起去，却从来没有认真考虑执行。自她来新加坡以后已经一年了，我们已经找到了共同生活的节奏，也会表现出同样的好奇心，很少吵架。但是我有自己的计划：写一本小说，来一次环球旅行，去好多地方冲浪，而我现在在格拉斯公园高中教书。莎伦的目标没有那么迫切，也没有那么明确。由于我一向以自我为中心，短视，从来没有问过她想要什么，也从来没有谈过未来。她快 35 岁了。事实是，我们并不般配。这么多年来，她一直对我兴趣不减，我却不是她想要的人。与此同时，我视她的存在为理所当然。当她离开开普敦时，我们没有计划，也没有誓言。

* * *

教学之所以变得这么吸引我，一个原因是不可能用提供给我们的教科书教学，里头全是种族隔离宣传和错误的信息，例如，地理课程里有一节是关于南非的邻国的，它将那些国家描述为和平的葡萄牙殖民地。事实上，就连我都知道，莫桑比克和安哥拉都曾经为争取民族解放进行过长期而血腥的战争，早在几年前就把葡萄牙人赶了出去，现在都在进行惨烈的内战，南非也插手了，在其中武装和训练叛军。从某种意义上讲，南非的城市地理课程的版本更糟，例如，它将居住区的种族隔离说成是一种和平演变而来的自然法则。将这种为政权服务的虚构故事当作事实在一个社区中灌输，而这个社区是因为人们被暴力大规模驱逐出了指定给“白人”的市中心社区才形成的。这种做法显然是站不住脚的。所以我埋头苦读，希望尽快了解这些主题和其他主题，但结果显然比预期的难。许多相关书籍被禁。我终于在开普敦大学图书馆的某个特殊区域找到了一些被禁的出版物，但是不能外借，只能在馆内查阅。当然，在涉及地方和地区政治及历史时，我还得拼命地恶补。

我的学生似乎并不特别关心我是否有专业知识或是缺乏专业知识，他们几乎都不愿意被我叫到起来回答政治问题，我看不出是因为漠不关心，还是对我心存戒心。也有例外，那是在高年级学生中，表面上看是要参加宗教教育的学习，却坚持将唯一的教科书——《圣经》——晾在一旁，在课堂上自由讨论。他们最喜欢的话题是职业、电脑、婚前性行为的利弊。在不避讳谈论政治的人中，有个叫塞西尔·普林斯洛的男孩，他深沉阴郁、老成持重，不知怎的知道了我努力在我的课上教的都是政府教学大纲以外的东西。

他开始在课后留下与我交谈，仔细询问我的背景和观点，试探我对南非局势的微弱掌握。对我绕开教学大纲的努力真正造成阻碍的并不是学生，而是我更为保守的同事。他们也听说我不只是在根据学生最终要面临的考试来备课，并让我知道这是不被接受的。我不知道该怎么办，幸好我教的那些考试科目中没有一个学生要在今年面对国家标准化考试，还要再有一两年时间，所以我抛开了有毒的教学大纲上课，并没有让他们立即陷入学业上的危险。我尝试接受自己很快就会被解雇的念头。我没有工作保障，一切只看校长的心意。校长本人非常保守。但我真的不想丢掉教学工作。

4 月某个早上，一切都变了，我们的学生突然开始抵制上课，抗议教育上的种族隔离。我之所以说突然，是因为被吓到了，但事实上，抵制行动是经过长期精心策划的。学校里贴满了横幅：打倒劣质教育，释放所有政治犯。学生们游行，唱歌，举起拳头，呼喊着祖鲁人在解放斗争中的号召和回应（call-and-response）。

“Amandla（权力）!”

“NGAWETHU（还给人民）!”

在校园里的一次群众大会上，塞西尔·普林斯洛对群众说：“这不是学校放假。”他一字一字地强调：“这是洗脑的假日。”

开普平原区的其他高中也在进行抵制，抗议活动迅速蔓延到全国。几周之内，20 万学生拒绝上课，要求结束种族隔离。在格拉斯公园高中，学生们继续每天来学校，在富有同情心的老师的帮助下组织起了替代的课程，我就是其中之一。现在是有革命意识的学生掌控局面，我以前偏离教学大纲的行为不再像渎职，我也不再担心会失去工作了。我班上的美国权利法案课都排满了。这是个混乱却令人振奋的时期。

可惜这种兴高采烈是短暂的，只维持了数个星期。当局措手不及，总理 P. W. 波塔气势汹汹地发出威胁之语，但国家庞大的镇压机制似乎未能立即起作用。然而一旦发生这种情况，局势很快变坏。（包括我们学校的）学生领袖和具有革命意识的教师（包括我的同事、隔壁班上的老师马修·克洛特）开始消失，有些人躲了起来，大部分进了政府的监狱。这些是无指控拘留，已知的被拘留者人数迅速飙升到数百人。

对抗升级。6 月中旬，开普敦的大罢工达到高潮。数十万黑人工人连续两天待在家中，工厂和企业被迫关闭。警察现在全副武装充分动员，袭击了非法集会，而根据一个什么《禁止暴乱集会法》（Riotous Assemblies Act），所有的黑人集会现在都变成了非法。开始出现纵火和抢劫，警方宣布会“开枪杀人”，开普平原区变成了战场。医院报告称有数百人受伤致残。新闻报道了 42 人死亡，许多死伤者都是儿童。学校现在都关了，所有通往格拉斯公园的路也封闭了，很难得到消息。当道路重新开放后，我开车前往格拉斯公园，开普平原区的许多地方被破坏殆尽，但我们的学校还好。我找到了三个我的学生。他们说在整个暴力事件中，他们一直留在家里。我们的学生似乎都没有受伤，简直是个奇迹。

三周后，学校复课。学年才过了一半，校长再三提醒，现在有很多额外的工作要做。

*　　*　　*

当我的世界突然缩进一所乡镇中学，放到那里的几十名青少年身上时，我还冲浪吗？冲的。好望角的大西洋那侧有许多好浪，水冷得出奇，我的父母给我寄来了冲浪服。冬天开始的时候，涌浪从南大洋滚滚而来，大多数较好的浪点都在岩石海湾内，其中一些就在城里，离时髦的公寓楼很近。其他的地点则很远，一直到多山、海风吹拂的开普省。我最喜欢的地方是个名叫诺尔赫克（Noordhoek）的安静的乡村右手浪点，它破浪在一片壮丽的空旷海滩的北端：一座 A 形浪峰，一堵可爱的内侧浪墙，东南风时尤其好。水通常是明亮的蓝绿色。我有时甚至一个人在那儿冲浪。有一天下午，我爬上山坡回到我的车上，发现里面全是狒狒。我忘记关上一扇车窗，它们便把车子当自己家了，没法轻易吓走。我不得不拿起冲浪板当作矛和盾，狒狒在慢吞吞地离开前露出白森森的牙齿，假装要进行可怕的攻击。

不过，我待的地方位于东开普省，沿着开普敦的印度洋侧海岸线往北约 400 英里。它被称为杰弗瑞湾，那是冲浪者环球之旅必然造访的一站。1964 年的电影《无尽之夏》，改变了包括我在内的许多年轻冲浪者的人生目标，电影里的高潮就在杰弗瑞湾，当时两名美国冲浪者在圣弗朗西斯角（Cape St. Francis）发现了“完美浪潮”。电影中出现的该浪点变幻莫测，经常无法冲浪，但现实的杰弗瑞湾很地道：

高品质的长右手浪，冬季有大量的涌浪以及频繁的海上风。我试着密切注意该处的浪况，还从开普敦去那里试冲了一两次，不过没有遇到特别好的浪。然后，8 月的时候，我带着前景不错的天气图去那里待了一个星期。天气图上是咆哮西风带的两个大大的低压气旋。它们看起来就像会起浪的气团正打着旋往杰弗瑞湾的窗口而去。

事实的确如此。整整一周波涛起伏，浪最大的一天，只有一人成功冲浪，多数人都失败了，但那个人也只抓到一个浪。杰弗瑞湾是个破败的小渔村，几间灰泥色的夏季小屋散落在芦荟丛中。我住在村子东面沙丘上一个饱经风霜的小客栈里，还有四五个澳大利亚人也住在那里，我发现，重新有澳大利亚冲浪者在侧，让我感到很欣慰。巨大的波浪就在海滩的最东边，周围几乎没有人，水中很少同时超过十个人，而海浪的大小和冲浪线的长度让我们大家通常在这个点上分散。有几天清晨，我是第一个出来冲浪的，沿着一个曾看见当地人穿过、靠近岬角顶端的小洞滑下去。海上经常吹冰冷的风，日出时，海浪从昏暗的海面出来，然而，只要抓到一个浪，波浪内侧就会投下一个带着深绿色和银色的阴影，当你站起来时，里面的一切就变得清晰起来。

这个浪程惊人的长，甚至比塔瓦鲁阿的还要长。是右手浪，我可以正手冲浪。这两个浪点其实并不像。杰弗瑞湾是岩石，但不是特别浅。浪面广阔，像是宽画布，能够做出长半径的转弯，包括往浪钩回切，它速度快，力量大，但不是特别中空，不像基拉有能压断人骨头的地方。有些浪有平坦的区域，还有奇怪的突起，甚至还会有糊状的部分，有些则是崩浪。不过，这儿的主角是一堵摇晃的浪墙，连续下削数百码。我那淡蓝色的新西兰尖尾板爱极了这浪，即使浪有两人高，迎风下落，它也从不跳着掠过。有些人放弃了本周最大的浪群，至少不想从主上浪区出发，因为浪墙大得吓人。你想要吗？别问了，快上！时机稍纵即逝。沿着浪程往下走，在一个没那么可怕的地方，也许有人愿意上浪。这是我自一年多前第一次去尼亚斯之后经历过的最好的海浪。穿着冲浪服冲浪的我觉得这里很不一样，著名的杰弗瑞湾一点也不像赤道附近的拉贡德里那样默默无闻，但从技术上来说，我和冲浪板似乎可以重拾回忆。巨大的右浪墙，力量直击岩架，跳起来，选好路线，压板加速，奔跑和出击。尽量别让自己高兴得尖叫出来。

晚上，我们掷飞镖，打斯诺克，喝啤酒，聊冲浪。客栈老板是个年长的男人，喜欢吹嘘英国殖民，因为去殖民运动而从东非被赶到了南方。他喜欢喝着金酒，夸耀自己是如何扯下树上的非洲人，并教他们一些有用的技能，比如擦皮靴或使用扫帚。他的话我一句都听不下去。澳大利亚人倒是不介意，这让我想起了我最不喜欢的澳大利亚人的一点，在我工作过的赌场厨房里，其他抨击美国南方人的员工都轻蔑地谈论着"wogs"，这个词包含的人类范围很广，包括南欧人。当时，难民正涌出东南亚——他们被称为"船民"（boat people）——我在澳洲听到的几乎每场对话中都充斥着刻薄的种族主义，令人震惊。

第二年，也就是 1981 年冬天，我又回到了杰弗瑞湾，再次遇上了好浪。到那时，我已在南非待了 18 个月，比我预期的要长很多，但我在南非从来没找到可以一起冲浪的人。我在开普敦认识了一些冲浪者，但在种族隔离的大环境下，那些人对于浪的狂热的那股熟悉感，隐约让我觉得尴尬，甚至可耻。我无权评判南非人，无论是黑人还是白人，分别是如何处理他们的特殊处境的，但我在开普平原区工作，相对近距离地看到制度化的不公和国家恐怖的运作，这深深地影响了我，也让我对自己和其他事情感到不耐烦。在这里根本不可能避开政治，而我和我遇到的任何一位冲浪者都没有找到共同的政治立场，因此我在浪里独来独往。

* * *

我的父母突然说要来开普敦，刚通知我没多久就到了。我不希望他们来，表面上的原因是学校工作很忙，但事实是，我很想家，尤其是莎伦已经回去了。我生怕看到父母的脸，听见他们的声音，特别是我母亲的笑声，会动摇我流浪的决心，以致我无法完成教学和写小说的计划。

此外，还有我现在生活的世界和我想象中的他们的世界之间的认知失调。并不是说我对他们的生活有什么清晰的认知。我们老老实实地写信给对方，所以我知道家里有什么计划、发生了什么变故或是对什么感兴趣，不是只知道个大概，而是清楚细节。我的弟妹们现在都在读大学，他们也写信给我。但是，关于我父母拍电影、度假、买帆船的事，对我来说很像来自一个非常遥远的星球。几年前，我父亲的事业遭到重击，他和母亲合开了制作公司，节目却被取消了，生意失败，融资消失。而我直到发现他们正在参加一个名叫维尔纳·艾哈德（Werner Erhard）的江湖骗子举办的时兴的新佛教研讨班“EST”时，才知道情况有多糟。这个骗子短时间内曾在好莱坞吸引了很多人。我很不愿意承认，这个发现吓坏了我，也让我厌恶。这暗示了洛杉矶充斥着绝望，而且情况极其恶劣。（事实上，“EST”在纽约、以色列、旧金山及其他许多地方都很流行，甚至在开普敦的白人区也是！）不过，我父母的“新纪元”低潮似乎是很久以前的事情了，最近这几年，他们的事业蓬勃发展，局面一片开阔。他们为自己的事业骄傲，和他们喜欢的人一起工作。当然，这都是好事。问题是，我离开了这么久，他们的生活现在听起来光鲜而陌生，我在开普敦的生活则是如此怪异和朴素。我还没有准备好让我父母华丽的生活撞进卑微的教师的日常琐事。我很肯定他们会明白这一点。但是，够了，已经两年半了，我实在不忍心让他们别来。

幸运的是，与他们相见并没有那么复杂，感觉很棒。他们似乎也很开心看到我。母亲抓住我的手，在她的手上不停搓揉。他们俩看起来都比我记忆中年轻，眼神更明亮，更精力充沛——我一点也没有添油加醋。我带他们逛开普敦，他们似乎被所有事物着迷，比如开普荷兰式建筑、“仅限白人”的标志牌、棚户区和葡萄园。我当时的住处位于桌山的东坡，离大学很近。我和父母以及我的两个室友，一起费力地爬上山顶野餐。从那里可以看到桌湾（Table Bay）外的罗本岛（Robben Island），纳尔逊·曼德拉和他的同志们被囚禁在那里，但从未被遗忘。（他们的文字和照片都是被严格禁止的。）然后，我们沿着西坡下山，向海边走去。

我的父母坚持要去参观格拉斯公园高中，我的学生则加倍坚持要我带他们来学校。于是我们去了，那天我把事情让开了。校长喜爱美国人，热情地带我父母去参观校园，我确定我们会碰上我的学生，他们的日程表总是排成小组活动。每次我们走进教室时，学生都会跳起来，瞪大眼睛，大声喊道：“芬尼根先生和夫人，下午好。”我有点手足无措，只能逐一介绍他们，艾米，贾斯敏，马吕斯，菲利普，迪西瑞，麦伦，娜塔莉，奥斯卡，马伦尔迪亚，肖恩……听到自己的名字时，他们通常会满脸通红，咧嘴微笑。去了五六个教室后，校长声称从未见过如此厉害的记忆力，但实际上对我来说毫不费力，而且我意识到，若要让父母了解我和这些孩子的融洽程度，这是最简单的方式，胜过千言万语。我自己的教室是新 16 号，被一群着手准备宴会的高年级女学生接管了。那里有一大锅咖喱，还有一系列开普马来（Cape Malay）特色菜：番茄炖汤（bredie），咖喱饺（samosas），烤肉串（sosaties），肉饼（frikkadels），拌了葡萄干和肉桂的黄米饭，烤鸡，烤肉派（bobotie），香饭（buriyani）。那时已经放学了，其他老师也受邀过来。琼·查尔斯是我同事中年纪最轻的，她只有 18 岁，却已经在高中教书，她领着我父亲品尝了各种奇怪而美味的菜肴。而我母亲此时和数学老师布莱恩·都柏林聊得特别开心，当她说他戴贝雷帽留着胡子让她想起切·格瓦拉时，对他不吝赞赏，好像他们并非初见。布莱恩是个社会活动人士，他的认真和敬业是我很钦佩的。

我突然觉得，我父母很为我骄傲。好吧，这不是我母亲早年期待我加入的和平队，当然更不是“纳德战士”。但我是他们在南非帮助受压迫的黑人儿童的儿子，这倒是不坏。他们特别关心我启动的一个特别的职业咨询项目，他们是从我的头号粉丝——校长那里听说的。这个计划源于我和高年级学生的第一次交谈，他们对未来的事业充满梦想，却不知道任何关于申请大学和奖学金的事。我们写信给南非各地的大学和技术学校，收到了一大堆小册子、说明书和申请表，其中不乏令人鼓舞的消息，包括关于助学金的，还有“许可证”，即允许黑人学生就读往日只收白人的学校。这些材料最终填满了图书馆的一整个书架，并被证明非常受学生欢迎，不仅是高年级学生。在高年级学生的帮助下，我制定了填写申请表的计划和策略，在我看来相当有机会成功。只是当时我并不知道，那些我们需要的“许可证”，在黑人社区中引起了激烈的争议，实际上，已经成为解放运动抵制的对象，但谁也不敢来告诉我。其实，我的无知还远不止于此。例如，我们的高年级学生中很少有人能够在期末考试后最终有资格进入我们感兴趣的大多数大学，包括开普敦大学。当然，早就有了现成的渠道（只是我不知道），让毕业生进入就业市场或进一步深造。到头来，我发现我的职业生涯规划只是一个美国式的愚蠢行为，在某些情况下甚至具有很大的破坏性，它鼓励了虚假的希望，鼓励孩子们抗拒我不明就里的抵制。

然而，我的父母甚至比我还不懂，他们认为我的工作看起来很了不起。这感觉很好，但也很可笑。

* * *

对我的无知的补救——我在进步的南非政治中接受的基础教育——主要来自像布莱恩·都柏林、塞西尔·普林斯洛以及其他最终决定信任我的社会活动分子。主要来和我对话的是另一所高中的一名高年级学生，她叫曼迪·桑格，是塞西尔的朋友，也曾经是地区抵制运动的领导人之一。她特别喜欢戳穿她认为的自我感觉良好的自由主义幻觉。随着学年的结束，在大型学生抵制活动以困顿收场、暴力结束后，我什么也没看见，只看到了对于大家所说的“斗争”的气馁和开支削减，但曼迪给我当头棒喝，她认为大家吸取了经验教训，深化了承诺，国家组织的力量也变强了。“今年是向前迈出的一大步，不仅仅对学生而言。”她才 18 岁，但眼光长远。

没有毕业典礼，也没有年终仪式。考试结束后，我的学生离开了，祝我节日快乐，希望明年能再见到我。不过，我并不打算再教一年，我已经存了足够的钱继续穷游，但我决定先把一直在写的铁路小说完成。在我开始动工之前，我计划和朋友们去约翰内斯堡过圣诞节。我的老爷车没办法开长途，所以要搭便车。出乎我的意料，曼迪要求同行。她似乎在约翰内斯堡有不能明说的事要办，我不知道如何拒绝。那几天，我们躲避警察，睡在田野，争吵，大笑，被太阳烤焦，被风吹，还遇到了五花八门的南非人。圣诞节后，我们搭便车去了德班，曼迪在那里有更多的学生运动事务，依旧是没有明说。打电话或通信都不安全——特务部门会窃听电话和打开邮件，所以抵抗运动人士需要面对面谈。德班之后，我们沿着海岸搭便车。在特兰斯凯，我们在海滩上露营。我借了个冲浪板，把曼迪推进了轻柔的海浪中。她不停地咒骂，但是她很有运动天赋，很快就能靠自己站起来了。

曼迪对我的计划很感兴趣，问我是否会一直旅行下去。我说不太可能，我很快就会回美国。但我询问她的看法，比如，如果我写描述南非局势的文章给美国读者，是否有帮助？我知道，她对于外国人可以做什么来帮助这场斗争持有一种坚定的、功利主义的观点，而且已经有太多证据告诉我，用骇人听闻的“种族隔离”故事来娱乐我的同胞的想法现在好像还不充分，甚至是很糟的。显然，我的读者什么都不会做，无法推进这项事业。也许写点我真正了解的东西会比较好，例如冲浪。我们在从开普敦到开普敦的这场长途搭便车之旅中不时地讨论这个问题。曼迪抱怨我把她对美国的看法复杂化了，她原本认为美国是个决定摧毁世界各地进步运动的资本主义食人魔，而我讲的是一个刹车员在加州铁路上的生活故事。然后，在特兰斯凯一个阳光普照的岬角，看着科萨岛（Xhosa）的渔民用竹竿拉着南非黑鱼，她鼓励我回美国去，找出冲浪以外值得写的东西，“我是以一个冲浪者的身份对另一个冲浪者说的!”

我回去继续写我的小说，又花了8个月才完成。我意识到自己对写这类小说的兴趣正在消退。南非改变了我，让我转而关心起了政治、新闻工作、权力问题。在我父母来开普敦探望我期间，唯一的不愉快发生在父亲问我在写什么，然后在听出我基本上还是个业余爱好者时流露出的不耐烦。在学年结束的时候，我对自己发誓不再打白天的工，我要以写作为生。我开始为美国杂志撰写评论文章和短篇报道。我有满满一堆笔记本，但关于南非我什么都没有写。我很想回家，无论家在哪里。我盯着布莱恩信里的一行字。他已经搬回了米苏拉。他写道：我在垒球队给你留了个位置。

我和莎伦果断地分手了。她母亲去世后，她在津巴布韦找到了一份工作，为残疾的前游击队员开办了一所学校。津巴布韦长期的民族解放战争刚刚结束，“建设社会主义”已经开始。是莎伦决定分手的，我难过不是因为我没来得及提出。我们早该散伙了。

我弟弟凯文出现在开普敦。尽管我曾鼓励他来，但还是疑心是我父母派他来接我。若真如此，时机还真刚好，我终于准备好要离开了。也许凯文和我可以一起从“开普敦到开罗”。我漫长的冲浪之旅结束了。我真心喜欢我那块蓝色的尖尾板，很想寄回美国，但是运费很高，我又非常需要钱，只好把它卖了。我的旧旅行车开不了了，我们用它换了一辆同样旧但是比较结实的罗孚（Rover）。

我和开普敦的友人道别，打电话给曼迪。她母亲接的电话，当我表示想和曼迪通话时，她哭了。特务部门拘留了她。她的母亲不知道她被关在哪里。我们离开南非时，曼迪还在狱中。

凯文和我开车往北，穿过纳米比亚、博茨瓦纳和津巴布韦，一路野营。我们看到很多大型猎物。我们还在骷髅海岸（Skeleton Coast）玩人体冲浪。凯文看起来充满热情，乐在其中，不像有麻烦的任务在身，这让我松了一口气。他似乎对一切都非常了解，包括非洲的历史和政治，他是什么时候变成这样的？他在大学读历史，获得了艺术学位，从事电影制作，喝酒能把我喝趴下。我们把车留给了在津巴布韦的莎伦，看见她有了新男友实在让我觉得有点惨，对方是个年轻的恩德贝勒人（Ndebele），之前是游击队员，现在是军官。

我们继续向北跋涉，搭乘一艘拥挤的旧轮船“和平号”穿过马拉维湖，在荒凉的村庄停靠，睡在甲板上。从赞比亚，到坦桑尼亚，再到桑给巴尔。我们乘坐公共汽车到达马赛县，在恩戈罗恩戈罗火山口（Ngorongoro Crater）的边缘露营。然后，在乞力马扎罗山脚下，我的护照在一个公共汽车站被扒手偷了，导致我无法进入肯尼亚。我们回到了达累斯萨拉姆。我累坏了，宣布自己已经准备好返回西方。凯文这会儿似乎松了一口气，他在加州可有自己的生活要继续。我们放弃了“从开普敦到开罗”的计划，坐上往北飞的最便宜的航班：经莫斯科前往哥本哈根的俄罗斯航空。

我独自走过西欧，在朋友的沙发上过夜，对生活中的每一分物质享受心存感激。我在伦敦搭上飞往纽约的班机，身旁每一样美国的东西都让我喜悦。那时已是深秋。我的弟弟麦克在纽约大学就读，我睡在他宿舍的地板上。麦克在读法国文学，在鸡尾酒吧弹得一手好钢琴。这是什么时候的事？我搭便车去了米苏拉，一次漫长、寒冷、伟大的旅行。卡车把我扔在了州际公路上，我摇摇晃晃地走进城里。值得一提的是，正如我之前承诺的那样，我是从东方来的。

八　拒绝边缘化

旧金山：1983—1986

“大海有着被众多奉承宠坏的残暴独裁者那般的无良脾气。”

——约瑟夫·康拉德，《大海如镜》（*The Mirror of the Sea*）

1983年初秋，当我搬到旧金山时，已经成功地把冲浪限制在我生活圈之外好几年了。去年夏天，我住在东村一个蟑螂横行的地下室，打印本，睡地板上。我的铁路小说还在出版商之间徘徊，少数几个感兴趣的编辑希望我能将铁路上的行话翻译成一般读者可以理解的文字，但我认为那正是诗意所在，唯有如此才能捕捉到工作场所难以捉摸的气氛，所以拒绝了。真正的原因是，我不想因为任何理由重新琢磨自己的稿子，害怕会发现自己有多不合宜、了无新意，甚至看起来就是毛头小子的作品。

我在全国各地跑来跑去。由于付不起房租，我在蒙大拿和布莱恩一起住，回去则窝在洛杉矶我父母家，或去马里布找多明尼克。依照康拉德的说法，回到美国之后，我的账面既不是大获全胜，也不是一塌糊涂。我也有像瑞普·凡·温克①那样对世界变化之大感到惊讶的时刻。例如现在人人都有电话答录机，我对它却很陌生。不过回到美国真的让我开心，我渴望工作。米苏拉很棒，和我记忆中的一模一样。布莱恩安顿在那儿，刻苦写作，完全回归美国生活。不再冲浪。

他看起来光鲜锃亮，有自信，老了些，看来高纬度很适合他。除了他，没有人能理解我过去几年究竟去了哪里，我们仍然可以彻夜畅谈。在我 29 岁生日那天，我去了黑脚河（Blackfoot River）上方的山林猎鹿，不过，最终我没有留下。有个声音告诉我，我属于城市。毫无疑问，我怀抱着雄心壮志。我甚至考虑过洛杉矶，但以往的偏见太深，最终没有选择那里。我成了自由撰稿人，接了许多活，包括电影剧本，开始付得起账单和房租了，即使是在纽约。在南非的日子依旧在精神上让我刻骨铭心，但我对美国读者、对撰写政治文章甚至对写写南非的保留态度，已经成为过去。

我有了个光彩照人的新女友：卡罗琳。她来自津巴布韦，我们是在开普敦认识的，那时她在那里读艺术专业，现在是旧金山艺术学院的研究生。她曾和我一起住在我位于纽约的地下室里，那是我们第一次同居。卡罗琳在第五大道下段的一家餐馆当服务员。那年夏天，我们一次也没有离开过曼哈顿。我们住的街区有许多吸毒者、毒贩和妓女，天气闷热，到处脏兮兮的，我们经常吵架。我们都很固执，脾气暴躁。但是当她要返回学校时，我决定跟她去。

* * *

多年来，旧金山有加州最好的浪一直是个秘密。我在南边 70 英里的圣克鲁斯读大学时，那里就已经是拥挤的冲浪中心了，但成千上万的圣克鲁斯冲浪者中，只有极小部分的人会冒险北上旧金山。当我有几次从烛台公园（Candlestick Park）附近的湾岸站（Bayshore Yard）搭火车出来时，曾经到旧金山的主要浪点海洋海滩冲过浪，所以我知道。不过，当我搬到旧金山时，依旧不明白搬到这里会带来什么。我签了出版合同，要写一本关于在开普敦当老师的书。卡罗琳和我在几乎都是亚洲人的名叫外里士满（Outer Richmond）的街区租了

① 小说《瑞普·凡·温克》中的主人公，它是华盛顿·欧文的名作之一，主要讲述了瑞普·凡·温克喝醉之后在梦中的奇遇，然后顿悟过了一生。——编者

间公寓，这里很不起眼，且多雾。我拿来当工作室的房间贴满了青柠绿色的壁纸，从书桌旁能看到海洋海滩的北端。

从那里看去，大部分的日子，海洋海滩看起来都如既定印象。4英里长，非常直，有许多涌浪，有许多很有前途的沙洲。盛行西北风、向岸风，寒冷，标准的加州午后海风。但也有好多令人兴奋的例外时刻——早晨、秋天、冬天——海面如镜，或刮离岸风。整个4英里都是海滩浪点，这意味着没有任何陆地岬角或人造障碍——没有礁石或河口，也没有码头或堤岸——来改变波浪。海浪的形状和去向主要取决于沙洲的形状，后者在不断变化。所有的海浪都太复杂了，无法详细描绘，但海滩浪点在冲浪点中是特别难以预测的一种。海洋海滩的涌浪量非常大，主要来自北太平洋——也因为旧金山湾的缘故而被巨大的潮汐冲刷，一天两次，海水通过旧金山湾北边拐角处的金门海峡，填满和倒空这个面积400平方英里的海湾，和我见过的任何一个冲浪点一样复杂。如果这是一本书，它会是极难消化的，包括大陆哲学和理论物理学。除了复杂，海洋海滩的浪还会变得很大，不是加州的级别，而是夏威夷的级别。海水寒冷，没有绘成地图，一旦你进入其中，往往不可期望过高。

*　　*　　*

我开始在北端冲浪，那是一个风吹不进去、相对温和的浪点，名叫凯利湾（Kelly's Cove）。凯利湾有深水区，外侧还有水流散乱的不规则水域，但是有规律地制造出了厚实的绿色楔状波浪，很快就会穿过内侧沙洲破浪。海浪说不上美，但很有气势，如果你能够读懂波浪的怪癖，它们偶尔会打开浪管的后门让你进入。凯利湾是整个海洋海滩最受欢迎的地方，但并不拥挤。继续往南，下一个浪点是VFW，比较开阔，有更大的波浪，多排散开的沙洲。VFW在金门公园的西端，海滩上方矗立着一道满是涂鸦的海堤。

接下来3英里长的海滩毗邻日落区（Sunset District），这里像破旧版的里士满——低层建筑、无精打采，斜斜的街道网格，尽是战时仓促建在沙丘上的工人住房。潮湿的人行隧道穿过崎岖的海堤，上头是老旧年久的沿海公路（Great Highway）。除了罕见的温暖日子外，海滩上多半见不到半个人。无家可归的醉汉摊开四肢，躺在少数有太阳的地方，无家可归者有时会在那里短暂露宿，直到被风和寒冷逼走。涨潮时，穿着橡胶靴的韩国渔民从岸上向激浪抛钓线钓鱼。你越往南移动，浪通常会越大，也越吓人，外侧的沙洲也离岸更远。在水中看，特别是浪大的日子，内陆的街道变成了上浪的地标，让冲浪者知道自己的位置。在日落区，建筑物是按字母顺序从北到南排列的：欧文（Irving），犹大（Judah），柯克汉姆（Kirkham），劳顿（Lawton），莫拉加（Moraga），诺列加（Noriega），奥尔特加（Ortega），帕切科（Pacheco），昆塔拉（Quintara），里维拉（Rivera），圣地亚哥（Santiago），塔拉瓦尔（Taraval），乌洛亚（Ulloa），维森特（Vicente），瓦沃纳（Wawona），然后是古怪的斯洛特（Sloat）。你不会说在海洋海滩冲浪，而会说在犹大、塔拉瓦尔或斯洛特冲浪。斯洛特大道以南是市动物园，过了此处，沙质的峭壁开始拔高，海洋海滩这个城市海滨也就结束了。

第一年秋天，我发现自己大部分的日子都在水里。我当时用的是一块二手的7英尺单尾鳍冲浪板，普普通通，结实，用途广泛，很容易抓浪，稳定而又快速。我有件旧的定制冲浪服，是我做铁路刹车员的好日子里留下的，已有多处磨损，还会漏水。我发现某些沙洲，至少在沙子开始移动前的几天内会在某些潮汐和涌浪角度的组合上制造出不错的浪峰。我也开始了解自己的冲浪板适合又大又开阔的浪面，切开离岸的浪，反应灵敏，但是因为板子很厚，很难如鸭子般下潜以逃过迎面而来的白水花。在海洋海滩往外划水相当辛苦，这大概是为什么这么少人在此冲浪的另一个原因，而我的板子多余的体积也并没有让划水变得容易。我尽量减少外出的时间。不过，冲完浪我通常更有精神工作。在冰冷的水中用尽全力，然后在热水浴下获得舒缓，让我可以平静地坐在桌前，不再坐立不安，也睡得更好。这些都是首个冬季大涌浪前的事。

* * *

当地有一小队冲浪者，他们其实是巧妙地隐藏在城市的其他社群外的。土生土长的旧金山市民会说这个城市没有人冲浪。当然，这里有浪，但我不止一次被告知，海水太冷，风太强，不适合冲浪。确实，这里的状况通常太恶劣，不适合学习冲浪——最近的初学者浪点在城外。海洋海滩的常客多数不是新手，在夏威夷、澳大利亚或南加州等其他地方学过冲浪，成年后才搬到了这座城市。这些新来者往往是比较专业的，现在包括我在内，在某些方面与日落区长大的本土冲浪者有很大的区别。

但是这两群人都在怀斯冲浪板店（Wise Surfboards）买蜡和冲浪服。怀斯冲浪板店位于瓦沃纳，店内有挑高的天花板，很明亮，离海滩只有几条街。旁边是一家墨西哥餐馆和一个基督教日托中心，它是镇上唯一一家冲浪用品店。店内有一面墙上排满了闪闪发亮的新冲浪板，后面还挂着几排冲浪服。如果你想找人一起冲浪，可以在怀斯试试。

老板鲍勃·怀斯身材魁梧，肌肉线条紧绷，四十出头，是爱冷嘲热讽的詹姆斯·布朗①的粉丝。他总在柜台后面主持关于海洋海滩的非正式讨论，包括那里的特殊情况以及在那儿冲浪的人。有点像是冲浪故事点唱机，有一肚子老掉牙的故事：埃德温·塞勒姆在及腰的水中，发现面前是海浪推来的一截红木的树干；树脂桶爆炸的时候，烧掉了“毛孩子”的眉毛。生意通常很清淡，除非来自北方的有钱的大麻种植者带着大把现金进来，对他们的朋友说：“想要块冲浪板吗？我买给你吧。你觉得鲍比想要冲浪板吗？我们也买一个给他吧。”

① 美国黑人歌手，被誉为美国灵魂乐的教父，说唱、嘻哈和迪斯科等音乐类型的奠基人。——编者

某天下午，当我走进店里时，怀斯正在讲故事娱乐顾客。“从自家窗口可以看到波浪的医生打电话给我说：‘来吧，去冲浪吧。’于是我追问他：‘浪况怎么样？’他说：‘很有趣。’所以我就去了。我们一起去冲浪，但浪况很可怕，医生回我：‘你指望是什么？’可见，当医生说浪况很有趣时，表示比糟透了还要差。”

*　　*　　*

怀斯在谈论马克·雷纳克。雷纳克是旧金山冲浪玩家最喜欢的话题，甚至已到了痴迷的地步。他是个家庭医生，住在塔拉瓦尔海滨，离怀斯的店只有几个街区。我其实在圣克鲁斯求学时就认识马克。他是来旧金山读医学院的，多年来一直游说我搬到这里，他总是在信里称赞这儿的浪的质量，还给我寄了他站在漂亮的浪上的照片，“不过是一般的浪罢了。”他这么描述。我不确定他是认真的还是开玩笑。

现在我来了，马克和我经常一起冲浪。他对海洋海滩非常着迷，对其复杂性进行了极为透彻的研究。与冲浪有关的一切，他都会进行超乎寻常的全面研究。我发现，他从 1969 年开始一直在详细记录每次去冲浪的时间、地点、波浪的大小、涌浪的方向、环境如何、用的什么冲浪板，同伴是谁（如果有的话），还有任何值得记下的事件或观察，以及逐年的比较数据。他的日志显示，自 1969 年以来，他没有冲浪的最长纪录是三周，那是在 1971 年，他前往亚利桑那州某所大学一段时间。除此之外，冲浪的间隔最多几天，经常是连续数周天天冲浪。在一项真正的只对执着的投身于此的人开放的运动上，他是最狂热的狂热分子。

他和他的画家女友洁西卡一起住在沿海公路旁一栋卡其色三层建筑的顶层。在他们的公寓对面，通往海滩的隧道旁有个标志牌：大浪和水下暗流每年都导致溺水事件，请留在岸上——美国公园警察。马克和杰西卡的车库里冲浪板堆到了椽子，至少十块，大部分还在用。马克带我参观时，我注意到一件藏品级冲浪板：7 英尺单尾鳍，粉红色板沿，黄色甲板，制作和最初使用它的是四届世界冠军、来自澳大利亚的马克·理查兹。“这就好像拥有杰克·尼克劳斯[1]的旧高尔夫球杆一样。”马克说。任何读过冲浪杂志的人都会立即认出理查兹的冲浪板。马克·雷纳克已经好多年没有用过那块板子了。楼梯间还头朝上竖着5块板子。为什么需要这么多板子呢？当然，是为了应付不同条件的浪，尤其是冲大浪，装备的选择可能至关重要。他喜欢研究冲浪板设计，甚至保留了一块珍贵的7英尺4寸板子，在欧胡岛北岸制的，在斯洛特的某次大浪日断掉了。“仅供参考。”大浪是马克的一大爱好。

怀斯店的墙上挂着一张镶框的“医生”照片，他掉进了一堵巨大的近乎垂直的泥色的海洋海滩浪墙上，那浪面至少是他身高的5倍。我在加州还从没看过有人冲那样大的浪，也没看过类似的照片。那种浪是北岸的规模，像是威美亚和日落区，不过水温大概低到了50华氏度，冷得足以让表面难以穿透，而且下落的浪唇感觉像混凝土般坚硬。除此之外，此处并不是一个被清晰地绘制过的著名暗礁，而是一个变化无常、凶猛、晦涩的海滩浪点。我希望我永远不会看到海洋海滩有那么大的浪的一天。这张照片在很大程度上解释了为什么当地人喜欢聊马克。

无论如何，你很难对马克视而不见，他身高6英尺4，瘦削，宽肩，留着蓬乱的棕色胡子，长发垂到后背中间，整个人精力充沛，颇有气势，笑声的音量介于汽车喇叭声和动物吼叫之间。虽然如此高，他却不在乎别人的看法，举止像个芭蕾舞者。划水出海之前，他总会先在水边仪式性地做一系列瑜伽的伸展动作。他若喜欢你，就会变得十分多话。波浪、风况、沙洲、圣地亚哥的标志物，他都要热情地详细讨论。马克什么时候在水里的话，人人都知道。“你不知道冲浪电影的法则吗？”一天早晨，他在不怎么样的波浪里对我喊道。

---

[1] 被誉为20世纪美国高尔夫之王。——编者

我不知道。

“晚上看完冲浪电影甚至冲浪幻灯片，第二天永远不会有好浪！”

前天晚上，我们刚看了他和洁西卡去葡萄牙冲浪之旅的幻灯片。

那天早晨稍晚些时候，我们坐在他的书房里，喝着咖啡暖和身子。马克的桌子面向大海，书架上堆满了医学书（癌症、流行病学和预防）、自然图鉴（墨西哥鸟类）、海洋书、天气书，以及数百本谋杀悬疑类书籍。墙上挂着马克和朋友们冲浪的照片，以及发黄的《演出者》（*The Performers*）和《玻璃墙》（*The Glass Wall*）的电影海报。还有数十年来累积的上千本冲浪杂志，都被整齐地归类堆好。气象电台正在播报最新的浮标数据。我坐在那里翻阅旧杂志，马克正在和鲍勃·怀斯讲电话。

马克挂上电话时宣布，怀斯的店里现在有我需要的新冲浪板。

我不知道我需要新的冲浪板。

马克不敢置信。我怎么能够满足于只有一个冲浪板？而且尾鳍还有损伤！

我无法解释。我就是觉得还行。

这已经成了我们俩的惯例。马克被我对冲浪不够认真、没有完整计划的样子激怒了。我难道没有进行过长途的环球旅行，就为了寻找遥远的海浪吗？我有啊。而他一直待在同一个地方，还念完医学院。但这并不意味着冲浪对我的生活来说，和对他的生活来说一样重要。我对这项我们共同从事的运动的矛盾心态使他震惊。这是异端邪说。首先，冲浪不是一项“运动”，而是一条“道路”。你投入得越多，从它那里得到的回报就越多，这一点上马克本人就是明证。

我并不是真的反对。称冲浪为运动，的确几乎在各个层面上都是不对的。在我看来，马克似乎是过度沉迷于冲浪的好的一面的写照。但我脑子里始终保持警惕，担心冲浪会不断地提出要求，我甚至不愿意过分去想它。所以我不想再要一块冲浪板，更何况，我没有钱。

马克不耐地叹了口气，轻敲电脑键盘，“你真有趣。”最后他说了一句。

*　*　*

我知道我为冲浪付出了大量的时间和心血。1981 年，一本冲浪杂志发布了其编辑选出的全球十大最佳浪点的名单，我惊讶地发现自己已经去过了九个，除了秘鲁某处的长左手浪。名单上的基拉、火奴鲁阿湾和杰弗瑞湾，我更是投注了大量的心力冲浪。在杂志上看到那些名字，我不是特别开心，它们是著名浪点，但感觉上像个人私事。我很高兴我冲过的最好的浪点不在名单上，这代表这个世界还不知道那个地方。布莱恩和我依旧迷信地不说也不写“塔瓦鲁阿”这个词，只以 da kine 称呼，并想着我们会在适当的时候重返那里。

卡罗琳身上有许多好东西，其中一个是对冲浪的怀疑。我们第一次一起观赏波浪，是在开普敦南面的某处，我们认识的几个月后，当她听到我用一种她不知道而我知道的语言叽叽喳喳说个不停时，她惊讶极了。“这不仅仅是词汇，你说的都是我从来没听说过的词——像是 gnarly（呱呱叫）、cuckout 和 funkdog。”她回神过来道，“而且还有发音，咕哝、咆哮和可怕的嗥叫。”自此之后，她开始习惯冲浪者使用的内部暗语和晦涩的俚语，甚至那些咕哝、咆哮和可怕的嗥叫。但她仍然不明白为什么在岸上花了好几个小时仔细研究海浪之后，我们宣布要划水出外时经常会说，“让我们来做个了结吧”之类的话。她可以理解所有的不情愿——湿答答的冲浪服，冰冷的海水，汹涌的不怎么样的浪。她只是无法理解错过导致的懊悔。

有一次，在圣克鲁斯，她看到了更完整的画面。我们当时站在一个名叫巨轮航道的热门浪点的悬崖上。当冲浪者冲过我们站的地点时，我们几乎可以先从正上方，然后从背面看着波浪。这短短几秒钟的画面，是冲浪者眼中景象的升级版，卡罗琳对冲浪的想法从此改变了。她说，以前，海浪对她来说是二维的，陡峭耸立，直冲云霄。突然间，她发现海浪其实是动态的金字塔，有陡峭的浪面，有厚度、宽度、倾斜的背部以及复杂的三维结构，这些结构变化迅速，坍塌、上升、再坍塌。白水花震荡，杂乱，碧绿的水光滑且诱人，破碎的浪唇是一个难以捉摸的倾泻引擎，偶尔是一个隐蔽的洞。她说，这足以让观看冲浪变得有趣。

卡罗琳没有成为海洋人的危险。她在内陆国家津巴布韦出生长大。有时我认为，她对美国人各种热情（自我提升，自尊，爱国主义的某些更原始的形式）的冷静和批判，是因为她在罗德西亚（Rhodesia）的内战中长大，她对人性的幻想比我认识的其他人都少。后来我才意识到，我错估了战争对她思想的影响。她有着不寻常的判断力，以及深沉而容易尴尬的谦逊。对她来说最重要的是制作图画，特别是蚀刻版画。她使用的铜版工艺非常精密，需要大量手工活，几乎是中世纪式的，而她在艺术学院的同学似乎对她的画技、技术知识、执着和眼光惊叹不已。我更是如此。她经常整夜工作。她个子高，腰身修长，面色白皙，有着前拉斐尔派画风中的那种宁静，好像是从伯恩·琼斯（Burne-Jones）的绘画中走出来，进入了乱七八糟、后朋克的旧金山。与她喜欢的人在一起时，她可以很活泼，甚至会色眯眯地脱口而出许多邪恶的英国和非洲街头俚语——她知道古吉拉特语的自慰（Muthiya maar）怎么说，还发现在哪些场合可以这么说！

下午晚些时候，我们会去我们住处北边的小山上散步，那里的公园名叫兰兹角（Lands End），往西可以看见海，往北可见金门。有柏树、桉树和高大多节的新西兰辐射松有助于抵挡寒冷的海风，那里还有一个没什么人用的老公共高尔夫球场。有人送了我三四根生锈的高尔夫球杆（我一手就可以都握住），散步时我会带着，在离家较近的那几个洞打高尔夫，纯粹为了好玩。我对高尔夫球一无所知，也从来没去过俱乐部，但我喜欢在树荫下的发球区击球，看球从郁郁葱葱的球道上滚下来，而低低的太阳在落入太平洋前把山顶照得熠熠发光。卡罗琳穿着宽松的毛衣和她自己缝制的用缎带装饰的裙子。她的眼睛很大，笑声响彻在暮色间。

我变得乐于操持家务了。不是应卡罗琳的要求，她24岁，是一名外籍艺术生，对安定下来没有明显的兴趣，是我自己的谨慎决定，对稳定和便利做出小小的让步。31岁时，我开了一个活期存款账户，也是我平生第一个账户。再度开始在美国缴税让我很开心，这代表我真的回来了。我办了一张美国运通卡，以悔改的心情发誓要成为模范客户，这是我为自己在曼谷欺骗了该公司而做出的些微私人赔偿计划。我意识到在高中毕业后的13年里，我待在同一地址最长的时间为15个月，那是在开普敦。够本了！我的游历可以告一段落了。我当时是手写稿子，打算有钱后买一台电脑，就像其他人一样，至少在湾区大家似乎都有电脑。我对美国的政治，特别是外交政策，产生了浓厚的兴趣。我接到一份活，为波士顿某家杂志去尼加拉瓜采写一位桑地诺解放阵线诗人的故事，回来后我对自己国家在那儿资助的战争感到恶心。我为《纽约客》写了一篇关于尼加拉瓜的短文，第二周发表了，我激动不已。

从精神层面来看，我还在南非。我生活在我的日记与回忆中，生活在我住在那里时无法读到的大量书籍和期刊里，因为它们大多被禁了，生活在我与开普敦的朋友的通信里。我离开后不久，曼迪获释了，但错过了考试，没有成功读完大学第一年。从信中看，她很好，对我及所有生活在里根时代的美国的人表示了同情。湾区有相当数量的南非人，有些是学者，有些是坚决的反种族隔离活动家，我很感激能进入他们的圈子。我开始在大学和高中做一些公开演讲。我紧张到痛苦，不知道在涉及种族隔离这种明显不公的议题时，如何在新闻报道和激进主义之间划清界限。我写作，最初的计划是写9章，最终却变成了91章。我用牛皮纸糊满了青柠绿的墙壁，在上头贴满了笔记、清单和流程图，努力想看清那本书到底要写成什么样。

* * *

当初冬的第一个涌浪开始袭来时，海洋海滩向外划水的路况急剧恶化。大多数冲浪点都会推荐的路线——从岸边到等浪区的，许多是没有破浪的水道。海洋海滩有水道，但很少保持原状。你可以在堤岸上想站多久就站多久，煞费苦心绘制出浪破的位置，然后规划出一条十拿九稳的路线——所有涌进来的水总要想办法回到海里，它可能会沿着它所走的路线挖出一条路，理论上这条水道很少有浪破，于是赶紧冲到那里划出去，结果发现情况变化如此之快，以至于你永远无法越过海岸浪点。

在浪小的日子里，冲浪者的毅力通常会获得回报。但浪大的日子则是另一个故事了。从水边看去，就能看到一个由六七道冰冷、低吼、奔涌的白水墙组成的阶梯，认为自己能够划水出去的想法实际上带有一丝疯狂。这看起来着实不可能，就像试图游上瀑布一样。必须有一次字母意义上的信念飞跃才有可能开始。你将自己投入冰冷的急流，开始向大海那边刨去。浪接近时发出的声音，好像保龄球沿着球道隆隆作响，然后就像球瓶撞到你并滚过你低下的头和肩膀，立即让你产生了冰淇淋头痛（ice-cream headache）。漫长而紧张的几分钟过去了，进展甚微或者毫无进展。活泼又折磨人的波浪一阵接一阵。你试图用最小的抵抗力应对澎湃的白水墙，当水打上身，把你往后吸时，你期待它们赶紧移开。呼吸变成了喘气，然后是刺耳的嘶嘶声，你的思路越来越短促，同时不断翻出同样的半荒谬的问题：毅力得到回报了吗？至少留下纪录了吗？与此同时，在这种漫无目的、半歇斯底里的活动下，你的大脑努力辨识着海浪中暗藏的模式。在某个地方，比如上海岸、下海岸或者就在下一个浅水区外，海浪可能会变弱。在某个地方，水流一定是朝着更便利的方向。在任何视野好的地方，比如堤岸或者鹈鹕的空中角度，几乎都能轻易看出最佳可行路线，但是从漩涡的下方来看，有时你在水下的时间比在可见世界中的时间要多，而且往往在波浪间只有一次泡沫边缘的呼吸，它只是在想象中疯狂跳舞的念头：解决一个不可能的复杂问题的理论方案。

事实上，海洋海滩有一个基本的架构。如果哪一天浪超过五六英尺，特别是在 VFW 的南面，你通常会在外沙洲冲浪，因为那里是最先浪破的地方。要想到达外沙洲，正常情况下你必须跨越内沙洲，那里的浪破得最猛最疯。若是看见划水到精疲力尽、被冲上岸的人，那么通常是被内沙洲挡住了去路。内外沙洲之间通常有一个深水槽，在那里可以喘口气，调整视野，清清鼻腔，让手臂恢复活力，并且再找一条往外沙洲的路线。

但我到达水槽区时，不总是开心。穿过内沙洲经常会让我达到体力极限。如果很快放弃，大不了被水推回岸上，但如果你过了某一点后，这个选项就消失了。如果我觉得太过疲惫，通常会干脆放弃操控冲浪板，单纯依靠脚绳。我沿着水底爬行，一把一把地抓着沙子，在波浪间冒出水面喘口气。经常会到了这样一个地步，我会想，不行，不管了，太累了，我想回岸上。但这个念头总是冒得太晚。在一个寒冷的冬日，海洋海滩的内沙洲冲击区的能量如此暴烈，相较之下，个人的愿望和意志根本没有意义。不可能回头了。海浪以巨大的力量将你吸到它们身边。幸运的是，最可怕最强大的浪看起来似乎真的是故意跟你作对的，当它结束对你的折磨之后，似乎总是把你从背后吐出来扔进深水槽。这就是为什么我越来越觉得水槽区是个恐怖的地方。我突然对冲浪失去了所有的兴趣，却无法再回到岸上。事实上，我现在面临着另一个考验，要横跨更大范围的浪区，而这里的浪比先前还要大。

外侧的海浪不管多大，通常都比内侧的浅水炸弹柔软，提醒自己这点是很有帮助的。不过，现在我还是得找到一条外侧的水道，这意味着要从每个穿过水槽区的涌浪边缘，伸长脖子去看地平线。半英里外蓝灰色的水流遥远且微弱的移动有什么重要的模式吗？在那之后的一个个突起内又有什么呢？沿着巨大而蜿蜒的外侧沙洲，能量集中在哪里？该往哪走？什么时候开始冲刺？现在？两分钟后？如何避免可怕的深水冲击。在长时间待在水槽区的恐惧时刻，和我小时候在饭碗浪点曾感受到的那种集聚的恐慌并不一样。这更分散，令人坐立难安，似乎即将发生什么。溺水只是个隐约、不太可能发生、也不希望发生的结果，在事物的边缘漂浮着，是个冰冷的绿色幽灵而已。如果完好无缺地穿过外沙洲，那就是冲浪时间了，去乘风破浪吧，毕竟，这是我们来这里的目的。

来说一下故意作对这事吧。我认为，对大多数冲浪者而言——肯定包括我——海浪有着可怕的二元性。当你专注于冲浪时，浪似乎是活的，有个性，鲜明且复杂，情绪变化很快，必须用最直观最亲密的方式做出反应。太多人喜欢把乘风破浪比作做爱。然而，海浪当然是没有生命的，也没有知觉，你所拥抱的爱人可能毫无预警地变得杀气腾腾。这并不是针对谁。内沙洲那种自己开膛破肚式的死亡海浪并非故意作对，这么想只是本能地拟人观。对波浪的爱是单向的。

海洋海滩的浪值得你使尽全力划水去追吗？当然，在某些日子，答案是肯定的。但仅限某些人。这取决于你能承受多少惩罚、何种程度的紧张，你看懂沙洲的能力、冲大浪的能力、划水的力量以及你当天的运气。也许有美丽的波浪，巨大的保龄球般的右手浪，长墙似的左手浪，不过我发现少有一致的明确的浪峰，使人很难判断该在哪里等待。如果有其他人在场，你可以与之交换猜测和上浪的标记。身为海洋海滩的新人，我热切地收集任何情报。我要学的东西太多了，这种同志情谊本身就是一种安慰。然而我也知道，在更大的海浪中，人数带来的安全感通常是无用的。至少以我的经验来看，当情况变得严峻时，似乎从来没有人在身旁，更别说能帮到我了。特别是在像海洋海滩这种开阔的界限不明的地方，如果你遇到麻烦，也只有靠自己了。我甚至还没看到大日子。最初的那几个月，我冲的最大的一天浪大概是当地人所谓的 10 英尺。

* * *

浪的大小是冲浪者们永恒争论的话题。没有公认的测量海浪高度的方法，应该是说，没有被冲浪者普遍接受的方法。所以，关于这个问题的争论本质上非常好笑——如同男性自我的滑稽歌剧，通常只是在争辩谁的比较大——而我一向试图置身事外。对于波浪高度的描述，我依靠视觉，以冲浪者作比较：及腰，到头，过头顶或冲浪者的两倍身高，依此类推。若浪上没人，或者波浪有光学上的错觉，那么大部分的波浪用英尺来描述往往更有意义。紧紧盯着一个浪面，然后估计从上到下的垂直距离。让我们来做个练习，假设破开的海浪是二维平面物体，然后诚实地估一个粗略的数字。几乎所有冲浪者都认为这个数字过高了，包括我。为什么？因为这轻视了这些男人的大男子气概。

事实上，波浪大小的问题只会出现在某些情况下，而不是另一些情况下。比如，我不记得与布莱恩曾经争论甚至讨论过波浪的大小。波浪不是小就是大，不是弱就是强，不是平庸就是精彩，不是可怕就是不可怕，然后具体到一定程度。在这些描述上添一个数字不会增加任何东西。只有在为错过的人制作一份冲浪报告时，一些传统的概估方式（“3 到 5”）才可能派上用场，但总是要用手势打上引号暗示这一点。我和布莱恩都能理解这种粗略的描述方式，但那是我们之间的默契。在海洋海滩，大家对波浪的大小非常认真，大浪浪点会对人有这种影响，让人自以为重要，同时放大了不安全感。

事实上，在欧胡岛北岸，人们极其镇定自若地进行着低估。在那里，波浪要有小教堂那么大，当地人才会称之为 8 英尺。冲浪界显然不追求精确的科学用语，因为无论在何处，都没有 9 英尺或 13 英尺的浪。（若有人说有，会被海滩上的人嘲笑。）海洋学家兼大浪冲浪者里奇·格里格（Ricky Grigg）住在火奴鲁鲁时，总是打电话向住在威美亚湾的朋友询问浪况。他朋友的妻子可以从厨房看到波浪，她无法理解冲浪者不合理的波浪测量体系，但可以相当准确地估计浪的高度相当于多少个冰箱叠起来，所以格里格总是问她：“有几个冰箱？”

波浪的大小最终变成了当地的共识。假设有这么一个浪，在夏威夷被认为是 6 英尺，然后以某种方式完整地移动到南加州，就人们说成是 10 英尺，在佛罗里达州可能就是 12 或 15 英尺。我住在旧金山时，不知为何，估计两倍于冲浪者身高的浪为 8 英尺，三倍的则是十英尺，四倍的则是 12 英尺，五倍的大概是 15 英尺。超过这个高度，这个系统——如果可以称之为系统的话——就解体了。据传，老牌的大浪冲浪者巴兹·特伦特（Buzzy Trent）说："大浪并非用英尺来衡量的，而是用恐惧的增量来衡量的。"如果他真的这么说，那他是对的。浪的功率不是随高度成比例地增加，而是随着高度的平方而增加。因此，10 英尺的波浪不是只比 8 英尺的波浪稍微强一点，这个飞跃不是从 8 到 10，而是从 64 到 100，多了超过 50%的能量。不管有没有听过这个公式，这是所有冲浪者都知道的残酷事实。因此，同样高度的两个波浪在体积上可能差别很大，凶猛程度也随之有别。此外还有人为因素。上述老格言还有另一个版本："大浪并非用英尺衡量的，而是用吹嘘来衡量的。"

我还是个孩子的时候，大浪是超级厉害的东西。有一帮著名的大浪冲浪者，包括格里格和特伦特，他们在威美亚、马卡哈和日落海滩冲大浪。他们用的是既长且重的专用冲浪板，当时称为猎象枪，后来简称为枪。杂志和冲浪电影庆祝他们的壮举。还有一些每位冲浪者都知道的恐怖的警示故事，比如 1943 年，当涌浪越来越大时，北岸（North Shore）的两位先驱伍迪·布朗和迪奇·克罗斯在日落浪点划水出海。当浪群变得更大，他们被迫划到更远的海上时，发现不可能返回岸边——日落区的浪全崩了——于是决定向西划水 3 英里到威美亚湾，希望那儿的深水道依旧开放。但是没有。太阳正在西沉。绝望的克罗斯努力划向岸边，当年他 17 岁，遗体始终未被发现。伍迪·布朗后来被冲上岸，赤身裸体，几乎溺毙。格里格、特伦特和他们的同伴们在五六十年代的成就，对冲浪群众、对我这样的小鬼而言，是神话传说。他们不是世界上最好的冲浪者，但他们非常有冲劲。我幼时喜欢太空人，但大浪冲浪者的小圈子更酷。

他们的全盛期是在短板革命前。人们继续冲大浪，但他们似乎无法再突破表现的极限，以及能上能骑的大浪的规模的上限。任何我们所谓的超过 25 英尺的浪移动速度都太快，物理学上找不出可能性。不过，很少有冲浪者对那种尺寸的大浪感兴趣。冲浪领域中的领头人物、权威著作《冲浪百科全书》（*The Encyclopedia of Surfing*）和《冲浪史》（*The History of Surfing*）作者马特·沃肖（Matt Warshaw）指出，准备好冲 25 英尺大浪的冲浪者，2 万人中不到 1 个。其他人认为要远低于这个数字。澳大利亚伟大的冲浪冠军纳特·杨，被沃肖视为“也许是 20 世纪最有影响力的冲浪者”，他在全盛时期像个勇猛的开膛手，还得到“野兽”（Animal）的绰号，对于 20 英尺以上的海浪毫无兴趣。杨在 1967 年的一部冲浪电影中说：“我只冲过一次，就那么一个浪，但我再也不想冲了。如果那些家伙能在他们的心脏和肠子掉下狭窄的通道时候感觉良好，那么我尊重他们和他们的勇气。我只是觉得吓得不知所措的我无法正常发挥。”

我和杨，以及其他 99.99%的人意见一致。我曾和北岸的几位大浪专家并肩冲过浪，但我认为他们是变种人、神秘主义者和朝圣者，走的道路和我们其他人的不一样，搞不好还是别种材料制成的。他们好像生化人，面对生命危险时，可以免于正常反应（恐慌、反抗或逃跑）。事实上，大浪之间有块广阔的中间地带，不是世界末日或者天启那般的大，每当涌浪袭来，我们都会根据形势生成一条黑暗、极度个人化的恐惧线。这 20 年来，我的上限一直在下降，我曾在日落区、乌鲁瓦图、外格拉贾甘，甚至圣克鲁斯（巨轮航道的中峰浪区有时会丢出一些炸弹）冲过非常大的浪。我曾经在火奴鲁阿、在尼亚斯的 10 英尺浪上一心向前，肾上腺素失控，无所畏惧。我甚至在真正可怕的危险的管道浪点冲过几次浪，虽然只是在浪较小的日子。但我从未拥有过枪板，也不想要。

* * *

马克有着完完全全的生化人的神气十足，只不过是一个罕见的滑稽嬉皮医生版本的生化人。他说他从来不怕大浪，确切地说，他声称对大浪的普遍恐惧是毫无根据的。他说，就像人们害怕癌症胜过心脏病一样，即使后者造成的死亡人数更多，尽管事实上更多冲浪者是在小而拥挤的海浪中死亡或受伤的，冲浪者却更害怕大浪。我认为这是无稽之谈。大浪是那么猛烈、可怕，一般来说，越大的浪越是如此。如果把大浪拟人化：那就是大浪拼命想要淹死你。很少人冲大浪，这是大浪致死人数较少的唯一原因。

正如每个冲浪者对他将要冒险去冲的浪的大小都有个极限，而住在有大浪到来的浪点的冲浪者，会随着时间的推移而了解其他人的极限。当我住在旧金山的时候，唯一一个接近马克上限的冲浪者是比尔·伯格森，他是个木匠，大家都叫他“毛孩子”（实在不太相配），不过那是从他还是某人的小弟弟开始叫起的，一直延续到现在。毛孩子是个沉静、专注、技巧超乎寻常的流畅的冲浪者，可能是旧金山产生的最好的纯冲浪者。不过，他对大浪的兴趣并非不加选择的，他不会海洋海滩一出现大浪就每天去冲浪，而是只在浪干净合理时才会出海。而马克则像疯了一般，在没有任何人考虑冲浪的时候，笑着出去。有些人觉得他的行为很讨厌。

但马克用一种开心得近乎受虐的态度训练自己冲大浪。某天早晨，我发现自己站在昆塔拉的堤岸上，看着他试图划水出去。海浪有8英尺多，参差不齐，持续强烈，往岸上打，没有明显的水道，甚至水槽的存在也不明显。看起来几乎不可能划水出去，海浪看起来也不值得这么努力，但马克还是在那里，一个小小的穿着黑色冲浪服的身影在汹涌的白水花里扑到层层堆积而成的泡沫墙上。每次似乎他前进了几步的时候，地平线上就会出现新的浪群，比上一个更大，在更远的地方破浪。最大的浪可能在离岸200码的地方破掉，然后将他推回冲击地带。和我一起观看的，是水文地质学家、冲浪者、马克的邻居蒂姆·博德金。马克在水中的磨难让博德金看得很开心。“别再试了，医生！”他对着风不停地大喊，然后笑了起来。“他永远不会成功的。只是不愿意承认。”有时我们会完全看不见他的身影。海浪很少给他机会爬上板划水，大部分的时间他都是在水下，潜入海浪下，沿着海底游向外海，身后拖着冲浪板。30 分钟后，我开始担心，水很冷，浪很猛。博德金因幸灾乐祸而满脸泛着红光，并不像我这般忧心。最后，大约 45 分钟后，出现了短暂的平静。马克爬上了板子，疯狂地划水，不到 3 分钟就抵达了外侧，在距离下一个浪群还有 5 码的地方越过了浪峰。一旦安全地越过了波浪，他坐在冲浪板上休息起来，我看着一个黑色的斑点在刮着风的蓝色海上浮动。博德金嫌恶地把我一人留在了堤岸上。

马克会在天刚亮时打电话给我，我开始害怕接到他的电话。充满巨大的灰色冲浪的梦和对溺水的病态恐惧，会随着黑暗中电话铃声的尖叫达到高潮。黎明时分，他的声音总是明亮而沙哑，像是从已是白天的世界传来的。

“喂？看起来怎么样？”

他可以从家里的窗户看到海洋海滩的南端，我能看到北端，他要我报告一下情况。我一边哆嗦，一边跌跌撞撞走到窗边，透过模糊的双筒望远镜看向寒冷狂野的海。

“看起来……很吓人。”

“是吗？那我们出发吧！”

其他冲浪者也会接到这类电话。来自阿根廷的和蔼可亲的大学生埃德温·塞勒姆，是马克的门徒，他告诉我他过去常常彻夜不眠，担心电话在半夜响起，如果真的响了，他会惊慌失措，“医生只会在浪大的时候打电话给我，他知道没有人会和他一起出去。而我通常会”。

我通常也会去，具体去到什么时候还不确定。

* * *

11 月初某个晴朗寒冷的日子，马克和我在斯洛特划水出去。那是北方小涌浪开始的第一天，海浪很混乱——粗糙，恶狠狠，反复无常。他说在海浪有时间冷静下来变得干净之前，根据他的气象电台报道，离岸 20 英里的法拉隆群岛（Farallon Islands）有 25 节速度的西北风就会到来。他说服了我。那些风到达时会彻底毁了海浪，所以这可能是在这次涌浪中冲浪的唯一机会。是的，我们是目之所及的唯一的冲浪者，因为其他人期待着浪在潮向外去时会好转，他们不知道有西北风。

“或者他们有工作。”我气喘吁吁地说。

“工作?”马克笑了起来，“那是他们的第一个错误。”

那是接近中午的时刻，还是几乎没有风。我的手冻僵了。就算到了外面，也没有机会把手放到腋窝来取暖，因为有股猛烈的水流往北流，这意味着必须不断划水，才能留在原处。这个潮流意味着我们只能找右手浪，因为它会带人往南。我喘不过气，无力争论工作这个话题。马克的工作时间表是围绕冲浪来安排的，有各种各样的临时工作，非常灵活，他不断根据涌浪、潮汐和风重新安排他的表。所以，他有足够的工作，他说这些工作很有成就感，付房租没有问题。我的日程表也很灵活，所以找我冲浪很方便。他对传统工作形态的鄙视，只是个想激怒我的玩笑，他喜欢这么干。

马克对婚姻和孩子的蔑视更为尖锐。“男人只要结婚，对冲大浪的准备程度马上就会调低一个档次。”他喜欢这么说，“每多一个孩子就会继续往下调，等到有三个孩子之后，连 4 英尺的浪都不会出门了。”

事实证明，海浪比从岸上看到的要好，我们俩都在大小合适的海浪上进行了一系列短而快的骑行。那些浪紧紧聚在一起，创造出奇怪且意想不到的高速空洞。马克从一个厚实的排扣浪飞出时，喋喋不休地说他需要一块更长的板子。当时他用的是一块 6 英尺 3 的冲浪板。当浪停止低吼的时候，我们可以听见堤岸外市动物园里猴子的嚎叫。但真正的旧金山搞不好在另一个半球。冬季的海洋海滩是一片荒野，和落基山脉中的任何角落一样原始蛮荒，我们可以看到海岸公路上的车流，但过往车辆上的人不太可能看到我们。如果问他们，很多人无疑会说，旧金山没有人冲浪。

马克无法抗拒大且覆盖广的左手浪。他上了浪，并在几秒钟后乘浪过了往乌洛亚的一半路途。我赶上了下一道浪，也是个左手浪，并被带到了更北的地方。再度划水出去后，我们俩被一组在我们南边破浪的浪群带到了更远的北方。现在逆流而上的话路途太远，于是我们决定放弃斯洛特，改去塔拉瓦尔。然而，在塔拉瓦尔沙洲上破浪的浪峰变化很快，品质很差，所以我们不再抓浪。圣地亚哥破浪的浪峰看起来比较好，马克想放弃和水流的搏斗。情况在潮水进来的时候糟糕起来，它变成了从斯洛特到凯利的快车。马克说，干脆一直往北走吧，沿路有什么浪就冲什么浪。我筋疲力尽，所以同意了。我们不再划水往南，沿岸的海滩很快就从身侧略过。让沙洲朝我们而来，而不是挣扎着到达上浪区并留在那儿，这给人一种愚蠢、不幸的感觉。从沙洲流出的水让人难以保持在沙洲外缘的位置，而浪会在那里破，湍急、蜿蜒的水流不管我们愿不愿意，正以各种角度胡乱地带我们去各种地方。

马克喜欢这种不受完全控制的实验，他在我们穿过沙洲时进行了即时的场边评论。这里是去年破了个超棒的浪峰的地方——外昆塔拉。这里是浪大时在帕切科等浪的地方。看到山上的那个十字架吗？你得让它一直在教堂上方的位置。你可以看到诺列加正在发生一些有趣的事，“说到这些急促的涌浪，其实它不是真的在外侧破浪，也不是真的在内侧破浪。内侧沙洲现在的位置变到这里，所以实际上它是在中间破浪，然后往两边削。”

关于诺列加的沙洲，他说的是对的。浪已不再在我们漂移的外侧沙洲群破浪。我们慢慢地旋转着穿过一个宽阔无浪的海域。一只水獭突然从我们的前方冒出来仰泳，它长着亮亮的红棕色小脑袋，大大的黑眼睛。在海洋海滩不常见到水獭，这只似乎是被我们特别被动的行为召唤而来。

水流带着我们往海的方向走。我建议我们俩朝岸边划水。马克勉强同意终止我们的漂流实验。

当我们继续向犹大前进的时候，在内侧沙洲发现短而厚的海浪以惊人的力量破浪。我喜欢那股快速，陡峭的落差，连着三次抓到了让人肾上腺素直飙的右手浪，然后犯了个大错误。我的冲浪板在浪唇卡了一会儿，然后我被发射到空中。我试图离开我的冲浪板，但我不敢直接跳下去，因为内侧沙洲的水很浅。我笨拙地撞在水上，扭动着身体，一侧肩膀轻轻地撞上了底部。浪打在身上那一刻，我感觉我的冲浪板闪了过去，实实在在地刷过我的手臂。我被结结实实地打中了，最终浮出水面，大口喘气，冲浪服里仿佛有好几斤沙子。我很幸运，本来很有可能受伤的。我爬了出来，脑袋嗡嗡作响，流着鼻涕。

马克开始更加小心地冲浪。“水在浅沙洲上疏浚的时候，就是摔断脖子的时候。”他说。这实在是很矛盾，他爱冒着极大的风险冲浪，同时又如此谨慎。不过，相较于我认识的其他任何冲浪者，马克冲浪的“成功率”（以人从波浪中出来时还站在板上算）更高。基本上，如果他不认为成功概率高，就不会上浪，一旦他投身海浪中，几乎不会做出粗心大意或思虑不周的举动。马克抓到一个右手浪，我抓到一个长左手浪之后，我们重新会合。当我们划水往外走时，马克大声道：“11 月的浪，又大又蠢。”意思是说，海洋海滩 11 月时通常有很大的浪，但是很难井然有序。在他还没来得及发表更多言论之前，我们就分开了，因为急着避开滚滚而来的浪群。几分钟后，他重拾话题：“你在气象图上看到的和实际发生在海洋海滩的浪之间，还没有真正建立起对应关系。”

事实上，当首个北方和西方的涌浪与首个海上风相遇时，海洋海滩会出现不少很棒的秋季浪日。这些风在高山（High Sierras）降下第一场雪后开始刮。当然，之所以称赞秋季，是因为海洋海滩的夏季总是雾气弥漫，乱吹海风。然而，秋季第一个大型涌浪实际上经常是在 11 月抵达，通常是在沙洲准备好将它们破成可以骑行的浪之前。冬天是浪最好的时候，12 月和 1 月，巨大的冬季风暴潮造成的涌浪与当地海滩和天气条件结合在一起，往往产生相当微妙的结果。

非常冷，水温可能会降到 40 华氏度以下，冬天早上的气温可能会低于 0 度。我在考虑购买氯丁橡胶靴、手套和风帽，这些都是一些人已在穿戴的。断掉的脚绳和长时间游泳，可能会导致体温过低。光是手脚失去知觉就会给我带来麻烦，我经常不得不请陌生人帮忙打开车门，插上钥匙发动引擎，我自己手指的灵活性已经在冲完一次浪之后消失了。而且也会让我误判时间：长时间待在冷水、疾风和大浪里，两天感觉像两周。

我们来到了 VFW，那里的沙洲一塌糊涂。我们已经漂流了大约 3 英里。但现在潮水很高，水流似乎在放缓，我们已经出来至少两小时了，我的手麻木了，不管怎么在胳膊下搓揉都无法恢复灵活。我准备去室内了。

我们决定拦便车而不是走路回斯洛特，当我们爬上堤岸来到公路边时，马克突然转身，得意洋洋地说："感觉到了吗？海风开始了！"他是对的。一条锋利暗色的风绳已经进入外侧沙洲的冲浪处，把浪峰都削平了。"其他人都错过了。"马克欢呼道。

*　　*　　*

我的老伙计贝克特和多明尼克似乎都放下冲浪了。贝克特回到纽波特，忙着盖房子、造船、交付游艇。我想，他的"藏起你女儿码头享乐鼠"商标准备去申请专利了。当他的邻居都在车上贴着"我宁愿去航海"时，他开着一辆工作皮卡车在奥兰治县附近转悠，车子的保险杠上贴着"我宁愿舔阴"。我去看他时，很讶异地发现在他办公室的墙上挂了一幅我的镶框照片，是从冲浪杂志上剪下来的在格拉贾甘拍的那张，照片上我站在礁石边，胳膊底下夹着冲浪板，一个空荡荡的背光的看起来很漂亮的左手浪呼啸而过。贝克特在那张照片下写了标题："小鸡就是要冲浪。"他指的是我极瘦的脚踝。"我知道你为什么要去环游世界，”他在我研究照片时说，“因为你在这个国家找不到足够让你感到痛苦的东西。”

这是个看法，但并非不可能，也和多明尼克认为“我讨厌自己这类人”的想法没有太大差别。与此同时，多明尼克已经在世界上占据了一席之地。他执导高端电视广告，娶了一位同样成功的法国广告导演，他们在巴黎有幢公寓，在比弗利山有栋房子，在马里布有套公寓。她有几个成年的子女。多明尼克和贝克特仍在冲浪，或者说至少拥有自己的冲浪板，但是两人似乎在任何浪点都不是合格的当地冲浪者。我知道，南加州那群乌烟瘴气的人，让人沮丧。等我搬到旧金山，在海洋海滩开始学徒生涯之后，我从没想过要把自己有幸找到的没什么人去的好浪告诉老伙伴，并不是想保密，纯粹只是知道他们不会感兴趣。为了偶尔美美地冲一回浪，你得受很多罪。太冷，太难，太需要决心。

我的母亲对旧金山总的来说抱怀疑态度。这对于住在洛杉矶的她来说有点不寻常，那儿的人传统上都对北加州有浪漫的想象，例如海湾的巴格达①、东尼·班奈特的失恋歌曲等等。她认为这里是个很好的旅游景点，但是自鸣得意，有点陈腐，尤其是嬉皮士进入鼎盛时期以来。我曾经听她称旧金山为“替年轻人造的养老院”，这句话听起来挺刺耳，因为凯文和我都住在旧金山。凯文放弃了电影事业，现在在这里念法学院，住在市中心的田德隆区。我们两个都不闲，假期返家时，我注意到洛杉矶有股喧闹的、类似迷幻药的热情，一种特有的娱乐业野心狂潮，我在那里成长时忽略了这一点，但现在可以放心地欣赏。除了硅谷，湾区没有类似的地方。我对硅谷不感兴趣，只知道那儿有许多科技人员。

我知道母亲已经回到职场了，但是，直到我发现自己看着一位面

---

① Baghdad by the Bay，指旧金山，赫伯·卡昂（Herb Caen）1950 年代在当时两本关于旧金山的书的标题中这样称呼。——编者

带微笑、谈吐流利的电影制作人帕特里西娅·芬尼根在华盛顿特区某酒店的宴会厅领奖，才真正意识到这一点。那是我母亲吗？她从在一家非营利制作公司当义工开始，很快就站稳了脚跟，然后和我父亲一起创办了他们自己的公司。创业之初确实很辛苦，但几年后，母亲就正式聘请父亲担任《每周电影》的执行制片了。她对故事有着敏锐的眼光，而且和作家、导演、演员及电视台高管相处得非常好，共事效率极高，这听起来很简单，其实却是罕见的天赋。她和父亲忙得不可开交。科琳和麦克都曾认真考虑过家族事业，最后选择去了别处，科琳行医，麦克从事新闻业，都在东海岸。拥抱左派政治势力的凯文读完法学院后也不会回好莱坞了。我们全都放弃了演艺事业。我不知道我终于到处发表文章，会不会让曾是新闻记者的父亲高兴。我想，我正在写的那本书可能会让父母大吃一惊。他们依旧认为我在开普敦教书很好。但这本书的很大一部分内容都是关于我没能帮助学生，以及我后知后觉的行为造成的意外后果。

我离开非洲南部时的混乱情绪并没有从我身上散去。我仍做着关于莎伦的邪恶且令人痛苦的梦。我没有再和她联系，也试图在卡罗琳面前掩饰我的心痛。但有时我想知道这会如何影响我对南非黑人解放斗争的描述。

去旧金山念书的凯文，现在生活在一场更严峻的噩梦中。艾滋病刚开始蔓延，大家对它的了解少得可怜。在旧金山，年轻人病倒、病入膏肓，先是几百人，后来是成千上万人。卡罗琳和我初来乍到，不认识任何检测结果为阳性的人，但是凯文在市中心的朋友和邻居却生活在恐惧中，残忍地毙命。1983 年，旧金山综合医院开设了美国第一个专门的艾滋病病房，短短几天就满员了。凯文最亲密的朋友之一苏，是位可人的年轻律师，也是他的大学室友，曾和我们一起过过圣诞节，她死于艾滋病，终年 31 岁。当然，城里大部分的受害者都是男同性恋者。凯文是同性恋，积极参与了这项运动，要求为艾滋病研究和治疗提供更多的资源，但他没和我过多地谈这个话题。我们在非洲的旅行感觉就像发生在另一个不那么严酷的世纪。即使在最好的状态下，他看起来仍是心烦意乱。我也没有让他知道我差点淹死在海洋海滩的内沙洲的事。

*　　*　　*

某个阳光明媚、看起来却可怕的一天，我和马克一起在帕切科往外划水。水中没有其他人，因而很难判断浪的大小。我们很轻松就划出去了，海里的状况完美无瑕，水道很容易辨认，但是后来我们误判了浪况，占了一个离岸太近的位置。在我们赶上第一个浪之前，就被一个巨大的浪群困在了内侧。第一道浪轻易拉断了我脚踝上的脚绳，好像毫不费力，我在浪下一直往外海游去。第二道浪看起来有三层楼高，它和第一道浪一样，准备冲到我面前几码远的地方破浪。我潜得很深，拼命游泳。浪唇打在我上方的海面时，听起来像闪电在极近的距离炸开，在水中灌满了冲击波。我想办法躲在湍流之下，但是当我浮出水面的时候，发现浪群的第三道浪属于另一种存在。它更大，更厚，也更猛地从海底抓起水。我的胳膊变得像橡皮一样，呼吸过度急促。我潜得更早而且更深，水就更冷更黑。海浪破碎的声响异常低，是一种十足暴力的低音，把我向后和向上拉的力道感觉就像噩梦般的重力颠倒。我又一次设法脱逃了，当我最终浮出水面时，已经到了外侧很远的地方了。不再有更多的浪了，实在是太幸运，因为我确定如果再有一个浪，我就玩完了。马克也在那里，大概在我右边 10 码，也一直在潜水，一直在设法逃脱，和我一样，在千钧一发之际死里逃生。然而，他的脚绳没断，正在拉冲浪板。他转过身来，眼神里全是躁狂，大声喊道："太棒了！"情况本来可能更糟，他本来可以大喊："这很有趣！"

后来我了解到，从纯为留个记录的角度来看，马克确实发现那天下午的浪很有趣。他在水里待了四个小时（我则游了很久回到岸边，在沙滩上捡起冲浪板，然后回家睡觉），测量了波浪的时间间隔，即同一个浪群的两道浪通过一个固定点所需的时间为 25 秒。这是他在海洋海滩见过的最长的间隔。这并不完全让我惊讶。比起短间隔的波浪，长间隔的波浪能更快速地通过海洋，到达水下更深的地方，因为积蓄了更多的能量，所以破浪时会把更多水往前推。马克关于那天的日记也显示，我的脚绳是在马克开始冲 8 英尺以上的浪的第 21 天断掉的，那天也是马克开始冲 10 英尺浪的第 9 天。

我认为最令人害怕的是双波压制（two-wave hold-down）。那是一次如此漫长的痛击，以至于在第二道浪来临前，没有时间浮出水面。这事儿从来没有发生在我身上。人是活下来了，但从来不会为此开心，我曾听说过有人在经历了双波压制后放弃冲浪的故事。我们很难知道在大浪中溺死的人到底发生了什么事，但我相信通常是从双波压制开始的。在那个断我脚绳的怪物般的浪群里，第三道浪之所以让我感到害怕，最大的一个原因是它处处都是双波压制。那是在海洋海滩罕见的一种平滑浪，就像最糟糕的内侧绞吸浪，只是它还大了两三倍。我不明白它会在沙洲上的哪个点破浪，也不明白破浪的起因——到现在还是不了解——但它那种超级厚度，我游到底下时就知道前方不会剩下多少水，这意味着我如果被吸进去，极有可能至少会遇到一次，并极有可能是灾难性地撞向海底，同时还有可能遭遇极长时间的并且很可能是致命的压制。我不知道这个涌浪的间隔，但从第一道浪就能看出非常长。由于明显的原因，在极长间隔的浪中，双波压制确实会相当久。

或许你会认为，在水下四五十秒听起来没有很糟。大多数大浪冲浪者都可以屏住呼吸几分钟，但那是在陆地上或是在游泳池里。被大浪猛地抓住摇晃 10 秒钟，感觉像是一辈子。30 秒之后，几乎任何人都会接近昏厥。在我被浪击落水中的最悲惨经历里，事后我根本无法准确估计自己被压制了多久，连猜测都做不到。我试着集中精神放松，承受浪的拍击，不与之相抗，不耗费氧气，努力节省体力，以备结束时能游出水面。我有时不得不拉着脚绳，冲浪板比我更有浮力。

我体会过了最糟糕的压制总是那些我以为已经结束的，以为再踢一次水就能上到海面，没想到浪又压了下来，必须再踢一次、两次，甚至三次，还是到不了水面，以致我拼命想要呼吸到空气，喉咙里的痉挛，感觉突然变得像抽泣或是窒息的尖叫。和想要把水吸入肺部的条件反射对抗是令人讨厌且疯狂的。

在帕切科浪群的第三道浪中，没有发生任何生理上的不快，而且后头没有浪，所以那个我以为若被吸回来就会发生的双波压制，实际上不会发生。尽管如此，这个差点死掉的经验还是吓坏了我。我知道我还没有准备好面对可能造成严重后果的浪的拍打。我很怀疑我是否会有准备好的一天。

* * *

居然有人在旧金山学会了冲浪，这让我很惊讶。我开始非正式地采访那些在这里学会了冲浪的人。埃德温・塞勒姆告诉我，当他还是个孩子时，他用偷来的胶合板、2×4 英寸的木条和超市购物车的轮子，做成了一个可以挂在自行车上的冲浪板架。岬堡（Fort Point）的潮变好的两小时前，他会从日落区出发，因为骑自行车需要这么长时间才能到。岬堡浪点在金门大桥南端，是很差的左手浪。人会很多，但是波浪相对温和。十二三岁的时候，埃德温开始在海洋海滩骑乘白水浪。已经是那里的大个子之一的“毛孩子”告诉他，在他冲浪之前，必须先收集许多干木头，这样回来时才能生火取暖。“我收集了很多木头，”埃德温说，“也听了很多讥嘲。”慢慢地，他成了海洋海滩的当地人。

埃德温现在二十多岁，是动作流畅有力的冲浪者，一头卷曲的黑发，一双绿色的眼睛。他和我从斯洛特划水出去，累得直喘气。上午10 点左右，天气很冷。浪很激烈，但浪况平淡无奇，那时没有其他人。从怀斯店附近的面包店飘来新鲜甜甜圈的气味。地平线上，一艘集装箱船正朝着金门驶去。我们认为我们跑到太外头了，开始划向等浪区时，我警惕地看着涌浪，向埃德温询问阿根廷的冲浪情况。我知道他在那里出生，偶尔回去探望家人。他笑了。“在这里待过之后，我简直不敢相信在那里冲浪是多么容易。”他说，“水真是太暖和了！波浪如此柔和！海滩上还有姑娘！”

*　*　*

在浪非常大的日子里，城市本身看起来都不一样了。街道和建筑物显得明亮而遥远，一个疲惫的球体的轮廓：陆地。我们的活动全在海上。1984 年 1 月的某个早晨，海洋海滩的浪太大了，当我开车穿过几个街区来到海边时，旧金山看起来像个鬼城。那是一个黑暗、丑陋的日子，细雨纷飞又寒冷。海洋是灰色和棕色的，非常不祥。凯利和 VFW 两个浪点都没有车。我朝南缓慢行驶，观察着浪况。我无法估计有多大，没有任何东西，也没有任何人在海面上可供比较。至少有 20 英尺，可能更大。

当我把车驶入停车场时，斯洛特看起来完全失控了。在岸上几乎看不到最远方的浪破，实在无法想象如何划水过去。没有风，但最大的浪还是在轻微地羽化，这源于它们破浪时飞出的水量。紧接着发生的爆炸是不自然的白色，看起来像小型的核爆，看着它们我的胃翻搅起来。马克早些打电话给我时，只是简单地说了句：“斯洛特。不见不散。”但是斯洛特这样子是不可能冲浪的。车才停了几分钟，马克进了停车场。他转向我，睁大眼睛——以此方式告诉我浪比他想象的还要大。他坏坏地咯咯笑起来。我们一致同意去斯洛特前面半英里修建的临时建筑码头南面看看海浪。我们正要离开，埃德温开车来了。马克也在黎明时打电话叫醒了他。于是，我们三人开车进入了斯洛特南边的沙丘。

涌浪来自西北方，是由阿留申群岛的一场大风暴引起的，因而长达四五百码的码头大大稀释了其正南方的海浪的力量。那里的海浪看起来只有北面那个巨物的一半，几乎可以掌控。但是，仍有人怎么过去的问题。人们有时会从码头下方划过去，有一股常规的激流把浪堆积在海边的水带回海里，在码头下挖出了一条很深的沟，因此少有海浪在那儿破浪。但是码头下面很杂乱，有松散的电缆悬空垂着，水下还有以奇怪角度竖着的巨大铁皮，更不用说那些排列紧密的码头桩了，浪把人打过去时，它们可不会躲开。在从斯洛特无法划水出去时，我曾经从码头划出去过几次，但后来我发誓不再这么做了。不过这个早上，连在码头下方划水看起来都不可能。波浪隆隆地穿过桩子，像钢铁森林中发生小雪崩一样。今天出去的唯一一个非致命方式就是偷偷从建筑工地的警卫身边溜过，跑到码头上，然后从尽头跳下去，那里在海浪之外，很安全。

“我们开始吧。”马克说。

我们三人现在坐在他那辆粗犷、破旧但像是随时准备长途跋涉的1975 年产的道奇厢型车，它就停在码头南边的一条土路上。有 10 分钟，我们除了“哦，我的天！”和“看那里！”之外，谁也没有说过别的话。我完全没有去冲浪的欲望。幸好我的冲浪板不够格，连埃德温的 8 英尺 4 寸的枪看起来都不够大，马克随身带了两块超过 9 英尺的大冲浪板，他表示可以借我们其中一人。

“这就是为什么我没有超过 9 英尺的冲浪板。”埃德温说，又紧张地笑了一下。

事实上，这就是为什么大多数冲浪者都没有 8 英尺以上的板子；因为它可能会在某天问你：真的要在需要这么大的冲浪板的情况下出去吗？有一次在怀斯的店里，几个人正在看一块 10 英尺的枪，其中一位嘀咕道：“买这块板送一个松木箱。”这类冲浪板属于小众市场。

马克跳出厢型车，绕到侧门，开始换上他的冲浪服。这是我搬到旧金山以来，首次准备拒绝出去冲浪，马克似乎意识到了这一点。“来吧，埃德温，”他说，“我们冲过更大的浪。”

他们可能真冲过。在冲大浪这件事上，马克和埃德温是一个非正式但勇猛的组合。自从两人 1978 年认识以来，就一直一起冲浪。马克对埃德温的福祉很感兴趣：建议他如何在美国和人相处，鼓励他上大学。父母离异、与母亲同住的埃德温很珍惜马克这样家长般的指导，包括他对冲大浪的鼓舞人心的宣讲。埃德温具有冲大浪的身体条件，体格健壮，善于游泳，是个强悍的冲浪者。而且他的情绪沉稳，有着年轻人的快乐特质，还信任甚至崇拜马克。这让他成为理想的学徒，经过数个冬季，他冲的浪越来越大，最终进了非常大的大浪。他们之间有个默契：马克不会在有溺死风险的日子里带埃德温出去。

埃德温黯然地摇了摇头，拉下了羽绒服的拉链。他身高超过6英尺、下巴方正、一副领导者模样的他，无论站在谁的身旁，都不太可能像桑丘·潘沙①，但是当两人都穿上冲浪服时，我突然发现，马克可以让任何一个同伴看起来都像副手。

当埃德温摆弄着他从自己的冲浪板上换到马克板子上的脚绳时，马克借给他的是个又大又重的淡黄色9英尺6寸的单尾鳍枪。马克先教了我怎么使用他的相机，然后拿起自己的板——一个华丽的细窄的9英尺8寸三尾鳍板，在沙丘上有条不紊地上着蜡，并做了一套深度的瑜伽拉伸动作，在此过程中视线从未离开过浪。

“我们为什么要这样做?”埃德温问我。他的笑声起伏，有点紧张。

终于，埃德温准备好了，两人出发，小跑着穿过守卫的拖车，消失在一堆巨大的下水道后面，一分钟后又出现在了码头上，继续慢跑。两个轻盈的轮廓，他们的大冲浪板和惨白的天空形成了鲜明的对比。码头之外，我可以看到海浪在我从未于斯洛特见过的地方破浪。再北一点的地方，灰棕色的涌浪和白色的浪墙是我冲浪梦魇中的场景。即使坐在暖和且干燥的厢型车里，海浪还是让我害怕。

马克和埃德温在码头的尽头爬下梯子，趴在冲浪板上，开始朝海岸划水。他们成了我度量海浪的比例尺，海浪比我想象的要小，当埃

①《堂·吉诃德》中的主人公，堂·吉诃德的忠实侍从。——编者

德温迅速上到一个厚实的左手浪时，浪大概是他身高的三倍。波浪是泥褐色的，并且看起来很饥饿，我开始抓拍照片。埃德温拉进的动作很好，但是波浪突然整齐排好一路冲到北边 50 码处的码头上，浪崩了冲不了，他被迫直行了一阵。白水炸开，吞没了他。过了一会儿，他的冲浪板从白水里滚了出来，他的脚绳断了。波浪开始在离岸较近的地方破浪——码头南侧没有外侧沙洲——埃德温很快被冲上岸。他撞上沙洲时发出了一连串声响，当我告诉他拍了好几张照片时，他咧着嘴笑了。“要说外头太惊险，我倒不这么认为。”他说，“要说有点崩浪，也许。”他向我借脚绳，我很高兴地给了他。波浪看起来不仅有点崩，也没有变暖，气温大概是 40 华氏度。

当埃德温开始走回码头时，我注意到离北边大概 200 码处的一个外侧沙洲，一大群浪正在破浪。有人在水中，以他们为参照，现在我可以说斯洛特的浪的确有 20 多英尺高。但是那个我看到在外侧破开的浪更大，蕴含着极大的暴力。破浪时，那些波浪似乎可以把自己从里面翻出来，当它们停下时，喷射出像云般一朵朵的雾气，那些之前卡在卡车大小的浪管中的空气。即使在北岸，我也从没见过这样的东西：20 英尺的吐雾浪管。埃德温正在向马克打手势，试图告诉他南边地平线上的一个浪群似乎要破浪。码头下海浪当轰鸣声淹没了远处更大的浪的咆哮，埃德温从来没有向北方看一眼，那里的景象会让他浑身发寒。

马克抓到了几个有浪峰的 10 英尺右手浪，也都成功下浪。不过，我的角度不好，没法为他拍照。而且，从照片上看，埃德温再次出去之后，码头南面的情况变得不适合拍照。雨下个不停，在薄雾中几乎看不清楚马克或埃德温，他们已经半小时没有上到浪了。我把马克的相机收了起来，锁上他的厢型车，就回家了。

埃德温后来告诉我，我离开后不久，他又抓上了一个左手浪，并且成功下浪，但是下一个往码头冲过来的有 15 英尺浪峰的波浪把他抓进了浪里。我借给他的脚绳断了，但这次他没被冲到岸边，而是被紧紧困住，被一股强大的激流直接带到了码头。他吓坏了，挣扎着不要撞上桩柱，最后从北面出来了，没有受伤。但是，那里的水流转向大海，开始把他带到外侧的沙洲，也就是我看到有 20 英尺的管浪从里往外翻腾还喷射水雾的沙洲。他想游回岸上，但水流比他力气大。当一个奇怪的深水浪群在他身外破浪时，他已经离岸数百码了，又虚弱又恐慌，却仍在要命的沙洲的南面。这些浪比刚才束缚他的浪柔软，所以埃德温留在水面，承受波浪的拍打。浪群带着他到了水流的内侧边缘，在那里，他设法游进了在要命的沙洲前方滚滚而来的白水的路径，这使得水流把他带往更内侧。当他终于到达斯洛特附近的海滩时，已经虚弱到无法走路。

马克在那里找到了他。埃德温抖得太厉害，无法开车，所以马克送他回家。我不知道他有没有跟埃德温提到，当埃德温在水中拼命挣扎，躺在沙滩上喘息时他在干什么。马克后来告诉我，码头南面长时间的静谧让他感到厌倦，就划水到了北面。他说，在转回南面寻找埃德温前，他一直待在要命的沙洲外侧，但他在斯洛特上了几个大浪。当他发现借给埃德温的冲浪板躺在沙滩上时，他很担心，直到终于找到埃德温他才松了一口气。这二人组经受住了严峻的考验。埃德温被马克带回和母亲一起住的公寓后，好几天都没有再出去冲浪。那年冬天剩下来的日子他也很少冲浪，我再也没有看过他出现在很大的浪上。

* * *

斯洛特另一个寒冷的日子里，涨潮了，六个人在冲 8 英尺的浪。两周前，我在金门南侧的死人浪点（Dead Man）冲着悬崖边左手浪时，从上头自由落体，导致脚踝撕裂，还在努力恢复中，所以我留在岸上，身上是暖的、干的。我又坐进了马克的厢型车，再次拿起了相机。我几乎从不拍摄冲浪照片，因为若是波浪看起来不错，我根本坐不住。但现在马克抓到了另一个能把相机放在我手中的机会。几乎所有的冲浪者都喜欢在冲浪过程中被拍下来。很难单纯用“因为浪和冲浪都是转瞬即逝的事，冲浪者自然会想要个纪念品”这种说法来解释冲浪者对自己照片的广泛热情。我的任务是拍摄马克和他的朋友，但他们并没有上到多少浪。浪峰向南转移，人群也随之而去，我的拍摄对象消失在闪闪发亮的光场中。

我应该跟着他们一起往南走，于是我把自己塞进了驾驶座，发动了车子，我突然感觉自己像是一个穿着父亲大衣的小孩，袖子垂到膝盖，下摆扫过地板。马克实际上没有比我高多少，大概一两英寸吧，奇怪的是，我觉得驾驶座很大，连方向盘都是超大号的，当我开过斯洛特停车场的水坑和凹洞时，感觉不像在开厢型车，倒像是在有高高的舰桥和方向舵的货轮上。车内叠着好几块冲浪板，似乎充满了一种大猫伸懒腰的力量感，觉得幸福又健康。从这个乘风破浪过的万兽之王的世界观看，我想，我也可能想要去传福音。

马克理解拍下自己冲浪的照片的冲动。他不仅放幻灯片，而且在公寓里贴满了自己的照片，还乐于拿他们的冲浪照片给朋友们看。我曾经在被拍对象的家里看到这些照片挂在墙上，装裱得像宗教偶像。他给了我一张我半蹲在诺列加一个石灰色浪管里的照片。我生日时，卡罗琳为那张相片配了框。那是张很棒的照片，是马克的朋友拍的，但是看着照片会让我沮丧，因为摄影师快门摁早了。就在接下来一瞬间，我会消失在浪里，那是我梦寐以求的瞬间：只有海浪，而我知道自己在那里面，我在那厚重的倾泻而下的银色珠窗帘后面，画了一条高高的浪线。那个瞬间的关键是见不着的通道，而非这个预期的时刻。但照片表达的并不是冲浪的感觉，而是旁人眼中的冲浪。现在我看着这张在诺列加拍的照片，满眼都是一片漆黑的海；与此同时，我对波浪的记忆被银色的光浸透了。那是因为当我在它深处遨游时我正往南看，同时从浪管的杏仁眼穿回到世界。

对于我来说——不仅是我——冲浪有这样一个悖论：渴望与浪独处，又渴望被人观看、表演给人看，两者融合在一起，难分难解。

因为冲浪而结识的人，会有相互一较高下的心气，也会有对伙伴友谊的纯粹看重，或者最常见的是，两者兼而有之。我发现，在旧金山冲浪社交的力量非常强大。冲浪者的群体很小，浪起来的时候，在海洋海滩会有很强的孤独感。某个晴朗的春天早晨，蒂姆·博德金的妻子金让我知道自己在圈子里的位置。当时，我在位于沿海公路的她家门口给我的板子打蜡，另外几个冲浪者正穿过塔拉瓦尔水道。金把襁褓中的儿子放在膝上，在阳光下颠着他玩。（马克已经预言蒂姆明年冬天就不会再去斯洛特冲大浪了。）

“所以整个医生队都去吗？”她问。

“什么？”

“医生队，”她说，“不要告诉我你没听说过这个词。你是创始成员之一。”

*　　*　　*

最新一期的《冲浪者》杂志躺在怀斯店里的柜台上。通常我会拿起来匆匆翻阅。但是这期的封面照背景是一个熟悉的卜削蓝色左手浪，前景是一个拿着冲浪板刚从船上跳下的冲浪者，标题是“神奇的斐济！”，右上角的文字像是在尖叫：“发现！”——那是塔瓦鲁阿。

我想吐。我对此毫不知情。

实情是，《冲浪者》上的那篇文章并不是在告诉读者发现了新的浪点，而是关于开设一个度假胜地。两个加州冲浪者似乎买下或租下这个岛，建了一家酒店，现在开始营业。他们将为最多六位付费客人提供独家体会可能是世界上最好的浪的机会。这是个新颖的概念：付钱去冲不会人挤人的浪。冲浪杂志一向会大篇幅报道绝好的新地点，但不会写出精确的位置，这已是不成文的规定。也许会说浪点的所在大陆，一般不会揭示其所在国家，有时甚至不会说是哪个海。只有少数人可能会猜出地点，而且还得努力做功课，猜出后他们多半会想着要保密。现在这些规则全被打破了。度假村和地方政府的协议会把人群阻挡在外，塔瓦鲁阿的浪将变成私人所有。现在就预订。接受所有的常见信用卡。那期杂志上甚至有度假村的广告。

事情发生时，布莱恩正从东京飞来旧金山。他当时是旅行杂志的自由撰稿者，因为工作的关系被派往北海道。我去接机。从机场开车回我家的路上，我把最新那期《冲浪者》放在他的腿上。他开始低声咒骂，慢慢地声音越来越大。猜测是谁大嘴巴是毫无意义的。我们俩的幻想是错的，这六年，塔瓦鲁阿不会守身如玉地待在那里，任凭海浪在礁石上咆哮而过却不见冲浪者。

布莱恩比我更难接受这件事，或者至少不那么被动，他给《冲浪者》写了一封措辞严厉的信。他感到委屈，告诉我我们就像马槽里的狗，是的，对着我们不用的稻草咆哮。尽管如此，他还是认为整件事情糟糕透顶，我也这么觉得。他说，世界上所有未受约束的东西都被剥削、玷污、捧杀了。他在给《冲浪者》的信中提到该杂志和度假村之间财务关系的正确性问题，他称编辑为皮条客，或者退一步说，是白痴。

看到这样的布莱恩真是很奇怪。我们仍然忠实的朋友，密集通信，以至于有时我觉得自己像是在蒙大拿州过着更喧闹的第二种生活——拼命滑雪、拼命喝酒，和吵吵闹闹、才华横溢的作家待在一起，他们似乎总是聚在那里。布莱恩发表了许多文章和评论，正在写另一本小说。他和一个“刻薄的瘦女人”——他这么形容迪尔德里·麦克纳尔———住在一起，她是个作家，其实一点也不刻薄，最后还会如他所愿地嫁给他。他的旅行文章带他去了很多地方——塔斯马尼亚、新加坡和曼谷。迪尔德里和他一起去了曼谷，他带她去参观了车站酒店，我们住过的老房子，结果被那里的脏乱吓坏了。“城市有钱之后就会变得大为不同，”他从东南亚写给我的第一封信的第 15 页上这样写道，“装上了空调，易于管理，流动性大。”布莱恩的信件是惠特曼式、火山爆发式的、有趣的，就算是带有自我谴责的文字也一样，这类文字频繁得令人苦恼。他有次写道，1978 年我们在萨摩亚受到辛娜·萨瓦伊那伊和她家人的款待，以这家人的财产而言，这花掉了他们很多钱，我们却用小饰品而非他们迫切需要的现金来回报他们，而他们客气到甚至没有向我们提起。他说意识到这件事后让他非常懊恼，辗转难眠。我不确定他是不是错了。

布莱恩已经有段时间没冲浪了。10月间有个小涌浪。马克借给他一块冲浪板和一身冲浪服。衣服太小了，布莱恩在马克车库的阴暗处扭来扭去，好不容易才穿上，让一旁的马克和朋友们看得直乐。我帮布莱恩拉上拉链，下水后，他又扭来扭去。海洋海滩的白水浪像往常一样无情，而他已经没了往日的体格。我在他身旁潜越（duck-dived），提了些不受欢迎的建议。在他逗留期间，我们冲过两次浪，他声称很高兴回到大海。我等着医生队的一些初级成员做出轻蔑的评论，渴望出言反击。但没有人说什么。布莱恩和马克互相打量。布莱恩最不喜欢的就是自负的人。

与此同时，布莱恩和卡罗琳很有共同语言。我注意到，他会记下她的即兴评论，比如说，当我鬼鬼祟祟穿过厨房时，她叫我“鬣狗”，当她愤怒地问为何当地的健身爱好者认为有人会对他“让人恶心的身体”感兴趣。布莱恩从日本给我们带来了英文的旅游贴纸——我们有一段美好的旅程，并且我们每到一地都合影了———我们把它贴在冰箱上。

在此次探访大约一年后，布莱恩写了一篇关于他的垒球队的短文，登在《蒙大拿书评》上，并寄来手稿给我。他问我，《纽约客》会想要这篇文章吗？我回答说，这很好，但不适合“街头巷议”（Talk of the Town）栏目，太像小说，太直白了。我卖过一篇文章给杂志，自认是专家。不过，布莱恩并没有等我的回信到达，便直接投稿了。该杂志的编辑威廉·肖恩读了之后打了电话给他，赞不绝口。他请布莱恩飞到纽约，将其安置在阿尔冈金酒店，问其还有什么想写的。肖恩立刻发表了那篇关于垒球的文章，并接受布莱恩的提议，向他约了一篇稿子，分两部分来写炸药的历史。当我从迪尔德里那儿得知布莱恩在纽约，以及为什么去纽约时，我讪讪地叫他回到米苏拉时别打开那封我写给他的信。

*　　*　　*

在 VFW 的某个晚冬，有一天是有好浪的日子，蒂姆·博德金和毛孩子是仅有的出海的人。从海滩望去，大海只是一片令人目眩的无色的午后强光，不时被黑色的浪墙打断。马克在早些时候出海了。当他进来时，他说浪有 10 到 12 英尺，而向北的水流真是“要命”。然后来了一股轻微的西北风，破坏了海面，使海浪变得更加危险，更难驾驭。博德金和“毛孩子”没上到几个浪。大多数时候，浪在强光下都看不到。他们上的都是巨大的左手浪，破浪地点的沙洲，是之前我很少看过的，就算看过，也从来没有上去过。我通常不认为 VFW 是个大浪点，在小而干净的日子里，这里经常是海滩上最拥挤的一段。但这一天，鲍勃·怀斯接到了很多打来询问浪况的电话，满怀期盼地问道：“浪小吗？”当他回答：“不，超大。”他们突然记起了所有在大湾区（Greater Bay Area）偏远处该做的事。

八或十个冲浪者在海堤上观看，紧张而急躁。大家似乎都认同风已经毁了浪，现在真的没有理由出去了。人们极不寻常地用大量恶言恶语来讨论海浪、天气和世界，在冲浪者间这也是不寻常的。大家来回踱步，拳头插在口袋里，笑得太大声，口干舌燥。一直从太阳眼镜后面默默看着大海的埃德温突然开口说：“我有个主意，我们来组个支持小组吧。我不出去，不是因为害怕出去。为什么我们不都这样说呢？‘我不出去，不是因为害怕出去。’说吧，多蒙德，你也说来听听。”

多蒙德聒噪、强硬，不开出租车的时候会在怀斯的店里工作，他厌恶地转过身去。于是，埃德温又叫另一个被称为“呼叫器大卫”的家伙，但此人同样也转过身去，一边抱怨一边摇头。然后，每个人都无视埃德温，他只是轻松地笑着，耸了耸肩。

“浪群，”有人吼道。所有人的目光都投向了地平线，在那里，炽热的海面开始从大得瘆人的灰色线条中升起。“那些家伙死定了。”

* * *

我决定试着写写马克。他很乐意。我向《纽约客》报了个选题：关于一位了不起的城市巨浪冲浪者和医生。肖恩觉得听起来很不错。我拿到了约稿。

在那之后，我和马克之间的关系发生了变化。人们可能误认为我是他的助手这件事，对此，我不再感到难堪。我是你的鲍斯威尔①，难道你不知道。我采访他，请他谈谈自己的童年，他的父亲是比弗利山的一名精神科医生。我为他的厢型车里的东西分类，在他工作的时候，我跟着他跑来跑去，他看诊时我就坐在那里。大学时他有点像神童。在上医学预科时，他的父亲被诊断有肿瘤，此后马克开始专注于癌症研究，他的许多朋友都相信他的目的是及时找到拯救父亲的方法。后来发现，他父亲是被误诊了，其实没有得癌，但是马克继续他的癌症研究。他的兴趣其实不在治疗，而在癌症的教育和预防。进入医学院时，他已经和另一个学生创建了一系列关于癌症的大学课程，并与人合著了《癌症生物学原始资料》（*The Biology of Cancer Sourcebook*），这本该课程的教科书，最终有成千上万学生读过。他与人合著的第二本书《理解癌症》（*Understanding Cancer*），成为畅销的大学教科书。他继续在各地讲授癌症研究、教育和预防。

“有趣的是，我对癌症并不真的感兴趣。”马克告诉我。

“我感兴趣的是人们对癌症的反应。许多癌症患者和幸存者都说，他们在罹患癌症之前，从未真正生活过，是癌症迫使他们去面对并更加强烈地体验生活。在做家庭医生时，你会看到，一旦有人罹患癌症，家人之间就再也不能打表面的交道了。听起来像陈词滥调，但

---

① James Boswell，英国18世纪家喻户晓的文学大师，最著名的传记作家之一。——编者

我真正感兴趣的是精神层面——人们如何面对压力和逆境。我被人们反击的方式，还有他们坚持战斗直至找到出路的方式迷住了。”马克一边说，一边手舞足蹈，模仿在大浪的湍流中挣扎着浮出水面的动作。

我向澳大利亚记者、冲浪者和医生杰夫·布斯寻求专业意见。“马克铁定有想死的心，”布斯说，“这是某种极端的动力，我真的认为世界上只有极少数人能理解。我遇过的人当中，只有一个人也这样，那就是何塞·安赫尔（Jose Angel）。”何塞·安赫尔是一位伟大的夏威夷大浪冲浪者，1975 年在毛伊岛下潜时失踪。

埃德温的说法是，马克之所以想冲大浪是因为在他的病人死亡时他感到愤怒和无能为力。马克认为这太荒谬了。埃德温的另一个说法是弗洛伊德。（请记住，他来自阿根廷，在那里精神分析是中产阶级的宗教。）“显然，与性欲有关，”他说，“大浪板是他的鸡巴。”我甚至没把这段话告诉马克。

* * *

我完成我那本关于南非的书。在等待出版商的消息时，我前往华盛顿写了一篇关于美国对南非的政策的报道。南非内乱上了新闻头条，反种族隔离运动在全球范围内逐渐获得支持。由纽特·金里奇（Newt Gingrich）领导的一群年轻的保守派国会议员，正确地判断出种族隔离注定要失败，他们开始反对里根政府基本上支持种族隔离制度的政策。随后，共和党出现内讧，一些重要人物急切地要发言。我有一把反种族隔离的斧头要磨，但我越来越能做到在采访时喜怒不形于色（尽管是双关语），对权力的理解也在不断完善。我穿着一件便宜的黑色西装，手提卡罗琳给我的新公文包，并试图在众议员和参议员的办公室、国务院或传统基金会（Heritage Foundation）时表现出知道自己在做什么的样子。我找办法进入了奥利弗·诺斯（Oliver North）中校控制的军国主义外围团体，此时他还不是个公众人物。

我是个新手，很笨拙，但很喜欢这份工作：追踪线索，建立联系，提出尖锐的问题。这是我为旧金山的左派月刊《琼斯妈妈》写的第三或第四篇文章，这本月刊也试图走进更大的世界。国会中年轻保守派的造反成功了，里根转而接受了对比勒陀利亚的经济制裁。尽管如此，里根政府仍然在尼加拉瓜造成大量死亡。

我作为一名记者的新身份，似乎逐渐被旧金山的冲浪者小社群所知。到这时，我认识了这个社群内的大部分有名的人——也就是在海洋海滩冲浪的所有男人，没有女人——但他们之中则很少有人知道我。当他们发现我在写有关马克的文章时，我觉得人们看我的眼神都不一样了。有些人主动说出自己对马克的看法，“他是海滩上最大的小小孩。”呼叫器大卫说。这是个善意的评价。“关于医生有这样一件事，”鲍勃·怀斯说，“他一直认为一切皆有可能。”还有一种想法也逐渐浮出水面，而我当时还并不知道。关于马克，最生动的表达来自一个陌生人，那天在 VFW 他划水向我这边而来，他长相凶狠，一头又长又脏的金发，脸上看起来饱经风霜。他停在比冲浪社交礼仪允许的距离更近的地方，直直地看着我，咒骂道：“医生是个他妈的库克。”我什么也没说，过了好一会儿，他走开了。我也很高兴见到你。表面看来，这个评论很荒谬。在冲浪方言里，库克指的是初学者，在这里则是侮辱，差不多算是冲浪世界里的最狠的侮辱，而且充满敌意。我记下了。

我眼中的马克是海洋海滩一个虔诚的学生。但我慢慢发觉，有些当地人认为他只是一个来自洛杉矶的有钱孩子，嚣张地占据了太多人的内心世界。本地蓝领和外来白领之间的社交鸿沟，实际上并不简单或明确。马克的许多朋友都是日落区的哥们儿。还有很多海洋海滩的常客不能归入任何类别。举例来说，“斯洛特比尔”是得州来的大宗商品交易员，上过哈佛。之所以得到这个绰号，是因为他某次离婚之后在斯洛特的停车场住了一个月，并发誓掌握了在斯洛特冲浪这门残酷的艺术之前绝不离开。无论是否实现了目标，他在插在汽车点烟器上充电的电脑上轻点买进卖出订单的按键时，至少肯定比我们其他人坐在斯洛特的停车场时赚了更多的钱。“斯洛特比尔”在圣地亚哥短暂停留后，最近搬回了旧金山，宣称：“在那儿冲浪就像在高速公路上开车一样，完全匿名。”

* * *

冲浪的社会契约是一份很微妙的文件。每次你划水出去，它都会被重新起草。在拥挤的浪点和陌生人争抢上浪，天赋、侵略性、对当地的了解和在当地的声望（如果有的话），皆有助于建立一种粗略的进食顺序。总体而言，我在基拉、马里布、里肯、火奴鲁阿都有过愉快的竞争。但在多数浪点，不太有名的地方，是建立在当地人和当地条件之上的潜规则，更加微妙。海洋海滩很少有拥挤的日子，然而还是会有，那时就会像其他地方一样，敏感和礼貌也开始发挥作用。

2 月的一个下午，我在斯洛特划水出去，发现等浪区里至少有 60 个人。我没有认出任何一个人。这是有坚实的西方涌浪的第三天，条件极好：超过 6 英尺，没有一丝风。冬季沙洲通常在 2 月初开始崩散，但今年没有。我猜，那些来自海岸南北通常不想知道海洋海滩任何事的冲浪者已经集体决定，随着冬天的主要涌浪可能已经结束，而且环境出乎意料地干净，可以安全地突袭可怕的海洋海滩。当然，我明白这种选择的虚张声势，因为我也有同样的感觉，并且无比庆幸自己又熬过了一个冬天，这是我的第三个冬天。不过，我讨厌乌泱泱的人。我在内侧沙洲被打了好几下，最后终于溜了出来，开始寻找可以冲的浪峰。人群似乎毫无组织，散乱着，没有人在交谈。每人似乎都专注于海浪，专注于自己。我屏气凝神，选择了一个上浪的路标——一辆停在斯洛特停车场的校车，直切入四五人的队伍里占了个高风险的位置。

我所在的位置很容易受到大浪群的威胁，不太好，但是在人群中，第一波浪中表现出色是非常重要的，而经过了漫长的冬天之后，我比这些游客更了解这里的沙洲。刚好，下一波高高地站起，抖落了两个站得比较远想要上浪的冲浪者，给我来了个快速、突然俯冲、踏踏实实的第一浪。我再度划水向外，迫不及待地想要告诉别人关于波浪的事，关于身后的浪面裂开时在浪唇上形成的漂亮裂隙，关于内侧浪墙斑驳的琥珀色上部空洞。但是没有人在那里等着听我的故事。我身旁的泡沫里冒出了两只黑色的鸊鷉（grebe），细长的脖子像插着羽毛的潜望镜，惊讶的大眼睛瞪着我。我喃喃地说："你看到我冲的那个浪了吗？"

这里的每个人都是自己电影里的主角，在把自己的表现强加入他人的电影前，都需要得到许可。在冲浪中，声音的即时回放和嘈杂的欢呼并不陌生，但受制于严格的集体自我控制准则。年轻的冲浪者有时会误解冲浪的社会契约的这一部分，在水中自吹和互相攻击，但一旦发现有年长的冲浪者在听得见的距离，通常会冷静下来。海洋沙滩上的常客平均年龄比他处的要大——事实上，我不记得曾在大日子里见过十几岁的孩子——对于陌生人之间吵闹的严格禁止也相应地比别处严格。太过分的人会被噤声，再过分的人会遭人恨，因为他们没有尊重其他有很强自制力的冲浪者，特别是那些不怎么喋喋不休的人。

我朝校车北边的一个空的浪峰而去。上了两个快速的浪，有五六个人觉得可以加进来跟我一起。对于海洋海滩来说，海浪的波动相当糟糕。没人说话。每个追梦人都深深地沉浸在自己的梦想中——在每个可能的波浪上推搡、佯攻、滑翔、风驰电掣。然后，一组比平常浪更大的浪群滚了过来，在我们冲浪处的沙洲外侧 50 码的地方破了浪。巨大的白水墙把我们所有人都打下了冲浪板，把几个倒霉的家伙推到了内侧沙洲。几分钟后重新聚集的人群变小了，开始有话可聊了。"我系脚绳的那条腿长了 6 英寸。""那些浪看起来像 12 月的。"我们排了一个粗略的轮流上浪的顺序。有人上了，有人没上成，上了的人有时甚至挥手致意。在一番值得注目的骑行之后，赞美之声不绝于耳。大家讨论着这道涌浪维持到第二天的可能性。来自马林县的一位魁梧的亚洲人悲观地说："这次是个三天的西涌浪。每年都是这样。"他重复了这句预言，然后又为那些可能错过的人惋惜了一回。在以校车所在地为标记的浪峰上的这一小群人，虽然永远不会因为机智言论而为人所知，但已经取得一些粗略的整体性。一种有共同事业的微妙结构在我们中间建立了起来，我发现自己对外来者的嫌恶也消失了。大家一致认为，是涨潮导致了海面长时间的平静。靠近地平线的太阳照亮了路上一片 Z 字形的朝向大海的窗户，那条路通向遥远的旧金山山坡。

然后，内部沙洲响起了熟悉的嚎叫和沙哑的笑声。"是医生。"有人说，但其实完全没必要。马克是旧金山唯一一个非本地人也可能认识的冲浪者。他和另一个人一起划水，正拿一部恐怖电影的情节逗这人开心："所以头就开始自己跑来跑去，把人咬死。"马克戴着一顶傻里傻气的短嘴氯丁橡胶风帽，胡子在下巴位置上凸起，马尾辫在脑后一甩一甩，往我的方向而来。他在离我 10 码的地方做了个鬼脸，大叫："这里是个动物园！"我想知道四周的人听到这句话的感想，"我们去圣地亚哥冲浪吧！"

马克并未意识到在水中这样含沙射影不符合不成文的规定。他触犯了冲浪的社会契约，还用力擤着晒伤的大鼻子，然后抹在衣服上。不过他的块头太大，又太机智，对任何人的反对都毫无畏惧。我被说服了，不情愿地放弃了在校车那里轮流上浪的位置，与马克一起前往北边半英里处的圣地亚哥。"三天的西涌浪！"马克哼了一声，"这些家伙是些什么人？明天涌浪会更大。所有的指标都这么说。"

关于浪况，马克通常是正确的，但是关于圣地亚哥，他错了。沙洲的坡度比我们刚离开的斯洛特还要凌乱，周围根本没有人在冲浪。不过这也是为什么马克要来这里冲浪。我们之间一直有个分歧，他相信群体是愚蠢的。他喜欢说："扎堆儿的人是没主见的。"他还经常声称自己比大家伙儿更了解该在何时何地冲浪。他宁愿沿着海滩走到某个看起来可能性极低的地方，然后固执地待在那里，骑着勉强可冲的不稳定的浪，也不要和人扎堆冲浪。我这辈子都在满怀希望地划向不拥挤的浪，梦想着这些浪即将比受欢迎的地方的更好，有时候——这种时候不仅少而且短暂——梦想真的像是要成真了。但是，我仍不死心地相信群众有基本的良好判断，会聚集在海浪最好的地方。这种态度让马克抓狂。而有着很棒的冬季波浪、人也并不拥挤的海洋海滩确实扭曲了通用的马尔萨斯人口论的冲浪方程式。冰冷的水、强烈的恐惧感以及不信邪的惩罚，也在其中起到了助力。

我上了中度规模的浪，很快就后悔了：我背后的浪群把我彻底冲刷了一遍，几乎把我推到了内侧沙洲。等我回到外侧时，太阳开始落山，我浑身发抖，而马克在北面100码的地方。我决定不跟着他，开始寻找最后一道浪。但是浪峰变得诡诈，我一再误判它们的速度和陡峭程度，差点被一个邪恶的、层层叠叠的浪往后吸进去，随即不得不加快速度，避开另一个怪物般的浪群。

暮色加深了。从顶部升起的浪花仍有着深红色的夕阳色调，但波浪本身现在只是巨大且没有特色的蓝黑色的墙，令人越来越难判断。已经看不到任何其他的冲浪者了。现在我浑身抖得厉害，准备试着划水进去，这么做有点不光彩。当水平静下来的时候，我就开始努力挖水、努力使我的板头保持朝着海岸，穿过外侧沙洲交错的水流，用沙滩上的篝火校正方向，每划水五六次就转头看一眼。到了半路上，接近内侧沙洲时，外侧出现了一组浪。我在深水中很安全，没有理由在波浪来时穿过内侧沙洲，所以转过身坐起来等待。

在依然明亮的天空的映衬下，在南边远处的巨浪的顶端，有个轻盈的身影跳起来，然后跌入黑暗之中。我竭力想知道接下来发生的事，但是波浪消失在附近其他人的身后。看见有人在黄昏时跌入这样的浪涛中，我的胃忍不住颤抖了一下，当我颠簸着通过聚集在内侧沙洲准备攻击的涌浪时，我不停地望向那人消失的地方，看看是否有一块无人的冲浪板被冲上岸。那浪看起来像是会拉断脚绳的那种。最后，不到40码的地方，出现了一个模糊的身影，他飞快地穿过一堵起伏不平的内侧浪壁。不管那人是谁，他不但成功下落，还依旧站立着，在浪上飞行。当波浪冲击深水区时，他俯身做了个巨大而优雅的回切。这个回切，让我认出那是毛孩子。他是当地唯一一个可以这样转弯的冲浪者。他又转了一回，到达离我几码的地方，然后退出了浪。他的表情很平淡，向我点点头，但什么都没说。我感到舌头打结。不过，一想到有人陪我一起划水穿过正在不断爆浪的内侧沙洲，我松了一口气。但是没想到毛孩子另有计划，他转过身，一言不发，开始划水回到大海。

* * *

那天晚上很晚的时候，马克的公寓里充满了嘀咕、惊呼和恐怖的咆哮声。放了过去几个冬天在海洋海滩拍的幻灯片，大多数的主角都在现场。“那不可能是你，埃德温。浪变得那么大的时候，你会躲在床底下的！”马克大概每半年召集一次这样的聚会。“这是去年冬天最好的一天。”他说着，投影出在斯洛特拍的一张巨大、完美无瑕的图片，引来大家一片呻吟。“但我没有更多的照片了。拍完这张后，我就出去了，在外面待了一整天。”马克的声音有着经过长时间冲浪后的那种灌了水的鼻音。事实上，一小时前他还在外头冲浪，波浪从沿海公路对面传来的有条不紊的轰鸣为聚会提供了低音和声。“天黑下来的时候，月亮升起了，”他告诉我，“我回到斯洛特。所有的库克都走了。只有毛孩子和我。实在太棒了。”我发现这一幕很难想象。不是不相信他——他的头发还是湿的。只是无法想象什么人能在月光下冲着黄昏时打在斯洛特的那种惊涛骇浪。“当然，”马克说，“毛孩子和我每年冬天都会冲这么一回。”

那晚毛孩子也在马克家，还有我在旧金山叫得出名字的大部分冲浪者，年龄从十几岁到四十多岁不等。我只有三年资历，可能是最晚到旧金山的人。一张我去年冬天在海洋海滩冲浪的幻灯片引起了几个嘘声，但不是侮辱的意思，我在这里还没有久到会被人这样对待。幻灯片中还有一系列照片拍的是马克一马当先在门多西诺县（Mendocino County）吓人的外礁上冲浪。当地的冲浪者已经看着那地方破浪多年，却没有人尝试在那里冲浪，直到这年冬初，马克说服当地两名大浪冲浪者和他一起划水出去。浪破在距离海岸至少半英里的一个浅礁石上，形成了可怕的落差，还有一些烦人的海带。马克的幻灯片是一名同伴在对面山坡用长焦镜头拍摄的，照片中，马克小心翼翼地骑着相当于他身高两三倍的深绿色浪墙。他说，那晚最棘手的部分实际上不在水里，而是来自附近的城镇，村民听闻他要去外礁冲浪时，既震惊又怀疑，直到他们得知有两个当地的同伴陪他一起。

听到马克提到当地人的敏感着实让人惊讶。这是个真事，我曾经看过门多西诺当地报纸的剪报，当地某专栏作家形容马克为“来自湾区的一位传奇超级冲浪者”，然后讽刺地补充道：“对不起，我没有留下来要他的亲笔签名。”但我通常认为马克不会受这些事情影响。当然，向这些观众展示这些幻灯片上的故事也很麻烦，需要生花妙笔，甚至带些自嘲。马克可能不会跟水中的陌生人讲究冲浪的社会契约，但海洋海滩是家；在这里，他强烈的个性得加点好话才能让旁人接受。那晚的早些时候，当马克抱怨被哮喘拖累、呼吸困难时，呼叫器大卫咕哝道：“现在你知道我们凡人的感受了。”

接下来，一群摄影者挨个儿放映了自己的幻灯片作品，有水景，有的很好，也有很多糊掉了。有些人缅怀旧日时光，放了 1970 年代的幻灯片，介绍了我从来没听说过的冲浪者。“去考艾岛了，”有人告诉我，“我们最后一次听说他的消息是去澳大利亚西部了。”毛孩子放了最近一次去夏威夷的幻灯片。其中一张在世界上最棒的大浪点之一——日落海滩拍的，质量不是很好，拍的是几个玩风帆冲浪的朋友，那天的浪很小，不怎么样。“真不敢相信。”有人嘟囔说，“风帆冲浪。”毛孩子的话很少，他是旧金山少数几个能在日落海滩冲大浪的人之一，但他似乎被在场众人的失望逗乐了。

* * *

我刚搬到旧金山的时候，怀斯店里的墙上还有另一张照片，上面有些小污点，边上还有点卷，没有文字说明，美得难以置信。照片被裁切过，去掉了不必要的部分，一个冲浪者在一条看似无边无际的逆光照射着的10英尺浪上，怀斯说那人是毛孩子。青柠色的波浪被风吹出了形状，看起来像是在巴厘岛的某个地方，但怀斯说那是外VFW。波浪的比例如此匀称，让毛孩子骑的那块9英尺6寸的枪看起来像短板，他画出的路线如梦一般，太高，太流畅，太有感染力，不像真实生活中会发生的。

我在这个城市的第二或第三个冬天，怀斯店里的墙上出现了更多照片。它们都是马克在海洋海滩的大日子冲浪的照片，配了大的木质相框，覆了玻璃，打印的图片说明列出了确切的日期、地点以及冲浪者的名字是谁。

马克和毛孩子是旧金山冲浪运动中的火与冰，一个讲求理论，一个低调地反理论，各自性格使然的两种截然相反的路数。对于毛孩子，经验似乎是去除多余的东西；对于马克，则一点一滴都是积累。更多的冲浪板，更多的里程碑，征服更多的浪点。他几乎所有的故事最后都归结到冲浪上，从童年到老年。回顾在洛杉矶的青年时代，他告诉我："我的朋友们对冲浪坚信的一点是，多数人迟早会丢弃它。"对于未来，他向年长的冲浪者看齐，称他们为"前辈"，八十多岁的波尔医生是终身冲浪者和北加州的退休牙医，他是马克的最爱。"他还是一样充满激情，"马克说，"他还在玩滑板！"

毛孩子也认为马克异常年轻。"他就像一个20或22岁的人，对冲浪怀有那么多劲头和热情。"毛孩子在一次难得的交谈中对我说。但毛孩子不认为冲浪生活有长期的益处，他说："最厉害的当地冲浪者可能是社会上最边缘的人。"那时我们坐在他家附近的一家中餐馆里，毛孩子警惕地看着我做笔记。"冲浪这运动太伟大，会使人陷在里面不能自拔，”他说，“就像吸毒成瘾。你不想做任何其他事。你不想去上班。如果去上班，总是有‘真的错过了’的感觉。”

毛孩子是个木匠，工作时间比较灵活，每年尽量安排一个月休假，去别的地方冲浪，例如夏威夷或印尼。但是，他不可能像年轻时那样狂热地冲浪，也不想冒着成为边缘人的风险。

毛孩子用借来的冲浪板在佩德罗岬角（Pedro Point）学会了冲浪，那是旧金山以南几英里处的一个初学者浪点。他花了五年时间才敢于到海洋海滩冲浪。他是日落区孩子，敬畏那个时代的大个子。最终，他自己也长成了大个子，身高6英尺，宽肩膀，一张扑克脸，金发碧眼，英俊得酷似B级西部片里的枪手，却从未甩掉他的绰号。他似乎永远带着新手的谦逊。和他在空荡荡的餐厅里边喝着微温的茶边聊天，以新闻而言，相当于在一个普通的日子里在斯洛特划水。我的采访请求无疑让他大吃一惊。毛孩子认识我是因为我冲浪，最近还是海洋海滩的常客，马克的那帮人中的一个，现在却突然变成了记者。这并不意味着我很冷静。身为曾经在马克“错过涌浪比错过新闻截稿期更不可饶恕”的论点中挣扎了几个冬天的人，我从毛孩子对冲浪和工作之间不可避免的冲突的简单描述里得到了比他认为的更多的安慰——当然，这是一场和海勒姆·宾厄姆①一样古老的争论。

毛孩子的谦逊执行得如此彻底，以至于很容易让人误以为他拒人于千里之外。但是，过了一会儿，就连我也看得出，他简洁的外表下隐藏着一种很强的羞怯，而这种羞怯之下又隐藏着一种老式的敏感。别人告诉我他在校时是优等生，在旧金山州立大学主修英文，还修了许多科学课程，包括一门海洋学。课上，老师断言袭击北加州海岸的巨大冬季涌浪一般是从南方来的。这是错的，但老师拒绝改正，毛孩子也就算了。

---

① 美国考古学家、政治家，做过州长、参议员。生于夏威夷火奴鲁鲁。曾在耶鲁大学任教，两次率考古队前往南美考古，发现了印加帝国都城马丘比丘遗址以及维特科斯遗址。——编者

但对某些蠢事，他却立场坚定，令人印象深刻。我在旧金山的第一个冬天里，某日 VFW 很拥挤，当地有个冲浪者很差劲，不仅偷浪、插队，还威胁向他抗议的人。毛孩子悄悄警告过他一次。然而这个人继续我行我素，在一次退出浪时动作笨拙，差点把另一个冲浪者的脖子弄断，于是毛孩子请他离开水面。那个坏蛋骂骂咧咧，毛孩子就把他从冲浪板上撞下来，把他的板子翻过来，单手快速轻巧地弄断了三个尾鳍。那家伙只好划水走了。这个故事在海洋海滩流传多年，当年在场的人经常被要求重述。

毛孩子是本地人中的本地人。如果你和这样的人一起在金门大桥下的岬堡冲浪，他只要抬头一看，就可以告诉你那儿的工程埋了多少工人；大萧条期间，有多少人在工程施工期间排队等待工作机会，以及他们的工资是多少；今日的维修工人工资又是多少，他们之中有些人是亲友。毛孩子加入了工会，经常在建筑工地担任工会管理员，当我问他相关问题时，他只简单地说："我相信建筑工会。"在大浪这个话题上他的回答同样简短，他说他喜欢大浪胜过小浪，因为大浪里的人比较少。"人多情况会变得紧张，"他说，"在大浪里，只有你和大海。"毛孩子因其在大浪中的钢铁般的神经而在海洋海滩一带闻名，但他说自己花了好几年才鼓起勇气面对大浪。"每一次摔下冲浪板，都会让你意识到自己实际上比想象的安全。只是水。它只是让你没法呼吸。浪会过去的。"他从来没有惊慌过吗？"当然有。但你要做的，真的只是放松。你总是会上来的。"他说，回想起来，有好几次以为自己快要淹死的时候，其实离死亡没那么近。

"医生在这里建立了声望。"在医生于海洋海滩冲了十年浪之后，毛孩子承认道。至于他自己呢？"我大概是在维持声誉。"毛孩子坦承。尽管如此，他只在大浪干净时才去冲。在海洋海滩冲过的最大的浪有多大？他说："我在这儿上过的最大的浪没能成功下浪，那个浪好极了。我的冲浪板是 8 英尺 4 寸的，太小了，从浪面上下来的时候只下了四分之三，我摔下来，被吸上去又翻过去，是我经历过的最害怕的一次。我以为我不会停止自由下落，但没有那么糟。”那个浪多大？“12 英尺，”毛孩子说，“也许 15。”他耸耸肩。“我不再想用英尺来描述浪的大小了。”我想，无所谓，这城市里有太多冲浪者都相信自己看过毛孩子冲 15 英尺以上的浪。

* * *

尽管我们在一个其他旧金山人看不见的世界里搏斗、卑躬屈膝、荣耀万丈，我们依旧在这个城市里，有时这个城市也会注意到我们。在一个晴朗的日子里，退潮时，海洋海滩人满为患。浪况很好，我夹着冲浪板匆匆穿过沙滩。在我的左边，两个身穿旧金山“四九人队”① 热身赛夹克的年轻黑人正安静地操控着一对微型遥控沙滩车从他们脚步间穿过，在沙子里迂回闪躲、打转和甩尾。在我右边，一群白人用黄色的塑胶棍狠狠地敲打枕头，我经过时听见他们的尖叫和咒骂：“婊子！婊子！”和“滚出去！”有些人在哭泣。一个四十多岁的胖男人正在捶打放在枕头上的一张纸，当那张纸飞走时，他把纸追了回来，吼道：“滚回来，你这个婊子！”水边，一个中年男子在凝视大海，黄色棍棒放在脚边，脸上有快乐满足的表情。当我跪下来系脚绳时，他打量着我的冲浪板。我问他打枕头是怎么一回事，他说他们正在进行一个叫做“太平洋进程”（Pacific Process）的活动，13 周，总计 3 000 美元。他告诉我，这个练习叫“骂妈妈”（Bitching at Mom）。我注意到他戴着工作手套。嘿，在把妈妈魂都打出来的时候可别让手上起水泡。

后来，我在水里看到一位我不认识的冲浪者很晚才插队抢上了一个巨大的光滑波峰。他骑着一块针状板头的淡蓝色冲浪板，当两倍于他身高的海浪顶起并开始颠簸时，他努力保持平衡。他没有摔倒，但

① 也译“淘金者队”，是旧金山的一支职业橄榄球队，属于全国联盟的西部赛区。它的名字来自 1849 年，因为 1848 年加利福尼亚发现黄金，引起淘金热，自 1849 年起全球大批淘金者涌入加利福尼亚，所以当时称呼这些淘金者为四九人（49ers）。——编者

在挣扎着站稳的过程中失去了速度，他的第一个转弯如今深陷在波浪的阴影中，没转好。如果这个浪没有撞到一片深水，稍缓了一下，他就会被第一区段淹没。但他设法绕了过去，拉进了下一段，并拉出一条高线冲过了长长的绿色浪墙。当他越过我的位置时，已经完全掌控了局面，估计再转一次弯，就会结束这趟出色的骑行。但在他冲出去的瞬间，我看见他的脸因痛苦而扭曲，还有看起来像愤怒的东西。即使是一个冲浪高手，驾驭这样剧烈的浪也需要对技术保持高度专注，但许多不那么忘我的情绪亦萦绕在周围。即使在挑战性不高的海浪中，冲浪者在驾驭海浪时脸上也常常一副恐惧、沮丧、愤怒的可怕表情。最能说明问题的时刻是出浪，即骑行结束，此时通常会引发一种混合了解脱、苦恼、兴奋和不满的表情。淡蓝色冲浪板上那个陌生人的脸，让我想起了海滩上那些打枕头的人哭泣、扭曲的脸。

不冲浪的人普遍很难将阳光下轻松愉快的冲浪乐趣和这种内在的狂风暴雨联想在一起，而我正打算写篇文章，我想知道我到底能向圈外传递多少冲浪世界的真实一面。当然，有些冲浪者的表情不会如此丰富，他们的风格是面容平静，甚至是一个不明显的微笑。但根据我的经验，这样的人少之又少。

至于伟大的天赋异禀的冲浪者，能达到这种程度的也极为罕见，尽管随着冲浪的普及和国际比赛的成熟，职业冲浪者在慢慢增加。对他们来说，冲浪是一项运动，需要训练、比赛和赞助等等。在澳洲，冲浪选手被视为职业运动员，冠军甚至受到公众的追捧。美国的情况并非如此，一般体育迷对冲浪基本上一无所知，就算是冲浪者也很少关注比赛结果和排名。顶尖冲浪者因其风格和水平受人敬佩，甚至崇拜，而我们与他们共有的重要东西是内行才懂的、令人如痴如狂的，不是主流文化，而是亚文化，肯定不是商业的。（近年来有些改变，但并不大。）

无论哪个层级的冲浪者，我们共有的主要事物的是对波浪的深度沉浸。马克喜欢说冲浪“本质上是一种宗教活动”。但这里面有太多的表演、太多的竞争、太大的欲望和原始的沾沾自喜，我不觉得他那句话贴近真实。风格就是冲浪的一切——你的动作有多优雅，反应有多快，你对难题的解决方案有多聪明，转弯转得有多大多干净利落，甚至你的双手做了些什么。伟大的冲浪者可以让你惊叹于他们的动作之美，让最难的动作看起来很容易。随意而为的力量，压力之下的那种众所周知的优雅，这些都是我们做梦都想拥有的。拉进一个强烈起伏的浪管里，干净利落地出来，表现得就是像以前去过那里一样。一举一动要看起来很美。这才是我们照片的真正迷人之处，也是恐怖之处。我看起来不错吧？如果这是种宗教，也许根本未曾想过崇拜的是什么。“打手枪。”当我和其他冲浪者边喝啤酒边聊彼此的故事时，卡罗琳有时候会对着她的蚀刻板吐出这个词。

所有的冲浪者都是海洋学家，每个人都在对破浪进行高深的研究。冲浪者不需要被告知，破浪时实际上是水粒子而不是波形在往前进。他们忙于找出更神秘的关系，比如潮汐和密实度之间，或涌浪的方向和近岸水深之间的关系。冲浪者的科学显然不是纯理论，而是大量实际应用的。为了驾驭海浪，我们想理解海浪正在做什么，特别是下一步可能做什么。但是，波浪随着无限复杂的曲调起舞。对于在等浪区试图看懂涌浪结构的人来说，这个问题实际上可以以音乐来表示。这些浪或许会以 13/8 拍的节奏接近，或者每小时有 7 个浪群，而每个浪群的第三道波的摆幅这么宽，是否意味着不协调的渐强？或者这个涌浪是上帝的爵士乐独奏，超出了我们的理解？

当浪很大，或者换个说法，当浪让人自觉渺小的时候，这些问题甚至也会消失。若感觉眼前的浪已经大到无法理解时，你会放弃理解。只要在那里，你就觉得很荣幸了。我曾在某些美好的日子里感受过自己的渺小，在火奴鲁阿湾、杰弗瑞湾和塔瓦鲁阿，甚至有一两次在海洋海滩，我在浪肩上漂流，呆呆地看着普通的海水变成了漂亮的肌肉感十足的巨浪，再变成羽毛状的急浪，变成纯粹的能量，雕琢出不可思议的形态，欣喜若狂地绲上边，最后变成狂暴的泡沫。

*　　*　　*

我不得不承认，马克在我身上取得了部分成功。我冲浪的次数比预期的多，还买了几个新的冲浪板，被称为推进器的三尾鳍设计，以及更好的冲浪服，以缓解失温的问题。我们在南边冲浪，在北边冲浪。遇到海洋海滩的大日子且浪都被吹坏的时候，我们就前往门多西诺县，马克知道那里一些避风处。夏天，当海洋海滩毫无希望的时候，他就带我去大苏尔他最喜欢的南涌浪礁岩浪点。他的慷慨似乎毫不费力，是他天生具有的。他任命自己为我的冲浪教练、健康总监和总顾问。现在他高高兴兴地坐等对他这个人的报道。我对冲浪多加思考，仅仅是因为我自愿写冲浪的文章。这代表我对冲浪更认真吗？不是这样的。我是记了更多的笔记，但冲浪对我而言，仍是一件我一直在做的事情。可以说，冲浪和我结婚了，我人生的大部分时间都和冲浪在一起，只不过，这是一段没向人提及的婚姻。马克想帮我修补我们这段牢不可破的无声的婚姻，但我不认为我想这么做。不知何故，在我生活的中心附近有一大片无意识的东西很适合我。除了与其他冲浪者在一起时，我几乎从不谈论冲浪。这与我如何看待自己无关。过去我不愿意把它看作成年后现实生活的一部分，现在则不同，新闻业把我带入了一个比追逐风浪更吸引我的世界。

但怪事发生了。抛开我的矛盾心理不谈，我让马克的热情陪伴着我，让它成为驱动我的冲浪生活的引擎。在某种程度上，我意识到自己让马克插进我和冲浪之间，古怪地占据了前景，用他的幻想缠绕我的梦想世界，用一部铃声刺耳的电话打断我冬夜的睡眠。我甚至让他掌管那些原始的时刻，他那邪恶的咯咯笑像是一条生命线，把我对大浪的恐惧中难以逾越的空间和我在精神上紧紧抓住的某颗岩石表面连接起来。这是记者的被动，屈服于另一个自我，但在这个故事中，这个自我的面目模糊不清。我很难在医生队成员身上反观自己。

是的，当我还是个孩子时，我就对冲浪着迷——黎明时，信风吹拂的海浪照亮了周遭，我在半梦半醒间沿着小路小跑，就算要划很长一段水路才到悬崖，仍旧兴高采烈。这个古老的魔咒有时被打破，或者看起来像是被打破了，但它总在那里，在表面之下，当我在遥远的世界旅行，住在蒙大拿、伦敦或纽约一些无浪的地方时，这个咒语不过是休眠，并没有被破坏。我记得搬来旧金山后不久，第一次和马克去门多西诺海岸。涌浪大得可怕，刺骨的西北风毁了除阿里纳岬角海湾（Point Arena Cove）之外的所有地方，而此处幸存是因为被长满海带的海床保护着。我紧张地跟着马克从那里的水道穿出来，被风、冰冷的海水，尤其是大规模冲击礁石并将其碾碎的巨浪惊坏了。马克投入了战斗，积极地冲浪，我沿着礁石渐渐向远处移动，在越来越大的浪上起乘。最后，我上了一个巨型的浪，当板头卡到一片碎浪时，我差点摔倒。我勉强收回动作，成功地冲到了浪。马克看到我在那条水道上上浪，他说当时很替我捏一把汗。“如果没有成功，结果会很糟。”他说，“那是结结实实的10英尺浪，唯一能让你从浪面上下来的，是20年的经验。”的确，当时我完全凭直觉冲浪，太专注了，以至于不感到害怕，尽管在礁石那里的压制看起来确实很长。我不好意思承认这一点，但马克的评价让我很开心。我想知道如何使冲浪的魔力对我不起作用——以及如何不让马克努力把咒语织得更密——但我同时意识到，他说过许多让我开心的话。

他也说了很多让我恼火的话。有一次，也是在门多西诺，我们在一个隐蔽的精致小海湾冲浪，有个浪我自认为表现得非常好，我很得意，马克也看到了。“你抓到了那个浪的节奏，”我们再次划水出去时他说，“你需要多来几次。”在水中给人未经要求的忠告，有违我所理解的冲浪社会契约，而他话里的高高在上更让我不悦。但我咬住舌头没反驳，我知道这不像我。我知道这么敏感很可笑。但那并不是我没叫他把他的忠告塞回自己屁眼的原因，真正的原因是我正在写关于他的文章。自从接了那个任务，我就变了，变得不那么坦率，不那么自然了。对我来说，这不再只是一段复杂的冲浪者友谊，它是一个写作项目，一篇报道，一份工作，也是一个很大的机会。言语激动可能会搞砸任务，所以我试图当个冷静的观察者。我认为，马克自己狂躁的漠不关心，以及长久以来自认该有的权利感和刀枪不入，使他不在意其他人的感受。

马克的世界恍若无缝，令我着迷——它的意志的连续性和集中度，它明显的满足感。相比之下，我的生活则被不连续性弄得四分五裂。一开始，冲浪像是童年的一些残破遗迹，老是不协调地飘入我生活的前景中。尤其是冲大浪，特别让我有时光倒转的感觉，像是强迫性地回到某些原始场景，以证明我已成为男人的根本事实。毛孩子也开始让我着迷了，他的世界好像也是无缝的，但又与马克的完全不同。他的过去与现在、童年和成年之间有着强大的连续性，它连接了地方、社区和性格。它们很安静，似乎不需要跑到前景来展示自己。

* * *

1 月的某个周日下午，斯洛特看起来至少有五台冰箱那么冷，不过，破在外侧沙洲的浪很难看得到。阳光明媚，但海浪正在形成一层盐雾，弥漫在沿海公路两侧的空气中，是一种味道刺鼻的烟雾，闻起来像是海底的某种精华。没有风，但是从最大的波浪顶端升起了灰色羽毛样的水雾，是波浪坠落时浪脊的重量和速度造成的。中等大小的危险的浪横扫内侧沙洲，黑巧克力色的浪面上沾满了漂浮的泡沫。外侧沙洲的浪轮廓不清，涌浪让人捉摸不透，但外侧的波浪平滑而有光泽，在雾中随机出现干净的浪峰和区段。有些浪看似可以冲，很可爱，却充满了杀伤力。

斯洛特停车场很热闹，我有点惊讶，今天超级碗有年度冠军赛，四九人队进了决赛，离开球时间不到一小时。不过，大部分的汽车、卡车和面包车都很眼熟：海洋海滩冲浪队的队员都出动了。有些慵懒地瘫在方向盘后面，有些坐在车子引擎盖上，几个人站在堤岸上。没有人穿冲浪服，也没见到人从车上取下冲浪板。每个人都盯着大海。

我看了一会儿，什么也没看见。我摇下车窗，呼唤站在堤岸上的斯洛特比尔，他耸肩弓身，双手插在滑雪夹克的口袋里。他转过身，透过太阳镜看了我一会儿，然后朝着海浪仰起头，“是医生和毛孩子。”他说。

我下了车，站在堤岸上，用手遮挡刺眼的光线，终于在银色的巨浪上看到两个小小的人影。“他们已经半个小时没有上浪了，”斯洛特比尔说，“浪非常变化多端。”有人在这里置了个三脚架，装了相机，却没有看顾；雾太浓，拍不了。“他们都骑黄色枪。”斯洛特比尔边说边盯着地平线。我觉得他似乎很不快，态度甚至比平日更生硬，大概是在为没能划水出去而苦恼。斯洛特比尔自认为是个大浪冲浪者，也的确冲了许多很大的浪，但是他划水不快，经常无法通过内侧沙洲。他孔武有力，脖子像公牛一样，曾是很有实力的橄榄球运动员，虽然当时已经 40 多岁了，仰卧推举的重量大概仍是我能举的两倍，但是划水快不是单靠体力。让冲浪板在水面上滑行一定程度上在于一种巧妙的杠杆作用，很大程度上在于找出阻力最小的途径。大浪要求一种矛盾的组合——既凶猛又被动——而斯洛特比尔似乎从来没能掌握，他只有凶猛。他在浪上翻滚的时候像红木桩子或一个装满纯睾丸素的罐子，让其他冲浪者看得乐不可支——那些人里没几个打橄榄球。他让我产生了兴趣，尽管我好像惹恼了他。某次在他公寓玩扑克牌时，他称我为共产党人。更糟的是，我有时在他没能去冲浪的日子里冲到了浪。

我今天连试都不想试。这些浪远远超过了我的上限。我不明白马克和毛孩子怎么会在那里，或者说，毛孩子是怎么被说服去试试的。那不是他喜欢的浪，不干净。我和斯洛特比尔在那里站了一会儿，试图将视线保持在马克和毛孩子身上，而他们一次又一次消失在涌浪后，每次好几分钟。他们不停地向北划水，在南向的水流中几乎没法停在自己的位置上。15 分钟后，其中一人突然出现在一堵巨大的浪墙顶部，在一个看起来至少有一个街区那么宽敞的高浪头上拼命划向岸边。斯洛特的堤岸传来一阵尖锐的喊叫和咒骂，但是波浪掠过了划水的人，它黑色陡峭的影子在地平线上站了许久，然后从顶部到底部静静地破了。如释重负的叫喊和奇怪的咒骂响起，停车场、堤岸和海滩上的游客一脸困惑地抬起头，他们似乎都没意识到水里有人。

我得去城市另一头的朋友家，和一群人观看超级碗的比赛，他们都不是冲浪者，这已是我们每年的例行聚会。我问斯洛特比尔，马克和毛孩子出去了多久。“几个小时了，光是划水出去就花了 30 分钟。”他说，但没有转头看我。

20 分钟后，我还站在那里，仍在等待着后续发生的情。雾变得更浓，日头在西边的天空沉得更低了。我现在要错过开球了。虽然已经过去了数个大浪群，但马克和毛孩子离它们太远。尽管没有风，但情况开始恶化。巨大的离岸潮开始穿过外侧沙洲，让原本已经不明确的浪况更加令人困惑。很快，他俩如何回到这里将变成唯一的问题。

终于，有人上了浪。那是一个巨大的右手浪，有四五人高，在它前头还有个浪，下落后挡住了冲浪者的所有视线。几秒钟过去了。然后，这位冲浪手再度出现，已经沿着路线冲了 50 码，正在以一个激进的角度攀爬浪面，引得围观者发出惊讶的尖叫。看不出他究竟是谁。他一路骑到浪尖，凌空旋转，然后骤然落下直接从众人的视线中消失了。我听到赞叹的叫喊和嘟囔。“冲得真他妈的好。”有人说。事实上，这位冲浪者骑浪的方式好像这浪只有实际的三分之一大。他还在继续冲，打着转，做着大幅度的回切，以令人心惊的尖锐弧线从浪底骑到浪峰，随着他面前的浪逐渐平息下来，人们终于可以将这一切尽收眼底。尽管透过薄雾可以看见黄色的冲浪板，但仍然无法分辨他到底是谁。我还没有见识过马克和毛孩子如此游刃有余地在这么大的海浪里冲浪。当波浪撞击沙洲间的深水区时，它的高度和力量都衰减了一半，但是冲浪者发现了一块散落的陡峭涌浪，带着他干净地穿过深水区，进到内侧沙洲。不知怎的，当波浪涌过内侧沙洲时，他提早滑下浪面，所以有时间从容地转了个弯，然后画出了一条令人叹为观止的线，在一个塌下的浪唇下又跑了 40 码，他伸直了双臂靠在一面背光的浪墙上，在最终挺直身子之前，冲向波浪前方的平坦水面，避开了浪唇的爆裂。当白水浪耗尽了能量终于抓住他时他站着不动，然后，来来回回努力探索着回到沙滩的所有途径。

当他夹着冲浪板走上海滩时，我仍然看不出他是谁。最后，才认出是毛孩子。在认出冲浪者的那一刻，斯洛特比尔走向堤岸边，一本正经地开始鼓掌，包括我在内的其他人也跟着鼓掌。毛孩子吃惊地抬起头，脸上先是充满了警觉，然后变成了羞怯。他转过身，向南穿过海滩，摇着头，爬上了没有人可以看见他的那侧堤岸。

* * *

卡罗琳已经拿到学位了。她在晚上进行蚀刻，在当地画廊出售印制品：被囚禁的图像、装在盒子里的翅膀，细节都纤毫毕现。她找到的白天工作是给私人侦探当秘书，后来自己也变成了私人侦探。她监视员民雇，采访囚犯，假扮银行高管、准租客或联合劝募会（United Way）的劝捐员。我跟着她参加过一两次危险的见面，做她的后援。她哄骗人们说出自己的姓名，然后送传票给他们。人们把传票踢下楼梯，以为若是手没有碰到文件，就不算收到传票。（错的。）我跟着一起去就是确保他们没有把她也踢下楼梯。（他们的确试过。有个被联合劝募会骗过的坏蛋在奥克兰的山上追赶她，幸好她在学校是短跑运动员。）她为律师工作，对美国法律产生了兴趣。

卡罗琳来到美国是为了艺术。她基本上同意我母亲的论调，认为旧金山很平庸。如果她想住在一个愉快、随和的城市，可以待在哈拉雷，和父母及童年的朋友在一起。纽约向她抛出了橄榄枝，她却开始对自己的艺术生涯产生了怀疑。纽约的一家画廊拍下了一些她的照片，但若想以版画家身份谋生，必须以更高的价格出售作品。这一切看起来很沉闷，也很奇货可居，与她喜爱的平常生活格格不入。她也对自己的正规教育已经结束这件事不满意。她的父亲马科来镇上出差。他是矿产贸易商，现在管着津巴布韦刚国有化的矿产出口生意。他和卡罗琳谈到深夜，喝了一加仑的廉价酒，滔滔不绝地谈论战争。在白人统治时代的罗德西亚，他们家是反对政府的少数白人之一。但是，马科为流氓政权（rogue regime）做过一些破坏制裁的事，如今他的女儿想知道为什么。这是一个难熬的夜晚，伴着一次残酷的宿醉，却是一次早该进行的谈话。在某个时刻，卡罗琳宣布打算研读美国法律。马科表示愿意出这笔费用——他认为自己有艺术头脑的女儿是不会这么做的。（他错了。卡罗琳于 1989 年取得了耶鲁的法学博士学位。）

我写自己在开普敦的教书经历的书即将出版，在那之前我想回南非一趟。政府正在驱逐外国记者，拒发签证给那些发表了他们不喜欢的作品的人。我可能还没有被他们注意到。我设法弄到了旅游签证。《纽约客》给我个任务，写写在约翰内斯堡为一家白人自由派报纸工作的黑人记者们。编辑肖恩似乎并不在意我至少已经一年了还未交出任何关于那位冲浪医生的稿子。纽约也在向我招手。但卡罗琳和我都想去东岸并非巧合，交往之初很难，好在我们熬过去了，我依旧会表现得像个暴君，但我们俩的心已经贴在一起。我们发现彼此有相同的兴趣。

* * *

当我在旧金山的第三个冬季即将结束时，外 VFW 的沙洲经过了一连串的风暴后开始有规律地破浪，这是我们来到这里后的第一次。我终于明白为何这里的浪是传奇。照海洋海滩的标准而言，这个沙洲超乎寻常的长和直，在北端有条很深的水道。西北的涌浪在那里产生了干净的海浪，但浪程很短。海浪直冲沙洲，必须从非常靠近水道的地方上浪才能成功。另一方面，更多的西涌浪以微偏的角度撞击了沙洲，形成了品质极好、又长又快的左手浪。因为涌浪必须超过 6 英尺才会在沙洲破浪，外 VFW 从来都不拥挤。我看过好几次浪破，其中有些很可怕，只有马克、毛孩子、蒂姆·博德金和其他一些经过认证的大浪冲浪者才会划水出外，而我其实在浪微不足道的那些日子冲过几次。接着，在1986年初，迎来了一个浪实在是又大又干净的日子，我没有那么大的板子，但是马克有，“你可以用我的八八板，”他一边穿防寒衣，一边不断指着他车里的黄色枪板说，“我可以用我的八六板。”

我突然想到马克可能想把我的最后一次献给无情的海滩之神。也许他已经知道我正要鼓起勇气说的事：我决定搬回纽约。对于离开，我的感觉很复杂，但确实松了一口气。在海洋海滩的每个冬季，我都至少有过一次严重的恐慌——大浪里的一些沉重的东西让我好几晚辗转难眠。鲍勃·怀斯明白这种感觉。“冲浪者永远不会在这里淹死，”他有一次这样告诉我，“淹死的都是游客、骑自行车的醉鬼和水手。但即使是最有经验的冲浪者每年冬天也至少会有一次相信自己可能在此淹死，这就是海洋海滩的怪异之处。”我想，以这种怪异为生的马克不会理解。但我很开心自己在淹死前离开，也很高兴能远离马克那种传福音般的目光。我厌倦了当个跟班。曾几何时，在东南亚，布莱恩也觉得必须摆脱我才行，但那是不同的，我们是搭档。我不知道如何告诉马克我要走了。我不想听他说我背离了冲浪者的路。

有10到15个人在海堤上闲逛。VFW（这里指的是内VFW）是海洋海滩最受欢迎的地方，当天站在海堤上一动不动的家伙们经常在此地冲浪。其中一人是名叫里奇的健壮的油漆匠，他是海滩尽头的首屈一指的冲浪者之一。当我夹着黄色的八八板走过他身边时，他对我怒目而视，我这才意识到我从未见过他在超过6英尺的浪中冲浪，今天的浪至少是8到10英尺。涌浪非常大，方向是正西。浪并不完美——有一点侧风和狂暴的激流——但是在我们准备出发时，有好几个令人惊叹的漂亮左手浪从眼前呼啸而过，浪上没有人。博德金和毛孩子已经在外头了，各自上了几个巨浪，但他们很保守，让比较宽平的浪群溜走了。

用马克的冲浪板划水，感觉像是划微型邮轮。我在浪大的时候一直用一个7英尺6英寸的旧单尾鳍板，但冬季的大部分时间，我都是在用一个6英尺9英寸的推进器。板缘很厚实，板头尖锐，8英尺8英寸的枪让我浮得很高，也让我毫不费力地跟着马克穿过了水道。海水呈棕绿色，很冷；水道很清晰，从海岸直通外海，没有需要越过的内侧沙洲，不过浪挺碎的，也令人毛骨悚然，巨大的涌浪从两侧席卷而来，形成了肥大、让人不快的A形巨浪，在消失之前就已经破裂了一半。北边有个稍浅的外侧沙洲，巨大的海浪在此跃起，发出可怕的咆哮，把自己开膛破肚。在南面，外VFW的长而蜿蜒的左手浪的最后一段并不怎么吸引人。它看起来很浅，而且看起来很厚，马克和我停下来，望着一个浪面光滑的波浪凌厉地越过沙洲的最后一段，距离我们所在的地方不到20码。见浪形成了深黑色的浪管，马克对着它低吼道："要死了！"这个念头似乎让他很开心。

马克左转时，我保持斜角切过沙洲的边缘。毛孩子和博德金在南边几百码的地方，马克直奔他们而去，但是我从外围绕了很远才过去，宁愿看起来像个懦夫，也不愿冒着被大浪群抓住的危险。这时一个小浪群滚了过去，但是它太靠内了，我们没有人上得了浪，但当它最终破浪时，甚至发出了不祥的雷鸣声。我发现这里的浪规模太大了，让我胆颤心惊，我实在不期待看到大浪群。我以岸边的参照物确定了自己的位置，慢慢向南移动，靠着海堤上涂鸦的巨大字母判断自己的进度。就像所有的大日子一样，海岸看起来异常的平静。海堤外矗立着一排黑色的柏树，是金门公园和海洋间的防风堤，还有两座比树还高的风车。北面，悬崖上一片粉色的花，两旁是来自老苏特罗（Sutro）大厦废墟的石头堆成的眺望台。一切看起来都非常稳定。我的目光来回扫视，想看清自己在哪里，海上是否有什么可怕的东西。

去冲大浪就像做梦一样，恐怖和狂喜在每个状况的边缘起伏，每一个都叫嚣着要压倒在浪上寻梦者。一种超自然的美填满了辽阔的水域，这水里有流动的水、潜伏的狂暴、真真切切的爆破，还倒映着天空。眼前这些场景即使在展开时也让人觉得神秘。而我总是感到一种强烈的矛盾心理：我哪儿也不想去，也想去其他任何地方。我想随波逐流、注视着、尽情享受，只是必须保持最大的警惕，不能放松，要留意大海究竟想做什么。大浪（当然，这个词是相对的——我觉得这个浪有性命之忧，别人可能觉得完全不在话下）是一个让你相形见绌的力场，你在那里活多久只有靠你自己仔细看懂这些力量。但是，若想获得真正驾驭巨浪的狂喜，就得让自己置身于被巨浪埋葬的恐惧之中，只不过两者间的界线细微到难以辨识。愚蠢的运气沉重且令人痛苦。当情况无可避免地变得很糟——当你陷在巨浪的内部或者没能成功地完成冲浪——时，所有的技巧、力量和判断都毫无意义。没有人在被大浪冲击时还能保持尊严，此时他唯一能希望去控制的是恐惧。

我慢慢往南移动，朝着马克等人的方向，有规律地深呼吸，努力放缓心跳，从我第一次认真考虑划水向外时，我的心脏就一直以让人不舒服的频率跳动。当我接近等浪区时，马克上浪了。他冲向一个巨象大小的浪面，消失在一堵沸腾的棕色浪墙后面时，发出了尖叫声。我注意到等浪区正对着一个大的红色涂鸦，仍和毛孩子坐在一起的博德金大声叫我，咧嘴大笑。这个笑让我有点蒙，我觉得他半是在邪恶地取笑我采取了安全第一的路线去排队等浪，半是对我能出现表示祝贺。毛孩子只是简单的点头打招呼。毛孩子在水中的温文有礼通常就是一种祝福，他那张扑克脸在其他冲浪者心里留下了印象，我相信他们中的很多人都心存感激。虽然有时候，比如说今天，我认为毛孩子在浪上的表现酷得过头了。当然，也许他不觉得今天的外 VFW 特别可怕，或许也没意识到这对我来说已经超出了极限。

碰巧，那天下午我的运气很好，也有恰到好处的板子。接下来的几小时里，我抓到了几个又大又好的浪。我冲得并不特别好，我唯一能做到的就是让 8 英尺 8 寸的冲浪板指向正确的方向，但这几次冲得都很快也很长，结束后都能在没受伤的情况下划水回到外头。马克的板子超级稳定，让我能更早进入浪里，我甚至赶上了马克后来所说的“那天的招牌浪”。如果是在另一个下午，或用的是另一块冲浪板，我可能就得让它过去了。但是当我发现巨浪到来时自己处在遥远的外侧，独自站在浪峰上，浪墙远远地向北延伸了好几个街区，似乎很难成功上浪，但到那时我已经对沙洲和水道有了很强的信心。我利用浪面上一个小小的交错颠簸早早进浪——这通常被大浪冲浪者称为小弹点——然后将自己弹到岩架之上。当我跳起来的时候，我不得不克服自己的轻微恐高症。浪底看起来似乎在脚下几英里处。下到浪面的一半时，我使劲往后倾，转过身来，水沿着浪面往上走，板子的速度越来越快，我努力站稳。当我回头看等着我的浪墙时，神经再次颤抖。它比我想象的还要大很多：更高，更陡，更危险。我转过身去，像是戴着眼罩一样，盯着眼前几英尺急流的水面，做了个长长的渐进到高速的转弯。海浪支撑得很漂亮，我轻易地完成了，尽管在最后靠近水道的像房子一样厚的那段快速将我弹出，使我不得不放弃所有假装的牢牢掌控、所有的风格，只是站在那里，膝盖弯曲，像个心怀感激的乘客。

我退出来的时候，毛孩子正在水道里划水，经过我身边时他点了点头。我们一起划水向外。我全身都在颤抖。一分钟后，我忍不住问道：“那个浪有多大？”毛孩子笑了，“2 英尺。”他说。

*　　*　　*

那年夏天我们搬到了纽约。我花了 7 年时间才完成了关于马克和海洋海滩的文章，总是有其他更紧迫的主题，种族隔离、战争、各种灾难不断来转移我的注意力。那些都是很严肃的事，像工作一样消耗心力，是让我能自我辩护的项目。冲浪则正好相反。在我完成马克的故事前，我出了三本书，两本关于南非，一本写莫桑比克内战，另外还写完了一本雄心勃勃的有关美国社会向下流动的书的第一部分。我开始全职为《纽约客》工作，除了专题，还写了数十篇阐发观点的文章，这也是让我犹豫不决的另一个原因。我在此写作，经常谈论争议性主题，比如贫穷、政治、种族、美国外交政策、刑事司法制度和经济发展，希望自己的论点被读者看重。我不确定让人知道自己是冲浪者会不会破坏这一切。其他政策评论家可能会说，哦，你这个愚蠢的冲浪者能知道什么？

但我不愿意完成这篇文章的最大原因，是担心马克不喜欢。我钦佩他，发现写他很容易，但他的性格复杂，他那超大的自我欣赏充其量只能让小冲浪社群的许多人感到恼火，而这些人也是我在文章里尝试描写的。我离开旧金山后，他开始为《冲浪者》编辑一个医疗建议专栏，他的事迹和警句成为该杂志的地区专栏中的固定内容。冲浪杂志会发现海洋海滩，部分是因为马克的努力。然后，在 1990 年，《冲浪者》发表了惊人的一连 14 帧照片，一位采取左脚在前这种非常规站位的年轻冲浪者亚伦·普朗克（Aaron Plank）站在海洋海滩一个打着卷的两倍身高的左手浪上。其中 7 帧大约 4 秒，完全不见他的身影，然后他干净利落地出来了，那感觉就像一个时代的结束。现在全世界都知道了海洋海滩，我听说甚至有职业比赛在 VFW 举行。

《冲浪者》最让我讶异的关于旧金山的新闻，是马克对毛孩子的盛赞。“他沉默寡言，看起来毫无自我意识，极少引人注意，直到他划水出外，开始冲浪。”马克写道，“海洋海滩最棒的点，毛孩子在；浪群中最好的浪，毛孩子在上头；当日最佳的浪，毛孩子冲到了。”马克把毛孩子与克林特·伊斯特伍德相提并论，也提到著名的撞断尾鳍事件。这是一个宽厚、鲜明的赞扬。是我误解了这两人之间的竞争关系吗？还是马克只是说点高调的好话？

顺带一提，我对马克的判断错了，其实我不需要害怕马克对我离开旧金山的事的反应。他根本不会当回事，我们一起最后去了一次大苏尔，他祝我好运。不过，在我抵达纽约之后，他似乎从不放过任何机会提醒我错过的海洋海滩的每个好浪，或者当我毫无解释地婉拒加入他的冲浪之旅后，总是告诉我错过的比如印尼、哥斯达黎加和苏格兰的好浪。在阿拉斯加，他租了飞机探索了数百英里的海岸线，在冰川脚下，发现了巨大的波浪，孤身一人去冲了浪，浪点的海滩上还有新鲜的灰熊脚印。

在担心我的冲浪者身份会使我失去政治专栏作家的信誉这件事上，我也错了。似乎没有人在乎。

但我没有料错当那篇文章终于发表时马克的反应。他讨厌它。

九 深沉的男低音

马德拉群岛：1994—2003

我的生活步入了一种稳定的中年人状态。卡罗琳和我结婚了，我们已住在纽约8年了。我扑在工作上，写了大量的专栏、文章和书，从事新闻工作。我已经40岁了。我们有了自己的世界。买了公寓，身边朋友是作家、编辑、艺术家、学者和出版商。卡罗琳放下了她的艺术，成为一名辩护律师，这变化到现在都让她自己吃惊。她喜欢与“政府”斗智斗勇。我比以往任何时候都更加依赖她那温暖、大方的目光。她和我一起经营婚姻，没有人能懂我们俩早已建立起来彼此沟通的方式。结婚前，我们分手了一段时间，分居两处。那时的感觉像是快要死了。

我的报道把我带到各个地方，打内战的，还有我不熟悉的世界，有些题目一次就要耗去我数月甚至数年的时间。我追踪报道的大部分故事都很黑暗，有人受苦，有人遭遇不公，但也有让人满意的时候，比如南非的首次民主选举。在我过去为究竟去做成年人的工作还是冲浪而进行思想斗争时，工作最终制伏了追浪的念头，不过冲浪永远那么狡猾，最终还是挣脱了。这一转变归因于在里肯训练出来的正手冲浪者彼得·斯帕切克（Peter Spacek）的怂恿，甚至可以说是启发。

我们在长岛东端的一个老渔村蒙托克（Montauk）相遇。某冲浪杂志的编辑给了我彼得在一个叫“沟渠平原”（Ditch Plains）海滨区的地址。我去了一看，那是一间屋顶铺着木瓦的夏季出租的小平房，门口用胶带贴了张纸条，写着：前廊下有一块赫比·弗莱彻（Herbie Fletcher）的长板。我该用那块板划水出海。纸条下方随意画了人头攒动的小波浪，画得很专业。从冲浪的角度来看，沟渠平原的位置很有意思。那儿是长岛海岸有人居住的最东点，向西延伸 100 多英里的海滩浪点，一直到纽约市的科尼岛。这是一个平坦的沙质海岸。只有在沟渠平原这里沙子变成了岩石。往蒙托克岬角去的最后 5 英里，礁岩浪点和岬角浪点散布在页岩峭壁，岸上没有路可走。夏天的时候，沟渠平原是个相当热门的举家出游的海滩，沙丘间停着卖墨西哥卷饼的车，沙底变成岩石的这一路破着又长又温柔的左手浪，很适合初学者。我从来没想过要到那里冲浪。

海浪看起来齐胸高，易碎，柔软。那是一个阳光灿烂的夏末午后，大约有 40 人出海，是我迄今在东海岸见过的最大一群冲浪者。我已经很久没用长板了，1980 年代，一些不再能驾驭短板的老年人推动了长板的复兴。长板对力量和灵活度的要求较低，能更轻易抓住波浪。不过，用长板的人上浪的时间点要早很多，因而他们在许多地方已经开始挤走更多使用高性能板子的人。对于跌跌撞撞走进 40 岁的我而言，继续玩短板是种自豪。我认为恢复使用长板，很像在用老年人的助步器，意味着你跳舞的日子已经结束了。我希望能尽量推迟。我跪在板上绕着沟渠平原的人群划水，在外侧上了浪。操控 10 英尺板的感觉很怪，但早年习惯的动作一个接一个地回来了，讽刺的是，最后我小心翼翼地交叉踏步，往板头走去。当我下浪离场时，某个坐在浪肩的人打量着我，他年龄与我相仿，鹰钩鼻，暗金色的长发披散在肩上，蓄着山羊胡。“他们没说你是个用长板的。”他尖声叫道。

彼得是插画师，编辑希望我们合作完成一篇关于在东海岸追逐飓风涌浪的文章。我曾经在火岛（Fire Island）冲过几次飓风涌浪，但现在我冲浪大多是在出差途中，比如加州、墨西哥、哥斯达黎加、加勒比海和法国。大部分行程，坦率地说，也可以描述为度假。所以，我还在冲浪，但不怎么冲了。我甚至连纽约周围的浪都还没熟悉呢。

我向彼得澄清了我冲长板的问题后，他和我一致认为写追逐飓风涌浪一文的想法实在不怎么样。在海岸线上开了太久的路，我们都觉得语无伦次。然后他向我介绍蒙托克，“这是我的小天堂。”他指的不是沟渠平原，而是两侧无人的礁岩浪点和海滩浪点。彼得住在曼哈顿，多年来一直在夏季时来沟渠平原租房，但他仍在慢慢了解蒙托克周围较为隐秘、变化无常的浪点。他来自圣巴巴拉，曾在夏威夷住过一段时间。坚实的秋季涌浪破在沟渠平原以东的礁石上，那是我们第一次一起冲好浪，他展现出的动作流畅性和力量让我吃惊。这不是你在东海岸常见的风格，因为那里的浪小、浪程短，浪冲起来往往会生涩、不优美。

当天一起吃晚餐时，他给我看了某冲浪杂志上一篇让他蠢蠢欲动的旅游文章。照片中的浪如梦似幻：很大，深色调，干净到让人双膝发软。依照这类杂志的惯例，浪点的位置未被点明，但编辑们并没有努力掩饰，彼得说他知道在哪里，“马德拉群岛（Madeira），有个同名的白葡萄酒。”他打开一张地图，该岛在里斯本西南方约 600 英里的北大西洋冬季涌浪的窗口，像个靶心。他想去看看，突然间，我也想去。

*　　*　　*

我们在 1994 年 11 月第一次前往马德拉群岛。那里让人不由得惊艳——绿意盎然的海岸，紧挨着峭壁的蜿蜒窄道，葡萄牙农民狐疑地打量着我们的冲浪板，海浪从深海中汹涌而出。我们驶过峡谷和森林，越过高耸的令人眩晕的山脊，在路边咖啡馆吃葡式蒜味牛排三明治，还喝下了好几杯意式浓缩咖啡。我们在海堤爬上爬下，周围似乎没有其他冲浪者。在北海岸一个叫蓬塔德尔加达（Ponta Delgada）的村庄外，我们发现了大的左手浪。浪看起来很凌乱，和我们在每个地方看到的一样，破浪地点都离似乎要把人吞掉的岩石太近了。然而当波浪进入这个浪点的背风面时，就变得干净了，内侧的浪墙又长又快又猛。我抓到了一连串让人惊声尖叫的浪。从我身旁划过的彼得大吼道："能不能别这么厉害?"我喜欢他毫不遮掩的竞争意识。通常他冲浪比我好，在蓬塔德尔加达，他曾独自冒险进入浪点外饱受风吹的蓝色水域，寻找我不想招惹的怪物。但他不像我，他不仅选浪的运气不好，而且还有个女朋友在岸上观看。

艾莉森是突然加入这趟旅行的。她和彼得没认识多久，她纤瘦但很强壮，尖刻、喜欢一而再地尝试冒险，一头黑发，也以插画为业。他们俩不停地涂涂画画，不管是在咖啡馆还是在机场休息室，她会伸手为他正在画的作品添加墨水，"不要害怕黑色!"他们用酒店或租车处的传真机将作品传回美国的客户。两人都是时尚、好相处、不抗拒新事物的旅行者，但有时也会反复无常。抵达马德拉群岛的次日，连浪都还没有找到，他们就宣布想回葡萄牙本土，因为那里看起来更有趣。我说，那是不可能的。我暗自心惊，这些人怎么回事？彼得开始展示贝雷帽，这是个不好的兆头。然后我们开始找到浪，先是在蓬塔德尔加达，接着在往东几英里处，我们发现了一个有分量且稳定的礁岩浪点，彼得将其命名为暗影地带（Shadowlands）。那儿的悬崖高到近 3 000 英尺，冬季的阳光从未照到岸边。我们穿着长袖短裤的薄冲浪服，慢慢研究出如何在暗影地带低潮时穿过出乎意料的浪管区。

但主要的波浪区位于西南海岸，西北的涌浪席卷了岛的西端，被抚成了长而有秩序的浪线。根据杂志上的资讯，我们知道该去一个叫雅尔丁杜玛（Jardim do Mar）的村庄找，这个名字的意思是海上花园。它坐落在一个小小的如童话般的岬角上。如果杂志的照片可信的话，在那个岬角外会有极棒的浪。我们第一次到那儿查看时，风向不对，浪也很小。我划着冲浪板，打探了雅尔丁杜玛西侧的海岸（垂直，荒凉，令人惊叹），没指望会发现浪。而彼得和艾莉森沿着岩石徒步。他带着冲浪板，以防万一。我们偶然在满布岩石、崎岖不平的蓬塔佩克纳（Ponta Pequena）发现，浅浅的小海湾里有干净且凶猛的小右手浪，我们决定进去。海浪齐胸高，坠落会受重伤，彼得在岩石上留下了不少血。我运气很好，没出事。后来，彼得把两人首次在蓬塔佩克纳冲浪的过程画出，我觉得他以此保住了面子。根据画纸上的个人技术统计，他冲到了一个半浪管，而我是五个。而且他受伤了，我没有。彼得的女友全程在场。

我喜欢彼得设计的这些小比赛的一个原因（我后来突然想到的），是我似乎总是能赢，至于彼得，大概连提都不会提。他一副玩滑板者的邋遢打扮（他40多岁时仍在他住的翠贝卡[1]附近玩滑板），实际上却拥有温和完美的举止。他的父母是捷克移民，在他很小的时候就逃离了东欧，我猜他的某些不寻常的礼貌必定来自父母：加州偏远地区的旧世界抚养方式。而其余部分是他自己后天养成的。但我喜欢他将炫耀和独树一帜的冲浪文化变成面无表情的噱头。我和太多总是暗中较劲的人一起冲过浪，因而从不拿出来讲。彼得念艺术学校时的偶像是罗伯特·克朗布[2]，他和这位大师都喜欢讽刺尴尬的事实。

为了马德拉，我买了人生中的第一个大冲浪板，也就是枪。这个8英尺的圆方尾推进器，厚实得像个飞镖，专为速度而造。表面上，号称是由北岸的冲浪老手迪克·布鲁尔（Dick Brewer）做的，他是冲浪界最著名的大浪板制板者，但我怀疑除了设计和在板上签名外，他是否真的参与了制作。这块板是在长岛的冲浪店里买的，为什么布鲁尔做的板会出现在那里也是个谜——就算是在最大的飓风涌浪中，我认为长岛也不可能出现需要用到这种冲浪板的大浪——我把这块大板视为预兆。彼得催我买下，他也带了枪板。

在马德拉，几天后我们知道自己发现了一些不凡之处，但直到出外冲过好几次浪之后，才全方位地了解了它。

---

① TriBeCa，纽约著名街区，位于曼哈顿的运河街以南、百老汇以西的三角地带。——编者

② R. Crumb，费城人，艺术家，以铅笔画闻名。——编者

*　*　*

我们第一次在雅尔丁杜玛冲浪，或者说好好冲浪，可能是第二年。即使才6英尺高，也是个像模像样的浪。沉重的长间隔的浪线从西边而来，围绕岬角弯成了一条令人叹为观止的曲线。它们在马蹄状的最外侧岬角上滚动散出羽花，然后沿着岩石海岸滑行。有条长长的覆满苔藓的混凝土滑道，从海堤上斜下来，一直到岬角边，是条简陋的船坡道，我们从这里划水出外。越接近等浪区，海浪的力量和美越是展现得淋漓尽致。一个浪群在冬日午后低垂的阳光下怒吼咆哮，闪闪发光，我被一股莫名的情感包围——欢乐、恐惧、爱、欲望和感激瞬间涌上喉头，无法言语。

一群村民聚集在教堂钟楼下面的平台上。虽然他们不是第一次见到冲浪者，但仍旧对我们摸索等浪区的进度十分好奇。当有人成功等来浪时，他们会高声欢呼。上浪的要求很高，看起来颇具戏剧性，银色的浪面上有个大斜坡，然后一堵宽阔、背光的绿金色浪墙迅速矗立起来。我们俩都冲得很保守，仔细地挑选海浪，努力地驾驭，用大浪面在各区域间穿梭表现出尊重，而不拉进。浪的速度、深度和规模是一种启示，也是荣耀。村民显然知道何谓冲到好浪，他们熟悉这片海域，从他们所站的高度能看到的比我们要多。他们开始吹口哨助我们就位。刺耳的哨声意味着大浪即将到来，我们需要划得再远些。更刺耳的哨声则代表必须加快划水速度，而轻柔的哨声意味着我们所在位置是正确的。我们一直冲浪到天黑。

那天晚上，我们在村子里的一家餐馆吃了黑等鳍叉尾带鱼（espada preta），是一种模样可怕肉质甜美的深水鱼。我们想请吹口哨的村民喝酒，以示感谢，但他们很害羞，不习惯和陌生人相处。彼得宣称那个浪为“王者”。我开始找地方住。

*　*　*

马德拉成了我冬天的退居之地，不是度假，而是隐遁，有时长达数星期。我们冲浪的地方都是吉凶未卜的、极度复杂的礁岩浪点，必须最刻苦地研究，哪怕只犯下小错也会遭到严厉惩罚。而我一方面体力在下降，另一方面作为新闻记者的工作又在全速进行中，照理说不该加入这种高风险、远离文明、不容出错的计划。

但我发现这个岛是个能让人产生共鸣的藏身之处。许多在夏威夷落脚的葡萄牙移民似乎都来自马德拉。我们小时候吃的葡式甜甜圈（malasadas），还有我曾经狼吞虎咽吃下的没煮过的葡式香肠，都来自这里。就连尤克里里也来自马德拉，当地人称为 braguinha。在马德拉人的脸上，我看到或者认为看到了我在欧胡岛和毛伊岛上认识的帕雷拉人（Pereiras）和卡瓦利亚斯人（Carvalhos）的很深的痕迹。成千上万的马德拉人前往夏威夷的甘蔗田工作，糖曾是马德拉排名第一的出口作物。这个岛以葡萄酒闻名，但主要出口物不是葡萄酒，而是人。自 19 世纪中叶以来，马德拉一直无法养活自己的人口，居民大量外迁，特别是年轻人。我在南非、美国、英国、委内瑞拉和巴西遇到的每个马德拉人似乎都有住在海外的亲戚。

与非洲的联系尤其紧密。本世纪中叶的葡萄牙独裁者安东尼奥·萨拉查（Antonio Salazar）试图将过剩的农民输出到他位于安哥拉和莫桑比克的殖民地，很多马德拉人加入了外迁的行列。大部分成了农民（种植棉花，腰果），还有许多人不可避免地当了兵。即使是小小的只有数百居民的雅尔丁杜玛，也有几名反殖民主义战争的退伍军人。我了解莫桑比克，写过独立后爆发的内战，但从来不觉得需要对居住在马德拉的前殖民者提到我在莫桑比克的时光。独立后，几乎所有的葡萄牙人都逃走了。

现在人们要逃离新生的民主的南非。雅尔丁杜玛的广场将出现货柜，全村的人都会来帮忙卸下从南非首都比勒陀利亚趁火打劫来的战利品，包括铁木家具、现代家电，甚至汽车。我和一个叫何塞·努涅斯的当地人交上了朋友，他曾在南非生活，现在和家人住在他从父亲那里继承的小酒吧和杂货店的楼上。“人们回来是因为觉得留在南非不安全，”何塞说，“在这里很安全，却无事可做。”

事实上，人们依旧在捕鱼和耕植，但耕种是在石头围成的梯田里进行纯手工劳动。田里的一些老人头戴粗花呢帽，身穿开襟毛衣，脸颊晒得通红，罗圈腿，身体结实。陡峭的斜坡上的小块田里，栽种着酿酒的葡萄、香蕉、甘蔗和木瓜。在雅尔丁杜玛，每一个门廊、每一面墙似乎都有鲜花。山泉唱着轻灵雀跃的歌从山上冲下来，通过复杂的水渠，穿过整个村庄，浇灌着各家郁郁葱葱的菜园。瓦片屋顶的角落里，有陶瓷鸽、猫、像斗牛犬的小狗，还有戴着老式帽子的年轻学者的半身像。

我有时住在村里一家新开的旅馆，后来则是租房。我会在无浪或者风刮得不对的日子里工作，由海浪决定我的日程安排。浪大时，空气中弥漫着雾气和雷鸣。有涌浪的时节，晚上会听到普通的轰鸣，那是一种深沉的低音，不是大海，而是岬角下的岩石在呻吟。马德拉没有大陆架，这点像夏威夷。北方和西方来的巨大风暴涌浪畅通无阻地贯穿深海，撞击这座岛。但即使在夏威夷，许多地方仍有离岸的礁石可以吸收冲击，而且还有沙滩。据说马德拉的东边某处有个海滩，但在那儿追逐海浪的十年里，我从未见过。海岸尽是岩石和悬崖，让原本就很高的危险系数成倍增加。我们正在开采一座储量丰富的幸福矿脉，但灾难从未远离。

* * *

首个不幸在第二个冬天到来，发生在彼得身上，就在蓬塔佩克纳。一大早我们就从雅尔丁杜玛往外划水。海面如玻璃般澄净，浪很大，是第一次那个绝佳的下午浪的两倍大。我们都用了枪板。所有事物的规模都变大了。在我们冲过浪的地方，涌出了极好的浪，但那个区域现在不安全了。远远的外海出现了超大的浪群，浅蓝色的海面上露出深蓝色的条纹，宽阔而沉重，从西南方悄悄地向我们飘来，当它们靠近时，我发现很难守住自己所在的位置。涌浪的大小让我不安，我继续往东南方快速划水，深深地往下挖水。这浪和我在海洋海滩冲过的浪一样大，但当时我的体能比现在好很多。有几个人似乎正在教堂那儿的梯田上观看，但他们没有吹口哨，也可能口哨声被海岸浪点不停歇的狂吼淹没了。当新的浪群出现时，彼得表现得更大胆，不像我那么疯狂地朝地平线划水。他朝着外侧浪墙的角度而去，而不是掉头离开。

上浪区是一个巨大、干净的开阔浪面，浪破得并不特别猛，浪墙似乎支撑得很好，没有灾难性的区域，一路直达岬角。彼得总算抓到了浪，随着一阵呼喊，他跳起来站着，骑过岩架，消失了好像很长一段时间。我不是很确定是否在浪程上看到了他的踪迹。然后，他高举双臂，从遥远的内侧飞过浪肩。他回来时，狂喊着这个没什么大不了的。太疯了。我移过去，进入排队上浪的地方，心跳加速，也抓到了几个浪。上浪时感觉毛骨悚然，几乎令人想吐，但并不是太陡峭。浪面也许有 20 英尺（我们会说 10 或 12），我小心地冲着，伸展双臂保持平衡。浪程极长，猛地俯冲，蓝色的浪墙宛如张开的大画布。每次冲浪我都以安全的滑行退出，在下船的斜坡附近结束。我很开心自己站在枪上，信心正一点一滴地恢复。

然后，彼得说出让我惊讶的话，“我们离开这里吧，”他说，“压力太大了。”

我走得高高兴兴。我的头发还是干的。我们沿着海岸往上划，穿过半英里平静的水面前往蓬塔佩克纳。那里也有很大的浪，比身高两倍还高，但并不可怕。蓬塔佩克纳的外侧上浪区很软，这种规模的浪不仅构不成危险，而且难度不高。蓬塔佩克纳的浪很怪，当它超过 6 英尺时并没有像大多数的浪那样会随着冲浪者的骑行而逐渐变细，反而会在我们第一次冲浪的浅水湾附近，内侧突然变得更有声势、更快、更激烈，让人必须为加速做好准备。这就像是在一个单独的浪上从马里布冲到北岸，但在速度加快前会有个停顿，让人有足够时间转变为超高速，并决定走哪条轨迹，还有如何逃脱。我开始喜欢蓬塔佩克纳了，主要就是因为这种突变，而且在这个阳光明媚的早晨，我毫发无伤地从雅尔丁的大浪里出来，我认真地冲着浪，充满幸福感，无所畏惧。也许就是这样的心情让我过了很久才发现彼得消失了。我们一直轮流上浪，然后变成了我独自冲浪。我盯着水道，不断查看冲击区。我并不担心。彼得强壮又聪明。我早前的严重威胁感已经解除了。最后，我发现了他。他在岸上，坐在标有蓬塔佩克纳的牌子下端的巨石那边，头垂在膝盖之间，身旁是冲浪板。我划水过去，匆匆爬上了岸。

彼得对我点点头，望向大海。算不上是凝视千里之外，距离不远。他似乎在某个浪上停留过久，结果被下个浪逮住了，卷入了海岸浪点，脚绳却紧紧缠在了一块大石上。依现在这样的潮水（高）和这样的大小，蓬塔佩克纳的海岸浪点是绝对禁止进入的。浪破在参差不齐的熔岩石峭壁上，然后撞上陡峭的悬崖。彼得无法挣脱脚绳，甚至够不到脚踝将脚绳扯下，于是被困在那里，被拖出来又扔回去。多数时候他都在水下，不知被多少波浪冲击过。就在他以为自己要淹死时，脚绳断了。“这是个奇迹，”他低声说，“我不知道脚绳怎么断的。”

冲浪板看起来比他更惨。之后，他画了一系列关于他在蓬塔佩克纳海岸浪点遭遇的困境的画，配了个“不想经历的情况 002”这样的标题，半漫画风格。画上，巨石、悬崖以及布满梯田的空旷海岸，阴沉沉地压在这位像牲口一样被拴着的大鼻子冲浪者的头顶。

* * *

我们不再是仅有的冲浪者。在我们首次造访此地后不久，一群夏威夷职业冲浪者来到了马德拉。他们冲到了很棒的浪，然后在高档杂志上关于他们此行的文章里大肆宣扬，拿雅尔丁与火奴鲁阿湾相提并论。这个秘密被公开，我听说连马克·雷纳克都来了，还戴着防撞头盔在雅尔丁冲浪。全球冲浪界开始吹捧雅尔丁，说它不仅是 A 级波浪，还有罕见的奇珍：一个可能是世界上最好的大浪岬角浪点。没有人知道它能应付多大的涌浪，也没人见过这儿的浪崩掉。这群夏威夷人也被另一个地方惊呆了，一个剧烈翻滚的浪管在往西的下一个村子——保罗杜玛（Paul do Mar）附近破浪。冲浪者可以看到从雅尔丁杜玛——在蓬塔佩克纳之外——来的这个浪，不过前往保罗杜玛的山路曲折，十分折磨人。

我们不在的时候，一位加州冲浪者在雅尔丁广场的墙上画了巨幅的海浪画，透视画法，很考验人眼力。一帮从英国、澳洲、美国和葡萄牙大陆来的衣着花哨的冲浪者开始穿过村子，住在各处。我们和来此过冬的一对年轻夫妇穆纳与莫妮卡成了朋友，穆纳是苏格兰人，莫妮卡是罗马尼亚人，他们在波斯尼亚相识，战争期间一起在那儿做救济工作。现在他们有了孩子，叫尼基塔。莫妮卡正在把《英国病人》（*The English Patient*）翻译成罗马尼亚语。曾是职业滑板选手的穆纳则正在无畏地尝试将自己的滑板技巧转换成冲浪技巧，然而在极其不讲情面的波浪里，结果喜忧参半。他们是一对闪闪发光的璧人，在海边租了个房间，几乎家徒四壁。我曾写过关于波斯尼亚的文章，穆纳和莫妮卡强烈建议我去他们相遇的老盐矿城市图兹拉（Tuzla），他们说，那里是个被强大的民族主义者包围的反民族主义者的孤岛。他们非常有说服力，以至于那年冬天晚些时候我回去工作后，决定听从建议前往图兹拉。他们是对的。这是一个饱受蹂躏、令人心酸的地方，从这里可以看出那场战争刚刚以泛种族的苦痛告终。

有一天早晨，我们一行六人结伴来到保罗杜玛。浪有 8 英尺高，来回拍击。不到一个小时，彼得就折断了他的板子，脚上划了一道口子。一个叫詹姆斯的美国人则被浪唇打到，脚踝骨折。他们一起去了离这里有三个小时车程的首府丰沙尔的医院。两天后，还是在保罗杜玛，我的脚卡在了海岸的两块岩石中间，也去了同一家医院照 X 光（没骨折），但接下来的那个礼拜，我的脚和脚踝都被厚厚的胶带包着固定。彼得宣布保罗杜玛不是个冲浪点，只不过风景如画，有着状若自杀的崩浪。我不同意，我觉得这儿的浪令人如痴如醉。

但是异常危险。除了原始的能量，还有海岸线。大部分岩石都是圆的，但你必须穿过去才能进入水域的海岸浪点的边界区域实在太宽，特别是在浪很大的时候。即使时间点算得很准，等浪缓和下来，让一个岸边浪舒展开来，提着冲浪板在潮湿的巨石上拚命奔跑，你可能还是来不及在下一道浪来临前下到足够深的水里划水过去，然后浪头猛击你，把你往后撞向岩石——冲浪板、身体以及尊严全都大受打击，有时甚至很严重。这不是个寻常的海洋问题，感觉像是算术太烂——因为马德拉特有的某个原因，时间和距离就是无法计算。我还从没见过入口这么令人望而生畏的冲浪点。而出口，也就是回到干燥的陆地，可能会更糟。我们在离岸至多 30 码的地方冲浪，但我有时会绕过村子最东头的海堤，长途划水回岸，而不是正面海岸浪点。

浪的荣耀在于其一以贯之的速度。保罗杜玛的水通常平静清澈，这对上浪造成了令人紧张的影响。有时，当你抓上浪，跳起来站好——假设事情都按计划进行——快速往右转，却发现底部根本没动。水下的白色巨石不但静止，甚至略微地向后退。也就是说，这么多水涌上了浪面，不管你的板子在水面移动得多快，就陆地而言，你还是站着没动。这同样不是正常的海洋行为。然后，在这个让人反胃的假动作片刻之后，你会突然开始沿着海边飞驰而下，巨石在蓝色海水下变成了长长的模糊白影。你的移动速度如此快，以至于若是站在来自西边、倾斜角度大的波浪上，你可以骑行 100 码，却一点也不显得更接近岸边。彼得是对的，它有强大的自杀元素，既是中空的，又很浅，有许多浪确实崩了。但是在我心中，若是浪对了，保罗杜玛本身就值从纽约往返的机票。

* * *

一个灰蒙蒙的早晨，我很快接连抓到了三个好浪。彼得错估了风况和涌浪，在黎明时分去了北海岸。前一个冬天，我们在北海岸新发现了一个浪点，我们取名为麦当娜，却不记得是为什么。我们从来没在那片水域看到过其他人。那是柔滑、避风的左手浪，位于瀑布刻出条纹的悬崖底部——水银般的波浪甜美而矫健。每天我都感觉到它的召唤，想象它在做什么。那天早晨，彼得凭直觉走向麦当娜，那是一趟漫长的路，而保罗杜玛正好有结实的涌浪，追浪的第一条准则就是绝不离开能冲的浪，所以我没有跟着去，他带上了另一个人。

保罗杜玛的海岸浪点对我来说十分可怕，于是我从东边迂回划水过去。保罗杜玛是个狭长的半工业化村庄，尘土飞扬，一点都不像位于波光粼粼的岬角上满是屋顶铺着瓦片的小屋的雅尔丁杜玛。首先，保罗杜玛臭烘烘的，镇的东端码头那边有股强烈的鱼腥味。西边，也就是冲浪的地方，恶臭的来源是屎尿——人们把岸边的岩石当作露天厕所。临海公路沿线有简陋的工人住房，脏兮兮的半裸的孩子们对着陌生的车辆嬉皮笑脸。某些下午，保罗杜玛大概有一半成年人都喝醉了。我后来了解到，保罗杜玛的人认为雅尔丁杜玛的人是势利小人，雅尔丁杜玛的人则视保罗杜玛的人为痞子。两个村庄隔着 1 英里的大海相望，若走陆路得翻过一座山，中间不见其他村落。两村的对立可以追溯到几个世纪前。我得两个都喜欢才行。

在那个灰蒙蒙的早晨，我划了好长一段距离出去，再平行于岸边前进，试图观察前方的浪。它看起来很大很滑，波峰陡峭而凶猛。有几个家伙在那儿，几个葡萄牙本土厉害的年轻人在用迷你板子冲浪。我停下来同他们冲了一会儿浪。他们是很出色的冲浪者，不过行事为安全起见，在我们看到他们之前就已经在浪肩上破了好一阵子浪了。实际上，他们似乎满足于冲这种残羹剩饭，当然，那些是很不错的浪。我的冲浪板可是枪啊。我的确很紧张，但即使在浪群猛地丢出强大的浪，在上海岸轰然作响时，我也并未因恐惧而腿软。我开始往更深的水域移动，朝西边划得更远。一般的日子可以用一对砖造烟囱作为参照物进入等浪区，今天显然不行，浪的主峰在更西边。

我最后冲的浪峰离岸不算特别远，它在我之前从未见过的一条水道的西侧——这一段波浪起伏，汹涌的水流从此处急速驶向大海。我必须斜角切入水中，用力划水才能穿过水道，而水流似乎并未沿着底部轮廓流动。这道水流显然是由今早涌浪的能量、角度和水量造成的。水道之外，我还发现了一个可怕但完全一目了然——这种一目了然不寻常的浪点：大，干净，移动速度快，经典的马蹄形波峰。我知道该去浪站得高高的地方，于是我去了。

我抓上了三道浪，彼此间只隔几分钟，每个都是从波峰的中心上浪。它们是教科书上描述的标准波浪：巨大的落差，豁开的浪管，可靠的浪肩，浪程也不是很长。海水浑浊，像是搅动过的绿松石灰色，所以看不见底部的巨石，无法判断上浪时是否会缓缓往后退。尽管如此，老实说，我还是能察觉出这些波浪哪儿哪儿都不对劲。水冲上浪面的速度太快了，浪唇抛出来太生硬了，就算只有一般经验的冲浪者，也会知道这些波浪的物理属性不对头。这里显然太浅了。这些浪对于它们破浪的水量来说太大了，这就是为什么浪破得这么猛，而我为什么会像个太轻的玩具般被抛向浪肩。我发挥出超强的进取心，压制我正常的上浪本能，用了正确的冲浪板，以此来纠正不祥的物理表现。我的确用对了冲浪板。我上的第三道浪有着比其他几个更长的浪墙，我沿着这个骑得更远，从浪管的极佳上浪段的扭曲空间里出来，到了一个还算平坦的浪面上，在那儿，我像是被一只白色的水爪打了一巴掌，摔出了原来的位置，来到了极其靠近海岸的平静海域，就在离岸流的内侧。我看到了机会，冲向陆地，赶在海岸浪点的波浪来临前踏上岩石，身后的这道浪似乎在专横地考虑了一番后决定放过我。我抱住一块大石，浪也没有耀武扬威地退去，几秒钟后，在微弱的阳光下，我站上了干燥的土地，对着水泥墙上已经看着我好一会儿的孩子们挥手致意，每次我一上浪，他们都会欢呼吹口哨。孩子们现在很安静，不置可否地挥手回应。

我沿着海岸路缓缓走过村庄，我赤着脚，身上还在滴水。对保罗杜玛的居民而言，我知道我是新来的外国野人之一，这种人带着脆弱易碎的小船从海里出来，有鳍，脸色苍白。没有人向我道早安（Bom dia）。一堵被盐分侵蚀的高墙挡住了我的视野。我想起那三道浪。比那三道更危险的浪我就算骑过，也是次数极少。我根本无暇考虑如果上浪时判断错误或者滑倒了，或是出现些许犹豫，会发生什么后果。真的，我能做的就是把我的进取心提升到一个比我更厉害、更勇敢的冲浪者的水平，然后每个举动都正确。运气占了很大一部分，长期积累的经验也帮了忙。我明白这些浪是致命的，但它们也近乎完美，有合适的设备和足够的技术是可以驾驭的。

我一直以为我会开始发抖，会因为肾上腺素分泌殆尽而有一种被打蒙了的感觉，现在我终于安全地站在陆地上了。结果完全相反，我觉得妙不可言，心情平静，脚步轻盈。我走进以前去过的一家小咖啡馆，老板赊给我咖啡和一个面包。从咖啡馆前的几级台阶上，我可以看到大海，漂亮的浪群现在在海岸上蹒跚而行，甚至比之前还要大。激流水道消失了。也就是说，我恰巧碰上了一个短暂的窗口，在一个现在已不存在的浪点冲到了巨大、高度集中、很有条理的浪。运气实在太好了，我觉得自己该找间教堂，点支蜡烛，让自己谦卑点。

我在做什么？我为什么在这里？我是个成年人，一个丈夫、公民，在现实生活中充满了习以为常的公共精神。过着美国人的生活。天啊，我44岁了。我不上教堂。一切都很不真实，包括我的将信将疑。然而，我手中的杯子没有晃动。事实上，淡的即溶咖啡的味道好像突然很棒。

* * *

在我和彼得来往的初期，我有时会误判他。我邀请他到 SOHO 区参加某画廊的开幕，里面的作品全是监狱囚犯完成的。“是，是，‘门外汉的艺术’。”他盯着作品说。他歪着头，凑近，又退后一步，皱起眉头。我试着帮腔。“看起来那家伙是马格利特①看多了。”

---

① 指雷内·马格利特，比利时超现实主义画家，画风带有明显的符号语言，影响了今日许多插画风格。——编者

我说。

这下彼得对着我蹙眉道：“别跟我掉书袋。”

我意识到，对他而言，我可能想的都是些陈腔滥调。但在他听来是最粗鲁的话了。

我们缓和了一下气氛前往他位于穆雷街上的公寓，他调了几杯玛格丽特（“纽约人不懂怎么调这种酒”），我们一起看了冲浪的录像，大眼睛的贵宾犬艾力克斯在一旁做伴。楼下有间名叫“纽约娃娃”的无上装酒吧，赚的是在华尔街工作的家伙的钱。彼得这个安静、有趣、稍有年纪的滑板玩家住在楼上，偶尔会带着速写簿到酒吧干活，他得到了优待——便宜的啤酒，无人来打扰——他的客人也跟着沾光。女招待会在跳大腿舞时过来聊天，她们都是女研究生，有着让人心跳骤停的大胸，就像老掉牙的故事讲的那样。这地方不是真正的当地酒吧，但出乎意料地令人放松和舒适——彼得喜欢用德语“gemütlich”来表达。他的纽约充满了惊喜。从艺术学校毕业之后，他开始为一家大型广告公司工作（这画面真是很难想象），之后变成了自由工作者。他结了婚，又离婚了，单身的他曾经热爱夜生活，那时候的朋友还常提到彼得在酒吧看到雪儿，请她跳舞，两人跳得激情四射的事。

“是雪儿！”在我表示不相信时，他说。“那是我的大好机会！”他的讽刺有时比我理解的还要深。

但当彼得和艾莉森在沟渠平原上供选择的某块地上找到一幢小巧的老房子后，彼得的大城市生活便戛然而止了。他们各自卖掉了自己的公寓，和艾力克斯一起搬进了新家。他们在小屋对面建了个工作室，隔成两个空间，相距几英尺各自继续作画。马路对面就是大海。他们有个皮划艇，会出海钓银花鲈鱼、鲷鱼、蓝鱼和大西洋鲆鱼。他们去纳帕圭湾（Napeague）捞蛤蜊，在当地的盐池里捉蟹。彼得在棚子里装了个商用烟熏炉。过了一两年，渔获和菜园似乎能让他们自给自足了。他们买了一艘旧渔船，彼得在院子里把它翻新了。当天气太冷无法外出工作时，他便盖了半圆形的简易小屋来停船。我成了常客。我会在飓风涌浪来临时上门，和彼得一起到沟渠平原东边不起眼的、有时却浪况绝佳的礁岩或岬角浪点冲浪。

澎湃的南涌浪来临时，他们结婚了，在蒙托克角的灯塔下一个长满青草的坡上举行了仪式。那时接近傍晚，黄金时刻，就在我们所站位置的南面，一个被称为“海龟”的岬角浪点正在激烈地破浪。新郎的朋友都是冲浪者，其中很多来自圣巴巴拉。加州人尤其不敢相信在海龟看到的情景，和里肯浪况好时一模一样。每个人都试图专注于婚礼，但每当有人喃喃自语“浪群”时，就有许多脑袋转过去。高跟鞋踢人的动作此起彼伏，有的比较狠，有的比较克制，最终连艾莉森也笑了。

餐会在他们的院子里举办，乐队现场演奏了歌曲 Up，Up，and Away。人们（包括我）尴尬得不敢上前，以为一定是搞错了。“这是我们的歌！”彼得大叫，拥着他的新娘跳起舞来。也许俗气是现在的新时尚。彼得穿着一身与众不同的衣服：带子系在前面的紧身皮裤，尖头靴子和带荷叶边的海盗衬衫。“我不明白她为何是唯一一个看出这个很性感的人。”他对我说。卡罗琳认为他看起来很帅气，有常年冲浪者的体格：背肌呈三角形，下面是窄腰。卡罗琳看着他跳舞，之后好几年都叫他“蛇屁股”。他们发给大家的婚礼纪念品是马克杯，上面印着一对夫妇，都穿着高筒防水靴，都在挥舞大型抛竿，都在用力往后拉，鱼钩缠在了一起。寓意很深，甚至带点不安，画法巧妙地融合了他俩的风格。

那年感恩节过后，我们四人很晚才驾着他们翻新的船去钓鱼。天气冷得出奇。我们前往蒙托克角西北几英里处的深灰色水域，彼得知道有个深点适合钓鱼，并教我该放多少鱼线。我们要钓的鱼在水底。风刮了起来，每一道喷上来的浪花都在甲板上迅速结成了冰。卡罗琳和艾莉森挤在驾驶室喝热茶，还偷偷加了酒。终于，在天黑前，彼得和我分别钓上了不小的黑鱼。我的脸冻僵了，双手也没了知觉。我们把鱼拉上船，凯歌高奏，驶回蒙托克港。那天晚上，我在家里拾掇了仍在扭动抽搐的鱼，但是累得没力气做饭，于是把它放进了冰箱，几个小时后仍能听见黑鱼在冰箱里砰砰作响。

* * *

彼得和我一再去马德拉朝圣。不过，他的虔诚令我起疑。他一直建议我们去个新地方。为什么他会这么说？这让我想起了我们的首次马德拉之行，当时他和艾莉森差点掉头就回葡萄牙大陆。现在他们有大把的时间和钱来一趟钓鱼之旅，比如去中太平洋的圣诞岛，或者在有钱有闲的时候去巴哈马群岛钓北梭鱼。彼得说："尝试新事物是件好事。"而我会说，不，我想继续做同样的事：去马德拉。我什么时候变成一个受习惯驱使的生物了？

但其实我有很好的理由一去再去，不仅海浪的质量好得惊人，还有它们独特的幽灵般的诱惑力，这与我们俩冲过浪的地方都不一样。并不是因为在那儿冲浪是件容易事——一系列的难度我们现在已经有了应对办法。但还差得远呢。而且，马德拉在冲浪界越来越有名，因而一年比一年更拥挤，这地方很快就会像巴厘岛和全球另外几十个冲浪圣地一样被毁掉，过度商业化。有传言说企业赞助商准备了巨额奖金，要在雅尔丁杜玛举办大浪冲浪赛。看着这些迹象，听着这些传言，我很忧心，愈发觉得我们要赶在此处变成地狱前多去冲冲浪。

最卖力推广来马德拉冲浪的是葡萄牙大陆的人。这个岛很快就变成了他们的夏威夷，他们的北岸。每一次涌浪来袭，大陆的职业冲浪者就跟着飞过来。年轻的蒂亚戈·皮雷斯（Tiago Pires）显然是一位难得的天才，拥有钢铁般的意志，他将是史上第一位（也是唯一一位）有资格进入世界职业巡回赛①的葡萄牙选手，为自己的职业生涯赢得了尊敬。葡萄牙的冲浪杂志对马德拉的讨论似乎永远不够，他们将马德拉几个字写在封面上，毫不犹豫地发表了长篇文章，好像只在

① 冲浪界的最高赛事。——编者

意篇幅大小。我看到的第一张马德拉海报，是一本杂志里的折页，一名葡萄牙大陆的职业冲浪者在雅尔丁杜玛骑着一堵巨大的绿色浪墙，图说写着“在葡萄牙境内骑过的最大的浪”，标题是“海的英雄”。

彼得明白我们必须赶在马德拉变成动物园前赶紧去冲浪。但他也明白一件我不明白的事，很少有冲浪者愿意在海浪坚实的日子里跑到雅尔丁杜玛或保罗杜玛。《冲浪者》首次刊出文章时，他拿给蒙托克的几位他认为会感兴趣的冲浪者看，但他们全都不感兴趣。浪看起来太沉重了，而我是唯一一个上钩的人。但我认为那些照片看起来田园诗般完美。现在我认为它们是有误导性的。没有岩石，没有悬崖，没有需要恐惧之处，人们根本无法凭照片理解那些浪点。不过我现在尽管有恐惧，却自觉与这些浪点紧紧绑在了一起。彼得不像我被绑得这么牢，不像我这么迷恋，也没有那么多害怕。

彼得是过去冲浪者常说（有些现在仍会这样说）的所谓有胆识的汉子。总有些家伙，通常是大浪冲浪者，会悄悄地随性做些旁人难以置信的事。记得在夏威夷时，有传言说我年轻时的冲浪英雄迈克·多伊尔（Mike Doyle）和乔伊·卡贝尔（Joey Cabell）在沿着考艾岛的纳帕利海岸（Na Pali Coast）游泳。纳帕利海岸是17英里的常人进不去的荒野，面朝西北，是太平洋上最大的风暴带肆虐。这一趟游了三天，两人身上只有泳裤、护目镜，以及用来从岩石上撬下贝类的小刀。他们这么做纯粹为了好玩，想知道能看到什么。两人都是有胆识的家伙，这就是为什么他们会这样做以及能活着回来的原因。

彼得也是那一类人。他会乘皮划艇前往沟渠平原以西15英里处的阿马甘塞特（Amagansett），把鱼竿架在肩膀上，看看能钓到什么，或是在冬天跳上鳕鱼船，去布洛克岛（Block Island）外的沉船处钓鱼。有一次，他的手掌被大三叉鱼钩刺穿，他就那样开车到25英里外的南安普敦医院就医。他在蒙托克任何人都看得到的浪最大的日子冲浪，通常独自一人，他会讲故事给人听，如果要求细节的话，关于那些区段他会讲得绝对滑稽、生动、自嘲。他会把可怕的情节变成漫画。在雅尔丁杜玛的某个大浪的下午，因为上浪太晚，他被浪打得七荤八素，差点就惨遭双波压制。他告诉我，他花了很长时间才脱身，在最终回到等浪区后发现自己开始对所爱的人说再见。后来我看到一张画，一个熟悉的、晕头转向的、长着大鼻子、留着长发的反英雄人物，深陷在可怕的巨浪下，旁边耐人寻味地画了个气球形框框表达人物的想法，球里画着艾莉森以及看起来一脸惊恐的贵宾犬。

当我住在旧金山时，马克·雷纳克和毛孩子·伯格森是最有胆识的家伙，这就是为什么其他男人为他们着迷。这是男孩们自己的冒险故事，虽然从大多数角度来看都很愚蠢。冲需要正儿八经的勇气和技巧的浪而不自吹自擂，是对性格的一次严峻考验。在职业冲浪界，越来越多有胆识的冲浪者配有公关。他们真的这么做了。

* * *

彼得带了两个老友来马德拉。我喜欢他们，但彼得那种让我们信口开河、大家搅和在一起的态度继续让我不安。为了让我们的行程能赶上好的涌浪的进度，我开始尝试预测马德拉的浪况，尽力从海洋天气预报中收集信息，亦步亦趋地记录北大西洋风暴的数据——它们行经冰岛和爱尔兰、进入比斯开湾、每日最大风速以及风暴中心的最低压力——据此预测出我认为马德拉群岛西南方应该发生的浪况，然后打电话要求何塞·努涅斯询问海浪在雅尔丁杜玛的实际情况。何塞有很多事要忙，除了走到海边研究海浪外还有其他很多事，他也没法用专业词汇来形容，但他尽了最大的努力让我意识到我的预测一直在犯错。不过，在可以上网进行全球冲浪预测之后，我那些原始的努力都变得无关紧要了。

于是，彼得和我对于 1997 年冬天的某个下午在雅尔丁杜玛朝我们袭来的巨大涌浪毫无所知。我从黎明起就在保罗杜玛和蓬塔佩克纳冲浪，此时已精疲力竭，浑身发抖。接着，我看到一系列可爱的浪群滚过雅尔丁。天色有点晚了，但我从来没想过不划水出去。我不确定彼得在哪里。水中没人，所以很难衡量浪的大小。我拿了枪，结果证明是正确的选择。海浪快速，强劲，深绿色，两倍身高，离岸风猛吹浪面。我抓到了两三个浪，疲倦消失在肾上腺素的洪流中。我匆匆地要上一道长浪墙时，注意到浪肩上另一个冲浪者正在划水，伸长脖子窥探坑的阴影，我正试图在那里维持住一条高线。那是彼得。

“我就知道是你，”他叫了起来，“从船坡道上，我们几乎看不到这个小剪影。”

望向西边的海浪正对着的炫光着实令人目眩，我很高兴见到彼得。有他在，让冲浪感觉不那么可怕。他的朋友们一直待在岸上。

他说：“看起来这里有些他妈的大浪。”

我们俩拼命往南面挖水，以避开比平时更大的一个浪群。涌浪似乎越来越大，我们慢慢回到等浪区，各自上了又大又重的浪。雅尔丁杜玛通常不是这样——风太大了——而且又大又快，惊心动魄。也许彼得是对的，这个地方永远不会拥挤。它太吓人了。

又有一阵比平时大的浪群，然后又是一道长浪，往南狠狠地划过去。彼得率先朝最大的浪而去，我记得当我朝着浪肩的下一个侧翼划水过去时，看到彼得横穿我正上方 15 或 20 英尺的背光浪峰。实在很惊险，但我们都成功了。一艘小渔船从外侧驶过，离冲浪区近得非常危险，几个渔民在围栏处打量着我们。

“他们认为我们疯了。”

“他们是对的。”

我没有想到，熟悉这片海域的渔民也许是想载我们去更远的东边某个城镇的安全的港口。我们向他们挥手示意，顺口气，开始划回等浪区——比着作为参照物的教堂钟楼和遥远悬崖的岩柱排队。那是浪通常会到的地方。船开走了。

更大的浪群不断出现，让我们不得不再往外划。它们开始在新的地点破浪，比岬角更高的地方，以我在雅尔丁杜玛从未见过的气势起伏着。当我们划过巨浪的浪肩时，彼得大喊：“布洛克·里托怎么说来着？你到底看还是不看？”

我不明白他的意思。布洛克·里托是夏威夷的大浪冲浪者。我们目前远在正常的雅尔丁杜玛的等浪区之外，已经成功地越过了这个浪群。太阳正在西沉。“他要么说你应该看看坑里到底在干吗，然后你就会知道了，”彼得说，“要么说你不该看，保持积极的想法，不要去想海浪能对你做什么，只要一心想着抓到的每一个浪都能冲成功。”

我宁愿不看。最后两道浪真是太可怕了。它们破浪时，听起来像货运列车相撞。

“如果要赶上海浪，必须移到内侧，”我说，“看看我们现在在哪里。”

彼得同意了。我们离岸实在远得离谱。我们开始朝着岬角划水，每划一步就回头看一眼。中型的浪群出现了。彼得低下头，使劲地挖水，迅速撤离。我的筋疲力尽感又回来了，现在夹杂着恐惧造成的反胃。我回头看了一眼，一股巨浪要来了。我的位置或多或少是对的。我认为彼得已经抓到了之前的那道浪，因而不想独自待在这里。所以我用力划水。当海浪开始掀起我时，侧面的一记碎浪抓住了板缘，打乱了我的动作。我还是努力挖水，我看不见彼得，但似乎听到他大喊：“上！上！”海浪似乎想把我甩下去。我没法跟我的冲浪板配合，然后我意识到，彼得喊的是：“不！不！”我猛地右转，抓住了左侧板缘，侧身上了浪面。我爬到了峰顶，然后浪起起伏伏并在几码内的地方破了，产生了一阵长长的倾泻而下的离岸浪花，我就这么被水花抽了一顿。

雾消散后，我看到彼得向东南方而去，朝南方划水，并指向海面提醒我。西南方的地平线一片漆黑，还有个巨大的浪群。距离依旧相当遥远。我开始朝东南划水，和恐慌较劲，尽量保持呼吸平稳。

我们安全地穿过了浪群。不过，那是我在冲浪板上看过的最大的浪。当我们终于停止划水时，彼得说了奇怪的话：“至少我们知道海洋不会产生出比这更大的浪了。”我明白他的意思，因为我们的确这样觉得。但很不幸，我也知道他是错的。他无疑也知道。海洋可以产生更大的波浪，而且以现在的情况，可能性很高。这想法太可怕了，我们连想都不敢想，最好假装波浪已经到达了某种科学上的极限。

“你知道你刚划水去赶的那个浪?”

我知道。

“你看起来像只蚂蚁。你被它往后吸，就像你根本没在划水一样。你的冲浪板看起来像根牙签。你甚至没有回头看。”

那是真的，当时我已经推翻了基本判断，决定不回头看那道浪。现在我知道彼得为何尖叫“不”了。

我们两人的板子都是8英尺的枪，现在却像滑板一样无用，它们实在太小了。

太阳没影了。

“还是划到船坡道去吧，”我说，“我们永远也上不到这样的浪。”

我们出发了，先朝东南划水，远离波浪，然后向东，沿着海岸前进。巨浪正在岬角处咆哮着，但至少目前看不到任何足以毁灭世界、昏天黑地的浪群。我们看到人们站在雅尔丁教堂那儿的梯田上，船坡道旁的墙上，就像以前一样，只是现在的人群中可能包括外国冲浪者，而且如果有人吹口哨，因为离岸太远且海浪太吵，我们也听不到。还有，我不知道彼得怎样，但我非常担心自己的小命。

我们开始在船坡道上方斜移切进，白浪猛冲村子下方的大岩石。我们对准石头，知道自己会在到达它们面前之前被扫到下游。即便如此，我们还是低估了冲击区内持续的狂暴能量的程度，以及近岸水流的力量。我们试图计算冲到岸上的时机，在两组中型浪群间移动着，但在漩涡般的水流中我们很难前进，然后突然间村庄就从身旁快速飘过去了。我们距离岸边至少还有50码。我能听到喊声，然而我们只能无助地飞过船坡道，毫无上岸的希望。接着，我听到彼得大叫：“外侧！”我们俩猛地转身，开始向海面冲刺。

我们现在在另一个世界，雅尔丁以东的某个地方。朝我们而来的海浪并不是巨大的岬角浪的一部分。它们纯粹是不成形的海岸大浪，冲着悬崖和岩石构成的屏障而去，我们对这处海岸很陌生。这里甚至没有离岸风。水面起伏不平、灰蒙蒙的，似乎这个浪群就要落在我们头顶上。我们俩没说话，默默分开，以免一起被掀倒或困在水下。三道浪在我们所在的地方破了浪。我们放弃了冲浪板，尽量往深处游去。我们的脚绳都拴着，因而设法避开岩石。浪群过后，我们慢慢向外海划去，两人都被浪打得说不出话来。我的手臂像是挂在肩膀上的灌满了铅的管子。

我停止划水。“去这里吧。”我说。

彼得坐了起来，转过身，研究起了海岸。

“不可能。”他说。

“我要试试。”

“你不能去。”

“我要碰碰运气。”

“你会死的。”

我想的是我可能会受伤，但不会死。我只想在天完全黑下来之前上岸。我的手臂没力气了，甚至不打算研究一下海岸。我知道此处在雅尔丁以东数英里，是一片非常崎岖、空旷的海岸。我可能会撞上岩石，试图爬上悬崖，充其量也就是不太好。不过，似乎比淹死强。

“你觉得我们该怎么办？”

“划水回雅尔丁。”

“我的手臂没力了。”

“我会在你旁边。”

这不是个思虑周全的生存计划。但在这个阶段，我相信彼得的判断力更胜于自己。

“好吧。”

我们开始朝西划去，穿过波涛汹涌、剧烈起伏、几乎全黑的水域。我的手臂慢慢恢复了力气。比我强壮得多的彼得耐心地跟着我的节奏。我无法判断我们是否在前进。我们右侧的海岸一片漆黑。雅尔丁的灯光映入眼帘，还有很长一段路要走。我们冲着它们上方 45 度角的地方前进，希望我们在沿着海岸走的水流外侧。我们离岸很远，大涌浪从我们下方经过，二三十秒后在内侧引爆。很难判断村子里的灯光是否越来越近了。但接着我注意到有亮度较小、位置较低的灯光在抖动，那是手电筒，所以我们的确是越来越近了，人们知道我们在外头。这里没有海岸警卫队，但手电筒让我获得了一些安慰。

我们的计划有点疯狂，几乎没有讨论就付诸实施了。我们打算划水到岬角上方远处，然后分开，以避免碰撞，然后这次以更高的角度从岬角下方切进去。我们再也看不到浪了，但是当它们来的时候，当我们听到它们的声音时，我们不会采取任何回避的举动，而是会留在水面上，希望能被冲往海岸，越过下海岸的水流。目标是撞向船坡道上方的岩石。

计划成功了。我们划了很长一段时间，其间耳边不断传来一波一波浪群在内侧爆开的声音，海堤上的手电筒灯光一直在上下晃动，试图引导我们过去，我们侧身，祝彼此好运，便瞄准教堂钟楼用力划去。我没看彼得走的是哪条路线，只专心朝海岸方向挖水，保持规律的深呼吸。进入冲击区时，我注意到水的味道变了，那是泡沫，海底涌浪的气味。我走得比预期的要远得多，然后才听到外侧的第一阵雷鸣。西边的天空剩下的光线足以让我在被击中前看到从我上方正冲我而来的巨大黑色浪墙。

将冲浪板推开但留在水面上的行为是非常奇怪且违反直觉的，而这波巨浪对这个蓄意暴露的易攻击位置的冲击力，着实震撼人心。它迅速把我翻了个身，然后把我脸朝下推向海底。一般来说，我会用一只胳膊挡在脸上作为保护，但现在我想成为一枚导弹，让浪推我到它想去的地方。我在黑暗中撞上了海底，吓了一跳，幸好碰到的是额头，不是特别狠，而我的惊讶，至少有一部分是因为我意识到此处并不深。我可能已经离岸边很近了。当我终于浮出水面时，村里的灯光就在我头顶上，白浪撞击岩石的咆哮声就像在耳边，我既害怕又兴奋。我任凭下一波浪以同样不自然的方式冲击我，将我推上岩石，然后又拉下。下海岸的水流现在紧紧地抓住了我，它将我迅速带到岬角离岸很近的地方，把我在大石间甩来甩去。

另一个浪来了，把我甩向了船坡道上方的海堤上。被困在上涌的浪中，我滑过了长满苔藓的船道斜坡表面，找不到任何能抓的地方，又从下海岸一侧滑到了黑暗中。我能听到人们在叫喊。他们看到我滑了过去。我能听见我的冲浪板发出空洞的敲击声——它仍然连在我的脚踝上。接着，被船坡道的岩墙打断的水流，随着海岸浪吸光了岩石间的水而终于松开了我。我趁机牢牢抱住一块大石，感觉水流逐渐变弱，终于离开了我。我转过身，坐着把冲浪板从岩石那边拽过来，然后夹在胳膊下，沿着船坡道的背风面快跑上去。我看到了彼得，正带着冲浪板蹒跚地爬上湿答答的苔藓斜坡。

* * *

“你们这些冲浪者真是不尊重父母、亲人和朋友。在这种时候冒着丧命的危险出海，为了什么？你们也不尊重这个村庄，不尊重为了养家糊口而冒着生命危险出海的一代又一代渔民。大伙儿在这儿失去了生命失去了所爱的人。你们不尊重他们！”

这是雅尔丁的某位老妇人的咒骂（我是这么理解的），她就这样在船坡道旁的海堤上怒斥着四名正打算在大浪日划水出海的葡萄牙冲浪者。他们没有成功，冲浪板和脚绳都断了，刚刚被水冲上岸，被海浪狠狠地揍了一顿。我碰巧听到老妇人的长篇大论。此时是我们经历了那个日落时的诸神的黄昏（Götterdämmerung）两年后。当时没有人指责我们，但那位老妇人的情绪是村民对冲浪人的一种普遍看法。何塞·努内斯是例外，他会声情并茂地谈论冲浪者的勇气，特别是来自新西兰的一个叫特伦斯的反手冲浪者。但是，抛开冲浪旅游所带来的少数商机不论，大多数村民都厌烦冲浪（如果不是惊骇的话）。

彼得没有回来。他非常有胆识，但他从我们那次的濒死经历中得到了暗示。过了一段时间后，当我问他这个问题时，他说："事情终于像我所想的那样发生了，这次的失误却毁了它，让许多人伤心了。"这也是我应该要说的话，但我还不够清醒，无法将马德拉抛到脑后。

我在雅尔丁的岬角租了间房。我的房东罗莎住在楼下。她 20 多岁，在村里出生，丈夫在伦敦盖特威克机场的一家快餐店工作。罗莎将两个房间租给了来冲浪的人，房间很小，空荡荡的没有家具，但是能直接看到好浪。我每晚付的 8 美元，似乎对这家人的财务状况没什么帮助。罗莎的母亲和她住在一起，为了省下几个埃斯库多①的车票钱，两人会步行上山到普拉泽雷斯（Prazeres）的主路，这段路要跋涉一个小时。就像所有的马德拉的农民一样，她们有强健的双腿。

雅尔丁虽然美丽，却是个忧郁、暴躁的地方，充满了家族宿怨。有个长胡子的智障女人，总是赤着脚。传说她年轻时被一些男人和男孩性侵过。一天晚上，她从岬角附近的悬崖上摔了下来，以坐姿落在岩石上，死了。有人认为她是自己跳了崖。还有一个非常聪明的年轻女子，对农村生活感到沮丧，我走在悬崖下的岸边时，她会怒气冲冲地指责我——因为她哥哥曾在那条路上被落石砸死了。一种名叫阿瓜丹特（aguardente）的廉价自制甘蔗朗姆酒害了这个村子，特别是失业的男人。

唯一真正兴旺的家族似乎是瓦斯康塞罗（Vasconcellos）家，他们是雅尔丁的传统领主。这个家族的成员现在大部分住在丰沙尔或里斯本，但已经统治这里好几个世纪。整个马德拉被分割成数块，连同农奴与奴隶一起分给葡萄牙王室长长的纨绔子弟名单中后半部分的派别和个人。老雅尔丁人还记得，在 1968 年通往普拉泽雷斯的路修好之前，村民们得用软轿抬着牧师和富人上山下山。有位胖子牧师的来

① 葡萄牙和佛得角的货币单位，在葡萄牙于 2002 年为欧元所取代。——编者

访尤其令人后怕。越往回看，这个岛上的历史越黑暗。

雅尔丁的那座庄园，属于瓦斯康塞罗家族。那是个杂乱的、摇摇欲坠的老建筑物，有自己的小教堂，依旧是此地最大的房子。某年，村委会鼓起勇气，询问这家人能否把他们的一些香蕉田改造成足球场。在雅尔丁，没有一块土地够大够平到可以建足球场，而别的村子——就连低矮破烂的保罗杜玛都有足球场。这个家族或是他们的律师的回复是："不行。"不久后的某天晚上，有人偷偷溜进了这家人的地里，砍倒了所有的香蕉树。我第二年冬天重回雅尔丁，那片田地仍然荒废着。当我问及此事时，罗莎得意地笑了。她似乎相信重新种上东西只会激发更多的破坏行为。我无法分辨她将砍香蕉树的事视为正当的农民起义，还是可耻的破坏行为。我永远搞不清楚雅尔丁人在政治问题上的真正想法。我原则上鄙视住在这个庄园的家族，这跟我从来没有见过他们中的任何一人很有关系。

那年秋天我一直在报道苏丹内战。在没有浪的日子里，我坐在房间里的牌桌旁，写着尼罗河的地缘政治、饥荒、奴役制、伊斯兰政治、游牧民族，以及我和苏丹游击队在自由、可怕的南方的旅行。我花了很多时间盯着被风撕扯的海洋。那年，我们饱受东南风的困扰，某个康沃尔（Cornish）来的冲浪者称这风为"魔鬼的屁"。退潮时，村民们会从裸露的岩石上采摘帽贝。有个叫基可的侏儒也去，但因为腿太短，爬不上滑溜的大石头，他的挣扎让人看了很不是滋味。不过，涨潮时，基可在岬角用鱼叉抓鱼可谓大显身手，穿着脚蹼、戴着呼吸面罩的他那短小的身材和发达的肌肉看起来好像比岸上大了几号。他似乎可以在水下消失好几分钟，人们说他会一点也不害怕地蠕动身躯钻入章鱼藏身的裂缝里。基可在雅尔丁出生成长，对外海的每块大石头都了如指掌。他把渔获卖给当地的塔玛咖啡馆，那家的章鱼是招牌菜，我经常点来吃。

我喜欢研究在雅尔丁附近陡峭的河岸边作业的小渔船的动向。风平浪静的夜晚，它们会待在外面，黄色的灯光在星光之下勇敢地编织着黑暗。葡萄牙的国歌是《海上英雄》（*Heróis do Mar*）。而16世纪的史诗《卢济塔尼亚人之歌》（*The Lusiads*），在葡萄牙文学中享有崇高的地位，不论其节奏或主题上都是海洋，用一千多节赞颂了达伽马的印度之旅。这首诗对于现代人来说太奇妙瑰丽，不适合现代人的口味，但是描写海上和船只的部分太棒了。许多小细节非常引人注目，就像葡萄牙帝国黄金时代的建筑中的细节一样，人们谓之曼努埃尔风格，它得名于国王曼努埃尔一世。就连那个时代教堂大门四周的石雕上最精美的细节也与海洋相关——惟妙惟肖的珊瑚和海藻。航海家恩里克王子，若昂二世——葡萄牙文艺复兴时期虽然短暂，内容却很丰富，完全以海洋为中心。当《卢济塔尼亚人之歌》作者、运气不佳的爱国者和水手路易斯·德·贾梅士（Luis de Camies）写下这部杰作时，宗教裁判所出现了，帝国走向衰败——已经抵押给了德国银行家。

我想知道，通常以海洋为主题的这个国家的民间音乐法朵（fado）中令人动容的怀旧的悲伤，是否来自一种普遍的失落感。更有可能我只是听到了法朵深受阿拉伯音乐影响的部分。葡萄牙和西班牙一样，一直扮演着西欧与摩洛哥和北非穆斯林国家的对话者和边界。

比起欧洲，马德拉更靠近摩洛哥，在1420年被葡萄牙探险家偶然发现之前，都是个无人岛屿。岛上树木繁茂，因此得名。移居到此的人放火焚烧原始森林，以便清出土地。传说，一场失控的大火燃烧了七年。马德拉先是成为糖贸易的中心，后来变成奴隶贸易中心。一切都是从海上来，由海上去，从这个意义上来说，马德拉比葡萄牙更葡萄牙，它更依赖海洋。如今，岛上的经济支柱是旅游业。游轮停靠在丰沙尔，一个满是旅馆、赌场和旅游商店的城市，德国人、英国人和斯堪的纳维亚人乘坐大巴或租车环岛观光。更具冒险精神的则在山脉和峡谷里徒步。

那年冬天的某段时间，我得了重感冒，罗莎的母亲塞西莉亚也是。她把自己的病归咎于没把番荔枝上的农药洗干净的水果贩子。我们一起坐我的车去了卡列塔（Calheta）海岸的一家诊所。塞西莉亚咳嗽，眼睛肿胀。路上我们不时地从背着大型的黄色农药罐、拿着棒状喷嘴的男人身边经过，塞西莉亚瞪着他们，喃喃自语。

不过，我们都及时赶上了在“忏悔星期二”[①] 举办的狂欢节（与里约热内卢著名的狂欢节无关）。在雅尔丁，人们聚集在塔玛咖啡馆。罗莎、塞西莉亚以及罗莎的小侄子侄女穿上了派对服装，他们还给我戴了一顶可怕的青柠绿假发和一副巨大的迪斯科墨镜，我们一起去了咖啡馆。

全村至少有一半人参加了派对。自动点唱机疯狂地播放着桑巴、欧洲流行乐和法朵。大多数人都穿着戏装——小孩子穿的是超级英雄的斗篷或者打扮成兔子，让我惊讶的是许多成年人装扮成了丑陋、性欲过盛的女人，他们用枕头弄出了巨大的乳房和臀部，戴着硕大的假发和满是皱纹的浓妆橡皮面具。大家搞不清楚服装里的人究竟是男是女，围着这些卖弄风骚的女巫表现得歇斯底里。浓妆艳抹的女士们在跳舞、狂欢、调情，但都故意不说话。无疑，我比其他人更分不清谁是谁，但一样体会着头晕目眩的混乱和性感的滑稽表演。整个晚上，随着葡萄酒的流淌、音乐的狂轰滥炸和笑声在天花板上回荡，似乎形成了一种集体的精神错乱。这是一次精彩的派对，充满了巧妙的伪装，我从未像此刻这般接近雅尔丁杜玛秘密、心照不宣的集体生活。

* * *

彼得邀请我到曼哈顿的熨斗区参加一个冲浪幻灯片分享会，地点居然是他朋友开的广告公司的豪华办公室。这帮人都是男性，有些是我在蒙托克认识的冲浪者。这是下班时间，大家喝下大量的啤酒，可能有些人还嗑了药。有在蒙托克冲浪的照片，有人怪叫（没有可怕的嘲弄声，这不是个极端热衷冲浪的团体），有人笑了。有些是哥斯

① Shrove Tuesday，基督教的传统节日，又称煎饼日。——编者

达黎加冲浪之旅的专业级摄影作品，不过主角是彼得提供的一组在马德拉拍的照片，大部分我之前都没见过。和往常一样，我们一起旅行时我几乎没有拍照。彼得稍微认真些。他从山腰拍下了几张令人惊叹的等浪区照片，展示的是在雅尔丁、佩克纳和保罗杜玛上浪的场景。房里响起真诚的赞叹之声。但也就这样了，彼得和我一样，不愿在有好浪时待在陆地上。

这几年来，有些朋友和路人在马德拉给我们拍了照片，并洗出来给了我们，质量好坏参半，但是看到照片让我心头狂跳。有几张拍的是我在佩克纳某个令人难忘的日子里，那是 1997 年彼得的某个老朋友来找我们时拍的。那天我冲了 6 个小时的浪，现在看到几张遥远模糊的冲浪照，当时那种绝望的欢欣立马就回来了。海浪很大，我很努力。还有一张彼得在雅尔丁的大浪日的照片，是詹姆斯拍的，他是美国人，在保罗杜玛摔伤了脚踝，那个星期的后半部分，他拖着打上石膏的腿一瘸一拐地走上岬角，到悬崖上拍照。

“你们是玩拖曳冲浪吗?”有人问。

我们笑了，“哎唷，不是。”

拖曳冲浪是当时夏威夷兴起的大浪冲浪中的新增项目。冲浪者由水上摩托艇拉着站在短而重的板子上、双脚固定好，拖入巨浪中，几乎一夜之间，拖曳冲浪让可冲的浪的尺寸往上翻了两三倍。这其实是专为一小部分想驾驭世界上最大的浪的疯子设计的。也就是说，不是我们，甚至与我们无关。但是看着彼得那张在雅尔丁的照片，我想这其实不是个蠢问题。他从一个巨大的黑色波浪底部冒出（浪面有 25 英尺），拖着一条奇怪的长长的白色尾迹。他身体向前倾，膝盖弯曲，从冲浪板上获得最大速度，并将他转的弯落到浪程的远处，看起来的确像是被波浪之外的某种力量甩进了浪里。我很清楚把他猛地扔进那个被抓拍到的瞬间的那个浪，也知道他为什么冲得那么猛。他正进入内侧浪墙，感受到了雅尔丁的全部弹射力。这也是为什么此处被称为世界上最好的大浪岬角浪点。

彼得还有几张我们差点失踪的那晚的照片，是他的一个老朋友拍的。太阳下山前，他站在某个狂野的巨浪上，这也许是当天冲的最后一个浪。接着，还有几张打闪光灯的照片，那时我们刚上岸，在船坡道上，有点疯疯癫癫。奇怪的是，这些照片让我想起彼得的朋友在那天晚饭后说的话。他是个来自圣巴巴拉的跪板冲浪者，承认在我们失踪后，他开始准备该怎么跟彼得的母亲说。另一个家伙是来自艺术学校的老同学，他听到后如遭雷击，说自己一直在做同样的准备。他们每个人都为做了最坏的打算而感到内疚，而且都看起来很沮丧。虽然彼得和我也许在那一刻处于临床上的休克状态，却像蟋蟀般开心地喝酒，为生命干杯。第一张在船坡道上的照片中，我俩看起来都很茫然。彼得对相机比了个“耶”的手势，我的脸上则有一道血迹。

“耶!”看幻灯片的人中有个家伙来了一句。

我们心照不宣地决定不讲这个故事。下一张照片，也是分享会的最后一张照片，对这群观众的意义更小。需要振作起来的彼得和我，已经转身离开在船坡道顶上欢呼雀跃的人群，退到海堤边坐了一分钟，凝视着咆哮的黑暗。照片拍的是我们的背部，我们的冲浪服闪闪发光。那其实不算是一张照片。房间的灯亮起，众人都喊着要更多的啤酒。我听见在房间那头的彼得说：“我本想用胳膊搂着你肩膀的，但是，你知道的。”我知道。

* * *

卡罗琳开始过来和我度过在马德拉休养的第一周，我们会住在雅尔丁新开的旅馆，这里冷飕飕的、空无一人，据说资金来自南非。她被马德拉的自然之美折服，也喜欢待在办公室之外的地方。我去冲浪时，她可以花一整天时间在梯田间徒步，阅读她口中所谓的谋杀案作品（悬疑小说）。记得一个雾蒙蒙的早晨，我独自在雅尔丁冲浪，她则在浪点正上方的旅馆阳台看书。波浪大概齐头高，勉强覆盖住岩石。每冲完一个浪，我都会抬头看看，卡罗琳仍埋头看书。我会喊她，她就挥挥手。她不看我冲浪，一次都没有。当我终于进房抱怨时，她会试图解释（不止一次）观看冲浪有多无聊，两次之间似乎要等好几个小时。确实有时得花很长一段时间等待。

事实上，我的抱怨微不足道，也不深刻。卡罗琳包容我对冲浪的热情，即使是最幼稚的时刻，这已经远超我有权期待的程度，我有意识地试图永远别忘记这点。尽管她对海洋以及任何关于冲浪的事情都无动于衷，我们的生活依旧被海浪编织着。海浪是背景，是引力，很少远离。在婚礼上，我们在看不到大海的苹果树下说出誓言。不过，婚礼当天早上，布莱恩和我一起出去寻找海浪。没有找到适合的波浪，但我还是从玛莎葡萄园南边海岸的某个时髦海滩划水出海，上了一个只有膝盖高度的海岸浪，只是为了让布莱恩能抓拍下我在结婚当天“冲浪”的照片，让我在上岸前舒展一下灵魂。稍后，布莱恩在晚宴上发表了精心准备的祝词，其中一个主题是警告卡罗琳，日后的任何出游以及所有假期都会无情甚至残酷地变成冲浪之旅。他的话后来多次应验了，包括法国、爱尔兰、托尔托拉岛（Tortola）、西班牙和葡萄牙。不容易被任何人说服的卡罗琳在这件事上表现出了大度。

她充分把握了我拖着她去那些不起眼、经常破破烂烂的美妙地方的机会，享受阅读和海鲜。她是内陆人，却热爱贝类食物。在马德拉，她喜欢塔玛咖啡馆的黑等鳍叉尾带鱼和当地人称为绿酒（vinho verde）的新品葡萄酒。

她怎么能忍受我的时常缺席，我不仅独自去追浪，还因为报道工作频繁、长时间不在家？答案随着我们的改变而改变。卡罗琳有时也会独自离开数星期，去津巴布韦探望朋友和家人。而我认为，至少在最初那段时间，分离是有帮助的。我们都需要休息。后来，我们变得不愿意分离。不过，卡罗琳仍然保持着独立生活的坚定信念。她很能独处，我有时觉得她是从母亲琼那里得到的这份特质。琼深爱丈夫，性格也是坚强自立，她整晚收听 BBC 的非洲广播（Africa Service），很少睡觉。卡罗琳的父亲马科并不特别喜欢旅行，但作为一名矿产贸易商，花了很多时间在海外出差。卡罗琳非常努力工作，身为律师，和做版画家时一样是完美主义者。她视我的马德拉旅行不仅为冲浪旅行，亦是写作旅行，因此在心中找到了平衡。我当然也这么认为。我感到孤独。雅尔丁无法上网也没有手机信号，所以晚上我会从广场的电话亭打电话回家。电话亭旁边有个公家的鸟笼，养着许多不同颜色的长尾小鹦鹉。白天，鸟儿们歌唱，啄食有人扔进笼子里的大颗白菜，晚上则卷成灰色的安静小球，以保持温暖。我会在潮湿多风的夜晚蜷缩在电话亭里，贪婪地听着卡罗琳令人安慰的声音，听她愉快地讲述日常生活的欢乐。

* * *

听起来我好像总是在冲大浪。事实上，在马德拉有许多甜蜜的冲短板的日子，就像卡罗琳在雾中的阳台上的那天早晨。站在 8 英尺的大浪板上的恐怖日子并非常态。不过，所有关于冲浪的一切都变得更为严肃了。我有很多年都用信手拿到的冲浪板冲浪，但现在开始非常在意冲浪板。我在夏威夷找到了一个造型师，北岸怪人奥尔·查普曼，我喜欢他的冲浪板。他的板子是尖板头的燕尾推进器，又快又厚，底面弧度不大，不太时髦的下削板沿，基本上是 1970 年代的冲浪板，但线条更微妙，材质更轻，有三个尾鳍。我在猛烈的海浪中折断过奥尔的几个冲浪板（航空公司的行李装卸工也折断了一两个），但不是所有的替代品都好用。奥尔对于我该冲什么浪有自己的想法。尽管如此，奥尔的大部分冲浪板都相当神奇，反应灵敏，划水速度快，在浪管里相当稳定。我第一次站在奥尔的板子上是在 1990 年代中期，当时我在北岸做报道，接下来的十年间我很少用其他任何冲浪板。

为何我会变得如此在意冲浪板表现上的细节？答案很简单：马德拉。它以一种新的方式把我抛进了又大又强劲的波浪里。在海洋海滩给我留下阴影的矛盾心情消失了。不幸的是，我的冲浪能力在下降。

我年龄渐长。在佩克纳人头攒动的日子里，我体会到了这个事实。“拥挤在马德拉”仍然是个相对的用语，可能指同时有 12 个人在外冲浪。多数是当红的葡萄牙人，可能包括几位顶级职业选手。他们在我周围划水冲浪。我告诉自己，他们的年龄是我的一半或更少，冲浪的次数可能高出我现在冲浪次数的十倍以上，我以为这些话能让我安心，结果没有。我错过了我应该抓住的浪，应该跳起时我却笨手笨脚地站起，我把自己吓了一跳。我听人说，逐渐变老的冲浪者是在缓慢地经历变回初学者的漫长而屈辱的过程。我坚持自己的幻想，认为我仍可以体面地冲浪。奥尔的冲浪板帮了我的忙。

马德拉变得过度商业化是我的噩梦，这似乎正在慢慢成真。雅尔丁已经举行了第一届比赛，那段日子我刻意留在纽约，获胜者是一个编着发辫的南非人。第二届比赛的日期也定了，有令人目瞪口呆的一串赞助商和知名的大浪职业冲浪者。更为不祥的是，这个世界冲浪天堂的步道上的外地人明显越来越多。来自北卡罗来纳州的蒂姆现在穿着紫色束带裤在雅尔丁的鹅卵石小巷里闲逛，身着连帽运动衫大声谈论去年在印度洋冲到的“没有尽头的管浪”。“超赞的，哦，不像是真的，比 G-Land 的好。比乌鲁的好。比这个更好。”我知道自己没有权利鄙视他们，但是当哈特拉斯 · 蒂姆（Hatteras Tim）这样的人开始在雅尔丁出没，在水里拉长声音低沉地宣示时，我把脚收了回来。

村民们似乎有正当理由对更粗鲁的游客保持警惕，并对当地有些男孩也从事起这项危险的运动感到不高兴。尽管如此，比赛还是很受欢迎的，它给村子带来了钱，显然没有人像我一样担心水里人太多。冲浪将雅尔丁与世界联系了起来，我不得不提醒自己，人们渴望这样的联系。我了解，或是说我以为我了解封建主义和孤立主义，教堂和贵族的古老专制秩序只在与外界联系薄弱的地方蓬勃发展。尽管有缺陷，电、电视的到来和普拉泽雷斯公路的建成仍为雅尔丁带来了活力。在某个无浪可冲的星期天早上，我在村庄的教堂听到了来访的巴西牧师的布道，赞美神学解放。当进入雅尔丁的唯一途径是山羊路或没有甲板的船时，你可不会听到这些。

某天晚上，葡萄牙国家冲浪队出现在了雅尔丁。我不熟悉国家冲浪队的概念，但是村民的惊叹让我印象深刻。上帝啊，这可是国家队，他们为葡萄牙冲浪，他们穿着正式的风衣，像奥运选手或深水喜爱的国家足球队一样。当然，对我来说，他们只是另一群邋遢的年轻冲浪高手。但我被教练迷住了。我从来没有跟他说过话。某天早晨，我在广场看到他缓缓地从租来的车上下来，带着妻子和婴儿推车里的孩子。他穿着队服风衣，搭配运动裤，看起来像体育官员、体育老师或足球教练。使我着迷的是他的平凡和自在。我依旧认为冲浪是一件疯狂的事，不管是你和朋友一起冲浪，还是你独自冲浪，都是在海里。不能社会化。当然，我已经在澳大利亚看到冲浪是多么普及、充满表演意味、俱乐部。冲浪可以社会化，就在舒适、遥远的雅尔丁，我瞥见自己的老顽固念头正融入欧洲雅痞团队运动的规范中。我发觉南加州和佛罗里达也在发生这类转变。

尽管如此，还是有一些极富魅力的人来到了雅尔丁，除了在战时的利比里亚进行人道援助的穆纳和莫妮卡之外，还有一群闲散的英国人，他们并非所有人都冲浪，他们以往的度假目的地都是爱尔兰的某个乡村，有机会在美好的午后遇见散步的谢默斯・希尼①。他是他们心中的大明星，他们很自豪从来不会贸然上前打断他的思考。这群书呆子里的两位女性对待在雅尔丁的某个美国冲浪者产生了兴趣，他来自长岛，是位和蔼可亲的金发职业选手。他带着赞助商提供的一堆冲浪板，在他的英国女粉丝看来，他眼里只有蓝天。当他不在的时候，她们会用葡萄酒来纠缠我，想打听这位超级冲浪武士到底在想些什么。我试着回答，主要是因为对这个家伙也很感兴趣，真诚地，不是讽刺。他被称为管浪专家，他在夏威夷过冬，以便冲世界上最危险最美丽的海浪。当他从一堆冲浪板中拉出一块，试图解释它底部的弧度

① 爱尔兰著名诗人。——编者

是如何帮助他在泡沫球（中空波浪中的白水，在海滩上是看不见的）上抓住倾斜的角度，以及在浪管里待得更久时，我提了问并认真听他回答。这孩子去过我永远不会去的地方。

托尼和罗斯是这群英国人中的核心人物。他是来自威尔士的冲浪者和风景画家，她夏天时在那儿经营餐馆。这对夫妻在雅尔丁买下了一栋破旧的房子，当地人称他们为埃斯塔卡先生和夫人。这是因为他们刚来雅尔丁时，村委会给了他们一间更破的房子，同意他们以工作抵租金。他们的首要任务之一是制作数百根用来支撑香蕉树的木棍，后者当地称为埃斯塔卡。后来连他们的狗都被称为埃斯塔卡。村民是真的关心托尼和罗斯。暴风来袭前，刮着东南风时，托尼和我朝着北岸走去，老太太们会气愤地叫嚷。难道我们找不到比在恶劣天气下离开村庄更好的事情做吗？会有岩石滑坡啊，山上的路会塌方啊。我们还是去了，我必须去看看麦当娜柔顺的左手浪如何了。尽管没有发现浪，卡罗琳和我还是在北边找到一家供应烤鹦嘴鱼的咖啡厅，证明不虚此行。

* * *

某个阳光明媚的下午我徒步前往佩克纳。一股浪涌了进来，从远处看，这浪很怪，西风把上浪区刮得粉碎，这是为什么没有人在外头冲浪，不过现在我知道了一些关于佩克纳的事，知道这风是如何从悬崖上反弹，穿过岩架吹到海上，然后把内侧浪墙变成壮观的浪。的确如此。我独自冲了一小时的浪，在外侧捕捉大浪，滑过岩架，踩着我那块坚固的奥尔做的板子高速穿过浪管区。最终，三名葡萄牙职业选手加入了我的行列，包括顶尖的蒂亚戈·皮雷斯。他们显然在雅尔丁用望远镜侦察过了。周围仍有大量的浪绕过，尽管如此，皮雷斯太猛了，我难以预测他的下一步，他和我纠缠在一起，双双越过瀑布落在了最大的浪上。我们很幸运，没人受伤。那是一个长时间的压制，接着我们被沉重的浪群打了。他似乎没有大碍，但我被吓到了。

我想回去了。卡罗琳第二天早上就要回纽约。我决定再上一个好浪。但是现在浪越来越大，我却冲得拖泥带水。如果你懂这道浪，就知道上浪虽然吓人却不难，而我是懂的。尽管如此，我还是失败了两次，然后迎头撞上了下个浪群。现在我筋疲力尽。浪群是阶梯式的，每一道都比上一道大。此刻至少有 10 英尺。其他人都在后头某个地方，看不见。我决定尽我所能赶上下一个浪，然后就回去。我发现了一个不错的中型浪，可能是一个浪群的第一道。我上去了，颤巍巍地却松了口气。然后我掉落下来。我冒出水面，很恼火，却发现自己眼前是一堵水墙，似乎是从我最糟的噩梦中刚走出来的。

它已经把水从海底的岩石上拉了出来，扯着我朝它过去，我根本不可能挣脱。这是我在佩克纳见过的最大的浪，而且已经开始破浪。我使劲向它游去，很早就开始下潜，但它把我从深水中拔出来，打了我一顿，直到我绝望地尖叫抗议。当我最终浮出水面时，它后头却还有另一个浪，和这个一样大，一样不怀好意。岩石上似乎多了些水，我于是游到水底，试图抓住一块粗糙的石板，但立刻被水扯走了。又是一次长时间的没头没脑的暴击。我试图用手臂护住头，以防它把我撞向海底。幸好没有，我终于冒出了水面。

又来了一个。它比其他的浪都要大，但最关键的是它把岩石上的水全都吸走了。巨石开始在我眼前升出水面，而我站在齐腰深的急流中的一片岩石地上。我不知道自己身在何处——这片岩石地从海中升起，离海岸相当远，在一个我自以为很熟悉的浪点。这是我开始冲浪以来从未见过的事。海浪突变成一堵可怕的、沸腾的两层楼高的白水墙，几乎没有破浪，因为它已经没有水可以吸走了。在它打中我之前，我有短暂的时间可以决定该怎么办。我在墙上挑了一道裂缝，把自己扔了进去。茫然地希望进得够深，足以让白水吞没我，而非干脆地把我摔碎在岩石上。显然，类似的事发生了。跃起时我的双脚感觉到砍切的力道，但是当我在浪管中像一团破布被抛往岸边时，并没有撞到水底。我再度浮出水面，发现自己在佩克纳东边的水道里，安然无恙。

我慢慢回到了雅尔丁。我的大脑似乎停工了。我一度以为自己会死，就在那时那地，而非某个模糊的未来。现在很难弄清楚如何重返这个世界。我回到旅馆。卡罗琳察觉出不对劲，帮我放了热水——我通常不泡澡的。我躺在水里。夜幕降临，她点燃了蜡烛，清理我脚上的伤口。我试图解释发生了什么事，没有说太多，但表示想和她一起回纽约。她帮我洗头发。我问她为什么不为我做的那些愚蠢而冒险的事生气。她知道我指的是战地报道和冲浪。她说她假设我需要做那些事。

但是她不担心吗？

她想了很长时间才回答。“当事情变糟时，我想你会变得非常冷静。”她说，“我相信你的判断。”

我不是这样看我自己的，也不曾这样看过。不过，听到她这么说还是很有趣的。她后来承认，她会允许自己有些神奇的想法，尤其是当我消失在冲突地区或是绑架多发地的时候。

卡罗琳走了，我留了下来，舔舐着伤口，呜咽着舔舐自己的伤口。我看到某天的浪大到没有人试图划水出外。浪况很干净。如果从某个安全的港口出发，拖曳冲浪者应该可以骑上那些浪。但是在马德拉，目前还没有人玩拖曳冲浪。我看着那些大浪数个小时，没受诱惑。来自威尔士的风景画家托尼说，他曾看过某个大浪日，海浪汹涌地穿过了保罗杜玛和佩克纳之间的海湾。站在保罗杜玛的码头上，他说，能看见的只有堆积如山的白水，以及最外侧的破浪勾出泡沫和薄雾的浪峰，也许是波浪的上方15英尺从右移到左——整个下午，神秘的巨兽在海岸上前仆后继。

托尼有一头红发，为人热情，大概40岁了。他说，马德拉颠覆了他的绘画。“这是2000英尺高的悬崖，”他说，“突然间，地平线就在你眼前，大海消失在天空中。云层在你下方，海面在上方。”他说马德拉也改变了他的冲浪方式。“永远地改变了。我不再在家乡冲浪了。因为毫无意义。这是深海的力量。你也知道它是什么样的。这些东西一直追着你，你一心只想离开。正如他们所说的，前往绿浪。”和彼得一样，托尼并不特别担心人挤人，“人们害怕这个地方。”

这是有道理的，我想。

但我冲浪是为了吓唬自己吗？不是，我喜欢它的力量，它的活力四射，但只到一定程度。走向绿地——那是保守的冲浪，而不是恣意的劈波斩浪，这可能适合我这个年龄。我划水出去，寻找一种既熟悉又罕见的多巴胺冲动，这需要勇气和经验，而且与恐惧毫无共同之处。同样，做报道时，我去寻找故事来满足我的好奇心、让我弄明白灾难——当然不是为了被枪杀。事实上，我身为记者度过的最糟糕的一天是在萨尔瓦多内战期间的一个选举日，当天有三名记者被杀，一人受伤。我在乌苏卢坦省的一个村庄遭遇交火。在另一个村庄，年轻的荷兰摄影师康奈尔·拉格鲁（Cornel Lagrouw）被子弹击中胸部。试图送他就医的车辆遭到了军队的袭击，空中火力让它动弹不得。拉格鲁死在路上。宣布他死亡时我在场。他的录音师也是女朋友安妮莉斯一直看着他，亲吻他的手、胸口、眼睛和嘴唇，用手帕擦掉了他牙齿上的灰尘。在写完报道交稿后，我去冲浪了。萨尔瓦多有个很棒的浪点叫拉利贝塔德（La Libertad），因为这场战争，当时一点都不拥挤。我在拉利贝塔德躲了一星期。冲浪都是恐惧的解药，不管它多么温和。

这些东西属于截然不同的两码事。

冲浪的事缓了下来，偶尔为之。我留了胡子。当时我正在写一篇关于全球反大企业运动的报道，它后来上了头条。我也写信，主要是给布莱恩。除了在纸上说说外，我不认为他会对马德拉有多少兴趣。我们上一次一起冲浪是好几年前的事了：那年他和迪尔德里在威廉姆斯学院工作，我们在秋天前往新斯科舍省（Nova Scotia）度过了五天时光，幸运地冲到了可爱且没有人的海浪。

布莱恩一直跟随他的缪斯女神深入美国的基石。他为《纽约客》写了一篇分成上下两部分的文章《大车》（*Large Cars*），描述一位长途卡车司机的生活，接着写了令人难忘的关于梅尔·哈格德①的人物故事。他还写了一本讲述19世纪的棒球运动员约翰·蒙哥马利·沃德的书，不仅充满热情，而且有学术深度。然后，他掉回头去写他的最爱，小说。

* * *

政府抛出了一个离奇的想法，要兴建一条从雅尔丁到保罗杜玛的隧道。这么做就像是为了成全一个荒谬的笑话。打通一座岩石山，就为了用约1英里长的公路隧道连接两个相互讨厌的小渔村？

是的。这似乎还是最小的一个笑话。欧盟正在向其“欠发达地区”大举投入资金，葡萄牙获得了很大一部分资金，马德拉之于葡萄牙大陆，好比葡萄牙之于欧洲大陆，在极南和极西的地方，至少传统上更为贫穷。其结果是，他们现在正在马德拉群岛各地修建桥梁和隧道，疯狂地将欧盟的赠款用于“交通基础设施”。欧盟称，这些项目将会“节省时间”。与此同时，这也为马德拉人创造了就业机会，为有政治关联的企业和当地承包商创造了暴利。人们说，贿赂与贪腐盛行。但我在报纸上什么都没有看到，当地的铁腕人物和地方长官阿尔贝托·约翰·雅尔丁（与村子没有任何关系）似乎每天都在主持一些大型新建筑的剪彩仪式。在欧盟接纳东欧国家，并开始让其得到这些款项之前，各地就已经有了一股建设热潮。

有关贪腐的传闻是真的吗？很难知道。我在这儿只是游客，并非记者。岛上确实弥漫着一股疯狂。现在是赚钱的时候了，这是一个地方好几个世纪以来难得的机会。许多老年人似乎都吓傻了，眼见着他们熟悉了一辈子的宁静梯田被推平，变成立交桥，以建造平坦的新公

① 1960年代美国最著名的乡村音乐人，他既是艺人、音乐家，也是歌手、小提琴手，有38支冠军歌曲。——编者

路。雅尔丁人担心隧道完工后，保罗杜玛的醉鬼会源源不绝地过来，把雅尔丁安静的广场变成一个臭气熏天的聚会场所。尽管如此，雅尔丁的男人将在隧道工程中找到工作，他们的家人对此心怀感激。不用移民到委内瑞拉了。

*　　*　　*

第二年我来时，隧道正在建设中。到了晚上，若没有海浪的怒吼，可以听到机器声，还有山里的轰隆作响。在潮湿的房间里的不眠之夜，我想象着《卢济塔尼亚人之歌》里那个石头变的海怪阿达马斯托尔（Adamastor），“醉醺醺的、空洞的眼睛怒视着/它的肤色如土、苍白/它的头发花白，跟土板结在一起/它的嘴黑如煤，黄色的牙齿已有腐坏”。

那年冬天的浪况非常差，我们指望的北大西洋风暴比往常低，袭击了马德拉，并破坏了它们带过来的浪。当我该回家的时候，气象图显示有又一场风暴正在袭来。我想，这个气团可能会不一样，于是决定留下。风暴袭来，并没有什么不同，至少在雅尔丁是这样，浪非常大却冲不了。

我和来自俄勒冈州的年轻人安德烈开车去了北岸。金发碧眼的他很安静，身材敦实，像个伐木工人。我们走了一条 2 英里长的新隧道，不到一小时就穿过了山脉。北面阳光明媚，没有风，是个不同的世界，我的老情人麦当娜，正如他们所说的那样，激情澎湃。浪看起来很大。波浪通常紧靠着岩石困在悬崖的阴影中。现在它在深蓝色的海水中爆发，在阳光下光滑且沉重。我很高兴我带了枪。我们从海湾深处的岩石上跳下来。安德烈似乎过于热切。我小心试探地移动着，感觉喉头吞咽困难。他很快就领先了 100 码。我瞥见他划过大浪。浪比我想象得还大。我开始不确定自己是不是应该在这里。

然后，安德烈出现了，在一个巨浪的顶端扑腾。他抓上了那个浪，反手从落差中自由落体，不知怎的落在了冲浪板上，接着义无反顾地冲着浪，猛地急转，然后越过浪肩。这是一次炫技的骑行，而我带着恐惧观看了整个过程。我发现白水冲向左侧悬崖的咆哮声让我想吐，我一直命令自己不要往那边看。前方炸开的如卡车大小的巨浪也对提振士气毫无帮助。这一切让我希望自己留在了岸上。上浪看起来快速和陡峭得令人难以置信，若是失败，后果的严重程度也是不堪设想的。事实上，这些海浪可能并不比我在保罗杜玛的那个大日子里骑上的三只野兽更难，但这些都是左手浪，而且那是三年前的事了，那天我的信心异常高涨。今天的我很害怕，闻到了灾祸的气息。

祸事首先找上了安德烈。他划远了，划过了岬角，到了一个极度危险的地带。我已经停下，并用我记得的在麦当娜上浪的诸个标志作参照，即公路隧道和一个瀑布，只是每次浪群出现时我都会在离通常上浪区三四十码的地方冲向开阔水域。我还一个浪都没有上，甚至没有认真尝试。安德抓住了几个浪，位置相当深入，就算出浪，我的位置也听不见他的喊叫。对我而言，他似乎正在执行一项自杀式任务。一个大浪群有可能在我的位置达到最高点，一路越过岬角破浪而去困住他。很快，事情就发生了。他差一点就逃脱了。他试图冲过巨浪的浪唇，但是波浪将他吸了进去，扯断了他的脚绳，以惨不忍睹的长时间压制住他。在下一波浪打上他之前，他的冲浪板已经撞上了悬崖。他最终上了岸，朝着海湾走去。找回惨遭蹂躏的冲浪板后，他向我挥手示意他今天到此为止，然后走回了车上。

我继续在外面待了几个小时。我太害怕了，无法正常冲浪，但也没脸划水上岸。我抓了几个浪，都只是巨大的浪肩，相对容易且安全。躲避浪群时，遇到几次险情。我丢开冲浪板，游到板下，而不是试图猛冲过迎面而来的当天最大的浪，那绝对是个怪物。水很清澈很深，发出恐怖的空洞回响，我意识到那是巨石的滚动声。我可以看到它们在下面，涌浪通过时，掀起海底这些如文件柜大小的岩石。我从来没见过这幅景象。我的脚绳还系着，这个浪群所有的浪也都过去了。而我现在甚至更害怕了。

来了几辆车。我看到托尼在一小群人中观看。有观众让情况变得更糟——我对自己表现得如此胆小感到很羞耻。最糟糕的是当我一遍遍划过大而精致的海浪，却不愿冒险上浪时，胸口迅速涌上的感觉。太浪费了，真是胆小鬼。那一刻我对自己的厌恶之情达到了无法忍受的地步。

* * *

那天晚上，回到雅尔丁，黑暗中我躺在矮胖的小床上，考虑要放弃冲浪。东南风在我住的老房子的屋檐下呻吟。身上很多地方都在痛，左眼因暴露在阳光和海水里而流泪。我的一只手臂在试图从麦当娜上岸时划伤了，抽痛不止，另外一只手则因上周在暗影地带撞上了珊瑚礁上的海胆而刺痛，双脚疼是因为伤口感染，后背靠腰的地方痛得好似我挖了一个月的沟。

对于冲浪而言我真的太老了，速度、力量和勇气都已不再。为什么不把冲浪让给像安德烈一样身体正值巅峰期的人呢？即使到了我这个年纪——四十多甚至五十多岁——还在试图乘风破浪的人，都会设法一年下水个两三百天。我在开什么玩笑，冲浪的天数这么少还想安然地冲这样的浪？为什么不趁我还行的时候离开呢？难道离开真的会留下巨大的心理缺憾吗？

* * *

到了早上，雅尔丁还是一团糟。安德烈和我回到了北岸。我是用自动驾驶把车开来的，没有想法，也毫无热情。安德烈在路上谈起他离婚的事。我很惊讶他结过婚——他还这么年轻。他说，他和妻子分手是因为冲浪，当然，冲太多了。他说，当女人和冲浪者结婚时她们必须意识到，自己也嫁给了冲浪。要么适应，要么分道扬镳。“就好像你我勾搭上了一个购物狂，”他说，“我的意思是真正狂热的人。你不得不接受你这辈子都在逛商场。或者，更像是在等待商场开门。”

我看得出他的婚姻为何会破碎。

在北岸，涌浪已经减弱。麦当娜正在刮风下雨。浪很小，潮水太高。我们在车里打了个盹，就像两个在等待商场开门的购物者。

然后，它不可思议地开门了。风速减缓，潮水退去，太阳出来了，海浪开始奔涌。我们划水出去，浪只有前一天的一半大。上浪依旧棘手——掉下来许多次，包括小型的自由落体——但我发现自己预测到了那些失重的时刻，并且还用它们来为从底部硬转弯做准备，这会为接下来的浪程加速。较小的波浪有点太靠近悬崖了，因为我是反手冲浪，所以悬崖正对我的脸，但快速闪过的石头只是增强了速度感。几个游客停在路旁拍照，没有其他冲浪者。只有我和来自俄勒冈州的年轻疯子在美丽的波浪上翱翔，时光飞逝，我们冲得很尽兴。

* * *

下一个冬季来临前，通往保罗杜玛的隧道完成了，真令人难以置信。保罗杜玛的无家可归者没有入侵雅尔丁的广场，事实上，似乎很少人走这条隧道，它漫长而黑暗，还充满霉味，没有人步行穿越。但对冲浪者而言，这条隧道极其方便，只要 5 分钟便能开到保罗杜玛那边的浪跟前。马德拉的一切正在迅速地互相靠近。我们刚来时，从雅尔丁到丰沙尔需要开三小时的车，现在不到一小时。当然，马德拉人对这种便利感到高兴。我无礼地担心，更容易到达代表会有更多的冲浪者来。雅尔丁已经举行了第二届比赛，夺魁的是来自大溪地、昵称为波托（Poto）的冲浪者，他是国际冲浪名人。这不是件好事。

欧盟的巨额资金源源不断地流向马德拉，总共有数亿欧元。这件事对我来说有点讽刺意味，理论上，我是赞成整件事的。这与我对经济全球化的良性（也许是唯一的良性）面貌的观点极为一致：富国直接帮助穷国。至少在抽象层面上，基础建设是好事。现实中，我对大部分项目感到震惊。它们既丑陋又浪费，除了作为临时工作岗位和攫取金钱之外，似乎完全没有用处。

2001 年初，我开始听说政府想要在雅尔丁海滨修建一条“长廊”。这完全没道理。涨潮时，海水会冲向悬崖。我和村里的一个建筑承包商聊了这则谣言，他表示支持这个项目，但对其可能涉及的问题含糊其词。他说，如果真的建造，也只会是一条规模不大的走道。我认为不可能建，谁会用它？何塞·努涅斯要我别担心，或许只是说说而已。

2001 年 11 月，我们的女儿莫莉出生了。我们盼有个小孩已经好一阵子了，说我们沉醉于喜悦中，那真是太轻描淡写了。我们的世界突然变小了，同时也变得更大了。一个调皮的微笑就是一个宇宙。我完全不想离开纽约。卡罗琳怀孕之前，我一直在玻利维亚和南非做报道，现在就连去迈阿密做个报道都觉得太远。当我因为工作前往伦敦时，卡罗琳和莫莉与我同行。我放弃了战地报道，即使是在我的定义里较为温和的那些。我错过了马德拉的两个冬天，没有一丝遗憾。

但是我听到一些消息。雅尔丁的“海滨长廊”摇身变成了海滨大道，2003 年 10 月，我重回马德拉时，那路正在建设中。

这个项目不是没有人反对。定期造访马德拉、来自加州的冲浪者威尔·亨利组织了抗议活动，来自葡萄牙及其他国家的环境学家、地质学家、生物学家与冲浪者在丰沙尔和雅尔丁集会游行。对雅尔丁的大浪构成威胁并非唯一的抗议点，其他许多浪点也会因为这毫无意义的建设（包括游艇码头）而被葬送。抗议者认为，欧盟推动的建设热潮正在破坏马德拉的沿海生态。有消息透露，巨额建筑合约的受益者之一，实际上是地方长官阿尔贝托·约翰·雅尔丁的女婿开的公司。

这位地方长官勃然大怒，称抗议者为“共产主义者”。他告诉当地一家报纸，冲浪者是“我们不希望马德拉出现的那种赤脚旅游”的代表。“去别处冲浪吧！”他甚至嘲笑他们对海浪的理解，“冲浪者？他们是群傻瓜，一定认为海浪会从陆地向海上破开。那么在这里破掉或者往水里再深15码破浪又何妨呢？波浪永远都是一样的。”

抗议者在雅尔丁遭到了充满敌意的对待，与政府有关联的当地人将他们赶出村子，丢食物砸他们，甚至辱骂。就连当地的一个冲浪男孩都受到波及跑了出来。威尔·亨利脸上挨了一下。这些外国人，这些赤脚的傻瓜以为自己是谁，觉得自己可以阻止马德拉的进步？工程继续进行。

在托尼的建议下，我们没有留在雅尔丁，而是住到了山上一座17世纪庄园改的酒店里。酒店有个小泳池，可以看到海，快2岁的莫莉称海洋为“大池子”。我开车带着一块冲浪板驶入雅尔丁，感觉在广场遇到的人都避开我，我猜他们觉得羞愧，或者只是讨厌冲浪者。

即使站在旁边，也很难理解沿着海岸搞破坏的行为。我曾说过不可能造一条走道，但那是因为我缺乏想象力。卡车运来大量的岩石和泥土，倾倒在岬角附近的海滨。不用等到这项工作完成，就可以看出只要有足够的填充便能沿海修建一条八车道的高速公路。巨大的黄色推土机在这块尚未铺好的填充地上来回奔驰。从雅尔丁延伸过来的羽状水流中，海洋被泥浆染成了混浊的褐色。在建了一半的道路和水域之间，是我见过的最丑陋的海堤——巨大的矩形混凝土块乱七八糟地堆成一团灰色。它极其平淡无奇，对眼睛却是折磨。这些土块看起来像成千上万个被愤怒地丢弃的棺材。这是新的海岸线。棕色的鳞波一下下拍打着土块。

雅尔丁的地方长官当然是错的。身为航海人的后代，他对海的无知令人印象深刻。当你掩埋暗礁时，海浪不会从海岸移开，只会撞在原本礁岩所在的地方。尽管如此，我还是发现，看着雅尔丁的毁灭，很难把握它的结局。也许在某个浪非常大的一天，在低潮的时候……就算在仍然可以冲浪的罕见情况下，原本总是很危险的地方，现在的危险会飙升几个数量级。与此同时，原本从水中能看到的美丽景色——在岬角与海湾间的悬崖以及种植了香蕉、蔬菜、木瓜和甘蔗的梯田已被抹去，取而代之的是一堵邪恶的工业墙。接受事实吧：那些美妙的浪已经没了。就像雅尔丁人世世代代捕捞贝类的潮汐池，还有基可用鱼叉刺章鱼的巨石和浅滩，现在一起被埋入了万吨碎石之下。

何塞·努涅斯是个宿命论者。“你以为你生活在天堂，”他说，“然后……”他极有说服力地耸耸肩，那是法朵的肢体语言。

罗莎没那么圆滑。她谴责了整件事，并指名道姓地说谁得了利，谁说了谎。当然，她的租房生意也没了。和罗莎聊天时，我意识到我终于得到了我想要的：周围没有其他冲浪者。

从其他村民那里，我听到了修建新海堤和公路的理由。它们会保护村子不受海洋的侵袭，更多村民将能够把车开到离房子更近的地方。这代表了进步——毕竟，其他村庄都有类似的改善。有人甚至告诉我游客们会从这条新路上欣赏大海。这些评论出自怯懦的、充满防备的、好战的或三心二意的态度。有些是事实，有些完全是谬论。残酷的现实是，当局决定兴建这个项目是基于他们自己的原因，包括财政上的和政治上的，而村民对此毫无发言权。

我在心里为彼得写了份报告，他和艾莉森现在有了个女儿，叫安妮，比莫莉小 1 岁。我们沿着横贯马德拉的灌溉系统（被称为 levadas）在山上徒步。随着经济从农业转向旅游业，许多由奴隶手工建造的灌溉系统正处于年久失修的状态。在我们下榻的翻新后的庄园里，来自丹麦、德国和法国的游客抱怨着所有的新建筑都在减损马德拉的魅力。

* * *

冲浪地点会因自然或人为因素而产生或毁灭。拥有世界上最好的海浪之一的基拉，在我和布莱恩住在那儿之后不久就消失了。位于特威德河口南边一两英里处，一种新的疏浚方法将沙子倾倒入基拉破浪的海湾，几个月之后，奇迹般的波浪就消失了。一个新的更接近河口的超岸（Superbank）浪点，由于同样的沙流变化而产生了。我们在拉贡德里湾的尼亚斯冲到的壮观浪潮，因为 2005 年的地震而面目全非，不是那个发生在苏门答腊岛附近、前一年晚些时候引发 20 多万人死亡的海啸的地震，而是三个月后对尼亚斯造成更大伤害的地震。拉贡德里湾的礁岩至少被抬高了 2 英尺，浪况也变得更好了。从外观上看，它明显变得中空，更沉重，更难驾驭，但不可否认，它更好了。

除了损失或收益外，我发现这些已知浪点的突然变化非常令人不安。记得高中时的一场冬季风暴，淹没了马里布的潟湖，改变这个著名地点的形状。我简直无法接受马里布现在浪变得不同的事实。这和陆军工程兵团在某个海滩浪点或港口建造码头，毁掉可以冲的浪或者创造出新的浪点是两回事。我相信马里布是永恒的，在我的宇宙中它永远在那个地方。大风暴过后，我一直在该地冲浪，现在它是一个短而且不成形的右手浪。但我对这些不敢苟同。真正的马里布就在这些沙子下面，很快就会卷土重来。

说来也巧，在我离开洛杉矶之后的几年里，老的鹅卵石岬角浪点最终真的重现了，或多或少和原来的一样。也许，身为南加州的孩子，我本该是一个坚定的灾难学家，明白自然历史只会朝一个方向发展，而且往往是非常残酷的方向（地震，野火，特大干旱）。然而我对 1969 年的那场洪水的不安仍然存在。就我而言，某些浪点是确认稳定的宇宙观的中心。

每隔几年，彼得和我就会谈论回到马德拉。我们应该这样做。明年冬天。现在没有人去那里。还是有许多好浪点仍在破浪，如果潮汐对的话，雅尔丁的浪还是会够大。但是我无法面对，我想，他也不能。

* * *

我们在马德拉的最后一天早上，波浪依旧不怎么样。卡罗琳和莫莉还在睡，我开车到北岸看它最后一眼。这一定是真正的北方涌浪，雅尔丁却连一丝涟漪也没有。与此同时，北岸的浪巨大，几英里外都能见到线条。海浪冲击着我不知道其存在的礁石。离岸风很轻。路旁的海岸浪点的浪看起来至少有 10 英尺高。

我开车往西去麦当娜，车停在路边的老地方。高高的黑色悬崖，薄薄的瀑布，什么都没有改变。周围没有人。浪很干净，很大。外侧潮流处，我曾经听到巨石在海底滚动的地方，每个浪群都破着浪。我知道那里的水很深，但是浪面是黑色的，而且像是在浅水中翻腾，似乎它们需要更多的水来充分表达它们的愤怒。它们看起来太吝啬了，不适合冲浪。但随后它们以相当有秩序的方式并肩跑下礁石。那些巨大的左手浪实际上是可以冲的，如果是合适的人用合适的板，所有动作都做到位，以全副精力去冲的话。

我看了至少一个小时。沿路走回去，研究着海岸浪点，试着计算浪群和平静下来的时间。这个海岸浪点异常暴力，似乎没有平静的时候。这比我在保罗杜玛见过的最糟的日子还可怕，因为我以保罗杜玛的浪为基准来判断危险到不合理的海岸浪点。你只需从别的地方入水，也许是在东面几英里的塞沙尔港（Seixal）。然后再划水回到原地。麦当娜附近没地方上岸。

我认真考虑过冲浪吗？如果那里还有别人，正拉上冲浪服的拉链，为冲浪板打蜡，我可能也会做同样的事。我感受到体内蠢蠢欲动，是昔日的冲动在起作用。

我的一部分已经预见到水的冲击，预想了接近的路线，应该说是条件反射而不是思考。那是最掉以轻心、最不理智的自我。它不权衡风险和概率，这不配称为决策。我并不以此为荣。尽管如此，当我驱车离开时，仍然感到火热的羞愧和遗憾。

十　当群山坠入大海的心中

纽约：2002—2015

长板在向我招手。如果我住在靠近海滩的房子里，或者有个房子，或者有辆厢型车，我现在大概已经有块长板了。但我住在拥挤的曼哈顿，短板的话我就能塞进衣橱、墙角、床底下、自制的天花板架子上。我也可以带着短板上火车、公共汽车甚至地铁，或者相对轻松地穿过机场。短板可以锁在车子里，长板却放不下。所以我一直拖着没买这个终归要买的东西。在小而弱的浪里，我现在必须挣扎着才能站起，尤其是穿着厚厚的冲浪服时。在那些日子里，有个长板是件幸事，能够轻松优雅地滑行，而不是被海浪和挫折打击得喘不过来。但我反倒避开了小而弱的浪。在略微大点的海浪里，我的短板仍能用。更强的推力，垂直面——上浪时冲浪板下落，给我的脚留出了合适的空间。我不用微型的最新式板子，这种板子现在大多不到6英尺。不过，我仍驾着按我的标准来说既轻松又快速、适合待在浪管里的板子——在我设法骑进浪管的难得且激动人心的时刻。

奇怪的是，过去十年中，我成了纽约市的日间冲浪者。从海岸线的位置看，这座城市坐落在长岛和泽西海岸这两条腿形成的胯部。虽然我花了好几年时间才发现蒙托克的浪——部分原因是我很忙，但主要还是因为来自西岸的我根深蒂固地嫌弃大西洋的一切——但我花了更长的时间才知道，真正有意思的浪其实就在这个城市的大门口。我早该意识到，冬日灰蒙蒙的天气会屏蔽我的视线，此时日照短，天气酷寒，而且良好条件的窗口期——坚实的涌浪、离岸风或无风——通常也极短暂。东岸的夏天不适合冲浪，秋天是飓风季节，能带来好涌浪。但冬天让我着迷的地方，在于接到城市的通知后马上去追逐波浪。东北风暴（nor' easters）袭来，经常产生惊人的高品质涌浪和风，你只需要知道何时去以及去哪里。

你还需要有能在晚上进行的工作、宽容的家庭、最先进的连帽冲浪服，就我个人经验来说，还得有网络。如果没有在线的浮标数据、实时的风力读数、精准的风向和涌浪预报，以及“冲浪摄像头”的影像，至少我不可能知道何时去、去哪里。提供实时影像的摄像头安装在许多地方，比如甲板栏杆或防盗围栏上，瞄准可能有好浪来袭的海域。在好的冲浪窗口期只有数小时的日子里，摄像头告诉你的往往是你错过了什么。也就是说，如果屏幕上的影像看起来很棒，大概已经太迟了，在你到达那里之前，浪况已经恶化，你必须依靠知识来猜测。

追逐风浪对我来说依旧是建立生动友谊的直接原因。我对纽约附近码头、沙洲、风向、海岸小镇的警察以及令人绝望的更衣点的奇思遐想，主要来自舞者约翰·谢尔亚，他是反手冲浪者。我在莫莉还小时就结识了他。谢尔亚住在古板的上西区，离我家只有几个街区，但他冬天的时候还和几个冲浪者在长岛的长滩租了间房子，那个季节的租金便宜到几乎等于白住。长滩有浪，还有个火车站，距离曼哈顿不到一小时车程。如果我们在那里或是附近的任何地方冲浪，就可以在那间房子里换衣服，晾干冲浪服，存放冲浪板，若是涌浪长达两天，还可以过夜。其实那间房子并不是非要不可。如果风一如既往地从西面吹来，我们会去新泽西而非长岛。谢尔亚的主要冲浪伙伴是另一位舞者亚历克斯·布雷迪，以及一位他们叫他“说客”、反手冲浪的地球物理学家。我甚至没注意到他们什么时候退掉了那间房子。当时，我一直在轮班，随时待命，当行星（和浮标）排成一列时，我就放下手边的一切，半数时间都是一个人去，开着借来的车子。

尽管如此，谢尔亚还是让我看起来像个半吊子。“每周只冲浪一次是不够的，”他说，“很难维持个人状态。”我见过的人当中，谢尔亚算是冲浪冲得最狂热的家伙之一。总是无法满足，任何有可能联系到涌浪的线索他都会追踪。他狂爱看冲浪影片，是优秀冲浪者和好浪的高级鉴赏家，还是先进技术的学生。他是真的希望自己的冲浪水平会提高，也的确每年都在进步。这点很难得，我以前从未在成年人身上见过。我认识他的时候，他三十好几，已经是个优秀的冲浪者了，其风格既强劲又细腻，但是每当我称赞他的表现时，他总回答：“谢谢，你真好，但我需要再垂直一点。”

那一定是舞蹈用语。

“还需要犹太人的品质。”他说，“人得吃苦。”

以他的情况，他不发牢骚。谢尔亚会兴高采烈地去冲那些我绝对不会考虑的垃圾浪。他像一个老式的工匠，很卖力，以便事情看起来容易。12 月的某个下午，我们从长滩的劳雷顿大道（Laurelton）出海，赶上了一场冰风暴。浪很大：厚头，有着长浪墙的左手浪，比头还高，从东方倾泻而下，一片灰黑色，破破烂烂，伴随着可怕的西行海流。水中似乎只有谢尔亚和我，北风很强劲，直往海上吹，我们必须不停地逆流而上。当我们中一人猛地转身去上浪时，会被从陆地刮来的冰粒弄得视线不清，必须低下头盯着冲浪板，凭感觉推过浪台，然后背过脸去冲浪。谢尔亚骑了很长一段，不止一个街区，然后再从外侧奋力划水回来。我问他那个浪怎么样。“小意思。”他大喊道。这句话成了那个冲浪季的常用语，因为我们累到说不出更长的句子。海浪真的好极了，值得那份辛劳和麻烦。而且在这片暴风肆虐的丑陋的北大西洋冬季大海上假装冲浪很容易，更有种完美的感觉。

当我们终于被冲上岸时，失温的早期症状麻痹了我对时间和空间的感觉。我胳膊下夹着冲浪板，低头顶着风步履艰难地走着，经过长滩疗养院的大型建筑，我无法确定今天是星期几，也不知道我们是否在停车的那条冰雪覆盖的街道上。我们没走错，谢尔亚可不允许冲浪后脑子变得如此空白。当天晚上他有演出。事实上，他是百老汇长演不衰的热门音乐剧——特怀拉·萨普（Twyla Tharp）导演的《破浪而出》（*Movin'Out*）的主演。我们在车里换衣服（这是在不再租房之后），冲回曼哈顿，我在剧院门口放下他。他冲了进去，离开演没几分钟了。

*　　*　　*

我父母在1990年代中期搬到了纽约，照我说，是搬回纽约了。我视之为凯旋，对乔·麦卡锡的幽灵大声说句“放进黑名单”，但这么说好像会让他们不知所措。那已经是陈年旧事了。他们来是因为他们的孩子都在这里。麦克是《每日新闻》（*Daily News*）的调查记者，凯文是曼哈顿的劳工律师，科琳一家住在马萨诸塞州西部，也不远。

我的父母仍在制作电影和电视，这意味着他们经常待在洛杉矶或去拍外景。但是他们位于东90街的公寓成了家族聚会的新地点，尤其在他们的孙辈一个接一个地降生之后：科琳有两个女儿，然后是我们的莫莉。对我来说，这是中年以后第二次有机会融入我年轻时离开的家。莫莉坐在我自行车的后座上，骑一小段穿过公园就到了我父母家，我们总是受到热烈的欢迎。大家在厨房用餐，狗窝在脚下，背景是大发牢骚的电视新闻。我不可能适应某一部分的我渴望重新居住的地方，当然，没有回头路了。尽管如此，我还是很惊讶自己能从我父母的活力、宠爱以及极其熟悉的人中感到舒心。

他们很快就拥有了极其丰富的社交生活。有些新朋友实际上是老朋友，是共事过的电影和戏剧界人士，但他们似乎很轻松地重塑了自己。弗兰克·迈考特写的《安琪拉的灰烬》一书大受欢迎时，我发现他们是爱尔兰艺术中心——或美国爱尔兰历史协会（American Irish Historical Society）——的朋友。我从不知道我父母对爱尔兰人（Hibernian）的东西最不感兴趣，不过，嘿，他们初来乍到，而且有很好的老姓氏。他们以惊人的频率去听音乐会、看戏和参加读书会，尤其是我母亲，对文化活动有很大的胃口。父亲把帆船停在长岛，开始探索当地的水域。我以为他想念加州，但是当我开始和他一起航行的次数多了之后，我发现我错了，他喜欢探索新的海湾和水域。与此同时，我母亲很快就坚称自己几乎不记得 L. A. 了。（她不说 L. A.，一辈子都说全称 Los Angeles，也许是出于某些奇怪的原则或是对家乡的自豪感。）在那里生活了近 70 年的情景现在快速消失在记忆的迷雾里。纽约变成了家。我的形容可能让母亲听起来像个女演员，但她不是。她只是往前看。已经上了几年法语课的她，现在开始学意大利语了。

* * *

卡罗琳和我唱歌哄莫莉入睡，先是在我们的房间里，她的婴儿床在那儿放了几年，然后在她的房间里。我们编了一首歌，串起了所有阿姨姑姑、叔叔舅舅、表兄弟姐妹和祖父母的姓名，赞美每个人对她的爱，并以我和卡罗琳的表白结束。它是催眠曲，很管用的摇篮曲，总是首选。接下来，我们各有各的歌曲列表。我会听到走廊那头传来卡罗琳清脆高亢的声音，在《冬青和常春藤》（*The Holly and the Ivy*）中慢慢进入梦乡。我的曲目大多来自幼时家里唱片上的民谣，是琼·贝兹、皮特·西格（Pete Seeger）以及三重唱组合彼得、保罗和玛丽演唱的美国老歌，或是后来的模仿之作。有早期的迪伦，当然还有《第十二夜》结尾的《愚人之歌》。

当我来到大宅前，
嘿，呵，风和雨，
为防无赖和盗贼，人们关上了门，
为防下雨，天天都在下。

这些歌曲显然已经深入人心，任何批评都无法撼动。我会一直唱到莫莉睡着，才蹑手蹑脚地走开。

随着她渐渐长大，我想知道，她是否听进去歌词。我们像举行仪式般唱歌哄她睡觉，直到她八九岁。出于好奇，我曾经问她《秋天到五月》（*Autumn to May*）第四节的第一句，她看来每个字都知道。小天鹅是蜗牛孵出来的，然后变成鸟，再变成蝴蝶，她说，“还有，谁想讲更大的故事，就只能撒谎了。”

*　　*　　*

我以记者身份回到洛杉矶寻找我长大的地方。它已经不复存在了。山坡上盖满了房子，穆赫兰道的路面也已铺好。种下的新苗已经长成了红木。伍德兰山已是成熟的郊区。我采访了最喜欢的高中英语老师杰伊先生，他告诉我学校成了地狱，不同种族的帮派在停车场打架。（亚美尼亚人对波斯人，他说。）莎士比亚课早就没有了。有钱人家现在送孩子去私立学校。如果我想写一篇关于在一个崭新的卧室社区①中孩童成长的文章——我的确想写——至少要走到两个山谷以外。

于是我去了洛杉矶县北部的羚羊谷（Antelope Valley）。所有关于郊区胡乱扩张的不满都集中在那里，再加上房地产泡沫破裂，国防和航空航天业萎缩，除了监狱以外的所有公共预算都在缩水。学校里有种令人窒息的种族紧张局势，甲基苯丙胺滥用泛滥。我最后写了一些试图在这座有毒的远郊池塘里游泳而不淹死的青少年。文章的主角是两个敌对的光头党，一方是反种族主义者，一方是新纳粹。这事很麻烦，甚至早在我认识的一个孩子在某个派对上刺死他的一个对头之前就这样了。

这不是我长大的地方，也不是任何升级版。这是一个寒冷的新世界，完全是向下沉沦。我发现这篇花了好几个月完成的报道让人深感

---

① bedroom community，在大城市工作，回郊区睡觉而已。——编者

不安，试图偶尔休息一下，并尽量将这几次休息安排在根据冲浪预报很可能会来的浪到达时。我会在深夜开车到多明尼克当时在马里布北部保留的小公寓，睡一下，隔天早上用借来的冲浪板在附近的岬角浪点冲浪。那些早晨让我的情绪得到了宣泄，感觉如同置身伊甸园。九重葛从白垩质悬崖垂下。海带，鳗鱼，温柔的蓝色波浪。海豹叫，海鸥啼，海豚跳。我正在写的故事让我愤怒、悲伤和无望，令我整个人精神都很差。冲浪从未如此有意义。

冲浪如同一条明亮的记忆线，串起了我庞杂的报道工作。2010年，当我在蒂华纳听取遭警方酷刑的受害者的情况汇报后，需要休整一个上午时，我知道穿过边境后不远处有光滑的左手浪，于是跑了过去。2011 年，我和一队爬行动物专家在马达加斯加，他们试图阻止盗猎者让罕见的金壳陆龟走向灭绝。队员们可以整日整夜地谈论陆龟、蛇和蜥蜴，如果他们认为某处的岩石底下可能藏有好物种，便会在热死人的高温下，无休止地穿越丛林直至找到。在某种程度上，谢尔亚和我也是如此，只要不聊科学和保护主义。我们可以滔滔不绝地谈论冲浪，直到从我们的妻子开始，所有听得见的非冲浪者都落荒而逃。我们不仅在冲浪时、看冲浪杂志时和看录影时喋喋不休，在百老汇的路边咖啡座举着谢尔亚称作“聒噪的汤”的龙舌兰酒推杯换盏时也停不下来。话题取之不尽，在我们看来，其妙处在于可以无限进行下去。在马达加斯加，我的同伴们决定展开另一次探险，去看另一种陆龟，我舒了口气，把工作抛开跑到了海滨小镇多凡堡（Fort Dauphin），在那儿找到了破旧但还能用的 6 英尺 6 寸冲浪板，在狂风呼啸的浪中冲了三天，直到他们回来。

2012 年，为了一篇报道我去了澳洲。这是布莱恩和我离开达尔文之后，我第一次回去。报道是关于中国推动的矿业繁荣，以及矿业巨头吉娜·莱因哈特（Gina Rinehart）。她是澳洲最富有的人，极富盛名的右翼分子，基本上全国人都追捧她。我的报道工作部分在悉尼和墨尔本，但主要在西澳大利亚，也就是铁矿石和莱因哈特的所在地。我发现澳大利亚变了，不那么厚脸皮了，很少奢谈“伙计未必比老板差”，转而更关注它的亿万富翁——我之所以这么说，或许是因为我正在写其中一位。我找到了我在冲浪者天堂的老朋友苏，她那时住在珀斯南面的海边。至少她的厚脸皮倒是没变，一如既往。老天保佑她不羁的灵魂。这位一脸宠溺的祖母如今住在一个美丽的海湾，屋内堆满了书籍，“我打赌你绝对没想过我会赚钱。”她说。的确如此，她不知怎的把鲍鱼执照变成了舒适的生活。她要我记住莱因哈特这个我眼中偏执的恶霸，只是矿业老板这个男人世界中的唯一一个女人，我试着记住这点。苏的儿子西蒙住在附近，借给我冲浪板和冲浪服，还给我指了去博拉纳普（Boranup）海滩浪点的路。那是个乡村浪点，绿松石色的水冰冷而清冽，白色的沙地，长满大灌木的大山，视线内没有任何建筑物，沙滩上零星停着几辆冲浪卡车。波浪 4 到 6 英尺高，有明显的浪峰，干净，吹着陆风。我在那里冲了几个小时的浪，慢慢了解当地的沙洲。我最后一次骑的那个浪感觉像是努力终获回报：比人高的左手浪，爽快的长浪程，一路带我回到浅水区。

*　　*　　*

冲浪爆红，我不确定是什么时候开始的。以我狭隘的观点，冲浪向来太受欢迎。在知名的浪点，人头攒动一向是问题。但这次不同，冲浪人数翻了一番又一番，2002 年，全球估计有 500 万，2010 年则变成了 2 000 万，几乎每个有海岸线的国家都有孩子冲浪，连大湖边的孩子也一样。更重要的是，“冲浪”成为一个理念，被行销到全球，印有冲浪标志的 T 恤、鞋子、太阳镜、滑板、帽子和背包，从赫尔辛基到爱达荷瀑布市的商场都看得到。其中一些价值数十亿美元的品牌，最初是从加州和澳洲冲浪者在厢型车后备厢卖沙滩裤开始，另一些则是后来的大企业产品。

实际上，冲浪意象很早就被用来推销产品。50 年前，以拉斯提・米勒（Rusty Miller）在日落浪点抢浪的画面为标识的 Hamm’s 啤酒，就在美国的酒吧和酒类商店随处可见。我曾经在康涅狄格州纽黑文某个工业荒地的一块广告牌上，看见画着一个家伙在浪管里，一望可知就是日落浪点，浪面上盖着印有 SALEM 的烟圈。烟酒公司热衷于将自己的名字与一项健康的风景如画的运动联系起来，在职业冲浪运动的早期，它们是重要的比赛赞助商。不过，今日无处不在到令人毛骨悚然的冲浪意象，倒是件新鲜事。

时报广场的花岗岩墙上有五块血红色的冲浪板。自从 1987 年我开始为《纽约客》工作以来，不管天气如何，我都会穿越时报广场。但就在过去几年里，我开始觉得自己有点鬼鬼祟祟，部分原因是那些冲浪板。它们都是单尾鳍的尖尾板，有着优雅夸张的针状板头。实际上它们并不是真的冲浪板，而是 QuickSilver 奥特莱斯的店面装饰，但它们拉长的泪珠形状，让我发自内心地忆起一个时代和一个地方（夏威夷，我的青少年晚期），当时类似形状的冲浪板都到了海上，在较大的浪中横冲直撞。然后，这家店上方有数个大荧幕在播放视频，我猜，对其他路人来说，那只是可口的视觉飨宴。从这个荧幕卷到下一个荧幕的绿松石色海浪？我知道那个，在爪哇岛东部，紧邻荒野丛林。布莱恩和我在一个摇摇欲坠的树屋里露营，感觉是上辈子的事了。为什么要播放这个波浪？为什么要让大家看那个在纵深处无精打采的年轻人？我知道他是谁，他很有趣，有天赋却拒绝利用天赋做一些事。他不参加比赛，也不会在明显的情况下做出引人注目的大动作。他的赞助商，包括 QuickSilver，付钱要他维持这种固执的、玩格调似的懒散，这位后现代的巴托比①因为他的拒绝而备受冲浪界的推崇。那么，我一眼就看出时报广场的视频里那个在熟悉的印尼浪管中穿梭的懒散家伙是谁，又怎么样呢？因为有时候，我觉得自己的私人生活——那是我灵魂深处一个不小的角落——正被摊开叫卖，在我看

---

① 赫尔曼·梅尔维尔的同名文学名作的主人公。巴托比是个抄写员，在最初进入纽约市法律事务所时勤奋、能干，但除了抄写以外拒绝做其他任何事。过了一些日子以后，他连抄写工作也停下了，只是解释说“我不愿意”。——编者

到从消费贷款到轻型卡车的任何商业场所，甚至最近出现在了出租车上的电视里。

冲浪者黯然地希望某天冲浪会像滑旱冰一样不再流行。然后，也许数百万的库克会放弃，把海浪留给死硬冲浪派。但是，贩卖冲浪理念的公司铁了心地要“发展这项运动”。非主流的感觉或许有助于市场营销，但实际上，冲浪越主流越好。与此同时，成千上万的企业家——其中很多是半失业的冲浪者——在数十个国家的海滨开设了冲浪学校教授冲浪。海滨度假村的广告现在开始包括冲浪课程。“来此冲浪，了自己一个心愿。”为游客开设的冲浪学校不太可能会制造出多少能和经验丰富的冲浪者在上浪区争夺稀缺波浪的新面孔。尽管如此，当我碰巧遇见某些宣称自己冲浪的曼哈顿人时，还是会有种七上八下的感觉。哦，是的，他们说他们去年夏天在哥斯达黎加度假时学会了冲浪。

*　　*　　*

这里的冲浪者，也就是在长岛和泽西的当地人，都出奇地友善，我从来不习惯。在加州和夏威夷保持着一种基本态度，想着要在水中尽情施展——什么话值得一提，什么样的骑行或什么样的波浪、动作水平值得赞许——这些我从小就耳濡目染，深植于心，无法忘怀。在这里，人们会因为几乎任何看起来差强人意的事，对着任何人（不管是朋友还是陌生人）起哄。我喜欢这种不装模作样、不自以为是，但我身上某些无法挽回的东西却会畏缩。有别于刻板印象，大纽约的上浪区非常老成，我从没见过威胁、争吵，更别说打架了。部分原因是人群从没有像在马里布和里肯的那样可怕，也可能是因为浪的品质不值得争抢，但主要还是因为这里的冲浪文化。很久以前就在冲浪界更著名的海岸和岛屿成为常态的某种高傲和自我，从来没有在这些地方生根。在这里很容易在上浪区跟陌生人搭讪，我已经这么干了无数次了。人们甚至是热切地要跟你分享他们当地浪点的详细情况。我认识的另一个外地来的冲浪者称这种现象为“都市阿罗哈”，不过它其实更像郊区或海滨小镇。毕竟，我从未在水中遇到过自称住在曼哈顿的人，住在布鲁克林的倒遇到过几次。真的。

无论我们走到哪里，谢尔亚都是当地人。他在曼哈顿出生长大，但在新泽西海岸度过了青少年冲浪者成长的关键期，长岛有如他的家。《破浪而出》其实是一部关于长岛的蓝领子弟的音乐剧，用的是比利·乔（Billy Joel）的音乐。谢尔亚饰演舞会之王艾迪，这个人物乘船去了越南，回来时身心俱损。他肌肉发达，敏感，魅力四射，个头不高，看起来就是那个角色，然后变成那个角色。他的舞蹈让人眼前一亮。我们初次见面时，他问我是否认识《纽约客》的舞蹈评论家阿琳·克罗齐（Arlene Croce）。我不认识。“我得付那位女士工资。”他喃喃地说。我查了她对《破浪而出》的评论，她称谢尔亚为“一位极其出色的舞者”。谢尔亚职业生涯的大部分时间是在美国芭蕾舞剧院度过的，最初是接受米哈伊尔·巴里什尼科夫（Mikhail Baryshnikov）的指导，后来才去了百老汇。他仍然有芭蕾舞者的鸭脚步。我注意到在一篇《纽约时报》的采访中，他比较了跳舞和冲浪。他说，不管是音乐还是波浪，你都在“臣服于比你自己更强大的东西”。我认为他是对的。

跟谢尔亚一起追逐波浪，就像是潜入这个我们称之为家的大都会的表面下。他知道捷径、圈内笑话、社区酒吧和传说，会在黎明时分溜进百老汇的一家小餐馆，用一种你通常在一部剪得紧凑的电影中才会看到的熟客作派，点一份鸡蛋三明治，叮嘱道：“做得好吃点。”他会一边听惹人厌的两人主持的体育谈话类电台节目，一边咧开嘴笑。我猜他能像任何广播主持人一样谈论每一个大都会投手的技巧。和他冲浪就像和彼得冲浪一样，是件让人开心的事。他有好胜心，会自我批评。这些天里他划起水来比我有力，能抓到数不清的浪。他的冲浪动作精准、志在必得、爆发力十足——很有芭蕾舞者的风格。他也是异常敏锐的观众。在新泽西某个寒冷的冬日下午，我们平常去的浪点这一天浪都太大了，没法冲，所以我们去了不常去的一个浪点，冲既大又变化多端的浪。晚些时候，我朝着一个颤颤巍巍、摇摇晃晃的浪群划过去，被挂在了浪唇上，我诅咒我沉重的冲浪服及虚弱的双臂，然后几乎没完成下落动作，在吓人地又高又黑还起伏不定的浪墙下深蹲，完成了浪底转。我冲到了那个浪，在远处的悬崖阴影里刹住退了出去。我看不见谢尔亚。当我划出水道，想知道他是否看到我方才的下落时，一眼瞥见他在很远的海面上，顶着最后一束倾斜的阳光在一个涌浪上摆动的身影。他背对我，一只手臂高高举起，拳头紧握。这回答了我的问题，他看到了。

另一个新泽西的冬日，浪更大更邋遢——这涌浪过于偏东，我们的经验告诉我们仓促下水并不明智——“我没有感觉。”谢尔亚说。他留在岸上。他不是大浪冲浪者。我也不是。但我不能忍受什么也不做灰溜溜地回到城里，于是仍穿好衣服划水出去。水温和气温大约30多华氏度，冷冰冰的西风，邪恶的棕色海洋。冲得糟透了，我错过了浪，被浪轰了。按东岸的标准，浪很大，但并不好。我被海水带回岸上。在车里，谢尔亚说：“我闻到了失败的恶臭。”我想我要在回程说服他，除了惩罚，他什么也没有错过。当曼哈顿的天际线从纽瓦克湾的盐沼和码头区映入眼帘时，谢尔亚说：“看，真像个巨大的礁石。岩石和珊瑚向上突出，所有的海洋生物都在裂缝中。”

谢尔亚的工作带他到世界各地，他设法在巡回演出的间隙冲浪。在巴西和日本，他找到了冲浪板和波浪。他曾经从伦敦开五小时的车到康沃尔（Cornwall）冲浪。去年，他从丹麦给我发来手机拍摄的照片，画面上是小小的灰色的看起来可怕的北海烂浪：他还是冲了，从凹凸不平的岩石爬了过去。12月，他与夏威夷芭蕾舞团在火奴鲁鲁举行年度演出，此地正是北岸冲浪季的中心。他和他的妻子、百老汇歌手杰姬只要有机会就会奔去波多黎各。2013年的冲浪季期间，他们在岛的西北角——那里是冲浪区——租了一所房子。我曾在某次涌浪来时和他们挤一张床，那次的浪非常棒，我非常高兴我带了8英尺的布鲁尔枪（Brewer gun）。

我们有时会去离家很远的地方追浪。几年前，我们与其他冲浪者一起租了船前往西爪哇。就冲浪而言，那是场失败的旅行。我们在巽他海峡（Sunda Strait）的某个无人岛停泊了十天，那儿以好浪著名。当时也是印尼涌浪最盛的季节，但是浪始终不大。谢尔亚带了一整袋DVD，有斯蒂夫·布西密（Steve Buscemi）的几部电影和全套瑞奇·热维斯（Ricky Gervais）主演的英国原创剧《办公室风云》（*The Office*）。晚上，他在我们都睡着的闷热船舱里用便携式播放器播放，热维斯神奇地变成了这次旅途的吉祥物。谢尔亚对台词烂熟于心，当我们绕着圈子划水，追逐不怎么样的波浪时，你会听到他在上浪区，精准模仿热维斯扮演的办公室经理大卫·布伦特自命不凡的乡间口音，用最爱的台词逗得自己开怀大笑。谢尔亚欣赏畏缩，爱这种在屈辱面前不顾一切地维护尊严的独创性。“这是我确认自己的方式。”他解释道。旅行即将结束时，我因疟疾复发而倒下了。过去这几年，我很少再这样。我发烧了，打着寒战，很严重。船上没有厚毛毯，因为停泊处是南纬6度，所以寒战袭来时谢尔亚借给我一套他为坐飞机准备的黑色丝绒休闲服，还绲着红边。我蜷缩在铺位上，冻僵了，呻吟着，穿着像个新泽西自作聪明的家伙。衣服被汗湿透了。没关系，谢尔亚说。如果能回到陆地的话，可以烧掉它。

彼得·斯帕切克也在那次旅行中，我生病时他一直照看着我。他几乎没冲浪——因为那浪不值得下水——但他画了很多速写：礁岩间的生命，船上生活，以及他捕到的各种各样的鱼，都画得非常详细。他和我一起为自己的女儿收集了一堆碎的亮蓝色和红色的珊瑚。

*　　*　　*

父亲驾着他的船到佛罗里达过冬。其实没必要，东北部的大多数船主只是把船拖出来，但他现在差不多是退休状态，有的是时间。当年春天，我和他一起从弗吉尼亚州的诺福克出发。我们驶过整个切萨皮克湾，然后沿着特拉华河（Delaware River）而下，绕过五月岬（Cape May）附近，到达泽西海岸。绕过五月岬，从特拉华湾出来时，我们差点像往常一样遇上祸事。一大群白色外壳的小渔船似乎正在海岬外的浅滩上作业。那是个清冷的早晨。我们想知道是什么吸引了这么多船只。结果那些“小船”居然是正在破开的浪，我们离岸很远，但测深仪开始显示读数 20 英尺、15 英尺、10 英尺，突然间，破浪包围了我们。我掌舵，躲避着海浪，手忙脚乱地寻找深水区。船身吃水 6 英尺，测深仪读数下降到了 5 英尺、4 英尺、3 英尺。这时，我让船身严重倾斜，在水槽中打滚，以免龙骨陷入沙里。波浪虽不大，却不是白浪，是在齐胸深的水域破的浪，我们可以看到惨白的海底。如果在离岸几英里、水温只有 40 华氏度的海域搁浅，那会很糟糕。不知怎么办到的，我们终于离开了浅滩。我们驾船朝外海驶去，查看着海图。是的，它们在那里。可怕的危险。航道紧靠特拉华州的海岸。经过一周的航行，小心翼翼地穿过浅海湾和狭窄的运河，我们来到了开阔的大海，这才像个傻瓜般的放松下来。我们紧张得笑不出来。船慢慢驶向大西洋城，系好船，我们搭上了灰狗巴士前往纽约。

那是甜蜜的一周，我们沿着切萨皮克湾，进到了从陆路根本找不到的小村庄。我们吃了螃蟹、软壳蟹、蓝蟹和幼雌蓝蟹，和女招待闲聊，搞定店主。父亲和我都有一种喜好，近乎强迫地偏爱探访不起眼的地方，我们的妻子都拿家族旅行中漫无目的的兜圈子开过玩笑。在拍电影和电视的工作中，我父亲最爱的部分是找外景。我工作中最喜欢的部分则是由着自己的好奇心转弯，越过山脊，走进露天市场，到处问问题，找出事实，去那些似乎很有故事的地方。一天晚上，船停泊在橡树覆盖的悬崖下，我父亲啜饮着他允许自己喝的加了汤尼水的伏特加，向我问起索马里的事。他读过我写的文章，但他想知道那里看起来如何、感觉如何，一般人过得怎样，他们吃什么，我在那里如何四处走动。于是，我就告诉了他，而他就在那片宁静海湾的暗影下，认真地听我描述被炸毁的摩加迪沙，女人戴的长围巾，我不得不请了几个才十几岁的枪手当保镖，这些青少年开着被称为“技术因素”的配有重型武器的战车四处走，用它打仗，晚上就睡在车里。他带着一脸真切的惊奇听进了这个遥远世界的悲剧和每个细节，我很荣幸能讲给他听，这是他知道他永远不会去的地方，而我去了，所以他想听。即使他担心我的安危，他也会默默放在心底。我们一直很幸运——傻人傻福，他喜欢这么说。我们都有无法满足的好奇心。

那个星期我们发现的最奇怪的地方是特拉华城，它是特拉华河畔的一个小镇，位于一条曾经通往切萨皮克的运河的尽头，运河连接费城和巴尔的摩与华盛顿特区北边的岬角，后来被另一条更大更深、建在别的路线上的运河取代。特拉华城沉睡的主街是其鼎盛时期的纪念碑：有一排令人印象深刻的 19 世纪的大型砖造建筑。我们在一家建于 1828 年的大酒店吃晚餐，是店里仅有的顾客。

这趟航行整个感觉像时光旅行，穿过一个古老国家的各层面貌，穿过我们俩共同或独有的历史。我问我父亲是否与他家乡埃斯卡纳巴的任何人保持联系。光是想到这个问题，他就不寒而栗。没有。但是，如果突然出现在即将举办的第六十届高中同学会上，那不是很有趣吗？不。他说他宁愿砍下右臂也不会去。为什么？“因为我必须自我介绍。”他说，“我该说什么呢？‘好莱坞制片人’吗？”我并不觉得那有什么可怕的，但我不是上中西部地区的人。

还有一次，刚离开安纳波利斯时，他说：“你有个有话藏肚子里不说的习惯，就像把东西藏在地毯下面。”我吓到了，心神不宁。“也许是遗传的。”他补充道。

我想知道他到底在想什么。似乎有些怨怼的意思。我有这么多怨怼吗？曾几何时，我暗地里把自己的苦难，把卡琳离开后困扰我整个大学时代的痛苦都归咎于他。我的想法是，他对我母亲的倾心和情感上的依赖，给我树立了一个坏榜样，让我以同样的模式塑造爱情，最终却毁了我。但是我很久以前就抛弃了这种想法，这种可笑的怨恨。有许多事我真的很高兴当初没有说出来。尽管如此，父亲的话还是困扰着我。到今天还是。所有的事我真希望在我当初有机会说时已经说出了口。

某一刻重现在我脑海。当时我们正驾船穿越特拉华和切萨皮克运河，也就是不从小特拉华城出来的大运河。一艘大型的远洋拖船拉着一艘驳船轰隆隆地掠过我们。父亲穿着带帽雨衣，站在船舷，双臂垂在两侧，看着大船驶过，似乎被那座高耸的桥和红白相间的亮色船身惊呆了。我记得船的名字，船尾有镀金的“外交官”字样。在船尾甲板上，一个强壮的年轻红发水手抽着烟，粗壮的双臂交叠在胸前。当他的目光掠过我们时，似乎在特意摆出姿势。父亲似乎带着敬畏僵在那里。我也被他的着迷看愣了，不由得乐了，也很感动。我敬佩他的自然流露，但他一动不动，手臂笔直地垂着，也让我有点担忧。

*　　*　　*

塔瓦鲁阿的浪一直是我梦中的浪。它在冲浪世界闻名遐迩，因为近乎完美，也因其私密性，它的海浪属于私人。它是这个星球上唯一没有屈服于公共用地悲剧的伟大的浪，没有变得过度拥挤，导致所有人都无法享受。这个美国人拥有的度假胜地生意兴隆。对于那些反对为付费客户提供冲浪名额的冲浪者来说，这种安排很讽刺。原则上，我站在这些冲浪者一边。我曾经报道过不同情况下的私有化，包括玻利维亚的市政用水和伦敦地铁的维护，一般而言我都是反对的。对那个度假地点我还有私人情感，主要源自与布莱恩在那岛上度过的天真无邪的年少岁月。

然而，身为冲浪者，我一听说哪里有很棒而且人不拥挤的海浪就难以自已。我们生活在一个堕落的世界，这样想我觉得心安理得。我渴望再去那儿冲浪。事实却是，当时的斐济政府是一个军事独裁政府，它在 2010 年突然取消了与度假村的长期“珊瑚礁管理”协议，扼杀人们对塔瓦鲁阿的幻想。海浪向公众开放，这实际上意味着开放给冲浪旅游经营者。很快，一有涌浪的迹象，附近的酒店和游艇码头就会开来挤满冲浪者的船只，把上浪区变成了熟悉的马尔萨斯理论所说的疯狂抢食场所。

不过在那之前，从 2002 年开始，我已成为度假村的常客。度假村的经营方式，是让约 30 人的团体包下整个地方一星期，多数团体都会年复一年地过来。那一年，某个总部位于加州的团体邀请我填补空缺，我没想太多就答应了。我快 50 岁了，塔瓦鲁阿在向我招手，我不由得抛开了我在私有化问题上的一些信念。我也想趁我还可以的时候再去冲浪。

度假村很低调。16 间平房，共用膳食。屋主们似乎炸掉了一些礁岩以开辟航道供船行驶，但是前方的浪仍旧一样。同样的轨迹，左手浪好到不像真的，它以船体速度向下掠过礁石。冲浪是感官记忆的大坝。蓝色涌浪远远地破在了礁石上，浪面上有复杂的漩涡纹，还有无情的珊瑚。似乎永远持续下去的关键时刻，带给人不可思议的富足感。自从上次在这里冲浪，24 年来，我已经有点力不从心，而这浪，尤其是在上浪区，一如既往地快。但好在我有长期经验带来的巧劲，仍然可以体面地驾驭海浪。当然，上浪区不再是空无一人。必须与其他游客分享。但也还是很容易。我们曾经使用两棵交叠在一起的超高椰子树来定位上浪点，现在则借由度假村餐厅的酒吧镜子的反光。

在岛上，冥冥之中有种东西引着我去了我们昔日的露营地，除了我睡过的鱼干架已经不在，其他的倒是没怎么改变。可以看见波浪，远处的岛屿，粗糙的沙子，柔和的空气。那种致命的蓝灰扁尾海蛇，现在相当罕见了。我觉得自己像是被送到了一个娇生惯养的新世界，有冰啤酒、椅子，还有直升机着陆台，从前那里是渔民堆放干木头生火发信号的地方。我想知道当年睡在一堆绿叶中的小阿蒂尔扬现在在干什么。做了渔民，也有自己的孩子吗？度假村的大多数员工都是纳比拉的村民，只有一两个是印度人。斐济的民主被民族主义者发动的一系列军事政变摧毁了，印度裔变成二等公民。在斐济遭受国际制裁、与世界断了体育上的联系时，塔瓦鲁阿度假村举办了一场专业的冲浪比赛，以此淡化斐济的军方政权。当我向一位来自纳比拉的温和的年轻酒保问起她对政府反民主和打击印度裔人口的举动有何看法时，她害羞地表示支持政府。“他们是为了斐济人。”她说。

我到处打听曾为我们摆渡的船夫鲍勃和彼得的下落，不过一无所获，几个在塔瓦鲁阿工作的纳比拉老人认出了我，把我当成失散多年的表亲来对待，并嘲笑我花了冤枉钱。在他们眼里，我是个没开成旅馆的美国人。每个星期，度假村都会为客人举办一场名为“斐济之夜”的活动，有打鼓和卡瓦酒，村里长者用斐济语对客人演讲。我发现自己也出现在演讲内容中，成为该岛历史和冲浪运动的一部分。我结识的客人们都没有注意到，只有参加活动的斐济人会意地点点头，咯咯地笑，当我们在岛上的小路上相逢时，他们会同情地拍拍我的肩膀。我想他们一眼就能瞧出我真的没有在斐济创业的本事。其中一名创业的美国冲浪者显然是提供了资金，不过早已退出了，转卖给了其他投资者。另一位创始人则是个硬汉，在热带荒野建立了这个小帝国。他目前住在加州，只是偶尔来看看。他在岛南面的丛林里盖了座大房子。

我害怕写信给布莱恩讲我的这趟斐济之行。而他正在等待我的汇报。结果，他并没有像我以为的那样反对我利用度假村的私有化、商品化和昂贵的浪。（一晚的食宿费大概 400 美元。）他似乎也没有厌恶我描述的“斐济之夜”。奇怪的是，最让他反感的竟然是工作人员和客人间的排球比赛。“我想象着‘脸上的微笑’和内心的怨毒。”他写道。他对我的描述的反应是复杂而深思熟虑的，充满了愤怒、笑话、嫉妒、敬畏，以及一如既往的自我批判。他发誓要更常去俄勒冈州海岸，那是他偶尔冲浪的地方。

度假村的业主们在塔瓦鲁阿以南约两英里的一处开阔海域的礁岩上，找到了另一道浪，也是长长的左手浪，称为穿云破浪点，它才是让度假村得以存在下去的原因。该岛的浪尽管完美无瑕而闻名于世，却过于变幻无常，无力维持一周的冲浪生意。一周都没有好浪是常事。（业主们于是戏称该浪点为餐厅［Restaurants］，真是不可原谅。）穿云破浪点能捕捉到每个经过的涌浪，稳定性要高得多。一整天都有船去那个浪点，客人冲浪时，船就停在水道上。这个浪点的浪比岛的浪规模更大，更善变，边缘更粗糙，以及许多更不完美的地方。它有许多不同的上浪点，还有没法冲的浪。但这个浪点有它自己的壮观。我开始在天未亮时起床，赶上第一艘船，在黎明时分冲着穿云破浪点的浪，慢慢找出定位上浪点的方式。一旦你会一些基本的三角测量方法，东面5英里外的维提岛的群山就会告诉你，你正在长而平坦的美丽的珊瑚礁上的哪个地方。

第一个星期我就折断了一块奥尔做的全新的冲浪板，碎片落进了岛上船员住所后方的丛林，成为一大堆在腐烂的碎板子的一员。我猜那些残骸全是在穿云破浪点造成的。那儿的波浪蕴藏着无尽的深水能量，这点很像马德拉，但是不像马德拉那样令我害怕，部分原因是这里已经被其他冲浪者彻底探索过了，但最主要的原因是没有岩石和悬崖。你可以撞到水底，尤其是在内侧水域，那里的深度和岛上的浪一样浅，但万一你从板子上意外跌入水中或陷在内侧，总有办法略过礁岩。暴力消散后，就像大部分地方的情况一样，你被扫得更远。若是潮水很低，礁岩从水里冒出来，你可以漫步穿过它到达一个可能的出发点。针对这一点，度假村有救生员，也就是船员，负责留意客人是否有紧急状况。在大日子里，他们会在水道上驾着水上摩托艇，冲进冲击区去接遇到麻烦的客人。在第一个星期里，水上摩托车就来了两次，我都挥手请他们离开了，我很好。我对于穿云破浪点是很认真的，只是我十年的马德拉之旅——在通常无法生还的地方冲浪——让我意识到，更为正常的海洋风险在我这里也司空见惯了。

我绝不会在塔瓦鲁阿花上和马德拉同样多的时间。我无意远行，现在莫莉是我们生活的中心。我们几乎负担不起我过去多番去塔瓦鲁阿的旅行费用。尽管如此，我还是成了常客，年复一年地造访，天天在穿云破浪点花六到八小时冲浪。我参加的团队里有各种人物，比如来自佛罗里达的共和党承包商及其干劲十足的儿子们，还有电影业者与他们干劲十足的儿子们，年轻的健将从夏威夷花着赞助商的钱来这里，有些顶尖职业冲浪运动员也经常来。多明尼克早年来过几次，他住在马里布，再婚后过得很幸福，有四个孩子。他仍然对我的自嘲嗤之以鼻，在南太平洋与他轮流上浪的日子像做梦一样。不过，不带家人、以冲浪为主的旅行很快就对他不再有意义了。布莱恩和我从来没有提出过叫他回去的想法。我在塔瓦鲁阿交了几个朋友，特别是丹·皮尔辛格和凯文·诺顿，他们是加州人，和我几乎同龄，像我一样永远冲不够浪。此后，我们开始一起去墨西哥、尼加拉瓜和印尼进行费用较低的冲浪旅行。然而，斐济的浪才是我训练、存钱以及活着的目的。

* * *

“我在纽约认识的人，一再地想回到他们家乡写一本书，或者留下来写一本关于要回到他们家乡的书。”这段话出自 A. J. 列布林的精彩短文《为呼吸道歉》（*Apology for Breathing*）。列布林假装为自己身为纽约人而道歉，但其实他非常热爱这座城市。现在我也是那些纽约人之一，一再想回到我来的地方。但是对我来说，这与卷铺盖走或留下无关，而是总是稍微做些逃离我的办公桌和放弃约会的准备，以便在海浪、风与潮汐合谋制造出可以冲的浪时，把自己投进附近的一片海洋。那片破开的很快就会消失的水域，就是我来自的地方。

事实上，这是一本关于那个充满神话色彩的地方的书。

《纽约客》的一位网站编辑在标记了我那些突然不管不顾的帖子后，建议我开个博客，写在纽约一带冲浪的文章。我觉得是个好主意。旷课和产量下降可以变成有趣的文章，引读者去探究城市追浪者的地下世界，或许直接就用这类标题。我们不同寻常的热诚、挫折、小小的胜利、大大的怪癖，再加上一些海滨人物和照片，或许可以让一个博客就这么维持下去。我看着快要冻僵的自己在范威克高速路

（Van Wyck Expressway）上往家开去，脑子里却在构思言简意赅、神秘莫测的帖子。

出于礼貌，我对那些最常与我一起冲浪的伙伴提了开个博客的计划。“不行。”一个说。“绝对不行。”另一个人说。他们不希望暴露浪点，也不想被当作我的跟班。博客差劲透了。反对意见占了上风，我的计划只好搁置。

当我作为记者工作时，我一般都会让别人知道我的身份。不过写回忆录时出于道义我就含混过去了。多数人都不希望自己被别人当成写作对象，尤其是被亲近的人。我或多或少总在写日记。但是关于冲浪生活，尤其是关于那些曾和我一起追浪、对我毫无戒心的人的书，是个相对较新的概念。我的同伴中几乎没有人被提前告知。

我已经开始写了，才对纽约的冲浪友人提及这个想法，并准备面对最糟的情况。我们在范威克高速路上缓慢地往家开。没想到他们异常热情。出于某种原因，书对他们而言不像博客那样令人反感，书也不像博客那么即时暴露隐私。

“约翰会出现在书里吗？”说客问。

他指的是正在开车的谢尔亚。

“我只是个注脚。”谢尔亚说。

事实证明，并非如此。

让我插进一个真正的注脚吧：当我告诉巴拉克·奥巴马我在哪里读中学时，他不相信。那是 2004 年初，他成名之前。我那时正在写一篇关于他的故事，并调侃他进过夏威夷顶尖的预科学校普纳胡（Punahou School）。我们坐在芝加哥海德公园的一个小购物中心的加勒比海主题餐厅里。“他妈的不可能。”他笑着说。（他实际上没有说“他妈的”，但我们当时没有录音。）而我的确在凯慕奇中学就读了一段时间，但那里没有人知道我会写他们，我们的生活并没有被记录下来。这就是微妙之处。客观事实好写多了。

* * *

父亲在船舷上惊呆那次，其实并没有那么单纯，他得了帕金森病。症状来得很慢，然后逐渐加剧。疾病使他在精神上远离了我们。他的生活变得痛苦不堪，一整年都没怎么睡觉。2008 年 11 月，他在孩子们的环绕下，安息于我母亲的怀里。他们结婚已 56 年了。

父亲在世的最后一年，我母亲几乎垮了，我从未见过她这个样子。她本来就瘦，现在是憔悴。她恢复出门的习惯，和朋友或者我一起去听音乐会、看戏、看电影。她仍然有颗火热的心——我记得她是那么喜欢《冬天的骨头》（*Winter's Bone*），又那么讨厌《阿凡达》——但她的肺让她支撑不住了。她有支气管扩张症，一种呼吸系统疾病，会造成呼吸急促等症状，这耗尽了她的体力。这大概和她在洛杉矶的雾霾里待了快一辈子有关。我们带她去火奴鲁鲁度假，在钻石头附近的老社区租了间房子，从她的房间可以看向大海。她的三个孙女和她一起蜷缩在大床上。没什么比这更让她高兴了，她说。

第二年夏天，她和我之间有过一个有趣的时刻。那是她最后一次去海滩——那是在长岛，一个凉爽的阳光明媚的午后。她非常虚弱，我们用毯子裹住她，让她坐在遮阳篷下，既避开微风，又可以俯瞰海浪。她的孙女们被塞在她身边，贴心地陪伴着。我说起海浪尽管可怕，看起来是可以骑的。西风正在从沙地上吹起一股齐腰高的右手浪。“去冲浪吧。”母亲说。我没有带冲浪板，但科琳的卡车里有块长板，是块巨大、古老的原木冲浪板，某次在院子拍卖会上买的，不知出于什么想法。卡罗琳虽然眼珠转了转，但还是对我点了点头。我跑出门去，抓到了几个浪。这块原木冲浪板很适合在海岸浪点快速移动，我奔下海滩，在乱糟糟的小浪上做出了几个老式的动作，直到撞上沙滩。我跑回我们在沙丘上的小营地，我母亲的蓝眼睛闪闪发亮，我感觉像是回到了 10 岁，向妈妈炫耀，她笑着说：“你冲起来浪来就和小时候一样。”那是一块古董长板。其他人都在聊天说笑。他们看到我上的那几个浪了吗？“没有，”我女儿说，“再来一次。”

当我母亲脚步越来越不稳时，她走得更快了。她走路一直很快，但这次不一样：是头朝前的踉踉跄跄的直冲，让你想追她，以防她摔倒。她终究还是跌倒了，我懊悔不已。当时我们从肺科医生那里出来回家，在东 90 街上有几秒钟我松开了她，没有搀扶。我转过身，看到她试图越过一级对她来说太难上的台阶，我还没来得及够到她，她就往后倒了，骨盆开裂，从此卧床不起。我和莫莉便开始几乎每晚都陪着她。加州的老友来看望过。为《洛杉矶时报》工作的迈克尔一有空就来，科琳一家以及凯文和他的伴侣，也都尽可能常来陪伴。

即使如此，大部分的夜晚都只有我们，卡罗琳被一场漫长的联邦审判缠住了。我们很舒适：莫莉蜷缩在书房，母亲和我或回忆往事，或看电视，或破解世界上的问题。母亲对我的写作计划始终有着浓厚的兴趣，当我让她读我的草稿时她并没有委婉地表达意见，她觉得我太拖沓了。她揶揄打趣的本事都还在，总是恶作剧地取笑那些笨拙的技巧，她的其中一个习惯是用舌头顶着脸颊，摆动脑袋甩头发，然后说“明天见”。这是生活乏味、圈子狭窄的人在分别时满不在乎地对彼此说的话。有天晚上，我们正在收拾东西准备出发时，她像以往那样摆了摆头，然后在我的惊愕中，说了句“明天见”，带着一种泛着悲伤的欢乐。所以我们现在是那种家庭了。我们的世界确实缩小了。我母亲变了。她现在可以看穿我了，无所畏惧的爱，坚定不移。她和莫莉似乎更合拍了。我母亲不相信来世。就是这样了。

长期的反胃让她失去了食欲，她瘦得只剩皮包骨了。最终，她走到了生命的尽头。我们把她的骨灰和我父亲的骨灰一起撒进了海里，就在萨格港（Sag Harbor）附近一个叫雪松岬角（Cedar Point）的地方，他们经常驾船从那里过。

* * *

你只能恨世事无常。

*　　*　　*

我发现自己变得更鲁莽了，甚至在我父母去世之前。在迪拜追踪一个关于人口贩卖的故事时，我冒犯了乌兹别克蛇头以及他们在当地的保护伞，不得不匆忙离开这个酋长国。在报道墨西哥的有组织犯罪时，我深入虎穴，比我预期走得更远。莫莉出生时，这些是我发誓再也不干的事。冲浪时，我也有这样的冲动。我前往瓦哈卡①的埃斯孔迪多港（Puerto Escondido）冲浪，那里有世界上最厚重的海滩浪点。我折断了两块冲浪板，带着穿孔的耳膜回了家。我并没有成为大浪冲浪者——我永远不会有冲大浪的勇气——但我把自己推进了一个我不属于其中的水域。在那里浪较大的日子中，我是几十年来下水的最老的人。

我以为我在做什么？我喜欢优雅地变老这个想法。毕竟，其他选择是带有屈辱的。但我很少有意识地考虑我的年龄。我就是不想有一丝可能跟好浪失之交臂。这是一种倒退的、蔑视死亡的哀悼方式吗？我不这么认为。在我 60 岁生日过后几周，我在欧胡岛北岸的哈莱伊瓦岬角（Pua'ena Point）连续进了两个浪管，它们和我三十多年前在基拉冲过的浪管一样深也一样长。两个浪管都让我安然无恙地出来了。如此靠近那份美丽——不仅仅是靠近，更是沉浸其中，被它穿透——这才是重点。生理上的风险是次要的。

对于“尽情追逐海浪以免太迟”这一点，谢尔亚和我是同道中人。40 岁之后，他担任主角的机会越来越少。他说自己仍然可以跳跃，举起并抓住他的舞伴，表现得和以前一样好。但年轻的面孔和身体更受欢迎。2010 年，他在崔拉·沙普基于弗兰克·辛纳屈的歌曲创作的剧中扮演了重要的角色。我个人以为，全剧最好的部分是他伴着《生命中的九月》（*September of My Years*）跳的那段独舞。跳得克

---

① 在墨西哥南部，是墨西哥本土文化最强烈的一个州，生机勃勃的土著文化和后来居上的西班牙文化水乳交融，形成了拉丁美洲独特的风景。——编者

制，很像冥思，十分优雅，没有人会领会不了它的象征意义。沙普告诉《纽约时报》：“我想让那个独舞与约翰融为一体。”在百老汇演出188 场之后，谢尔亚以常驻导演的身份参加了该剧在各地的巡回演出，同时还在剧中跳舞。他也在编舞，教书，写剧本。然而，他舞者的工作正在接近尾声。某次聚会上，我无意中听到有人问他接下来的项目。谢尔亚提到了新闻里说的小行星的事，它离地球越来越近，让大家紧张不已。他说，希望小行星能直接命中。那是他职业生涯中的最佳状态。

他把怒火发泄在冲浪上。他把长滩的小浪日变成了类似滑板公园的技巧加强班，不放过每个齐腰高的浪。有没有可能他还在进步？他对技术细节的关注是一丝不苟的。他既有动力，又有无穷的耐心。他让自己的冲浪风格流畅，使其看起来轻而易举，同时也更卖力。他看到了我一辈子都没看到的冲浪表演的微妙之处。根据谢尔亚的说法，西岸的冲浪者在成功冲浪之后，会在刹住时用手抹一把自己的头发。在同样情况下，澳洲人则会擦鼻子。听起来太傻了，应该不是真的，但是在看冲浪影片时，他会说：“太好了！现在擦擦你的鼻子。”结果，片中的冲浪者真的这样做了。“干得漂亮。”

每当东北风暴来袭，谢尔亚若是没有困在丹麦或达拉斯，就会准备好跟着风向往东或往南跑。他从某些当地好手的 Instagram 帖子中获得了细微的线索，知道哪里的沙洲和码头可能浪况正好，他们很少误导我们。当杰姬在外地工作时，谢尔亚会去陪她，如果她工作的地方离海边很近，他就会带上冲浪板。他在波士顿时，遇到了似乎把新英格兰的每个岬角都点亮的一系列涌浪，从他发来的短信看得出他欣喜若狂。

其中一个涌浪是艾琳飓风的杰作。我在蒙托克抓到了艾琳的前沿，棒极了。然后我跑回家和卡罗琳、莫莉一起度过了这个狂风大作的夜晚。第二天早晨，飓风进入内陆，席卷了佛蒙特州，风向西转，我征得家人的许可，独自开车前往新泽西。东海岸的冲浪者对大西洋飓风有着病态的痴迷，他们会在飓风在加勒比海诸岛，偶尔也对美国东海岸造成严重破坏时，渴望喘息机会。艾琳飓风就是这么干的。（桑迪更糟。）新泽西州并没有受到重创，但是我到达时海滩已经按照州长的命令关闭了，显然这么做没什么意义。（克里斯·克里斯蒂在艾琳来袭前对公众说："赶紧离开海滩……你已经晒到最黑了。"）浪很大很干净，风势在减弱。我把车停在距离海边好几个街区的地方，蹑手蹑脚向海岸走去，冲了好几个小时浪。东海岸我最喜欢的浪，是下午晚些时候开始的在码头外高声呼号的右手浪。浪几乎太大了，但水中只有我一个人，这意味着我可以仔细地从众多理顺的浪中挑选适合的。我选了向北逐渐变窄的那些。它们是黑色的，声音低沉，出奇的好。岸上一片昏暗，警灯在不停地闪烁着红光和蓝光，整个场景有种梦幻之感——而我的冲浪梦说起来总是弥漫着沮丧、恐惧或是某种难以忘怀的特殊痛苦，从没有以我冲过的好浪为句号。我不知道警察是否在等我，但为了安全起见，我一直待到天黑，才往北划水过了两个码头，溜回岸上。

*　*　*

我曾经以为自己的工作站在演艺圈的对立面，现在不那么确定了。我小的时候，看到在片场或出外景的父亲，好像看到他还有一个家庭。电影摄制组是个充满情感、目标以及强烈个性的世界，一群人暂时被拴在一起，陷在错综复杂的事里，激情万丈地投入其中：让我们把这东西做出来。我的大部分的项目，即长篇报道，也有类似的情况。我与我要写的对象捆绑在一起，我们一起到处晃，透过谈话了解他们的世界。然后，在某个时间点，文章发表，故事公之于众，我们的关系就结束了。就像片子拍完，拆掉片场的布景。有时我们保持联系，甚至成为朋友，但那是例外。谢尔亚与他在每场演出中呈现他演绎的版本也是如此。我很幸运，我有个主场，也就是工作了几十年的杂志。现在想起来，我的大多数朋友都是作家或冲浪者，或两者都是。我一直不喜欢镜子，但是现在当我在镜子里看着自己的眼睛时，经常觉得看到了我父亲。他看起来很担心，甚至惭愧，这让我很痛苦。他是那么有干劲的人。他曾经告诉我，一切都与害怕失败有关。他晚年时做了膝盖手术，在医院醒来后愤怒地看着我说："你的头发什么时候变白了？"

我们对莫莉的关注与我父母对我的关注方式是不同的。她被宠爱、包容、密切关注，她的话我们会认真倾听。我曾经担心我们过度保护。当她五六岁时，她和我一起在长岛的海浪中潜水，我误判了一个较大的浪，以致没有拉住她的小手。在我浮出水面却没看见她的那一刻，我满心恐慌。她在几码外的地方冒上来，看起来很害怕，觉得被人背叛，还哭了。但是，她不想回到岸上，谢天谢地。她只是希望我多加小心。我更加小心了。我还记得我在威尔罗杰斯海滩汹涌的褐色波浪下像胎儿般冥想的时候，我甚至还不会人体冲浪。有人在等我上来吗？我从来不觉得有。当然，你只是通过每次犯错屁股上都挨一脚来学会如何应对海浪。但我无法想象让我的宝贝用这种方式学习。幸运的是，虽然她喜欢在水里乱窜，却对冲浪毫无兴趣。不过，她确实有很广泛的独立性，不需要人从旁鼓励，这减轻了我的忧虑。当她的父母送她去夏令营时，她父母才是孤苦伶仃的一方。12 岁时，她开始独自搭跨城巴士去学校，而且带着平静的喜悦。目前我们定的规矩是，至少搭地铁时不能独自一人。

当我冒着愚蠢的风险时，我就没有想到我女儿吗？我想到了。2014 年 3 月，我在欧胡岛西侧曾经很有名的玛卡哈浪点，意外地被压制在两股海浪下，空气耗尽，无法呼吸。那是个下雨无风的日子，我刚结束在火奴鲁鲁的一份教学工作，在登上回家的航班前还有几个小时空当。据报道，玛卡哈的浪很大，有 10 到 15 英尺，但听起来比北岸的浪容易驾驭，所以我去了那里。从海滩上只能看到白水和薄雾，能冲的浪在白沫外的某处。我现在明白没有带枪来夏威夷是个错误。有几个人正在划水向外，斜斜地穿过宽阔平静的水道往南而去，用的全都是巨大的冲浪板。我的冲浪板是我最爱的四尾鳍薄板，7 英尺 2 寸，去年冬天曾带我穿过哈莱伊瓦岬角的两个浪管，内侧尾鳍像手术刀一样，让我在挖空的下方浪面保持稳定，但它显然不适合今天的浪况。我还是划水出去了，我想我宁愿后悔出去，也不想后悔没有出去，回想起来，我 14 岁时没有划去饭碗浪点留下的后悔依然是撕心裂肺的，至今都在自怨自艾。当然，如果当时能看到浪，我会做出不同的决定。我在埃斯孔迪多港的大日子看到的波浪，让我一点都不会考虑划水出海，人们的确在冲浪，但我会淹死，这点我还是看得很清楚的。但是玛卡哈没那么可怕，我至少得去外头看看有什么样的浪。

结果发现它美极了。水道宽敞、平滑，涌浪的间隔也很均匀，感觉像是管弦乐队正在热身。当它终于进入视野时，等浪区意外的宽敞，并不拥挤，至少在平静期是这样的，一小群人在海上，比之更少的另一群人在岬角上游 200 码的地方。比较近的人群正在准备冲玛卡哈碗（Makaha Bowl），它位于冲浪区的末端，非常巨大，经常出现在我年轻时看到的杂志和冲浪电影中。远一点的人群则是要冲玛卡哈岬角（Makaha Point），很难得见到此处海浪的照片。在浪很大的日子，两个浪点会被一堵极长极结实的浪墙连在一起，很少甚至没有人可以一路冲到底。玛卡哈碗很久以前就因为靠近岸边破掉的空心大浪而失去了名气。玛卡哈岬角在私下的圈子里仍声名不辍。我采取了谨慎的路线到达了玛卡哈碗，待在南面的深水区。变小一点的浪，其实还是很大，稳步地在离岸较近的地方破着浪，遮住了看向岸边的视线。我警惕地盯着地平线，微雨中，海面如镜，近乎白色——灰白得一如天空。逼近的涌浪更暗了，涌浪越暗就越陡峭。一切都在一个异常精准的黑白刻度上。

玛卡哈碗的人群平均年龄稍大，有几个和我年纪差不多，几乎每个人的冲浪板都是枪。现场弥漫着既激动得发狂又严肃的情绪，但并不让人讨厌。我感觉这些人大多是西欧胡岛的当地人，就是为了这些波浪而活的。随着大浪群的临近，我就跟着大伙儿一起出发了。当远方海上的涌浪颜色变暗时，我向水道冲去。正要破浪的当儿，浪面几乎全变成了黑色，我的冲浪板完全不够力。现场只有两三个人真心想要最大的浪。一名用巨大的黄色枪的年长的夏威夷人，冷静地驯服着几个怪物。三个小时内我抓到三个波浪，全都成功下浪，但每一次下落得迟了些，也做得不好，冲浪板在我脚下漂了。这三次下落我都不由自主地尖叫出来，尽管那些波浪并没有特别大，我表现得也不算特别好。

出现了两组比平常更大的浪群：20 英尺高的浪墙在外面的深水中破开。我们都被困在了里面。我保持冷静，提早开始潜水，而且潜得很深。其中一个浪扯断了我的脚绳。水上摩托艇里的救生员在水道里空转，若看到板子与脚绳分离，就会冲进冲击区。他在内侧找回了我的冲浪板，把它交给我时，深深地看了我一眼，但只问了一句："你还好吧？"我带着点欣喜地道了谢。我其实很害怕，又用了错误的冲浪板，但我看到了一些我永远不会忘记的事。在黑色的波浪上，冲浪板的颜色会很重要。红色板上的人不会上，橙色板上的家伙准备上了。看着他的橙色冲浪板粘在黑色的浪面上，试图获得牵引力来完成下落。黄色冲浪板上的老夏威夷人则在最高的城墙般的浪墙上，画出最辉煌、激情四射的笔触。有些波浪在破碎那一刻，其顶部在浪唇下呈现钴蓝色。另一些，则是大浪群在浪峰形成的浪管，在浪的胃部的阴影部分变成了不同的暖暖的海蓝色。在这个时候，灰色的天空不再是这天地间唯一的色彩，仿佛海洋正在提供自己的一抹深海色调。

再看看玛卡哈岬角那边的人，他们都是冲短板的，那里的波浪没有玛卡哈碗的巨兽那么大，但很长很长，形成了灰色的浪墙，小小的人影从天空中落下，沿着浪线深深地冲进了浪唇下的阴影里，以一种带着尊重的放纵撕开起伏的巨浪，以最高超的水平驰骋。这些人是谁？我怕到不敢划水去那里，而且我这辈子也不可能那样冲浪，但是看到这些场景让我内心满是喜悦。

我在玛卡哈发生的小意外部分是因为不耐烦，部分是因为看到了那些短板冲浪者，部分是因为愚蠢的信心。我像个梦游者，正倒退着走，本来一直在玛卡哈碗的水道边缘，等着在最后关头上浪，后来却离开了并划水深入冲击区。来自玛卡哈岬角的巨大而绚丽的波浪，有规律地咆哮着经过那里，没什么人冲那些浪。看起来用我的冲浪板也能上。这些波浪是空的，因为这些浪的上浪区让人望而却步，就在玛卡哈碗的内侧和上海岸——大浪群到来时人绝对不该停留的地方。我溜到那里，跟命运打赌：我能在下一个大浪群来之前抓到个好浪。这是个糟糕的赌注，我输了。抓住我的波浪像山一般，但我感觉自己会没事的，因为水够深。我使劲儿往更深的地方游，却没能逃脱湍流。成群的水流狠狠地向下攻击我。我并不惊慌，但没有氧气了。我不得不在我思考这样做是不是安全之前，就攀着脚绳往上爬。当我浮出水面时，我发现有太多泡沫和乱打乱撞的水流，很难喘口气，我只能快速呼吸两口，因为下一波浪更大，并且已经开始破浪，准备灭了我。那一刻莫莉清晰地浮现在我脑海里，我祈求上天别在这时候带走我，有人需要我。

事后回想，应该是年龄的关系。我的快速计算能力和我对自己肺活量的坚定直觉都指望不上了。很明显，我从第二波浪下死里逃生，但我比预计时间早了几秒耗尽氧气。幸好那天浪群的间隔时间较长，我这才免遭浪的双重压制，不然大概就不会有机会浮出水面了。碰巧，第三波浪小了一点，我爬回了水道。之后我感到内心平静。虽然带着羞愧，还有精疲力尽，我决定以后绝对不再这么做，不要在海洋最暴力的时候，低头将灵魂交托给它，然后希望得到某种赦免。从纽瓦克搭出租车回家时，我的鼻子还在滴水。

* * *

如果我没东奔西跑，也没在本地冲浪，我现在每天会到西区大道的地下泳池游一英里。这是个老老实实的例行公事，以及接下来的地上健身，就是我对冲浪的救赎。过去当我的体力还可以时，我赞同诺曼·梅勒的观点，即不刺激，没有竞争和危险、目的的运动，不但无法强身健体，而且只会让身体疲惫。我一直觉得在游泳池来回游泳很没意义，但是现在我不能再持这种态度了，如果停止游泳，我会变成一个梨形胖子。我定期在加氯的水中进行有氧运动，这是让自己还能用长板冲浪的唯一选择。我不再追求冲大浪需要的肺活量，我只希望能够划水，然后双脚猛地站上冲浪板。我第一次觉得自己老得冲不了浪了，是 1990 年代在马德拉被海浪鞭打得灰心丧气，而在那之前我从未到泳池训练，也没有碰过杠铃。我现在的身体条件比当年更好，但是猛地站上冲浪板还是一年比一年难做到了，也更吃力。谢尔亚会说，这甚至称不上维持，只是试图减缓衰退速度。

谢尔亚这个上西区的真正子民，认为杰瑞·赛因费尔德①是个天才。赛因费尔德已经不需要工作，但仍会表演单口喜剧，痴迷于微调他的片段，平均每年接近一百场现场演出。他说，他将一直这么做下去“直到我 80 岁，甚至更老”。在最近一次接受采访时，他把自己比作冲浪者：“他们为什么冲浪？这活动很纯粹。你孤身一人。波浪比你大比你强太多。你永远寡不敌众。它们总是可以碾碎你。然而，你会接受这一点，把它变成小小的、简单的、无意义的艺术形式。”

谢尔亚最近深受髋关节炎之苦。他说他仍然可以跳舞，也可以教学，但不能冲浪。太痛了。他接受了表面置换手术。那段不能冲浪的日子里，他还是跟着大家去海边，其他人冲浪时，他就人体冲浪。比留在岸上好，他说。他通常能在浪中发现一些短暂的闪光时刻。

*　*　*

在我作为塔瓦鲁阿的付费客户的可耻身份即将结束时，我弄坏了我的最后一块奥尔制的板子。先是被穿云破浪点折弯了，在底部开了

① 美国著名喜剧演员，情景喜剧历史上最经典的作品之一——《宋飞传》(Seinfeld) 的男主角，剧中人与演员同名。——编者

条发丝宽的裂隙，然后，当我骑着某个浪时，4 英尺长的玻璃纤维突然从滑行面剥离，一直到尾鳍，一个尾鳍也被撕掉了。那是 2008 年某个周的后段，涌浪正在形成。受幸运之神眷顾，谢尔亚也带了一块奥尔制的板来塔瓦鲁阿，作为他的大浪板。他的冲浪板除了是血红色之外，其他都与我的一样。早上的浪程毁了我的冲浪板之后，刺骨的小北风来了。对于穿云破浪点而言，这风向很糟。船停驶了，除了我，没人有兴趣去看看。穿云破浪点总是能让我躁狂，此时我的老毛病又发作了，非得去试试。我说服几个愿意载我过去的船夫，谢尔亚把他的奥尔板借给了我，以防我们发现可以冲的浪。在横渡水道的过程中，北风停了，海水变得晶莹剔透。我激动万分，虽然船夫仍然不置可否。我后来听说谢尔亚去了小岛西南侧的瞭望台，是个比树高、上方有遮挡的小平台，一直用双筒望远镜看着我们。

当我们赶到穿云破浪点时，我觉得波浪看起来棒极了。也许还有一点北风造成的残余颠簸，但海面整理得很快，浪一波接着一波。比早上的浪高了几英尺，涌浪是我在外面见过的最长、最连贯的。一个名叫伊尼亚·纳卡列夫的宽肩、反手冲浪的船员和我一起跳入水中。他的搭档、加州人吉米则留在船上，并把船开到水道停泊，说晚点可能会加入我们。

我一开始的两次骑行是热身，测试冲浪板和波浪。冲浪板很完美——性能稳定，而且用起来轻松、熟悉、快速。波浪很厚重，有两个人高，向着远处的礁岩弯曲，速度极快。我小心翼翼地骑着它们，轻松地下浪。我注意到伊尼亚冲完几个浪，在一边用力划水一边摇头。我知道那种感觉：太多了，太棒了。浪面还有些颤，但那只增加了速度感。我上的第三波浪更大、更要紧。我在浪唇的阴影下骑得更深，做了个长半径的高速转弯，以我知道的最快速度前进。那不是个复杂、技术要求高的浪管，我只需要把冲浪板放平，并远离底部，因为浪唇落下时接连发出响亮的噼啪爆裂声。我终于冲出去了，冲进了浪管那头阳光照耀的地方，然后在波浪崩在浅滩礁石上之前，我做了最后一个S形转弯撤出，我滑行到平坦的区域停下，试图回忆上一次冲到这么好这么热烈的浪是何时，我想不起来，至少是好几年前了。

我太过骄傲，轻视了下一道浪。我做第一个底部转弯时格外用力，甚至不屑回头观察波浪准备干什么，而是专注于我不同寻常的时髦转弯。冲浪板的板头一定是碰上了我从未见过、零散的北面碎浪。我狠狠摔了下来，速度快到来不及伸手保护脸。我的头部一侧受到猛烈的撞击，仿佛撞上了坚硬的物体，或是被坚硬的物体击中。波浪把我甩了出去，并没有把我吸进去。在海浪还没来得及破浪前，我已经处理好了这个高速摔落。我在板子上踉踉跄跄地开始划水，脑袋嗡嗡作响，整个人蒙了。我咳了一下，看到了血，它往喉咙里流，不觉得痛，但我必须把血咳出来才能呼吸。我来到清澈的水域，坐了起来，不停地往手上咯血。我脑海中的响声消失了，现在只觉得像是被打了一巴掌。

"比尔!"伊尼亚看见了血。他想去找船。"你还能划水吗?"

是的，我可以。除了头痛和咳嗽，我感觉很好。我说我没事。我想继续冲浪。

"不，不可以。"

伊尼亚看起来很害怕，照顾客人是他的工作。我觉得对不起他。

"我没事。"

伊尼亚看着我的眼睛。他二十几岁了，是个男人，而不是男孩。他的目光有惊人的重量。"你知道上帝吗，比尔?"他问道，"你知道上帝爱你吗?"

他要听我回答。

并不真的相信，我喃喃道。

伊尼亚不再皱眉。现在，他关心的是我的灵魂，而不是咳嗽。

我们说好了，继续冲浪，但他会紧跟着我——不管那是什么意思——而我也会更小心，我也不管这是什么意思。

涌浪越来越大，浪线越来越长。我们划水穿过一个很大的浪群，从后面看，浪形似乎已经崩了。伊尼亚仔细研究了这个浪群。他又担心起了这个。

我的头现在感觉很好。我想要冲浪。有一道看起来很棒的波浪正往我们而来，已经在远处礁石开始破浪。“不，比尔，这个不行，”伊尼亚说，“它崩了。”

我听取了他的建议，划水过了浪群。下一道浪看起来一模一样。“就这个，”伊尼亚说，“这个很好。”

所以这就是我们俩约定的意义所在，我会依赖伊尼亚的判断。我转过身，挖着水朝波浪划过去。他的判断力超群，我抓到的波浪顺着礁岩剥落下来，而之前那个在我眼中一模一样的波浪，则在同一时间碎掉了。我保守地冲浪，只往绿浪的方向去。退出时，我见到身后的伊尼亚，所以这就是他说的要紧跟着我的意思。他正在卖力地冲浪，竭尽全力的那种——全无一点保守谨慎。他的表情凶狠，眼睛像探照灯。伊尼亚，我看到了，好样的。

一起划水回程时，我问他，上帝爱每个人吗？

伊尼亚看起来很高兴。答案是毫无疑问。

那祂为什么允许人类有战争和疾病呢？

“最高审判者难道做得不对吗？”

伊尼亚是个平信徒传教士，头脑中显然充满了一条条经文。他笑了起来，开始与我进行神学辩论。他还没法改变我呢。我想，这是个双反的海勒姆·宾厄姆，一个黑皮肤的福音传道者，脑子里正在闪过各种经文。

就这样，伊尼亚有时阻止我靠近一些浪，有时允许我进去冲浪，他从没有出错。我不明白他看到了什么，也不知道他是怎么做出这些判断的。这是掌握当地海浪知识的最高证明，也保证了我的安全。我试着谨慎地冲浪，再也没掉下来过。我看到伊尼亚拼尽全力进入一个巨大的浪管，出来后，他告诉我这是他人生至今最好的一道浪。赞美主，我说。哈利路亚，他说。

谢尔亚后来告诉我，他在两英里外只能看到上浪，他那小小的红色板子在浅绿色的波浪里闪闪发光。在那之后，当海浪弯到珊瑚礁上时，就只有我们的尾迹了：细细的白色浪迹沿着浪线展开。

波浪不断倾泻而过，波光粼粼，神秘莫测，空气中弥漫着一种朴素的兴高采烈。伊尼亚无论作为冲浪者还是传教士，都充满热情。我还怀疑吗？“纵使大地塌陷，群山坠入大海的心中，纵使海水咆哮、冒着白沫，我们不会害怕。”

我的怀疑仍在，但我并不害怕。我只是不想让这一切结束。

图字：09－2020－775号

图书在版编目(CIP)数据

疯浪人生／(美)威廉·芬尼根(William Finnegan)著；易思婷译. —上海：上海译文出版社，2022.10
(译文纪实)
书名原文：Barbarian Days：A Surfing Life
ISBN 978－7－5327－9181－1

Ⅰ.①疯… Ⅱ.①威… ②易… Ⅲ.①纪实文学—美国—现代 Ⅳ.①I712.55

中国版本图书馆CIP数据核字(2022)第177860号

疯浪人生
[美]威廉·芬尼根 著 易思婷 译
责任编辑／钟 瑾 装帧设计／邵旻 观止堂_未氓

上海译文出版社有限公司出版、发行
网址：www.yiwen.com.cn
201101 上海市闵行区号景路159弄B座
启东市人民印刷有限公司印刷

开本890×1240 1/32 印张12.5 插页2 字数298,000
2022年12月第1版 2022年12月第1次印刷
印数：0,001—8,000册

ISBN 978－7－5327－9181－1/I·5711
定价：68.00元